戎馬不解鞍　鎧甲不離傍

——三國時代戰爭詩研究

張娣明　著

沈　序

　　戰爭乃自人類群居以來即存在之野蠻行為，故內容與戰爭相關涉之戰爭詩歌起源甚早。以中國而言，《詩經》中所收錄，即有相當數量之作品以戰爭為背景，如〈大雅・皇矣〉敘文王之伐密伐崇，〈豳風・東山〉、〈豳風・破斧〉及〈小雅・漸漸之石〉敘周公之東征、〈大雅・常武〉敘宣王之親征徐方，〈小雅・六月〉敘宣王之北伐，〈大雅・江漢〉記宣王命召穆公平淮南之事，〈小雅・出車〉記宣王時伐玁狁之事，〈小雅・小明〉記周大夫西征之事，此諸詩篇中皆有出師征伐之描寫，其可視為戰爭詩歌蓋無可疑。除此而外，《詩經》中苦於行役之作，如〈周南・卷耳〉、〈魏風・陟岵〉、〈唐風・鴇羽〉、〈秦風・小戎〉、〈小雅・采薇〉、〈小雅・祈父〉、〈小雅・縣蠻〉、〈小雅・何草不黃〉等，為數亦多，不煩盡舉。諸詩篇中雖或鮮少出師征伐之直接描寫，且行役之事亦包含甚廣，舉凡為公事而跋涉在外者皆得稱之，但行軍征伐自是古時藉名公事之一端，故合理推測，此類行役之詩必有相當數量為苦於征伐而作，可納入廣義戰爭詩之範疇。合以上二類作品計之，可以覘知《詩經》中戰爭詩歌所占比例之高。

　　其後歷六國紛爭至於嬴秦統一，雖然現實上戰爭頻仍，而詩人之風頓已闕喪，此時期未聞有戰爭之作。楚漢角雄之末期，項羽被困垓下，「力拔」一歌寫出英雄末路之感，促調悲響，移人甚多，然語帶「兮」字，猶是楚聲。及劉氏稱帝，東

西京四百年間，五言詩勃爾興起，其中不乏內容與戰爭相關之作，民間作品中，如〈戰城南〉、〈十五從軍征〉、〈東光〉等，諸詩摹寫戰爭之殘酷皆至為深刻，堪稱傑作；而婦人之作品，則蔡琰之〈悲憤詩〉亦足匹敵。建安以後，時勢漸移，在詩歌創作上，發音慷慨，風骨崢嶸，後世以為五言古體之圭臬，其中反映漢末魏初動亂之作，曹孟德之〈蒿里行〉、〈薤露行〉、〈苦寒行〉及王仲宣〈七哀〉實稱韻首，其為戰爭詩蓋可斷言，而老瞞〈步出夏門行〉四章為北伐烏桓之作，仲宣〈從軍詩〉五首為從征孫吳之作，二詩雖或記所聞見，兼抒懷抱，內容不皆書寫征戰，而據其寫作背景，亦得與於戰爭詩之藩籬。

　　以上所記，為建安以前戰爭詩之梗概，自此以後，作者及篇章浸多，至於隋唐之世，乃逐漸與邊塞詩合流，此是後事，不復表述。

　　如前所言，戰爭訴諸武力，本質上實屬一種野蠻行為，發動戰爭之一方，雖可以有種種堂皇之藉口，考其實際，皆只是大欺小、強凌弱而已，故絕大多數之戰爭詩，實令人讀之不歡，其中歌頌武功之作，尤為可厭，蓋一將功成萬骨枯，此語真不我欺也。然作為一種客觀存在之詩類，戰爭詩固自有其探討之價值。娣明穎慧好學，古典詩歌尤所愛好，就讀大學期間，已嘗從事於薛濤、李冶等唐世女詩人之研究，分別撰成小型論文，頗為師長輩所許，考上研究所後，又斷取三國時代之戰爭詩為主題以撰寫碩士論文，即此作也。娣明此論文，自取材、分析、歸納、引據以至推論，余以為尚能實事求是，其中對於戰爭詩之產生背景、作品內容及修辭技巧等方面論述尤多，足資相關研究者之取鏡。今其論文行將出版，求余數言以

為弁首，余忝為指導教授，不能辭，於是雜書數語如上，以為
序。至於學海無涯，不應畫地以自限；治學臨文，宜沈潛其
心，博觀而約取，則娣明夙已知之，又何待余之贅言。

沈秋雄　記於新店華城之雲在盦
二○○四年五月八日

目　錄

第一章　緒　論

第一節　研究主題

　　此書題為「三國時代戰爭詩研究」。東漢和帝之後，外戚宦官輪流專權，接連兩次黨禍，使得朝政日非，之後爆發黃巾之亂，接著三國鼎立，三國時代發生的重要戰役如：曹操破呂布、曹操定都許昌之戰、官渡之戰、孫策開拓江東、豫章之戰、赤壁之戰、劉備襲取漢中之戰、吳蜀荊州、夷陵之戰、蜀伐魏之戰、魏滅蜀之戰……等等，大小戰事不斷，三國時代就是這樣一個兵連禍結、家國殘破、民生凋弊的混亂時代，然而孕育了無數偉大的詩人。面對時代的戰爭頻仍、動盪不安，詩人們又是如何描寫呢，相信這是大家所關切的，是故本論文欲整理三國時代中屬於戰爭詩的部分，藉以體察呈現的情況和藝術，以及所提供的哲理思想。

第二節　研究動機

　　從遠古以來，人們就運用各種方式進行戰爭，武器不斷地進步，從用石頭棍棒的戰爭，直到今日用不著擺開陣仗的「按鈕式」科學武器戰爭，人們用各式各樣的理由作為戰爭的藉口，於是千千萬萬的人投入這些比天災還要殘酷嚴酷的人禍

裡，造成無數人喪失生命，無數家庭與親人離散，無數田園家產受到毀損。第一次與第二次世界大戰，全球發生戰爭，不論是戰勝國或戰敗國，無一不付出了慘重的犧牲與代價。從小便懵懵懂懂跟著父母親看敘述世界大戰的電影，如：「百戰雄獅」、「二次世界大戰」、「六壯士」、「叛艦喋血記」、「北非諜影」、「俾斯麥艦殲滅戰」、「西線無戰事」、「桂河大橋」……等等，或是一些描述戰爭中愛情故事的電影，如：「齊瓦哥醫生」、「亂世佳人」、「小婦人」、「金玉盟」、「戰地鐘聲」、「戰地春夢」……等等，從這些電影中，使筆者對於戰爭中悲壯的場景、有情有義的英雄形象、哀怨淒美的兒女情長，留下深刻的印象，直到今日，仍有許多電影以古代或近代戰爭為背景，挑動人們的情緒，如：「神鬼戰士」、「珍珠港」、「英倫情人」……。而台灣與大陸兩岸之間的矛盾情愫，也使得人民對於戰爭格外敏感，在這種情況下亦造成特殊的戰爭文學，如《一九九五閏八月》便促成台灣廣大的移民潮。甚至如前幾年的波斯灣戰爭，或近日美國遭受恐怖份子轟炸，導致雙子星大樓、五角大廈毀損，數千人罹難的慘劇，是否會引發世界大戰，都引起全球民眾對於戰爭的關切。

在西方的詩人當中，如湯瑪斯·摩耳（Thomas More）、拜倫（George Gordon, Lord Byron）、托馬斯·堪倍爾（Thomas Campbell）以至後來的近代作家，皆以詩的形式傳達了他們對於戰爭的複雜態度。拜倫處於歐美文學當中的浪漫時期（The Romantic Period, 1785-1830），戰爭的壯闊，與浪漫時期的民族英雄崇拜潮流不謀而合，因而詩人們對於當時的戰爭活動，如美國革命與法國大革命，曾賦予美麗的期望。拜倫就在其詩作《洽爾德·哈洛爾遊記》（*Child Harold's Pilgrimage*）對拿破崙寄

予崇高的期望，希望這位法國民族英雄能夠再次震撼世界
（And shake again the world, The Thunderer of the scene!），而浪漫
時期的英雄主義多起源於掙脫傳統束縛的自由精神，所以也有
不少文人為文支援革除社會教條的革命活動，作家湯瑪斯・潘
（Thomas Paine）就著有《人權》（*Human Right*）以支援法國革
命的自由精神。然而，浪漫詩人的熱情在面對戰鬥的殘酷時，
仍然有趨向冷靜之時，詩人威廉・華茲華斯（William Word-
sworth）聽聞法國革命的「九月屠殺」（September Massacre）之
後，就在其詩（The Prelude）中譴責暴民，指出他們在血腥的
暴動中已經失去了自己的理想。除以上詩作外，由於戰爭而產
生的小說作品，更是多如繁星，如：雷馬克《西線無戰事》、
托爾斯泰《戰爭與和平》、張愛玲《赤地之戀》……等等，都
可見「戰爭」此一課題對於文學之深刻影響。

　　魏晉南北朝戰爭頻繁，是歷史上有目共睹的，此現象造成
社會動盪，對於人民生活有著極嚴重的影響，文學作品自然受
其影響，如我國四大小說之一的《三國演義》，故事內容正是
以鋪陳三國時代戰爭情況為主。然而此時大量出現和戰爭相關
的文學作品尚未被學者重視，是故本文欲整理此時尚處於紊亂
狀態的戰爭詩，並藉此分析出戰爭與文學間的互動關係。最重
要的是，希望經由研究戰爭詩，體察詩人們在身受戰爭之時，
從犧牲中獲得了什麼教訓？「戰爭」在詩人心中有何意義？詩
人對戰爭的認識又是什麼？詩人如何詮釋「戰爭」的真諦？戰
爭詩如何表達戰爭背後的內容與境界？以喚醒人們對於「戰爭」
這種暴力行為的覺醒，從戰爭詩中認識戰爭、吸取經驗，不再
沈迷於「殘酷恐怖之美感」。

第三節 研究目的與意義

　　戰爭千變萬化，任何一個身經百戰的將軍在面對一場戰爭時，都無法有絕對勝利之把握，戰爭的本質就是無常，環境中充滿著未知，即使經由妥善而儘量地蒐集情報，減少未知的因素，但不可能完全消除一切未知因素，要在戰爭中做成絕對肯定的決定，是不可能的奢求，幾乎所有的戰爭行為，都是根據不完全、不正確甚至相互矛盾的情報所做成的決定，所以戰爭詩其內容也隨之複雜多變，詩人時時流露出對敵情不明的不安，對四周環境認識的不清，甚至對於自己處於有利之情況也仍不自知的惶恐。

　　戰爭中每一個場景，是由現場各種臨時情況組合而成之獨特戰況，任何一幕並不是孤立之事件，多半和前面與後面之場景相關聯，息息相關，其中往往產生不斷變動之活動畫面，充斥著稍縱即逝之機會與無法預知之戰況。戰爭詩中亦表現出此種恆變之情況，在描述戰況或心情時，常常隨著戰情之節拍起伏，從激烈之戰鬥，到不動聲色的蒐集情報，詭祕之後勤補充，以及悄然地重新部署，甚至黑暗與天候都會影響戰爭的節奏與詩人之心情與表現手法，所以戰爭詩在節奏上多半忽快忽慢，時激昂時低沈，如王粲〈從軍詩〉便有時歡欣鼓舞，有時沈鬱悲愴。正因如此，也使得內容複雜多變，難以捉摸，不明者以為其前後不一，甚至懷疑其非一人之作。在如此未知、無常，又時時變化的環境中，戰爭很自然地朝著混亂發展，所以計畫常常會變卦，指揮命令有時會前後矛盾，情報資訊會模模糊糊，甚至遭到誤解，通訊有時會中斷，於是消息錯誤，這都

是司空見慣之事，例如因消息指出蘇武投降匈奴，導致誤殺其全家一例。戰爭詩記載了這種混亂之狀況，使人慨嘆、憤恨不平，但也因此創造了不少成功之機會，對有些積極尋求戎機者而言，此種混亂之環境，正是成功之溫床，正所謂「英雄創造時代，時代創造英雄」，此種環境創造出不少應時而起的英雄人物，戰爭詩也往往記錄下或歌頌這些英雄人物。

戰爭牽涉之層面如此之廣，如此之複雜，所以其中蘊藏之學問亦深且多，而戰爭詩中也飽含各種學問，深具研究價值。

一、研究戰爭詩具有文學目的與意義

詩是一種精鍊細緻的語言，一首好詩往往蘊含著豐富的意義，文學價值自然不在話下，好的戰爭詩同樣也兼具如此特質。我國的詩歌，無論是寫實或是浪漫，都承接了《詩經》與《楚辭》的優良傳統，對於寫作手法如：賦、比、興等等，多所運用，顯現出卓越的才華，呈現出萬紫千紅的風光。好的戰爭詩不僅僅是在形式與聲韻上講究而已，在內容上來說，是藉由文學來了解戰爭，或可說是戰爭藉由文學表現。衝突會導致新事物與新題材、新作品的產生，越劇烈的衝突，產生的新作品越多，戰爭正是一種對於人類生活強烈的衝突，所以產生的文學作品自然更多，對於詩人的心靈形成更大的震撼。槍林彈雨、殊死搏鬥……等等情況，詩人將實際生活經歷化為文字，沒有經歷過戰爭者，便可藉由戰爭詩來認識與了解戰爭，體會戰爭中的遭遇與各種辛酸血淚，從中領受教訓，觀察戰爭帶給詩人，使其精神、理念、意志、情感等等，都發揮到極致的文學境界，甚或有些詩人企圖以戰爭詩來超越戰爭，試圖用輕盈筆觸來描寫沈重之戰爭。唐代是我國詩歌空前繁榮的時代，除

了因強盛的帝國在政治、經濟、文化等方面，為它提供了充足的條件外，就詩歌本身發展過程來說，就不能不說三國時代詩人，為唐代詩歌在體制、格律、聲韻等藝術形式以及題材意境方面，做了廣泛的奠基工作。五言、七言、絕句、歌行體等，都導源於三國時代詩人的創作。三國時代的戰爭詩，亦是如此，故具有其文學價值。

二、研究戰爭詩具有史學目的與意義

戰爭隨時都會發生，也隨時改變，雖然本質不變，但戰爭之原因、人物、過程、手段與方式卻不停地隨著時代在演進，也就是說，不同之時代往往有不同形式之戰爭，如春秋時代用車戰，戰國之後用步兵格鬥戰，所使用之武器也就因時而異。戰爭之格鬥或戰術，也常常與統領人物之個性有關，如曹操與曹丕，雖為父子，但其個性迥異，帶兵打仗之方式就不同，寫出來之戰爭詩，也呈現獨特而相異之風格。戰爭詩中透過敘述戰爭之史實，記錄下人類戰爭之歷史，這些歷史透過詩人之反芻，有了新的生命與面貌，提供後世從中吸取教訓與真理，也記錄下詩人眼中的戰史，雖然不似正規之史書一般有系統地記錄歷史，但其中也見證了當時之戰況，君王與諸侯、英雄人物在戰爭中之事蹟，甚至文學家與平民百姓之心聲，就如同《史記》中本紀、世家、列傳一般。有些篇章將人們在戰爭中受難的沈痛感覺與心靈深處的呼聲化為詩作，提出嚴肅之抗議，莫渝曾認為覃子豪之戰爭詩特色是「戰爭受害之目擊證人」[1]，事實上不僅覃子豪的戰爭詩如此，許許多多的戰爭詩都有相同特色；有些戰爭詩則記錄了昂揚之精神或勝利之微笑。戰爭之所以會發生急遽之改變，多是因足以破壞戰爭均勢之新狀況產

生，如兵器之改良，戰爭技術進步，一時代會有一時代之兵器，戰爭也促進各種科學之發明與發現，故戰爭有時也影響了科技史之發展，而戰爭詩中有時也記錄下科學進步之軌跡[2]。有些戰爭詩也補充了歷史記載之不足，不得不說戰爭詩是小型之史記，所以說戰爭詩具有史學價值，和歷史一樣是珍貴之遺產，可從中吸取對戰爭看法之有用借鏡，作為未來之參考。

三、研究戰爭詩具有哲學目的與意義

　　戰爭中人們生活瞬息萬變，也許上一秒健康平安，下一秒已邁上黃泉之路，充滿著未知與恐懼，處於混亂與動盪之中，於是情感與理智發生強烈之矛盾與衝突，時而憂慮、困惑與憤怒；時而為求解脫人生苦痛，欲保持和諧與調適。在這種情況下產生的戰爭詩，內容便反映出此種心態，而充滿了哲學性思維，詩中受到戰爭之激發，對於生命之真理多所探求，有時直接由其心感知事物的真相，全憑個人神悟默會，洞察事理；有時透過基本概念與反對概念互相辯證，然後產生新概念，在分析與綜合之間解釋，有關戰爭與生命之關係；有時採用反省法觀察自我之內在經驗、批判世界之價值、人生深遠之意義，以及了解人生宇宙整體實在之意義。戰爭雖然維繫國祚，捍衛家園，但也造成大量傷亡，與一齣齣生離死別的悲劇，詩人就在雄偉功業與殘酷憾恨之矛盾下，產生許多詩作，內容中記錄了戰爭邪惡與醜陋的本質，暴露出人的錯誤與愚昧，也閃爍著人性美麗憐憫的淚光，晶瑩地放射出人的理想經驗；戰爭帶來的傷口是永遠無法結疤的，在殺戮戰場的變動中，人性的脆弱與堅韌，對立卻又相輔相成地交錯出現；戰爭中死亡與別離是常事，死亡是半秒鐘之間的遲疑，而烽火、刀槍彷彿是停格的畫

面，詩之主題常在剎那與永恆的詮釋中擺盪，相見也是困難的，正是所謂「相見時難別亦難」，宛若生也生過一回，死也死過一回，相見與別離也成為戰爭詩刻骨銘心主題之一。透過種種方式，詩人在戰爭詩中試圖分析或澄清戰爭與人生評價之標準與其價值判斷，瘂弦說得好：「好的戰爭詩，常蘊含強烈之批判精神，在戰爭裡沒有誰是勝利者，因為戰爭基本上是人類自相殘殺的紀錄。」[3]故戰爭詩具有一定的哲學價值。

四、研究戰爭詩具有心理學目的與意義

因為戰爭是人類敵對意志之衝突，所以人的因素，在戰爭中具有關鍵性地位，戰爭是由人性所塑造出來，亦受制於人類行為特質中的複雜性、矛盾性與特殊性，戰爭中人類之精神力量是不可輕忽的一個環節，故戰爭中蘊藏了心理學，甚至與心理學互相啟發，想要了解戰爭詩，明白戰爭詩中所闡述之良心、情緒、恐懼、勇氣、士氣、對領導者之忠心或團隊精神，就必須具備心理學之學養。林韻梅曾經提出戰爭詩歌中有悲情與反省兩種含意，例如王粲〈七哀詩〉中對戰火連年下，流離失所的人們，寄予同情；而唐代戰爭詩歌中則藉由女性心緒來反省[4]。這些看法是很好的，倘若能運用心理學去觀察悲情憐憫與化身女性之心態，將會有更進一層之體悟。

五、研究戰爭詩具有軍事學目的與意義

戰爭是人類最恐怖事件之一，並非值得崇尚、浪漫之事，其手段為赤裸裸的武力，是有組織之暴力行為，經由直接使用暴力，或間接運用暴力威脅，才迫使敵方屈服於我方之意志之下，在各種情況下，暴力都是戰爭中不可或缺的一個要素，而

暴力所帶來之後果，即是流血、毀滅與苦難，縱然暴力之規模隨著戰爭目標與手段之不同，而有大小之分，但任何有關戰爭之研究，都將注視「暴力」此一特質，專門在研究戰爭中有組織之暴力的學問，正是「軍事學」[5]，又稱兵法學或兵學。每一場戰役，都可作為軍事學之例證，或者補充其學說不足之處，了解軍事學也可以較妥善地評估戰爭的危險性，掃除戰鬥的神祕感，克服恐懼，增進勇氣，使其冷靜鎮定，如果領導者能深諳軍事學，也較能獲得屬下尊敬與信任。戰爭詩可以說是一場場戰役之見證，也可作為戰史之補充，或稱之為小型戰史。拿破崙曾言：「反覆誦讀亞歷山大、漢尼拔、凱撒、古斯塔夫、丟倫、歐冉與腓特烈的戰史，拿他們當作模範。這是你成一大將並精通兵法奧祕的唯一辦法。」說明了要成為成功之軍事家，必須從戰史中吸取經驗。同樣地，研究戰爭詩，將對於詩中描述敵我軍力之比例、損失之軍備與生命、失去與取得之地形地物、擄獲之敵軍與裝備、國民或軍隊行動之決心、戰略方式、攻擊與防禦形式……等等，有較清晰而正確之認知。

六、研究戰爭詩具有社會學目的與意義

　　戰爭對於社會造成罪惡、浪費與破壞的結果，死傷越多人，也表示耗費越大，無論是金錢或時間、精神，都是龐大之社會成本。而戰爭對於團體內之團結也有影響，戰爭會改變社會中之組織型態，打破傳統階級，刺激個人潛力，有能力者可躍升為統治階級，統治階層也可能淪為階下囚，因此戰爭創造出不少的平民傳奇英雄，如：項羽、關羽。但也有抑鬱殘生之皇族，如：李後主。戰爭詩中也常常記錄了這些社會現象，甚至如李後主詩中，則寫出了此社會現象造成之深刻感受。戰爭

亦會促使獨立團體，包括民族、國家……，相互接觸而加速文化成長，導致原始部落組成大國，法律與秩序推及廣延之領土，例如魏晉南北朝時的戰爭促成南方與北方文化相互影響，匈奴、鮮卑、羯、氐、羌等「五胡」，與後燕、西燕、後秦、西秦、北魏、後涼、仇池等七國，和漢族之間雖然互相征戰，但在文化與社會制度上也相互影響，戰爭詩對此也有描述。是故，戰爭詩具有社會學之價值，三國時代戰爭詩可作為研究三國時代社會之補充。

七、研究戰爭詩具有政治學目的與意義

戰爭是政治之延續，兩國之間的政治交往並不會因為戰爭而中斷，即使發生戰爭，政治交往仍然繼續存在，並且貫穿與約束整個戰爭直到媾和。講明白一點，就是戰爭往往隨著兩國政治外交情勢起舞，兩國有可能因為外交與政治關係破裂而宣戰，也可能為了援助盟國而向他國開戰，戰爭時也因兩國間政治情勢而決定戰況，緊繃時仇視並激戰，協談時放鬆並停戰，甚至因政治與外交關係而有時打仗有時停戰，最後也可能因外交文書而宣布戰爭終止。雖然政治因素並不會滲透到戰爭中各個細節，但政治因素對制訂整個戰爭計畫與戰局計畫，具有決定性影響，從根本上而言，軍事觀點是從屬於政治觀點的，政治是主幹，戰爭只是工具，政治目的是戰爭最初之動機，也是衡量戰爭行為應達到何種目標之尺度，並且衡量應用多少力量，戰爭可說是強硬的外交方式，因為國際間的妥協大多不具備永久之法律效力，戰爭就變成解決紛爭的一種方式，所以政治利用戰爭來達到其目的，對戰爭之開始與結束有決定性影響，國家必須考慮不能因戰爭而將力量完全消耗，否則政治也

將隨之破產，軍事結論往往必須受到政治考慮的牽制，戰爭成為藉以獲得權力和勢力，提出主張與增進利益之工具，所以戰爭基本上是政治行為，不能用「純」軍事方式解決。如：岳飛即是因為宰相秦檜欲與金國政府以外交方式媾和，皇帝不願打敗金國後迎接原君王復位等政治因素，而連下十二道金牌召回，以停戰與賜死岳飛，表達竭誠希望用政治方式達到和平，所以要根據由政治因素與政治關係產生之戰爭的特點與主要輪廓之概然性來認識每次戰爭。戰爭詩的內容有時也反映出戰爭從屬於政治的特性，記錄當時各國戰爭與國際間政治情勢微妙的互動，從其中可體察出政治學之價值。如岳飛〈滿江紅〉即寫出：「靖康恥，猶未雪；臣子恨，何時滅？」認為靖康時受到金兵兩次入侵之恥辱，應以戰爭方式平復；而〈小重山〉則言：「欲將心事付瑤琴，知音少，弦斷有誰聽？」娓娓道出因政治因素，被奪兵權，壯志難伸之憂慮與憤懣。故戰爭詩中具備深刻的政治學價值。

第四節　研究的範圍與限制

本研究設定的範圍在於時代僅設定在三國時代，而且是以作者所處年代為取向，並不包含其他時代，意即假使作品內容為描述三國時代戰爭，但作者並非三國時代人，則除非有必要附帶敘述，相互比較，以使研究更加完整，否則不涉及。作品的範圍是設在屬於戰爭詩範圍的作品裡，其餘詩作將不論述。設定如此的範圍是為了使主題更明確，範圍更清楚，從而使研究易於進行。

本研究的限制在於三國時代當時戰爭繁多，作品有許多已

亡佚失傳，存留之作品無法測得當時詩人對戰爭概念之全貌。
而所流傳之詩歌，究竟取決於何種標準，亦無法得知。且許多
詩人之生平資料，也失傳不詳，如此一來，作品難窺全豹，亦
無法判斷其寫作背景與年代，恐將導致曲解或以偏概全之弊。
也因此，更應該小心求證，仔細判斷，慎防妄下斷語。

第五節　過去主要研究成果與檢討

一、國內外對戰爭研究者多，但對中國古代兵學研究者少

　　國內外目前研究戰爭者為數不少，無論是戰爭理論、軍事
理論、戰爭史、戰爭心理學、戰爭與政治學、戰爭與社會學
……，都有大量的學者投入此範圍的研究，各大專院校或軍事
學校，對戰爭作相關研究亦所在多有，然而專門研究中國古代
兵學之學者，則較少，但也有部分西方學者對中國古代兵學甚
感興趣。西方的戰爭理論已經有一定的規模與系統，但研究或
整理中國古代兵學之書籍、期刊論文、學位論文，數量有限，
而且其中部分書籍以翻譯成白話文為主，說明與討論部分甚
少，談不上是深入的研究，如果扣除此部分，研究者就更單薄
了，也可見中國古代兵學正待有識之士，為其整理出體系。

二、過去對戰爭詩或戰爭文學之主要研究成果

　　胡雲翼《唐代的戰爭文學》是早期提出「戰爭文學」此一
名詞功不可沒者，他對此種體裁的文學作品，作了概括而簡約
的說明，然而對於其定義以及「戰爭詩」之定義，則並未提出

明確之界定，甚為可惜。後來朱西甯對「戰爭文學」也提出精闢而深入的看法，但也並未對此體裁之定義，作任何之說明[6]。此文為短篇論文，主要提出戰爭文學有三種境況：形式的外觀、內容的詮釋、意境的內發。接下來，洪讚在其博士論文[7]中，對此議題有較深入之探析。此篇論文總結了前人零散的概論，也開啟後人對此體裁的關切和留意，而此論文也是第一次有人對「戰爭詩」進行大規模研究，成果斐然，他以唐詩分期作為研究劃分，分為初唐、盛唐、中唐、晚唐四期，個別研究此四期戰爭詩之情況。但可惜的是，之後並未見其他人對此體裁再度以學位論文或書籍方式進行研究。此論文自然有些未盡完美之處，如其中並非將全部之唐代戰爭詩作為研究對象，初唐僅以太宗、四傑、陳子昂等，盛唐僅以高岑、王孟、李白、杜甫，諸如此類情況，似乎有些偏頗不夠全面，但創業維艱且具有代表性的地位，仍是不容忽視的。

在洪讚之後，瘂弦〈戰火紋身〉一文，討論尹玲的戰爭詩，是以個別作者之戰爭詩，作為研究範疇，然而對「戰爭詩」定義並未說明[8]。豐華瞻在1993年《中西詩歌比較》一書中，也對此體裁之詩歌以「關於戰爭的詩篇」一節討論，說明英國與美國的戰爭詩概況，然而令人遺憾的是，仍是對此體裁之定義，未有隻字片語[9]。同年，莫渝〈熱血在我胸中沸騰〉一文，析論覃子豪的戰爭詩歌，是以個別作者之戰爭詩，作為研究範疇，討論其創作分期與背景以及其戰爭詩之特色，同樣地沒有對「戰爭詩」定義提出解釋[10]。1994年林韻梅〈悲情與反省——談戰爭詩歌中的含義〉，主在探討王粲〈七哀詩〉的悲情，並觀察唐代戰爭詩歌如何藉由女性心緒來反省，文中一樣未提「戰爭詩」定義，然從其文中所舉戰爭詩的某些例子而

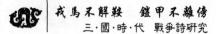

言，並不能說不是戰爭詩，但為間接之戰爭詩[11]。1997年王玫珍〈元初詩人伯顏及其戰爭詩研究〉，主要研究伯顏之生平、戰爭詩存詩情況及其特色，其中則對「戰爭詩」定義有所說明，他的說法與洪讚之言，實為殊途同歸，但並未提到洪讚之定義。而且其文並未言及何謂「戰爭」？亦造成界定之模糊。後面寫道：「有時是寫戰爭場面之盛大，藉以揚威國事隆盛；有時則控訴戰爭之險惡殘酷，以及兵士戍邊之苦。」則零散而約略地提到一些屬於戰爭詩的內容範疇，還有些屬於戰爭詩的內容沒有提到，對於這種種內容的不同，也還沒有統整的分類。

　　整體來說，對於戰爭詩的研究，大多以研究個人為主，且多為短篇論文，篇幅短，自然較欠缺整體而宏觀之系統研究，就連戰爭詩的定義，至今仍模糊不清，是故筆者才在文中仔細推敲出其定義。而建立出每一朝代，甚或是全中國歷史之戰爭詩概況，以判讀或彙整出中國詩人對戰爭的看法，體察詩人們在身受戰爭之時，從犧牲中獲得了什麼教訓？「戰爭」在詩人心中有何意義？詩人對戰爭的認識又是什麼？詩人如何詮釋「戰爭」的真諦？戰爭詩如何表達戰爭背後的內容與境界？這些都是亟待解決之瓶頸。

第六節　研究進路與方法

　　無論從事何種研究，都離不開有效而科學的方法運用，以探求真理、突顯真相。方法的型態與功用各有其妙，命題與方法的配合，是研究工作開展前必要的初步程式。運用合乎邏輯的方法是引導文學研究循著系統嚴謹的軌道，使求真求實的研

究能順利進行。文學研究方法一直與時俱進，但終究脫離不了
對文學的理解與認識，而且對於文學內緣與外在的因素都要融
合貫串地了解，這是因為文學不能自絕於歷史背景之外，也不
能離棄當時的哲學思潮而獨立。所以運用方法也不能墨守一
方，況且文學本身的複雜演變，也是促進研究方法更新變異的
力量。

　　運用在文學的研究方法，最常見的即是傳統的文學研究
法，如形式技巧的分析、歷史文化的探求、文學理論的歸納、
作者個人的傳記搜索……等等，在文學內涵、形式與外在因素
等範圍中著手使力。這是文學研究中常見且普遍的方法，卻也
是經過歷史考驗下流傳至今的研究方式。

　　因此本研究宜先對於三國詩作有深入之認識，先統整各個
版本，詳盡地蒐集資料，分辨資料的真偽，判斷作者的身分，
並妥善地利用前人的研究成果[12]，甚或利用王國維《古史新證》
提出的「二重證據法」[13]，利用地下出土的材料補正紙上材
料，進而去了解三國時代詩之情況。可由作者之生平、作詩之
理由、運用之環境與當時之社會背景……加以分析之，進而了
解當時戰爭對於社會的影響及人們心態的情況。

　　除此方法之外，此研究也以科技整合的研究法進行，藉助
政治學理論、社會學理論、文學社會學、心理學理論、戰爭心
理學、戰爭理論以及軍事理論，來研究剖析當時之政治背景、
社會心理背景、軍事戰爭背景與詩歌作品之關聯，分析戰爭對
於文學作品的影響，以及文學作品如何表現文人對戰爭的心
理，和作品中呈現出戰爭對社會影響的情況。這是因為以上各
種學理的運用是文學探究的一大助力，期盼更透徹的擭獲複雜
的文學風貌，運用各種方法來分析諸多的文學現象。

社會文化是經由宗教、哲學、倫理傳統、道德意識、生活
方式及價值判斷……等等互相融合而成的，對於文學的創作過
程、主題內涵的趨勢、結構技巧的使用、風格面貌的流露，美
學觀點的形成，也自然具有影響力。所以社會學方法著重在研
究道德、價值、文化、人性的特質，而這些是文化傳統情感意
識的根源，自然可以運用在文學的研究之上。中國古代詩論
中，有所謂的詩教，興觀群怨、經世濟民的文學思想，都具有
強烈倫理的內涵與社會批評功能，本文所研究的戰爭詩就可以
說是一社會現象，戰爭詩的形成受到社會的制約與塑造極深，
當它形成之後又反過來影響社會趨勢，所以要分析出三國時代
戰爭詩的內涵特質，必須放在歷史、社會、文化傳統的背景上
仔細考量，一方面由縱向史實的貫串來了解社會與文學的關
係，另一方面藉由心理學的方法來分析作者心性情感直接影響
下所呈現的作品，以便對作家、作品、思潮進行史論結合的綜
合評價，並藉歷史研究結果，分析出戰爭詩作品對於記載史實
之功。

　　並以其藝術手法為橫向分析之依歸，此部分將以音樂理
論、美學、文學理論、文學批評理論、修辭學、聲韻學、文章
學……等等，來進行探求，分析三國時代戰爭詩，從而探究出
優美的文學形象以及其特色。宗廷虎〈修辭學與心理學〉：
「修辭學必須研究如何修辭得更好，如何最佳地調動寫說者的
心理因素，如何更好地激起聽讀者的心理反應，從而使幾個分
析器發揮更大作用。」[14]可見運用修辭學可以去理解作者的創
作心理，並且可以藉此理解說寫者與聽讀者種種複雜的思想情
感與心理活動。而美學對於修辭學與文學批評……等等方法，
往往具有原則性的指導作用，是一種研究美的性質與法則的學

問，無論是藝術起源的探討、美感經驗的分析以及藝術創作的研究……等等，都是美學研究的範圍，舉凡音樂、舞蹈、繪畫、文學、建築……等等都是研究的重點，所以可以利用美學對三國時代戰爭詩進行研究，以了解其優美之處。同樣道理，音樂理論、文學理論、文學批評理論、聲韻學、文章學……等等方法，也都是引導探索戰爭詩的美感的方法。

除以上各種方法的輔助外，本文主要針對三國時代戰爭詩內容進行分析，兼採定質分析與定量分析兩種方式，以期掌握研究對象的特質。鑑於數量統計、列表比對有簡明客觀之優點，故在控制變因、簡化分析因素的情況下，將全體三國時代戰爭詩予以歸類統計、列表詳析，採取普遍而量化之宏觀角度，以了解整體情況及趨勢，進而徵諸詩家評論、詩選著錄，擇取詩篇品鑑評析，酌採比較方法，與歷代詩話與詩論作聯繫，藉以轉換研究觀點，擴充評論視野，較客觀地與發掘詩篇風格之體勢、創作之成就，由質的層次深入討論，對戰爭詩個別作品進行評估，期望由博返約、計量析質，使兩種研究方法截長補短。

以上步驟是由點而線而面，循序漸進，逐漸完成。當要完成以上步驟之時，必須隨時保持客觀之心，求時時刻刻勿失偏頗。遇有問題，須多求證據，求出作者之本義，隨時檢視所使用之資料，甚或前人理論有誤，亦須加以刊正。

註　釋

1　莫渝〈熱血在我胸中沸騰：試析覃子豪的戰爭詩歌〉，台北：《文訊雜誌》，革新第58期（總號97），頁81，1993年11月出版。

2　隨著劍在戰爭中日益重要的地位，於是質量上的改進也就越來越迫切，一方面要加長劍身的長度，另一方面要使它更加堅韌和鋒利。所以從早期的青銅劍，到了戰國晚期已經有了相當大的進展，例如秦國劍在秦始皇時期已經達到81至91.3釐米的長度。在增強殺傷力方面，主要是產生了劍脊和劍刃含錫量不同的複合劍。春秋時，鐵劍則登上了舞台，於是出現鐵劍。三國時代則出現了「刀」。在戰爭詩中，也因為類似這樣的科技進步與武器發明，而記錄了不同的武器名稱與戰爭型態。

3　瘂弦〈戰火紋身——尹玲的戰爭詩〉，《現代詩》，卷期18，頁38-41，1992年9月出版。

4　林韻梅〈悲情與反省——談戰爭詩歌中的含義〉，《中國語文》，第74卷3期（總號441），頁45-51，1994年3月出版。

5　根據馬少雲《戰爭哲學》（商務印書館出版）曾經對軍事與戰爭做過區分，戰爭是整體綜合而統一的，軍事則是戰爭的表現，限於有形力量的運用。所以戰爭包括軍事，軍事卻無法涵蓋戰爭。

6　不著作者〈朱西甯談戰爭文學〉，《戰太平：戰爭文學專輯》，頁23-41，為演講記錄。台北：三三書坊，1981年8月初版。

7　洪讚《唐代戰爭詩研究》，國立政治大學中國文學研究所博士論文，畢業年度：1985。後於1987年10月由台北市文史哲出版社出版。

8　瘂弦〈戰火紋身——尹玲的戰爭詩〉，《現代詩》，卷期18，頁38-41，1992年9月出版。

9　豐華瞻《中西詩歌比較》，頁104-118，台北：新學識文教出版中心，1993年初版。

10　莫渝〈熱血在我胸中沸騰：試析覃子豪的戰爭詩歌〉，《文訊雜誌》，革新第58期（總號97），頁79-83，1993年11月出版。

11　林韻梅〈悲情與反省——談戰爭詩歌中的含義〉，《中國語文》，第74卷3期（總號441），頁45-51，1994年3月出版。文中所舉戰爭詩某些如：王粲〈七哀詩〉、杜甫〈月夜〉、李白〈春思〉與〈子夜秋歌〉、皇甫冉〈春思〉等，詩作內容描述並非戰場，所以為「間接之戰爭詩」。

12　朱浤源主編《撰寫博碩士論文實戰手冊》，台北：正中書局，1999年11月初版，頁200-208。

13　于大成〈二重證據〉對王國維二重證據法有更深入的發揮，收入於大成《理選樓論學稿》，台北：台灣學生書局，1979年出版，頁501-561。

14　宗廷虎〈修辭學與心理學〉，中國修辭學會編《修辭學論文集》第2集，

福建：福建人民出版社，1984年7月初版，頁13-14。所謂的幾個分析器，是指大腦「言語區」中的「言語活動分析器」、「言語聽覺分析器」和「言語視覺分析器」。

第二章 三國時代戰爭詩之涵義

第一節 三國時代之涵義

要了解三國時代在劃分時的定義，需要從幾個方面來談。

一、歷史學者之定名與劃分

大多數的歷史學家都將這一段魏、蜀、吳三國鼎立的時代，稱為「三國時代」。如傅樂成《中國通史》在其章節標目上就將其稱作「三國時代」，言「……曹操於二十年親擊張魯，魯降，……二十四年，劉備大敗操軍，遂取漢中，其年七月，備自立為漢中王。至此『三分天下』的形勢，乃大體完成。」[1]而王仲犖《魏晉南北朝史》[2]在章目上也是標「三國」，並非稱「魏朝」，黎虎《魏晉南北朝史論》[3]則標「三國時期」。以上種種可見，即使書名上稱「魏晉南北朝」，在講述到魏蜀吳三分天下此一歷史時期，仍多半標舉「三國」之名。雖然也有少數如陳寅恪《魏晉南北朝史講演錄》[4]以「魏朝」為標目，而附論吳、蜀，但大多數歷史學者仍採取「三國」之名。在述及此段歷史之時，學者多數選擇從東漢末年黨錮之禍、黃巾之亂……等等東漢衰微情況產生開始描述，而將曹操統一北方視為三國時代確立的開始，並以魏國滅亡，司馬炎篡位，晉國滅吳，作為結束。（如上述傅樂成《中國通史》、王

仲犖《魏晉南北朝史》皆以如此的行文方式記錄）也就是說，根據政權統治的情況看來，現今歷史學家傾向於用「三國」此一較為全面的名稱來說明魏國、吳國、蜀國三足鼎立的政治情勢，並從東漢末年記述起，以晉國滅吳為結束，強調出歷史的連貫性，而不再採用《三國志》側重於魏國的定名與時代劃分方式。

二、戰爭史與軍事史學者之定名與劃分

　　由東漢到三國，其間政權的遞嬗、形式的演變，皆視群雄的實力消長而定，而實力消長則決定於戰爭的勝敗。戰爭成敗除了對政治有決定性影響外，既然是要研究戰爭詩此一體裁，也不得不考慮戰爭史學者以及軍事史學者對於魏國、吳國、蜀國並存時代的定名與時代劃分。以戰爭史學者的意見而言，仍是以「三國」作為定名，如三軍大學《中國歷代戰爭史》第四冊章目定為「三國時代」，曰：「所謂『三國』者，即魏、蜀、吳三分東漢州郡，各自稱王稱帝之一段時間而言。其時間，起自漢獻帝初平元年（西元一九○年），止於晉武帝太康元年（西元二八○年），共為九十年。」[5]並從董卓之亂開始敘述。而張曉生、劉文彥《中國古代戰爭通覽》第一冊也是定名為「三國時代」，而以劉備襲取漢中成功，作為三國時代之開始，以魏國滅蜀漢作為結束（當時吳國還未滅亡）[6]。

　　至於從我國軍事制度、武器裝備、軍事地理、軍事思想和戰略戰術等方面發展為考量編寫的軍事史，他們的看法也是將此時期定名為「三國」，如高銳主編《中國軍事史略》上冊將章目定為「三國」，並以黃巾之亂作為敘述起點，以司馬炎篡位稱晉為終點（當時吳國還沒有亡國）[7]。另如李新達主編

《中國軍事制度史：武官制度卷》則定為「三國兩晉南北朝」
[8]，劉昭祥主編《中國軍事制度史：軍事組織體制編制卷》則
定為「三國」[9]。

　　從此可知，若從此時期之戰爭年代與軍事發展的情況，作
一定名與分期的話，仍是以「三國」較為合理。

三、文學史學者之定名與劃分

　　政治上之朝代，可一夕變革，但文學上之朝代，雖然也會
受到新朝政與新的社會生活影響，如清代八股文之出現，但改
變則往往出於漸變，如從四言詩進展到五言詩，其中歷經多
年，所以在討論文學作品時，並不能以政治朝代作為文學史劃
分階段的唯一依據，是故也要參酌文學史學者之意見。

　　劉大傑《中國文學發展史》以「魏晉時代的文學」作為章
目，用作家與年號來排列劃分，定為「曹植與建安詩人」、
「正始到永嘉」、「陶淵明及其作品」[10]。中華文化復興運動推
行委員會《中國文學講話：（五）魏晉南北朝文學》以「魏晉
文學」作為章目，其下分作家敘述：「曹氏父子」、「建安七
子」、「阮籍」、「嵇康」[11]。鍾優民《中國詩歌史：魏晉南北
朝》則標為「魏晉南北朝詩歌」，屬於魏朝部分，分為「建安
詩歌」與「正始詩歌」[12]。葉慶炳《中國文學史》則以「魏代
文學」作為章目，以年號分為「建安詩歌」與「正始玄風與詩
歌」，其下繫作家[13]。澤田總清《中國韻文史》則定名「魏代
韻文」，其下分述魏武帝、文帝、曹植、鄴下諸子的詩賦、樂
府與韻文[14]。

　　整體看來，定名與劃分方式極為混亂。以其內容觀之，仍
有以「魏代」作為三國之代稱現象，也就是雖標名為「魏

代」，其實時代背景所述為三國對峙之社會狀況，而列舉作家也往往涵蓋吳國與蜀漢，諸如：孫皓、韋昭、張純、薛綜、費禕、張儼、朱異、諸葛恪、華覈、周昭、諸葛亮……等等，與三國各國的民歌。所以徐公持編著《魏晉文學史》將此期文學定為「三國文學」時說：「三國時期，包括建安時期在內，總共七十年（196-265）。從文學角度看，顯然可以再分為前後兩個時期，即習慣所稱建安文學及正始文學兩部分。」[15]是非常有道理的。

　　綜上所述，戰爭詩因是以戰爭為描述主題，所以與政治、軍事、戰爭等情況密切相關，所以歷史、戰爭史、軍事史之定名與劃分也值得參考。而從文學史的角度觀之，建安與正始文學自成一斷代，有其獨特之時代文學風格，輔以目前魏晉南北朝輯本情況而言，逯欽立《先秦漢魏晉南北朝詩》定為「魏詩」，其下附蜀漢、吳[16]，丁仲祜《全漢三國晉南北朝》則定為「全三國詩」，卷一到卷五為魏詩，卷六為吳、蜀漢詩[17]。由此種種看來，定名「三國時代」較能符合政治、軍事、與文學上的考量，也較能契合於戰爭詩之體質，表達出三國鼎立之社會情況，並囊括魏國、吳國與蜀漢的作家，不致令人產生誤解。

第二節　戰爭之涵義

　　德國克勞塞維茨曾說：「在戰爭中一切都很簡單，但是就連最簡單的事情也是困難的。」正因戰爭的不可捉摸與瞬息萬變，所以戰場上很難有所謂的「專家」、「權威」，而一場戰役的勝利與失敗，也非一定，「戰爭」這種學問，是無法如一般

學科立出學士、碩士及博士的,由此可見戰爭這一門學問是多麼無窮無盡、高深莫測。既然「戰爭」本身如此無限與千變萬化,所以無論用如何的定義來界說,都是無法周全的,然而在研究三國時代戰爭詩時,非得先了解戰爭的定義不可,否則將會造成界定一首詩是否是戰爭詩以及其所呈現之內容是否為戰爭在判斷上的困難。以下就分別從中國與西方軍事家的界定來談。

一、中國古代兵法家的看法

　　無論是古今中外,任何一個軍事家或政治家,都將會面臨與討論,「什麼是戰爭?」「如何看待戰爭?」之類的問題,而中國古代的兵學家與軍事家有關戰爭的本質、起源與各種理論,都值得今日重新借鏡,以權衡對於戰爭的看法。「兵」字為中國古代兵學家表達戰爭之用字,史美珩也曾提到過[18]。而「兵」字在不同之場合,也表示不同意義,並非全然是「戰爭」之意,它有時是「兵器」,如:老子:「兵者不祥之器,非君子之器」(三十一章)[19];有時是「士兵」或「軍隊」,如:「是故勝兵先勝而後求戰,敗兵先戰而後求勝。」(《孫子兵法・軍形第四》)[20];有時是指「軍事」,如:「兵家自古詭道」(《唐太宗李衛公問對》),這裡的兵家是軍事家;而「兵者,國之大事也」(《孫子兵法・計篇》)這裡的「兵」指的即是「戰爭」。

　　除了用「兵」表示戰爭之意外,中國古代有時還用「爭」、「戰」、「武」、「禍」、「亂」、「鬥」等等來表示戰爭。而戰爭的定義是什麼?中國古代對此所下的定義,則是相當複雜紛紜,甚至如曾國垣所言:

中國向來忽略了名詞的定義，因而先秦古籍之中，關於
戰爭的定義，幾乎沒有，便有，也只是一些不完整的，
算不得定義。[21]

在中國古代兵書典籍中，大多對戰爭沒有完整而系統的定
義，零星的觀念主要有下列數種說法：

（一）戰爭乃凶危之事

持此觀點者如：《老子》：「兵者不祥之器，非君子之
器，不得已而用之，恬淡為上。」（三十一章）首先提出兵器
是傷害人、不祥瑞的器物，不是屬於仁人君子的器具，如果在
萬不得已的使用，也是求「心平氣和，達到目的即停止」當作
最高指導原則。又如句踐：「兵者兇器也，戰者逆德也，爭者
事之末也，故不得已而用之。」（《史記·句踐世家》）承襲此
說，認為兵器是兇殘的器物，戰爭違背道德與德治的行為，爭
執是事情最後的解決方法，只有在不得已時才使用。尉繚子：
「兵者，兇器也；爭者，逆德也；將者，死官也。故不得已而
用之。」（《尉繚子·武議第八》）也是襲用此說，連文句都大
部分相同，只多提出將領是出生入死的官職而已。《呂氏春
秋》：「凡兵，天下之兇器也；勇，天下之凶德也；舉兇器，
行兇德，猶不得已也。」（《呂氏春秋·論威》）觀念是一樣
的，認為兵器是天下兇殘之物品，「小勇」是天下間不祥的德
行；使用兇器，作不祥的行為，都是不得已的。《三略》：
「夫兵者，不祥之器，非君子之器，天道惡之，不得已而用
之。」（《黃石公三略·下略》）文句跟前述皆大致相同，但更
提出戰爭是受到天道厭惡的想法[22]，試圖倚靠天的力量來制約
這種不祥兇殘的行為。

又如諸葛亮：「兵者兇器，戰者危事。」（《三國志·諸葛亮傳》）除複述兵器是兇器，更提出戰爭是危險的事。曹操：「兵者凶事，不可為首。」（《三國志·武帝紀》）則同樣認為戰爭是凶險之事，不可當作國家首要之事。唐太宗：「夫甲兵者，國家兇器也。」（《帝範》）、《太白陰經》：「兵者兇器，戰者危事，陰謀逆德。」（《太白陰經·善師》）以及《百戰奇略》：「夫兵，兇器也，戰者逆德也，實不獲已而用之。」（《百戰奇略·好戰》）都沿用前述的觀念與文句。

這種定義認為兵器是傷人殺人的兇器，戰爭是兇暴殘忍之行為，只有在不得已的情況下才可以使用。此種觀點反對暴力，反對用兵，《老子·三十章》也曾言：「以道佐人主者，不以兵強天下，其事好還。」表示合於「道」的政治或輔佐人君者，都應該不僅僅是以兵力強盛為方法，而要還反於「無為」，但並非主張廢兵，只是說兵是兇器，戰爭是凶事並且逆德，但仍然認為「不得已而用之」，也就是表示在必須一戰時，仍將戰鬥，是故兵不可不備，但希望備而不用，此為理想境界。由此出發，可以導致反對任何戰爭，堅持和平的人道主義，也同時可以導致大相逕庭的支援正義戰爭、反對不義戰爭的立場，雖無闡明戰爭的本質與內涵，但這種不願只訴諸武力，最好以和平方式解決，以和平人道為立足點，但若是對方以武力相逼，仍須為國一戰的態度，深深影響著中國人，許多兵書都以此為判斷，從以上各例即可知。所以一旦觸及具體的戰爭，中國人往往公認在反侵略的正義戰爭中英勇殺敵、不怕犧牲者為愛國英雄，如：霍去病、岳飛、鄭成功等等。

（二）戰爭是國家大事

所謂「國之大事，唯祀與戎。」（《左傳·成公十三年》）

此意謂著戰爭是國家之重大事情。另外持此觀點者如孫武：「兵者，國之大事也，死生之地，存亡之道，不可不察也。」（《孫子兵法·計篇》）此為孫子兵法第一篇的第一句話，一開始便開宗明義，說明戰爭是國家大事，是軍隊生死所在，關係著國家存續或亡滅，不能不認真考察。又如孫臏：「夫兵者，非恃恒勢也，此先王之傳道也[23]，戰勝，則所以存亡國而斷絕世也。戰不勝，則所以削地而危社稷也。是故，兵者不可不察。」（《孫臏兵法·見威王篇》）認為戰爭不能倚靠某種固定不變的形式，這是先王傳下來的道理，打勝仗就能保存處於危亡中的國家，繼承瀕於斷絕的世系。戰敗，就會使領土被割裂，國家遭受危害，因此對戰爭問題應當認真研究。《六韜·論將》：「兵者，國之大事，存亡之道，命在於將。」除與前述孫武之想法一致外，並提出此事之要害在於將帥。諸葛亮：「夫國之大務，莫先於戒備。若夫失之毫釐，則差若千里。覆軍殺將，勢不踰息，可不懼哉。」（《將苑·戒備篇》）認為國家的重要事情中，沒有比戰備更重要的了！戒備稍一疏失，就會造成嚴重的後果，軍隊覆沒，將帥被殺，形勢之危急，不超過喘一口氣的工夫，這難道不該戒慎恐懼嗎？唐甄：「兵者，國之大事，君子之急務也。」（《潛書·全學》）也是闡述戰爭是國家大事，甚至認為是君子最急切的任務。

　　戰爭關係著個人的生與死，更決定著國家的存或滅，必須考慮再三，方可為之，表達出「慎戰」的思想，警告國君要慎重其事，萬不可輕易引發戰爭。一旦國家發生戰爭，戰敗固然有亡國的可能，而戰勝也將使國家經濟遭受重大損失，導致衰弱不振；而且一次戰役，也可能引發之後一連串之戰爭。李德哈特（B. H. Liddell Hart）在研究西方戰爭史後，根據歷史的教

訓，提出忠告：

> 我們從歷史中得知，完全的勝利從未為勝利者帶來所經
> 常期待的結果，因為勝利往往也同時灑下了新的戰爭種
> 子，勝利會使戰敗者產生一種雪恥復仇的期望，因之也
> 會引起新的競爭。[24]

　　有權決定啟動戰爭者，應當了解此歷史經驗，勿期待不當
之結果，明察其後遺症，審慎確實地計算必勝的把握與是否有
絕對之必要以戰爭來解決問題時，方能以戰爭為政治手段。事
實上與國家存亡有關的問題，不只是戰爭而已，其他如：橫征
暴斂、賞罰不明、內政失當、民生不調等等都有直接關係，此
定義雖不能揭示出戰爭與其他事物之明顯區隔與其本質，但可
以提醒為政者對戰爭的重視與關切。

（三）戰爭是一種詭詐之行為

　　持此觀點者如孫武：「兵者，詭道也。」（《孫子兵法‧計
篇》）說明用兵應以詭詐為原則。又說：「兵以詐立。」（《孫
子兵法‧軍爭》）用兵打仗要依靠詭詐多變來取勝。諸葛亮也
說：「敵欲固守，攻其無備；敵欲興陣，出其不意。」（《諸葛
亮集‧便宜十六策‧治軍》）認為戰爭沒有固定的型態，一切
以詭詐為原則，攻擊敵人沒有防備之處，計策出乎其意料之
外。李靖：「兵家自古詭道。」（〈唐太宗李衛公問對〉）則點
明軍事家自古都使用詭詐之兵法。（宋）曾功亮：「歷觀前
志，連百萬之師，兩敵相向，列陣以戰而不用奇者，未有不敗
亡也。故兵不奇則不勝。」（《武經總要‧前集‧奇兵》）闡述
其觀察歷代戰爭時，依照詭詐之道而行，以求取勝利，如不採

用奇兵，就容易敗亡。

　　此說提出戰爭對立於政治與道德的特殊性，「兵不厭詐」
正是此理。詭詐是戰爭的一個本質特徵，在戰爭中，詭詐是被
允許的，不像在政治與道德中從事陰謀詭詐之行為，則是無恥
卑鄙的醜惡行徑。金基洞言：

　　　　詭者，虛實難知，實者虛之，虛者實之。[25]

　　也就是說，戰爭可以在虛虛實實之間使用詭詐之術，以達
成克敵致勝之目的，可以攻敵之不守，守敵之不攻，可以同時
以實力攻擊敵人，也可以用出奇制勝之計打敗敵方，獲取勝
利。然而此雖為戰爭之特徵本質，但還不完全等同於戰爭。

（四）戰爭是與文治不能分割的一體

　　持此觀點者如孔子：「有文事者，必有武備。」（《史記·
孔子世家》）首先提出凡文事必有武備。尉繚子：「兵者，以
武為植，以文為種；武為表，文為裡。能審此二者，知勝敗
矣。文所以觀利害，辨安危，武所以犯強敵，力攻守也。專一
則勝，離散則敗。」（《尉繚子·兵令上二十三》）說明更詳
細，解釋戰爭這件事是以武力作為主幹，以文德作為根基。武
力是外在形式，文德是內在實質。能確實釐清此二者之關聯，
就能掌握勝敗。文德是用來觀察利害、辨別安危，武力是用來
進攻強敵、鞏固防守，兩者結合就能得勝，二者分離則招致失
敗。元世祖時趙天麟：「文者，武之宗；武者，文之助。」
（《歷代名臣奏議》卷二四一）也認為文事是武備之根源，武備
是文事之輔助。

　　這觀念表示文事必有武備，武事也必有文備，兩者缺一不

可，對文與武兩者皆一視同仁，同等重視。以武為表，以文為裡；以武為外，以文為內；兩者互為表裡，須密切配合。戰爭的武力是其外在的表現，實質的內在是政治，所以戰爭是軍事武力與政治的結合體，此定義從戰爭的內涵與本質來說，兼顧其表面武力現象與其內在政治實質，解釋出「武」是為「文」服務的手段。

（五）戰爭是一種解決戰爭或矛盾的特殊手段

　　持此觀點者如管仲：「兵者，外以誅暴，內以禁邪。故兵者尊主安國之經也，不可廢也。」（《管子‧參患》）認為戰爭對外是為了鎮暴，對內禁止邪亂，是使君主地位鞏固、安定國家的不變法則，不可廢除。司馬穰苴：「古者以仁為本，以義治之之謂正。正不獲意則權，權出於戰，不出於中人。是故，殺人安人，殺之可也；攻其國愛其民，攻之可也；以戰止戰，雖戰可也。故仁見親，義見說，智見恃，勇見身，信見信。內得愛焉，所以守也，外得威焉，所以戰也。」（《司馬法‧卷上‧仁本第一》）說明古代的人以仁愛為根本，以道義來治理國家，這才是正確的。如果正當的方法達不到預想的目的，就要行使權變，權變出自戰爭需要，不來自忠信仁愛。因此，如果殺違法亂紀者可使百姓得到安定，則殺人是可以的；如果進攻別的國家為的是拯救這個國家的百姓，那麼進攻是可以的；用戰爭的手段來制止戰爭，即使進行戰爭，也是可以的；正因如此，仁愛便受到尊崇，道義受到歡迎，智謀被倚重，勇敢被仿效，誠實被信任。這樣，在國內就能得到百姓的愛戴，以此保衛國土，在境外也能贏得他國百姓的威服，以此戰勝敵人。又如《商君書》：「故以戰去戰，雖戰可也；以殺去殺，雖殺可也；以刑去刑，雖重刑可也。」（《商君書‧畫策》）、《文

子》：「古之用兵者，非利土地而貪寶賂也，將以存亡平亂，
為民除害也。」（《文子‧上義》）與《淮南子》：「兵者，所
以禁暴討亂也。……教之以道，導之以德而不聽，則臨之以威
武。臨之威武而不從，則制之以兵革。」（《淮南子‧兵略訓》）
也都是同樣的觀念。

　　而孫臏：「我欲積仁義、式禮樂、垂衣裳，以禁爭奪，此
堯舜非弗欲也。不可得，故舉兵繩之。」（《孫臏兵法‧見威
王》）說明要用仁義、禮樂來禁止戰爭，這種方法堯舜不是不
想採用，而是根本辦不到，所以才用戰爭來解決。另如蘇秦：
「夫徒處而致利，安坐而廣地，雖五帝、三王、五伯、明主賢
君，常欲坐而致之，其勢不能，故以戰續之。」（《戰國策‧秦
策》）及《戰國策》：「今有強貪之國，臨王之境，索王之
地，告以理則不可，說以義則不聽，王非戰國守禦之具，其何
以當之？」（《戰國策‧趙策》）都是說明如果有強大而貪婪的
國家，兵臨國境、索求國土，用道理警告他們沒用，用仁義勸
說他們不聽，就需要以守衛國家、防禦敵人的力量去抵抗。

　　荀子：「彼兵者，所以禁暴除害也，非爭奪也。故仁人之
兵，所存者神，所過者化，若時雨之降，莫不說喜。」（《荀
子‧議兵》）認為用兵作戰是為了禁止暴虐、掃除禍害，而不
是為了爭奪。因此仁義君主軍隊駐紮的地方，政治就清明，經
過的地方，民眾就受到教化，就像下了及時雨，沒有人不歡欣
鼓舞。另外如葛洪：「勁兵銳卒，撥亂之神物也。用者非明
哲，則速自焚之禍焉。」（《抱朴子‧博喻卷》）、李筌：「先文
德以懷之，懷之不服，飾玉帛以啖之。啖之不來，然後命士將
練車馬，銳甲兵，攻其無備，出其不意。」（《太白陰經‧貴
和》）以及何去非：「古之人君，有忘戰而惡兵，其弊天下皆

得以陵之，故其勢蹙於弱而不能振；有樂戰而窮兵，其弊天下皆得以乘之，故其勢蹙於強而不知屈。」（《何博士備論‧漢武帝論》）也是在說明軍隊與戰爭都是一種解決矛盾與亂象的手段，如果有君王淡忘軍事，其弊端是天下各國都可以侵侮它，其國勢將會窘迫衰弱，無法振興；但若是太過喜愛戰爭，不只是當作手段而已的話，窮兵黷武，弊端是天下各國皆可乘隙攻擊它，其國勢將受挫於一味用強，而不知退讓。

當政治解決不了問題時，只能用「戰爭」這種政治延續的方式，來解決矛盾與衝突。這和克勞塞維茨：「戰爭無非是政治透過另一種手段的延續。」意思相同，卻比其早提出了約二千年。統治者想透過思想政治手段解決人群之間的矛盾而不可能時，也就是假使積行仁義之政，講究禮樂之式，從容揖讓於廟堂之上，而仍無法禁止爭奪，意即正常的方法行不通，只好進行戰爭，使用變通的手段，以暴力解決；舉兵征討以糾正之，這時戰爭便成為解決矛盾的最後手段，而戰爭之目的是為了「誅暴禁非」，是以戰止戰，用戰爭消滅戰爭，拯救在水火中的人民，以毒攻毒，以暴力制止暴力；如此為了「禁暴除害」而興兵，即為義兵，如果只為爭奪而戰，那便不是為義，只是為利而已。

（六）戰爭是君主對敵軍實施的刑罰

持此觀點者有尉繚子：「凡將，理官也，萬物之主也。」（《尉繚子》）把將帥看成是審判囚犯處理案情的法官；又如臧文仲：「大刑用甲兵，其次用斧鉞；中刑用刀鋸，其次用鑽笮；薄刑用鞭朴。」（《國語‧魯語》）將戰爭當作是最大最嚴重的刑罰。《呂氏春秋》：「家無怒笞，則豎子嬰兒之有過也立見；國無刑罰，則百姓之相侵也立見；天子無誅伐，則諸侯

之相暴也立見。」《呂氏春秋》在〈秋〉紀中討論有關戰爭的問題，因秋天主「刑」，而此處用比喻來解釋，家庭如果沒有家規，小孩的過失就立刻顯現出來；一國沒有刑罰，百姓之間就會發生互相侵奪的現象；天子如果沒有使用戰爭的能力，諸侯之間的暴力行為也將立即可見。將「怒笞」、「刑罰」、「誅伐」當作同一性質之物。而杜牧：「兵者，刑也。刑者，政事也。」（《注孫子·序》）則直接點明戰爭即是一種刑罰，動用龐大軍力對敵方進行討伐與對有罪之人判刑是同一道理，都是屬於政治事件的範圍之內。

　　兵刑合一，兵與刑是同一性質，都是治家治國的方法，將帥是審判的法官，用兵征討就是實施刑罰，無論是對犯罪份子判刑處死與動用數萬兵力對敵方進行征伐，都是同一道理，是為了除去惡民，保障善良百姓能安居樂業，不同的是對象的勢力有大小與有無組織之分，勢力小而無組織者僅需官府派遣數人便能制服，勢力龐大且有組織者則需動員軍隊始能平定，小者用刑，大者用兵，但實質一致。

（七）戰爭是為了維護正義的行為

　　孟子：「以力服人者，非心服也，力不贍也；以德服人者，中心悅而誠服也。」（《孟子·公孫丑上》）認為用武力使人降服的，別人並非甘心歸服，是因為自己力量不夠的緣故；用美德使人歸服的，別人才是內心喜悅、真心信服。又說：「春秋無義戰，彼善於此則有之矣。」（《孟子·盡心》）慨嘆春秋沒有正義的戰爭。孟子並不主張戰爭，但從此顯示出孟子認為戰爭在迫不得已時是因為「德」才可以發動。荀子：「仁者愛人，愛人，故惡人之害之也；義者循理，循理，故惡人之亂之也；故兵者，所以禁暴除害也，非爭奪也。」（《荀子·第十

卷・議兵篇第十五》）說明仁者愛人，正因為愛人，所以憎恨人去傷害人；義者循理，正因為循理，所以憎恨人去擾亂理。用兵作戰，是為了禁止暴虐、掃除禍害，而不是為了爭奪。莊子：「故聖人之用兵也，亡國而不失人心，利澤施乎萬世，不為愛人。」（《莊子・大宗師》）也是同樣道理。管仲更直接指出：「兵不義不可。」（《管子・小問》）孫臏：「故城小而守固者，有委也；卒寡而兵強者，有義也。夫守而無委，戰而無義，天下無能以固且強者。」（《孫臏兵法・見威王》）講到城小而防守牢固的，是因為有充分的儲備；兵少而戰鬥力強的，是因為擁有正義。守城而無儲備，從事不義之戰，天下沒有能守得住、打得贏的。

　　《文子》：「義兵至於境，不戰而止；不義之兵，至於伏屍流血，相交以前。」（《文子・上義》）提出仁義之師進入敵國境內，不必作戰就可安定局面；而不仁不義的軍隊，必將死傷慘重，且戰爭曠日費時，無法收拾。也說：「用兵者五：有義兵，有應兵，有忿兵，有貪兵，有驕兵。誅暴救弱，謂之義。敵來加己，不得已而用之，謂之應。爭小故，不勝其心，謂之忿。利人土地，欲人財貨，謂之貪。恃其國家之大，矜其人民之眾，欲見賢於敵國者，謂之驕。義兵王，應兵勝，忿兵敗，貪兵死，驕兵滅，此天道也。」（《文子・上義》）將用兵的原因分為五種，認為為了維護正義而出兵的戰爭，必然能成功稱王。而《呂氏春秋》：「若用藥者然，得良藥則活人，得惡藥則殺人，義兵之為天下良藥也亦大矣！」（《呂氏春秋・蕩兵》）將正義之戰視為天下良藥。韓非則說：「無不克，本於重積德，故曰重積德，則無不克。戰易勝敵，則兼有天下；論必蓋世，則民人從。」（《韓非子・解志》）無往而不勝的根

本，在於不斷累積德行，所以說「不斷累積德行，無往而不勝。」容易戰勝敵人，就可兼併天下；論理被人接受，就可使民眾順服。《鶡冠子》更直說：「兵者，禮、義、忠、信也。」（《鶡冠子·近迭》）戰爭是為了維護禮義忠信的。《司馬法》：「凡民以仁救，以義戰，以智決，以勇鬥，……故心中仁，行中義，堪物智也，堪大勇也，堪久信也。」（《司馬法·卷下·嚴位第四》）指出凡是士兵，將帥要用仁愛之心去幫助他們，用道義去激勵他們作戰，用智謀來指揮他們戰鬥，用勇敢來領導，……要有仁愛之心，行動要符合道義，才能運用智謀來處理好事物，才算是勇敢，才可以贏得長久的威信。

此主張用兵必須是為了「義」而戰，深惡痛絕「不義之戰」，戰爭以仁義為本，才能使人民喜悅。這種看法是將道德與政治合而為一，不使其分離，當必須用兵時，便得用之於義，而兵非得用之於義的原因在於，因為不義之兵，結果必然失敗，暴兵必亡，合乎正義的戰爭才能消弭戰爭，所以出發點必須是善良、合於仁義的，義兵才能獲得最後的勝利，這便是中國一直強調戰爭必須「師出有名」以及「邪不勝正」的道理。

誠如何曉明所說：「文化史研究表明，在數千年的歷史演進過程中，中國智慧在農藝、天算、醫學，特別是軍事領域，獲得了尤其長足的發育。」[26]中國文化在源遠流長的歷史之下，孕育了深邃卓越的智慧，古代的軍事家在大小征戰中，無論是內亂或外患，從其中獲取豐沛的經驗，自然也產生了豐富的軍事兵法領域的智慧，其中不僅是知識、技巧與才能的記錄，也包含了中華民族對於「戰爭」所特有的整體思維方式、認知態度，以致於價值判斷、人生觀、社會理想。從以上中國

兵法家對「戰爭」主要的七種看法觀之，中國古代對於戰爭本質問題與基本定義，並未做出全面而直接的定義，但大多從政治角度來看待戰爭，而且不斷苦口婆心地提醒眾人：戰爭是危險的，人們不可忘戰，需居安思危，當不得已時就必須使用戰爭，但基本出發點要合於仁義，在使用時千千萬萬要審慎。這些觀點在數千年前就被提出，是非常了不起的，而且深深地影響著活在中國數千年歷史下的政治領袖、軍事將領、詩人與文學家以及社會上各個階層的人民。

二、西方的看法

西方軍事家對於「戰爭」的定義是相當一致的，翻開大多數的軍事書籍，往往是遵循克勞塞維茨的說法，或是從他的說法延伸發揮。而中國近代的軍事思想，由於西學東漸的緣故，也多半受到其影響，依照克勞塞維茨的理論。百年以來，世界各國一致稱讚克氏為現代軍事學的創造者。克氏為十九世紀普魯士將軍，曾參與普法戰爭與法俄戰爭，累積了豐富的戰爭經驗，他的軍事思想對於後代有著重要影響與貢獻，他的軍事哲學主要包括：認為戰爭的本質在於殲滅敵人；戰爭勝敗的邏輯在於雙方精神與物質兩者優劣的結果；一切原則均以戰史實驗作證明；戰爭為活的反應，敵我利害互為因果；不以片面或單一原因結果關係論勝敗，而以「變數」、「函數」等綜合變化關係與功能來看戰爭。而他對於戰爭所提出的行動方法，也就是戰略與兵術，包括：攻守均以殲滅敵人為目的之殲滅主義；無論何時何地以占有優勢為戰勝根本之優勢主義；守勢本質最鞏固，攻勢本質最薄弱之「守勝於攻」理論；求敵之重點集中我之力量之集中主義；精神勝物質，也可以弱勝強之精神主

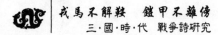
義。諸如此類學說與方法，不只分析綜合了許多戰爭實務，以戰爭的歷史資料作基礎與佐證，也提出關於戰爭之本質與現象的哲學思維，闡明各個命題之因果關係，具有軍事學的高度成就，也影響後世軍事學、政治家與統帥將領甚巨，極多的國家與戰爭都以其理論當作戰略與戰術的基本原則。以下即為其對於戰爭定義之意見：

> 戰爭到底是什麼？我們不必強下種種複雜的定義。但追溯戰爭的由來，當以兩人格鬥為基礎。因為戰爭不過是格鬥的擴大，所以我們可以說，戰爭成於多數的格鬥，即由兩人相對角逐來想像戰爭。人類角逐相鬥，有二要素：一是敵對的感情；一是敵對的意圖；假設有兩人互相嫉視，他們的感情本極粗暴，但若有敵對的意圖，縱無敵對的感情，自必發生衝突，以其有形的威力加於對方。所以戰爭是威力作用，其唯一目的在擊破敵人使其無力復抗而屈從我方意志。[27]

由於原著是十九世紀上半期作品，且為未經修訂之遺著，某些篇章僅是草稿，文字晦澀難解，所以各國譯本在許多地方對原著的理解出入極大。以上所述為民國六十三年在台灣出版的翻譯版本，一直為台灣各界所接受。而其下將舉出民國六十七年大陸所重新修訂翻譯的簡體字版本，中文語圈對此版本接受度也頗高。

> 在這裡，我們不打算一開始就給戰爭下一個冗長的政論式的定義，只打算談談戰爭的要素——搏鬥。戰爭無

非是擴大了的搏鬥。如果我們想要把構成戰爭的無數個
搏鬥作為一個統一體來考慮，那麼最好想像一下兩個人
搏鬥的情況。每一方都力圖用體力迫使對方服從自己的
意志；他的直接目的是打垮對方，使對方不能在做任何
抵抗。

因此，戰爭是迫使對方服從我們意志的一種暴力行為。
暴力用技術和科學的成果裝備自己來對付暴力。暴力所
受到的國際法慣例的限制是微不足道的。這些限制與暴
力同時存在，但在實質上並不削弱暴力的力量。暴力，
即物質暴力（因為除了國家和法的概念以外就沒有精神
暴力了）是手段；把自己的意志強加於敵人是目的。為
了確有把握地達到這個目的，必須使敵人無力抵抗，因
此從概念上講，使敵人無力抵抗是戰爭行為的真正目
標。這個目標代替了上述目的，並把它作為不屬於戰爭
本身的東西而在某種程度上排斥掉了。[28]

　　此二種譯本雖略有出入，然而仍可看出克氏對戰爭定義的
基本輪廓，甚至由於譯者不同的理解，更能將戰爭定義下得較
為完整。首先，對於「戰爭」定義的基本前提是無論多複雜的
定義，都是十分勉強的。也就是說，就算能用冗長的政論性文
章討論，也未必能表達出「戰爭」意義面貌的萬分之一。其次
可以理解的是，戰爭是擴大的格鬥，兩人搏鬥是其原型，兩人
在敵對的意圖與衝突下，以威力企圖迫使對方服從自己之意志
的這種行為，是戰爭的雛形，順此模型可以想像戰爭的情況，
戰爭只是更大規模的決鬥，由無數個搏鬥組成。戰爭與小規模
的格鬥都是威力作用，直接目的都是為了擊垮對方，使對方無

法再做任何抵抗。直接來說，戰爭就是一種以迫使對方實現我方益智為意圖的暴力行為。若以國際間戰爭的實況來說，戰爭是兩方都以暴力來對抗敵方的暴力，而其間的方法常是以技術與科學的發明來增強己方之裝備，而這種暴力雖有如國際法一類的限制，都微不足道，且不足以削弱其威力。戰爭中的暴力是一種物質力量，因為若無國家與法律的觀念，就稱不上是精神力量，所以此暴力是一種手段，迫使敵方向我方意志屈服才是最後目的。為了達到此一目的，必須解除敵人武裝，理論上解除武裝也就變成戰爭的直接目的。

　　克氏不僅在此書的第一章第一節規劃出戰爭的定義，整章都對戰爭的定義多所闡發，甚至全書皆在為戰爭定義作更完整而全面的說明，在此章結語中，有極精彩而獨到之見解，可作為戰爭定義之補充說明。首先提到「戰爭無非是政治透過另一種手段的繼續」，此為家喻戶曉的克氏格言。意思是戰爭不僅是一種政治行為，也是一種真正的政治工具，是政治交往的繼續，是政治行為透過另一種手段的實現。簡單來說，政治意圖是目的，戰爭是手段。其實不僅戰爭是政治的延續，從此書各國翻譯版本及其詮釋角度不同，就可發現政治延續的痕跡，如：中共以馬克斯主義角度翻譯此書，英國以民族間仇恨的立場扭曲此書，克氏曾對俄國有功，故俄國譯本較完備，……。

　　克氏同時也說，戰爭是應乎實際情況而變化，有如變色龍一般，可說是奇特的三面體，包括下列三個方面：一、戰爭具有威猛憎惡和敵對感情等盲目本能；二、是概然性與偶然性的活動，使戰爭成為一種自由的精神活動；三、具有政治工具的從屬性質，戰爭是為純粹理智的行為。此三面中，第一面主要屬於人民，第二個方面專屬於將帥與軍隊，第三面則與政府有

關。戰爭時激烈的公憤，在戰前原已存於國民之中；處於概然性與偶然性錯雜的境界中而能運用自如，則為勇氣與才智的活動範圍，必須取決於統帥與軍隊，故為其特色；政治目的則純粹是由政府掌握。這三種傾向代表三條不同的規律，藏在戰爭的性質之中，起著不同的作用，皆不容忽視，也藉由這些補充，可以對戰爭定義與概念，有更清晰確立的輪廓。

　　西方大多數的軍事家、政治家、三軍將領在著作軍事或戰爭理論時，多以此定義規範戰爭，葛雷將軍在其著作《戰‧爭》，即從此定義延伸：

> 戰爭是指兩個或兩個以上國家之間，因互相仇視，而干戈相向。它的本意就是：兩個敵對、獨立且和解無望的意志體之間，發生了武力的衝突，各自一方都想要將自己的意志，強加於對方之上。因此戰爭的目的，在於將我方的意志加諸在敵人的身上。我們透過武力，有系統的運用暴力，或暴力威脅的手段，達成我們的目標。29

　　將定義更明確的限定範圍在兩國或兩國以上，以下則根據克氏之說法，認為是因為互相仇視，也就是有敵對的意圖，而產生衝突，彼此以武器與暴力相向，也正是所謂的兩個敵對、獨立無關，且無法以理智、外交與其他方式和解的意志體，以暴力來解決問題，而雙方都欲擊破敵人，使其無力復抗而屈從我方意志。戰爭此時便成為一種有系統的武力方式，以達成將我方意志加諸於敵方身上的目標。他又繼續說道：

> 當國家之間產生嚴重不合，卻無法經由外交等和平方式

解決，便訴諸戰爭。國與國之間若非處於交戰狀態，可以認定為和平相處，不過，絕對的戰爭或和平，在現實中可以說根本不存在。大多數國家之間的關係，是介於戰爭與和平兩個極端之間。即使是在兩國和平相處的時期，只要不是屬於前述兩種極端關係中的任何一種，都有可能需要訴諸某種程度的武力。因此，戰爭的形式便可能包括從兩國宣戰，引發大規模的激烈軍事衝突，到彼此暗中敵視，卻未達到必須使用暴力的程度。

　　此段將產生戰爭的主要原因，歸諸於國家之間發生激烈衝突，而無法以外交等和平方式，並且更進一步提示，在現實中的國與國關係幾乎不可能是完全地敵對，或完全地友好，即使在和平相處，沒有交戰狀態的兩個國家，也有可能訴諸某種程度的武力，正如我國所謂的「防人之心不可無」，在國防上往往需要常備武力，並且以諜報武力從事蒐集對方資料的工作，所以他才會認為戰爭的形式除了兩國正面宣戰，激烈的軍事衝突外，在暗地裡互相較勁，彼此監視，即使未必使用暴力，仍屬於戰爭的形式之一。這是將戰爭的範圍以及時間擴大而延長的說法。

　　從以上古今中外對「戰爭」定義的說法看來，其定義實有廣義與狹義之分。廣義來說，如《呂氏春秋·蕩兵》曾言：「察兵之微，在心而未發，兵也；嫉視，兵也；作色，兵也；傲言，兵也；援推，兵也；連反，兵也；侈鬥，兵也；三軍攻戰，兵也。此八者皆兵也，微巨之爭也。」把個體、群體、國家、民族、階級、集團之間具有對抗性因素的思想與行為全看成戰爭，可說是非常寬之定義。「戰爭」可以擴大至相當廣

泛，甚至可說人生即是戰爭，自然狀態就是戰爭狀態，也就是說，人生中的活動包括向外與向內兩種，向外如對一切宇宙自然現象及社會現象，產生好奇，並致力於適應或控制；向內如對自我情感與理智上的混亂激盪，以致於鍛鍊調適；種種向外與向內的活動，都可說是時時處於戰爭狀態。因此任何發生衝突的狀態，皆可謂「戰爭」。

　　而就狹義的「戰爭」定義來說，是廣義的「戰爭」中的一部分，是動員全國的人力、物力、財力與智力，以求本國生存的戰鬥行為。本質為一種威力作用，目的在於使敵方屈服於我方意志。倘若更狹隘來限定，便如葛雷將軍限定為兩國或以上，才可為戰爭，然而由於三國時代之大規模、影響民生甚巨的戰爭，未必皆為兩國或以上之戰役，故不取此義。《便宜十六策·治軍第九》：「治軍之政，謂治邊境之事，匡救大亂之道，以威武為政，誅暴討逆，所以存國家安社稷之計。」便說明了中國狹義的「戰爭」，包含了對抗外敵與討伐內亂兩種在內，筆者以為對戰雙方需有一方具有組織，包含對抗外敵與討伐內亂兩種方向，而且需動員全國之人力物力，攸關國家存亡、以武力使敵方屈服、危險嚴重、使用時不排斥違背道德、且多為政治之延續的戰鬥行為，是較合乎我國對於「戰爭」的狹義看法，且合於三國時代狀況的戰爭型態。馬少雲認為按性質分類，戰爭可分為：（一）王朝性戰爭，（二）宗教性戰爭，（三）政治性戰爭，（四）經濟性戰爭，（五）民族性戰爭，（六）全民（綜合）性戰爭。若按形式分，可分為（一）有形戰爭（熱戰），（二）無形戰爭（冷戰）。按範圍分：（一）有限戰爭，（二）無限戰爭[30]。所以按照不同的標準分類，則可分出不同的戰爭類型。限於篇幅與時間之故，本論文探討之

戰爭詩，作品中描述之「戰爭」，將以狹義之「戰爭」為範圍，且筆者相信在焦點凝聚之下，可研究出詩人對於上述之狹義戰爭的看法，以及作品之成就，成果將更為具體，否則將焦點渙散、大而不當。

第三節　戰爭詩之涵義

一、前人之研究情形

對於「戰爭詩」定義的探討，首先要作的是，觀察前人對此的研究情形。胡雲翼《唐代的戰爭文學》是早期提出「戰爭文學」此一名詞功不可沒者，他對此種體裁的文學作品，作了概括而簡約的說明，然而對於其定義以及「戰爭詩」之定義，則並未提出明確之界定。後來朱西甯對「戰爭文學」也提出精闢而深入的看法，但也並未對此體裁之定義，作任何之說明[31]。接下來，洪讚在其博士論文《唐代戰爭詩研究》[32]中，對此議題有較深入之探析。此篇論文繼承了前人對於戰爭詩零散的概論，也開啟後人對此體裁的關切和留意，而此論文也是第一次有人對「戰爭詩」進行大規模研究，成果斐然，但可惜的是，之後並未見其他人對此體裁再度以學位論文或書籍方式進行研究。

洪讚對於「戰爭詩」定義的說明是這樣的：

> 「戰爭詩」就是指描寫一切戰爭或與戰爭有關係的事物的詩篇。[33]

其論文對於「戰爭詩」之定義僅此一句說明，是相當概括
而正確的，但其討論何謂戰爭時，僅提出克勞塞維茨之說法，
而且僅以克氏之結論：「戰爭就是一種以迫使對方實現我方意
志的暴力行為。」作為說明，實在稍嫌簡略，當筆者在進行研
究，對界定判讀文本是否為「戰爭詩」時，造成困難，是故，
筆者在此欲對此議題，以洪讚的定義為基礎，作更詳細的探討
與擴充，以期在判斷文本之時，可有明確之準則。

　　在洪讚之後，瘂弦〈戰火紋身〉一文，討論尹玲的戰爭
詩，然而對「戰爭詩」定義並未說明[34]。豐華瞻在1993年《中
西詩歌比較》一書中，也對此體裁之詩歌以「關於戰爭的詩篇」
一節討論，然而令人遺憾的是，仍是對此體裁之定義，未有隻
字片語涉及[35]。同年，莫渝〈熱血在我胸中沸騰〉一文，析論
覃子豪的戰爭詩歌，同樣地沒有對「戰爭詩」定義提出解釋
[36]。1994年林韻梅〈悲情與反省——談戰爭詩歌中的含義〉，
文中一樣未提及「戰爭詩」的定義，然從其文中所舉戰爭詩的
某些例子為間接之戰爭詩[37]，可知其「戰爭詩」的範圍不限於
直接描寫戰爭的詩篇。1997年王玫珍〈元初詩人伯顏及其戰
爭詩研究〉，則對「戰爭詩」定義有所說明：

> 所謂「戰爭詩」是從詩歌題材選取上劃分的：詩歌內容
> 顧名思義是圍繞戰爭主題而創作的。有時是寫戰爭場面
> 之盛大，藉以揚威國事隆盛；有時則控訴戰爭之險惡殘
> 酷，以及兵士戍邊之苦；這類題材早自先秦即已存在，
> 可謂源遠流長。[38]

　　提出「戰爭詩」依據的劃分標準是「從詩歌題材選取」，

這是不錯的。其對「戰爭詩」之定義：「詩歌內容顧名思義是圍繞戰爭主題而創作的。」這說法與洪讚之言，實為殊途同歸，但並未提到洪讚之定義。而且其文並未言及何謂「戰爭」？亦造成界定之模糊。後面寫道：「有時是寫戰爭場面之盛大，藉以揚威國事隆盛；有時則控訴戰爭之險惡殘酷，以及兵士戍邊之苦。」則零散而約略地提到一些屬於戰爭詩的內容範疇，還有些屬於戰爭詩的內容沒有提到，對於這種種內容的不同，也還沒有統整的分類。

二、戰爭詩之釋義

戰爭詩是描寫戰爭或有關之事物的詩作，既然如此，戰爭詩描寫的對象：「戰爭」，就如同前一節所言，有廣義與狹義之分，前已詳言，茲不贅述，然不論是廣義或狹義，都屬於戰爭詩之範圍。在前一節中提到，凡是具有對抗性的思想或行為，都屬於廣義之戰爭，所以只要詩中描寫內容為具有對抗性的思想或行為，包括人與人、人與自然、人與自己、物與物等等之間的對抗，皆是廣義之戰爭詩。魏晉南北朝詩作中，有許多作品正是描寫廣義的戰爭型態，如：劉楨〈鬥雞詩〉：「願一揚炎威，會戰此中唐。」將雞與雞相鬥，描寫如戰爭一般威風；劉楨〈射鳶詩〉：「流血灑牆屋，飛毛從風旋。」將人射鳶之景，描寫如戰爭一般流血慘烈；應瑒〈鬥雞詩〉：「芥羽張金距，連戰何繽紛。從朝至日夕，勝負尚未分。」認為鬥雞也是戰爭，戰況激烈且勝負難分；曹丕詩：「走者貫鋒鏑，伏者值戈殳，白日未及移，手獲三十餘。」把打獵描寫得如戰爭一般，獵物如同敵人遭到狙擊而被擒獲；曹植〈鬥雞詩〉：「群雄正翕赫，雙翹自飛揚。」將鬥雞場比作戰場，雞隻相爭

如同戰爭中群雄對立；江偉〈答軍司馬詩〉：「羈縶繫世網，進退惟準繩。」寫內心對於任官與否之交戰；陶淵明〈雜詩〉之九：「遙遙從羈役，一心處兩端。」也是寫內心交戰，自己與自己在不同的想法中徘徊戰鬥著；傅玄〈惟漢行〉：「兩雄不俱立，亞父見此權。項莊奮劍起，白刃何翩翩。」寫項羽與劉邦兩方人馬對立，互相較勁威逼之情形，可說是團體與團體之間的戰爭；傅玄〈秦女休行〉：「匿劍藏白刃，一奮尋身僵。身首為之異處，伏屍列肆旁。肉與土合成泥，灑血濺飛梁。」描述女子報仇，殺害仇家，屬於人與人的戰爭……等等皆是廣義的戰爭詩，不勝枚舉。

　　狹義的戰爭詩所描述的戰爭，則是就狹義的「戰爭」定義來說，是廣義的「戰爭」中的一部分，必須是動員全國的人力、物力、財力與智力，以求民族生存的戰鬥行為。本質為一種威力作用，目的在於使敵方屈服於我方意志。三國時代動盪，發生許多大規模、影響民生甚巨的戰爭，其中包含了對抗外敵與討伐內亂兩種在內，對戰雙方多半至少有一方具有組織，一場戰役往往是攸關國家存亡、以武力使敵方屈服、危險並造成嚴重傷亡、使用時不排斥違背道德、且多為政治之延續的戰鬥行為，限於篇幅與時間之故，本論文探討之戰爭詩，作品中描述之「戰爭」，將以狹義之「戰爭」為範圍，希望藉此研究出詩人對於上述此種深刻影響國家社會與人民生活之戰爭的看法，以及作品如何呈現此類曠日費時戰爭之藝術成就，祈求凝聚焦點之後，可使研究成果更為具體且更為精緻。洪讚在說明戰爭詩定義時，並未劃分出「戰爭」有所謂廣狹之分，然觀其全文，其所選擇之戰爭詩所描述的對象，應也是以狹義的戰爭為範圍。

但是即使如上述之定義，仍是相當模糊難辨的，因此筆者
在此試圖做更進一步之界定。首先，在判斷一篇作品是否為戰
爭詩，第一步須以其內容為主，也就是以文本作為基礎，觀察
其內容是否為戰爭之呈現。此時可以時間與空間分別作為經線
與緯線，去衡量作品，倘若內容空間設定為戰場，無論是前
期、中期或後期，都無庸置疑是屬於戰爭詩之直接範疇。即使
此戰場非寫實的，而是經由詩人想像假設而成，也是直接之戰
爭詩。倘若作品內容在時間設定上為戰爭之前、中、後期，然
而空間描述並非戰場上，則為間接之戰爭詩。以時間來說，戰
爭前期包括：緊急的備戰狀況，也就是在政治關係緊張而無法
獲得解決，決策者開始深思熟慮是否以戰爭方式改善時，並且
準備執行或下達命令算起，此期為正式進入戰爭之預備，通常
已經快速地整飭裝備，預備進行動員，並協調各個部隊、擬定
作戰計畫與路線、評估敵我軍情、補強我方戰鬥力……等等工
作[39]。戰爭中期即是指兩方正式宣戰之後，以征服或毀滅為目
的的行為延續期。其間包括以殲滅敵方兵力為目的，甚至是導
致對領土之征服的火力攻擊與破壞消耗、維持己方戰力與兵力
以及等待敵方之攻擊的防禦與靈活移動、使對方顯現其本身部
署的搜索、正面攻擊的會戰、詭詐迂迴的奇襲……等等發生於
宣戰之後，到戰爭結束之前的種種戰況，都為戰爭中期[40]。戰
爭後期之活動則包括：勝利之慶祝、死傷及俘虜之處理、民生
與心理之重建、軍隊之撤退、和約之簽署、對敵方之追擊、監
視與實施警戒、接受新土地之駐軍與規劃、戰敗之退卻……。
以空間來說，戰場是兩軍對戰之地區，此地區可屬於作戰雙
方、他們的同盟國，以及其他被牽涉入戰爭之弱國。假設戰爭
同時具有海洋性質，戰場範圍就可能廣及兩個半球，例如路易

十四時英法兩國之戰爭。幾支戰爭中的軍隊，可以採取合作行動，也可以採取個別行動，在第一種情形之下，整個戰場都是一體的，各支軍隊全為單一的戰略所指導，以求達到一個固定的目標。在第二種情形下，每支軍隊則有他獨立之戰場[41]。而所謂「非戰場」，自然是指不屬於上述戰場範圍之空間。

　　除了合於前述時空之直接戰爭詩與間接戰爭詩外，另外還有容易遺漏者，此時便需輔以作者資料來界定。也就是說，作品描述時間是戰爭之前、中、後期，然而內容卻不是顯著之戰爭情況，此時就需要以其作者之生平事蹟去考量，倘若作者在戰時為軍人身分，即使書寫內容為思鄉情懷，想念故友，感激上司……之類的情感，仍應視為直接之戰爭詩。倘若作者再戰時並非軍人身分，則是間接之戰爭詩。

　　有關戰爭詩之定義，可以用下面的圖來解釋。

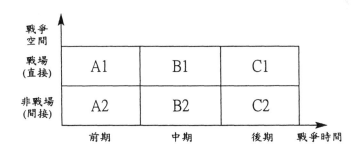

圖一　作品圖（主要圖）

　　當閱讀到一首疑似戰爭詩之作品時，首先以內容來判讀，此時使用圖一來觀察，假設其詩描述時期為戰爭前期，如果詩中空間是戰場，則落於A1區域，如果是「非戰場」，則落於A2區域。依此原則，有可能分別落於A1、A2、B1、B2、

C1、C2等區域,若落於A1、B1、C1此三個區域者,則為直接之戰爭詩,落於A2、B2、C2三區域者,則為間接之戰爭詩。倘若一首詩描述時間既非戰爭時期,設想空間也非戰場,也就落於這張圖之外,自然多半不是戰爭詩了,但此時宜考慮詩作及作者背景,來防止遺漏。

本篇論文所述,將以直接戰爭詩為主要研究對象,輔以間接戰爭詩作為說明。

三、戰爭詩之分類

前人對於戰爭詩或戰爭文學有以下數種分法:

豐華瞻認為分為兩種,一種是主戰的,也就是歌頌戰爭、鼓勵戰爭的詩。另一種是反對戰爭,也就是譴責戰爭的詩[42]。這種分法是較為簡約的、二元對立性的分法,但缺少了對戰爭態度不明顯的作品,或是說在詩歌內容上,無法判斷作者對於戰爭態度的這一類。

胡雲翼則認為戰爭文學的性質,可分為三種傾向:第一種是主戰的文學,第二種是非戰的文學,第三種是描寫戰爭的文學。他所說的「描寫戰爭的文學」,是指作品中表現出作者認為戰爭是人類一種活動的現象,不加上作者的感情,也不加理智的暗示,無主觀之主戰或非戰,是一種純粹描寫的戰爭文學。這種分類法被洪讚所沿襲[43]。此種分類已經注意到戰爭詩或戰爭文學,除了主戰與非戰之外,還有一些不是屬於這兩種的中間地帶的作品。唯關於此中間地帶,其將之定義為「描寫戰爭的文學」,似有未盡完善之處,蓋就文義來看,「描寫戰爭的文學」已然包括主戰與非戰態度的「描寫戰爭的文學」在內,若再於定義文字內再排除主戰與非戰態度者,而將之限縮

於僅指「純粹描寫的戰爭文學」，似乎未盡邏輯上完美之處，也不易做如此的聯想；又「描寫戰爭的文學」亦無法包括單純抒發情感的戰爭文學，而許多戰爭詩中，有不少是單純抒發情感的。

莫渝將戰爭詩分為三類[44]：一類為戰爭感懷詩，即頌戰或非戰，一類為戰爭記錄，另一類為昂揚的戰鬥詩。第一類將頌戰或非戰都概括進去，範圍實在太大。第二類的問題，在前一段，筆者已經說明。第三類與第一類的「頌戰」，之間的界線模糊不清，重疊性高。

朱西甯也將戰爭文學分為三類，但與前述胡雲翼與莫渝的三類，並不相同。他分為第一類是形式的外觀，第二類是內容的詮釋，第三類是意境的內發。第一類是描述記錄戰爭的文學，例如記錄戰爭的報導文學，此類可使讀者想見逼真的景象，特色是外觀描寫得非常逼真與細膩，可讓讀者身歷其境，給予刺激官能的經歷。但這樣的戰爭文學，會產生一些問題，那就是它提供給讀者對戰爭的認識，僅止於戰爭的表象，並未能深入地感知戰爭的內在，容易受其描述方式影響，一場戰役若在此類文學中打得精彩、有條理，讀者便直呼過癮。假使打得醜惡、凌亂，讀者就覺得沒有生氣；如此一來，就無法從其中體驗或思考戰爭的本質意義，僅是本能的直接反應。且倘若僅消極地想逃避戰爭中表象的殘酷，所付出的代價也將是無法計算的。第二類詮釋戰爭內容的文學作品又分為兩類，一種是作者有意識的去詮釋戰爭，也就是態度上有所謂主戰或非戰，這些作品顯然比詮釋戰爭的形式外觀作品更有深入的體驗，但容易有主觀的偏頗，其中就有不妥善的表達，如因為作者的政治立場，便在作品中有政治是非的偏見，或者過於強調民族意

識，導致內容處理顯得狹窄……等等問題。此類的第二種，是
一種客體的呈現，對作戰雙方都無褒無貶，皆不偏袒，詮釋戰
爭的內容，但冷靜客觀的觀察，這類型不給予論斷而使得描寫
範圍更加廣闊，但有時會客觀到是非不明、善惡不辨的地步。
第三類意境內發的戰爭文學，是出自作者的生命意境，它的特
色是情意與是非兼具，不會光專注於情意的抒發而忽略了是非
之辯，也不會因太過強調是非之辯而忽略了情意的深邃[45]。朱
西甯以上的分類，可以說將戰爭文學的內容與體質，劃分得更
周延而完備，使類別更分離，將各個層面的戰爭文學作品都談
到了，也清楚說明各類型戰爭文學的優缺點以及表達手法所易
呈現的情況。但是對於研究者而言，這種分類是窒礙難行的，
原因其一是因為第二類第二種冷靜客觀觀察戰爭，可是仍是詮
釋戰爭內容的文學作品，此種與第一類僅描寫戰爭形式外觀的
文學作品，是極為近似的，如何界定一篇戰爭文學作品是客觀
冷靜的描寫戰爭之外觀，還是描寫其內容呢？原因其二是所謂
「意境的內發」，如何判定？實在太抽象、太深奧難辨。這兩個
原因都顯示出，這種分類法需要依靠研究者主觀的分辨，將
「形式」、「內容」、「意境」，依照個人的想法去劃分，如此自
由心證的結果，反而容易流於研究者自身主觀之侷限，造成分
類不當。原因之三，是其將主戰與非戰放在第二類下之第一
種，但以實際上戰爭文學作品而言，此類在數量上占了多數，
明顯地在這幾類中比例過大，在分類時，發生某一類比例過
大，也是值得考慮將其分開，並且獨立為一大類的。

　　所以朱氏的分類，可以說是符合理想且合於哲學思考的，
但並不適用於需要明確劃分的學術研究上，也就是說，此種分
類以及朱氏對戰爭文學的批評，是值得重視且參考的，但由於

施行困難，本文為免除個人分類時主觀的流弊，仍將採行胡雲翼先生明確的三種分類，只是將中間地帶歸類為「對戰爭態度不明顯的作品」。

四、中國戰爭詩之傳統

豐華瞻曾經提出大多數研究中國詩者，都認為中國古典詩內容方面顯著的特點是反對戰爭，他認為這種說法有些片面，因為中國也有頌揚戰爭、鼓勵戰爭的詩，並進而提出，戰爭有兩種，一種是侵略戰爭，一種是自衛戰爭，中國的詩人反對前者，但贊成後者。而英美的詩人，也是有著同樣的態度。姑且不論豐氏推翻多數研究者認為中國詩傳統上是非戰的這種說法，但後面所提到，中國詩人反對侵略而贊成自衛或爭取獨立與自由的態度，從第一節中，中國古代兵學家對戰爭的態度就可略知一二，中國人大多主張正義之戰，強調仁義忠愛，無論是兵學家或詩人，態度都是一貫的。

胡秋原〈中國文學之傳統的精神〉中言：

> 由於中國民族起於本土，勤勞立國，所以中國人從來不喜戰爭。此在《詩經》中最為顯然。《詩經》中如〈邶風〉之〈擊鼓〉，〈衛風〉之〈伯兮〉，〈豳風〉之〈破斧〉，〈小雅〉之〈出車〉、〈漸漸之石〉，都是非戰的。……46

胡氏認為中國人不喜戰爭，而中國戰爭文學，甚或是中國文學之傳統精神是非戰的，這是從《詩經》以來，一直延續下去的，持這種態度的研究者很多，例如洪讚在其博士論文中，

也是支援此論點的 [47]。而前面豐氏有異議的，也正是這種觀點。

　　筆者在這裡，並不想落入爭論中國戰爭文學到底是主戰的，還是非戰的窠臼，不過中國人不喜歡戰爭，對於戰爭是持否定的態度，對於戰爭的處理是小心戒懼的，從前面兵法家的觀念便可以看出，也就是說中國人不是好戰的民族。但依據之前所回顧的有關中國戰爭文學之研究成果而言，目前研究資料與結果，或專門研究中國戰爭文學者，實在太少了！如果比起研究西方戰爭文學之成果觀之，根本是小巫見大巫。連中國各個朝代戰爭文學的研究成果，都尚未出爐，又如何整體判斷中國文學的傳統是非戰或主戰呢？現在下結論，恐怕是太快，也太危險。而且值得思考的是，如果一國的文學傳統是主戰的，是否就表示人民好戰？而一國之人民非戰，是否其文學傳統便一定非戰呢？三國時代的戰爭詩，對戰爭的態度又是如何？將留待後文論述。而此處真正欲整理的是此時尚處於紊亂狀態的戰爭詩，並藉此分析出戰爭與文學間的互動關係。更重要的是，希望經由研究戰爭詩，體察詩人們在身受戰爭之時，從犧牲中獲得了什麼教訓？「戰爭」在詩人心中有何意義？詩人對戰爭的認識又是什麼？詩人如何詮釋「戰爭」的真諦？戰爭詩如何表達戰爭背後的內容與境界？以喚醒人們對於「戰爭」這種暴力行為的覺醒，從戰爭詩中認識戰爭、吸取經驗，不再沈迷於「殘酷恐怖之美感」。使人們在欣賞描寫戰爭形式外觀之文學作品時，不被血腥殘暴的表象所蒙蔽，客觀冷靜地分析出其是非善惡；對帶有作者主觀性詮釋的主戰或非戰文學，能有智慧地不被其侷限；並進而體會出戰爭文學的意境，使人們具有鑑賞戰爭文學的能力，加深對戰爭的認識，了解戰爭的本

質，以多角度的視野去觀察戰爭。

　　全球局勢詭譎多變，筆者以為對戰爭的了解，不應只停留於主戰、非戰、厭戰、拒戰、畏戰的識見中打轉，光是討論這些，將導致一個國家或社會無法對應時代的課題，人們應當藉助過去歷史或文學的經驗，去懂得並認清戰爭的形式與道理，不為所惑，更勇敢地迎向未來。

五、與其他近似體裁之分別

　　有些類似於戰爭詩的體裁，例如邊塞詩、愛國詩、軍旅詩等，以其極容易混淆，是故在此欲作一說明。

　　所謂「邊塞詩」，有些集本直接採用此名，卻不說明定義，如：更生選注《歷朝邊塞軍旅詩》[48]、黃麟書《宋代邊塞詩鈔》[49]等。許總《唐詩體派論》不以邊塞詩為其名稱，而以代表人物名之曰「高岑體」[50]。何寄澎《總是玉關情》言：「凡詩中描寫的人、事，只要不脫邊塞範圍，就應列為邊塞詩。」這種說法失之過簡；古遠清《詩歌分類學》解釋：「邊塞詩的概念，帶有地域性與戰略性。地域性，是指這類詩體所表現的均是邊塞大自然的奇采壯觀和西部絢麗多姿的風土人情。戰略性，是指邊塞的『塞』，使人聯想到守衛祖國要塞的涵義。」[51]相當清楚扼要。古氏其後說到：「古代的邊塞詩，大多與戰爭有關，與軍旅詩多有重疊交叉之處。」已經注意到邊塞詩與戰爭詩有關。洪讚在其研究中則提到：「它（戰爭詩）不同於邊塞詩，雖然邊塞詩中極大部分都是戰爭詩，但邊塞詩畢竟不等於戰爭詩，因為邊塞詩中還有描寫塞外風光或邊人生活的詩篇，而這些都不是戰爭詩。」[52]將邊塞詩中不屬於戰爭詩的部分，劃分出來。

　　所謂的「愛國詩」，在台灣早期由於處於戰爭威脅之時代
背景，出現了一些選集，如：黃永武《愛國詩牆》[53]、朱子赤
《愛國詩詞選粹》[54]等，但並未說解「愛國詩」之含意。黃益
庸、衣殿臣編著《歷代愛國詩》在前言部分則對此有較深入之
說明：「對愛國詩的界定，我們認為不宜作過於狹隘的理解，
而應作較寬泛的理解。……有民族英雄和愛國志士抒發愛國情
操，表現民族氣節的詩篇……；有歌頌邊防將士誓死殺敵衛國
的為國建功立業的雄心壯志的詩篇，……；有讚美廣大愛國軍
民在反對帝國主義侵略戰爭中的偉大英雄業績和大無畏的自我
犧牲精神的。」[55]已經將「愛國詩」規劃出主要之內容。

　　「軍旅詩」是一種晚近才提出的新名詞。古遠清《詩歌分
類學》第三篇中由題材選取上劃分，其中一類為「軍旅詩」，
其下的定義為：「以國防為識別標誌的軍旅詩，是以戰爭、軍
人、部隊生活、軍事建設為表現對象的一種詩歌樣式。」[56]。
可見是以軍事相關題材作為範圍的體裁。

　　戰爭詩與邊塞詩、軍旅詩主要的不同，筆者以為可以回歸
一篇作品描述的時間與空間來看，時空設定在戰場、戰時，就
是戰爭詩，空間設定在邊塞，就是邊塞詩，時空設定在軍事時
期、軍事空間，而主要人物是軍人、部隊等等，就是軍旅詩。
這些體裁之所以混淆，是因為戰爭有時發生於邊塞這個空間，
而人物也有些為軍人，所以戰爭詩、邊塞詩與軍旅詩，常有重
疊之部分，而必須了解的是一首戰爭詩，有可能同時也是邊塞
詩，也可能同時是軍旅詩，甚或既是戰爭詩，也是邊塞詩，同
時也是軍旅詩，這些情況都是有可能，而且可以成立的。就好
比三個圓圈，各自有兩兩相交的範圍，但也有三者共同的部
分。也就是說，如果一首詩描寫的是戰爭時期與戰場的情況，

而其發生之場所為邊塞，且主要人物為軍人或部隊，這首詩就既是戰爭詩，也是邊塞詩與軍旅詩；一首詩如果描寫戰爭時期與戰場，但其戰場並非邊塞，而人物是軍隊，則其為戰爭詩與軍旅詩，與邊塞詩無關；倘若一首詩描述為戰時與戰場，此戰場為邊塞，但人物不是軍隊，則此詩為戰爭詩與邊塞詩，與軍旅詩無關；若一首詩描述空間為邊塞，人物為軍隊，但非戰時也非戰場，則此詩為邊塞詩與軍旅詩，與戰爭詩無關；假使一首詩僅是描述戰時與戰場，戰場非邊塞、人物未出現軍隊，則僅是戰爭詩，與邊塞詩或軍旅詩無關；若一首詩描述空間為邊塞，時間非戰時，人物未出現軍隊，僅是邊塞詩，與戰爭詩、軍旅詩無關；假設一首詩取材與軍隊或軍事有關，而空間不是發生於邊塞，也非戰場，時間也不是戰爭時期，則僅是軍旅詩，與邊塞詩、戰爭詩無關。

第四節　略述西方文學傳統中的戰爭要素

豐華瞻先生曾在他的《中西詩歌比較》當中，比較了中西詩人對戰爭的態度。一反傳統詩學批評對於中西戰爭詩的刻板印象，豐先生舉出數首東方與西方的詩作來證明，中國的詩人不一定非戰，而西方的詩歌未必都支援戰爭。在西方的詩人當中，如湯瑪斯·摩耳（Thomas More）、拜倫（George Gordon, Lord Byron）、托馬斯·堪倍爾（Thomas Campbell）以至後來的近代作家，皆以詩的形式傳達了他們對於戰爭的複雜態度[57]。詳細來說，拜倫處於歐美文學當中的浪漫時期 （The Romantic Period, 1785-1830），戰爭的壯闊，與浪漫時期的民族英雄崇拜潮流不謀而合，因而詩人們對於當時的戰爭活動，如美國革命

與法國大革命，曾賦予美麗的期望。拜倫就在其詩作《洽爾德‧哈洛爾遊記》（*Child Harold's Pilgrimage*）對拿破崙寄予崇高的期望，希望這位法國民族英雄能夠再次震撼世界（And shake again the world, The Thunderer of the scene!）[58]，而浪漫時期的英雄主義多起源於掙脫傳統束縛的自由精神，所以也有不少文人為文支援革除社會教條的革命活動，作家湯瑪斯‧潘（Thomas Paine）就著有《人權》（*Human Right*）以支援法國革命的自由精神。然而，浪漫詩人的熱情在面對戰鬥的殘酷時，仍然有趨向冷靜之時，詩人威廉‧華茲華斯（William Wordsworth）聽聞法國革命的「九月屠殺」（September Massacre）之後，就在其詩（The Prelude）中譴責暴民，指出他們在血腥的暴動中已經失去了自己的理想：「反身成為壓迫者……法國人已經轉自衛為征服，喪失了他們原有的理想。」[59]此一對於戰爭的反覆省思在近代歐美文學更是具有舉足輕重的地位，從第一次世界大戰的全面性戰鬥以至第二次世界大戰的毀滅性結果，歐美文人開始思索西方文化引以為傲的理性與信仰在戰爭中的無力感，豐先生所舉詩例，桑德堡的〈草〉，以極富創意的方式說明人類用理性與科學所創造的文明，在戰爭時傾圮於一旦，然後由野草覆以無限的荒涼：「屍骨埋入地下，一切由我做主。」現代詩人艾略特（T. S. Eliot）為此一荒涼之景象以文化典故開拓更多的想像空間：「……我們在邁利曾經同過船啊！去年你在園中種下的屍體，有沒有發芽？今年可會開花？曾否為空降的寒霜所摧毀？」[60]邁利（Mylae）為羅馬與迦太基之間第一次戰爭的戰場（西元前264年），此處暗指第一次世界大戰，點明在人們科技進步的幻想之下，仍然重複著戰爭的愚行，因而以古代深埋神像的儀式為寄託，將屍體埋入地

下，期待著戰亂荒蕪之後可能復有的豐收。

　　從浪漫時代的自由主義、個人主義、人文主義、到現代文學中的批判潮流，可以看到西方文學為戰爭所關照的多樣面向。戰爭的壯烈可以表達民族的尊嚴，發展人在面臨危機時的強壯潛能，卻也泯滅了非戰之時可能發展出來的人性，將人類的未來帶向荒蕪，等待新生。這些以詩文觀察戰爭的思想原創性，都可以在西方文化的兩大源頭——希臘羅馬文化與基督教文化，追溯其蹤跡。浪漫主義裡的自由主義，如拜倫《洽爾德‧哈洛爾遊記》的〈希臘島〉所述：「世世代代被奴役的人們！你們可明白；誰想要獲得自由，必須自己起來爭鬥？」而希臘人起身抗戰的理由，則來自歷史上雅典城邦的高度文明：「美麗的希臘！一度燦爛而淒涼的遺跡！你消失了，然而不朽；傾圮了，然而偉大！」古典文明發展的中心思想之一，來自於以一己之力與天爭權的人本思惟，如此理想在戰爭的險惡當中可見全然的發揮，故戰爭在古典文學為一重要的主題。而艾略特所描述，第一次世界大戰之後的荒寒，在基督教的儀式文化裡也可以找到理想中的依歸，在邁利的典故之前，《荒原》出現了教堂的象徵：「每個人的目光死盯著腳步……走向聖瑪麗伍爾諾斯教堂，教堂正以象徵死亡的聲音敲過九句中的第九響……」[61]在此，詩人的宗教情操與人類的非理性行為針鋒相對，若追根究底，這兩個提供後世文人創作養料的文學傳統，對於戰爭又有如何直接的體驗？

　　希臘羅馬文化中的重要作品，荷馬史詩（Homer's Epics），即以戰爭為主要素材，勾勒出人性的種種型態。其中之一，伊利亞德（Iliad）記述的是特洛伊戰史[62]，其中至今仍為後世所津津樂道的人物，如阿其里斯（Achilles）[63]、奧德休斯

（Odysseus）[64]與亞格曼儂（Agamemnon）[65]皆為戰爭中的將領，這些人物在砍戰殺伐之事中暴露出人類的特質。在荷馬的筆下，戰鬥的鮮血淋漓有其迷人之處，因而詩裡常見殘暴的場面，如希臘將領珮托克拉斯（Patroclus）在戰場上以兵器刺穿敵人下顎並騎馬將其拖過沙場的著名畫面[66]。雖然，這些描述成為荷馬入詩的基本素材，刺激讀者(或聽者，史詩本為口傳)的感官，另一方面也引起人們對於戰爭的恐懼感。故多數批評家以為，荷馬所挑起戰爭「可怖的美感」（terrible beauty）體現了人生的重大矛盾之一，人們為暴力的美感所吸引，卻又恐懼其威力，在殘暴本能與自我安全的意志選擇之間落入了生存與死亡的矛盾[67]。

　　荷馬史詩對於戰爭的深入透視，是其流傳千古的主因之一。戰爭的吸引力，以血的美感為中心點，擴散在社會所賦予的戰爭意義當中，把戰士們的爭鬥本能向外在環境投射而成英雄主義。如羅青所言，伊利亞德兼顧戰爭兩項事實：戰場一方面是「眾人揚名立萬之地」，另一方面也是「悲哀眼淚之源」。故伊利亞德會把在戰場上叱吒風雲的人物賦予神聖的形象，卻也不會忽略掉他們死時的慘狀[68]。除了荷馬史詩之外，特洛伊戰爭也給予希臘悲劇從戰爭中思考生存本質的機會[69]，伊斯奇勒斯（Aeschylus）所著詩劇《亞格曼儂》以希臘將領亞格曼儂凱旋歸國為起點，展開一場即將發生的人倫悲劇。儘管唱詩班壯麗地傳達出戰爭勝利的畫面，也唱出對於戰敗國的優越感，舞台上的人們還是訴說出他們對戰爭的感慨：「戰神這個兌換死屍的兌錢商，在戰場上舉平他的矛，把吮飽苦澀淚水的屍土，從特洛伊的焚屍場，送還他們的親人，並以曾是壯漢的一把灰，填平一個個瓦甕。」[70]

隨著希臘城邦勢力的衰落，羅馬帝國興起，維吉爾
（Virgil）在帝國開國時期為羅馬的政治勢力背書，寫成史詩
《伊尼亞斯逃亡記》（*The Aeneid*）。詩中主角伊尼亞斯（Aeneas）
為特洛伊人，在故鄉淪陷之後，受到天啟前往義大利，建設羅
馬帝國，如史詩一開頭所言：「這是戰爭的故事和一個人的故
事……」[71]主角於戰敗之時負起民族責任，戰爭的破壞因此帶
給人們的不只是全然的破壞，還有重新建設家園的希望。在這
裡，值得注意的是，伊尼亞斯的英雄形象不同於以往希臘戰爭
中的將領，詩人經由這位國家主人翁將戰爭的重點從個人的成
敗（如阿其里斯壓倒性的能力）轉移到團體的責任上，所以，
不論在詩開始的戰敗場面或詩末的勝利，戰鬥的目的都在於保
衛自己的家人與族群，以確保國家團體的重要根基。

　　在羅馬帝國陷落之後，歐洲進入中古時期，基督教信仰代
替集權政治統領歐洲，教士階級身為當時特有的知識份子，撰
寫騎士與異教徒戰鬥的傳奇故事以鞏固民間的宗教情感。故此
時，戰爭中的英雄個人主義由民族國家的範疇轉換到宗教信仰
上來。其中最有名的騎士詩篇為法國的《羅蘭之歌》（*The
Song of Roland*）。文中主角羅蘭為第一次十字軍東征查理曼大
帝的愛將，為了對抗回教徒，羅蘭的戰爭情操奠基於他對神的
忠心，這一忠誠由他對於君主的效力顯現出來（此態度助長中
古時期的騎士封建制度）[72]，如羅蘭義正辭嚴對屬下告誡「身
為人必須為主上承受苦難、承受重擊、承受苦寒……別讓後人
恥笑我們，因為異端不智，而基督徒必勝！」[73]然而，不論騎
士戰爭的口號如何神聖，人們在戰場上進行的仍然是赤裸裸的
殺戮。詩末羅蘭為內賊所害，身中埋伏，仍然手刃數十個西班
牙人，所向披靡，在他即將戰死之時，他吹響號角呼叫查理曼

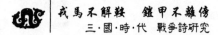

的援軍見證他的壯烈，用力過度致使太陽穴鮮血迸流[74]，在他倒下之後，上帝派來天使迎接他的靈魂[75]。經由文學與宗教論述的想像力，表現出中古騎士在沙場上為信仰犧牲的意義[76]。

戰爭的殘酷本質基本上與基督宗教所要求的悲憫精神相衝突，故在教會文化中的騎士所必備的條件，除了驍勇善戰之外，也必須由種種的禮儀來束縛他們的戰鬥能力，如同喬叟（Geoffery Chaucer, 1343-1400 AD）在其著名詩篇《坎特伯里故事集》（*The Canterbury Tales*）就曾經描繪出中古世紀理想騎士的矛盾形象：一個戰士應該要在上帝的支援下奮勇殺敵，平時卻又要溫文有禮，像女人一樣[77]。中古世紀後期，雖然騎士文化已經因為火藥科學與商業發達的緣故漸趨沒落，然而騎士在社會上仍然享有貴族的地位，故喬叟在其作品當中會將騎士的言行舉止與一般俗夫的文化並置以造成強烈的對比。因此，為信仰作戰的英雄形象成為社會規範出來的理想標竿，中古世紀的軍事文化也因此悄悄成為歐洲人文傳統的重要基石。

綜合以上所述，西方文學傳統中隱含著對於戰爭行為的矛盾情感，鮮血橫飛、浩氣四射的場景在文學中迎合著讀者的感官刺激與爭鬥本能，並配合著信仰或榮譽等等的社會價值建構出某種特定的文化情操，以使讀者認同戰爭的必要性。如同荷馬史詩裡戰士的殺伐寄寓在信譽與榮耀當中，而中古騎士的刀光劍影則籠罩於基督天主的光環之下。然而，人們對死亡的恐懼卻迫使他們反思這些殘酷行為可能帶來的後果，這些文學上的反省之聲配合著文明的變遷，形成人們與自我毀滅本能之間的種種妥協行為。故戰爭會在詩人的筆下成為悲劇的催化劑，成為詩作獻祭眾神以求國泰民安，或在憐憫與慈善的宗教教條之下，成為剷除異端的必要之惡。若剔除文人們在詩中所附加

的社會價值，戰爭文學中的主戰與非戰之聲，本質上可視為生命中生死慾望的交錯地帶。詩人對於此一矛盾情感的掌握程度，決定了其作品在文學傳統中的價值。

換句話說，不論社會觀念給予人性當中的殘暴面向多大的助力，不論國家或宗教文化所型構的英雄主義賦予戰士們多少殺戮的意義，戰爭行為基本上就是一種人性矛盾的存在。在社會價值不斷變動的歷史中，詩作就是因為描述這種矛盾性而展現其深度。羅青先生曾提出荷馬史詩當中的社會價值（譬如特洛伊與希臘人的城邦之爭）並非描述的重點，其中兩方戰敗的場面都同樣壯烈，同樣悲哀。若詩人無法保持這個觀察人性的公正態度，詩的力量就會減弱。如在歷史劇《亨利五世》（*Henry V*）中，莎士比亞就太過於強調其國家的立場，而忽略了戰爭的普遍性質[78]。莎士比亞所處時代，舞台道具設備不夠發達，《亨利五世》一劇為強化戰爭的場面，以個人獨白的方式將戰爭之事以詩行表達出來，激發觀眾的想像力。其中寫景意象堪稱一絕：「黑夜籠照大地，兩軍對壘紮營，對方營地寂靜中傳來暗啞碎響，挺立的衛兵間的慎言細語，兩陣間幾乎可以互相聽聞，營火回應營火，散出蒼白焰苗，微明映出對方兵卒黑暗的臉龐。」（IV，5-9）[79]雖然這類的詩行活靈活現地傳達了英法兩軍之間風聲鶴唳的戰役景象，傳達出英王如何在惡劣的環境下克敵制勝宣揚國威，然而，莎翁在國家主義的蒙蔽之下，並未充分思考戰爭的殘酷，致使其主角亨利五世的英雄形象有了瑕疵，這位國王在面對爭戰勞苦的質問時，即發表了無法令臣民信服的演說：「國王沒有責任要負擔起每個兵士的身死，父親不負責兒子的身死，主人不負責僕人的身死，因為，他們的原意是派他們去執行任務，不是派他們去死。」[80]

甚至，如同基督宗教在十字軍東征時所顯現的弔詭，英王亦以不可知的神意來強調這場戰爭的合理性，因為聖經云人人皆負有原罪：「戰爭變成他的法警，戰爭變成他的天譴；於是，在這裡有人遭受懲罰，因為他先前破壞了國王的律法，如今正好為國王賣命作補贖。」[81]

此類英雄形象的矛盾說明了片面的國族價值觀在面對普遍人性時的困境。文藝復興時期是歐洲人民各個生活層面開始劇烈活動的時期。歐洲人在思索重大事務（如戰爭）之時，無法再以單一的價值觀（如國家或宗教）作為依歸，單純而樂觀的英雄行為（如羅蘭或亨利之戰鬥）也因而成為泡影。「文藝復興人」的代表形象哈姆雷特（Hamlet）曾對戰爭發表過一針見血之詞：「兩千條人命兩萬元的金錢，竟然拿來爭奪這一席之地，這是財富太多、和平太久形成的內疽，腑臟破裂，而表面沒有跡象顯示這個人為什麼死了。」[82]

在莎翁悲劇中，哈姆雷特具有軍人與文人的特質，並於威登堡（Wittenberg，宗教改革啟蒙之地）吸收新的基督教觀念，加上其古典學養，其思考的材料可謂相容並蓄，卻無法將征伐的動機託付於任何一項外在的價值，只能名之以人心內在的病變，亦即安逸的生活以後，燦爛一死之慾望，道盡戰爭的虛無與荒謬。

哈姆雷特所身處的文藝復興後期可說是現代西方社會的前身，因為此時歐洲文化的各個層面（尤其是政治與宗教）都已經具備現代社會的雛形，古典時代的哲學基礎、中古時代的神學信仰，以及各個歐洲民族在中古時期以後所發展出來的國家意識，多已沈澱在西方人的心靈深層，並隨著時代的進展發展其世界觀，文藝復興之後，新古典時期與浪漫時期雖然創作態

度相異，仍然是以這些文化資產為養料。其中對於戰爭這一議題的觀察，雖有以往的文明基礎作為參考點，如本章開頭所討論，仍然不脫戰爭行為最根本的矛盾，即人性當中的好戰因素與生存慾望，不論精神文明如何發展，這一人性恆久的衝突點仍然決定了歷史的走向，近代的兩次世界大戰可資其證。英國詩人魏佛瑞‧歐文（Wilfred Owen）曾作詩描述第一次世界大戰的情景：「士兵們佝僂著走過戰場（Bent double, like old beggars under sacks, Knock-kneed, coughing like hags,）咒罵聲在泥濘中響著，在身後夜光彈的閃爍之下，行軍的人昏昏欲睡（we cursed through sludge, Till on the haunting flares we turned our backs And towards our distant rest began to trudge. Man marched asleep.），突然之間毒氣襲擊，一個青年在綠色的煙霧當中抽搐、窒息、死去，他的同袍還聽得到血液在他的肺裡翻攪，」敘詩者說：「他瀕死的面容像是沈淪於罪惡中的惡魔（a devil's sick of sin），」最後，很諷刺地，這首詩的詩題為這幕景象作結論：「為國捐軀，死得其所（Dulce et decorum est Pro patria morr）。」讀者可以跟著詩人自問，除去信仰的外衣與國家的口號，人們還能對這一幕說些什麼[83]？

第五節　西方文學批評中對於戰爭詩一詞之思辨

　　史鐸沃西（Jon Stallworthy）曾於《牛津戰爭詩選集》（*The Oxford Book of War Poetry*）中以英國浪漫詩人華茲華斯（William Wordsworth）對詩的定義解釋詩歌於戰爭中的定位：「詩是人性中強烈情感不自覺的豐盈流露（Poetry is the spontaneous overflow of powerful feeling）。」就史氏所言，在語言上所凝鍊的炙烈情感川流過戰爭裡的芸芸眾生，如戰場上的戰士、鐵蹄下的婦孺或戰亂背後的政客，將會在詩頁上迸裂出人性經驗中最為直覺的吶喊。在戰爭詩的編輯當中，如此評論可以為詩人的吟唱揭開一個美麗的序幕，然而，如凱特連（Sara Katelan）於其教學網站上所言，這樣的做法於學院研究的標準來說稍嫌模糊。她在研究第一次世界大戰的詩人之前，就給戰爭詩下了以下兩個定義：（一）所有描述戰爭事物的詩篇，（二）戰爭詩人的生活都曾直接或間接地受到戰爭的影響。

　　第一個定義若以主題學加以探討，可知若詩人將戰爭的事物入詩，亦即將戰爭當作書寫的主題（subject），其寫作的主旨將不可避免地感染到戰爭的思考模式，如主戰或非戰的心理衝突。只要作者與讀者（或批評者）對於戰爭行為有基本的共識，以此定義所歸類的作品較不易產生爭論。另一方面，凱氏所列的第二個定義於不同的文學批評派別之間將會引發不同的反應。自強生博士（Dr. Samuel Johnson）以降的文學古典研究方式形塑了文學家不可侵犯的作者權威，作者書寫的本意造就了作品（work），唯有在歷史的紀錄當中再現作者的生活經驗，學者才能為文學作品找到準確的詮釋。學者對於歐文（Welfred Owen）的研究即為戰爭詩中作者本體論的一個例證，歐文身為第一次世界大戰的英國軍官，以悲憫的眼光將自己的戎馬生命串聯於詩作當中，「身為一個軍官，」他說：「我可以用軍事領導的方式直接幫助這些孩子，然而，看著他們所受到的苦難，我可以為他們發出自己的聲音。」

　　作者本意論的一元性在後現代文學批評界遭到空前的挑戰，在羅蘭巴特（Roland Barthe）「作者之死」（the death of the author）的口號下，作者所完成的作品成為文本（text），隨著讀者的參與產生不同的意義。以戰爭詩來說，布魯克（Rupert Brooke）並未直接參與世界大戰，批評家仍然根據當代讀者對其詩作的反應將之視為戰爭詩人，再者，反觀英美文學史，仍有作家並未直接由生活當中吸取戰爭的經驗，卻仍經由其書寫激發讀者對戰爭的想像，如莎士比亞並未參與英法百年戰爭，卻還是讓讀者在其歷史劇中經歷這場歷史上有名的戰役。換句話說，讀者反應在主題閱讀的要求下雖然不能提供文本詮釋一個「科學」的獨斷根據，卻能將文本自作者幽暗的主觀意識中釋放出來，由讀者參與其與語意建構的過程，並得到反觀自我意識的機會，以戰爭詩為例，作者若未直接或間接參與戰場上的活動，其作品可能有失真之嫌，可是在各個層面的閱讀角度下，戰爭文學的參與者仍可透過文字的想像空間找到戰爭的另一獨特真實面。

　　如此由戰爭詩的作者觀點與讀者觀點反覆思考的文學批評角度：以文本為主、以作者生平為參考的基本思路，在這條思路之外，筆者以為，研究者必須將讀者的閱讀背景與動機納入研究的領域，才能勾勒文學更為客觀的活動面向。

註　釋

1　傅樂成《中國通史》上冊，台北：大中國圖書公司，1992年8月第十九版，頁239。

2　王仲犖《魏晉南北朝史》上冊，上海：上海人民出版社，1979年12月第一版，頁1-141。

3　黎虎《魏晉南北朝史論》，北京：學苑出版社，1999年7月第一版，頁167-202。

4　陳寅恪《魏晉南北朝史講演錄》，合肥：黃山書社，1987年4月第一版，頁1-31。

5　三軍大學《中國歷代戰爭史》第四冊，台北：黎明文化事業股份有限公司，1963年6月初版，頁1-2。此書將三國時代分為三期，第一期為三國時代之醞釀、締造及完成期，第二期是三國稱王、稱帝及鼎峙期，第三期是三國衰敗、滅亡及結束期。

6　張曉生、劉文彥《中國古代戰爭通覽》第一冊，台北：雲龍出版社，1998年4月第一版，頁315-344。

7　高銳主編《中國軍事史略》上冊，北京：軍事科學出版社，1992年3月第一版，頁311-347。

8　李新達主編《中國軍事制度史：武官制度卷》，鄭州：大象出版社，1997年8月第一版，頁96-122。

9　劉昭祥主編《中國軍事制度史：軍事組織體制編制卷》，鄭州：大象出版社，1997年8月第一版，頁160-174。

10　劉大傑《中國文學發展史》，台北：華正書局，1994年7月第一版，頁236-281。

11　中華文化復興運動推行委員會《中國文學講話：（五）魏晉南北朝文學》，台北：巨流圖書公司，1985年6月第一版，頁3-142。

12　鍾優民《中國詩歌史：魏晉南北朝》，高雄：麗文文化事業股份有限公司，1994年5月初版，頁1-136。

13　葉慶炳《中國文學史》上冊，台北：台灣學生書局，1987年8月初版，頁117-150。

14　澤田總清著，王鶴儀編譯《中國韻文史》，台北：台灣商務印書館，1984年11月第四版，頁147-160。

15　徐公持編著《魏晉文學史》，北京：人民文學出版社，1999年9月第一版，頁3-232。

16　逯欽立《先秦漢魏晉南北朝詩》，台北：學海出版社，1991年2月再版，頁345-548。

17　丁仲祜《全漢三國晉南北朝》，台北：藝文印書館，1983年6月第四版，頁177-326。

18 史美珩《古典兵略》，頁1，遼寧：遼寧教育出版社，1993年11月初版。

19 此依據余師培林注譯《新譯老子讀本》，頁60-61，台北：三民書局股份有限公司，1973年1月初版。

20 此依據李零主編《中國兵書名著今譯》，頁7-8，北京：軍事譯文出版社，1992年7月第一版。

21 曾國垣《先秦戰爭哲學》，頁41，台北：台灣商務印書館，1972年8月初版。

22 此依據王貴元、葉桂剛、曾胡主編《中國古兵書名著精華》，頁210-212，北京：警官教育出版社，1992年11月初版。由此可知，「兵者，不祥之器」一句之「兵」，有些譯本譯為「兵器」，有些譯為「戰爭」，兩說可並存。

23 此依據王貴元、葉桂剛、曾胡主編《中國古兵書名著精華》，頁61，北京：警官教育出版社，1992年11月初版。「傅」為「傳」字誤寫。

24 李德哈特（B. H. Liddell Hart），鈕先鍾譯《殷鑑不遠》（*Why don't We Learn from History*），台北：國防部編譯局，1973年出版，頁64-65。

25 金基洞《中國歷代兵法家軍事思想》，台北：幼獅文化事業公司，1987年6月初版，頁75。

26 何曉明《兵家韜略》，武漢：湖北教育出版社，1996年10月初版，頁1。

27 （德）克勞塞維茨（德文名：Care von Clausewitz），黃煥文譯《大戰學理》（德文名：*Vom Kriege*），台北：台灣商務印書館股份有限公司，1974年12月台一版，頁1。在此版本之前，克氏思想除德國外，蘇聯與日本研究較深，影響亦大。中國則因譯本較弱，流行不廣，僅蔣百里與陳孝威二人研究較深。英國對克氏研究也不透徹，常常發生誤解，如曲解其主張之優勢主義為單純數量優勢，其實克氏並未忽視素質，也非單重數量。在此譯本之前，主要中譯本為生活書局出版，其譯本根據俄文譯本，且譯者沒有兵學根底，故錯誤較多。此譯本則根據德文版本，且其譯者為軍方官員，故較得其書精髓。

28 （德）克勞塞維茨（德文名：Care von Clausewitz），中國人民解放軍軍事科學院譯，《戰爭論》（德文名：*Vom Kriege*），第一卷，北京：商務印書館出版，1978年7月第一版，頁23-24。此書根據德意志民主共和國國防部出版社1957年版譯出。

29 （美）葛雷將軍（A. M. Gray），彭國財譯《戰·爭》（原名：*Warfighting*），台北：智庫股份有限公司，1995年8月第一版，頁19-20。原為美國海軍陸戰隊戰鬥發展指揮署教育思想部出版（The United State Marine Corps）。以下引用皆同此注。葛雷將軍為美國海軍陸戰隊第二十九任指揮官，1987-1991年擔任參謀聯席會議委員，退役後轉任加州微波公司董事（California Microwave），該公司為衛星與無線通訊的領導廠商。

30 馬少雲《戰爭哲學》，頁14，台北：台灣商務印書館股份有限公司，1968年4月初版。除正文中之分類外，另外計有按使用武器分：（一）

傳統性戰爭、（二）核子大戰。按：此無法適應三國時代。按實質區
分：（一）人與自然之爭、（二）人與人之爭、（三）人與自己之爭。
按：此分類為廣義之戰爭分類，且缺少物與物之爭一類。

31　不著作者〈朱西甯談戰爭文學〉，《戰太平：戰爭文學專輯》，為演講記
　　錄。台北：三三書坊，1981年8月初版，頁23-41。

32　洪讚《唐代戰爭詩研究》，台北：國立政治大學中國文學研究所，博士論
　　文，畢業年度：1985。後於1987年10月由台北文史哲出版社出版（初
　　版）。

33　洪讚《唐代戰爭詩研究》，頁2-5。此論文在第一章第二部分「戰爭及戰
　　爭詩釋義」，對「戰爭」及「戰爭詩」定義，僅如正文所言，其他部分則
　　在說明戰爭所造成的現象與傷害、中國文學在描述戰爭時的傳統態度、
　　戰爭文學的三種傾向……等。

34　瘂弦〈戰火紋身──尹玲的戰爭詩〉，刊於《現代詩》，卷期18，頁38-
　　41，1992年9月出版。

35　豐華瞻《中西詩歌比較》，頁104-118，台北：新學識文教出版中心，
　　1993年初版。

36　莫渝〈熱血在我胸中沸騰：試析覃子豪的戰爭詩歌〉，刊於《文訊雜
　　誌》，革新第58期（總號97），頁79-83，1993年11月出版。

37　林韻梅〈悲情與反省──談戰爭詩歌中的含義〉，刊於《中國語文》，第
　　74卷3期（總號441），頁45-51，1994年3月出版。文中所舉戰爭詩如：
　　王粲〈七哀詩〉、杜甫〈月夜〉、李白〈春思〉與〈子夜秋歌〉、皇甫冉
　　〈春思〉等，詩作內容描述並非戰場，所以為「間接之戰爭詩」。

38　王玫珍〈元初詩人伯顏及其戰爭詩研究〉，刊於《嘉義技術學院學報》，
　　第55期，頁125-138，1997年12月出版。

39　此處所說為「戰爭前期」之準備，並非指一般承平時期之一般軍隊作戰
　　準備，諸如和平時期之隨時待命狀態，包括平日軍隊戰技訓練與演習、
　　平日補充檢查裝備、調整編制、建立共識與信仰、增進將帥領導統禦能
　　力、專業軍事教育……凡是一般和平時期之常態備戰，皆不同於此處
　　之「戰爭前期」。

40　詳見克勞塞維茨（C. von Clausewitz），鈕先鍾譯《戰爭論精華》（A Short
　　Guide to Clausewitz on War），頁125-238，李昂納德編（Roger Ashely
　　Leonard），台北：麥田出版股份有限公司，1996年8月初版。其第四章
　　「戰略」，第五章「會戰」，第六章「防禦」，第七章「攻擊」，為敘述戰爭
　　中期行動之篇章，研究探討甚詳，今不贅述。

41　詳見約米尼（Antoine Henri Jomini），鈕先鍾譯，《戰爭藝術》（The
　　Art of War），台北：麥田出版股份有限公司，1996年8月初版，頁79-
　　81。第三章第十七節「戰場」，對「戰場」之定義言之甚詳，曾提到不管
　　地形如何，每一個戰場都包括：（一）一個固定之作戰基地、（二）一
　　個主要的目標點、（三）作戰的正面、戰略正面和防守線、（四）作戰
　　區和作戰線、（五）暫時性的戰略線和交通線、（六）我方所應該克服

的，或是用來阻止敵方的各種天然和人工的障礙物、（七）地理上的戰略要點，其占領與否對於攻勢和守勢都具有極大的重要性、（八）在原始基地與目標點之間的一些偶然性的中間基地、（九）在遭遇挫敗之後，可供避難的地點。

42 豐華瞻《中西詩歌比較》，台北：新學識文教出版中心，1993年初版，頁104-118。

43 洪讚《唐代戰爭詩研究》，台北：國立政治大學中國文學研究所，博士論文，畢業年度：1985，頁5。後於1987年10月由台北文史哲出版社出版（初版）。

44 莫渝〈熱血在我胸中沸騰：試析覃子豪的戰爭詩歌〉，《文訊雜誌》，革新第58期（總號97），1993年11月出版，頁79。

45 〈朱西甯談戰爭文學〉，不著作者，載於《戰太平：戰爭文學專輯》，頁23-41，為演講紀錄。台北：三三書坊，1981年8月初版。

46 胡秋原〈中國文學之傳統的精神〉，《文季》，1983年4月，一卷一期，頁18。

47 洪讚《唐代戰爭詩研究》，頁3-4，羅宗濤指導，台北：國立政治大學中國文學研究所，博士論文，畢業年度：1985。後於1987年10月由台北文史哲出版社出版（初版）。

48 更生選注《歷朝邊塞軍旅詩》，北京：華夏出版社，2000年一月第一版。

49 黃麟書《宋代邊塞詩鈔》，台北：東明文化基金會，1989年11月初版。

50 許總《唐詩體派論》，頁278-323，台北：文津出版社，1994年10月初版。

51 古遠清《詩歌分類學》，頁316，高雄：復文圖書出版社，1991年9月初版。

52 洪讚《唐代戰爭詩研究》，台北：國立政治大學中國文學研究所，博士論文，畢業年度：1985，頁4-5。後於1987年10月由台北文史哲出版社出版（初版）。

53 黃永武《愛國詩牆》，台北：尚友出版社，1981年12月初版。

54 朱子赤《愛國詩詞選粹》，台北：文史哲出版社，1988年1月初版。

55 黃益庸、衣殿臣編著《歷代愛國詩》，北京：大眾文藝出版社，1998年1月第一版，頁2。

56 古遠清《詩歌分類學》，高雄：復文出版社，1991年9月初版，頁281-296。

57 參考《中西詩歌比較》，豐華瞻著，台北：新學識文教出版中心1993年出版，頁108-118。

58 拜倫《洽爾德·哈洛爾遊記》，第三章第三十六節。

59 原文為 become Oppressors in their term, Frenchmen had changed a war of self-defence For one of Conquest, losing sight of all Which they had struggled for. 參照 Abrams, M. H. 'The Introduction to Romantic Period' *The Norton Anthology of English Literature*. 6th ed. London: W. W. Norton & Company, 1993. 1-16, (p.2).

60 原文為 You who were with me in the ships at Maley! That corpse you plant-ed in your garden, Has it begun to sprout？ 參考《艾略特的荒原》，李俊清譯註，頁55，台北：書林出版有限公司，1992年出版。

61 原文為 And each man fixed his eyes before his feet……To where Saint Mary Woolnoth kept the hours With a dead sound on the final stroke of nine. 鐘聲的第九響為耶穌死亡的時刻，參考《艾略特的荒原》，頁55。

62 特洛伊戰爭(Trojan War)西元前1159年希臘城邦與特洛伊城發生的戰爭。

63 阿其里斯（Achilles），特洛伊戰爭中希臘軍的大將，與總指揮官之間因為戰利品分配的問題而拒絕上戰場，造成希臘軍隊節節敗退。其驍勇善戰的形象成為西方英雄的典型之一。

64 奧德休斯（Odysseus），希臘軍隊裡著名的智慧型戰士，以其「木馬屠城」的計謀結束特洛伊戰爭。奧德休斯的理智表現在荷馬的另一部史詩《奧得賽》（Odyssey）裡發揮到淋漓盡致，為西方人於戰爭的狂熱當中樹立一個理性的形象。

65 亞格曼儂（Agamemnon），希臘軍隊總指揮，為求希臘艦隊順利出航，將女兒獻祭給神明。其家庭悲劇成為戰爭與人性相左之顯例。

66 英譯文為 "Patroclus rising beside him stabbed his right jawbone, ramming the spearhead over the chariot-rail, hoisted, dragged the Trojan out as an angler perched on a jutting rock ledge drags some fish from the sea……"

67 參考 'The Introduction to Homer' *The Norton Anthology of World Masterpieces*, Mack et al ed. 6th ed. London: W. W, Norton & Company, 1992. 93-98 頁94。

68 羅青著《荷馬史詩研究：詩魂貫古今》，頁136，台北：台灣學生書局，1994年出版。

69 希臘羅馬文明中的戲劇皆以詩句構成，此做法影響後世（尤其是文藝復興時代）戲劇創作甚深。

70 英譯文為 "War, War, the great gold-broker of corpses holds the balance of the battle on his spear! Home from the pyres he sends them, home from Troy to the loved ones, weighted with tears, the urns brimmed full, the heroes return in gold-dust, dear, light ash for men……" （434-440），中譯文參照黃毓秀、曾珍珍合譯《希臘悲劇》，台北：書林出版有限公司，1984年出版，頁35。

71 英譯文為 "I sing of warfare and a man at war" (1)，中譯文參照曹鴻昭譯《伊尼亞斯逃亡記》，頁1，聯經出版社，1986年出版。

72 在基督教尚未成為文化主流之前，早期的中古英文記載了許多部族之間的戰爭，如冒頓之役（The Battle of Maldon）、布魯南堡之役（The Battle of Brunanburh），皆以敘事短詩（Short Verse Narrative）的形式流傳下來，這些詩篇所記載的部落戰爭守則，即戰士勇敢為領袖效命，而領袖照應屬下的精神，可說是中古騎士精神的前身。可參考顏元叔著《英國文學：中古時期》，台北：書林出版有限公司，1993年五版。

73　英譯文為 "A man must bear some hardship for his lord, stand everything, the great heat, the great cold, ⋯⋯ let them no sing a bad song about us! Pagans are wrong and Christians are right!" 參照 'The Introduction to Song of Roland' *The Norton Anthology of World Masterpieces*, Mack et al ed. 6th ed. London: W. W, Norton & Company, 1992. 頁 1157。

74　英譯文為 "Roland the Count fights well and with great skill, but he is hot, his body soak with sweat, and much pain, his temple broken with because he blew the horn⋯⋯" (2098-2102)。

75　英譯文為 "He held his head bowed down upon his arm, he is gone, his two hands joined, to his end, Then God sent him his angel Cherubin, and Saint Michael⋯⋯" (2392-2394)。

76　中古騎士的戰爭故事除了羅蘭的詩篇之外，還有英文散文所記載的亞瑟王與圓桌武士的傳奇 (King Arthur and Round Table Nights)，主要作品有馬洛里 (Sir Thomas Malory) 的《亞瑟之死》(*Marte Darthur*)。

77　原古英文為 "A Knight ther was, and that a worthy man, ⋯⋯Ful worthy was he in his lordess were, As well in Christendom as hethenesse,⋯⋯ as meeke as is a maide⋯⋯" (*The General Prologue*, 45-69)「有一位騎士，是一位高貴的人物，自從他騎乘出行以來，始終酷愛騎士精神，以忠實為上，推崇正義，通曉禮儀。為主人作戰，英勇無比⋯⋯而他的外表卻像一位姑娘那樣溫和⋯⋯」。

78　參考《荷馬史詩研究——詩魂貫古今》，頁 149。

79　參考顏元叔譯《莎士比亞通論：歷史劇》：From camp to camp through the foul womb of night The hum of either army stilly sounds That fix'd sentinels almost receive The secret whispers of each other's watch Fire answer fire, and through their paly flames Each battle sees the other's umber'd face., 台北市：書林出版有限公司，1995 年出版，頁 398。

80　Henry V, IV. i. 158-163《莎士比亞通論：歷史劇》："⋯⋯the king is not bound to answer the particular endings of his solders, the father of his son, nor the master of his servent: for they purpose not their death when they purpose their services"，頁 408。

81　Henry V. IV. i. 174-177.《莎士比亞通論：歷史劇》："War is his beadle, war is his vengeance; so that here men are punished for before-breath of the king's laws in now the king's quarrel"，頁 409。

82　參考顏元叔《莎士比亞通論：悲劇》："Two sounds souls and twenty thousand ducats Will not debate the question of this straw! This is th'impostume of much wealth and peace, That inward breaks, and shows no cause without When the man dies." (Hamlet, IV. iv. 15-28)，1997 年出版，頁 333。

83　歐文的詩"Dulce Et Decorum Est" (1920) 旨在批判當時的愛國女詩人潔茜‧波普 (Jessie Pope) 的主戰思想。

第三章　三國時代戰爭詩產生的背景

　　一時代有一時代之文學，文學的題材、內容、體裁……等等，往往與時代背景緊緊相扣。而詩人之創作也每每與其生平遭遇有關，正如同脣與齒般相輔相成。包美珍〈魏晉南北朝詩及作者的地理分布〉認為：「……在文學上有山水、田園、神怪、遊仙、隱逸、厭戰作品之出現。沿流討源，振葉尋根，則自建安以來三百八十餘年，玉石俱焚之茫茫浩劫，實有以促成之。」[1]事實上不只是厭戰作品，主戰作品或對戰爭態度不明顯的作品，都是當時社會情況所促成的。以下就略敘當時的情勢與三國時代戰爭詩之間的關聯。

第一節　長時期政爭與戰亂

　　東漢末年一直到三國結束，其間不斷地有政爭與戰亂。東漢末年，外戚與宦官交互專政，兩派勢力互有消長，劉志義主編《中國叛亂實錄》：「外戚專政是封建政治的一大特色，又以兩漢時期最為典型。」[2]終致釀成黨錮之禍，二次黨錮之後，朝政日亂。人民不堪困苦，於是張角創太平道，倡言「蒼天已死，黃天當立」，發生「黃巾之亂」。這時邊患也日益熾盛，羌族、鮮卑……等等乘虛而入，於是造成軍閥割據與混

戰，其中最有勢力者，當屬董卓。袁紹與何進為解除宦官之危
害，於是招董卓入京，最後導致董卓之亂。從此進入大規模戰
爭時期，未來之三國人物陸續登場，為三分天下奠定勢力基
礎，從群雄攻討董卓、曹操攻打徐州陶謙、曹操擊破袁術、呂
布攻荀彧、曹操破呂布、曹操據豫州定都許昌、曹操與張繡之
戰、曹操攻劉備擒關羽、袁曹官渡之戰、孫策開拓江東、豫章
之戰、曹操統一北方、曹操打敗烏桓、孫曹赤壁之戰、劉備襲
取漢中……等等大小戰事不斷。等到三國鼎立局面形成，戰爭
也未嘗平息，吳蜀荊州、夷陵之戰、關羽與曹軍樊城對峙……
等等。建安二十五年，曹丕改國號為魏，劉備也在成都稱帝，
吳王孫權也在魏太和三年稱帝。當時不只是戰爭仍然持續，
如：孫劉虢亭對峙、曹丕平烏桓、鮮卑、曹丕三次伐吳、諸葛
亮四次攻曹叡、街亭之戰、吳攻魏之戰、曹叡親征吳、魏滅蜀
之戰、晉滅吳之戰……等等。同室操戈、王室內亂的情況也很
嚴重，如曹丕毒殺任城王曹彰、迫害曹植與曹彪、司馬氏一族
的專政……等等。著名的〈七步詩〉：「本是同根生，相煎何
太急！」就是描寫這種狀況。

　　從戰爭詩中另外也反映出，當時人民由於兵連禍結而流離
失所的慘況。在王仲犖《魏晉南北朝史》中就說三國時代「統
治階級的混戰給社會帶來了巨大破壞」[3]。例如董卓的西北軍
毫無軍紀可言，進入洛陽之後，放縱士兵「淫略婦女，剽虜資
物，謂之『搜牢』。」（《後漢書·董卓傳》）當董卓撤出洛陽，
「卓又盡徙洛陽人數百萬口於長安，步騎驅蹙，更相蹈藉，飢
餓寇掠，積屍盈路。」（《後漢書·董卓傳》）關中如此，其他
地區的情況也不好，譬如在山東，世家大族與地方牧守在聲討
董卓的同時，又互相廝殺。其他如涿郡舊有民戶十萬、口六十

三萬（《續漢書・郡國志》），到了曹魏時，只「領戶三萬」
（《三國志・魏志・崔林傳》注引《魏名臣表》）；鄢陵舊有民
戶五六萬家，經過戰火浩劫後，只剩下數百民戶（《晉書・庾
峻傳》）。

　　人民以鋒鏑餘生，奔走四方者更是為數眾多。如：青州人
民流徙入幽州者百萬餘口（《後漢書・劉虞傳》）；關隴人民流
徙入荊州者十餘萬家（《三國志・魏志・衛覬傳》），流徙至益
州者數萬家（《三國志・蜀志・劉璋傳》注引《英雄記》），流
徙至漢中者又數萬家（《三國志・魏志・張魯傳》）；荊州之
民，又移詣冀州（《續漢書・五行志》）。因為戰爭而避難至他
鄉者，成千上萬計算，可見三國時代生民之苦。所以詩人才特
別有所感，而以詩記錄此種情形，用簡短之篇幅，刻畫出人民
的神態與內心情緒，藉此側面抒發自己對此情況之憂心忡忡與
憐憫生民之情，雖未直接寫明，卻耐人尋味。

　　從以上羅列如此眾多之戰爭可知當時中原板蕩、海宇揚
塵、烽火連天導致黔庶塗炭的情況，這些戰爭也化作詩人們作
詩的題材，如曹操〈薤露〉寫的是東漢末年外戚與宦官專政導
致戰爭的情況、王粲〈從軍詩〉五首寫的是曹操征張魯大軍浩
蕩之情況、應瑒〈侍五官中郎將建章台集詩〉寫的是漢末戰爭
生民流離之景、曹丕〈至廣陵於馬上作詩〉寫的是曹丕征孫權
的情況、曹植〈送應氏詩〉二首中的第一首寫的是董卓之亂
……等等。陳義成〈漢魏六朝樂府研究〉：「詩歌本生活體驗
與描敘，而戰爭生活為人類生活之激盪劇烈面。刺激文思，乃
馳騁於翰墨。」[4] 詩人或感於戰爭之煙塵千里，於是描繪併吞
八荒之氣勢，或體驗到戰爭之殘酷，目睹河山殘破、民生茹苦
含辛、殺人盈城，於是將惻隱之心、同情之懷，發為辭章。王

銘惠〈魏晉詩歌悲怨意識之研究〉：「對於戰爭的狀況，不管
是在沙場之上或是在被肆虐的地方，在詩歌中都有令人怵目驚
心的描述，以及戰事悲壯心情。」[5] 也說明了戰爭對於詩人創
作的影響。

第二節　儒學的逐漸衰微

　　漢代時由於大一統社會的安定，加以漢武帝的獨尊儒術，
「名教」取得了重要的地位。然而隨著時代久遠，逐漸僵化，
又因為三國時代兵荒馬亂，儒學無法適應戰爭訴求的需要，以
及安頓人心的實用功能，於是逐漸衰微。林宴寬〈阮籍「自然
與名教」思想析論〉：「『名教』社會行之日久，孔孟道德心
的真情實意也日漸褪色，『名教』成為與利祿、神祕結合的僵
化『教條』。」[6] 這也就是為什麼三國時代作家大量轉向於文
學創作的原因之一。從本文可知，三國時代有些戰爭詩是為了
適應戰爭的要求，作為宣傳與安撫人心之用，如：曹叡〈苦寒
行〉、王粲〈行辭新福歌〉、繆襲〈舊邦〉……等等，有些則不
再以熟讀經史作為晉身之階，而以戰爭詩作為求官之用，如：
應瑒〈侍五官中郎將建章台集詩〉、曹植〈雜詩〉第五首、阮
籍〈詠懷詩〉第三十八首……等等，有些則能夠突破自己的身
分，用戰爭詩表達自己對社會的真情實感，如：曹操〈蒿里
行〉、曹丕〈雜詩〉、應璩〈百一詩〉第十八首……等等。可見
儒學的衰微與戰爭詩之間的互動，而這也是三國時代主戰詩大
量增加，詩人不以民生疾苦為考慮，也較不會傾向創作非戰詩
的因素之一。當然，由於儒學的衰微，魏晉玄學的興替，造成
玄言詩盛行，乃至「詩雜仙心」的情況，也對詩人創作戰爭詩

興趣減弱、建安風骨漸失的情形,產生一定的作用。

第三節　擺脫經學,文學自覺

　　此點文學潮流可以說是上一點的延續。李文初《漢魏六朝文學研究》:「由對個體生命的重新審視而激發起來的人的覺醒,使得魏晉南北朝的文學,無論文學理論批評或是文學創作,都顯示出強烈的主體性色彩。這是人的覺醒促使文學『自覺』發展的時代特徵。」[7]魏晉南北朝詩歌呈現主體性色彩,是人的覺醒促使文學自覺,是此時期重要特徵,前文也已經述及三國時代戰爭詩也呈現出這樣的特色。三國時代戰爭詩,雖然也有表達自己志向的內容,但更多的時候是藉著景色的描寫吟詠情性,雖然有時也會引用經書中的例證,但大多數的時候是依照自身在面對戰爭時所得到感受來進行創作。例如:曹操〈苦寒行〉:「延頸長嘆息,遠行多所懷。我心何怫鬱?思欲一東歸。水深橋梁絕,中路正徘徊。」用大量的描述,抒發行軍辛苦的難過感受。王粲〈從軍詩〉:「被羽在先登,甘心除國疾。」大量重複自己要一馬當先,為國殺敵,叫囂著自己的企圖。曹丕〈陌上桑〉:「寢蒿草,蔭松柏,涕泣雨面霑枕席,伴旅單,稍稍日零落,惆悵竊自憐,相痛惜。」在詩中描繪自己淚流滿面的景況與惆悵自憐的情緒。諸如此類的戰爭詩作,無所保留地宣洩出自己的情感,不顧自己的身分,不顧言論的後果,甚至如曹丕〈雜詩〉中的第二首因為情感太過哀傷,所以被吳景旭《歷代詩話》認為不可能寫伐吳不克,久滯欲歸的心情,不可能向吳示弱。這些戰爭詩已經明顯地脫離儒家用政治、道德原則去規範限制詩歌感情的表達方式,也遠遠

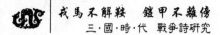

離開溫柔敦厚的詩教。

　　此種情況的產生，除了與儒家的衰微有關外，與三國時代
面對戰爭的需要，而採取的政治措施也有關聯。三國時代群雄
並起，問鼎中原，有治國用兵之術者受到禮遇。如曹操〈敕有
司取士勿廢偏短令〉：「夫有行之士未必能進取，進取之士未
必能有行。」錢國盈〈魏晉人性論研究〉：「引起魏晉才性之
辯的主要原因在於建安年間曹操所下的四次詔令，曹操所下的
四次詔令皆涉及了才能與操行的問題，由此而引發了才能與操
行孰輕孰重，二者是否一致的論辯。」[8] 才性之辯在魏晉時期
是一個重要的哲學命題，引起當時許多學者廣泛而深入的討
論，然而無論引起多大的爭議，在文學上仍然有其影響力。如
劉楨〈贈五官中郎將詩〉四首中的第二首在內容中稱讚曹丕文
采縱橫與在戰場上壯懷激烈、左延年〈從軍行〉描述男子出征
時英姿煥發的模樣、曹植〈白馬篇〉塑造武藝高強的愛國英
雄、〈襄陽民為胡烈歌〉與〈軍中為夏侯淵語〉歌誦胡烈與夏
侯淵之戰功……等等，都可看出三國時代戰爭詩中已經少用道
德來品評或讚許人物，而改以人才的智慧與戰功作為標準，如
有軍事才能者，則倍受詩人歌誦與青睞，這也成為主戰類詩作
增多的原因之一。

第四節　寫實詩與浪漫詩平分秋色

　　葉慶炳《中國文學史》認為建安詩歌之特色「自題材言，
寫實詩與浪漫詩平分秋色。」[9] 從戰爭詩觀之，也是符合這樣
的情況。有部分戰爭詩以現實社會為素材，如阮瑀〈怨詩〉、
王粲〈七哀詩〉、曹植〈門有萬里客行〉……等等都將戰爭的

亂象，形之於筆墨，當然如同韋昭〈伐烏林〉、繆襲〈楚之平〉、曹髦〈四言詩〉……等等描寫戰爭時軍威浩蕩、掃蕩廓清的作品，也不能不說是取材自現實。沈志方〈漢魏文人樂府研究〉：「在長期戰亂中，文人既『不能效沮溺，相隨把鋤犁』（王粲〈從軍行〉），又難以安定食貨規摹典章，他們的事功主要仍建立在軍事這個大範圍內，因此對戎馬經歷的實際描寫，自然也成為此期樂府的特殊內涵。」[10] 事實上不只是樂府詩，三國時期許多戰爭詩也是取材自實際的戎馬經歷。到了正始以後，詩人對戰爭司空見慣，或視若無睹，或避而不談，於是如阮籍與嵇康等作家，都已經較少談論或描寫戰爭，詩作中或暢言老莊哲理，或嚮往神人仙境，或感嘆生命短暫，開啟了兩晉浪漫文學。

第五節　創作者多有其政治地位或政治企圖

從本論文可知，戰爭詩之創作者，雖然有時也能突破身分的顧忌，盡情抒發對戰爭的反感，但多數的作品與作者之政治地位有關，如曹操〈短歌行〉引用周王有征伐之權力是來自於商紂，說明自己能發動戰爭是來自於漢獻帝所賜予的權利；曹丕〈令詩〉描寫戰爭造成遍地白骨的景象，最後則說明自己想要勵精圖治的願望；曹叡〈櫂歌行〉描寫軍隊出發、帶甲十萬的場景，最後則說明此戰是為了伐罪弔民……等等。另外有些作者則有其政治上的企圖，如曹植〈雜詩〉中的第六首表達期盼為國征戰之意願；繆襲與韋昭的〈鼓吹曲辭〉都是因為任命而以記錄戰爭史實、歌頌祖國之光榮的目的而作；王粲〈從軍

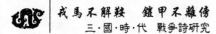
行〉五首是為了激勵士氣而作；應瑒〈侍五官中郎將建章台集
詩〉寫戰禍之景與自己的恐懼，是為了得到曹操的重用……等
等。前面已經分析過，這些作品多半重視宣傳與傳播的效果，
也很能運用說服人心、掌握人心的技巧，以達到其政治考量的
目的。齊滬揚《傳播語言學》：「傳播是人類互相溝通的需
要。」[11] 在戰爭多的年代，詩人便透過詩歌來與人們溝通他們
的戰爭理念與政治企圖，以鞏固他們的政治地位、勸導軍隊效
死、凝聚全國人民的情感、產生共同的戰爭行為或達成對上位
者的祈求。

　　沈師秋雄〈杜詩管窺〉云：

> 歷史上每一位偉大的詩人，其作品的產生，大體都以他
> 的一生作為背景，而個人的一生與他所處的時代有密切
> 不可分的關係。所以經由一個詩人的作品，我們不僅了
> 解作者的悲歡離合，他的得意及失意，並且可以體會出
> 他所處那個時代脈搏的律動，覺察出那個時代的特殊現
> 實，這對於一個寫實作風的作者尤其如此。[12]

　　誠然如此，每一首作品幾乎都與作者之遭遇與生平有關，
也與他所處的時代環境有關，尤其是寫實的作品或寫實風格的
詩人更是如此。如以曹操的戰爭詩來說，可以看出曹操對於平
定天下的奮鬥精神，如〈步出夏門行〉，而〈蒿里行〉、〈薤露〉
則可以看出曹操對生民由於戰爭而導致暗無天日與社會失序的
同情。當然，出征時的艱辛（如〈苦寒行〉）、土崩瓦解的潰敗
（如〈蒿里行〉、〈薤露〉）與橫掃千軍的旗開得勝（如「觀滄
海」、「冬十月」），三種不同的情勢也造就了詩人對景物產生

煩悶、憤慨與充滿希望……等等不同的感觸。

　　從以上種種情況觀之，可見三國時代戰爭詩，這種寫實風格居多的體裁，與當時政治、社會與文學潮流緊密結合，長時期政爭與戰亂、儒學的逐漸衰微、擺脫經學，文學自覺的文學潮流、寫實詩與浪漫詩平分秋色的狀況、與創作者多有其政治地位或政治企圖等等因素都影響著三國時代戰爭詩的創作內容。楊國娟〈漢魏樂府詩美學研究〉也認為漢魏樂府在內容涵義之美上，具有社會寫實之美與同情時代的寫實美，而且主要就表現在對戰爭苦難取材的作品上 [13]。可見三國時代的戰爭詩非常能表現時代性。

註　釋

1　包美珍〈魏晉南北朝詩及作者的地理分布〉，香港：能仁書院中國文學研究所碩士論文，1984年8月，頁7。

2　劉志義主編《中國叛亂實錄》，濟南：齊魯書社，1999年9月第一版，頁5。

3　王仲犖《魏晉南北朝史》，上海：上海人民出版社，1979年12月第一版，頁19。

4　陳義成〈漢魏六朝樂府研究〉，台北：輔仁大學中國文學研究所碩士論文，1973年，頁151。

5　王銘惠〈魏晉詩歌悲怨意識之研究〉，台北：華梵大學東方人文思想研究所碩士論文，1999年6月，頁83。

6　林宴寬〈阮籍「自然與名教」思想析論〉，國立台灣師範大學國文研究所碩士論文，1998年6月，頁21。

7　李文初《漢魏六朝文學研究》，廣東：廣東人民出版社，2000年6月第一版，頁95。

8　錢國盈〈魏晉人性論研究〉，國立台灣師範大學國文研究所碩士論文，1991年5月，頁20。

9　葉慶炳《中國文學史》上冊，台北：台灣學生書局，1987年8月初版，頁118。

10　沈志方〈漢魏文人樂府研究〉，台中：東海大學中文研究所博士論文，頁188。

11　齊滬揚《傳播語言學》，鄭州：河南人民出版社，2000年1月第一版，頁
　　3。
12　沈師秋雄〈杜詩管窺〉，《詩學十論》，台北：文史哲出版社，1993年3
　　月初版，頁59。
13　楊國娟〈漢魏樂府詩美學研究〉，香港：珠海大學中文研究所博士論文，
　　1997年5月，頁270-322。

第四章 三國時代戰爭詩之概況研究

第一節 三國時代戰爭詩概況

　　逯欽立輯校的《先秦漢魏晉南北朝詩》，是目前魏晉南北朝詩總集中，較為完備者，其所收錄的三國時代詩，若將殘詩也算作一首，包括：曹操二十一首、王粲三十一首（含郊廟歌辭五首）、陳琳八首、劉楨二十六首、徐幹十首、阮瑀十四首、應瑒六首、繁欽八首、曹丕五十五首、甄皇后一首、邯鄲淳一首、左延年三首、焦先一首、吳質一首、繆元一首、曹叡十八首、杜摯二首、曹植一百三十六首、曹彪一首、曹髦二首、何晏二首、應璩三十四首、韋誕一首、毌丘儉三首、郭遐周三首、郭遐叔四首、阮侃二首、嵇康六十四首、阮籍九十九首、仙道一首、雜歌謠辭四十三首（包括諺語）、繆襲的魏鼓吹曲辭十二首、費禕一首、雜歌謠辭九首、薛綜一首、張純一首、張儼一首、朱異一首、諸葛恪一首、華覈一首、周昭一首、孫歆一首、樂府古辭一首、雜歌謠辭十六首（包括諺語）、韋昭的吳鼓吹曲辭十二首。總計六百六十首，其中戰爭詩有一百零六首（參見附錄一：三國時代戰爭詩篇目），占百分之十六點一，可見戰爭與人民生活息息相關，而詩人也大量

寫作此體裁。東漢和帝之後，外戚宦官輪流專權，接連兩次黨
禍，使得朝政日非，之後爆發黃巾之亂，接著三國鼎立，一直
到曹丕在曹操死後繼承其位，後逼迫漢獻帝讓位，自立為大魏
皇帝，魏朝正式成立，期間戰禍頻仍，就在這樣一個兵連禍
結、家國殘破、民生凋弊的混亂時代，孕育了無數偉大的詩
人。從起於東漢中平元年（西元一八四年），迄於東漢建安十
二年（西元二〇七年），歷時二十四年的黃巾之亂後，一直到
魏朝，也就是三國時代結束，總計有：起於東漢初平元年（西
元一九〇年），迄於東漢初平三年（西元一九二年），歷時二年
的群雄討董卓之戰；起於東漢興平元年（西元一九四年）四
月，迄於東漢建安元年（西元一九六年）七月，歷時二年零三
個月的曹操破呂布與定都許昌之戰；起於東漢興平二年（西元
一九五年）十二月，迄於東漢建安四年（西元一九九年），歷
時四年的孫策開拓江東與豫章之戰；起於東漢建安五年（西元
二〇〇年）二月，迄於同年十月的袁曹官渡之戰；起於東漢建
安十三年（西元二〇八年）十一月，迄於東漢建安十四年（西
元二〇九年）十二月，歷時一年零一個月的孫曹赤壁之戰；起
於東漢建安十六年（西元二一一年）十二月，迄於東漢建安二
十四年（西元二一九年）五月，歷時七年零六個月的劉備襲取
蜀漢之戰；起於東漢建安二十四年（西元二一九年）閏十月，
迄於同年十二月的吳蜀荊州之戰；起於魏黃初二年（西元二二
一年）六月，迄於次年閏六月的吳蜀夷陵之戰；起於魏太和二
年（西元二二八年）二月，迄於魏青龍二年（西元二三四年）
八月，歷時六年半的蜀伐魏之戰；起於魏景元四年（西元二六
三年）八月，迄於同年十一月的魏滅蜀之戰等等，十一次大規
模且歷時長久、影響深遠的戰役，這段期間尚有其他不計其數

小規模的戰事,例如曹操打敗烏桓、曹丕平定鮮卑等等,這些戰爭不僅對於三國各國政治勢力與版圖劃分有關鍵性的影響,對於人民生活也有巨大的改變,同時也成為詩人們謳歌、批評、記錄、想像的題材與內容。

　　從詩人個別來看所創作的戰爭詩數量,曹操六首、王粲十七首、劉楨四首、阮瑀一首、應瑒一首、繁欽一首、曹丕十一首、左延年二首、焦先一首、曹叡六首、曹植十二首、曹髦二首、應璩四首、毌丘儉二首、嵇康一首、阮籍七首、繆襲九首、韋昭九首。其中王粲、曹丕、曹植三人,是創作戰爭詩數量較多的詩人。至於創作數量少的詩人,則多半有存詩過少之情況,不宜因此便說這些詩人不喜歡或輕視戰爭詩的創作,宜從每一位作者所存詩作中,戰爭詩的比例來探討此一問題。而創作數量多的這三位,可以試著由其生平背景,來窺探他們的創作態度與創作情況。

第二節　三國時代戰爭詩創作數量多的詩人

一、王粲

　　王粲是三國時代戰爭詩創作數量最多的詩人,一方面是因其職務所需,譬如征張魯和吳時,身為侍中,《三國志‧魏志》:「建安二十年三月,公西征張魯,魯及五子降。十二月,至自南鄭。是行也,侍中王粲作五言詩以美其事。」便說明了〈從軍詩〉五首的誕生,是因為必須做如此作品來鼓舞士氣、提振軍中人心,使軍中將士對國家和軍隊產生認同感。

《戰爭藝術》一書中曾提到：「儘管一個國家在軍事組織方面，具有極良好的規模，但是政府在同時如不培養人民的尚武精神，那麼這個國家還是不會強盛的。」並且進一步指出：「專門在民間提倡尚武精神還不夠，而對於軍隊本身的士氣，尤其應該加以激勵。」[1] 可見尚武精神和士氣在軍隊這樣的人際團體中的重要性。

另一方面，王粲的確對於曹操有很高的忠誠度，因為其早年依附劉表，不得重用，鬱鬱寡歡了十五年，其千古名作〈登樓賦〉，便是在荊州不受重用時，登當陽城樓觀景，除一解思鄉之情外，曾言：「懼瓠瓜之徒懸，畏井渫之莫食。」更發抒懷才不遇的感慨。後得曹操看重，先任為丞相掾，賜爵關內侯，後遷軍謀祭酒，建國後拜為侍中。這樣的重用，也就不難明白他何以言：「詩人美樂土，雖客猶願留。」如此一來，對於曹操的知遇之恩自然銘感五內，難怪他會說：「棄余親睦恩，輸力竭忠貞。」他在職期間對於建立魏國制度貢獻良多，詩中所言：「鞠躬中堅內，微畫無所陳。」實為謙詞。王粲最後是在征吳途中病逝，一生鞠躬盡瘁，真是做到了詩中所說：「雖無鉛刀用，庶幾奮薄身。」察其生平之後，便知其所言不虛，這些讚美戰爭的詩句，與其心境密切相關，而他也果如其言，為魏國效忠犧牲。

王粲另有〈詠史詩〉[2] 一首，其中言：「結髮事明君，受恩良不訾。」「人生各有志，終不為此移。」藉著秦穆公以三良殉葬的事，流露對於曹操知遇之恩的感念，以頌讚三良殉死之事，傳達效忠的心意，也可看出王粲入魏之後身受賞識，心中急於建功的理念。

《滄浪詩話》曾評劉公幹〈贈五官中郎將〉和王仲宣〈從

軍詩〉言：

> 是欲效伊尹負鼎干湯以伐桀也。是時漢帝尚存，而二子
> 之言如此，一曰元后，一曰聖君，正與荀彧比曹操為
> 高、光同科。或以公幹平視美人為不屈，是未為知人之
> 論。《春秋》誅心之法，二子其何逃？

　　這裡是站在儒家的角度，批評王粲〈從軍詩〉，認為當時
漢皇仍在，怎可說曹操為「聖君」？而像是要討伐暴君一般，
大張旗鼓。然而倘根據上述生平背景來看，從詩人心態來說，
其心可憫，而他也是真情流露，直接將感恩報答之心，表現在
詩的內容中，更以行動來證明他的想法。

　　綜而觀之，王粲所作十八首戰爭詩，有九首為主戰類，即
是在此種背景下產生，尤其在跟隨曹操之後，態度更為明確。
此九首中，三首是〈從軍詩〉五首的第一、二、四首，內容記
敘征戰途中所見及所感，說明我軍定將快速成功，描寫我軍軍
隊壯盛之容，且敘述勝利之好處，強調戰爭才能帶來安居樂
業，並一再強調自己從軍之志向與自己盡忠之熱誠，描述自己
急於建功立業之豪邁情懷。此外有一首獨立之〈從軍詩〉，內
容也是表達願意從軍戰鬥之志向。〈從軍詩〉五首，〈太廟頌
歌〉及〈俞兒舞歌〉四首，皆是歌詠魏朝之戰功，描述建國，
統一天下、收服蠻荊，而後休兵革的情況，但即使安樂也不忘
備戰，才能長保無憂。記敘魏國武士外修武藝，勤練劍弩，內
修節操，行為淳仁，有如神明，而開疆闢土，使各方臣服。並
寫戰爭之後，國家安定、大宴賓客與軍隊、安撫人民、講求文
治的情形。內容中不斷歌頌君王用兵神武，軍隊精良，立功宏

大，遠征四國，極至海邊，將可永垂不朽，常保安泰。

　　另外九首中，有五首是客觀描述戰爭的情況，〈贈士孫文始〉描述戰爭中，家國之情況，並抒發思念澹津亭侯士孫萌之情。〈為潘文則作思親詩〉代潘文則敘述在戰爭中所見所聞，並抒發思親之情。〈從軍詩〉中的第三首，由途中之景，觸發心中憂傷之情，但於結尾說明不可念私情，強調戰鬥衛國是男子之責任。〈從軍詩〉中的第五首前半部寫征吳途中所見山河破碎荒涼景象，後半表現對曹操的讚美與繁華樂土的景象。〈從軍詩〉記敘戰爭時船艦與戰鬥之景。〈七哀詩〉中的第二首描述自己因戰爭流離在外，以及不得劉表重用，導致情緒的憂愁與翻騰。

　　此外兩首則流露出非戰的情緒：〈七哀詩〉中的第一首，寫作者離開長安時，所見因董卓部隊大肆燒殺劫掠而造成悲慘的離亂景象，以及自己的哀痛心情。〈七哀詩〉中的第三首，抒發內心之悲傷，描述戰爭造成之家庭離散、百姓被俘虜的痛苦。此二詩內容深刻、刻劃細微，將戰爭的殘酷具體描述出來，且情感真摯，為王粲被人稱道之千古名作，筆者以為誠是戰爭詩史上的重要鉅作。但這兩首詩都是王粲較早期的作品，寫作當時跟隨劉表，不得重用。筆者以為從此也可看出王粲在跟隨劉表與跟隨曹操時，對於戰爭態度的截然不同，而呈現在其戰爭詩內容上，亦是截然兩判的。

二、曹植

　　創作數量上次多的詩人是曹植。他是曹丕的弟弟，頗受曹操喜愛，屢次想要封他為太子，曹丕即位後，對他壓迫迫害，數次貶爵徙封。他是一位生於亂、長於軍的詩人，在他青少年

時期，曾多次隨父親出征，十四歲隨曹操征袁譚、攻南皮、平
冀州，十六歲隨父征烏桓，二十歲隨征馬超，二十一歲隨征孫
權，戰爭對於他的影響很大。曹植的詩歌創作，可以用曹丕稱
帝，也就是建安二十五年（西元二二〇年），作為前後的分期
[3]，前期的詩歌，主要多半是歌詠都市貴公子享樂遊蕩的生
活，以及追求長生的詩篇。後期則充滿懷才不遇的激憤情緒，
描寫受到迫害的抑鬱以及渴望自由解脫的心情。他的戰爭詩也
跟隨著這樣的心情軌跡而改變，前期的戰爭詩作品，包括〈白
馬篇〉中塑造了武藝高強的愛國者形象，歌頌其犧牲小我、視
死如歸的高尚情操，此詩是前期作品中傑出的代表作，也是戰
爭詩中的不朽佳作。在建安十六年（西元二一一年），曹植跟
隨曹操征馬超，途經洛陽，後應瑒受命為五官將文學，行將北
上，曹植設宴送別，便寫下〈送應氏〉二首，其中的第一首聯
想起二十多年前，董卓挾持天子遷都、火焚洛陽，迫使人民大
遷徙，以及後來連年戰禍的情形，並且表達自己的憤懑與對人
民之深切同情，是一首非戰類戰爭詩的優秀作品。此期另外有
三首對戰爭態度不明顯的戰爭詩，〈贈丁儀王粲〉寫曹操西征
張魯，王粲、阮瑀、徐幹等隨行，後平定關中，隨即引軍自長
安北征楊秋。此詩除歌頌曹操功勞外，並寫丁儀、王粲之處
境，勸勉他們態度要執中道。〈離友詩〉三首中的第一首是建
安十七年冬，曹操東征孫權，曹丕、曹植隨軍，第二年春天回
師北歸，途經譙縣，曹植與夏侯威結為好友而作，此首寫夏侯
威陪送曹植返鄴，一路滿足與歡暢的情景。〈離友詩〉三首中
的第二首則寫與夏侯威離別時眷戀、悲戚且感到相會無期的愁
苦。三首皆以抒情筆調來陳述戰爭。

　　曹植後期的戰爭詩作可以看到主戰類與非戰類的作品，各

有其共同點，使兩類呈現明顯差異，筆者以為這是相當值得玩
味之處。後期主戰類作品，都具有向曹丕陳述自己願意領兵征
戰，希望為國赴難之志向的情況。〈責躬〉是曹植在黃初四
年，徙封為雍丘王時，為了自劾其罪、頌揚帝德，所作的第一
首獻詩。內容以歌頌國家及先祖之政治功業為主。其中提到亂
事興起，而後發動戰爭才得以維持國之安定，而自己願意「甘
赴江湘，奮戈吳越」。〈雜詩〉七首中第五首抒發詩人自身希
望領兵南征孫權，實現自己為國建功，甘心為國赴難之豪情壯
志，與未能實現此志願之苦悶心情。〈雜詩〉七首中第六首記
敘登樓遠眺所見，並抒發對當時佞臣，如：司馬氏之擁兵自
重、作戰不力，與對國事之憂心，並說明自己甘心為國赴難之
情懷與壯志不遂之哀傷。

　　後期非戰類作品，則皆是以描述戰爭中流離失所的人民與
征夫，來影射自己漂泊無依的可憐處境。〈門有萬里客〉記敘
戰爭中人民流離失所、悲泣嘆息的情況，並藉此襯托曹植自身
封地常常變更，飄落流蕩之痛苦。〈雜詩〉七首中的第二首則
是描繪一名為國獻身，在遠方征戰的士兵，卻因此衣不蔽體、
食不充飢、浪跡天涯的貧苦漂泊，令人聯想到曹植的處境。

　　後期只有一首對戰爭態度不明顯的戰爭詩：〈雜詩〉七首
中的第三首，寫西北方有一名善織女子，因為丈夫出外征戰，
久戍不歸，過了約定的日期，而悲苦嘆息，無法專心於織布的
工作上。全詩瀰漫著哀傷，作者對戰爭的態度沒有直接表明，
卻帶有非戰的傾向。

　　另外有數首無法考證是何時期之戰爭詩，列述於下。〈丹
霞蔽日行〉記敘紂王昏亂，凌虐忠正之士，周人起而代之，而
漢代興起也是因秦代無道，這兩場戰爭，皆為上天應允的光輝

戰爭。〈孟冬篇〉記敘孟冬十月之時，武官以打獵訓練士兵準備戰爭的情況，並說明今日之努力，定能在未來獲得功效。〈矯志詩〉主要為議論政治上用人之道，應舉用賢良合適其位之人。其中提到國君鼓勵戰鬥，勇士遂敢於死戰的情況。三首都是主戰類的詩作，第一首主張義戰，第二首不忘備戰，第三首認為為人君者應鼓勵戰鬥，皆是從政治上位者來看戰爭。此外另有一詩，原見於《太平御覽》，沒有題目，記敘他跟隨父親出外征戰時，櫛風沐雨、劍不離手、鎧甲為裳的情況，親身參與征戍的形象相當鮮明。

朴貞玉〈三曹詩賦考〉「征伐詩」一節下言：

> 曹植詩有關征戍敘述，在「離友詩」、「贈丁儀王粲」
> 中部分句子內，揭露出友人因征戍離別的情狀，但並沒
> 有跟曹操、丕一樣完整的征行詩；他詩歌中，沒有描寫
> 其艱難悲壯或威武雄姿的篇章。[4]

此文已經注意到戰爭詩其實包含有描寫戰爭中情感的詩作，筆者在前面「戰爭詩定義」一節中，討論過此問題，茲不贅述。然而由於朴貞玉並沒有定義何謂「征伐詩」，所以所言「完整的征行詩」一詞，與他所訂標題「征伐詩」用詞不統一且令人困惑。何況前面提到有一首沒有題目，是曹植敘述自身征戰形象的詩，然則曹植雖很少反映自己披堅執銳、征伐四方的從軍戰爭生活，但並非完全沒有從自身出發。且從前面所提十五首戰爭詩作來看，裡面亦不乏從他人角度描寫戰爭艱難悲壯或塑造英雄人物威武雄姿的篇章。所以，朴貞玉的說法是不能成立的。

　　總而言之，從曹植現存一百三十六首詩作看來，戰爭詩僅有十五首，占百分之十一點八，比例不高，筆者以為這正可看出曹植創作題材與內容的多變，不拘限於同一題材與內容。

三、曹丕

　　三國時代戰爭詩第三位數量豐富的詩人是曹丕，他是曹操的次子，曹操死後繼承其位，後逼迫漢獻帝讓位，自立為大魏皇帝。邱英生、高爽編著之《三曹詩譯釋》曾評論：

> 曹丕的政治才能遠不如曹操，他放棄了曹操統一全國的
> 大業，復頒〈太宗論〉，明示不願征伐的心跡。[5]

　　姑不論曹丕的政治才能是否遠不如曹操，但他其實並未放棄曹操統一全國的大業，為了完成曹操統一天下的遺願，他曾經三次親征東吳孫權。第一次是在延康元年，治兵東郊，隨即南征，直到譙縣，雖然沒有真正發生戰爭，此舉振奮人心，提高了他的威望。第二次在黃初三年，此次兵分三路，各有所獲，後回師洛陽，詔令休力役，省徭戌，畜養士民，使天下安息。第三次在黃初六年，抵達廣陵，臨江觀兵，但因天寒水道結冰，戰船無法進入長江，故退軍。這三次的親征，在曹丕的戰爭詩中，都有詳細的記錄。至於「復頒〈太宗論〉，明示不願征伐的心跡。」一言，也可以從曹丕的戰爭詩來分析此一問題。曹丕現存的戰爭詩作品有十四首，其中多數對於戰爭的態度是不明顯的持平觀點，雖然隱含著對戰爭的怨懟，但終究不能說是非戰的作品。表現了曹丕對於戰爭的看法，也看出曹丕認為戰爭的目的為何，這種態度在曹丕其他的戰爭詩中，是一

貫的。〈董逃行〉描寫戰爭時路途遙遠、士兵吵雜、旌旗蔽日之景。〈黎陽作詩〉三首中的第二首記敘行軍途中遇到大雨之艱難情況。這兩首都是客觀地記述戰爭場景。而〈飲馬長城窟行〉描寫戰爭時船艦眾多、鑼鼓喧天、武器精良、士兵整齊之壯闊場景。〈黎陽作詩〉三首中的第三首形容騎兵大軍萬馬奔騰、雄壯威武之氣勢，兵器、軍旗、金鼓聲的壯盛軍威，及表達抵達黎陽之輕鬆愉悅，並讚美祖先。此二首雖隱含讚頌我方軍隊之意，但未明確表態，故仍不能歸為主戰之作品，應是由於身為軍隊將領，必須身先士卒，鼓舞士氣而作。

　　曹丕戰爭詩另外的一半，三首是主戰類的作品，〈至廣陵於馬上作詩〉一首即是描寫黃初六年八月，曹丕東征，十月，行幸廣陵，在長江邊舉行閱兵，向東吳孫權展現武力，詩中記載了當時閱兵之雄壯與充滿自信的豪情，展現身為領軍親征的國君那份昂揚的鬥志。其他的兩首主戰詩，與其他戰爭詩的精神是一貫的，〈黎陽作詩〉三首中的第一首是由鄴城出征，途經黎陽而作，此首先記敘出征之情況，而後說明此戰之目的是為了「救民塗炭」，且以周公自比，強調靖亂的決心。〈令詩〉說明由於當時戰爭頻繁，生民塗炭，遍地白骨，自己想要整理當時政治情況之志向。都說明了他的政治抱負都需要以戰爭為手段，而最終的目的是要平亂，使人民獲得安居樂業的生活，可見曹丕的主戰態度與中國歷來的兵法家是一致的，皆主張「義戰」，而戰爭是以導向和平為依歸。

　　黃初三年冬十月，曹丕伐吳，隔年三月曾頒布詔令並還師，此詔《魏書》作「丙午詔」，《全三國文》卷四題作〈敕還師詔〉。內容中說到：

昔周武伐殷，旋師孟津；漢祖征隗囂，還軍高平，皆知
天時而度賊情也。且成湯解三面之網，天下歸仁。今開
江陵之圍，以緩成死之禽。且休力役，罷省絲戍，畜養
士民，咸使安息。

曹丕詔中記載當時分三路征討，征東各路軍馬水戰，斬首
四萬人，獲取戰船萬艘。大司馬曹仁擒獲敵軍，數以萬計。中
軍將軍曹真、征南將軍夏侯尚圍攻江陵，左將軍張郃等率領船
隊進擊南渚，敵軍被水淹死者數千人。而曹丕在此詔中解釋他
為何退兵的原因，一方面是由於敵營中瘴癘之氣蔓延，疾病孳
生，恐被傳染，另一方面舉出周武王與漢光武帝為典範，認為
戰爭必須讓天下人都認為仁義，而甘心歸順為前提下，才能繼
續進行，所以他現在命令解開江陵的包圍，並免除征戰的勞
役，使士民得到休養生息。

曹丕這種崇尚仁義，以先王聖賢為模範的戰爭觀，在其戰
爭詩與詔令中，是統一的，對此，產生了許多不同的看法，
一種是前面提到的，認為他是「放棄了曹操統一全國的大
業」、「不願征伐」。筆者以為從曹丕三次東征的情況看來，應
不是放棄曹操統一全國的志向，也非不願征伐，只是他一貫的
「義戰」理念，所給予的錯覺。另一種看法則對曹丕多所迴
護，如易健賢則認為這些事「體現了他思想氣度寬仁弘厚，躬
修玄默的一面」[6]。這也可以聊備一說，但曹丕當時的戰功是
否真如他所記錄的彪炳，則是有待考證的。對於曹丕當時的戰
爭狀況，由於並非重要戰役，歷來的歷史學家多數著墨無多，
如《三國志·吳志·吳主傳》記載：「魏文帝出廣陵，望大
江，曰：『彼有人焉，未可圖也。』乃還。」僅簡單記錄其

事。現代的歷史學家張曉生、劉文彥也只說：「曹丕曾三次發
兵大舉攻吳，但均因阻於長江天險，未能成功。」[7]甚至有些
連此段歷史都未加記錄[8]。當時戰爭事實雖然有待釐清，曹丕
是否以仁義之戰作為退兵的委婉理由，尚無從得知，但可以肯
定的是，曹丕對戰爭以仁義為指導原則，以人民生活的和平福
祉為目的的態度，不僅繼承了中國兵法家的觀點，在文章或戰
爭詩中，也是始終如一的。

　　曹丕除了上述數首戰爭詩外，還有四首非戰類的戰爭詩。
〈黎陽作詩〉是以自身的經驗創作，記敘戰爭中出征，描寫征
途所見，看到故宅頓傾，心中悲涼傷感。而〈陌上桑〉與〈雜
詩〉兩首，這三首的共同點，皆是從平民征夫的角度來創作，
描寫由於征戍頻繁，征夫被迫離鄉背井，跟隨軍隊出征與行軍
之經過，所以思念故鄉，進而抒發心中哀傷與惆悵之苦悶情
緒。邱英生、高爽編著之《三曹詩譯釋》也曾評論：

　　（曹丕）一方面向大貴族官僚地主集團靠攏，另一方面
　　也就必然同勞動人民疏遠，所以在他現存的詩篇中看不
　　到關心人民疾苦的作品。[9]

　　這種批評顯然受到馬克思社會主義的影響，認為作家必須
關心人民疾苦，好的作品必須為勞動人民立言。這種文學批
評，有它的侷限與偏差，難道其他非關人民疾苦的作品，都是
不佳的文學作品？那麼，《西遊記》那樣充滿想像力的小說，
便罪大惡極，而莎士比亞的《仲夏夜之夢》，浪漫綺麗的情
節，也毫無可取之處！在這種批評方式之下，只有社會寫實的
作品才能生存，無疑地扼殺了文學豐富多變的生命力。事實上

從〈陌上桑〉與〈雜詩〉兩首，以及前面的〈燕歌行〉兩首看來，曹丕並不是沒有關心人民疾苦的作品，這幾首便是替平民的征夫怨婦，對戰爭提出抱怨，只是他這一類的作品，是以悱惻纏綿的筆法寫作，讓人感到一股淡淡的悽涼哀傷，而不是強烈抨擊的大聲吶喊，對於戰爭殘酷血腥的場面，也沒有描述，才導致這種誤解。

第三節　從詩人個別的戰爭詩創作比例來看

戰爭詩的創作與每位詩人個別的情況，有很直接的關係，每位作者的個別情況都有不同的差異，是故作戰爭詩研究時，可以總合地觀察整體情況，也可以從個別的情況來看。

一、戰爭詩創作比例高的詩人

有些詩人現在僅存一首詩，而這首詩正是戰爭詩，例如：焦先〈祝蚍歌〉以象徵諷刺魏伐吳，結果魏軍戰敗之事。也有詩人存留兩首詩作，而兩首皆為戰爭詩者，如：曹髦〈四言詩〉記敘東伐時，舟萬艘、兵千營的情況。另有一詩沒有題目，內容是記敘戰爭時，兵器眾多、武騎整齊如雁行的情況。這些詩人創作戰爭詩的比例，皆為百分之百，這樣的比例自然無法令人信服。這是由於存留詩作太少，才會產生如此現象，當然也不可因此就認定這些作者就是完完全全只創作戰爭詩的作家。不過，這樣的情況，可以幫助我們理解當時創作戰爭詩風氣之盛，而後世人對於此期戰爭詩的創作也相當重視，這些戰爭詩才得以保留下來。

（一）韋昭

韋昭是東吳的學者，字弘嗣。曾任丞相掾、尚書郎、太子中庶子，官至侍中，領左國史。因性格剛直，敢於直諫，後下獄被害。著作甚豐，據《吳志》本傳及《隋書・經籍志》所記，有《毛詩答雜問》七卷、《春秋外傳國語注》二十二卷（今或有學者認為當作二十一卷）、《孝經解贊》一卷、《辨釋名》一卷、《漢書音義》七卷、《吳書》五十五卷、《洞記》四卷、《官儀質訓》一卷，文集二卷。今存《國語注》，《漢書音義》多為《漢書》顏師古注所引，《吳書》多為《三國志》裴松之注所引，他書佚文於《玉函山房輯佚書》有輯存。在韋昭現存的詩作中，戰爭是比例很高的創作題材，現在流傳下來的作品只有〈吳鼓吹曲〉十二首，其中九首是以戰爭為素材，其餘三首則是謳歌吳國的政治。〈炎精缺〉寫漢室衰敗，孫堅奮發圖強，希望匡濟時事，此詩極力歌頌其英勇威猛，將來必能稱王。〈漢之季〉描寫孫堅因哀憐漢室之衰，痛恨董卓挾持漢主，故興兵奮擊之凌厲姿態。〈攄武師〉記敘孫權為完成父親之志業而征伐，殺黃祖、攘平奸凶、平西夏，威震天下。〈伐烏林〉記敘曹操破荊州之後，順流東下，欲征伐劉備與孫權，孫權命周瑜迎擊，在烏林將曹操擊破的過程。〈秋風〉描寫戰士在戰場上見到秋風揚沙、感到寒露沾衣，而戰事吃緊，敵軍不斷侵擾疆界，隨時要騎馬穿甲冑，偶爾也會感到思親悲傷，但仍然想要立功獲賞。〈克皖城〉寫曹操志圖兼併天下，於是令朱光為廬江太守，而後孫權親征，破之於皖城，聲勢煊赫，除暴安民。〈關背德〉寫蜀將關羽背棄吳德，心懷不軌，於是孫權北伐圍樊，此師歌頌其聖明，大勝而百蠻降服。〈通荊門〉描寫孫權與蜀交好結盟，雖然其間關羽失德、蠻夷作

亂，但兩者結盟將可討蕩不恭，在戰爭中耀武揚威，整肅封疆。〈章洪德〉描寫孫權在戰爭中顯神威，而能彰顯其德，平定南方，使遠方歸附，進貢之珍奇異寶充斥於庭。綜觀九首戰爭詩，筆者以為應是韋昭史家性格使然，近似以史家之筆寫詩，故作品頗似歷史組詩，筆者認為或可稱為「援史入詩、以詩寫史」。然而從此九首也或可見出其維護孫吳之心，其中七首皆為主戰、歌頌之態度，僅兩首持對戰爭態度不明顯的作品，與其剛直耿介之性格頗不相類。

（二）繆襲

　　繆襲也是創作戰爭詩比例頗高的詩人。他是漢魏間的學者，字熙伯，歷事曹操、曹丕、曹叡、曹芳四代，《史通》卷十二載：「黃初、太和中，始命尚書衞覬、繆襲草創紀傳，累載不成。」其後才由王沈總纂為《魏書》。逯欽立輯本收錄其〈魏鼓吹曲〉十二首，未收錄〈挽歌〉。〈挽歌〉見於《文選》卷二十八，多數學者肯定為其所作，且認為價值頗高[10]，故今據以補之。〈魏鼓吹曲〉十二首，與其史官性格關係密切，其中九首記錄了當時的歷史與戰爭情況，其餘三首則歌頌魏朝政治。〈楚之平〉描寫魏初平定各方的戰役，認為其為義兵，神武奮勇，當時漢室衰微，群雄並爭，而魏武皇帝平定天下，使國家安定，武功超越三王五帝，興禮樂，定綱紀。〈戰滎陽〉描寫戰於滎陽西南之汴水之時，兩軍馳騁，後被徐榮所敗，馬傷軍驚，幾乎全軍傾頹，且同盟猶疑，計謀無成，幸虧魏武皇帝才得以保全。〈獲呂布〉描寫曹操東圍臨淮，生擒呂布、殺陳宮之事。〈克官渡〉描寫曹操與袁紹戰鬥，破於官渡之事。當時曹操派顏良前往白馬，詩中記敘戰爭中血流遍野，而曹軍以寡敵眾，中間一度萌生退意，後終大捷的過程。〈舊邦〉言

曹操在官渡之戰後，建廟以收置戰死之士卒，使孤魂得有依靠。〈定武功〉描寫曹軍渡過黃河，擊破袁紹，其間戰爭之艱難狀況。〈屠柳城〉描述曹操越過北塞，經歷白檀，路程遙遠，終於破三郡烏桓於柳城，使無北患。〈平南荊〉記敘由於南荊許久未進貢，所以曹操南征，後軍隊獲得勝利，南荊臣服於魏。〈平關中〉記敘曹操征馬超，定關中勝利的過程。九首戰爭詩，對於戰爭多是對戰爭態度不明顯地記錄其過程，文字簡潔而氣勢磅礡，且記錄詳細，雖然態度上傾向魏國，但仍具有歷史與文學價值。鍾嶸《詩品》將繆襲列入下品，以現今存詩觀之，並不妥當。

（三）其　他

　　除以上所列詩人外，王粲、左延年、毌丘儉等人的創作中，戰爭詩所占比例甚高。王粲可以算是魏朝中戰爭詩創作數量多，而且同時也是創作意願高的作家。對於王粲戰爭詩的分析，前面已經討論過，故今不贅述。而左延年現存三首詩，其中兩首為戰爭詩：一首〈從軍行〉記敘男子出征戰鬥，而妻子皆懷有身孕的痛苦情形。另一首〈從軍行〉則記敘男子從軍出征英姿煥發、神氣光鮮的模樣。同樣是男子出征戰鬥的情況描寫，一非戰一主戰，兩種截然不同的態度，呈現出作者的多角度看法。毌丘儉也是現存三首詩，其中兩首為戰爭詩：〈之遼東詩〉是詩人於討公孫淵定遼東時，抒發自己對重責大任的憂心。（後因此進封安邑侯）〈在幽州詩〉則記敘戰爭中所見到胡地之景，並抒發情感。兩首都是對戰爭態度不明顯的作品，呈現一致的觀點。然而同樣地，筆者認為這二位詩人都是存詩不多，所以造成戰爭詩在其創作中所占比例偏高，容易有失真的情況發生，與僅存一詩且為戰爭詩的作家一樣，並不能因此

就判斷出他們對於戰爭詩的創作意願高低，只能說戰爭詩的創作是一個時代現象，許多詩人都有戰爭詩的創作，而這些作品與時代環境緊密相扣，並且獲得後世的重視與珍惜，流傳久遠。

二、戰爭詩創作比例低的詩人

接下來要探討一下，與上述戰爭詩創作的高比例作家相反的詩人。像徐幹、邯鄲淳、吳質、麋元、杜摯、曹彪、何晏、韋誕、郭遐周、郭遐叔、阮侃、仙道、費褘、薛綜、張純、張儼、朱異、諸葛恪、華覈、周昭、孫猷等人，都沒有留下戰爭詩，但他們的存詩目前多在十首以下，其中邯鄲淳、吳質、麋元、杜摯、曹彪、何晏、韋誕、阮侃、仙道、費褘、薛綜、張純、張儼、朱異、諸葛恪、華覈、周昭、孫猷等人，更是僅存一或二首，如此一來，根本無從判定他們是不想創作戰爭詩，還是有創作卻沒有流傳下來？這些人的戰爭詩創作比例，與前述比例過高者，有著一樣無法信任的問題。

至於阮瑀，由於早亡，四十餘歲即因病逝，且專長為書記，曹丕《典論·論文》稱：「琳、瑀之表章書記，今之雋也。」詩則被《詩品》列為下品，謂「平典不失古體」。存詩很少，雖在逯欽立輯本中有十四首，但其中二首為殘斷之句，六首失去題目，完整之作僅有八首。阮瑀雖多次與曹操出征，如建安十二年隨操征烏丸、次年參與赤壁之戰、十六年隨操西征等，但現在看來屬於戰爭詩的只有一首，且失去題目，《樂府》與《詩紀》則作「怨詩」，內容記敘人民因戰爭而受到顛沛流離之苦。故其創作戰爭詩比例雖過低，但卻無法判斷出原因以及所代表的意義。然而如嵇康與阮籍等人創作的戰爭詩，

占詩作比例也都甚低，這卻是相當令人注意的情況。

（一）嵇　康

　　嵇康現存的詩作有六十四首，如果和同時期的詩人比較，數量算非常豐富，但對於戰爭這樣的題材，嵇康顯然是處理得不多，在這六十四首的作品中，只有一首是戰爭詩。嵇康字叔夜，西元二二三至二六二年間人，早孤家貧，博學而有才，志向超遠，拜中散大夫。筆者以為造成此情況的原因，一方面是因為時代環境之故，前面提到三國時代重大的十一次戰役，其中可以看到，魏青龍二年（西元二三四年）八月，歷時六年半的蜀伐魏之戰結束，一直到魏景元四年（西元二六三年）八月，魏滅蜀之戰開始，中間沒有什麼重大的戰爭，嵇康的主要活動時期就在這樣偏安的魏朝末期，而之後緊接著就統一天下的狀況下，詩人對於戰爭的敏感度與興趣，自然就減低了許多。而且當時的主要戰場，已經從兵戎相接的武力戰場轉移到政治舞台上，司馬氏集團，包括：司馬懿、司馬師、司馬昭、司馬炎等人，與曹魏集團，如：曹爽、何晏、鄧颺、王凌、夏侯玄、李豐、毌丘儉、曹髦、諸葛誕等人，互相鬥爭。於是文人學士人人自危，為了遠禍全身，大多醉心於清談玄理。嵇康也是其中的代表，他的詩文極力主張聽任自然而反對虛偽的名教，對於司馬氏掛著虛偽的禮教招牌，給予尖銳的批判。如〈難自然好學論〉認為仁義是為了束縛人的思想言行而制定，是為統治者服務的。〈太師箴〉把一切禮法名教的根源歸結為一己之「私」。〈釋私論〉也是抨擊虛偽名教的文章。〈管蔡論〉則為管叔、蔡叔翻案，以此深刻地諷刺司馬氏。

　　另一方面也與他的思想性格及對戰爭的態度有關。嵇康在他的待人處世上，傾向於以退為進，所以歷史上對他的評語是

恬靜寡慾，含垢匿瑕，而王戎曾說在二十年間未見過嵇康喜慍
之色。嵇康這種遠禍全身的態度，也出現在文章中，如〈家
誡〉一文，教給兒子許多穩妥而圓滑的處世方法，包括：言語
謹慎、避免與人爭論、不要打聽他人隱私等等。在他的思想
中，則有重視養生與隱居不仕的兩種態度。嵇康在〈養生
論〉、〈答難養生論〉、〈難宅無吉凶攝生論〉、〈答釋難宅無
吉凶攝生論〉中，認為神仙是存在的，住宅是有吉凶之分的，
而精神與形體不可分離，必須同時保養，主張節慾，對富貴、
名位、酒色諸事物，都必須加以節制。在其詩文中，也時時可
見隱居不仕的思想，如〈與山巨源絕交書〉反映了對險惡政治
的畏懼與對世俗的憤激。〈五言古意〉則描寫他和朋友就像雙
鸞一樣遠離世俗，逍遙自得，然而世網高張，終於為時所羈。
〈幽憤詩〉則回顧一生，內心獨白，道出對隱士生活的嚮往。

　　嵇康對於戰爭的態度，從他的一些詩作當中也可見出端
倪。如〈代秋胡歌詩〉中的第三首主要論述人的修養，如勞謙
寡悔、忠信久安、天道惡盈，並提出非戰之見解，認為「好勝
者殘、強梁致災、多事招患」。明顯地表達自己非戰之立場。
另如〈贈兄秀才入軍〉十八首，雖然時間空間記錄的不是戰爭
時空，只是純粹的軍旅詩，但其中也可以看出嵇康對戰爭與從
軍的一些看法。此十八首全為作者想像之作，所以武秀成評
曰：「以想像高妙勝」[11]。他在詩中想像其兄在軍中戎裝騎
射、顧盼生姿的凌厲疾速，並想像在休息時，「目送歸鴻，手
揮五絃。俯仰自得，遊心太玄。」在行軍時能夠或射獵、或垂
釣、或「目送歸鴻」而想望，或「手揮五絃」而自吟，將想像
中的兄長，陶醉於大自然中，一派清新灑脫。從此詩不難想像
何以《文心雕龍·明詩》稱「嵇志清峻」，而鍾嶸《詩品》評

其「托喻清遠，良有鑒裁，亦未失高流矣」。但仔細一想，行軍途中豈有如此優閒自得之理？筆者以為事實上嵇康是運用浪漫的筆法，寫出自己理想中的軍隊生活，過度美化軍旅生活，以致於幾近他自己所神往的隱士生活，表達出他對現實中軍人生活的否定，也可看出他對軍人生活的終極目標：戰爭的否定態度，並在詩中希望兄長不要隨俗浮沈，而能心遊玄理，這不只是對其兄的期許，也是對世人與整個大環境的期許。

從以上時代環境的狀況、戰場的轉移，及嵇康的思想性格與對戰爭的態度來觀察，在在都不難理解嵇康創作戰爭詩比例之低的緣故。

（二）阮　籍

阮籍，字嗣宗，「竹林七賢」之一，他是魏朝創作戰爭詩自身比例較低者。創作比例之所以低的原因，有一部分是與嵇康一樣的因素，他生於東漢獻帝建安十五年（西元二一○年），卒於魏陳留王景元四年（西元二六三年），與嵇康的活動時期相差不多，所處的時代環境也大抵一致，戰爭雖未停止，但三國各自鞏固內部，發展經濟，國勢相對於東漢末年與魏朝初期穩定得多，文人創作戰爭詩的意願自然減低。而且政治鬥爭漸趨激烈，文人大多投入其中。

阮籍的戰爭詩在數量上與比例上略多於嵇康，則從以下幾點與嵇康在思想性格上的不同，可以窺知一二。首先，阮籍不像嵇康那樣力主聽任自然而反對虛偽的名教，對於虛偽的禮教招牌，給予尖銳的批判，而是對於儒道二家採取調和折衷的態度，在理想上屬於道家，現實則屬於儒家，如〈樂論〉中的原則與出發點是道家思想，但論述音樂教育作用時，則採取儒家的禮樂教化思想。〈通易論〉用自然之道來解釋易經，但又採

取傳為周公所著《繫辭》的觀點。徐麗霞在其碩士論文〈阮籍研究〉中，第二章「阮籍之行事」曾謂阮籍行事為「反對禮法」、「依違儒道」、「蹭蹬仕途」[12]。前兩項也就說明了阮籍批判不顧國家、只圖私利的禮法之士與縉紳之徒的態度，以及他儒內玄外的傾向。其次他「蹭蹬仕途」的情況，也多少影響了其戰爭詩的創作。

　　阮籍在仕途上不像嵇康那樣尋求隱居，在他的〈大人先生傳〉中，憤怒地指責禮法之士「汝君子之禮法，誠天下殘賊亂危死亡之術耳」；對於自食其力的薪者，予以慰勉，期望使他進一步認識自然之道，徹底超脫；而對於隱士，則批評他「貴志而賤生，禽生而獸死」，認為同樣不足取。所以他曾經多次任官，例如蔣濟曾聘任他，後來稱病辭去，之後復為尚書郎，同樣以病免。曹爽後召其為參軍，不久又稱病辭去。又為司馬懿、師父子從事中郎，後封關內侯、徙散騎常侍。後求外出，為東平相，旬日而還。聞步兵廚營人善釀，有儲酒三百斛，乃求為步兵校尉。在阮籍這樣儒內玄外的思想與以仕為隱、彎而不曲的生活下，戰爭詩的數量自然較多，但相對而言仍是有限，則是與他明哲保身的處世態度有關。

　　在記載中，阮籍是口不臧否人物，不論人是非，至性過人，與物無傷的人。鍾會當時任司隸校尉，多次以時事問之，希望給阮籍加上罪名，但他都以酣醉獲免。司馬懿曾想與阮籍結為親家，阮籍昏醉六十日，司馬懿只好作罷。司馬昭要晉爵晉王，加九錫之禮，讓阮籍寫勸進表章，他也藉醉拖延，後草草成章，敷衍了事。這種情況也反映在他的詩文上，使得詩文隱晦曲折，採取象徵的比興手法，使讀者對於所指對象，無法確定、難以捉摸，針對時政的篇章，尤其如此。《文選》李善

注云：「嗣宗身仕亂朝，常恐罹謗遇禍，因發茲詠，故每有憂生之嗟。雖志在譏刺，而文多隱避，八代之下，難以情測，故粗明大意，略其幽旨也。」就是在說明阮籍為了遠禍全身，所以詩文多含蓄蘊藉的現象。筆者以為在同樣道理之下，阮籍對於「戰爭」這種政治的延續手段，不願意多談，也創作較少，是可想而知的。

　　阮籍創作的七首戰爭詩中，〈采薪者歌〉內容在談論人生道理，認為往來如風，富貴在俯仰之間，並提到張良起於戰爭中，成為威震八方之英雄，但也有如邵平一般，從東陵侯一夕之間降為平民者，禍福無常。對於戰爭持反對意見。除〈采薪者歌〉外，其餘六首皆在詠懷組詩中。倪其心曾言：

> 今存阮籍詩計五言古詩八十二首，四言詩十三首，總題〈詠懷〉。其四言詩真偽未定，五言則公認為阮籍代表作，大致並非一時一地之作，而且可能是經過詩人自己整理的一個組詩。[13]

　　此六首戰爭詩皆為五言之作，可以肯定為阮籍所作，也非一時一地之作。若按其順序來觀察，可以看到阮籍對於戰爭態度的轉變。〈詠懷詩〉中的第三十一首從拜訪戰國時魏國名勝吹台的遺址興懷，批評魏安釐王因求享樂，不知養兵。四年，秦將白起破魏軍於華陽，只好割南陽求和，藉此歷史教訓，警告魏明帝之腐政。〈詠懷詩〉中的第三十八首抒發欲建立功名、匡濟天下的雄心，認為只有在戰場上成就事蹟，才能擺脫人生的榮枯，唯有忠義與氣節，才能名留千古，從根本上超越生命的短暫。〈詠懷詩〉中的第三十九首說明願意「臨難不顧

生」、「效命爭戰場」，表現其英武的壯士風采與慷慨捐軀的烈
士精神，而且認為「忠為百世榮」、「義使令名彰」。此三首皆
持主戰觀點，為阮籍早期之創作。阮籍在早期本具濟世之志，
志氣宏放，學習擊刺武藝，想要做個武藝高超的戰士，「英風
截雲霓，超世發奇聲」，胸懷愛國壯志，「壯士何慷慨，志欲
威八荒」，想要為國征戰，統一天下。然而當他接觸政治現實
後，使他感到失望，對於戰爭的態度也趨於中立，甚至開始非
戰。〈詠懷詩〉第四十二首討論王業需要有良士輔助、戰場等
待著英雄，但若為了保身善終，則應該隱邈山林，不慕榮利之
間的差別。從此詩已經表現出理想與現實之間的差距。〈詠懷
詩〉第六十一首藉著描寫少年時英姿煥發、武藝高超，之後在
戰場上聽聞金鼓鳴，卻感到悲哀悔恨，來比喻自己年輕時與現
在心境上的不同。〈詠懷詩〉第六十三首則抒發自己在戰場上
希望太平，以得到閒暇遊樂之心情。從這些詩作的內容，可以
觀察到阮籍在早期對於戰爭持贊成之態度，認為男兒當征戰沙
場，壯志凌雲，為國犧牲，但後來由於覺察到政治的險惡陰
謀，也了解到戰爭的無情以及其為政治服務的本質，於是轉而
認為應當保身以求善終，甚至對於以往的想法感到悔恨，並期
望太平。從其戰爭詩的發展看來，相當符合其生平的狀況，也
順應其心態之變化，是故筆者亦感到阮籍詠懷詩之順序，似乎
有可能是經由作者或後人編排整理過的組詩。

　　戰爭詩在三國時代，是一個相當重要的題材。這種題型的
詩作之所以出現，與時代是緊密結合的，由於當時戰爭頻繁，
兵連禍結，創作數量自然增多，且內容多變。從三國時代詩人
個別之情況，來觀察其創作數量與比例，王粲、曹植、曹丕皆
是創作戰爭詩數量較多的詩人，韋昭、繆襲、王粲是戰爭詩占

其創作比例較高者,而戰爭詩占其自身創作比例低者為嵇康與
阮籍。其中王粲無疑地是魏朝戰爭詩創作數量多且自身創作意
願高者。根據本文亦可得知,詩人對於戰爭的態度藉由戰爭詩
表達出來,有些或為統一,有些則有變化,多半受到其時代環
境、生平際遇、思想傾向、性格個性、理想志向等等,交互影
響,其創作數量與比例亦與此有關。

註 釋

1 Baron De Joinini原作,鈕先鍾譯《戰爭藝術》(*The Art of War*),台北:
武學出版社,1954年6月初版,頁35-38。

2 〈詠史詩〉:「自古無殉死,達人共所知。秦穆殺三良,惜哉空爾為。
結髮事明君,受恩良不訾。臨沒要之死,焉得不相隨?妻子當門泣,兄
弟哭路垂。臨穴呼蒼天,涕下如梗縻。人生各有志,終不為此移。同知
埋身劇,心亦有所施。」

3 大多數學者都認同此種看法,如:邱英生、高爽編著《三曹詩譯釋》,哈
爾濱:黑龍江人民出版社,1982年1月第一版,1997年1月第二次印
刷,頁5。王景覽、湯擎民、鄭孟彤編著《漢魏六朝詩譯釋》,哈爾濱
市:黑龍江人民出版社,1983年5月第一版,1997年1月第二次印刷,
頁100。殷義祥譯注《三曹詩》,台北:錦繡出版事業股份有限公司,
1993年再版,頁24-25。

4 朴貞玉〈三曹詩賦考〉,國立台灣師範大學國文研究所碩士論文,1984
年4月,頁79-80。

5 邱英生、高爽編著《三曹詩譯釋》,哈爾濱:黑龍江人民出版社,1982年
1月第一版,1997年1月第二次印刷,頁3。

6 (三國·魏)曹丕著,易健賢譯注《魏文帝集全譯》,貴陽:貴州人民出
版社,1998年12月第一版,頁11。

7 張曉生、劉文彥《中國古代戰爭通覽》第一冊,台北:雲龍出版社,
1990年台一版,1998年4月一版四刷,頁326。

8 如三軍大學編著《中國歷代戰爭史》,台北:黎明文化事業股份有限公司
出版,1963年6月一版,1989年4月修訂三版。其中未記載曹丕征吳之
事。

9 邱英生、高爽編著《三曹詩譯釋》,哈爾濱:黑龍江人民出版社,1982年
1月第一版,1997年1月第二次印刷,頁3。

10 如上海辭書出版社《漢魏六朝詩鑑賞辭典》,上海:上海辭書出版社,

1992年9月第一版，2001年1月第九次印刷，頁236-238。王魏、李文祿主編《建安詩文鑑賞辭典》，長春：東北師範大學出版社，1994年4月第一版，頁619-620及674。曹道衡、沈玉成編撰《中國文學家大辭典》，北京市：中華書局，1996年8月第一版，頁486。以上三書皆將〈挽歌〉視為繆襲之作。

11 武秀成譯注《嵇康詩文》，台北：錦繡出版事業股份有限公司，1993年再版，頁23。

12 徐麗霞《阮籍研究》，國立台灣師範大學國文研究所碩士論文，1979年6月，頁16-99。

13 倪其心譯注《阮籍詩文》，台北：錦繡出版事業股份有限公司，1993年再版。此處記阮籍詩共九十五首，與逯欽立本包括殘詩共九十九首略有出入，頁25。

第五章　主戰類之作品內容

　　從作家個別的戰爭詩創作數量與比例分析之後，接下來要將所有三國時代的戰爭詩總合起來觀察他們的整體現象。這一節所要探析的是主戰類的作品。（關於所有三國時代的戰爭詩，每一首之所屬卷數、作者、時代、國別、體裁、直接或間接、態度、手法及簡要內容，請參考筆者所作附表二、三國時代戰爭詩一覽表）在一百零四首的戰爭詩中，主戰類有四十六首，占百分之四十四點二。以下就以一些例子討論主戰類作品所呈現的內容。

第一節　記敘戰爭前之景況

首先看曹丕〈至廣陵於馬上作詩〉（魏詩卷四）：

> 觀兵臨江水，水流何湯湯，戈矛成山林，玄甲耀日光，
> 猛將懷暴怒，膽氣正縱橫，誰云江水廣，一葦可以航，
> 不戰屈敵虜，戢兵稱賢良，古公宅岐邑，實始翦殷商，
> 孟獻營虎牢，鄭人懼稽顙，充國務耕殖，先零自破亡，
> 興農淮泗間，築室都徐方，量宜運權略，六軍咸悅康，
> 豈如東山詩，悠悠多憂傷。

　　曹丕在登基之後，對內修明政治，對外伐吳征蜀，儘管孫

權曾經遣使稱藩，但不久又叛變。曹丕曾多次出征吳國，黃初五年（西元二二四年）八月，親自征吳，九月抵達廣陵（今江蘇揚州），未戰而還。次年再征，但因到處結冰，舟船難行，曹丕見長江洶湧，判斷與吳之兩方情勢，只得再次回返，回來後為記此次大軍臨江之盛況，便賦此詩。

「觀兵臨江水，水流何湯湯，戈矛成山林，玄甲耀日光，猛將懷暴怒，膽氣正縱橫，誰云江水廣，一葦可以航。」寫出氣勢慷慨之場景，首先寫江水之浩蕩渾闊，顯出長江此一天然屏障的險要，其次寫戈矛林立，兵多將廣，再寫出軍人渾身是膽、意氣昂揚之士氣，其後變化《詩經·衛風·河廣》：「誰謂河廣，一葦可航之」，成為「誰云江水廣，一葦可以航」。表現出我方軍隊藐視一切、銳不可當的氣勢。

「不戰屈敵虜，戢兵稱賢良，古公宅岐邑，實始剪殷商，孟獻營虎牢，鄭人懼稽顙，充國務耕殖，先零自破亡。」眼看戰爭一觸即發，曹丕此處卻想起孫武之名句「不戰而屈人之兵，善之善者。」（《孫子兵法·謀攻》），化為自己「不戰屈敵虜，戢兵稱賢良」之慨嘆。接下來連用三個例證：「古公宅岐邑，實始剪殷商」化用《詩經·魯頌·閟宮》：「居岐之陽，實始剪商」，指當初周族傳續至古公亶父時代，飽受戎狄威脅，只好從豳遷至岐陽，然而這正是後來代替殷商的開始。第二例是晉楚鄢陵之戰後，鄭伯依舊背叛晉、魯、宋、衛、曹等國，於是孟獻子獻計在虎牢一地築城，鄭國被迫求和。「充國務耕殖，先零自破亡」是指西漢派趙充國征伐羌族的一支：先零，他在破先零之後，屯田罷兵。以此三例作為「不戰屈敵虜」的不朽典範。

「興農淮泗間，築室都徐方，量宜運權略，六軍咸悅康，

豈如東山詩，悠悠多憂傷。」則是曹丕構想的一個輝煌藍圖，希望在淮泗這個廣大的平原地區，興農屯田，建都於徐州，並等待良好時機，統籌計劃可行之權謀策略，一展鴻圖大業，使全軍欣悅歡暢，就不會如〈東山〉詩，一樣憂傷。

曹丕在此詩中，呈現出身為一國之君、六軍統帥之威風凜凜、氣吞山河的氣概，及其尚武精神，展現陽剛之美。曹丕另有〈校獵賦〉也是記敘戰爭前大規模軍事演習的景況：

> 披高門而方軌，邁夷途而直駕，長鏦糾電，飛旗拂天。
> 部曲按列，什伍相連。峙如叢林，動若奔山。……

描寫軍隊打開高高的城門，車馬並駕出動，行進於平坦的路上而沒有阻礙，長矛交錯糾集如虹霓，旗幟飄舞猶如連接天際，隊伍整齊排列按部就班，什什伍伍連接成行，停止時如靜止不動的叢林，衝鋒時如奔騰而來的高山。將這種既是生產活動與體育運動，也是準戰爭的軍事行動，描繪得生動壯觀。這種描繪戰爭前閱兵以及演習場面的詩賦多，正表現出由於戰爭頻繁，此類活動也跟著出現，而場面及規模浩大，震撼了詩人的心靈，於是詩人們將之記錄下來。

接下來看曹植〈孟冬篇〉：

> 孟冬十月，陰氣屬清，武官誡田，講旅統兵，元龜襲吉，元光著明，蚩尤蹕路，風弭雨停，乘輿啟行，鸞鳴幽軋，虎賁采騎，飛象珥鶡，鐘鼓鏗鏘，簫管嘈喝，萬騎齊鑣，千乘等蓋，夷山填谷，平林滌藪，張羅萬里，盡其飛走，趯趯狡兔，揚白跳翰，獵以青骹，掩以脩

竿，韓盧宋鵲，呈才騁足，嗌不盡緤，牽麋掎鹿，魏氏
發機，養基撫弦，都盧尋高，搜索猴猿，慶忌孟賁，蹈
穀超巒，張目決眥，髮怒穿冠，頓熊扼虎，蹴豹搏貙，
氣有餘勢，負象而趨，獲車既盈，日側樂終，罷役解
徒，大饗離宮，亂曰：聖皇臨飛軒，論功校獵徒，死禽
積如京，流血成溝渠，明詔大勞賜，大官供有無，走馬
行酒醴，驅車布肉魚，鳴鼓舉觴爵，擊鐘醳無餘，絕綱
縱麟麑，弛罩出鳳雛，收功在羽校，威靈振鬼區，陛下
長歡樂，永世合天符。

　　在孟冬十月時，天氣寒冷，武官就要實施田獵，講述軍旅
之事與統籌軍隊。其下皆為描述田獵演習之場景，描摹仔細，
猶如身歷其境。「亂曰」之下，則寫此次以田獵備戰的成果，
並表示此種活動可以永保皇業。所描述之場景與曹丕〈校獵賦〉
十分雷同，除與前面解說曹丕〈至廣陵於馬上作詩〉時所引者
近似外，另如「死禽積如京，流血成溝渠」一句，與〈校獵賦〉
之「聚者成丘陵，散者填溪谷，流血赫其丹野。」極為相近，
皆在描寫擒獲的獵物堆積成丘陵，逃散的填滿溪川，流淌的鮮
血染紅了原野之景，可見這種活動的相同程式，給予詩人們同
樣的刺激，所以詩人們會用不同之詞句，描繪同一種情況。

　　此詩字句以四言為主，「亂曰」之下則為五言，字句華
麗，鋪張陳述，近似於賦的筆法，可看出曹植不僅使五言詩的
題材擴大，也開啟了詩極盡描繪之功能。正如鍾嶸《詩品》卷
上所評：「詞采華茂。」文辭整練而華麗。

　　所謂「以不教民戰，是謂棄之」[1]，如果一支軍隊未經訓
練，在戰爭時等於是白白犧牲，所以對士兵必須嚴格地訓練，

《周禮》中就記載了我國古代軍隊利用狩獵進行軍事演習，把訓練與實戰結合起來。蘇軾在〈教戰守策〉中也提倡要使人民在斬刈殺伐之際，能夠習於鐘鼓金鳴之聲，而這些備戰的活動正是希望軍隊與人民能夠習於戰事，詩人透過詳細生動的描繪，使人們在文字上也能體會這種活動，在心理上接受戰爭的訓練。

第二節　記敘戰爭中之景況

首先看曹叡〈善哉行〉：

> 我徂我征，伐彼蠻虜，練師簡卒，爰正其旅，輕舟竟川，初鴻依浦，桓桓猛毅，如羆如虎，發砲若雷，吐氣如雨，旍旌指麾，進退應矩，百馬齊轡，御由造父，休休六軍，咸同斯武，兼塗星邁，亮茲行阻，行行日遠，西背京許。遊弗淹旬，遂屆揚土。奔寇震懼。莫敢當御。權實豎子。備則亡虜。假氣遊魂。魚鳥為伍。虎臣列將。怫鬱充怒。淮泗肅清。奮揚微所，運德耀威，惟鎮惟撫。反斾言歸。旅入皇祖。

描寫軍隊出征時，船隻布滿江面、軍隊如熊似虎、砲聲如雷、吐氣如雨、百馬齊轡之情景，並記錄勝利之光輝榮耀。從詩的內容看來，應是東征孫吳的一次戰役。曹叡，為曹丕長子，現所存詩包括此詩在內均為樂府。其個性奢華，在位期間大治宮室，於洛陽興建昭陽殿、太極殿……等，於許昌建景福殿、承光殿……等。並且喜好打獵，耽於女色。此詩正如其喜

好華靡之性格一般，講求藻飾，鋪敍華麗。

「我徂我征，伐彼蠻虜。」交代出此次出征的原因，在於討伐蠻虜。「練師簡卒，爰正其旅。」講述出征前先秣馬厲兵，挑選勇悍的士兵使其訓練有素。「桓桓猛毅，如羆如虎」脫胎於《尚書·牧誓》：「尚桓桓，如虎如貔，如熊如羆，於商郊。」形容軍隊將士如熊踞虎蟠，馳騁沙場無堅不摧。「發砲若雷，吐氣如雨，旍旌指麾，進退應矩，百馬齊轡，御由造父。」寫己方軍隊裝備精良，而士兵隨著指揮的令旗進退自如，騎兵則個個技術純熟，身手不凡，如同「造父」。「造父」據《史記·趙世家》記載，為周穆王時善御之人，曾於戰役中立下奇功。《管子·兵法》：「三官不繆，五教不亂，九章著明，則危危而無害，窮窮而無難。」認為在練兵時，倘能注意「三官」、「五教」、「九章」等法則，就是處在危險窮盡的環境，也不會受到災害。所謂「三官」，是指號令軍隊的三種工具：鼓、金、旗。「五教」是指用不同旗幟訓練士兵眼睛；用號令訓練耳朵；用規定訓練步伐；用使用兵器訓練手；用賞罰訓練意志。「九章」則是以太陽旗表示白天行軍，月亮旗表示黑夜行軍，龍旗是水上行軍，虎旗是林間行軍，烏鴉旗是坡地行軍，蛇旗是草澤行軍，喜鵲旗是陸上行軍，狼旗是山嶺行軍，皋旗是裝載糧草，駕車出發。切不可忽視這些陣仗排列、前進後退、號令旗幟的訓練功用，以為戰爭不需要陣仗號令，只要使用蠻力即可，古有明訓，有許多因陣形號令而成功或失敗的例證。如西漢時河西戰役中，李廣率領四千騎兵突然遭遇匈奴四萬騎兵之包圍，李廣命令成圓陣陣形，以密集弓箭阻敵，竟堅持兩天之久，直到張騫率援兵至。而諸葛亮創「八陣圖」；牧野之戰中周武王命令每前進六步、刺四次要看齊一

次；趙匡胤制定「平戎萬全陣法」；以及曹劌：「一鼓作氣，再而衰，三而竭。」《左傳·莊公十年》皆說明了陣形、號令、旗幟等等訓練，對於戰爭的勝算之影響性。所以此處曹叡形容己方軍隊在戰爭時仍然能夠「旌旐指麾，進退應矩，百馬齊轡」，便已經預示了勝利的前兆。

「休休六軍，咸同斯武，兼塗星邁，亮茲行阻，行行日遠，西背京許。遊弗淹旬，遂屆揚土。奔寇震懼。莫敢當御。權實豎子。備則亡虜。假氣遊魂。魚鳥為伍。虎臣列將。怫鬱充怒。」敘述六軍日夜兼程，精神飽滿，所到之處敵軍為之震懾逃竄。「淮泗肅清。奮揚微所，運德耀威，惟鎮惟撫。反旆言歸。旆入皇祖。」寫魏軍大獲全勝，並主張恩威並施、鎮撫兼用，後以勝利之旗還入祖廟作結。

此詩從戰爭的準備、戰爭的過程，到凱旋歸來，完整地敘寫戰爭完全的過程，這在三國時代戰爭的詩作中，算是描述相當精細之作品，結構布局層層遞進，尤其對戰爭中間過程之詳細而精采的描寫，不僅預告了勝利的結局，也表現出這首戰爭詩雄壯鏗鏘的優秀。

再看王粲〈從軍詩〉五首中的第二首：

涼風厲秋節，司典告詳刑，我君順時發，桓桓東南征，
汎舟蓋長川，陳卒被隰坰，征夫懷親戚，誰能無戀情，
拊衿倚舟檣，眷眷思鄴城，哀彼東山人，喟然感鸛鳴，
日月不安處，人誰獲恒寧，昔人從公旦，一徂輒三齡，
今我神武師，暫往必速平，棄余親睦恩，輸力竭忠貞，
懼無一夫用，報我素餐誠，夙夜自恲性，思逝若抽縈，
將秉先登羽，豈敢聽金聲。

　　此詩背景前面曾經提到，《三國志·魏志》：「建安二十年三月，公西征張魯，魯及五子降。十二月，至自南鄭。是行也，侍中王粲作五言詩以美其事。」這是在說明第一首。其下四首，則是：「建安二十一年，粲從征吳，作此四篇。」[2] 這五首詩內容看來的確多為「美其事」，倘若配合王粲生平觀之便不難理解其何以如此。筆者以為一方面是因其職務所需，征張魯和吳時，身為侍中，必須做如此作品來鼓舞士氣、提振軍心，另一方面，王粲的確對於曹操有很高的忠誠度。這種種背景在之前已經討論過，今不贅述。

　　「涼風屬秋節，司典告詳刑，我君順時發，桓桓東南征，汎舟蓋長川，陳卒被隰坰。」描寫涼風使秋天充滿殺伐之氣，主管刑法的官吏告知是明察用刑的季節。我們君王順應時令發兵，雄赳赳氣昂昂地向著東南出征。水上戰船多得蓋滿了江面，陳列的士卒遍布郊野。從此處可以想見當時兵力的強大，人數的眾多，軍隊浩浩蕩蕩出發的壯闊場面。「征夫懷親戚，誰能無戀情，拊衿倚舟檣，眷眷思鄴城，哀彼東山人，喟然感鸛鳴」直接說明出征的士兵懷念著親戚朋友，誰能沒有戀舊的感情，表示這是人之常情。下面描寫征夫撫摸衣襟倚靠著檣杆，念念不忘地思想著鄴城。可憐〈東山〉詩中的士卒，聽到鸛鳴都感嘆嚮往凱旋的歸期。「日月不安處，人誰獲恒寧。」這裡強調戰爭的必要，說連日月都不能安定，有誰能永遠獲得寧居。「昔人從公旦，一徂輒三齡，今我神武師，暫往必速平。」讚頌我方軍隊的強大，用今昔對照的方式，表達古人跟隨周公征討，一去就是三年之久，而現在我們的神武大軍將會很快地得勝。拿古代賢人來映襯，更顯得我軍的優秀。「棄余親睦恩，輸力竭忠貞，懼無一夫用，報我素餐誠，夙夜自恱

性，思逝若抽縈，將秉先登羽，豈敢聽金聲。」說明詩人將暫時拋開親人的恩惠，盡力獻出一片忠誠。只怕沒有一點用途，可以報答國家給我俸祿的德澤。想要立功回報的心，使我早晚慷慨激烈，思緒綿長如同抽取蠶絲。在戰場上，我要持箭奮勇地率先登上敵方陣營，哪裡敢聽鳴金收兵的號令。又再次表明意欲效忠國家的堅定態度和唯恐不能盡力的想法。

　　此五首作品，很清楚的是採取自述式，征途中所見之自然景色和軍隊浩蕩的情形，是作者所見，如：「逍遙河堤上，左右望我軍。連舫踰萬艘，帶甲千萬人。」途中有觸覺的，也是由作者自己感受，如：「下船登高防，草露沾我衣。」「翩翩飄吾舟。」而表明自己從軍意願的，也是由作者親自說出，如：「棄余親睦恩，輸力竭忠貞。懼無一夫用，報我素餐誠。」心中傷悲，想念親人的，也是作者自身，如：「征夫心多懷，惻愴令吾悲。」「悠悠涉荒路，靡靡我心愁。」作者所痛恨、慚愧的，也是自己本身的能力，如：「恨我無時謀，譬諸具官臣。」「我有素餐責，誠愧伐檀人。」這些都是直接出現「我」、「余」、「吾」，非常鮮明，讓讀者強烈地感受到這個「我」的存在，走入作者「有我」的境界。

　　其他部分，這個「我」則是隱藏的主詞，雖為隱藏的，但實際上讀者皆可了解所有句子的主角為作者，如：「四望無煙火，但見林與丘。」誰不知是作者在「見」呢？又如：「拊襟倚舟檣，眷眷思鄴城。」應該一看便知是作者在「拊襟」、「倚舟檣」、「思鄴城」。而「孰覽夫子詩，信知所言非。」主詞當然便是作者了。其他用借喻或借代的方式，也是這個「隱藏我」的出現方法，如第一首：「良苗」；第二首：「征夫」；第五首：「客子」、「詩人」。

除了「我」之外，也有其他人物，如：君王、司典、軍隊、許歷、女士……，然而多為少數幾言帶過，而且常是透過這個「我」所見到，如軍隊、女士；或是透過「我」所聽到的，如司典；「我」所知道的，如：許歷；而「君王」則是經由「我」來歌頌的，所以他在詩中多稱呼其為：「我君」、「我聖君」；軍隊和「我」也是不分的，如：「我神武師」、「我軍」。

作者採取這樣「第一身敘述者」[3]的敘事觀點，筆者以為是相當自然真切，很容易讓讀者將詩中的「我」，轉變成自己，產生共鳴。而其他的人物，皆為旁襯之用，突顯主角，也使敘事主線清晰。

若將五首詩一次看完，感覺十分順暢，這是由於王粲用敘述為主線，採取順敘的方式。第一首雖然和其後四首不同時間創作，但在內容上則是一致的，仍然為這組詩的一部分。第一首先說明君主神武，定將快捷的打勝仗。其次說明從軍的優渥待遇，結尾則言明自己甘願從軍。

第二首進入出征的主題，描述開始出發的景況，並且述說主角思親心情和忠貞之志。第三首則繼續前進，描述途中景色，行軍狀況，並且由景生情，進一步說明主角思想。第四首仍然記敘其軍隊出征的壯闊場面，並再次重申其奮勇的決心。第五首前半段仍是行進中所見，並寓情於景，後半段則寫回到國內所見繁榮之景象與其歡喜的心情。

第三節　記敘戰爭後之景況

先看繆襲〈平南荊〉：

南荊何遼遼，江漢濁不清。菁茅久不貢，王師赫南征。劉琮據襄陽，賊備屯樊城。六軍廬新野，金鼓震天庭。劉子面縛至，武皇許其成。許與其成撫其民，陶陶江漢間，普為大魏臣。大魏臣，向風思自新，思自新，齊功古人。在昔虞與唐，大魏得與均。多選忠義士，為喉脣。天下一定，萬世無風塵。

　　此詩之背景為孫權於建安十三年春，第三次西攻江夏，斬太守黃祖，盡獲江夏士眾，遂準備西進以取荊州（韋昭〈吳鼓吹曲辭：攄武師〉即在記錄此事）。荊州既失江夏郡於東吳，劉表商請劉備移兵往禦之，但遭劉備拒絕。而曹操久欲進取荊州，但因北方未靖，無暇南征，見孫權攻取江夏，深恐荊州為吳所有，於是急出軍合肥，以牽制孫權，後荀彧出計認為華夏已平，可以輕進而出其不意，荊州可一戰而定。於是曹操於建安十三年七月開始南征，集大軍屯南陽。會劉表病卒，表妻弟蔡瑁、外甥張允立表少子劉琮為嗣。操聞表卒，即自己親率輕騎疾驅襄陽，九月至新野，劉琮用諸將之議，請降於操[4]。

　　「南荊何遼遼，江漢濁不清。」首先說明地理情況，曹操距離荊州多麼遙遠，而長江濁濁橫跨中間。「菁茅久不貢，王師赫南征。」以荊州久未向漢獻帝進貢為托辭，作為出征的理由。從此可知曹操迎漢獻帝之用心，以及為何袁紹也想要迎漢獻帝而被曹操拒絕之理由。「劉琮據襄陽，賊備屯樊城。六軍廬新野，金鼓震天庭，劉子面縛至。」解說當時政治勢力之情況與戰爭結果，劉琮據有襄陽，劉備屯兵樊城，一「賊」字可見對劉備之敵意。而曹操親率六軍至新野，戰爭之金鼓聲響徹雲霄，劉琮即自動降服。「武皇許其成，許與其成撫其民，陶

陶江漢間，普為大魏臣。」指曹操在戰爭後，改封劉琮為青州
刺史，封荊州降將蒯越等十五人各為列侯，以琢郡人李立為荊
州刺史，盡收劉表羽翼，安撫人心，使江漢之間，成為魏國所
有。「大魏臣，向風思自新。思自新，齊功古人。在昔虞與
唐，大魏得與均。多選忠義士，為喉脣。天下一定，萬世無風
塵。」最後期許他們成為魏國臣子後，能改過自新。並稱讚魏
國國政與虞唐一般，選用忠義之士作為人民喉脣，日後將統一
天下，萬世太平。

　　雖然曹操進取荊州後，繼續攻打孫權，爆發赤壁之戰，
（可與韋昭〈伐烏林〉相參照，據筆者比對，應即是記錄赤壁
之戰的作品）不僅未能掃平江東，連到手之荊州，也告失。一
直到黃初二年，孫權向曹丕稱臣，才又收復一部分荊州。但繆
襲以史家之筆，詳細交代整件事的來龍去脈，地名、地理方
位、政治情勢、戰爭過程、戰爭後政治勢力之重新劃分情況
……等，皆在詩中記錄，是一篇極清楚之敘事詩。前面提過，
繆襲是漢魏間的學者，字熙伯，歷事曹操、曹丕、曹叡、曹芳
四代，執掌禮樂。曾與衛覬撰《魏書》未成，後由王沈總纂為
《魏書》。所以此詩以近似史官之筆調寫成，亦不足為奇。

　　蔡邕《禮樂志》：「漢樂四品，其四曰短簫鐃歌，軍樂
也。黃帝崎伯所作，以建威揚德、風敵勸士也。」[5] 鼓吹曲又
稱短簫鐃歌，此處已經說明其為軍隊樂歌，作用在於建立威
信、讚揚德政、諷諭敵軍與勸導將士。繆襲之魏鼓吹曲也是承
此而來，作用亦相同。《晉書·樂志》：「漢時有短簫鐃歌之
樂，其曲有〈朱鷺〉……等曲，列於鼓吹，多序戰陣之事。及
魏受命，改其十二曲，使繆襲為辭，述以功德代漢。……」解
說了繆襲之所以作此十二曲的原因，是因為曹魏代漢，而內容

在闡述其功績德政，其性質則多是記敘戰陣之事。同樣在《晉書‧樂志》中：「改漢〈上陵〉為〈平南荊〉，言曹公南平荊州也。」[6]則交代題目〈平南荊〉的由來，並說明改動漢〈上陵〉而成。

張芳鈴謂：「積極進取，奮發用世，建業立名之心，為建安文人之共願，故詩文多呈悲壯豪放之氣，慷慨激切，遒健有力，與齊梁溺于雲月，靡靡風息，大相逕庭。」[7]雖然張芳鈴在文中，並未提到繆襲之作，但此一通則亦可適用於繆襲此十二首鼓吹曲之上。繆襲生於此戎馬擾攘之世，參與戎行，且歷仕四朝，而此十二首鼓吹曲，述於詩文，皆可徵諸史實，其中精神積極奮發，並於詩中期勉軍民圖有所為，建立永世之業，流金石之功。在心為志，發言為聲，文辭豪壯，將魏國之霸氣，表露無遺。並尊奉古聖先賢，以識其政治理想，表明魏國靖亂之心，與建業垂名之心。繆襲此十二首近於史詩之洋洋大作，後世少人研究，既少考據亦少評論，筆者以為此因中國詩評重視詩之情味，而對於史詩較少關注，且對於起源政治考量之歌功頌德作品評價甚低，與西方截然不同，有密切之關聯。

再看王粲〈安台新福歌〉：

> 武功既定，庶士咸綏，樂陳我廣庭，式宴賓與師，昭文德，宣武威，平九有，撫民黎，荷天寵，延壽尸，千載莫我違。

〈渝兒舞歌〉四首是王粲根據漢時我國四川渝水沿岸地區流行的民間歌舞「巴渝舞」而改寫的歌詞。《後漢書‧南蠻傳》：「閬中有渝水，其人多居水左右。天性勁勇，初為漢前

鋒，數陷陣。俗喜歡舞，高祖觀之，曰：『此武王伐紂之歌也』。乃命樂人習之，所謂『巴渝舞也』。」可見「巴渝舞」之形式化並且流傳下來走向宮廷，與漢高祖有關。「巴渝舞」是民間歌舞，帶有不少原始成分，粗獷神祕，且呈現陽剛之美，頗符合魏國之開國氣象與當時環境。曹魏一門皆喜好俗樂，曹操、曹丕、曹叡、齊王芳皆深好此道，獎勵並提倡，樂府及一般五言詩，多是俗樂愛好的產物，曹操之妻卞后即出身倡家。此四首詩便是王粲奉命所作。

《晉書·樂志》：

> 「巴渝舞」舞曲有〈矛渝本歌曲〉、〈安弩渝本歌曲〉、〈安台本歌曲〉、〈行辭本歌曲〉，總四篇。其辭既古，莫能曉其句度。魏初，乃使軍謀祭酒王粲改創其辭。粲向巴渝帥李管、種玉歌曲意，試使歌，聽之，以考校歌曲，而為之改為〈矛俞新福歌曲〉、〈弩俞新福歌曲〉、〈安台新福歌曲〉、〈行辭新福歌曲〉，行辭以述魏德。

詳細記錄了王粲改寫歌詞的前後經過及原因。此詩題中「新福」二字，意為大吉大利，是為了送給初建國家的魏王而作。這一首〈安台新福歌〉內容是寫在戰爭開國之後，武功已成，則要開始施政的治國方略總提，主張戰士樂陳廣庭，歌舞昇平，大宴賓客與犒賞開國有功之軍隊，重賢敬能，昭明文德，宣揚武威以及先祖之光榮，以民為本，安撫百姓，國家定能安樂年年，綿延至久。表現出王粲在戰爭後，對於和平與安邦定國的渴望，並寫出自己希望的理想政治情況。

錢志熙言：「建安時代的樂府詩，雅樂主要有郊祀、宗

廟、典禮這幾項。魏的郊祀樂舞,皆習用前代,無新作歌
詞。」[8] 已經說明魏朝的雅樂,皆習用前題,其中即舉到王粲
此四首詩。曹操令王粲作新辭,目的在於宣揚武威,竊比漢
祖。這組歌曲用雜言體,且多用五言、七言句式,似乎受到俗
樂體的影響。曹操去世後,這組〈渝兒舞歌〉也成為太祖廟的
祭祀樂章。並在後文以統計的方式並配合其他歷史證據,提
出:「為俗樂舊曲新聲配辭,曹氏一門似乎擁有一種特權。文
人如王粲、繆襲,可以奉命為雅樂作詞,以體現臣子歌誦君
德,潤色鴻業的職分;但卻不能隨便地為屬於內廷的樂府制撰
歌詞。」這或許是為何三國時代存留下的樂府詩較少,且多半
為曹氏一族所作,而其他文人之作又多半歌功頌德的緣故。

第四節　記敘想像中之戰爭景況

此類的時空已經不是當下的時空,而是突破時空的限制,
是屬於詩人們想像的時空,內容描寫詩人想像的戰爭。首先看
曹植〈丹霞蔽日行〉:

> 紂為昏亂,虐殘忠正,周室何隆,一門三聖,牧野致
> 功,天亦革命,漢祚之興,階秦之衰,雖有南面,王道
> 陵夷,炎光再幽,殄滅無遺。

「紂為昏亂,虐殘忠正」,寫紂王昏庸,大肆殺害忠正之
士。《韓非子·雜言篇》:「故文王說紂,而紂囚之。翼侯
炙,鬼侯獵,比干剖心,梅伯醢。」許多忠義之士都被紂王以
極為不人道之方式,殘害致死。「周室何隆,一門三聖,牧野

致功，天亦革命」，周室興隆之因，是由於不疏遠宗室，而一
門中有文王、武王及周公，三位聖明之人。於是可以在牧野之
戰中獲勝。牧野之戰發生在商都朝歌南郊三十里，當時是殷紂
王三十三年（西元前一○二七年）。此戰之發生其來有自，文
王曾遭紂王囚禁於羑里，後因商紂接受了文王臣子進獻的財
寶，獲得釋放，並賜征伐之權，文王利用此權，爭取盟國、征
伐犬戎、黎、崇等國，使周室三分天下有其二。武王時則收買
內間，煽動中原各族反殷，爭取邊遠民族的支援，並掌握殷軍
主力遠在東南地區討伐東夷之時機，一舉在牧野之戰中擊敗殷
紂，紂王自焚而亡。牧野之戰的勝利，與其說是因為武力，不
如說是政治與權謀的結果。因帝紂暴虐荒淫，文武二王才得以
擴張，並以宣傳謀略之法，造成反殷勢力。並運用趁隙而入的
奇襲戰略，以及大量戰車甲士猛襲紂軍。我國戰車的大規模運
用及發揮其突襲性能，以此戰為始，對春秋戰國時代諸侯對戰
車的重視，有莫大啟示。曹植因深深了解牧野之戰之前因後
果，所以在詩中想像牧野之戰時，不以戰爭場景之描述為主
軸，而以敘述其原因與結果為主，使讀者體會牧野之戰只是政
治運作的結果，而戰爭勝利與否，與其政治之好壞有密切關
係。

「漢祚之興，階秦之衰」，這裡寫另一場戰爭，也就是漢代
取代秦代之事，這自然也是因秦始皇之暴政。「雖有南面，王
道陵夷，炎光再幽，殄滅無遺。」此在寫漢代之所以衰滅，是
由於王莽、董卓代漢擅權，使漢王朝陷入黑暗之境。

前面兩場戰役，皆是因君主昏庸暴虐，而曹植則已點出
「牧野致功，天亦革命」，可見曹植已經知道為生存而戰是人類
之天性，而且連天都要為此革命的，這個想法是很先進的。勞

倫茲《攻擊與人性》：

> 攻擊性沒有傳統精神分析學家所想的毀滅本質，而實在
> 是與生俱來，為保存生命的結構中不可少的部分，雖然
> 會意外的走入錯誤的方向而引起毀滅，但他仍然是任何
> 制度中實用而有作用的部分。[9]

　　勞倫茲因觀察動物行為，研究出此理論，並據此研究一般
與特殊的攻擊，何以週期性的爆發，以及儀式化過程對壓抑攻
擊的影響；進化曾經製造哪些機能，讓攻擊性以不傷人之途徑
表現出來……等等。他因此研究獲得諾貝爾生物與醫學獎，並
成為美國時代雜誌之封面人物。戰爭屬於人類大規模的攻擊行
為，即使到今天有些軍事學家，仍然認為戰爭的起源來自於人
類攻擊性的毀滅本質，這兩種說法雖背道而馳，但各有其理，
也各有證據，實在難分軒輊。另有些軍事學家也像勞倫茲一般
相信戰爭來自於不同種族或不同團體間對利益的競爭，例如為
了飲水、食物、居住空間……等等，或對方之存在影響到己身
之安危而起，例如曹植此詩，也將戰爭歸結於此，可見中國比
西方了解到戰爭起因之一，是為了保存生命，是出於人類或動
物本能這項事實，要早得多。

　　曹植在詩中對此三事，沒有任何評語，僅記敘史實，實則
是對於魏朝的感慨，希望藉由闡述戰爭的起因，讓施政者早日
預防戰爭之發生及朝政的衰敗，言盡而意未窮，耐人尋味。

　　再看王粲〈矛俞新福歌〉：

> 漢初建國家。匡九州。蠻荊震服。五刃三革休。安不忘

備武樂脩。宴我賓師。敬用御天。永樂無憂。子孫受百
福。常與松喬遊。烝庶德。莫不咸歡柔。

　　此詩為〈渝兒舞歌〉四首中的第一首，關於此組詩作之創
作因緣，之前於〈安台新福歌〉中已經提過，此不贅述。此詩
在追緬漢高祖劉邦之政績，內容描述漢初開國之時，平定九
州，收服邊疆，收藏好刀劍武器，不再發動戰爭。居於安樂卻
不忘記武備。大宴賓客，恭敬地侍奉並利用天，可使子民享受
百福安康，宛如居於仙境，與先人赤松子、王子喬分享同遊之
樂。透過描述漢高祖之德政以及百姓安定祥和的氣氛，表達出
詩人希望魏國也能效法，奉行德政、備武修樂，以及對和平之
希冀。

　　王粲除了在想像漢高祖開國之戰時，表示對太平盛世與天
下一統的想望外，另有多首其他的詩文也呈現同樣的想法，如
〈遊海賦〉：「包納汙之弘量，正宗廟之紀綱。總眾流而臣
下，為百谷之君王。」這裡一面稱讚大海包納百川之污水，然
後筆鋒一轉，由此聯想到就像治理國家一樣，需要整頓綱紀，
理順眾川，使其臣服，共尊大海為百川之王。以大海比喻政
治，暗示出王粲對於恢復倫理、加強中央集權、安詳社會的理
想，把歌詠自然的海與社會人生巧妙地結合起來，具有生動的
創造性。

　　王粲對於太平雖然極度渴望，但在此詩中仍強調「安不忘
備武樂脩」。《左傳·隱公五年》，臧僖伯言：「春蒐、夏苗、
秋獮、冬狩，皆於農隙以講事。」這是四時田獵之名首次見錄
於古籍者也。《周禮·夏官·大司馬之職》曰：「中春教振
旅，司馬以旗致民，平列陳如戰之陳，辨鼓、鐸、鐲、鐃之

用。……」從此可知當時藉田獵以行軍事訓練之情形，如以旗幟指揮，排列戰陣之形，使人民分辨種種鼓號之不同……等等。劉瑞箏《春秋軍制研究》認為蒐禮之作用包括：整軍謀帥、練兵備戰、設教制法、耀武召盟[10]。可見我國很早就有居安思危、備戰待敵之思想與實際做法，王粲在此只是加以發揮，而且從此可見，當時戰爭之頻繁，所帶給人們的強烈危機意識。

洪順隆《抒情與敘事》將六朝屬於建國史詩的樂府詩歌，內容分作歌功型和頌德型兩種類型[11]。綜觀王粲這四首〈渝兒舞歌〉，也屬於建國史詩類型，而其內容既屬於歌功型，也屬於頌德型。洪氏又將六朝建國史詩的形式分為具體的敘述與概括的敘事兩類。綜觀王粲這四首詩作，抑或為具體的敘述，或為概括的敘事。洪氏並認為六朝建國史詩具有：(1)寄身於樂府詩中，在祭祀宗廟、燕射樂舞詩中設籍生長。(2)內容以史實為主，以六朝各代君主之起源……戰功……為題材。(3)表現藝術技巧以敘事為主。講求客觀。王粲這四首戰爭詩，也符合其特性。可見洪氏所言六朝建國史詩，在六朝之外也可適用。其次，由於建國時多與戰爭有關，所以建國史詩與戰爭詩多有重疊之作品。第三，敘事筆法的戰爭詩，如為樂府詩歌，則其特性則更是近乎相同。所以洪氏所言之特性，是否為建國史詩之特性，還有待釐清。第四，洪氏所言，第三點特性似乎通用於所有屬於敘事筆法以及與歷史相關之詩作上。

第五節　記敘戰爭的英雄

除了以上記敘戰爭時空的前、中、後期以及想像中的詩作

外，另有一些仍然是在戰爭的時空下，但描述主軸卻不是在於
爭戰的事件上，而是將焦點凝聚在人物之上，描述英雄人物的
作品。

首先看曹植〈白馬篇〉：

> 白馬飾金羈，連翩西北馳，借問誰家子，幽并遊俠兒，
> 少小去鄉邑，揚聲沙漠垂，宿昔秉良弓，楛矢何參差，
> 控弦破左的，右發摧月支，仰手接飛猱，俯身散馬蹄，
> 狡捷過猴猿，勇剽若豹螭，邊城多警急，胡虜數遷移，
> 羽檄從北來，厲馬登高隄，長驅蹈匈奴，左顧陵鮮卑，
> 棄身鋒刃端，性命安可懷，父母且不顧，何言子與妻，
> 名編壯士籍，不得中顧私，捐軀赴國難，視死忽如歸。

這首詩寫一位武藝精練的愛國英雄，歌誦他為國獻身、視
死如歸的高尚品格。《樂府古題要解·卷下》：「〈白馬篇〉，
曹植『白馬飾金羈』、鮑照『白馬騂角弓』、沈約『白馬紫金
鞍』，皆言邊塞征戰之狀。」已經說明了此種題目大致的內容
走向。曹植在此詩中寄託了他為國建功立業的雄心壯志，另如
其〈求自試表〉云：「而志在擒權馘亮，雖身分蜀境，首懸吳
闕，猶生之年。」也表達了希望能夠攻打孫吳與蜀漢，即使身
首異處，也甘之如飴的精神，可見得捐軀赴難、視死如歸的戰
爭英雄，是曹植所欽佩，而且一直想要效法的。之所以如此，
他在〈陳審舉表〉中言：「數年以來，水旱不時，民困衣食；
師徒之發，歲歲增調。」是由於關心民生疾苦，感到「輟食而
揮餐，臨觴撫腕」，非常憂心，因此他不斷地提出政見，並主
張戰鬥：「以為當今之務，在於省繇役，薄賦斂，勸農桑，三

者既備，然後令伊管之臣得施其術，孫吳之將得奮其力。」
（〈諫伐遼東表〉）

「白馬飾金羈，連翩西北馳」開篇用襯托法，先寫馬，寫一匹白色的駿馬，套上金色的籠頭，如同鳥一般的飛翔，向西北方奔馳，氣勢非凡，如同電影剛開始即用一特寫鏡頭，表現英雄騎術高超，也從此得知戰況危急。「借問誰家子，幽并遊俠兒，少小去鄉邑，揚聲沙漠垂」用故意設問的方式，說明這位壯士是幽州并州的遊俠，從小離鄉背井，聲名在邊塞地區傳揚。「宿昔秉良弓，楛矢何參差，控弦破左的，右發摧月支，仰手接飛猱，俯身散馬蹄，狡捷過猴猿，勇剽若豹螭」，用大量文字鋪敘形容這位遊俠的武藝精妙絕倫，弓不離手，利箭參差，左右仰俯，無論何方，皆能準確射中目標，靈巧敏捷勝過猿猴，勇猛剽悍彷如豹螭。

「邊城多警急，胡虜數遷移，羽檄從北來，厲馬登高隄，長驅蹈匈奴，左顧陵鮮卑。」邊塞地區戰爭頻傳，匈奴鮮卑常揮兵入侵，告急文書從北而來，遊俠立即策馬登上高堤，直搗匈奴陣營，轉頭又將鮮卑制服。此處敘寫這位壯士征戰沙場，奮勇殺敵之況。節奏緊湊，頃刻間強虜灰飛湮滅，更顯出其矯健俐落之雄姿。「棄身鋒刃端，性命安可懷，父母且不顧，何言子與妻，名編壯士籍，不得中顧私，捐軀赴國難，視死忽如歸。」揭示遊俠壯士的精神層面，之所以能克敵制勝，主因在於他的愛國情操，見大利而忘小利，父母都不顧了，何況是妻子與兒女。

在此詩中，讀者可以清楚地想像一位充滿愛國熱血、擁有卓越武藝、一身是膽的戰爭英雄，彷彿有血有肉，栩栩如生。也可從此看出曹植慷慨激昂的熱情，與他描寫細緻的筆觸。陳

桂珠《才高八斗曹子建》言：「曹植的詩弘壯慷慨，抑揚哀
怨，便是他簡易率真，不自雕飾，以忠義為懷，以氣節為尚的
性情，及親睹建安兵亂所使然。」[12] 正是曹植〈白馬篇〉極佳
的注腳。

接下來則要同時看兩例。

> 〈襄陽民為胡烈歌〉：美哉明后。雋哲惟疑。陶廣乾
> 坤。周孔是則。文武播暢。威振遐域。
> 〈軍中為夏侯淵語〉：典軍校尉夏侯淵。三日五百。六
> 日一千。

在逯欽立《先秦漢魏晉南北朝詩》魏詩卷十一雜歌謠辭
中，收錄了許多類似這樣短篇的民歌，大多已經不知作者為
何，此二首亦然。至今甚少有人為之作注，研究者就更少了。
這種情況之產生，大抵與其中內容往往模糊難辨有關，然而其
中藏著豐富的三國時代人物記載與風土民情之相關史料，如能
妥善處理，將可對於三國時代的相關歷史，有進一步的了解。

此二首在今之注本、譯本中甚少出現。〈襄陽民為胡烈歌〉
寫的是胡烈，讚揚他俊傑而品德高尚，效法孔子，文治武功均
能德惠百姓，征討的戰功震撼邊疆。〈軍中為夏侯淵語〉寫的
是夏侯淵，描寫他在拜將之時，常常急行軍，往往能出敵不
意。《魏書》曰：「淵為將，赴急疾，常出敵不意。」胡烈是
曹魏驍勇善戰的戰士，魏景元三年（西元二六二年），司馬昭
發動伐蜀之戰，以鍾會為將領，正是因為蜀漢陽平關守將蔣舒
叛變，引導魏軍前鋒胡烈部襲陷陽平關，使鍾會得到大量庫藏
積穀，才能更順利推展。這一戰便是魏滅蜀之戰。其後孫吳聞

蜀滅亡，西攻永安，外托救蜀，實為趁機分割蜀土，此時胡烈率大軍進攻夷陵，才迫使吳軍東撤。

而夏侯淵也是曹操手下的一員重要大將，隨曹操東征北討，於東漢建安二十年（西元二一五年）隨曹操南取漢中，後與張郃、徐晃屯駐漢中，建安二十三年春（西元二一八年）劉備率大軍進擊漢中，遭到夏侯淵等人的頑強狙擊，終因宛城守將侯音叛變，曹操無法前來援救，而於建安二十四年（西元二一九年）三月，遭劉備擊敗，夏侯淵被殺，張郃等人退守。劉備於此之後，又東取房陵、上庸、襄陽、樊城，並自稱漢中王，造成劉備在蜀漢割據之勢。此歌讚頌夏侯淵善於運用奇計快兵，能制敵之先，古兵法書對於如何料敵、洞燭機先有許多闡述，如：《六韜》之中，〈疾戰〉即在說明快速出兵之使用時機，〈突戰〉則是在講述防守對方快速進攻的方式。

從這些描寫戰爭英雄的民歌身上，可以發現當時民心渴望有道德操守，卻又驍勇善戰知謀略的神勇英雄，能夠保護百姓、統一天下，使社會安和樂利，幫助百姓脫離這戰爭頻仍的情況。這種情況與此類的文人作品相比，筆者以為藉英雄或「以戰止戰」的方式來期待和平的想望是一致的。

此類民歌以殘叢小語的方式，用片言數句，便勾勒出人物的軼事言行、思想面貌，筆者認為與《世說新語》是相近的，較貼近於現實，可以作為三國時代人物傳記的補充資料。這多半與漢、晉以來盛極一時的品評人物，與清談風氣有關。

另如〈百姓諺〉、〈孫亮初白龜鳴童謠〉，以及〈襄陽民為胡烈歌〉、〈軍中為夏侯淵語〉，都可以看出魏晉南北朝喜歡做人物品鑑的活動不只是反映在文學與哲學思想上，這種情況也反映在三國時代的諺語與民謠上。賈元圓〈六朝人物品鑑與文

學批評〉就認為六朝喜歡從事人物品鑑的活動，而品鑑活動往往從「徵驗內藏的情性」、「賞鑑外顯的神姿風采」、「類別才能的所宜」數個方面體現出來[13]，如〈襄陽民為胡烈歌〉、〈軍中為夏侯淵語〉都是以「賞鑑外顯的神姿風采」與「類別才能的所宜」作為評論胡烈與夏侯淵之內容。從歷史的記載來看，漢魏以來品鑑人物才性的著作似乎不少，但流傳下來的卻所剩不多，其中劉劭的《人物志》以及零星的鍾會《四本論》都可說是代表性著作。而前列之俗諺，從其中的內容可以窺探出當時品評人物風氣之盛，連俗諺與童謠都會以記載人物事蹟與評論人物為內容，用簡短之文字記載一些人物的小故事，近似於《世說新語》的筆法，卻在時代上早了許多。吳惠玲〈《世說新語》之人物美學研究〉就將《世說新語》的人物之美分為「清逸之美」、「瀟灑之美」、「自得之美」、「容與之美」、「才德之美」、「德行之美」、「才智之美」、「女德之美」、「性情之美」、「深情之美」、「真性之美」、「任達之美」、「形體之美」、「談辯之美」[14]……等等，可見得當時品評人物內容與範圍之廣闊。從以上諸諺語與童謠之內容與前面所述之文學環境對照觀之，可以發現此類型以人物為經緯的戰爭諺語與俗諺一方面是時代風氣造成，事實上以人物為敘述主軸的戰爭詩作也不少，前面都已經分立類別詳述過了。另一方面也可見得，三國時代文學除前面提過的將文學獨立於經學之外、注重個人情志的書寫現象外，在人物的評論上，也已經跳脫重視聖人與德性的框架，而能用純美學、純文學、純記事、純藝術的角度來欣賞人世間發生的事物。

　　再如王粲〈從軍詩〉五首中的第一首：

> 從軍有苦樂，但問所從誰，所從神且武，焉得久勞師，
> 相公征關右，赫怒震天威，一舉滅獯虜，再舉服羌夷，
> 西收邊地賊，忽若俯拾遺，陳賞越丘山，酒肉踰川坻，
> 軍中多飫饒，人馬皆溢肥，徒行兼乘還，空出有餘資，
> 拓地三千里，往返速若飛，歌舞入鄴城，所願獲無違，
> 晝日處大朝，日暮薄言歸，外參時明政，內不廢家私，
> 禽獸憚為犧，良苗實已揮，竊慕負鼎翁，願厲朽鈍姿，
> 不能效沮溺，相隨把鋤犁，熟覽夫子詩，信知所言非。

「從軍有苦樂，但問所從誰？所從神且武，焉得久勞師？相公征關右，赫怒震天威。一舉滅獯虜，再舉服羌夷。西收邊地賊，忽若俯拾遺。」這裡主在稱頌領袖的英明和軍功的偉大，說明從軍出征有苦有樂，但是要看是跟隨何人，像我們隨著神明武勇的曹操，一同出征又哪裡會有長時間勞動軍旅的痛苦？將軍曹操征討關右，赫然憤怒震動天地。一戰便戰勝了獫狁，再戰降服羌族。向西收拾邊域的賊匪，輕鬆快速地就如同是彎腰撿拾物品。「陳賞越丘山，酒肉踰川坻。軍人多飫饒，人馬皆溢肥。徒行兼乘還，空出有餘資。拓地三千里，往返速若飛。歌舞入鄴城，所願獲無違。」此處說明從軍的好處：陳設的獎品高過了山丘，犒賞的酒多過河川，肉豐盛過高地，人和馬都健壯。出去時是徒步行走，回來時駕著兩輛戰車；口袋空空地出征，回來財物富裕。開拓領土三千多里，往返快速像在飛行一般。進入鄴城享受歌舞音樂的娛樂，心裡所希望的都能如願。這裡說盡當兵的優點，使人不禁也想從軍去了。

「晝日處大朝，日暮薄言歸。外參時明政，內不廢家私。禽獸憚為犧，良苗實已揮。不能效沮溺，相隨把鋤犁。熟覽夫

子詩，信知所言非。」表明自己願意報效國家的決心。白天身在朝廷之中，傍晚返回家中。在外參與開明的政事，對內也不荒廢家務。雖然像禽獸一樣怕做祭品，但是丞相的恩澤像陽光雨露般滋潤著我這禾苗。不能學習長沮、桀溺，相偕避世隱居只顧耕耘。仔細閱讀孔夫子詩，確實知道他所說的是不對的。內容中肯定從軍的成就，強調為國效勞是理所當然，甚至還批駁清高的隱士，否定孔子想要隱居的志向。

　　我國第一部詩歌總集《詩經》中已經有軍戎詩的作品，如〈豳風〉中的〈破斧〉，內容主角為久戰歸來的士兵，慶幸自己沒有戰死，深刻地表達了厭戰的心態。另外如此詩中引用的〈東山〉，也是《詩經》中此類作品，內容也是說出人民對和平生活的嚮往。《楚辭·國殤》中描寫戰爭激烈的場面，並且哀悼捐軀的戰士。從其以前的作品可看出，王粲此五首〈從軍詩〉內容相當獨特，表現主題採取和樂歌頌的方式，既沒有描寫戰爭中橫屍遍野的可怕場面，也沒有厭戰的情緒，就算是幾乎完全表達戰士哀傷的思親情感的第三首，最後也以勉勵自己不可顧念私事為結，明顯地知道並非沿著《詩經》和《楚辭》的傳統。

　　兩漢樂府也承襲了《詩經》、《楚辭》的風格，多半描寫戰爭破壞人民生活，以及戰爭時恐怖血腥的場面，例如：〈十五從軍征〉、〈戰城南〉。即使如王粲所讚頌的聖君：曹操，其同類作品，也是寫行軍時的艱苦情形和田園荒廢、民不聊生的狀況，〈苦寒行〉、〈蒿里行〉正是其例。到了晉代，詩人因動亂頻繁，更是強烈地反對戰爭，渴望和平，例如同樣收在《昭明文選》中，陸機的〈從軍行〉、〈苦寒行〉；鮑照〈東門行〉、〈苦熱行〉。

綜觀王粲〈從軍詩〉五首，主題圍繞在說明從軍之重要
性，讚美領袖英明，軍容壯盛，表明願效一己之力，這樣的主
題除了是戰爭詩外，自然符合了所謂的「軍旅詩」。此外，如
楊師昌年也曾經將題材分為三十六類，根據上述內容來看，此
五首詩即符合第九類：壯舉[15]。而此五首詩，《昭明文選》則
置於「軍戎」類，雖然名稱上不同，實為同一題材。

之後同類作品，亦有讚頌軍功的作品，如《昭明文選》
中，鮑照〈出自薊北門行〉，也是表現壯士誓死衛國的精神。
到了唐代，所謂的「邊塞詩」中有不少此類作品，而裡頭也有
許多是呈現英雄們樂觀地奮勇殺敵的作品，如王昌齡的〈從軍
行〉、〈出塞〉。即使到了現代，抗戰時期，郭沫若《戰聲
集》、卞之琳《慰勞信集》，都是描述寧死不屈的愛國精神，甚
至如臧克家的〈從軍行〉不僅內容如此，題目也沿用此。

王粲此五首詩內容主在歌頌軍功偉大，甚至描寫戰士重視
戰爭，和《詩經》、《楚辭》、兩漢樂府的傳統不同。《新譯昭
明文選》第二冊中曰：「〈從軍行〉現在最早的歌辭是王粲的
從軍詩五首。」[16] 如果是最早，便可知道後世如陸機、王昌
齡、臧克家等人也許是沿用其題目創作。而對於後世同類作
品，內容上不管相同或不同，是否產生過影響，也是值得日後
進行研究的。

再看曹叡〈苦寒行〉：

> 悠悠發洛都。莘我征東行。征行彌二旬。屯吹龍陂城。
> 顧觀故壘處。皇祖之所營。屋室若平昔。棟宇無邪傾。
> 奈何我皇祖，潛德隱聖形。雖沒而不朽。書貴垂伐名。
> 光光我皇祖：軒耀同其榮。遺化布四海：八表以肅清。

雖有吳蜀寇。春秋足耀兵，徒悲我皇祖。不永享百齡。
賦詩以寫懷。伏軾淚沾纓。

　　這首詩是曹叡寫於東征途中，由於屯兵之處，正是曹操營
建之故壘，景物依舊，但人事已非，睹物思人，曹叡感到格外
唏噓，情動於中乃發乎歌詠。

　　「悠悠發洛都。茀我征東行。征行彌二旬。屯吹龍陂城。」
寫曹叡率軍從洛陽出發，已經滿二十日，現在駐紮於龍陂城，
時間與地點都清楚交代。一「彌」字，點出詩人心中對時間長
的感慨。《詩經·小雅·車攻》有「蕭蕭馬鳴，悠悠旆旌」，
與此相近。「顧觀故壘處。皇祖之所營。屋室若平昔。棟宇無
邪傾。」曹叡放眼環顧曹操故壘，屋舍儼然，棟宇直立，而這
些正是曹操武功的具體表現。透過寫景，使人感受到詩人心中
蒼涼孺慕的洶湧情緒。「奈何我皇祖，潛德隱聖形。雖沒而不
朽。書貴垂伐名。光光我皇祖：軒耀同其榮。遺化布四海：八
表以肅清。」直抒胸臆，讚揚皇祖之盛德與功業，曹操蕩平袁
紹，討伐烏桓，翦除呂布、袁術、韓遂、劉表諸雄，統一北
方，治軍三十年，南臨江，東極海，西濱散關，北登白狼，雄
才大略，威震一時。而其詩作跌宕悲涼，雄渾豪邁，亦傳頌千
古。所以獲得曹叡用熱烈之詞讚譽。「雖有吳蜀寇。春秋足耀
兵，徒悲我皇祖。不永享百齡。賦詩以寫懷。伏軾淚沾纓。」
寫曹叡在此告慰曹操，其子孫正繼承先祖之餘烈，調集精銳部
隊征伐吳蜀，實現其統一天下之宏願。「春秋足耀兵」顯出其
自信自強，「不永享百齡」則寫出其遺憾悲痛。

　　據《三國志·魏明帝》載：「帝生而太祖愛之，常令在左
右。」《魏書》亦載：「帝生數歲，每朝宴會，同與侍中近臣

並列。」可見他幼年受到曹操喜愛,再加上其生母被其父曹丕賜死,曹叡對其祖父曹操也就格外親近仰賴。父母親對於其親生的子女有很深遠的影響,孩子的出生是經由父母染色體的結合而成,基因已經決定了某些「指令」,例如智商、長相等等。而父母親對子女後天的教養也會影響子女的行為模式,其本身的價值觀、意識型態也會有所影響。而祖先的影響也是巨大的,《語意與心理分析》:「祖父母,不論生或死,對子孫的言行都有很大的影響。許多兒童不但模仿祖父母,並且希望自己就是祖父母。」[17]人們常需要以祖先來證實自己存在的價值,如果祖先是偉人,子孫將不自覺的感到驕傲,使祖先成為家庭的英雄,成為模仿的對象。「兒童對祖父母的態度是既敬又畏,這種敬畏的原始情感對兒童的原生形式時有很大的影響力。」[18]中國人重視家庭與家族尤甚,連英國人Johnston都注意到:「要了解中國這奇異的安定及長久不墜的社會制度,沒有比這個事實更重要的;即社會和政治的單元是同一的,而此一單元不是個人而是家庭。」[19]「家」不只是一個生殖單位,還是社會、經濟、教育、文化、政治,甚至是宗教、娛樂的單位,凝聚了整個社會力量,「家」不只限於同一屋簷下的成員,橫的擴及到整個家族、宗族、氏族,縱的上達祖先,下及子孫。中國是一典型的父系社會,整個社會結構是建立在倫常關係上,連職業也常常是祖父傳父,父再傳子。直到如今仍有許多家族企業,如國泰的蔡氏家族、台塑的王氏家族;不僅中國如此,外國也是一樣,如甘迺迪家族、大小羅斯福,甚至最近的大小布希等等。由曹叡對於先祖曹操崇敬的情況可知其對於其祖先的驕傲,而且以身為其後代為榮,從此可見曹叡對於「軍人」和「戰爭」的心態,不是排斥,甚至較一般人接受而

且適應，並進而產生繼承其統一天下之志的強烈意願，是故其
現存詩作三成為戰爭詩，而且三分之二為主戰詩，另外三分之
一則在描寫戰士英勇、戰爭壯闊之場景。

　　〈苦寒行〉屬於〈相和歌·清調曲〉。《樂府解題》：「晉
樂奏魏武帝〈北上篇〉，備言冰雪溪谷之苦。其後或謂之〈北
上行〉，蓋因武帝辭而擬之也。」此曲調始於曹操，因首句為
「北上太行山」，故也稱〈北上行〉。清商樂在〈古詩十九首〉
時代已經十分流行，從作品中頻繁出現對清商樂的描寫便可得
知。建安時期最盛行的音樂也是清商樂，〈苦寒行〉也是清商
樂之一，在討論王粲的〈安台新福歌〉時，曾經提過錢志熙
《漢魏樂府的音樂與詩》認為替俗樂舊曲新聲配辭，曹氏一門
似乎擁有一種特權。文人如王粲、繆襲，可奉命為雅樂作詞，
以體現臣子歌頌君德，潤色鴻業的職分；但卻不能隨便地為屬
於內廷的樂府制撰歌詞。在此要補充的是，根據他的統計發
現，魏晉各代所奏的相和、清商樂所用歌詞，除古辭外，全為
曹氏一門所作，其中「三祖」所作最多，陳王曹植僅兩篇[20]。
所以，筆者認為曹叡承襲由曹操開始的曲調，而且是由於曹氏
一門才有的特權，頂著先祖的光輝，創作此詩，在內容上曹叡
同樣描寫戰爭，但更進一步抒發對曹操的懷念，從種種跡象看
來，曹叡此詩別具深意。

　　《古詩漢魏六朝新賞：曹丕等九人》曾評曹叡：「在政治
上無甚建樹，文學上無甚特色。」[21]而〈沈約、謝靈運傳〉論
云：「至於建安，曹氏基命，三祖陳王，咸蓄盛藻，甫乃以情
緯文，以文被質。」將曹操、曹丕、曹叡、曹植之詩，並列為
「三祖陳王」。對曹叡有截然不同的兩種評論，這是由於現代所
存留的詩作很少，且其中六首為戰爭詩（約占百分之三十三點

三），題材較為統一，而有些作品或承襲先人，或歌頌曹操，或平易淺白，令人覺得不夠精采。但若純粹以他的戰爭詩而論，其對於戰爭之場景，描述清晰生動，詞藻精緻，情感真實，如前述之〈善哉行〉，而且對於曹操之懷念深情，雖令人有歌功頌德之疑慮，但出自肺腑，何況曹操為當時傑出之政治家與軍事家，作為後世子孫不免引以為傲，故在曹操之功績上，粉飾雕琢，其心可憫。筆者認為大體上來說，曹叡之戰爭詩的確以情緯文，以文被質，與曹操、曹丕、曹植三位一樣，具有開國氣象。

另看韋昭〈關背德〉：

> 關背德。作鴟張。割我邑城圖不祥。稱兵北伐圍樊襄陽。嗟臂大於股。將受其殃。巍巍夫聖主。睿德與玄通。與玄通。親任呂蒙。泛舟洪氾池。溯涉長江。神武一何桓桓。聲烈正與風翔。歷撫江安城。大據郢邦。虜羽授首。百蠻咸來同。盛哉三比隆。

這首詩的背景是起源於赤壁之戰時，孫吳與蜀漢結盟，劉備趁機攻取武陵、長沙、零陵、桂陽四郡，並以江南四郡地少不足以安民為藉口，去京口面見孫權，要求把南郡借給他，孫權同意之後，並上表漢獻帝，封劉備為荊州牧。建安十九年，劉備奪取益州，孫權於是派諸葛瑾向劉備索還荊州，劉備藉口方圖涼州，不肯歸還，劉備入蜀時，留關羽守江陵。建安二十年，因劉備拒還荊州，孫權於是任命長沙、零陵、桂陽三郡太守，前去接收土地，然而三位太守卻被關羽趕回來。孫權大怒，派呂蒙率軍取三郡，正要交戰，因曹操取漢中，劉備懼失

益州派人講和，以湘水為界平分荊州。但在建安二十二年，劉備又進擊漢中（前面在夏侯淵時已經談過），占領漢中後，又東取房陵、上庸，進攻襄陽、樊城。所以詩中開頭便寫：「關背德。作鴟張，割我邑城圖不祥。稱兵北伐圍樊襄陽。」

接下去寫「嗟臂大於股。將受其殃」發出手臂大於大腿的嗟嘆，認為養虎貽患，將要遭殃。「巍巍夫聖主。睿德與玄通。與玄通。親任呂蒙。泛舟洪氾池。溯涉長江。神武一何桓桓。聲烈正與風翔。」在平分荊州後，孫權並未放棄奪回全部荊州的企圖，在建安二十二年，向曹操稱臣，鞏固結盟勢力。並任命呂蒙代替魯肅。二十四年關羽舉兵進攻襄樊，呂蒙詐稱有病，關羽果然中計，將守備江陵、公安的兵力調往襄樊，於是孫權派呂蒙與陸遜率軍，晝夜溯江西上，取得江陵與公安。此處正是描寫此段史事，讚揚孫權具有睿智，任命呂蒙溯涉長江，大軍英勇。「歷撫江安城。大據郢邦。虜羽授首。百蠻咸來同。盛哉三比隆。」呂蒙進入江陵後，又西取宜都、枝江、夷道、秭歸、房陵、南鄉。盡得關羽及其將士之家屬，將他們妥善安置，並嚴申軍紀，不許掠奪百姓。因此關羽軍隊失去鬥志，此時孫權派人勸降，關羽偽裝接受，後西逃漳鄉，孫權派潘璋、朱然率軍追趕，終於擒獲，孫權處死關羽，並將其頭顱獻給曹操。曹操拜孫權為驃騎將軍，領荊州牧，封南昌侯。此詩便以此作結。

此詩所描寫的是，著名的吳蜀荊州、夷陵之戰。張曉生、劉文彥《中國古代戰爭通覽》甚至以此為確立三國時代三足鼎立的第一戰[22]。但關於韋昭此詩的研究與註釋本甚少，原因大致與前面所談繆襲〈魏鼓吹曲〉十二首相同，現不贅述。建安時期，吳國、蜀國詩壇寂寥，蜀國無樂府詩作存留，吳蜀詩人

成名者少，韋昭是其一，在此詩中韋昭對孫權多所讚揚，而對蜀國不義之行，大加斥責，充分流露出詩人對自己國家的愛護之心，韋昭由於剛正不阿，愛國心切，最後也因直諫君王，下獄被殺。他另有一詩〈秋風〉：「秋風揚沙塵，寒露沾衣裳。角弓持弦急，鳩鳥化為鷹。邊垂飛羽檄，寇賊侵界疆。跨馬披介胄，慷慨懷悲傷。辭親向長路，安知存與亡。窮達固有分，志士思立功。思立功，遨之戰場。身逸獲高賞，身沒有遺封。」則在頌揚描寫吳國將士勇敢奔赴疆場為國立功的情形，與〈關背德〉同樣暗示有志之士應該去思考如何為國征戰沙場，討賊滅敵的心聲。

　　《古今樂錄》曰：「〈關背德〉者，言蜀將關羽背棄吳德，心懷不軌。孫權引師浮江而擒之也。當漢〈巫山高〉。」簡明扼要地說明了此詩的來龍去脈。前面在〈魏鼓吹曲辭〉中，已經提過前人研究認為鼓吹曲辭多半講述戰陣殺伐之事，以及其來源演變，現也不再詳述。但《晉書·樂志》認為韋昭此作與繆襲同時而作，經由蕭滌非比對（見次頁附表一），與考證之後，種種證據顯示，吳鼓吹曲，名雖代漢，實本於魏，應當可信[23]。因此從魏以後，鼓吹曲辭，開始專門述說功德，變為純粹貴族樂府，或許民歌中求新求變、多樣婀娜的社會人民風情便因此消失，但筆者認為之後凡遇此題，便可得知其走向，並可作為其國小型簡史與戰爭史，從而以此補充歷史記載之不足。

　　從軍事學角度來說，此詩則顯示了戰爭中聯盟的微妙性。《孫子·謀攻》：「上兵伐謀，其次伐交，其次伐兵，其下攻城。」可見外交是比直接使用武力還要重要的事。三國時代戰爭頻繁，外交活動也十分頻仍，各國都認識到認清國際形勢，

【附表一】　漢魏吳鼓吹曲名對照表

次第 朝代	1	2	3	4	5	6	7	8	9	10	11	12	13	14	15	16	17	18
曲舊名	朱鷺	思悲翁	艾如張	上之回	翁離	戰城南	巫山高	上陵	將進酒	君馬黃	芳樹	有所思	雉子	聖人出	上邪	臨高台	遠如期	石留
魏繆襲改名	楚之平	戰滎陽	獲呂布	克官渡	舊邦	定武功	屠柳城	平南荊	平關中		邕熙	應帝期			太和			
吳韋昭改名	炎精缺	漢之季	攄武師	烏伐林	秋風	克皖城	關背德	通荊門	章宏德		承天命	從曆數			玄化			

結交與國對抗敵人，是關係到國家存亡的重要策略。《戰國策・趙策二》：「安民之本，在於擇交，擇交而得則民安，擇交不得則民終身不得安。」把外交的成敗，看作成決定國家百姓安危的重要事件。三國時代，吳蜀相聯以抗曹，一直是眾人所知的重要外交策略，也決定了三國鼎立的形勢，但此詩寫的內容則是蜀國背棄吳國，孫吳改以聯合曹魏策略，奪回荊州的史實。從此可知，國際關係往往是以利益為考量，要拉攏誰或孤立誰，有時以地緣關係為著眼點，有時則須以其他更重大的利益為衡量依據。在戰爭時，常常要利用其他國之間的利益矛盾，解決自己面臨的多方威脅，如此詩中記載的曹仁被圍困於襄樊，於是曹操利用孫權與蜀漢之間因荊州而起的心結，聯合孫權，而孫權也藉此奪回荊州，就在使蜀漢與吳、魏對立的形勢下，使危機轉嫁到蜀漢身上，吳國與魏國同時得到發展與生存。也藉著這種策略，孤立蜀漢，吳國與魏國避免了自身兩線作戰的風險。而中間記載了因曹操進攻漢中，劉備被迫答應平

分荊州一事，也突顯了外交往往也可以增加談判籌碼的特殊性，也說明在三國鼎立時，想辦法讓鷸蚌相爭，則我方可以坐收漁翁之利的方式。〈燭之武退秦師〉開啟了弱國以外交獲得在戰爭中生存的成功先例，而此詩中所記載之三國情勢，也成為重視外交的明訓。

第六節　表達自己志向

首先看王粲〈從軍詩〉五首中第四首：

> 朝發鄴都橋，暮濟白馬津，逍遙河隄上，左右望我軍，
> 連舫踰萬艘，帶甲千萬人，率彼東南路，將定一舉勳，
> 籌策運帷幄，一由我聖君，恨我無時謀，譬諸具官臣，
> 鞠躬中堅內，微畫無所陳，許歷為完士，一言猶敗秦，
> 我有素餐責，誠愧伐檀人，雖無鉛刀用，庶幾奮薄身。

「朝發鄴都橋，暮濟白馬津。逍遙河隄上，左右望我軍。連舫踰萬艘，帶甲千萬人。」軍隊早晨從鄴都橋出發，晚上便度過了白馬津。逍遙漫步在河堤之上，左右望去都是我方大軍，接連的戰船超過萬艘，冑甲之士成千上萬。此處運用視覺上的描寫，誇張的形容出行役所見，隊伍遼闊浩大的情形。「率彼東南路，將定一舉勳。籌策運帷幄，一由我聖君。」沿著東南向的道路前進征伐，將要定下一舉成功的勳業。在軍帳中策劃謀略的，全靠我們聖明的君王。此處直稱「聖君」，可見讚揚君主之甚，而且將所有的籌劃，功勞皆歸諸於君王。

「恨我無時謀，譬諸具官臣。鞠躬中堅內，微畫無所陳。

許歷為完士，一言獨敗秦。我有素餐責，誠愧伐檀人。雖無鉛刀用，庶幾奮薄身。」作者在此重申自己雖無大用，但也要為國捐軀的決心。他痛恨自己沒有合時的計策，好像只是具備官職的無能之士。位置處在極重要的地方，卻連一點小小的謀略也沒有。許歷雖然只是一般平民，但憑幾句話就打敗了秦軍。用許歷這個人物映襯出自己雖有官職卻愧對國家的不安。下面引用《詩經·伐檀》，來說明自己無功受祿，非常慚愧。最後總結自己雖無微弱的才能，但願奮不顧身。

　〈從軍詩〉五首，全為五言作品，不參雜其他字數句子，形式非常整齊，節奏一貫，具有統一規律的單純之美。

　目前對於此作品，研究者不多，亦無發現有說明其韻腳的，是故筆者在此作一初步歸類 [24]。

　〈第一首〉韻腳

　微韻：肥、飛、違、歸、揮、非。

　支韻：誰、師、夷、遺、坻、資、私。

　齊韻：犁。

　微韻古通支韻，齊韻古亦通支韻，故三韻可通用，此詩有押韻。

　〈第二首〉韻腳

　庚韻：征、情、城、鳴、平、貞、誠、縈、聲。

　青韻：刑、坰、寧、齡。

　庚韻古略通青韻，故此詩押韻。

　〈第三首〉韻腳

　支韻：夷、坻、悲、誰、私。

　微韻：飛、違、暉、衣。

　微韻古通支韻，和第一首押同韻。

〈第四首〉韻腳

真韻：津、人、臣、陳、秦、人、身。

文韻：軍、君。

文韻古轉真韻，真韻古通庚韻、青韻，所以此詩和第二首同韻。

〈第五首〉韻腳

尤韻：愁、丘、由、流、舟、遊、收、憂、疇、逌、休、留。

此詩全用尤韻。

五首作品全有押韻，每隔一句押韻，也就是雙數句押韻，已經有後世押韻的規模，尤其第一首和第三首押同韻，第二首和第四首押同韻，間隔著押韻，可見其巧思，也可見第一首所敘述時代雖和其後四首不同，但應可屬一系列之作品，為一組詩。

綜觀五首詩作，全為五言，隔句押韻，一三首押相同韻，二四首又押同韻，用節奏井然、韻腳相同的方式來抒發情感，表達自己願意在疆場上為國捐驅、奮勇殺敵的愛國之心，顯得韻律和諧有致，情感一致而綿延不絕。

再看曹丕〈黎陽作詩〉三首中的第一首：

> 朝發鄴城，夕宿韓陵，霖雨載塗，輿人困窮，載馳載驅，沐雨櫛風，舍我高殿，何為泥中，在昔周武，爰暨公旦，載主而征，救民塗炭，彼此一時，唯天所讚，我獨何人，能不靖亂。

據《三國志》的〈武帝本紀〉與〈文帝本紀〉記載，曹操

當年統一北方、征討袁紹的戰爭中，曾多次用兵黎陽，曹丕都跟隨出征，而曹丕自己亦曾用兵黎陽。究竟此詩所言年代為何，無法確知[25]，但從內容以周公自比的情況推測，至少應是尚未受禪代漢之前的作品。

黎陽，黎山在其南，黃河經其東，形勢險要，為兵家必爭之地，地名因山取黎，因水取陽。「朝發鄴城，夕宿韓陵，霖雨載塗，與人困窮，載馳載驅，沐雨櫛風。」記敘從鄴城出發，黃昏紮營於韓陵。鄴城在今河南安陽，韓陵即韓陵山，在安陽東北約十七里，兩地相距不遠，但卻朝發而夕宿。與〈木蘭詩〉：「旦辭黃河去，暮至黑山頭。」、王粲〈從軍詩〉第四首：「朝發鄴都橋，暮濟白馬津。」形容行動快捷，雖然詞句相似，但其意義卻完全不同。其後說明了行軍速度緩慢之原因，原來是因風雨滂沱，道路泥濘。然而我方戰士卻冒著風雨，不畏險阻，奮勇前進。形容的景況雖與《詩經·東山》：「我徂東山，慆慆不歸。我來自東，零雨其濛。」或《詩經·采薇》：「今我來思，雨雪霏霏。」極為近似，也許有人因此便以為曹丕此詩是描寫戰爭之苦，但仔細分辨，曹丕其實是藉著行軍之苦，來襯托出戰士之勇。尤其看到下文，更可了解其主戰之心。切不可因此誤解，而誤入反戰類。

「舍我高殿，何為泥中，在昔周武，爰暨公旦」，曹丕用設問提出，為何要放著高殿華屋不住，在這泥泊當中奔波受苦？並自問自答，說明是因為周武王與周公旦早已作了榜樣。曹丕與曹植都喜歡舉用周文王、周武王、周公之例，這是承襲了曹操之風，如曹操〈苦寒行〉、〈短歌行〉兩首，這是因為曹操「挾天子以令諸侯」，曹操將自己所發動之戰爭，都視為奉帝命征伐，如同周文王、武王、周公；另一方面，曹丕也是藉地名

發揮，因《尚書》：「西伯既戡黎」，黎原屬於殷朝屬地，商末被周文王所滅，曹丕以地名相近藉此發揮。「載主而征，救民塗炭，彼此一時，唯天所讚，我獨何人，能不靖亂。」則真正點明出征的目的，在於救民塗炭，按照天的意志行事，將會如周公、武王一般，得到天助。「我獨何人，能不靖亂」則表明曹丕主戰的決心，清楚說明自己欲替天行道，平定叛亂，討伐不義。曹丕此篇情調不似一般主戰類詩作之凌厲剽悍，反以描述行軍之苦起筆，抒情意味較濃，用這樣站在與將士們一樣的立場，更能引起共鳴，而且更突顯出為天行道、救民塗炭之戰爭是勢在必行的，這些辛苦是值得的。

　　他的另一篇詩作〈令詩〉：「喪亂悠悠過紀，白骨從橫萬里，哀哀下民靡恃，吾將以時整理，復子明辟致仕。」也是以同樣筆調，以哀憐生民塗炭、感嘆時代動盪為基礎，彷彿是非戰派色彩，但實際上是表達以戰止戰之理想，希望能統一天下，之後肅清政治，安撫百姓。

　　袁美敏《人品與文品相關性研究》認為「詩緣情」形成的背景是：「魏晉以降，緣於現實哀樂的刺激，中國詩人發現了以情感為生命內容與特質的自我主體。並由對個人生命特質的肯定，而建立六朝『詩緣情』之說。」[26]中國詩基本上是抒情的，即使是敘事或是議論筆法，還是會夾雜抒情的成分。例如曹丕此詩，本為記敘當時戰爭的作品，但他在記敘之中，參雜了大量的個人情感，如：「霖雨載塗，輿人困窮」，這「困窮」便是他對於雨的感受，並在詩中敘說個人的政治抱負，中國古人的心志情性，又往往是表現在政治與社會兩方面，許多詩人在詩歌中表達他們憂國憂民的情志，曹丕在此亦然，以敘事為輔，感事為主，透過自身參與的感受，把屬於客體的事件，以

抒情的型態呈現，造成人與物互相感受的情況。曹丕的作品，
不只是這一首有這樣的現象，大多數作品都成為他個人情感的
投射，顯得情意纏綿，成為他心聲的代言，發自於內心的情感
與觀點，所以容易引起讀者的多愁善感，與純粹記敘或說理的
作品所帶來的影響不同。

　　這樣情志婉約的主戰類詩作在三國時代是較為少見的，但
其中所表達的主戰意念卻是堅定的，如此的詩作反而更能向曹
丕所率領的將士，宣示對戰爭的肯定。《太公兵法·文韜文師
篇》：「同天下之利者則得天下，擅天下之利者則失天下……
與人同憂、同樂、同好、同惡者義也；義之所在，天下赴之。
凡人惡死而樂生，好德而歸利，能生利者道也；道之所在，天
下歸之。」戰爭勝敗的關鍵在於人心的歸向，而能感動民心
的，便是君王的愛心。曹丕在詩中，表現出他與戰士們一樣厭
惡在大雨中趕路，一樣不喜在風雨中駕車，一樣渴望在高樓華
宅中舒適的生活，但眼前有更重要的事等待完成，也就是救民
塗炭，使全天下人都能幸福愉悅，才是他終極的目標，如此更
能使將士們感同身受，使之樂戰樂死，而且曹丕身先士卒，與
將士們同飢寒，並以同理心去替士卒設想，照顧到他們生活與
情緒，進而宣示此趟戰爭的理念，使戰士們感到榮耀與尊嚴，
認為此戰是光榮而有德的，是為了愛民而作，將使得戰士們士
氣更高。

　　再看阮籍〈詠懷詩〉中的第三十八首：

　　炎光延萬里。洪川蕩湍瀨。彎弓掛扶桑。長劍倚天外。
　　泰山成砥礪。黃河為裳帶。視彼莊周子。榮枯何足賴。
　　捐身棄中野。烏鳶作患害。豈若雄傑士。功名從此大。

　　關於阮籍的生平與其戰爭詩的大致情況，在前面已經討論過，現在不再重述。

　　「炎光延萬里。洪川蕩湍瀬。彎弓掛扶桑。長劍倚天外。泰山成砥礪。黃河為裳帶。」前六句刻劃出阮籍心中英雄的形象，起首二句渲染出壯闊的空間。三四句出自於宋玉〈大言賦〉，寫出英雄的活動，把彎弓掛於扶桑樹上，把長劍靠在天外，氣勢豪雄誇張。五六二句再次用誇飾，將英雄的形象描繪得無比高大，所以泰山只是一塊磨刀石，黃河也彷彿衣帶。此二句出自《史記・高祖功臣年表序》：「使河為帶，泰山若礪，國以永寧，爰及苗裔。」在字句形式上相近，但意義上卻無相涉。「視彼莊周子。榮枯何足賴。捐身棄中野。烏鳶作患害。」這是用《莊子・列禦寇》的故事，莊子將死，他的學生欲厚葬他，莊子卻要天葬，學生認為如此屍身將被鳥鳶食之，但莊子認為在上會被鳥鳶食，在下會被螻蟻食。阮籍在此表達人生無論生死，都應曠達面對，視生死為一同的。「豈若雄傑士。功名從此大。」最後點明主旨，雄傑之士在戰場上要超越生死的界線，建立功名。

　　魏晉時代，天下多禍，政治嚴酷，士人常有生命之憂，面對生命短暫、明日不知身向何處的憂慮，有些人求仙與長生之道，有些人恣意放誕，也有人主張積極用世。前面提過建安時代文人多有想要為國征戰建功的思想，阮籍身處三國與晉代交接之際，受建安餘風影響，阮籍此類表達自己想要建功立業，主張戰爭之詩作，大多在其早期。另外如〈詠懷詩〉中的第三十九首：「壯士何慷慨，志欲威八方，驅車遠行役，受命念自忘，良弓挾烏號，明甲有精光，臨難不顧生，身死魂飛揚，豈為全軀士，效命爭戰場，忠為百世榮，義使令名彰，垂身謝後

世，氣節故有常。」認為只有功名與事業才能擺脫人生的榮枯，只有忠義與氣節才能流令名於千古，從根本上超越生命之短暫，表現出剛健有力的風格。建安時代文人的詩作中，多描寫雄心壯志，寧可馬革裹屍，也不願忍辱偷生，形成遒健慷慨之詩歌風骨，具有激越人心之藝術張力，建安之後，詩人已經失去為國效命的客觀環境，高壓政治也消磨了他們積極進取之意志，多表現憂生之嗟與對仙隱生活之嚮往，而阮籍在建安之末，仍直承建安風格，有此兼濟天下之壯志。

　　邱鎮京《阮籍詩研究》：「此詩『視彼莊周子。榮枯何足賴』似在暗示掛弓倚劍、礪山帶河的英傑，才是他投效的途徑，其實這也僅說明建功立業的功臣名將，曾經是他早年嚮慕崇仰的偶像。」[27] 就已經說明了阮籍早年有經世濟民、馳騁沙場之志，而之後卻有了改變的情況。阮籍詠懷詩多以抒情筆法，宣洩詩人心中塊壘與情思，像這一類敘述其生平志業者，所占比例較少，不過可以看出阮籍年輕時學習詩書，重視修養，期與聖賢同垂不朽，並且精熟武藝，歌頌忠義壯士，表達心中仰慕，志氣豪邁。

　　從阮籍此首歌詠豪傑之士的詩，可以聯想到許多歌詠戰爭英雄的詩作，多以武器配備塑造其英雄形象，〈詠懷詩〉中的第三十八首、第三十九首如此，之前提過的曹植〈白馬篇〉亦如是。其中弓和劍幾乎是描述中不可缺少的。其實在漢武帝時期，劍的鍛造技術提高，已經出現了鋼劍。然而等到「刀」出現後，佩劍只有在上朝時帶著，等到三國時期，軍隊中大量裝備的實戰用短柄武器，就只有刀了[28]。但是在三國時代的戰爭詩中，幾乎未見「刀」的稱呼與形容，僅有一些文章出現，可見古人與現代對武器的認知不盡相同，或者是因為配劍者為軍

隊較高階位者，「劍」是一種身分的表徵，所以當時詩人仍習慣將短兵器以「劍」作為代表，來刻劃英雄人物的形象。

第七節　檢討過去的戰爭

首先以曹操〈短歌行〉作為例子：

> 周西伯昌，懷此聖德。三分天下，而有其二。修奉貢獻，臣節不墜。崇侯讒之，是以拘繫。後見赦原，賜之斧鉞，得使征伐。為仲尼所稱，達及德行，猶奉事殷，論敘其美。齊桓之功，為霸之首。九合諸侯，一匡天下。一匡天下，不以兵車。正而不譎，其德傳稱。孔子所嘆，並稱夷吾，民受其恩。賜與廟胙，命無下拜。小白不敢爾，天威在顏咫尺。晉文亦霸，躬奉天王。受賜珪瓚，秬鬯彤弓，盧弓矢千，虎賁三百人。威服諸侯，師之者尊。八方聞之，名亞齊桓。河陽之會，詐稱周王，是以其名紛葩。

這是一首表明曹操心志的戰爭詩。曹操在戰爭中採取的重要策略是「挾天子以令諸侯」，這個策略使他在政治上與戰爭上得到主動與正當的地位，從這個戰略的使用，也可以看出曹操是一位傑出的軍事家與政治家。戰略屬於軍事藝術中最高層次的內容，如果戰略正確無誤，即使在戰術運用或作戰方法上出現一些失誤，也不會導致軍事全局上的逆轉。曹操深明此理，而且了解戰爭必須師出有名，於是制定了此一重要戰略，使自己的地位處於優勢，並且取得戰爭主控權。李寶均言：

建安元年（西元一九六年），他把正在窮途末路中的獻
帝迎到許縣（河南許昌），置於自己的掌握之中。這是
曹操在政治上作出的一項重大戰略決策。在封建社會，
皇帝是權力和國家統一的象徵。他把獻帝掌握在手中，
控制了中央政權，在政治上就高居於其他競爭對手之上
而處於極大的優勢地位。[29]

　　已經注意到「挾天子以令諸侯」是曹操所做出的重大戰略
決策，當然如他所說「皇帝是權力和國家統一的象徵」，所以
曹操「控制了中央政權」。但筆者以為，若從戰爭與軍事的角
度看來，曹操為自己的出兵，找到合理的藉口，使自己能夠主
動進攻，先發制人地積極進攻，又使對方無從辯駁，也是重要
的致勝之道。

　　然而這樣的行為，自然受到其他各國的關注，其他各國也
了解其中的嚴重性，因此也受到政敵的攻擊，說他有「不遜之
志」。為了回應政敵之攻擊，他在這首詩中極力頌揚周文王、
齊桓公、晉文公，極力表明忠貞之志。開頭一句「周西伯昌，
懷此聖德」，概括說明周文王具有高尚道德，而後「三分天
下，而有其二。修奉貢獻，臣節不墜。」讚揚周文王占有三分
之二的疆域，但仍不廢臣節，此處曹操以文王自比，表明自己
絕不會廢棄臣節，會忠於臣職，侍奉君王。「崇侯讒之，是以
拘繫」揭示周文王就是由於受到崇侯的毀謗，才被囚禁，以此
暗諭其他人對自己的毀謗就像崇侯對周文王的讒言一般。「後
見赦原，賜之斧鉞，得使征伐。為仲尼所稱，達及德行，猶奉
事殷，論敘其美。」一筆蕩開，直指核心說明紂王賜給文王斧
鉞，而賜與斧鉞代表的是授與征伐之權利。從此建立自己征伐

之合理性。之後並以孔子稱讚周文王服事殷，來表達自己奉事漢室之心。

其下頌揚齊桓公與管仲。「齊桓之功，為霸之首。九合諸侯，一匡天下。一匡天下，不以兵車。」指出齊桓公任用管仲，以「尊王攘夷」為名，多次盟會諸侯，成為春秋時五霸之首。而最令人敬佩的是，他匡正了諸侯兼併的局面，靠的不是武力，以此期勉自己，也希望藉此遊說當時其他政敵。「正而不譎，其德傳稱。孔子所嘆，並稱夷吾，民受其恩。」是說孔子曾經讚美齊桓公是一位正派而不耍手段之人，並且一併讚揚管仲。《論語·憲問》：「桓公九合諸侯，不以兵車，管仲之力也。」又說：「管仲相桓公，霸諸侯，一匡天下，民到於今受其賜。」孔子認為桓公能停止戰爭，是受到管仲的幫助，而人民也得到他的恩澤。「賜與廟胙，命無下拜。小白不敢爾，天威在顏咫尺。」引用周天子派宰孔將祭肉賜給桓公，並說因其年歲大，不用下階跪拜，然而桓公仍堅持以臣禮下拜接受祭肉之事。此事記載於《左傳·僖公九年》。曹操藉此說明桓公功勞高遠，受到周天子厚愛，仍然極其恭敬，表明自己也要效法桓公之心。

第三例舉晉文公之事，前半尊崇晉文公尊奉周事而受到諸侯敬仰，後半則對晉文公欺騙天子而有所非難。「晉文亦霸，躬奉天王。受賜珪瓚，秬鬯彤弓，盧弓矢千，虎賁三百人。威服諸侯，師之者尊。八方聞之，名亞齊桓。」寫晉文公同樣是霸主，亦恭敬地尊奉周天子。並以晉文公在打敗楚國後，將楚國戰俘獻給周天子；表達對天子的敬重與忠誠，周天子因此命他為諸侯的領袖，並賜給車子、服飾與寶物之事，來說明這樣的行為值得尊敬。「河陽之會，詐稱周王，是以其名紛葩。」

則非議晉文公因召請周天子參與會議，與禮制不合，於是採用
欺騙的方式，讓天子狩於河陽，遇上諸侯盟會而參加會議，並
假稱天子名義之事。以上二事皆記載於《左傳‧僖公二十八
年》。曹操以此兩事並列，對比地說明自己絕不會像晉文公一
樣做出使人非議之事，而要學習晉文公尊奉周室而贏得威信與
聲望的行誼。

　　曹操此詩大加讚頌周文王、齊桓公、晉文公，就是要以此
來表達自己對先賢功業的敬仰之情，並說明自己將以他們為榜
樣，尊奉漢室，以獲得天下人之尊敬，使令名流傳於後的志
向。此詩高明之處，筆者以為便是從以往政治上之事例，來破
除政敵想要以此為藉口，從政治上孤立他，使他無法將戰爭合
理化的不利情勢。除了此詩之外，他還寫了〈讓縣自明本志
令〉，同樣也對於其他人攻擊他有「不遜之志」，以表明忠貞之
誠，並無代漢之野心來作回應。此文中提到他「遭值董卓之
難，興舉義兵，是時合兵能多得耳，然常自損，不欲多之；所
以然者，多兵意盛，與強敵爭，倘更為禍始。」講述自己作戰
是為了和平與民族之和諧，並說明「設使國家無有孤，不知當
幾人稱帝，幾人稱王」，表明自己無廢漢自立之野心。而後舉
用樂毅被燕王驅往趙國，仍不忘故國，以及蒙恬將被誅卻堅持
君臣大義的事例，「孤每讀此二人書，未嘗不愴然流涕也。」
表明自己十分欽佩他們，闡明自己雖然武力足以背叛朝廷，但
其志向並非如此。最後以自家祖父曹騰任中常侍大長秋、父曹
嵩官至太尉之事，說明自己感念恩德，忠於朝廷。雖然曹操並
非真心要尊奉漢室，當其欲稱魏國公之時，荀彧提出「秉忠貞
之誠，守退讓之節」，於是加害荀彧之行徑來看，他的這些詩
文只是為了鞏固與發展自己的地位，但從這些詩文，仍可觀察

出曹操反擊政敵、安撫人心、將戰爭合理化的高明政治手腕。

羅隱云：「魏武陰賊險狠，盜有神器，實竊英雄之名。」（《韻語陽秋》卷十九）便是以為曹操是陰險奸詐之人，竊據了英雄之名。然而當時適值亂世，成者為王，敗者為寇，論其詩文，條理清晰，例證鑿鑿，從此更可得知其運籌帷幄的軍事與政治長才，且其為三國首領之中，認真提倡文學之君主，實為兼具文學、軍事、政治等多方才能之優秀人物。

何以曹操冒著被人攻詰的危險，仍處心積慮要訂下此一戰略，並且多方論述，花費大量詩文，又寫詩，又公布詔令？筆者以為從軍事戰略與戰術的角度來看這個問題，便不難理解。因為在戰爭中，先發制人有四項優點，第一可以震撼對方士氣，第二可以達成突然襲擊的目的，第三可以在敵強我弱的情況下，透過搶先進攻改變力量對比，第四可以把戰爭引到敵國的土地上，減少對本國的破壞。因為優點多，所以古代兵家有些人主張兵貴先，甚至認為是天下之至權，兵家之上策。但先發制人也會帶來負面影響，也就是容易引起敵國民眾與軍隊的反感，也會遭致國際上其他國家的反對與譴責。西元二○○一年所發生的美國九一一事件便可視為先發制人之優缺點的最好例證，恐怖組織先發制人地攻擊紐約，的確達到震撼、突襲的成果，並且改變了與美國強大力量之懸殊差距，也將戰爭引到美國本土上去。但他們忽略了其缺失，於是招致美國上下一心的反抗，也受到國際間的大聲撻伐，美國因此獲得無數的援助。相較之下，曹操便聰明得多，他先迎獻帝到許縣，然後寫作詩文表明心跡，使政敵無話可說，詩中以周文王的戰爭之權來自天子所授與，及晉文公戰爭是為了周天子之例，從此確立自己戰爭主控權的合理性與正當性，隨時可以先發制人，筆者

認為他是要建立「戰權王授」的概念，這麼一來便巧妙地避開了先發制人戰爭的不義性質。其次，他在詩文中一再提及齊桓公與晉文公之最大貢獻，是不用戰爭卻能統合諸侯。這也是帶有古代軍事家的理想色彩，孫子曾曰：「是故百戰百勝，非善之善者也；不戰而屈人之兵，善之善者也。」（《孫子兵法·謀攻第三》）就已經提出百戰百勝算不上是真正的高明，能夠不經戰鬥便使對方軍隊屈服，才是真正的高明。從此詩便可見曹操對此一軍事戰爭最高境界的嚮往，也藉此詩呼籲敵方陣營效法春秋時的結盟，然而經由自己掌握中央的地位，便顯示其他結盟的不義，是為對抗漢獻帝而起，其中亦包藏著曹操破壞其他敵國結盟的用心。

　　曹操為魏朝建立了開國的氣象，綜觀曹氏一門，曹丕、曹植、曹叡的政治思想與軍事策略多繼承曹操，在他們的戰爭詩中，尤其可以看到一脈相承的痕跡，如曹丕〈黎陽作詩〉三首中的第一首，也是先將出兵合理化，並以周公自比；曹叡〈櫂歌行〉也將出征道德化；曹植〈丹霞蔽日行〉同樣讚頌周及漢興起戰爭的光輝；曹植〈送應氏詩〉二首中的第一首則憤恨董卓；而曹丕〈黎陽作詩〉三首中的第三首、曹植〈贈丁儀王粲詩〉、〈責躬〉、曹叡〈苦寒行〉則懷念先祖之德，歌頌曹操戰功；在在可見他們對曹操的感念，以及曹操政治與軍事思想對他們的影響。

　　再看阮籍〈詠懷詩〉中的第三十一首：

　　　　駕言發魏都，南向望吹台。蕭管有遺音，梁王安在哉？
　　　　戰士食糟糠，賢者處蒿萊。歌舞曲未終，秦兵已復來。
　　　　夾林非吾有，朱宮生塵埃。軍敗華陽下，身竟為土灰。

　　阮籍這首詠懷詩以詠史為內容，藉著歷史議論當時的政治，並抒發自己的思想感情。阮籍〈詠懷詩〉中提到大梁者，另有三首：第二十首：「徘徊蓬池上，還顧望大梁」；第二十六首：「昔余遊大梁，登於黃華顛」；第七十四首：「梁東有芳草，一朝再三榮」。這幾首中，除了第二十六首是取用神話，與戰國魏都無關外，其他都是指戰國時魏國都城，今河南開封市。「駕言發魏都，南向望吹台。簫管有遺音，梁王安在哉？」從訪問戰國時魏國名勝吹台的遺址談起，在詩人的想像中，吹台曾是魏王歌舞歡宴之所，簫管的樂音似乎仍未斷絕，但魏王何在？弔古的感慨油然而生。「戰士食糟糠，賢者處蒿萊。」從前面吹台上管簫的音樂，使讀者聯想到曹操銅雀台的音樂，曹操在死前遺令「於台堂上安六尺床，施繐帳，朝晡上脯糒之屬，月旦十五日，自朝至午，輒向帳中作伎樂。」曹操之後，丕及叡皆雅好音樂，曹叡更以生活奢侈著稱，其中曹操、曹丕對於樂府與民間音樂貢獻極大。由此將時間拉回當世，批評當時的曹魏政治。首先批評的是當時的兵制，當時實行世兵制，兵士之家世代當兵，受到極大的歧視。張文強曾言：「曹魏建國前後，世兵制逐漸形成，並成為曹魏主要的兵役制度。所謂世兵制，即是一旦為兵，要與一般民戶分離單位戶籍，成為軍戶；軍戶不經放免要世代為兵；軍士身分地位因此日漸微賤的一套制度。」[30] 當時為防止官兵叛逃，要求將領與士兵以家屬作為人質，且父死子代、兄終弟及，世代為兵，而軍戶女子不許外嫁，只准在軍戶內求偶。於是阮籍在此為戰士待遇之低，發出不平之鳴。其次批評當時的用才制度。曹丕之後選才任官使用「九品中正制」，官吏的升降也由此決定，於是出於寒門的賢士不得重用，只能過著貧困的生活，而政治

上由世族貴族把持政權。《中國歷朝行政管理》便言：「自九品中正制實行後，士人的薦舉及品評均由中正負責，這勢必造成中央用人大權的旁落，並為士族地主把持政權打開了通途。」[31]阮籍此處記敘魏明帝末年歌舞荒淫，不知養兵用賢。其下「歌舞曲未終，秦兵已復來。夾林非吾有，朱宮生塵埃。軍敗華陽下，身竟為土灰。」又回到戰國時魏國，魏王還在歌舞宴樂之際，秦國攻打魏國的軍隊已經到來，吹台的林地與宮殿，不再屬於魏國而變為荒蕪廢墟。用的是西元前二七三年，魏安釐王攻伐韓國華陽，秦軍救韓，大敗魏軍在華陽山下，魏王割地求和之史實，描寫當時戰爭的歷史活動畫面。最後兩句變化曹操〈龜雖壽〉：「神龜雖壽，猶有竟時。騰蛇乘霧，終為土灰。」暗示若是政治現實如此，衰亡是必然的命運，將如魏王身死國滅。藉由令人景仰的開國元首曹操的詩句，陳述歷史教訓，以示警告，更具意義。

《古詩漢魏六朝新賞》認為此詩：「詠史而有現實寓意，也應不即不離，並不能一一比附。從史實中引出教訓，才是詩篇中最重要的目的。」[32]整體說來，魏朝戰爭詩主戰類，藉過去戰爭議論者，包括阮籍的這一首，多半是藉著詠史而寄託現實意義，從歷史紀錄中得出教訓，或作為立論之根據。而以阮籍個人風格而言，前面提到阮籍為全身避禍，詩多隱微，此詩因指斥當世，故借助史事來闡明己意，其中多提過去歷史，僅兩句指涉當時制度，若即若離，曲折委婉，涵義幽微，使人深思。李正治言：「阮籍詠懷的主要風格，可用『宏邁高遠』一語，概括全體。」[33]此詩亦符合此風格，觀其中時空交錯，穿梭於廣大宇宙之中，而旨意遙深，正是「宏邁高遠」之作。

何以說此詩寓意深遠？亦可以從戰爭學的角度，來看阮籍

所要討論的歷史教訓。前面提過阮籍少年時曾習武藝，他對於古兵家之思想，自然也熟諳非常。古代兵家時時刻刻提醒君王，居安思危，安不忘戰，阮籍在此詩中所要談的也正是這個課題。在政治穩定、經濟繁榮之時，君王仍要清醒地看到戰爭的潛在危險，警覺地注視敵軍行動，不懈地練兵習武，更何況阮籍指出，曹魏當時戰士地位低下，不用賢才的情況下，暗示魏明帝更不應該耽溺於聲色歌舞之中。《司馬法》中言：「天下雖安，忘戰必危。」（〈仁本第一〉）一「必」字，寫出忘記備戰的嚴重性。又言：「天下既平，天子大愷，春蒐秋獮；諸侯春振旅，秋治兵，所以不忘戰也。」則仔細地說明備戰之方法，在天下已經平安，天子舉行盛大的凱旋儀式，春天與秋天要用田獵訓練士兵作戰；諸侯也要於春天整軍，秋天演習。已經提出除了思危之外，還要「有備」，阮籍此詩以「戰士食糟糠，賢者處蒿萊。」就已議論出當時備戰情況的漏洞，期望得到君王的重視，能夠早日構築可靠的防禦戰備，使能夠有備而制人，不致於無備而受制於人，像戰國時魏國一樣，被秦國軍臨城下，兵敗割地。

第八節　純粹論述戰爭之道

首先以繁欽〈遠戍勸戒詩〉為例：

> 肅將王事，集此揚土。凡我同盟，既文既武。鬱鬱桓桓，有規有矩。務在和光，同塵共垢。各竟其心，為國蕃輔。闇闇行行，非法不語。可否相濟，闕則云補。

繁欽，字休伯，長於書記，又善為詩賦，曾經多次跟隨曹操征戰，如建安十三年，為丞相主簿，從曹操南征。十四年參與赤壁之戰，十六年從操西征。此詩從題目便可得知背景是由於即將到遠地征戰，所以寫作勸戒眾人，觀其內容，則極有可能是以此詩作為誓師之用。內容中說到，所有的戰士在此地集結，並議論同盟的戰友文武雙全，此次戰爭中需靠大家謹守規矩，和光同塵，順隨大眾，不自立異，盡心盡力，即使有所爭議，也要在辯論時態度和順，互相幫助，互補缺失。簡明扼要地提釋出作戰時應有的態度與紀律，議論嚴肅到甚至近似於戒條規章，這樣的詩作充滿理智與深意，但從興味的角度而言，則缺乏情趣。

　　後世多尊崇其〈定情詩〉，認為是繁欽之代表作，對於〈遠戍勸戒詩〉則評論闕如，一方面因〈定情詩〉為今存建安時代文人五言詩篇幅最巨者，鋪陳排比，另一方面因其中情意回環婉轉，淒惻動人。然從其生平所處之時代背景與其職務而言，繁欽創作〈遠戍勸戒詩〉，亦有其深意。當時曹操數次征戰，皆因同盟之離心離德而失敗，如東漢末年時，群雄商討進攻董卓，曹操進攻之時，劉岱、張邈等人卻不合作，導致孫堅被襲擊、王匡被攻破。又如官渡之戰時，建安五年七月多縣起兵叛曹，導致情況危急。最明顯的例子是赤壁之戰時，曹操率領著號稱八十萬的大軍，卻被周瑜率領三萬精兵給擊敗，還因此失去荊州。主因正如周瑜所分析的，曹操雖然軍隊人數眾多，但心存疑懼或不滿。但也有因為敵營分裂，造成曹軍之優勢者，如許攸叛離袁紹，使曹操獲知軍機，燒掉袁紹之補給糧食。故繁欽深感軍隊同心同德之重要性，而於此詩中發出誠摯的呼籲。

　　西方軍事家約米尼曾說：「假使各種其他的條件都相等，則戰爭的勝負就決定於盟國的有無。」[34] 這指出「寡不敵眾」的道理，而且同盟的作用在戰爭中不僅可使作戰兵力增多，也可使敵人原是安全的疆界，受到威脅，形成備多力分的局面。三國時代多次戰爭就是因後方叛變，或是因邊境受到敵軍之新盟國威脅，而宣告停止。當然，除了外援之盟國外，己方之「人和」也是相當重要，包括民心之向背、軍隊士氣之高低，與將領之向心力，都是戰爭成功之要素。孟子就曾經與齊宣王討論鄒人與楚人之戰，言：「然則小固不可以敵大，寡固不可以敵眾，弱固不可以敵彊。」但若是王發政施仁，則「天下之欲疾其君者，皆欲赴愬於王。其若是，孰能禦之？」（《孟子·梁惠王上》）指明為人國君者，若能施仁政，善於養民，獲得民心，則「仁者無敵」。此外，軍隊之士氣與忠誠度也決定了戰爭的勝敗，因此魏國才會想出以軍人之家屬作為人質的方法。古代戰爭中，因人和而戰勝敵軍之例子，實在不勝枚舉，如田單在齊國僅剩莒與即墨兩座城池時，卻因激發軍民同仇敵愾之心，一舉收復失地。繁欽正是由於當時魏國的情況，且深知「人和」之重要，而以此詩勸戒即將遠征之軍隊。

　　繁欽另有〈撰征賦〉：「有漢丞相武平侯曹公，仗節東征。……左駢雄戟，右攢干將。彤弧朱繒，丹羽絳房。望之如火，焰奪朝陽。」描繪出曹操勇猛善戰的英雄氣概。此賦下文則鋪敘軍隊陣容嚴整威武、武器精良，以及衝鋒陷陣之銳不可當。整篇賦生動具體，使人讀之，如親臨戰爭現場目睹一般。與〈遠戍勸戒詩〉相比，兩者情調不同，一豪邁一嚴肅，一描寫逼真一說理明確，但皆可作為繁欽生平的注腳，看出戰爭在其生命中刻劃的痕跡。

再來看另一例應璩：

　　郡國貪慕將，馳騁習弓戟，雖妙未更事，難用應卒迫。[35]

　　應璩，字休璉，是應瑒的弟弟。這首詩被逯欽立認為是百
一新詩，百一詩的來源是因為當時大將軍曹爽在朝中樹立黨
羽，應璩入曹爽府為長史，謂爽以「公今聞周公巍巍之稱，安
知百應有一失乎」，故作〈百一詩〉，譏切時事。姑且不論詩中
所指大將究竟為何人，但用此詩闡明與議論將領對戰爭的影
響，以及將領的重要性等等意涵極為清楚。

　　中國古代從春秋中期開始文武分職，將相分設，專職的軍
事將領出現，意謂著戰爭發展成越來越大規模，武器裝備提
高，戰場地域擴大，時間延長，且影響越來越大，作戰方式複
雜化，對作戰要求相形增高，於是軍隊的指揮效能需要加以提
高，必須由專職的人員處理，是故專司軍事指揮的「將」應運
而生。尉繚子曾說：「將帥者，心也；群下者，支節也。其心
動以誠，則支節必力，其心動以疑，則支節必背。」（《尉繚子
卷第二·攻權》）比喻將領就像心臟，部下就像肢節。假使將
領能專誠，士卒就會效力；假使將領猶疑，士卒就會背叛。說
明了將領在戰爭中居於領導地位，是一個最重要且具關鍵性的
人物。

　　應璩此詩第一句「郡國貪慕將」，「貪慕」一辭已有明顯
之貶意。我國兵法家對於將領的要求，品德皆為條件之一，而
「貪慕」一詞，顯然有違將德之標準。身為一位將領重要德行
之一，便是愛國，但如果將領貪慕名利，很可能會怠忽保國衛
民的職責，成為喪失氣節，為一己之私利，不顧國家民族之利

益，出賣自己的國家與軍隊。所以孫武有言：「進不求名，退不避罪，唯民是保，而利於主，國之寶也。」（《孫子兵法・地形》）將帥若是「貪慕」，往往造成爭功驕矜，而好大喜功，爭名奪利，也往往會破壞全軍大計。如《左傳・定公四年》記載吳國舉兵犯楚，當時楚國左司馬戌與子常，本已協商好防禦之退兵計畫，但終因子常為搶功而破壞計畫，導致兵敗垂成。以上種種皆可見，應據用「貪慕」一詞形容此將的貶損之意。

接下來一句「馳騁習弓戟」，此句形容此將的戰爭技術高超。「馳騁」是一樣很重要的戰技，這是因為騎兵是一種能兼有步兵之靈活優點，與戰車之衝擊力與殺傷力優點的兵種。我國一直到西元前三百零七年趙武靈王「胡服騎射」，這項著名的軍事改革後，才開始建立能有效防禦遊牧民族的騎兵部隊。趙武靈王（西元前三二五年至前二九九年）是趙國第六個國王，是著名的政治家和軍事家。當時趙國雖然有時可以戰勝一些小國，但也經常受到強國的欺凌，經常被齊國、秦國打敗，還被秦國占去好幾座城池。趙武靈王觀察到與趙國相鄰的北方和東方的胡族，作戰時身穿短衣，騎在馬上，流動性大、舉動靈巧、戰鬥力也強。於是趙武靈王決定向胡人學習，這也就是歷史上有名的軍事改革——趙武靈王的「胡服騎射」（武靈王十九年，西元前三〇七年），由於此一改革使趙國躍居為軍事強國[36]。當時許多對於此政策反對的聲音，如肥義：「疑事無功，疑行無名」，這是因為中國向來以中原文明為傲，孔子也曾說過：「微管仲，吾其被髮左衽矣！」表示人們對於放棄傳統服飾和習俗，而向蠻夷地區效法的鄙視。然而趙武靈王在眾人的反對中，仍舊推展了此一改革，並親自訓練出一支強大的騎兵隊伍，這種行動迅速的騎兵，成為後來國家的一個重要軍

種，尤其適用於北方草原地帶，歷史上我國對北方少數民族的戰爭，主要就是依靠騎兵，如秦漢時代對抗匈奴的戰爭。

有些書甚至因此認為騎兵是趙武靈王創造的新兵種，是中原騎兵之始[37]，這種說法現在雖然已經受到考訂而推翻[38]，中原從商代就已經有騎兵，只是為數甚少；《韓非子·十過》有「車騎先至晉陽」一語，表示趙襄子已用騎兵配合車兵作戰。但這件事說明了趙襄子到武靈王百餘年間，趙國的騎兵有很大的發展。而其他各國也先後建立騎兵部隊，戰國後期，齊趙楚已有「騎萬匹」，燕有「騎六千匹」，魏也有「騎五千匹」。

但我國真正開始擁有強大的騎兵兵團，卻要等到漢武帝才得以成立。就連秦始皇也只能用修築萬里長城的方式對抗匈奴，西漢則採用「和親」策略加以攏絡。這一方面是國情尚無法接受其衣著與技術，另一方面也是由於國力不足以負擔豢養馬匹之大量開銷，且養馬技術亦正待加強。可見一名將領要能學會「馳騁」此一戰技之難度，不僅要國力足以負擔馬匹開銷，也要心理上與技術上得以配合。中國令歐洲軍事史編撰者驚嘆不已的成吉思汗，即是採用騎兵與其特殊的「旋風戰法」，建立起橫跨歐亞的龐大帝國。可見倘若將領能善於運用騎兵，將可獲得巨大的收益。

「習弓戟」則是另一項戰爭技術。兵法家吳起在練兵之時，要求按照士兵身材配置武器：身材矮小的讓他們使用矛和戟，高大的使用弓與弩，強壯的擎旗，勇敢的操金鼓，較弱的處理後勤雜務。身為將領的自然應該熟習各種武器的施用方式、器材特性與適合範圍。當然「馳騁習弓戟」一句，也不能狹隘地指稱此將領只會使用「騎兵」與「弓戟」，這兩者只是一種概括的詞彙，以部分的戰技來借代所有的戰技，包括：陸

軍、水軍、步兵、戰車……等等，以及各種戰鬥隊形的變化、各種號令的運用、各項規章的賞罰……等等，其實都是一位將領所需具備與了解的。若再反過頭來說，一位將領的戰技越好，所受訓練越精實，而其真如第一句所言「貪慕」，豈不是越危險，越是養虎為患。

最後一聯「雖妙未更事，難用應卒迫」，點出此將雖然精熟於戰技，但對於戰爭尚未有所經驗，恐怕難以應對倉卒間的戰事。將領對於我方的士卒、設備，敵方的士卒、設備，戰場地形的特質，各國不同之民情風俗，敵方將帥的心理特質及其用兵習慣……等等，都需要經驗的累積與組合，倘若經驗不足，容易造成心慌意亂，不能自制，反之則較能處變不驚。所以蘇洵認為將領要「泰山崩於前而色不變，麋鹿興於左而目不瞬，然後可以制利害，可以待敵。」（〈心術〉）也才能做到如蘇軾所說的：「卒然臨之而不驚，無故加之而不怒。」（〈留侯論〉）經驗對於利用現有的資訊，推論出未來可能的發展方向之「預見力」，也很有影響，而這種預見的能力，對於整個戰局的發展亦影響深遠。不過，若光從軍事學角度而言，古代兵法家對於將領的「經驗」並未著墨太多，只有偶爾提到，對於前面所提到的「將德」與「將才」，則有豐富的論述，況且從實際例證而言，司馬穰苴、韓信都是資歷尚淺之時，便做了統率全軍的將帥，卻連戰連勝，立下赫赫戰功。將才的條件包括：愛民、愛國、度量廣大、容納諫言、不爭功諉過、勇敢、沈靜、信心與意志力、知識淵博、記憶力、觀察力、判斷力、想像力、預見力、決斷力……等等 [39]，經驗只是參考的有利條件，有時資訊的整合與變通，或是出奇制勝的決策，更能影響戰局。

　　《文心雕龍‧明詩》言：「應璩〈百一〉，獨立不懼，辭譎義貞。」〈才略〉又稱「休璉風情，則〈百一〉標其志。」應璩在寫給劉楨的書信中，曾經直斥庸才得踞高位，而此詩也可看出評人之毅然獨立，文辭曲折而涵義正直，頗能標舉出應璩之清志，有建安風骨之留存。胡適《白話文學史》認為應璩的〈百一詩〉：「都是通俗格言的體裁，不能算作詩。」似乎有些出入。

　　從以上歸納的結果可知，此類主戰類記敘戰爭前的內容，主要在描繪戰爭前一觸即發之緊張情勢，如曹丕〈至廣陵於馬上作詩〉寫黃初六年八月東征，十月，行幸廣陵，在長江邊舉行閱兵，向東吳孫權展現武力，詩中記載了當時閱兵之雄壯與充滿自信的豪情，藉此威嚇敵軍；或如曹植〈孟冬篇〉（魏詩卷六）、曹叡〈善哉行〉：「我徂我征，伐彼蠻虜，練師簡卒，爰正其旅」、應璩〈詩〉第五首（魏詩卷八）：「郡國貪慕將，馳騁習弓戟，雖妙未更事，難用應卒迫。」、王粲〈俞兒新福歌〉（魏詩卷十一）：「材官選士，劍弩錯陳，應樺蹈節。俯仰若神，綏我武烈，篤我淳仁，自東自西，莫不來賓。」都是描寫備戰的情況。

　　三國時代戰爭詩主戰類中，描述戰爭中之作品，內容多半記錄己方軍隊勝利或預期勝利的戰爭過程。除上面所述之王粲〈從軍詩〉第五首之二、曹叡〈善哉行〉外，另如韋昭〈伐烏林〉：「曹操北伐拔柳城，乘勝席捲遂南征。劉氏不睦，八郡震驚。眾既降，操屠荊。舟車十萬揚風聲。」繆襲〈獲呂布〉：「獲呂布，戮陳宮。芟夷鯨鯢，驅騁群雄，囊括天下運掌中。」曹叡〈善哉行〉四解：「赫赫大魏，王師徂征。冒暑討亂，振耀威靈。」等等皆是。

主戰類記敘戰爭後期之戰爭詩，內容則多為敘述戰後所得之豐富成果，以及闡明施政之理想與未來之願景，除如以上所述之繆襲的〈平南荊〉與王粲之〈安台新福歌〉外，另如：韋昭〈章洪德〉：「章洪德，邁威神。……扶南臣。珍貨充庭。所見日新。」韋昭〈攄武師〉：「……攘夷凶族。革平西夏。炎炎大烈震天下。」繆襲〈楚之平〉：「楚之平。義兵征。……天下平。濟九州。九州寧。創武功。武功成。越五帝。邈三王。興禮樂。定紀綱。普日月。齊輝光。」等等皆是如此。

　　主戰類記敘想像中的戰爭之戰爭詩，內容多寫過去之戰役，以其作為現在之借鏡，或歌頌，或諷諭，除如前述之曹植〈丹霞蔽日行〉、王粲〈矛俞新福歌〉外，另如曹植〈責躬詩〉：「……伊予小子，恃寵驕盈，舉掛時網，動亂國經，作藩作屏，先軌是墮，傲我皇使，犯我朝儀，國有典刑，我削我紬……」王粲〈太廟頌歌〉三章：「思皇烈祖。時邁其德。肇啟洪源。貽燕我則。……綏庶邦。和四宇。九功備。彝樂序。建崇牙。……念武功，收純怙。於穆清廟。翼翼休徵。……」等等皆是。這些詩作的筆法，有時是具體的描述，有時則是概括的敘事。

　　另外，主戰類有些以描述戰爭英雄為主軸，筆法或是鋪敘，以具體而詳細的文字刻劃戰爭英雄之形象，有些則是用簡明扼要的文字勾畫出人物面貌，除如以上曹植〈白馬篇〉、〈襄陽民為胡烈歌〉、〈軍中為夏侯淵語〉外，另如左延年〈從軍行〉：「……一驅乘雙駁，鞍馬照人目，龍驤自動作。」應璩〈詩〉中的第三首：「放戈釋甲冑，成軒入紫微，從容侍帷幄，光輔日月輝。」韋昭〈秋風〉：「秋風揚沙塵。寒露沾衣裳。角弓持弦急。鳩鳥化為鷹。邊垂飛羽檄。寇賊侵界疆。跨

馬披介胄。慷慨懷悲傷。辭親向長路,安知存與亡。窮達固有
分。志士思立功。思立功。邀之戰場。身逸獲高賞。身沒有遺
封。」或是寫單獨而史上有名之英雄,寫徐榮的如:繆襲〈戰
滎陽〉(魏詩卷十一)、寫呂布陳宮的:繆襲〈獲呂布〉(魏詩
卷十一)、寫黃祖的:韋昭〈攄武師〉(魏詩卷十二)、寫關羽
的:韋昭〈關背德〉(魏詩卷十二)皆是如此。

　　值得一提的是,有些則是描寫當時三國君主的篇章,記敘
曹操的如:繆襲〈楚之平〉(魏詩卷十一)、繆襲〈獲呂布〉
(魏詩卷十一)、繆襲〈平南荊〉(魏詩卷十一);描寫孫權的
如:曹植〈雜詩〉七首中第五首(魏詩卷七)、韋昭〈攄武師〉
(魏詩卷十二)、韋昭〈克皖城〉(魏詩卷十二)、韋昭〈通荊門〉
(魏詩卷十二)、韋昭〈章洪德〉(魏詩卷十二)、韋昭〈關背德〉
(魏詩卷十二);描寫曹操與孫權的如:韋昭〈伐烏林〉(魏詩
卷十二);劉備則付之闕如。但這些詩作大多以歌功頌德為主
要內容,或以記敘史事為主,形容制式化。

　　有些以歌頌我方軍隊與將領為主,描繪整體之軍隊,抒發
詩人對戰士與將領的感念之情,流露對他們的敬佩之意與對戰
爭勝利的讚揚。除如以上所舉之例,王粲〈從軍詩〉、曹叡
〈苦寒行〉、韋昭〈關背德〉外,另如:繆襲〈楚之平〉:「楚
之平。義兵征。神武奮。金鼓鳴。邁武德。揚洪名。……」曹
丕〈至廣陵於馬上作詩〉:「……猛將懷暴怒,膽氣正縱橫,
誰云江水廣,一葦可以航,不戰屈敵虜,戢兵稱賢良,……量
宜運權略,六軍咸悅康,豈如東山詩,悠悠多憂傷。」曹叡
〈權歌行〉:「……文德以時振,武功伐不隨。重華舞干戚。
有苗服從嬀。蠢爾吳中虜。憑江棲山阻。哀哉王士民。瞻仰靡
依怙。皇上悼湣斯。……」皆是如此。

　　主戰類有些作品內容是在抒發個人的志向，有的如曹丕，因身為君王，所以內容抒發自己對時政的感慨，希望藉戰爭一統天下，以安撫百姓，有的如王粲或阮籍，身為臣子或平民，則表達希望投效戰場的抱負。另如：王粲〈從軍詩〉：「被羽在先登，甘心除國疾。」曹植〈雜詩〉第六首：「……烈士多悲心，小人偷自閑。國讎亮不塞，甘心思喪元。拊劍西南望，思欲赴太山。絃急悲聲發，聆我慷慨言。」應璩〈詩〉第四首：「丈夫要雄戟，更來宿紫庭，今者宅四海，誰復有不并。」皆以參與戰事來表達了詩人的志向。

　　整體說來，三國時代戰爭詩主戰類，藉過去戰爭議論者，除如前面所言多半是藉著詠史而寄託現實意義，從歷史紀錄中得出教訓，或作為立論之根據。有些藉著議論與歌誦過去之戰，表明自己之志，遂行其所欲之目的，如曹操〈短歌行〉（魏詩卷一）用議論周文王、齊桓公、晉文公之事，說明自己不欲廢漢自立，而達到取得政治與戰爭的主控權；曹植〈丹霞蔽日行〉：「紂為昏亂，……牧野致功，天亦革命，漢祚之興，階秦之衰，……」以周代商之牧野之戰、漢代秦之戰，議論正義之戰必為上天應允的道理。

　　有些則以議論與歌頌祖先之功德，建立己方政權之正統性，如曹植〈責躬〉（魏詩卷七）：「於穆顯考，時惟武皇，受命於天，寧濟四方，朱旗所拂……傲我皇使，犯我朝儀，國有典刑，我削我絀……」論述曹操之戰功，且說明為得到天命之戰，其他人反抗之無理；有些則以過去之戰爭佐證今日之時政，議論養兵與備戰對於安邦定國之重要性，如王粲〈俞兒新福歌〉（魏詩卷十一）：「漢初建國家。匡九州。……五刃三革休。安不忘備武樂脩。……永樂無憂。子孫受百福。……」

以漢初之戰功，議論即使安樂也不忘戰，才能常治久安；阮籍
〈詠懷詩〉中的第三十一首（魏詩卷十）以戰國時魏安釐王因
不知養兵而招致敗亡的故事議論時政。

　　以上各種類型之內容，都可看出詩作中以過去戰爭之史
事，不論是過去賢良國君之戰，或各朝開國之戰，乃致於己方
祖先之戰役，都是為了配合說明或議論詩人當時的心志或政治
情況。

　　綜觀三國時代主戰類戰爭詩中純粹論述戰爭之道的詩作內
容，偏向純粹說理的性質，缺乏詩歌慣有的柔和浪漫情調，所
謂「溫柔敦厚，詩教也」，在此類是少見的，反而充滿了濃厚
的兵法家色彩，彷彿是軍事學與兵法之簡短宣言，與對戰爭人
物與事件犀利的評論，筆者認為這或許是此類詩作，流傳下來
數量較少的原因之一。這些內容一方面與作者之生平與職務有
關，也與當時時政與發生之社會事件有關，另一方面也顯示出
詩人企圖透過詩歌這種美化的文辭形式，喚醒人們對於當時常
常發生的戰爭，提起更多學理性與議論性的兵法討論，以其激
發人們的愛國心，以及對戰爭技術上與理論上的改革，並促使
政府對於將領的抉擇更加慎重。誠如吳順令所言：

　　　　就因為亙古以來，大家都習慣戴上泛道德的眼鏡，所以
　　　「謀略」思想就像棄嬰一樣，乏人照料。但是外國人卻
　　　伸出了友誼的手，把「謀略思想」撫養長大，讓他成為
　　　一個全才，不但擅長軍事，而且也能在運動、商場、談
　　　判上大放異彩。而我們卻還拄著跛腳的傳統拐杖，阿Q
　　　的指著外國人的鼻頭說：現實、功利。40

　　他語重心長地道出中國人與外國人，對於「謀略思想」看法與態度上的分歧，期望中國人對此加以重視，進而如外國人一般，把謀略思想運用在運動、商場與談判上，時至今日，中國優秀的兵法思想與軍事學，仍然未在中國境內得到應有的地位與重視，反倒是在國外的軍事史與軍事理論上，獲得尊重，所以坊間到處可見到，翻譯外國作者所寫的如何運用《孫子兵法》在人際關係之類的書籍，而我國目前之軍事理論，如三軍大學、政治作戰學校也仍以教授國外之軍事理論為主，這是我國的損失，也是令人惋惜之處。而此類詩作的作者之居心，或許也正是出於此意。以上種種跡象顯示，主戰類作品的內容多與作者對政治上的企圖與期望有關。

【附表二】　三國時代戰爭詩一覽表

題名	卷數	作者及身分	時代	國別	幾言	體裁	直接或間接	態度	手法	描述內容
薤露	魏詩卷一	曹操	魏	魏	五言	藉樂府古題寫時事	直接	非戰	敘事	外戚大將軍何進欲殺害宦官張讓、段珪，結果反被殺，後導致董卓進兵洛陽，自封相國。
蒿里行	魏詩卷一	曹操	魏	魏	五言	藉樂府古題寫時事	直接	非戰	敘事	州郡軍閥集結欲征討董卓，後互相爭奪，袁術、袁紹先後稱帝，韓馥則欲立劉虞。
短歌行	魏詩卷一	曹操	魏	魏	主四言雜五六言	藉樂府古題寫時事	直接	主戰	敘事兼議論	周文王之征伐為有德之戰。
苦寒行	魏詩卷一	曹操	魏	魏	五言	樂府，此為今所見最早此題之作	直接	不明顯	敘事兼抒情	曹操由鄴縣率兵征討囤兵壺關口之袁紹的外甥高幹。
步出夏門行	魏詩卷一	曹操	魏	魏	主四言雜五六言	藉樂府古題寫時事	直接	不明顯	敘事兼抒情	曹操北征烏桓，勝利班師回朝，路途上所見所感。
卻東西門行	魏詩卷一	曹操	魏	魏	五言	樂府	直接	不明顯	敘事兼抒情	因戰爭出塞北，記敘所見之景，抒發對故鄉之思念，雖思念，但以反詰語氣，氣勢豪邁。
贈士孫文始	魏詩卷二	王粲	魏	魏	四言		直接	不明顯	敘事兼抒情	描述戰爭後，家國之情況，並抒發思念滄津亭侯士孫萌之情。
為潘文則作思親詩	魏詩卷二	王粲	魏	魏	四言		直接	不明顯	主為抒情	代潘文則敘述在戰爭中所見所聞，並抒發思親之情。
從軍詩第一首	魏詩卷二	王粲	魏	魏	五言	樂府	直接	主戰	記敘兼抒情	說明我軍定將快速成功，且敘述勝利之好處與自己從軍之志向。

題名	卷數	作者及身分	時代	國別	幾言	體裁	直接或間接	態度	手法	描述內容
從軍詩第二首	魏詩卷二	王粲	魏	魏	五言	樂府	直接	主戰	記敘兼抒情	記敘征張魯途中所見及所感，說明戰爭才能帶來安居樂業，並再次強調自己盡忠之熱誠。
從軍詩第三首	魏詩卷二	王粲	魏	魏	五言	樂府	直接	不明顯	主為抒情	由途中之景，觸發心中憂傷之情，但於結尾說明不可念私情，而戰鬥衛國是男子之責任。
從軍詩第四首	魏詩卷二	王粲	魏	魏	五言	樂府	直接	主戰	記敘兼抒情	寫我軍軍隊壯盛之容，並描述自己急於建功立業之豪邁情懷。
從軍詩第五首	魏詩卷二	王粲	魏	魏	五言	樂府	直接	不明顯	記敘兼抒情	前半寫征吳途中所見山河破碎荒涼景象，後半表現對曹操的讚美與繁華樂土的景象。
從軍詩	魏詩卷二	王粲	魏	魏	五言		直接	主戰	記敘兼抒情	表達願意從軍戰鬥之志。
從軍詩	魏詩卷二	王粲	魏	魏	五言		直接	不明顯	記敘	記敘戰爭時船艦與戰鬥之景。
七哀詩中的第一首	魏詩卷二	王粲	魏	魏	五言	樂府	間接	非戰	記敘	寫作者離開長安時，所見因董卓部隊大肆燒殺劫掠而造成悲慘的離亂景象，以及自己的哀痛心情。
七哀詩中的第二首	魏詩卷二	王粲	魏	魏	五言	樂府	間接	不明顯	抒情	描述自己因戰爭流離在外，以及不得劉表重用，導致情緒的憂愁與翻騰。
七哀詩中的第三首	魏詩卷二	王粲	魏	魏	五言	樂府	間接	非戰	抒情	抒發內心之悲傷，描述戰爭造成之家庭離散、百姓被俘虜的痛苦。
飲馬長城窟行	魏詩卷三	陳琳	魏	魏	五、七言	樂府	間接	非戰	記敘兼抒情	透過築城役卒與官吏的問答，以及役卒與其妻妾的互相叮嚀，揭示出為抵禦匈奴而築城的苦役，給人民帶來的災難。

題名	卷數	作者及身分	時代	國別	幾言	體裁	直接或間接	態度	手法	描述內容
贈五官中郎將詩四首中的第一首	魏詩卷三	劉楨	魏	魏	五言		直接	不明顯	記敘兼抒情	追憶建安十四年，曹操南征劉表之後，由合肥還譙，慶功時夜宴眾賓，歡樂酣醉的情形。
贈五官中郎將詩四首中的第三首	魏詩卷三	劉楨	魏	魏	五言		間接	不明顯	抒情	在家中懷念遠征在外的對方。
贈五官中郎將詩四首第四首	魏詩卷三	劉楨	魏	魏	五言		直接	不明顯	記敘	描述與想像對方在戰場上英姿勃發的情況。
詩	魏詩卷三	劉楨	魏	魏	五言		直接	不明顯	記敘	記敘戰爭時軍隊行軍與攻擊之情形。
怨詩	魏詩卷三	阮瑀	魏	魏	五言	樂府作怨詩	間接	非戰	記敘	記敘人民因戰爭而受到顛沛流離之苦。
侍五官中郎將建章台集詩	魏詩卷三	應瑒	魏	魏	五言		間接	非戰	記敘兼抒情	描述因漢末戰爭，人民為避禍而逃往南方之情況，並抒發對戰禍之憂懼恐慌，後半則希冀得到曹操之恩遇。
遠戍勸戒詩	魏詩卷三	繁欽	魏	魏	四言		直接	主戰	議論	議論戰爭中應有之同心同德態度，以及戰爭的規矩。
陌上桑	魏詩卷四	曹丕	魏	魏	三四五六七言	樂府	直接	非戰	記敘兼抒情	描寫征夫離開家鄉，跟隨軍隊出征與行軍之經過，抒發心中哀傷與惆悵之情。
飲馬長城窟行	魏詩卷四	曹丕	魏	魏	五言	樂府	直接	不明顯	記敘	描寫戰爭時船艦眾多、鑼鼓喧天、武器精良、士兵整齊之壯闊場景。

題名	卷數	作者及身分	時代	國別	幾言	體裁	直接或間接	態度	手法	描述內容
董逃行	魏詩卷四	曹丕	魏	魏	六言	樂府	直接	不明顯	記敘	描寫戰爭時路途遙遠、士兵吵雜、旌旗蔽日之景。
黎陽作詩三首中的第一首	魏詩卷四	曹丕	魏	魏	四言		直接	主戰	記敘兼抒情	由鄴城出征，途經黎陽而作，此首先記敘出征之情況，而後說明此戰之目的是為了「救民塗炭」，且以周公自比，強調靖亂的決心。
黎陽作詩三首中的第二首	魏詩卷四	曹丕	魏	魏	四言		直接	不明顯	記敘	此首記敘行軍途中遇到大雨之艱難情況。
黎陽作詩三首中的第三首	魏詩卷四	曹丕	魏	魏	五言		直接	不明顯	記敘兼抒情	形容騎兵大軍萬馬奔騰、雄壯威武之氣勢，兵器、軍旗、金鼓聲的壯盛軍威，及表達抵達黎陽之輕鬆愉悅，並讚美祖先。
至廣陵於馬上作詩	魏詩卷四	曹丕	魏	魏	五言		直接	主戰	記敘兼抒情	黃初六年八月，曹丕東征，十月，行幸廣陵，在長江邊舉行閱兵，向東吳孫權展現武力，詩中記載了當時閱兵之雄壯與充滿自信的豪情。
雜詩二首中的第一首	魏詩卷四	曹丕	魏	魏	五言		直接	非戰	記敘兼抒情	描寫由於征戍頻繁，遊子被迫離鄉背井，所以思念故鄉之苦悶情緒。
雜詩二首中的第二首	魏詩卷四	曹丕	魏	魏	五言		直接	非戰	記敘兼抒情	和第一首一樣是描寫由於征戍頻繁，遊子被迫離鄉背井，所以思念故鄉之苦悶情緒。在此首中點出詩作背景是伐吳不克，久峙欲歸。

題名	卷數	作者及身分	時代	國別	幾言	體裁	直接或間接	態度	手法	描述內容
黎陽作詩	魏詩卷四	曹丕	魏	魏	六言		直接	非戰	記敘兼抒情	記敘戰爭中出征，描寫征途所見，看到故宅頹傾，心中悲涼傷感。可與前面黎陽作詩三首互相對照。
令詩	魏詩卷四	曹丕	魏	魏	六言		間接	主戰	記敘兼抒情	說明由於當時戰爭頻繁，生民塗炭，遍地白骨，自己想要整理當時政治情況之志向。
從軍行	魏詩卷五	左延年	魏	魏	五言	樂府	直接	非戰	記敘	記敘男子出征戰鬥，而妻子皆懷有身孕的痛苦情形。
從軍行	魏詩卷五	左延年	魏	魏	五言	樂府	直接	主戰	記敘	記敘男子從軍出征英姿煥發、神氣光鮮的模樣。
祝蚘歌	魏詩卷五	焦先	魏	魏	四言		直接	非戰	記敘兼議論	以象徵諷刺魏伐吳，結果魏軍戰敗之事。
善哉行	魏詩卷五	曹叡	魏	魏	四言	樂府	直接	主戰	記敘	描寫軍隊出征時，船隻布滿江面、軍隊如熊似虎、砲聲如雷、吐氣如雨、百馬齊響之情景，並記錄勝利之光輝榮耀。
善哉行四解	魏詩卷五	曹叡	魏	魏	四言	樂府	直接	主戰	記敘	記敘偉大的魏軍出征，振耀威靈，一路浩浩蕩蕩的情況。
苦寒行	魏詩卷五	曹叡	魏	魏	五言	樂府	直接	主戰	抒情	從洛陽出發，向東征行之事，抒發自己之感觸，並期望繼承先祖之榮耀，獲得戰役之勝利。
櫂歌行	魏詩卷五	曹叡	魏	魏	五言	樂府	直接	主戰	記敘兼抒情	記述軍隊由許昌宮出發，舟船乘波、櫂歌悲涼、旗幟飄揚、旄鉞對抗之景，並說明自己之出征，是為了振興文德、討伐不隨、伐罪以弔民。
堂上行	魏詩卷五	曹叡	魏	魏	五言		直接	不明顯	記敘	記敘戰爭時，士兵勇毅、勒馬中原、干戈若林的情況。

題名	卷數	作者及身分	時代	國別	幾言	體裁	直接或間接	態度	手法	描述內容
清調歌	魏詩卷五	曹叡	魏	魏	五言		直接	不明顯	記敘	記敘戰爭中船行若飛，旌旗蔽日之壯盛場景。
丹霞蔽日行	魏詩卷六	曹植	魏	魏	四言	樂府	直接	主戰	記敘兼議論	記敘紂王昏亂，凌虐忠正之士，周人起而代之，而漢代興起也是因秦代無道，這兩場戰爭，皆為上天應允的光輝戰爭。
門有萬里客	魏詩卷六	曹植	魏	魏	五言	樂府	間接	非戰	記敘兼抒情	記敘戰爭中人民流離失所、悲泣嘆息的情況，並藉此襯托曹植自身封地常常變更，飄落流蕩之痛苦。
孟冬篇	魏詩卷六	曹植	魏	魏	四言	樂府	間接	主戰	記敘	記敘孟冬十月之時，武官以打獵訓練士兵準備戰爭的情況，並說明今日之努力，定能在未來獲得功效。
白馬篇	魏詩卷六	曹植	魏	魏	五言	樂府	直接	主戰	記敘	詩中塑造了武藝高強的愛國者形象，歌頌其犧牲小我、視死如歸的高尚情操，以寄託詩人自己為國建功立業之雄心壯志。
責躬	魏詩卷七	曹植	魏	魏	四言		直接	主戰	記敘兼議論	以歌頌國家及先祖之政治功業為主。其中提到亂事興起，而後發動戰爭以維持國之安定。
矯志詩	魏詩卷七	曹植	魏	魏	四言		間接	主戰	記敘兼議論	主要為議論政治上用人之道，應舉用賢良合適其位之人。其中提到國君鼓勵戰鬥，勇士遂敢於死戰的情況。
贈丁儀王粲詩	魏詩卷七	曹植	魏	魏	五言		直接	不明顯	記敘兼抒情	寫曹操西征馬超，曹植、王粲、阮瑀、徐幹等隨行，後平定關中，隨即引軍自長安北征楊秋。繼而歌頌曹操功勞，並寫丁儀、王粲之處境，勸勉他們態度要執中道。

題名	卷數	作者及身分	時代	國別	幾言	體裁	直接或間接	態度	手法	描述內容
送應氏詩二首中的第一首	魏詩卷七	曹植	魏	魏	五言		直接	非戰	記敘兼抒情	寫設宴送別應場，聯想起二十多年前，董卓挾持天子遷都、火焚洛陽，迫使人民大遷徙，以及後來連年戰禍的情形，並且表達自己的憤懣與對人民之深切同情。
雜詩七首中的第二首	魏詩卷七	曹植	魏	魏	五言		直接	非戰	記敘兼抒情	描繪一名為國獻身，在遠方征戰的士兵，卻因此衣不蔽體、食不充飢、浪跡天涯的貧苦漂泊。
雜詩七首中的第三首	魏詩卷七	曹植	魏	魏	五言		間接	不明顯	記敘兼抒情	寫西北方有一名善織女子，因為丈夫出外征戰，久戍不歸，過了約定的日期，而悲苦嘆息，無法專心於織布的工作上。
雜詩七首中的第五首	魏詩卷七	曹植	魏	魏	五言		間接	主戰	抒情	抒發詩人自身希望領兵南征孫權，實現自己為國建功，甘心為國赴難之豪情壯志，與未能實現此志願之苦悶心情。
雜詩七首中的第六首	魏詩卷七	曹植	魏	魏	五言		間接	主戰	記敘兼抒情	記敘登樓遠眺所見，並抒發對當時佞臣，如：司馬氏之擁兵自重、作戰不力，與對國事之憂心，同樣與第五首般，說明自己甘心為國赴難之情懷與壯志不遂之哀傷。
離友詩三首中的第一首	魏詩卷七	曹植	魏	魏	七言		直接	不明顯	記敘兼抒情	建安十七年冬，曹操東征孫權，曹丕、曹植隨軍，第二年春天回師北歸，途經譙縣，曹植與夏侯威結為好友。此詩寫夏侯威陪送曹植返鄴，一路滿足與歡暢的情景。

題名	卷數	作者及身分	時代	國別	幾言	體裁	直接或間接	態度	手法	描述內容
離友詩三首中的第二首	魏詩卷七	曹植	魏	魏	七言		直接	不明顯	記敘兼抒情	寫自己與夏侯威離別時眷戀、悲戚，且感到相會無期的愁苦。
詩	魏詩卷七	曹植	魏	魏	五言		直接	不明顯	記敘	記敘自己跟隨父親出外征戰時，櫛風沐雨、劍不離手、鎧甲為裳的情況。
四言詩	魏詩卷八	高貴鄉公曹髦	魏	魏	四言		直接	不明顯	記敘	記敘東伐時，舟萬艘、兵千營的情況。
詩	魏詩卷八	高貴鄉公曹髦	魏	魏	五言		直接	不明顯	記敘	記敘戰爭時，兵器眾多、武騎整齊如雁行的情況。
百一詩第十八首	魏詩卷八	應璩	魏	魏	五言		直接	不明顯	記敘	記敘戰爭時，軍隊鎮日行軍，不得休息的狀況。
詩中的第三首	魏詩卷八	應璩	魏	魏	五言		直接	主戰	記敘	記敘戰爭後武將入京，脫下甲冑、放下兵戈，仍然神采奕奕、光如日月的模樣。
詩中的第四首	魏詩卷八	應璩	魏	魏	五言		間接	主戰	記敘兼抒情	大丈夫應該要擔負起保家衛國的責任，雄壯地戰鬥、四海為家。
詩中的第五首	魏詩卷八	應璩	魏	魏	五言		間接	主戰	記敘兼議論	認為平日應時時備戰，以防倉卒之需。
之遼東詩	魏詩卷八	幽州刺史毋丘儉	魏	魏	五言		直接	不明顯	記敘兼抒情	詩人於討公孫淵定遼東時，抒發自己對重責大任的憂心。（後因此進封安邑侯）

題名	卷數	作者及身分	時代	國別	幾言	體裁	直接或間接	態度	手法	描述內容
在幽州詩	魏詩卷八	幽州刺史毌丘儉	魏	魏	五言		直接	不明顯	記敘兼抒情	記敘戰爭中所見到胡地之景，並抒發情感。
代秋胡歌詩中的第三首	魏詩卷九	中散大夫嵇康	魏	魏	四、五言		間接	非戰	議論	主要論述人的修養，如勞謙寡悔、忠信久安、天道惡盈，並提出非戰之見解，認為好勝者殘、強梁致災、多事招患。
詠懷詩中的第三十一首	魏詩卷十	阮籍	魏	魏	五言		直接	主戰	議論兼抒情	從拜訪戰國時魏國名勝吹台的遺址興懷，批評魏安釐王因求享樂，不知養兵。四年，秦將白起破魏軍於華陽，只好割南陽求和，藉此歷史教訓，警告魏明帝之腐政。
詠懷詩中的第三十八首	魏詩卷十	阮籍	魏	魏	五言		直接	主戰	記敘兼抒情	抒發欲建立功名、匡濟天下的雄心，認為只有在戰場上成就事蹟，才能擺脫人生的榮枯，唯有忠義與氣節，才能名留千古，從根本上超越生命的短暫。
詠懷詩中的第三十九首	魏詩卷十	阮籍	魏	魏	五言		直接	主戰	抒情	說明願意「臨難不顧生」，「效命爭戰場」，表現其英武的壯士風采與慷慨捐軀的烈士精神，而且認為「忠為百世榮」、「義使令名彰」。
詠懷詩第四十二首	魏詩卷十	阮籍	魏	魏	五言		間接	不明顯	抒情	討論王業需要有良士輔助、戰場等待著英雄，但若為了保身善終，則應該隱遯山林，不慕榮利之間的差別。

題名	卷數	作者及身分	時代	國別	幾言	體裁	直接或間接	態度	手法	描述內容
詠懷詩第六十一首	魏詩卷十	阮籍	魏	魏	五言		直接	非戰	記敘兼抒情	描寫少年時英姿煥發、武藝高超，之後在戰場上聽聞金鼓鳴，卻感到悲哀悔恨。
詠懷詩第六十三首	魏詩卷十	阮籍	魏	魏	五言		直接	非戰	抒情	抒發自己在戰場上希望太平，以得到閒暇遊樂之心情。
采薪者歌	魏詩卷十	阮籍	魏	魏	五言		間接	非戰	議論兼抒情	談論人生道理，認為往來如風，富貴在俯仰之間，並提到張良起於戰爭中，成為威震八方之英雄，但也有如邵平一般，從東陵侯一夕之間降為平民者，禍福無常。
襄陽民為胡烈歌	魏詩卷十一		魏	魏	四言	雜歌謠辭	間接	主戰	記敘	百姓歌頌襄陽太守胡烈之德政，以及戰爭有功，威震遐域。
軍中為夏侯淵語	魏詩卷十一		魏	魏	四、七言	雜歌謠辭	直接	主戰	記敘	歌詠將領夏侯淵能行動迅速、出敵不意，具有戰功。
太廟頌歌三章	魏詩卷十一	王粲	魏	魏	三、四言	郊廟歌辭	間接	主戰	記敘兼抒情	建安十年，曹操為魏公，加九錫，立宗廟，命王粲作此頌，此頌歌詠祖先之德行、想念其戰功，並描述建廟與祭祀之過程。（第一、三章全用四言，第二章全用三言）
矛俞新福歌	魏詩卷十一	王粲	魏	魏	三四五七言	郊廟歌辭	直接	主戰	記敘兼抒情	描述漢初之戰功，包括建國，統一天下、收服蠻荊，而後休兵革，但即使安樂也不忘備戰，才能長保無憂。（此首與接下來三首，合稱渝兒舞歌四首）

題名	卷數	作者及身分	時代	國別	幾言	體裁	直接或間接	態度	手法	描述內容
弩俞新福歌	魏詩卷十一	王粲	魏	魏	四言	郊廟歌辭	直接	主戰	記敘	記敘魏國武士外修武藝，勤練劍弩，內修節操，行為淳仁，有如神明，而開疆闢土，使各方臣服。
安台新福歌	魏詩卷十一	王粲	魏	魏	三四五言	郊廟歌辭	直接	主戰	記敘	寫戰爭之後，使國家安定、大宴賓客與軍隊、安撫人民、講求文治的情形。
行辭新福歌	魏詩卷十一	王粲	魏	魏	四五七言	郊廟歌辭	直接	主戰	記敘	歌頌君王用兵神武，軍隊精良，立功宏大，遠征四國，極至海邊，將可永垂不朽，常保安泰。
楚之平	魏詩卷十一	繆襲	魏	魏	三言	魏鼓吹曲辭。樂府。	直接	主戰	記敘	描寫魏初平定各方的戰役，認為其為義兵，神武奮勇，當時漢室衰微，群雄並爭，而魏武皇帝平定天下，使國家安定，武功超越三王五帝，興禮樂，定綱紀。
戰滎陽	魏詩卷十一	繆襲	魏	魏	三六七言	魏鼓吹曲辭。樂府。	直接	不明顯	記敘	描寫戰於滎陽西南之汴水之時，兩軍馳騁，後被徐榮所敗，馬傷軍驚，幾乎全軍傾頹，且同盟猶疑，計謀無成，幸虧魏武皇帝才得以保全。
獲呂布	魏詩卷十一	繆襲	魏	魏	三四七言	魏鼓吹曲辭。樂府。	直接	主戰	記敘	描寫曹操東圍臨淮，生擒呂布、殺陳宮之事。
克官渡	魏詩卷十一	繆襲	魏	魏	三四五七言	魏鼓吹曲辭。樂府。	直接	不明顯	記敘	描寫曹操與袁紹戰鬥，破於官渡之事。當時曹操派顏良前往白馬，詩中記敘戰爭中血流遍野，而曹軍以寡擊眾，中間一度萌生退意，後終大捷的過程。

題名	卷數	作者及身分	時代	國別	幾言	體裁	直接或間接	態度	手法	描述內容
舊邦	魏詩卷十一	繆襲	魏	魏	七言	魏鼓吹曲辭。樂府。	直接	非戰	記敘兼抒情	言曹操在官渡之戰後，建廟以收置戰死之士卒，使孤魂得有依靠。
定武功	魏詩卷十一	繆襲	魏	魏	三至八言皆有	魏鼓吹曲辭。樂府。	直接	不明顯	記敘	描寫曹軍度過黃河，擊破袁紹，其間戰爭之艱難狀況。
屠柳城	魏詩卷十一	繆襲	魏	魏	三四五六七言	魏鼓吹曲辭。樂府。	直接	不明顯	記敘	描述曹操越過北塞，經歷白檀，路程遙遠，終於破三郡烏桓於柳城，使無北患。
平南荊	魏詩卷十一	繆襲	魏	魏	三四五七言	魏鼓吹曲辭。樂府。	直接	主戰	記敘	記敘由於南荊許久未進貢，所以曹操南征，後軍隊獲得勝利，南荊臣服於魏。
平關中	魏詩卷十一	繆襲	魏	魏	三言	魏鼓吹曲辭。樂府。	直接	不明顯	記敘	記敘曹操征馬超，定關中勝利的過程。
百姓諺	魏詩卷十二		魏	蜀漢	七言	雜歌謠辭。	直接	不明顯	記敘	由於楊儀等整軍而出，百姓告宣王，宣王追之，姜維令儀反旗鳴鼓，宣王乃退，所產生的諺語。
孫亮初白鼉鳴童謠	魏詩卷十二		魏	吳	七言	雜歌謠辭。	直接	不明顯	記敘	諸葛恪戰敗，弟亦被襲擊，而被認為與白鼉鳴有關，因鼉為甲兵之象。
炎精缺	魏詩卷十二	韋昭	魏	吳	三言	吳鼓吹曲辭。樂府。	直接	主戰	記敘兼抒情	漢室衰敗，孫堅奮發圖強，希望匡濟時事，此詩極力歌頌其英勇威猛，將來必能稱王。
漢之季	魏詩卷十二	韋昭	魏	吳	三七言	吳鼓吹曲辭。樂府。	直接	主戰	記敘兼抒情	描寫孫堅因哀憐漢室之衰，痛恨董卓挾持漢主，故興兵奮擊之凌厲姿態。

題名	卷數	作者及身分	時代	國別	幾言	體裁	直接或間接	態度	手法	描述內容
攄武師	魏詩卷十二	韋昭	魏	吳	三四七言	吳鼓吹曲辭。樂府。	直接	主戰	記敘兼抒情	記敘孫權為完成父親之志業而征伐，殺黃祖、攘平奸凶、平西夏，威震天下。
伐烏林	魏詩卷十二	韋昭	魏	吳	四七言	吳鼓吹曲辭。樂府。	直接	主戰	記敘	記敘曹操破荊州之後，順流東下，欲征伐劉備與孫權，孫權命周瑜迎擊，在烏林將曹操擊破的過程。
秋風	魏詩卷十二	韋昭	魏	吳	三四五言	吳鼓吹曲辭。樂府。	直接	主戰	記敘兼抒情	描寫戰士在戰場上見到秋風揚沙、感到寒露沾衣，而戰事吃緊，敵軍不斷侵擾疆界，隨時要騎馬穿甲冑，偶爾也會感到思親悲傷，但仍然想要立功獲賞。
克皖城	魏詩卷十二	韋昭	魏	吳	七言	吳鼓吹曲辭。樂府。	直接	主戰	記敘兼抒情	寫曹操志圖兼併天下，於是令朱光為廬江太守，而後孫權親征，破之於皖城，聲勢煊赫，除暴安民。
關背德	魏詩卷十二	韋昭	魏	吳	三至八言	吳鼓吹曲辭。樂府。	直接	主戰	記敘兼抒情	蜀將關羽背棄吳德，心懷不軌，於是孫權北伐圍樊，此師歌頌其聖明，大勝而百蠻降服。
通荊門	魏詩卷十二	韋昭	魏	吳	三四五七言	吳鼓吹曲辭。樂府。	直接	主戰	記敘兼抒情	描寫孫權與蜀交好結盟，雖然其間關羽失德、蠻夷作亂，但兩者結盟將可討蕩不恭，在戰爭中耀武揚威，整肅封疆。
章洪德	魏詩卷十二	韋昭	魏	吳	三四言	吳鼓吹曲辭。樂府。	直接	主戰	記敘兼抒情	描寫孫權在戰爭中顯神威，而能彰顯其德，平定南方，使遠方歸附，進貢之珍奇異寶充斥於庭。

註　釋

1 《論語・子路第十三》，劉寶楠《論語正義》，台北：文史哲出版社，1990年11月初版，頁550。

2 《文選》，台北：藝文印書館，1991年12月十二版。頁394。

3 楊師昌年《現代小說》，台北市：三民書局，1997年5月初版，頁34-73，「敘事觀點」一節。

4 三軍大學中國歷代戰爭史編纂委員會編著《中國歷代戰爭史》，頁120，台北：黎明文化事業股份有限公司，1963年6月初版，1989年4月修訂三版。

5 宋・郭茂倩《樂府詩集》，台北：里仁書局，1999年1月初版，頁223。

6 宋・郭茂倩《樂府詩集》，台北：里仁書局，1999年1月初版，頁267。

7 張芳鈴《建安文學之探述》，國立台灣師範大學國文研究所碩士論文，1976年6月，頁54。

8 錢志熙《漢魏樂府的音樂與詩》，鄭州：大象出版社，2000年8月第一版，頁146-154。

9 勞倫茲著（Konrad Lorenz），王守珍、吳月嬌譯《攻擊與人性》（*On Aggression*），台北市：遠景出版社，1975年2月初版，1976年1月三版，頁54。

10 劉瑞箏〈春秋軍制研究〉，國立台灣師範大學國文研究所碩士論文，1988年5月，頁28-40。

11 洪順隆《抒情與敘事》，台北：黎明文化事業股份有限公司，1998年12月出版，頁43-82。所謂歌功型，是指內容描述所頌對象的受天命、繼祖業、立戰功、遂治績等，頌德型則描述所頌對象的受天命、制禮樂、成文德、致人和、天瑞顯、夷狄服、天下同等。

12 陳桂珠《才高八斗曹子建》，台北：莊嚴出版社，1984年3月6版，頁111。

13 賈元圓〈六朝人物品鑑與文學批評〉，台北：私立東吳大學中國文學研究所碩士論文，1985年11月，頁51-85。

14 吳惠玲〈《世說新語》之人物美學研究〉，國立台灣師範大學國文研究所碩士論文，1998年6月，頁12-142。

15 楊師昌年《現代小說》，台北：三民，1997年5月初版，頁15。楊師是根據法國Georges Polti整理出一表，表中對於此類作了以下說明：

1. 主要的即觀眾所同情的人物：勇敢的領袖。

2. 其他必要人物：敵人（對象）。

3. 細目：

甲、備戰。

乙、(1)戰事。(2)爭鬥。

丙、(1)劫奪一個所欲的對象或人物。(2)奪回那所欲的對象或人物。

丁、(1)冒險的遠征。(2)為了所愛的婦女而冒險。

16　周啓成等注《新譯昭明文選》第二冊，台北：三民書局，1997年四月初版，頁1218。

17　Dr. Eric Berne著，謝玉麗、王引子合譯《語意與心理分析》，台北：國際文化，民63初版，頁50。Dr. Eric Berne是行為分析的創始人，一生致力於現代心理學的改革。

18　《語意與心理分析》，頁52。所謂原生是指在兒童時期對將來所作的生活計劃。(頁43)

19　R. F. Johnston , *Lion and Dragon in Northern China,*（N. Y: Dutton, 1910）p.135.

20　錢志熙《漢魏樂府的音樂與詩》，鄭州：大象出版社，2000年8月第一版，頁149-150。

21　高海夫、金性堯主編《古詩漢魏六朝新賞：曹丕等九人》，台北：地球出版社，1993年第一版，頁191。

22　張曉生、劉文彥《中國古代戰爭通覽》第一冊（共三冊），台北：雲龍出版社，1998年4月台一版，頁317-325。

23　蕭滌非《漢魏六朝樂府文學史》，台北：長安出版社，1980年11月台二版，頁147-151。原為清華研究院畢業論文，黃節審查。蕭氏先考訂出韋昭創作年代，再比對出韋昭所更動名稱者，與繆襲相同，而且其中有與繆襲之作，字數句數長短，完全相同，而與其他前人之作不同者，由種種證據考訂出韋昭承接繆襲之作。

24　王粲屬於建安時期的人（西元177-217年），原則上此期根據林慶勳和竺家寧所著《古音學入門》，頁4，應屬上古音（前十一至一世紀），然而與中古音相去不遠，又如董同龢先生也在《漢語音韻學》中認為中古音系可以伸展至隋以前（頁9），故仍可以《廣韻》觀之。

25　陳洪、王福利《建安詩文鑑賞辭典》認為是建安八年，跟隨曹操時所作，丁福林《漢魏六朝詩鑑賞辭典》認為是漢延康元年，曹操死後所作。

26　袁美敏《人品與文品相關性研究》，頁597，國立台灣師範大學國文研究所碩士論文，1992年6月。

27　邱鎮京《阮籍詩研究》，台北：文津出版社，1979年7月初版，頁130。

28　《中國古兵器論叢》，楊泓著，台北：明文書局，1983年10月初版，頁129-135。

29　李寶均《曹氏父子與建安文學》，台北：萬卷樓圖書有限公司，1991年12月初版，頁14。

30　張文強《中國魏晉南北朝軍事史》，北京：人民出版社，1994年4月一版，頁12-13。

31　黃崇岳主編《中國歷朝行政管理》，北京：中國人民大學出版社，1998年

1 月第一版，頁 290。

32 高海夫、金性堯主編《古詩漢魏六朝新賞：阮籍》，台北：地球出版社，1993 年 6 月第一版，頁 73。

33 李正治〈六朝詠懷組詩研究〉，國立台灣師範大學國文研究所碩士論文，1980 年 6 月，頁 161。

34 約米尼著，紐先鍾譯《戰爭藝術》，台北：麥田出版股份有限公司，1996 年初版，頁 28。

35 此為組詩中第五首，逯氏以為是「百一新詩」。

36 無作者，《春秋戰國史話》，台北：木鐸出版社，民 75 初版，頁 141-144。

37 馮寶志著《文明曙光 —— 上古・秦代卷》，香港：中華書局，民 81 初版，頁 187-193。

38 赫治清、王曉衛《中國兵制史》，台北：文津出版社，民 86 初版，頁 37。

39 吳順令《先秦軍事謀略思想研究》，國立台灣師範大學國文研究所博士論文，1992 年 6 月，頁 259-325。

40 吳順令《先秦軍事謀略思想研究》自序，國立台灣師範大學國文研究所博士論文，1992 年 6 月。

第六章　主戰類作品之修辭技巧

　　此節要討論的是主戰類之修辭技巧。修辭分類不勝枚舉，限於篇幅，無法一一詳述，僅以較常見的數種修辭格來討論主戰類戰爭詩的修辭運用情形。

　　依據黃師慶萱之分類，修辭格雖多，但主要可以分成兩大類，一種是「表意方法的調整」，另一大類是「優美形式的設計」[1]，大體上說來，幾乎所有的修辭格都可以統攝在此二類之下。

第一節　誇飾

　　對於時間空間，詩人常用誇飾加以形容，在誇飾的描述下，時間可以加快加長，也可以縮短變慢；空間可以高度增高，面積加廣，體積變大，也可以縮短變窄減小，於是詩歌作品便擁有一把萬能鑰匙，可以穿越時空，馳騁其縱橫變化，達到文學豐富的想像和驚人的藝術技巧。如：

　　曹操〈短歌行〉：「天威在顏咫尺。」曹操在此句中形容天子之威嚴彷彿近在面前，利用一個極近的空間來誇大了天子所代表的威嚴之大，使權力擴大，氣宇軒昂，氣勢磅礡。使人凜然敬畏，這裡用了時空的誇大，表示天子之威嚴不僅廣大，不容侵犯，利用時空的延展，突顯了精神的意涵，給予讀者深刻的印象，有一股撞擊力，震撼心魄。

　　王粲〈從軍詩〉中的第一首：「相公征關右，赫怒震天
威。」「一舉滅獯虜，再舉服羌夷。」「西收邊地賊，忽若俯拾
遺。」第二首：「昔人從公旦，一徂輒三齡。今我神武師，暫
往必速平。」第四首：「率彼東南路，將定一舉勳。」用誇飾
法故意誇大領袖和軍功的偉大，特別顯出非凡的氣勢。「相公
征關右，赫怒震天威。」寫將軍曹操征討關右，赫然憤怒震動
天地。描摹出不易抒寫的雄威。「一舉滅獯虜，再舉服羌夷。」
寫一戰便戰勝了獫狁，再戰降服羌族。誇張地說出在作者的感
情作用下，時間變成心理時間，濃縮了爭戰的時間。「西收邊
地賊，忽若俯拾遺。」寫向西收拾邊域的賊匪，輕鬆快速地就
如同是彎腰撿拾物品。把驚心動魄的戰爭誇飾成非常輕鬆迅
速。「昔人從公旦，一徂輒三齡。今我神武師，暫往必速平。」
寫古人跟隨周公征討，一去就是三年之久，而現在我們的神武
大軍將會很快地得勝。用對比使讀者了解，產生共鳴。「率彼
東南路，將定一舉勳。」寫沿著東南向的道路前進征伐，將要
定下一舉成功的勳業。誇張的預言出一個虛實相生的藝術情
境。

　　《大眾傳播心理學》：「對敵宣傳要先建立信用，所以第
一波的宣傳必須說真話，才能使人相信，……第二波方含輕微
的宣傳，以後，逐波不斷加強，最後纔是通牒似的宣傳。」[2]
王粲在此先以西征張魯成功建立信用，而後用輕微的誇張形容
功業，其次以預言的誇飾肯定未來的成功，最後用強烈的豐美
情景作為引人之處，正是符合宣傳和溝通的原則，讓人接受其
說法，使人心安定，鞏固心防，築成心理上的長城。

　　誇飾在此詩中所產生的美感，也符合了《詩歌修辭學》所
言：「詩人運用誇張的關鍵是：在有限的生活依據和大膽的變

異之間求得巧妙的平衡，讓讀者既不感到突然，格格不入，又能得到急劇的昇華，享受『誇張』所應有的審美愉悅。」[3]使讀者感受到暢發的偉大功勳。

〈至廣陵於馬上作詩〉：「戈矛成山林」；「一葦可以航」。曹丕首句寫戰場上使用的戈與矛豎立成為山林，次句用誇飾說明用一葦便可以橫渡長江，此誇飾也是用典，變化《詩經·衛風·河廣》：「誰謂河廣，一葦可航之」，成為「誰云江水廣，一葦可以航。」怎會有這樣的場景，又怎麼可能如此輕易呢？這些便是用誇飾來說明己方軍隊武器之眾多，以及士氣之高昂。這便說明了作者運用誇飾使得空間場景擴大，得到無限延續，力量更大，更顯出戰鬥意志昂揚。

曹丕〈令詩〉：「白骨從橫萬里。」也是一例，使人感受到戰爭中殺戮的殘酷與可怕。詩人們運用誇飾來描述時空，使時空得到無限的擴大或縮小，讀者對於其所描繪之情景更能形象化，穿梭於時空之中，來去自如的感覺更使人為之驚嘆暢快，做到文學無處不在、恆久遠達的效果。在日本語中有所謂「海千山千」的說法，意思是海與山都是需要經過千年時間的累積才能得到的成果，這是暗喻奸詐狡猾的人。因為成海需要千年，成山也要千年，而合計兩千年功力的結果是任誰都不敢相信他。此亦是運用誇飾來達到穿越時空的藝術效果，進而表達涵義的例證。

運用誇飾手法，描繪人物形象，可使其氣象狀貌、體態形勢……等極盡的誇張具體化，讓讀者感到其形象躍然紙上，光彩鮮明，達到渲染人物的藝術效果。

〈善哉行〉：「輕舟竟川」、「百馬齊轡」。曹叡此處描寫己方的船隊布滿江面，百匹馬齊頭並進，這自然是誇飾，然而

透過此一誇飾，便可得知他們的船艦數目多，騎兵則騎術精良
的情形，己方水軍與騎兵的形象便被渲染了出來。誇飾本身就
有加強力量的作用，正如《文章例話》中所言：「墊拽者，為
其立說之不足聳聽，故墊之使高；為其抒議之未能折服也，故
拽之使滿。」[4] 可知作者為了增強語言的力量，便會使用誇
飾，讓文章更動人，更引起讀者注意，在這首詩中就是如此，
而強化了己方軍隊力量的形象，讓讀者感受他們軍隊的戰鬥
力。

　　〈善哉行〉四解：「振耀威靈」、「綵旄蔽日」、「旗旒翳
天」。曹叡在此詩中一樣是形容己方軍隊聲勢之浩大。軍隊可
以震撼鬼靈，綵旄飄揚足以遮蔽陽光，旗旒揮動則隱翳了天
空，如此的軍隊，恐怕動員全地球的人類都不夠吧！這當然是
用了誇飾，正因此，一支強而有力的軍隊形象，便在面前栩栩
如生地出現。在這樣的小詩中，詩人用最精練的字數，表現出
最濃烈的力道，這就是誇飾之妙了，試想如果在此情況下，詩
人平鋪直敘，正常的說軍旗只掩蓋了一小片樹影，那真是平淡
無味，缺乏吸引力。

　　用誇飾來刻劃人物，會使得人物形象得到藝術上的渲染，
從原本的樸實變為絢麗，由單純成為豐盛，把事理加上了情
趣，不僅將狀態描寫得生動，也可展現深層的情意，使讀者難
忘，此外如曹叡〈櫂歌行〉：「太常拂白日。」用誇飾渲染畫
有日月的王旗。日本俚語：「連把火吹熄的力氣都沒有」，把
因為生病，所以體力非常衰弱的人物形象表現出來，因為就
算體力再差，把火吹熄應該是很容易的事。這裡就是用了比
實際情況更保守的比喻來加深印象。

　　詩人在使用誇飾時，不僅僅是為了形容速度的快慢，也利

用誇飾將全詩的節奏感加強，記敘筆法的詩中常會敘述一件事情之經過，這個過程便是情節，而詩人若在此情節中用誇飾的手法，會達到突出情節的效果。

曹植〈丹霞蔽日行〉：「牧野致功，天亦革命。」此句運用了誇飾。事實上，天怎麼可能革命呢？而且牧野之戰僅用一句話就成功了，這不正是誇大了嗎？成功豈有如此快速之理？這在在都表現了曹植對推翻暴政所採取戰爭的贊成，展現了詩人對於賢良政治的殷殷期盼。此處種種誇飾的運用都使節奏加快，此詩因為誇飾的運用，造成全詩戰爭情節快速向前推進。

〈白馬篇〉：「右發摧月支」、「仰手接飛猱，俯身散馬蹄」、「長驅蹈匈奴，左顧陵鮮卑」。曹操以此詩記錄一位少年英雄的形象，由於使用誇飾，使得詩意特別輕快迅速，「右發摧月支」誇張地說明其戰爭的成果，而「仰手接飛猱，俯身散馬蹄」則極言身手之矯健，顯出快捷的速度感。「長驅蹈匈奴，左顧陵鮮卑」，透過「長驅」與「左顧」這樣速度之快的誇飾，則加深了暢快淋漓的感受。閱讀之中，彷彿看到這位少年英雄在戰爭中動作飄忽地快速進攻敵人，正因此詩中運用誇飾推動情節，才使得情節生動突出，整個過程流暢而不拖泥帶水。

誇飾修辭法可以做到遠離事實卻又讓讀者不致於懷疑他的真實性，也就是使得言過其實，卻又讓人信以為真的藝術技巧。而利用誇飾描述情節便會使情節突出，使過程生動有趣，覺得作者設辭巧妙，滿足讀者求新好奇的慾望，使讀者大呼痛快，譬如〈軍中為夏侯淵語〉：「三日五百。六日一千。」也是用誇飾來描述情節。

詩人常在感受到一人事變化的震撼後，經由自己的心靈轉

化之後，傳達給讀者，而背後常蘊含著詩人所體悟的哲理和思想，若此時詩人採用誇飾的技巧，便會產生鮮明哲思強度的藝術效果。以下例證即可得知。

應璩詩第四首：「今者宅四海」。應璩誇張地在此述說豪傑人物應以四海為宅，「宅四海」，以一極大的空間詞，極言空間之大，將詩人關心國事的程度推至極限，更突顯出其愛國的心意，而這就是詩人所要告知讀者的哲理，現在更可進一步看出，這便是透過誇飾的方式，把所要傳達的道理，鮮明而強烈的留在讀者心中。

詩人將原本的事物，透過誇飾法，造成寫出的事物和原物有一段懸殊的差距，正因這樣的落差使得讀者去思考，也就對作者要隱含的哲理留下鮮明的印象。日本的諺語也有這類表達哲思的例子，如：「貧窮的農民耕著像貓額頭一樣大小的田地。」「貓額頭一樣大小」便是一誇飾，陸松齡對此句便有如下的解說：「而933當中，只能耕種跟貓額頭一樣大小的田地，這樣是再怎麼耕也無法生活啊，讀者因此很容易就能聯想貧苦農民的生活，而為他們擔心。」[5]可見中外皆有用誇飾來達到鮮明哲思強度的情形。

詩中「情」與「景」常是重要的兩大部分，然而不管是情景交融，或是由景入情、由情入景、以景結情、以情結景……等等情況，詩人如果運用誇飾，多可強調或突出情與景之間的關聯，在現實的基礎上對情景的特徵做藝術上的增強。

〈詠懷詩〉中的第三十八首：「炎光延萬里」、「長劍倚天外」、「泰山成砥礪。黃河為裳帶」阮籍在此寫出英雄的形象，這些一方面描寫景況，一方面透過種種景象的描寫誇飾映襯出英雄人物的豪邁志氣。隱藏了阮籍的羨慕嚮往之情，也將

作者對英雄人物的鍾愛，藉著這些誇飾得到增強，而引起讀者
對此景象產生情感上極強烈的感應。

〈矛俞新福歌〉：「永樂無憂，子孫受百福」。王粲在詩中
寫著能夠永保快樂無憂，子子孫孫受到百福。這「永樂無
憂」、「子孫受百福」都是誇大了事實，然而就在這種誇張
中，不難體會他對於太平盛世的盼望，和對重複爭戰的厭倦。

王粲〈弩俞新福歌〉：「俯仰若神」、「自東自西，莫不
來賓」。也是藉著誇飾增強王朝強大情景的力量。《語法與修
辭》中言：「運用誇張，好像表面上違反了事物的真實，但實
際上卻是更突出地反映了事物的本質特徵。」[6]誠然如此。三
國時代戰爭詩中常寓情於景，藉著誇飾則更將情景的本質特性
明顯地展露無遺，收到藝術的表達效果。金奧斯丁（Jane
Austen）也曾運用此法來增強情景，說明他一開始看《由多爾
福的祕密》，整整兩天停不下來，而其間頭髮一直豎立的景
象。藉由誇飾強調出此書之懸疑刺激造成作者心情之緊繃高亢
的情景[7]。

數量也是詩人常常加以誇飾的對象。倘若數量寫得很精
準，讀者可以對於事物有清晰的輪廓，然而作家卻把數量無限
地擴大或縮小，使數量變得不準確，造成一種矛盾，聳動讀者
的視聽，使文句有力。

〈孟冬篇〉：「萬騎齊鑣，千乘等蓋」、「夷山填谷，平林
滌藪」、「張羅萬里」、「髮怒穿冠」、「頓熊扼虎，蹴豹搏
貙」、「死禽積如京，流血成溝渠」、「威靈振鬼區」。曹植在
此形容軍隊在演習時，萬馬奔騰，千輛戰車齊發，軍人的數量
可以夷平高山，填滿谿谷，剷平樹林，填滿淵藪，網張開萬里
之長，戰士們一憤怒頭髮便穿冠而出，個個力量強大，足以搏

鬥熊虎豹貙，而獵到的死禽可以堆積如京城之大，流出的血液成為溝渠，威力震動了鬼神。這樣種種的誇大數量，可以想見其聲勢之雄偉宏大，雖然數量上不可思議，形成矛盾的衝突，但卻抒寫了詩人的特殊感受，使用巧妙的比喻將軍隊之壯盛描摹出來。

〈雜詩〉第六首：「遠望周千里。」曹植此處用非常誇大的數量來說明自己放眼望去的範圍。詩人何以要如此做呢？便是為了令人感覺到他觸目所及，涵蓋整個國土。詩人用誇飾在此氣勢磅礡的大筆揮灑出國家的疆域。張高評先生曾言：「只是刺激我們眼耳等感官意象，去作更真切的體認，而使意象鮮明活現而已。」[8]透過數量的誇大，想見國家的土地、樹林、農莊、人民、蟲鳴鳥叫等等。景象和聲音壯觀，自然使讀者的眼耳感官受到刺激，使意象鮮明活現，然而仔細一想，其實體認並不真切，因為數字全為作者改造，是虛構的，卻使得讀者相信，並且為之驚嘆。也讓人感受到他對國家憂思之重。

詩人運用誇飾將數量改變，造成矛盾的數量，傳達主觀感受到的情狀，使筆勢奔騰，語力伸展，增強感人的力量，聳動讀者的視聽。日本的諺語：「像麻雀眼淚一樣多的月薪」，是將數量極端的縮小，陸松齡解釋為：「麻雀到底有沒有眼淚，這大概誰都無法得知，因此，『領到跟麻雀眼淚一樣多的薪水』這樣縮小式的誇飾，會令人聯想明天的生活該怎麼過都不知道的慘狀，確實能夠加深印象。」另如韋昭〈章洪德〉：「珍貨充庭。」也是一例。

當作者感受到一個事物，而將這個客觀事物經由主觀的轉化傳達出去，讀者接收到的訊息，已非原來之事物，這樣的事物便是「意象」。《詩歌修辭學》對此有以下說明：「『意象』

是『意』和『象』的統一，是滲透著詩人主觀情意的客觀物象。」[9]誇飾法可說是被文人用作將事物轉為意象的手法之一。

　　在應瑒詩中的第三首一詩中寫下：「光輔日月輝」。給人一種新奇的刺激。形容人物光彩耀目的樣子。其實人怎麼可能發出光芒呢，那豈不是與燈泡一樣嗎？又怎麼可能還跟日月一樣光亮？這就是經由作者主觀的感受之後，加上他心靈所受的震撼，再透過誇飾融會之下轉達出去，便給讀者一種強烈的鮮明印象，如此一來，氣勢變磅礴了，人物的風采和姿態的雄偉便也呈現出來了。

　　〈行辭新福歌〉：「自古立功。莫我弘大」。「漢國保長慶。垂祚延萬世」。王粲此詩寫自己國家之功業，彷彿肯定從古至今天地之間全無其他國家比我國功業強大，而且將可保萬世太平，然而仔細一想，這是史上從無發生過的情況。所以可知這些情況實為作者巧心安排的意象，透過誇飾來營造出一種豐功偉業的氛圍，並且暗藏著對太平的希冀。

　　詩中運用誇飾將客觀的人事物，透過主觀情意的誇張渲染、鋪飾形容之後，便會達到成為強烈意象的藝術效果，會使得平淡無奇的人事物成為新奇而扣人心弦，增強其感人力量，讓這些事物的特點格外鮮明突出，讓讀者有強烈的感受和深刻的印象。繆襲〈楚之平〉：「普日月，齊輝光」也是用誇飾製造強烈的意象，經營所欲達成的氣氛。

第二節　引用

　　在語文中徵引別人的言語，或俗諺、典故等等，藉以使自

己言論有分量，為人信服，或是委婉表達己見和情意的方式，稱作「引用」。黃師慶萱將其分為明引、暗用，以其是否將引自何處說明為分類方法，而這兩類又可根據是否將文句加以刪節更改分為全引、略引、全用、略用[10]。

〈短歌行〉：「周西伯昌，懷此聖德……，得使征伐。」「為仲尼所稱」「齊桓之功……」「晉文亦霸……」。曹操在此用有關有德戰爭的典故或言語，先以周文王之事例開頭，是想證明賢王獲得征伐之權，是連孔子都稱讚之事。其次則用齊桓公事例與晉文公事例，來說明會盟諸侯是值得敬佩之事，並表明自己無意取代漢朝，正如這些先賢令人景仰之處。可見曹操當時因為挾天子以令諸侯，產生其他人對其不滿與質疑，於是用周文王、齊桓公、晉文公以及孔子之言回答這些問題，實為妙答，可謂處處用典卻環環相扣，時時隱含其志向。

接下來再看繁欽〈遠戍勸戒詩〉中的一句：「務在和光。同塵共垢」。此句用得是《老子》的句子：「和其光，同其塵」引用此句來期望軍隊，出征時要合作團結。由此可見三國時代已經開始重視老子之言，談玄之風從此可見端倪，連對軍隊勸戒之言都要使用老子之言，來證明自己之言的正確性，可見老子之言的分量。使用別人的語言說明自身對軍隊的期許，而這些語詞都帶有鼓勵、戒律的意味，可見雖然是用典但仍經過選擇，修飾之後符合所要呈現的情緒與意境。

除上例子，還有阮籍〈詠懷詩〉中的第三十一首：「駕言發魏都，南向望吹台」引用戰國時魏國為秦國所滅之事，來說明自己對時政的憂慮，等等例子可以明白：詩人們由於學識豐富，所以在經過景物之時，能夠產生聯想，並且加上自己的巧心安排，寫作成詩；或是在詩作中運用適當典故，表達情意，

委婉含蓄卻能引人深思，使自己的言論更有說服力，可見引用的好處，也可見讀書的重要。

《表達的藝術》提出引用有七項功能：一、言簡意賅。二、美化語言。三、豐富內涵。四、增添趣味。五、建立權威。六、供給佐證。七、製作譬喻[11]。已經點出其效果。如曹植〈丹霞蔽日行〉：「紂為昏亂，虐殘忠正」、「周室何隆，一門三聖」、「牧野致功，天亦革命」、「漢祚之興，階秦之衰」，用紂王與秦王昏庸暴亂，而周室與漢朝順天應人，革命推翻他們的功績。由批評商、秦的暴政，來樹立周、漢發動戰爭的合理性。用商秦的昏庸無能映襯出周漢的賢良。用此典故，提供戰爭也有功勞的證據，不難體會出對魏國勉勵之意。用熟悉的事例，言簡意賅地讓人理解其中涵義，典雅而有力。

《戰爭心理學》對於宣傳的做法，其中即有「引證法」一項[12]。曹植就是借助用典來增加說服力，從此使國內大眾確信作戰目標的正確，並保持戰鬥精神，建立強烈的對自己方面的向心力，提高我方士氣，增加內部的團結感。

第三節　借代

將原本常用的名稱放棄不用，而改用其他名稱，這就是借代。不過雖不是原本名稱，也必然和此事物有某種關聯，並非完全是兩種事物。借代格依據兩者的關係分為好幾類，徐芹庭分為十三類[13]，黃師分為八類[14]，而董季棠則認為只分七類即可[15]。譬如：以事物的特徵或標幟、所在或所屬、作者或產地、質料或工具代替，或部分和全體、特定和普通、具體和抽象、原因和結果互相代替，……等等，此處就不一一說明。

　　王粲〈從軍詩〉五首中的第一首，用「沮溺」來代指所有的隱士，指稱那些歸隱田園之人。長沮與桀溺是有名的隱者，這裡就是以部分的人物來代替全體。藉著批評沮溺的歸隱山林，過著隱士的生活，是不可以效法的，來批評全體，也就以評論有名的數人來建立己說的威信，並且產生了新穎、迂迴的間接表達情趣，而不致於與所有的隱者公然為敵。

　　〈從軍詩〉五首中的第二首，則用「陳卒」來代替所有的三軍將士，描述軍隊遍布山野的情形，在此便是以部分代替全體的用法。這首詩用「陳卒」代替所有軍種，包括將領、水軍、中軍、左軍、右軍、騎兵、步兵、戰車……等等，就可以節約辭彙的運用，不會顯得雜遝囉嗦，也可不老是重複軍隊一辭，產生變化，而且表現出戰士們陳列戰陣整齊的樣子。並用「金聲」來代替軍隊在戰爭中撤退時所使用的號令，表示要撤退，不僅顏色上漂亮，詞彙上也不會繁瑣。

　　王粲的〈從軍詩〉第四首，則用「帶甲」一詞來借代將士，是以身上所穿著的戰甲服飾來代替人物，不僅將人物所穿服飾的特色表現出來，也避免了詞語的重複。

　　王粲另有一〈從軍詩〉，是用「被羽在先登」以身上背著箭羽，捷足先登的動作來借代自己為國立功，想要除去國仇的心意，以具體的行動來代替抽象的心理活動，形象生動而且展現出力道之美，一語雙關，所以語意隱藏而不露骨，顯現委婉含蓄的典雅之美，比起自賣自誇真是優雅得多。曹叡〈櫂歌行〉：「旗幟紛設張，將抗旄與鉞」。以自己軍隊旗幟的張設，來代替所有武器與設備的陳列，而以對方的旄與鉞來代替所有的武器，既是以部分代替全體，也是用使用的工具來代替人物，將繁複的意思，用幾個概括性的詞語便勾勒了出來。

曹植〈雜詩〉第六首：「拊劍西南望」，這裡的「劍」這一方面是身分的象徵，一方面也是一種習慣借代，在前面已經討論過，此處便不多言。而「西南望」則是借代所有方向，東、西、南、北……等等。這些借代的例子，都可看出詩人們為了不落俗套、避免重複的用心，藉此也達到了令人耳目一新、引起注意的效果，使得平凡變為殊奇，陳腐化為嶄新。

　　王粲〈矛俞新福歌〉用「五刃三革休」，表示所有的兵器都不再使用，以戰爭中使用的工具不再使用，借代戰爭平息的情況，之前說過當時所配備的短兵器是刀，所以王粲此處用字精準，不再用「劍」來借代武器，也可以看出同一事物不同的陳述方式和名稱。下面「常與松喬遊」使用摹寫，描繪出與仙人出遊的情景，也是借代格，以部分仙人的名稱來代替，以某些平安享樂的生活特徵來代表，不一定只用抽象名稱來稱呼，也可以用特徵、標誌、所在、產地等等其他的形容方式來代替，使得讀者能想像其平安生活的快樂，體會中國文學中一語雙關的妙處，體會語意隱藏而不露骨，顯現委婉含蓄的典雅之美，達到如能猜到作者是描寫何物時，讀者會心的一笑和探密的滿足感。使用借代不只顯現出作者不落俗套、避免重複的用心，藉此也達到了令人耳目一新、引起注意的效果。

　　在兒童早期詞彙中普遍表現出詞的使用範圍的擴張（over extension），例如有的兒童看月亮是圓的，就會把一些圓的圖案、圓的餅也叫作月亮，或是不僅稱狗為狗，而把牛、羊、馬等能走動的四足動物都稱為「狗」。這種現象，學者們有不同的解釋。克拉克提出語意特徵假設（semantic feature hypothesis）認為，對於成人而言，一個詞的意義可分成很多小的特徵，有些特徵是一般的特徵（和其他詞共同具有的），有些是特殊的

特徵。如韋昭〈克皖城〉：「民得就農邊境息」，就是以和平時期才能享有的特殊特徵：人民可以從事農業，邊境平安無事的情況，來說明安居樂業的美好，使讀者了解所要表達整個太平的狀態。

韋昭〈通荊門〉：「觀兵揚炎耀，屬鋒整封疆。」以閱兵、磨利刀鋒等部分活動來借指所有戰爭的壯闊場面，不僅透過擴張來填補詞彙的空隙，而且以新穎巧妙的方式來選擇物體名稱，排比形式齊整，也表現出創造性，值得玩味，其中也表現趣味奇特的借代藝術。

張志公、劉蘭英等主編（1990）《語法與修辭》言：「借代用得好，往往可以使語言生動，形象簡潔明快，收到新穎別緻、幽默風趣的表達效果。」[16] 詩人透過借代可以使讀者對詩人所要呈現的詞的本質特徵的理解，不會從抽象的定義出發，而是設法關聯於生活的實際事例，依靠過去累積的之事表徵來理解，並且了解可以互換的名稱和特徵之間的關聯，促使讀者掌握詩人所要表達的詞義和詞性。在正確的借代使用之下，讀者就不需要以想像來體會和理解詞語所表達的意境。讓讀者能將抽象的概念落實於具體的事物上，可使抽象難解的變為具體易懂，讓讀者喜愛豐富的詩歌意象。

第四節　排比

在優美形式的修辭格上，常可見排比法的使用。以下就來觀察其排比法之使用情況。

詩歌中常可看到用結構相似的句法，表現出有秩序有規律的意象，展現平衡和勻稱的和諧美感。如：

曹植〈孟冬篇〉:「夷山填谷,平林滌藪」、「獵以青骹,掩以脩竿」、「頓熊扼虎,蹴豹搏貙」。這些句子用排比說明軍隊演習的規模,使句子整齊,旋律一致。學習心理學中有所謂的「學習遷移」理論,認為在新學習的情境中,刺激雖有改變,而所需的的反應仍與舊學習者相同時,學習遷移便是正向的;遷移量的大小,跟新刺激和舊刺激之間的相似程度成正比。在此句中,因排比的句法相似,有共同的原則,有相同元素,在學習中趨向於正向遷移,讀者很快便可掌握住軍隊強大的形象,種種排比的句子都是用以形容軍隊的。在統一中有變化,使讀者可以較快掌握句中所要強調的演習情況。又如:

繆襲〈平南荊〉:「劉琮據襄陽。賊備屯樊城」、「劉子面縛至。武皇許其成」。此首詩用排比的方式,敘述一個故事,結構井然有序,引人注意。「劉琮據襄陽。賊備屯樊城」,兩句結構構成成分相仿,明顯地屬於一個整體,使節奏劃一,讀者更易於掌握其結構:前一句用人名占據地名;後一句用人名屯兵地名,都是主詞加上動詞加上受詞的形式。《語法與修辭》認為排比的效果是:「運用排比便於表達強烈、奔放的感情,突出所描寫和論述的對象,增強語言的氣勢;同時,由於句式整齊,節奏分明,還可增強語言的旋律美。」[17]中文由於一字一音,一字一形,可以產生句式字數一致的排比,形式工整外,也顯得節奏規律,便可藉著詩歌中的排比,欣賞及認知到自己國家的文字之美。

韋昭〈秋風〉:「秋風揚沙塵。寒露沾衣裳」、「身逸獲高賞。身沒有遺封」。第一處用排比的筆法,使旋律讓人感到蕭殺,感覺很寂靜,但卻又荒涼地呈現出動態的形象,後一處則記敘戰士的待遇,如能凱旋歸去則獲得富貴,如果不幸陣

亡，則將有封賜。前後對比強烈，更顯出戰爭的奇特性。鮮明地表現出種種情況都是屬於戰爭，而各個情況卻又獨立而明顯，不論是戍守戰場時的寒冷孤獨，或是身獲高官厚祿，都隸屬於戰爭，表現出戰爭多樣化的統一。

韋昭〈克皖城〉：「克滅皖城過寇賊，惡此凶孽阻姦愿」、「除穢去暴戢兵革」。此詩用排比句寫出克皖城的情況，這些都是「克皖城」這個共相的分化，每一個部分都造成了「克皖城」這個結果，經由這些排比句具體地表達其經過。排比句型連綴若干句型相似，而句意不同或相同，藉此可強調出同一範圍的事象，就如同此詩，可用來強化語氣，所以黃永武《字句鍛鍊法》將此修辭格列入可以使文句有力的其中一 18 。

其他如：韋昭〈通荊門〉：「大皇赫斯怒，虎臣勇氣震」、「觀兵揚炎耀，厲鋒整封疆」；曹植〈白馬篇〉：「仰手接飛猱，俯身散馬蹄」、「狡捷過猴猿，勇剽若豹螭」、「長驅蹈匈奴，左顧陵鮮卑」。也是用相似的句型敘述，使語文的外觀呈現出統一性的藝術。

第五節 類疊

將同一個字詞語句反覆接連地使用，稱為類疊。從詩經以來，詩歌便有了這種筆法，譬如人所皆知的：「關關雎鳩」，就是明例。而三國時代的戰爭詩中如繁欽〈遠戍勸戒詩〉：「既文既武」、「郁郁桓桓」、「有規有矩」、「闓闓行行」。

一詩中用了「既文既武」、「郁郁桓桓」、「有規有矩」、「闓闓行行」四個類疊。「既文既武」形容即將出征的戰士們

又能文又能武，兩個「既」字，表現出戰士們的多方面才藝。「郁郁桓桓」的使用，將其聲威浩大的情形，反覆地擴大出來，感覺更多，更大量了。而「有規有矩」，也把軍隊即使在戰爭中仍然有規範又有矩度的情況，一遍又一遍，一而再再而三，無窮無盡的連續貼切地表達出來。「誾誾行行」是指辯論時態度和順的樣子，這裡是說希望戰士們即使對政策有所不滿，也要謙和地表達意見。筆者以為正因此詩有如此多的類疊，方便記憶，所以能作為出征前勸戒將士之用。

曹植〈責躬〉：「武則肅列，文則時雍」、「濟濟」、「我弼我輔」、「作藩作屏」、「傲我皇使，犯我朝儀」、「我削我絀」、「明明」、「赫赫」、「赫赫」、「冠我玄冕，要我朱紱」、「我榮我華」。創作者運用類疊造成音韻的鏗鏘，加強重點的記憶，「武則肅列，文則時雍」用類疊作排比，工整有致。「濟濟」一詞將人才眾多的情形描寫出來，「我弼我輔」一詞將人才爭相作為輔佐的狀況形容貼切。由於這裡類疊的使用，形式上把滿朝皆為輔佐國政的優秀人才的狀態呈現出來，語調上也更和諧，聲音反覆，音韻更有節奏。也因為一疊字一類字的使用，才能更符合此詩的時空，展現文武百官量多且為國效命意願高的情形。

詩人避免掉類疊單調枯燥的弊端之後，造成一種統一對稱，單純的規則變化之美，藉著類疊表現事物的眾多，時間的連貫，動作的持續，使讀者感受反覆的聲音，所以一般來說，類疊之詩易記易念。

「作藩作屏」、「傲我皇使，犯我朝儀」，用類疊並且結合排比，使得不僅詞語相同，結構也大量相同或相似藉著聲音的一致，擴大語調的和諧，藉聲音的反覆，增進語勢的雄偉，表

現出皇上看重自己的才幹，把自己當作屏障天子的藩國，但自己卻醉酒悖慢，對皇使傲慢，觸犯朝儀，所以讀者在讀此詩時，可感到其詩人彙迹自己罪行之氣勢，也能讀出整齊的陣勢，並因其字詞的有規則連續出現，造成閱讀或傾聽時彷彿連綿不絕，使得結構更加緊密。由於「類疊」的大量使用，造成以上諸多獨特效果同時呈現，聽之如同法國近代古典音樂作曲家拉威爾，其重要傑作：〈波麗露舞曲〉，曲中無窮無盡地反覆同一節奏，曲式自始至終保持不變，從最弱音到最強音徐徐增強，最終引入振奮瘋狂的高潮，此處也有異曲同工之妙，而以大量的類疊與排比，使人感到暈眩的瘋狂混亂，感受到詩人對自身罪行的害怕與心亂如麻。

　　觀察此詩，內容中大量將同一字詞語句反覆接連使用，除了造成統一對稱，單純的規則變化之美。如：「我削我絀」因類疊的緣故，也形成形式上的排比，結構相當整齊。讀者感受到反覆的聲音，音韻非常有節奏，易記易唱，也感到國家標準的刑罰對於詩人反覆處罰的動作。疊字的使用效果，《修辭類說》曾言有下列兩種：「一、藉聲音的繁複增進語感的繁複，二、藉聲音的和諧張大語調的和諧。」[19] 正因聲音的繁複和和諧，讀之使人加深印象，又能幫助記憶，所以易記易念，也使人感受到詩人內心受到國家刑罰譴責的繁複。《文化傳播》一書中認為文化傳播的歷程包含：認知歷程、語文歷程和非語文歷程。對於語文歷程，有如下之說明：「語言是一種獲得普遍認同，必須學習而來的組織化符號系統，語言可代表某個地理或文化區內的人類經驗，也是傳遞文化的主要工具。藉由語言的使用，人可與同一文化的成員互相聯繫及互動。」[20] 疊字易記好念的特性，正可以表現詩人對國家刑罰的認同，也可以促

使容易傳達和讓對方明白，使同一文化的成員互動良好。

　　又如：「明明天子」、「熒熒僕夫」，這裡都是類疊的使用，藉此對比出天子的聖明與自己孤單結果的罪有應得。這樣接二連三的重複同一詞彙，會加強對此語句的印象，《深層說服術》中曾說明：「根據心理學原理，人類如果不斷接受某種刺激，潛意識裡就會留存下一道深刻的痕跡。」[21] 而言語上的重複（repetition）在佛洛伊德的研究中為一外顯的心理症狀。個體經由語言的重複可對自己加強某一觀念的合理性，儘管此一觀念對他而言很可能是外界所強加的意識型態，自我在盲目接受並反覆行使的狀態下其實不明所以[22]。詩人在寫此詩時，因反覆的吟唱，就自然地表達了自己誠惶誠恐的態度。

　　「赫赫天子」則讚揚天子之聖明，「冠我玄冕，要我朱紱」「我榮我華」，並用整齊的排比，將天子對自己恩寵的態度反反覆覆的強調出來，在這些重複的類疊之中，讀者體會到一種壯美，感受到皇上不但沒有責罰詩人還加封其王爵的寬厚性格，也感受到詩人感激涕零的心情，以及無論如何都要感謝對方的決心。詩中用類疊將感激之情更加強烈的噴射出來，讓人了解到真正的皇恩是多麼地崇高。劉鴻模言：「崇高最基本的美學特徵就是他顯示了主客體之間巨大的矛盾衝突，展示了人的本質力量在實現美、創造美的過程中的艱鉅性、曲折性、反覆性。」[23]「崇高」是美的型態之一，也是感情美的一個重要範疇。在此詩作中，便把崇高的美學特徵顯現出來，君王與臣子是主體，而臣下對君王的過失是客體，主體與客體之間有巨大的矛盾衝突，然而主體之間的信任與君王的恩典產生了強大的力量去克服艱困，便成就了美感。曹植在此，明顯地是使用「類疊」來表現人的力量在創造美的過程中的艱鉅性、曲折性

與反覆性，而這種種的類疊也表現出，在強大的現實客體面前，皇恩沒有退卻，反而更加豐盈，一再強調其力量，轉而征服與掌握了客體，實現了隆厚的恩澤。然而就史實而言，皇恩並沒有如此浩大，當時宮廷內骨肉相殘的悲涼，嚴重地侵蝕詩人，此詩只是曹植藉以避禍的希冀而已。

第六節　　對偶

沈謙言：「凡是說話或寫作時，將字數相同，語法相似，平仄相反的文句，成雙作對地排列的修辭方式，就叫對偶。」[24] 例子不勝枚舉，以下稍作欣賞。

曹丕〈黎陽作詩〉三首中的第一首：「朝發鄴城，夕宿韓陵」、「沐雨櫛風」。對偶相對工整，形式極為漂亮，含意也很深邃。如「朝發」對「夕宿」，「鄴城」對「韓陵」，「沐雨櫛風」則是句中對，詞性一致，動作近似，對得四平八穩。第一句言軍隊行軍之出發地與紮營地，兩地非常相近，但卻行軍甚久。下句則言行軍久的原因，在於淒風苦雨。形式對偶，兩地相對，格外對比出行軍之苦，十分沈痛。

曹叡〈櫂歌行〉：「陽育則陰殺」、「伐罪以弔民」，兩句使用句中對，而意義兩兩相對，可以看出作對的功力相當雄厚。中文由於一字一音，一字一形，所以才能出現「對偶」這種平衡對稱的美文，這是英文做不到的。使用對偶，可以音韻鏗鏘，富有節奏，而且所寫之情況，一陽育一陰殺，對比強烈，作戰的原因：「伐罪以弔民」則顯得氣勢磅礡，冠冕堂皇。此二聯形式精工外，意涵上也不損害，營造出一種蒼涼悲壯的氛圍。

另王粲〈矛俞新福歌〉：「五刃三革」，用句中對寫出兵器眾多之貌。

　　詩人用對偶的形式表達情致，形式美，情意也生動，就煥發出珠聯璧合的光輝，成為情感真切，意境高遠的藝術品，而不是徒具形式的文字遊戲。

　　王粲〈從軍詩〉五首中的第一首：「陳賞越丘山，酒肉踰川坻」，描寫賞賜之豐；「禽獸憚為犧，良苗實已揮」，寫連禽獸都害怕作犧牲，但自己願為國捐驅，都用齊整的對偶形式鋪敘以及陳述其情。第二首：「涼風厲秋節，司典告詳刑」，利用對偶描寫涼風使秋天充滿殺伐之氣，主管刑法的官吏告知是明察用刑的季節。結構整齊勻稱，音調和諧順口，能加強語言的表達。第二首：「泛舟蓋長川，陳卒被照坰」，用對偶寫出水上戰船多得蓋滿了江面，陳列的士卒遍布郊野的景象。用整齊的文字美顯現雄壯的軍容。第四首：「朝發鄴都橋，暮濟白馬津」，寫軍隊早晨從鄴都橋出發，晚上便渡過了白馬津。透過對偶，這一早一晚的映襯，更突顯出來。《現代漢語修辭學》言：「對偶的作用主要是借助整齊的句式和和諧的音調，把事物之間的對稱、對立乃至相關的意思鮮明地表現出來，以加強感人的力量。」[25]

　　《說服技術》一書說：「思想之發生與改變則主要係由於語言或文字所引起。」[26]，王粲在此透過對偶這樣的字句藝術形式，對讀者思考的影響力增強，吸引讀者想見當時兵力強大，軍隊盛大迅捷的壯闊場面。

　　透過以上之分析整理，可以發現三國時代主戰類的戰爭詩作者，在表意時多使用誇飾法、引用法、借代法。在形式設計上則偏好排比與類疊法，對偶也是喜歡使用的手法之一。喜歡

用誇飾與排比、類疊法，一方面是因為適合歌功頌德、主張戰
鬥內容的陳述，另一方面筆者以為則明顯受到漢賦殘留的痕
跡，形式上喜歡鋪張揚厲，工整華麗。其中如曹丕、曹植、王
粲、阮瑀、應瑒、劉楨、繁欽等人，都有賦作傳世。

　　總而言之，三國時代主戰類戰爭詩，非常重視形式之美，
再加上誇飾之運用，顯得神采飛揚，氣勢磅礴，並以引證加
強，種種情況綜合起來，更加後勁十足，充滿陽剛之霸氣。

【附表三】　三國時代主戰類戰爭詩修辭表

題名	設問	引用	誇飾	借代	映襯	象徵	類疊	排比	摹寫	譬喻	轉化	雙關	示現	對偶	頂真
曹操〈短歌行〉		「為仲尼所稱」「齊桓之功……」周西伯昌,懷此聖德……,得使征伐。」「晉文亦霸……」	天威在顏咫尺					盧弓矢千,虎賁三百人							九合諸侯,一匡天下,一匡天下
王粲〈從軍詩〉五首中的第一首	焉得久勞師	夫子詩		沮溺	「外參時明政,內不廢家私」「徒行兼乘還,空出有餘資」			「軍人多飫饒,人馬皆溢肥」「一舉滅獯虜,再舉服羌夷」	人馬皆溢肥	「忽若俯拾遺」「往返速若飛」「良苗」	禽獸憚為犧		陳賞越丘山,酒肉踰川坻	「禽獸憚為犧,良苗實已揮」「陳賞越丘山,酒肉踰川坻」「一舉滅獯虜,再舉服羌夷」	

題名	設問	引用	誇飾	借代	映襯	象徵	類疊	排比	摹寫	譬喻	轉化	雙關	示現	對偶	頂真
王粲〈從軍詩〉五首中的第二首	「誰能無戀情」「人誰獲常寧」「豈敢聽金聲」	「東山」「昔人從公旦」	「泛舟蓋長川，陳卒被隰坰」「棄余親睦恩」	「陳卒」「金聲」	「昔人從公旦，一徂輒三齡；今我神武師，」		「桓桓」「眷眷」	「暫往必速平」「日月不安處，人誰獲常寧？」	「涼風」「泛舟蓋長川，陳卒被隰坰」	思逝若抽縈			「暫往必速平」「將秉先登羽」	「陳卒被隰坰」「涼風厲秋節，司典告詳刑」「泛舟蓋長川，」	
王粲〈從軍詩〉五首中的第四首		「伐檀」「鉛刀」「許歷為完士，一言獨敗秦」	「將定一舉勳」「一言獨敗秦」「連舫踰萬艘，帶甲千萬人」	帶甲	朝發鄴都橋，暮濟白馬津			左右望我軍，連舫踰萬艘，帶甲千萬人		「譬諸臭官臣」「鉛刀」			「將定一舉勳」「庶幾奮薄身」	朝發鄴都橋，暮濟白馬津	
王粲〈從軍詩〉					被羽在先登										

頂真	對偶	示現	雙關	轉化	譬喻	摹寫	排比	類疊	象徵	映襯	借代	誇飾	引用	設問	題名
								「既文既武」「有規有矩」「郁郁桓桓」「閻閻行行」					務在和光。同塵共垢		繁欽〈遠戍勸戒詩〉
							「湯湯」「悠悠」				「戈矛成山林」「一葦可以航」		「充國務耕殖，先零自破亡」「古公宅岐邑，實始剪殷商」「豈如東山詩，悠悠多憂傷」「孟獻營虎牢，鄭人懼稽顙」	誰云江水廣	曹丕〈至廣陵於馬上作詩〉
							「悠悠」「哀哀」					白骨從橫萬里			曹丕〈令詩〉

題名	設問	引用	誇飾	借代	映襯	象徵	類疊	排比	摹寫	譬喻	轉化	雙關	示現	對偶	頂真
左延年〈從軍行〉								鞍馬照人目，龍驤自動作						一驅乘雙駮	
曹叡〈善哉行〉四解			「薉日」「旗旌翳天」「振耀威靈」「綵旄」				「心綿綿」「赫赫」「行路綿綿」								
曹叡〈苦寒行〉		屯吹龍陂城。顧觀故壘處。皇祖之所營。	「光光我皇祖，軒耀同其榮。」「遺化布四海，八表以肅清」				「悠悠」「光光」								

題名	設問	引用	誇飾	借代	映襯	象徵	類疊	排比	摹寫	譬喻	轉化	雙關	示現	對偶	頂真
曹叡〈櫂歌行〉			太常拂白日	旗幟紛設張，將抗旌與鉞				文德以時振，武功伐不隨						「伐罪以弔民」「陽育則陰殺」	
曹植〈孟冬篇〉			「萬騎齊鑣，千乘等蓋」「夷山填谷，平林滌藪」「頓熊扼虎，蹴豹搏貙」「死禽積如京，	「流血成溝渠」「張羅萬里」「髮怒穿冠」「威靈振鬼區」「頓熊扼虎，蹴豹搏貙」「死禽積如京，			趩趩	「頓熊扼虎，蹴豹搏貙」「夷山填谷，平林滌藪」「獵以青骹，掩以脩竿」	「鐘鼓鏗鏘，簫管嘈喝」「死禽積如京，流血成溝渠」					鏗鏘，簫管嘈喝」「萬騎齊鑣，千乘等蓋」「走馬行酒醴，驅車布肉魚」「風弭雨停」「虎賁采騎，飛象珥鶡」「韓盧宋鵲」「牽糜掎鹿」「蹈轂超橤」「張目決眥」「鐘鼓	

題名	設問	引用	誇飾	借代	映襯	象徵	類疊	排比	摹寫	譬喻	轉化	雙關	示現	對偶	頂真
曹植〈責躬〉				願蒙矢石	「嗟予小子，乃罹斯殃，赫赫天子，恩不遺物」「武則肅列，文則時雍」		「文則時雍」「濟濟」「我弼我輔」「作藩作屏」「我削我紱」「明明」「兢兢」「武則肅列，	「武則肅列，文則時雍」「傲我皇使，犯我朝儀」「冠我玄冕，要我朱紱」「甘赴江湘，奮戈吳越」		如渴如饑					君臨萬邦，萬邦既化

218

頂真	對偶	示現	雙關	轉化	譬喻	摹寫	排比	類疊	象徵	映襯	借代	誇飾	引用	設問	題名
				口為禁闥，舌為發機	靈虯避難，不恥污泥」「芝桂雖芳，難以餌魚，尸位素餐，難以成居」「世偽知賢」「澤如凱風，惠如時雨」「磁石引鐵，於金不連」「鶉鷃遠害，不羞卑棲，道遠知驥，		用之必滅」「逢蒙雖巧，必得良弓，聖主雖知，必得英雄」「道遠知驥，世偽知賢」「澤如凱風，惠如時雨」「口為禁闥，舌為發機」	濟濟		「都蔗雖甘，杖之必折，巧言雖美，用之必滅」「芝桂雖芳，難以餌魚，尸位素餐，難以成居」「抱璧塗乞，無為貴寶，履仁遘禍，無為貴道」	萬邦作孚	萬邦作孚	螳螂見歡，齊士輕戰，越王軾蛙，國以死獻		曹植〈矯志詩〉

題名	設問	引用	誇飾	借代	映襯	象徵	類疊	排比	摹寫	譬喻	轉化	雙關	示現	對偶	頂真
曹植〈雜詩〉中的第五首	「路安足由」「遠遊欲何之」		將騁萬里途					江介多悲風，淮泗馳急流							
曹植〈雜詩〉第六首			遠望周千里	拊劍西南望	烈士多悲心，小人偷自閑			烈士多悲心，小人偷自閑	朝夕見平原「飛觀百餘尺，臨觴御檻軒」「絃急悲聲發，聆我慷慨言」「遠望周千里，	絃急悲聲發					
應璩詩中的第三首			光輔日月輝	放戈釋甲冑				放戈釋甲冑，乘軒入紫微	放戈釋甲冑，乘軒入紫微	光輔日月輝					
應璩詩第四首			今者宅四海												

題名	設問	引用	誇飾	借代	映襯	象徵	類疊	排比	摹寫	譬喻	轉化	雙關	示現	對偶	頂真
應璩詩第五首			難用應卒迫	馳騁習弓戟	雖妙未更事，										
阮籍〈詠懷詩〉第三十一首	梁王安在哉	駕言發魏都，南向望吹台						戰士食糟糠，賢者處蒿萊				駕言發魏都	「秦兵已復來」「軍敗華陽下，身竟為土灰」「戰士食糟糠，賢者處蒿萊」「歌舞曲未終，		
阮籍〈詠懷詩〉第三十八首	中野。烏鳶作患害。視彼莊周子。榮枯何足賴捐身棄	「泰山成砥礪。黃河為裳帶」「炎光延萬里」「長劍倚天外」						「泰山成砥礪。黃河為裳帶」「彎弓掛扶桑。長劍倚天外」					泰山成砥礪。黃河為裳帶		

題名	設問	引用	誇飾	借代	映襯	象徵	類疊	排比	摹寫	譬喻	轉化	雙關	示現	對偶	頂真
阮籍〈詠懷詩〉第三十九首			志欲威八方					「忠為百世榮，義使令名彰」「良弓挾烏號，明甲有精光」							
胡烈歌 襄陽民為		周孔是則													
軍中為夏侯淵語							三日五百。六日二千。	三日五百。六日二千。							
王粲〈太廟頌歌〉							「不顯不欽」「祁祁髦士」	「六佾奏。八音舉」「昭大孝。衍姒祖」「綏庶邦。和四字」「念武功，收純怙」「九功備。彝樂序」「建崇牙。設璧羽」							

修辭格	王粲〈矛俞新福歌〉	王粲〈弩俞新福歌〉	王粲〈安台新福歌〉	王粲〈行辭新福歌〉
頂真				
對偶	五刃三革			
示現				
雙關				
轉化				
譬喻		俯仰若神		
摹寫			「昭文德，宣武威」「平九有，撫民黎」	仁恩廣覆。猛節橫逝
排比		綏我武烈，篤我淳仁		
類疊		「篤我淳仁」「自東自西」「綏我武烈，」		桓桓
象徵				
映襯				
借代	「五刃三革休」「常與松喬遊」	劍弩錯陳		桓桓征四國
誇飾	永樂無憂，子孫受百福	「莫不來賓」「俯仰若神」		「漢國保長慶」「自古立功。垂祚延萬世」「莫我弘大」
引用		「自東自西，」		
設問				
題名	王粲〈矛俞新福歌〉	王粲〈弩俞新福歌〉	王粲〈安台新福歌〉	王粲〈行辭新福歌〉

題名	繆襲〈楚之平〉	繆襲〈獲呂布〉	繆襲〈平南荊〉
設問			
引用			在昔虞與唐
誇飾	普日月，齊輝光	囊括天下運掌中	「金鼓震天庭」「萬世無風塵」
借代	起旗旌		萬世無風塵
映襯			
象徵			
類疊			「遼遼」「陶陶」
排比	「越五帝。邈三王。」「興禮樂。定紀綱。」「神武奮。金鼓鳴。」「邁武德。揚洪名。」「普日月。齊輝光」「漢室微。杜稷傾」	獲呂布。戮陳官	「金鼓震天庭」「南荊何遼遼。江漢濁不清」「劉子面縛至。武皇許其成」「劉琮據襄陽。賊備屯樊城」
摹寫		艾夷鯨鯢	
譬喻			
轉化		囊括天下運掌中	
雙關			
示現			
對偶			
頂真	麾天下。天下平。濟九州。九州寧。創武功。武功成		思自新。齊功古人。普為大魏臣。大魏臣。向風思自新。

題名	誇飾	排比	譬喻	轉化
韋昭〈炎精缺〉	「赫武烈，越龍飛」「陟天衢，耀靈威」	發神聽，吐英奇，張角破，邊韓羈，宛潁平，南土綏，神武章，渥澤施，金聲震，仁風馳，顯高門，啟皇基，統罔極，垂將來」「陟天衢，耀靈威，鳴雷鼓，抗電麾，撫乾衡，鎮地機，厲虎旅，騁熊羆，」「炎精缺，漢道微，皇綱弛，政德違」	鳴雷鼓，抗電麾，撫乾衡，鎮地機，厲虎旅，騁熊羆	「赫武烈，越龍飛」「鳴雷鼓，抗電麾，撫乾衡，鎮地機，厲虎旅，騁熊羆」

其餘欄目：頂真、對偶、示現、雙關、摹寫、象徵、映襯、借代、引用、設問（皆空白）

題名	設問	引用	誇飾	借代	映襯	象徵	類疊	排比	摹寫	譬喻	轉化	雙關	示現	對偶	頂真
韋昭〈漢之季〉							「桓桓」「赫赫」	介士奮，醜虜震，使眾散，劫漢主，遷西館，雄豪怒，元惡債，義兵興，雲旗建，厲六師，羅八陣，飛鳴鏑，接白刃，輕騎發，							
韋昭〈據武師〉			炎炎大烈震天下				炎炎大烈震天下	攘夷凶族。革平西夏		炎炎大烈震天下					
韋昭〈伐烏林〉			「舟車十萬揚風聲」「乘勝席捲遂南征」							「虎臣雄烈周與程」「乘勝席捲遂南征」					

題名	韋昭〈秋風〉	韋昭〈克皖城〉	韋昭〈關背德〉	韋昭〈通荊門〉
頂真	邀之戰場 志士思立功。思立功。		通，親任呂蒙 睿德與玄通。與玄	威武容 厲鋒整封疆，整封疆。闡揚
對偶				
示現				
雙關				
轉化	鳩鳥化為鷹			
譬喻				「風，荒裔望清化」「虎臣勇氣震」「聖吳同歟」
摹寫	秋風揚沙塵。寒露沾衣裳			「大皇赫斯怒，虎臣勇氣震」
排比	「身逸獲高賞。身沒有遺封」「秋風揚沙塵。寒露沾衣裳」	「阻姦慝」「除穢去暴戢兵革」「克滅皖城遏寇賊。惡此凶孽」		「觀兵揚炎耀，厲鋒整封疆」「大皇赫斯怒，虎臣勇氣震」
類疊			「巍巍」「桓桓」	煌煌
象徵			臂大於股	
映襯	身逸獲高賞。身沒有遺封			觀兵揚炎耀，厲鋒整封疆
借代		民得就農邊境息		高燧與雲連
誇飾				
引用				
設問	安知存與亡			

題名	設問	引用	誇飾	借代	映襯	象徵	類疊	排比	摹寫	譬喻	轉化	雙關	示現	對偶	頂真
韋昭〈章洪德〉			珍貨充庭					平南裔。齊海濱。越棠貢。扶南臣。	章洪德，邁威神。感殊風。懷遠鄰。						

註　釋

1　黃師慶萱《修辭學》，台北：三民書局，1975年1月初版，1979年12月
　　三版。

2　張慈涵《大眾傳播心理學》，台北：鳴華出版社，1975年，頁191。

3　古遠清、孫光萱《詩歌修辭學》，台北：五南圖書出版有限公司，1997年
　　6月初版，頁306-328。

4　周振甫《文章例話》，卷三，台北：五南圖書出版有限公司，1994年5月
　　初版。按：此處的「墊高拽滿」指得正是誇飾法。

5　陸松齡《日本語修辭學》，台北：亞太，1994年四月初版，頁246-250。
　　因未見中譯本，本文引用皆為暫譯。933為此句在書中之編號。

6　張志公、劉蘭英、孫全洲《語法與修辭》，廣西教育授權，台北：新學識
　　文教出版中心，1990年1月初版，頁423。

7　Jane Austen也曾運用此法來增強情景："The Mysteries of Udolpho when I
　　had once began it, I could not lay down again ; -I remember finishing it in
　　two days - my hair standing on end the whole time ."

8　黃永武、張高評著《唐詩三百首鑑賞》下冊，台北：黎明文化事業出版
　　有限公司，1986年11月初版，1990年11月再版。頁376。

9　古遠清、孫光萱《詩歌修辭學》，湖北：湖北教育出版社，1997年6月初
　　版，頁115。

10　黃師慶萱《修辭學》，台北：三民書局，1975年1月初版，1979年12月

三版。頁99-119。

11 蔡謀芳著《表達的藝術》，台北：三民書局，1990年12月初版，頁95-108。

12 黎聖倫著《戰爭心理學》，台北：幼獅文化事業有限公司，1964年10月初版，頁127-140。將宣傳的做法，歸為一、簡化法。二、暗示法。三、稱名法。四、引證法。五、統計法。對於「引證法」一項，解說如下：「即引證史實或權威人士的言論，以加強對敵的仇恨及取得宣傳上的信任。如俄帝真理報發表反美論文，竟追述至一九一七年的國際干涉，亦為美國所主使。」

13 徐芹庭《修辭學發微》，台北：台灣中華書局，1973年初版，1974年8月二版，頁61-68。

14 黃師慶萱《修辭學》，台北：三民書局，1975年1月初版，1979年12月三版。頁251-267。

15 董季棠《修辭析論》，台北：大中國圖書出版有限公司，1981年10月初版，1988年7月四版，頁209-229。

16 張志公、劉蘭英等主編《語法與修辭》，大陸授權，台北：新學識文教出版中心，1990出版，頁414。

17 張志公、劉蘭英等主編《語法與修辭》，大陸授權，台北：新學識文教出版中心，1990年出版，頁435。

18 黃永武《字句鍛鍊法》，台北：台灣商務印書館，1969年8月初版，1969年11月二版，頁48-49。

19 文史哲編輯《修辭類說》，台北：文史哲出版社，1980年，頁171-177。

20 黃葳威著《文化傳播》，台北：正中書局，民88年三月初版，頁44-54。

21 日本多湖輝著，陸明譯《深層說服術》，台北：大展出版社，民84年初版，頁80-84。

22 詳見Evans, Dylan. *An Introduction of Lacanian Psychoanalysis*. New York: Routledge, 1996. 頁164，文中除對於佛洛伊德對repetition的原有解釋外，亦說明法國心理分析家拉崗（Jacques Lacan）對佛氏理論之補充與修正。拉崗的心理分析側重語言於個體的心智上所產生的影響，在他的理論中，重複的言語可視為個體對自己社會關係的堅持（the insistence）。

23 劉鴻模著《愛情美學》，黑龍江：黑龍江人民出版社，1991年6月初版，頁115。

24 沈謙《修辭學》下冊，台北：空大，1991年，頁630。

25 黎運漢、章維耿著《現代漢語修辭》，台北：書林出版有限公司，1991年出版，頁146。

26 J. A. C. Brown著，周恃天譯《說服技術》，台北：黎明文化事業出版有限公司，1971年出版，頁1-28。

第七章　非戰類之作品內容

此類作品包括：曹操〈薤露〉（魏詩卷一）、曹操〈蒿里行〉
（魏詩卷一）、王粲〈七哀詩〉中的第一首（魏詩卷二）、王粲
〈七哀詩〉中的第三首（魏詩卷二）、陳琳〈飲馬長城窟行〉
（魏詩卷三）、阮瑀〈詩〉（魏詩卷三）、應瑒〈侍五官中郎將建
章台集詩〉（魏詩卷三）、曹丕〈陌上桑〉（魏詩卷四）、曹丕
〈雜詩〉二首中的第一首（魏詩卷四）、曹丕〈雜詩〉二首中的
第二首（魏詩卷四）、曹丕〈黎陽作詩〉（魏詩卷四）、左延年
〈從軍行〉（魏詩卷五）、焦先〈祝衄歌〉（魏詩卷五）、曹植
〈門有萬里客〉（魏詩卷六）、曹植〈送應氏詩〉二首中的第一
首（魏詩卷七）、曹植〈雜詩〉七首中的第二首（魏詩卷七）、
嵇康〈代秋胡歌詩〉中的第三首（魏詩卷九）、阮籍〈詠懷詩〉
第六十一首（魏詩卷十）、阮籍〈詠懷詩〉第六十三首（魏詩
卷十）、阮籍〈采薪者歌〉（魏詩卷十）、繆襲〈舊邦〉（魏詩卷
十一）。

共二十一首，占一百零四首戰爭詩的百分之二十點二，是
三類中最少的一類，然而每一首都含有對於戰爭深刻的省思。
可以依據所描述之戰爭時期作分類，但發現與主戰類不同，此
類較少描寫戰前與想像中的戰爭情況，此種情形之發生，大抵
與其想要表達的非戰態度有關，戰爭前之情況無法看出戰爭對
於人民生活之劫難，而想像中之戰爭又顯得太過虛幻，反對想
像中的戰爭顯得為反對而反對，徒勞而無功。以下就來分析其

內容。

第一節　記敘戰爭中之景況

首先看曹操〈薤露行〉：

> 惟漢二十世，所任誠不良。沐猴而冠帶，知小而謀強。
> 猶豫不敢斷，因狩執君王。白虹為貫日，己亦先受殃。
> 賊臣持國柄，殺主滅宇京。蕩覆帝基業，宗廟以燔喪。
> 播越西遷移，號泣而且行。瞻彼洛城郭，微子為哀傷。

　　此詩敘述了漢末董卓之亂的前因後果。「惟漢二十世，所任誠不良。沐猴而冠帶，知小而謀強。猶豫不敢斷，因狩執君王。白虹為貫日，己亦先受殃。」從漢高祖劉邦到靈帝劉弘是二十二世，一說詩中舉其成數，如逯本，另說為二十二世，如《宋書》。中平六年（西元一八九年），漢靈帝崩，劉辨即位，何太后臨朝，宦官張讓、段珪等把持朝政，何太后之兄與大將軍何進謀誅宦官，密召董卓進京剷除宦官，謀洩，何進被張讓所殺，張讓又劫持少帝與陳留王奔小平津。此段正是譏刺何進徒有其表就像獼猴戴帽穿衣，智小而圖謀大事，猶豫不決，導致少帝被劫，自己也遭董卓殺害。「因狩執君王」是「為尊者諱」，「白虹貫日」則是一種天象，指太陽中有一道白氣穿過，古人認為是上天預示的凶兆，通常應驗在君王身上。
　　「賊臣持國柄，殺主滅宇京。蕩覆帝基業，宗廟以燔喪。播越西遷移，號泣而且行。」以下轉到董卓之亂。寫董卓將少帝與陳留王劫回，但不久廢少帝為弘農王，後將其殺死，立陳

留王為獻帝，於是各州郡起兵討伐，社會陷入混戰局面，董卓焚毀京城洛陽，挾持獻帝西遷長安。「瞻彼洛城郭，微子為哀傷。」據《尚書・大傳》，微子在商朝滅亡後，經過殷墟，見到宮室敗壞，因而悲傷感嘆。這裡曹操以此來比況自己對漢室傾覆之悲傷與感嘆。

曹操另有一首〈蒿里行〉：

> 關東有義士，興兵討群凶。初期會孟津，乃心在咸陽。
> 軍合力不齊，躊躇而雁行。勢利使人爭，嗣還自相戕。
> 淮南弟稱號，刻璽於北方。鎧甲生蟣虱，萬姓以死亡。
> 白骨露於野，千里無雞鳴。生民百遺一，念之斷人腸。

〈薤露〉與〈蒿里行〉都是古人出喪時所唱的輓歌，曹操借古題寫時事，一首寫漢室之傾覆，一首寫軍閥間的爭權奪利，都寫出戰爭所釀成人民災禍的歷史事實。清人方東樹《昭昧詹言》：「此用樂府題，敘漢末時事。所以然者，以所詠喪亡之哀，足當哀歌也。〈薤露〉哀君，〈蒿里〉哀臣，亦有次第。」說明〈薤露〉與〈蒿里〉內容上的聯繫，而各有其側重。兩首都記錄現實，展現歷史，描繪出戰爭的悲哀，明代鍾惺《古詩歸》就稱此兩首「漢末實錄，真詩史也」。

曹操詩作，前人多以為有悲涼慷慨之格調，此風格在其戰爭詩中尤為明顯，或者可以說他的戰爭詩是塑造悲涼慷慨情調之來源。敖器之《敖陶孫詩評》：「魏武帝如幽燕老將，氣韻沈雄。」此詩中，曹操從大處落墨，以概括性語言描述數年以來的社會動亂，並未描寫其詳細過程，其中強烈的感情與批判色彩，不僅表達自己之感慨，也有別於史書式的客觀陳述，有

感人的力量。而悲慘場面之廣大，也讓人感到氣魄之沈雄壯闊，其中具有深沈悲憤之情。而這種以古樂府來寫時事的方式，也開創了新的寫作風氣，清代沈德潛《古詩源》：「藉古樂府寫時事，始於曹公。」這一方面是因為樂府本身有緣事而發的民歌特點，另一方面也是因為曹操寫作的詩作情感跌宕真摯，被人所重視的緣故。

　　這兩首詩之所以情感真摯，從此可見曹操對於董卓之亂與漢末社會情勢之重視。曹操之祖為曹騰，是桓帝時代宦官集團之中堅份子，父親曹嵩，是曹騰的養子，曹操則是曹嵩之長子。雖然曹操與宦官集團關係密切，但他也與世家大族集團積極交往，所以當袁紹勸何進殺宦官之時，也能參與意見。當袁紹主張全數消滅時，曹操則主張懲辦幾個罪魁禍首即可，這一方面是與曹操的出身有關，另一面也可看出他對於董卓力量評估的遠見。之後董卓入京，其政治措施及其軍隊毫無軍紀的狀況，都成為人民與曹操痛恨的目標，因此，雖然董卓想拉攏曹操並用政府名義任命曹操為驍騎校尉，可是曹操還是不願意與董卓合作，而與袁紹等人先後退出洛陽。曹操在陳留集結兵五千人，但那時因為沒有地盤，只得受陳留太守張邈的接濟，作戰上也受到張邈的牽制。由於這批聯盟的關東軍，在作戰經驗上遠不如董卓的西北軍，因此大多不肯向洛陽推進，只有曹操力主戰鬥，並將自己的軍隊向前移動，希望在他的影響下，聯盟也能向前推進。然而曹操進到滎陽汴水時，與徐榮遭遇，戰鬥失利，傷亡慘重，曹操自己也被流矢所傷，幸虧堂弟曹洪尋獲一條船，才得以趁夜逃脫。曹操經過這次挫敗，得到教訓，決定重新徵募軍隊，擴大自己的勢力，並在之後趁機取得兗州的統治地位。記載此段漢末史實者，除曹操之〈薤露〉與〈蒿

里行〉外,繆襲〈楚之平〉與〈戰滎陽〉、韋昭〈漢之季〉都是以此為書寫內容。從此可知,董卓之亂對三國時代人民生活影響甚鉅,也促使詩人們對其重視,而對於曹操而言更是他崛起的開端,也是他難忘的失敗戰役,所以他將其描寫得相當慘烈,是其來有自的。

除了從歷史的角度,可以觀察出曹操創作此詩的動機,另外此詩所呈現出的敘事技巧也是值得注意的。「詩中有畫」是詩歌中很優美的境界,而曹操此詩不僅是一幅動亂歷史畫卷,而且是有動作、有作者說話的史論圖畫,曹操的雙眼成為讀者觀賞到漢末董卓之亂的管道,但這個像攝影機一樣清楚明確的觀視位置,是經由曹操安排且剪裁過的,近似於電影中的陳述過程,經由電影製作者的剪輯,而後才傳達給觀賞者。《電影敘事:劇情片中的敘述活動》中說:「一般而言,情節若要塑造觀眾的感知活動,可控制以下三者:(一)觀眾所接觸的故事訊息量;(二)訊息能被歸因的適切程度;(三)情節和故事間的形式對應。」[1]其實不只是電影如此,詩歌也可透過控制這三個條件,創造出所需的情節,曹操此詩也控制了這三個條件,有意地塑造讀者感知活動,他運用符合其想要傳達訊息的情節,使史實的建構一致而穩定的進行,因為歷史線索與寫作動機的提供訊息量正確,使得讀者容易理解,雖然情節上有飛快帶過以及未詳述的部分,正如電影中主角飛快長大的時間缺隙,但不致於影響讀者的體會,而且曹操剪裁得宜,沒有枝蔓或偏離主題的引言、牽強的隱喻、干擾,他以情節控制讀者接受訊息的數量與適切程度,從頭至尾持續採取同一觀點,嘲諷何進與董卓,提示與引導讀者的敘事活動,以上種種都可看出曹操對於訊息量與情節鋪排的掌握功力。

再來看曹丕〈雜詩〉二首中的第二首：

> 西北有浮雲，亭亭如車蓋，惜哉時不遇，適與飄風會，
> 吹我東南行，行行至吳會，吳會非我鄉，安得久留滯，
> 棄置勿復陳，客子常畏人。

曹丕此詩的寫作背景，《文選》李善注與李周翰注都認為是伐吳之事。這是因為魏在西北，吳在東南，所以詩中有「西北浮雲」、「東南行」、「至吳會」等語，「吳會非我鄉，安得久留滯」，則是寫伐吳不克，久滯欲歸的心情。而吳景旭《歷代詩話》曾經駁斥這種說法，認為曹丕雄才且有智略，不可能做此詩示弱於孫權，也不可能做此詩讓劉備笑話，同時吳會是指當時的吳郡與會稽郡，在長江南，曹丕臨江觀兵而還，並未至江南。筆者以為此說也很有見地，但是有時詩人寫作之地名與人名，未必確指實地或確有其人，只是借題發揮，而且曹丕雖有雄才大略，深諳兵法，這在前面論述中筆者也一再提到，然而就曹氏一門或說整個建安文學的戰爭詩而言，內容上已經有濃厚的個人抒情風格，文學已經漸漸脫離為經學服務的目的，就連曹操的戰爭詩也多呈現出悲涼的氣氛，這在後文中會有詳細的討論，此處暫且打住。單以曹丕本身戰爭詩來說，具有激勵士氣、宣傳主戰思想的作品不少，但也有描寫戰爭中辛苦之作，或從征人怨婦角度側面抒發對戰爭的不滿。若僅從曹丕攻打吳國之作而言，有主戰的作品，如前面所提〈至廣陵於馬上作詩〉、〈黎陽作詩〉三首中的第一首與第三首，皆為主戰之作，但如〈黎陽作詩〉三首中的第二首則是描寫軍隊困於大雨中的情況，還有單首的〈黎陽作詩〉也是流露非戰情緒，

凡此種種，曹丕作詩未必僅從政治目的或角度著眼，有時也以抒發個人情志為考量，所以在攻打吳國時做出此非戰詩也不無可能性。除此二說之外，吳淇《六朝選詩定論》與張玉穀《古詩賞析》等則認為此詩是曹丕早年疑懼父親曹操欲立曹植為世子而作，此說甚為牽強，故此處不做說明。

　　無論如何，從以上可知，此詩內容與戰爭有關，而且表現出曹丕對戰亂的厭倦情緒。

　　「西北有浮雲，亭亭如車蓋」，以浮雲自比，以車蓋借諭飄搖不定的景況。「惜哉時不遇，適與飄風會，吹我東南行，行行至吳會，吳會非我鄉，安得久留滯」，用感嘆寫出遇到飄風而漂泊流蕩的行蹤，之後道出久攻不克，停滯於異鄉的思鄉之情。「棄置勿復陳，客子常畏人」，表露出羈旅他鄉的遊子，日久思反卻又怕勾起鄉愁的矛盾心情，其實這樣的矛盾，在一個位為君王的曹丕身上，恐怕是更明顯的吧！

　　而〈雜詩〉二首中的第一首：

　　　　漫漫秋夜長，烈烈北風涼，展轉不能寐，披衣起彷徨，
　　　　彷徨忽已久，白露沾我裳，俯視清水波，仰看明月光，
　　　　天漢回西流，三五正縱橫，草蟲鳴何悲，孤鴈獨南翔，
　　　　鬱鬱多悲思，綿綿思故鄉，願飛安得翼，欲濟河無梁，
　　　　向風長歎息，斷絕我中腸。

　　雖然此首詩作沒有點明寫作背景，但在題目與內容上與第二首都是一致的，描寫遊子思歸，漂泊異鄉的濃厚抑鬱情緒。沈德潛《古詩源》：「二詩以自然為宗，言外有無窮悲感。」已經說明了曹丕此詩自然流露出他的心思，而且並不是大聲痛

哭似地傾訴愁苦，而是言已終而情未竟地使詩外餘音觸動著讀者心弦。陳祚明《采菽堂古詩選》：「二詩獨以自然為宗，言外有無窮悲感，若不止故鄉之思。寄意不言，深遠獨絕，詩之上格也。」也是承繼沈氏之說。至於吳淇《六朝選詩定論》評曰：「言行客在外，孤身無伴，易得人侮，況身為太子云云乎，前章寫得深細，後章促急，至末二句換韻處，其節愈促，其調彌急。」寫出當時戰亂頻仍，人民飽經動亂之苦，許多人因戰亂饑荒而流浪在外，或為兵役繇役而離鄉背井的心情，曹丕在此詩中便反映此類現象，另如〈於清河見挽船士新婚與妻別〉也是曹丕此類作品。而且如吳淇所言，曹丕〈雜詩〉的第一首寫得深入細膩，第二首則顯得節奏急促，表現出心情的煩躁不安。

其實從當時戰爭的情況看來，可以知道曹丕何以在面對戰爭時煩躁不安、沈悶憂鬱。趙海軍、毛笑冰《中國古代的軍事》：「三國兩晉南北朝是中國歷史上的大分裂、大融合時期，幾近四百年之久，歷經三十多個胡漢政權與王朝。分裂與混戰成為這個時期的標誌，戰事之頻繁是其他時期所不能比擬的，僅史料記載的就達約六百零五次。」[2]可見當時戰爭如天星般繁多，在征戍之間的煩悶思家、厭倦疲乏，是在所難免的。而且依據《中國古代的軍事》所言，此時期的戰爭特色為：各兵種的發展更為完善、戰略計畫的制定達到相當水準、多種戰法靈活運用。可以得知三國時代之各種武器，如盔甲、弓弩、刀劍、箭鏃、車船、馬鎧……等等，在製作技術上都有長足進步，並因為戰爭的需要，不斷改良與發明，對於軍種的訓練方式，包括：騎兵、步兵、車兵、水軍等等，更是日新又新，再加以各個軍事將領鑽研戰略戰術，使得戰爭的策略也達

到更全面更具體的水準，戰術則更力求多樣，火攻、水戰、伏擊、奇襲等等，輔以當時與其他民族交流愈密，產生新的政權組織型式與軍事制度，而且由於三國鼎立，除伐謀之外，還要伐交，聯盟戰與破交戰也是微妙的戰爭特色，種種情況顯示，三國時代不僅戰爭次數多，而且戰略、戰術、外交、兵器、兵種訓練，甚至於後援補給的情況都比前代要複雜許多，君王之心力交瘁，更是顯而易見。所以曹丕對於戰爭的憂心與不耐，是可以理解的。

　　從前述之〈薤露〉與〈蒿里行〉可知，曹操與曹丕同樣對戰爭流露出反對與憂心態度，不過兩人在詩中所運用的敘事技巧，則是不同的，所以呈現出不同的面貌。高辛勇《形名學與敘事理論：結構主義的小說分析法》：「『事目』為敘述文之主幹，……與『事目』結合最密切的因素是『人物』。」[3]所謂「事目」是指人物的行為，行為之成為「事目」，端賴其在整個故事發展中所具的功用（或意義）而定。不只是敘述文或小說是以事目為主幹，敘述詩也是以事目為主幹，與事目結合最密切的因素也同樣是「人物」。曹操在寫作非戰詩時，是以整個事件為記敘重點，而人物的行為與人物的紀錄只是輔助事件發展的地位，然而曹丕所描寫的非戰類記敘筆法作品，則是以人物，也就是他自己，作為全文敘述的核心，所有行為之間的關聯、動機、動作過程等等都是透過這個人物貫串所得，與曹操的「我」是旁觀者，詩中出現的人物，如：何進、董卓等等，都只是戰爭事件發生中的過客的敘述方式大異其趣。所以沈德潛《古詩源》言：「子桓詩有文士氣，一變乃父悲壯之習矣，要其便娟婉約，能移人情。」筆者以為正是因為曹操與曹丕兩者寫作風格不同，曹操以客觀角度大筆描繪戰爭史實，曹植則

以文人之筆，細膩書寫己身遭遇，導致兩種截然不同的情調。

再看阮籍〈詠懷詩〉第六十一首：

> 少年學擊刺，妙伎過曲城。英風截雲霓，超世發奇聲。
> 揮劍臨沙漠，飲馬九野坰，旗幟何翩翩，但聞金鼓鳴。
> 軍旅令人悲，烈烈有哀情。念我平常時，悔恨從此生。

「少年學擊刺，妙伎過曲城。」寫他少年時曾學習劍術，技藝高妙超過曲成侯。曲成侯為古代善用劍者，《史記・日者列傳》：「齊張仲、曲成侯，以善擊刺學用劍，立名天下。」「英風截雲霓，超世發奇聲。」則描寫他英武的氣概截斷白雲與虹霓，超出眾人發出奇聲。「揮劍臨沙漠，飲馬九野坰，旗幟何翩翩，但聞金鼓鳴。」描述揮劍來到沙漠，飲馬於荒遠的九州邊界，戰場上旗幟飄揚，只聽到金鼓的鳴響。「軍旅令人悲，烈烈有哀情。念我平常時，悔恨從此生。」抒發他個人的情感，認為軍旅生活令人悲傷，心中憂傷滿懷哀情，回想平生歲月，悔恨之情湧上心頭。

阮籍在少年之時本有經世濟民之志，此詩可以說是回顧他青少年時代習武從軍、渴望建立功業，最後無限悔恨的作品。其中以壯闊的筆調描繪出他曾經憧憬的軍旅生活，以豪邁激昂的筆法勾勒出旌旗翻飛、戰鼓雷鳴的戰爭場面，表現對激烈戰爭的體會，寄託了他的理想。阮籍在此描寫出他年輕時對志業追求的熱情，李師清筠〈時空情境中的自我影像：以阮籍、陸機、陶淵明詩為例〉將此詩之空間歸為「志業空間」，認為「在阮籍詩裡，這種空間僅以戰場的形式出現過。」[4]可見阮籍認為男子應當效命沙場，建功於戰場之意志堅決，所以在早期

詩作或陳述年輕時之志向的作品中，常常可以看到他揮劍激昂的身影，也可感受到他「志欲威八荒」的氣魄，並受到他「忠為百世榮」的氣節，而斂容起敬。

林家驪《新譯阮籍詩文集》：「『念我平常時，悔恨從此生。』表現出詩人少年壯志，老大無成的無限心酸。」[5]以阮籍之生平看來，這樣的解釋，也是可以成立的，他也有可能感慨最終一事無成。但筆者以為若以整首詩觀察，內容主要在描述戰爭，而且配合他的一生來看，從早期的凌雲壯志，因而對戰爭持贊成態度，到後期認清戰爭為政治服務的性質，故期望太平的轉變情況而言（這在前文中已有論述），輔以前一句已寫出「軍旅令人悲，烈烈有哀情」，解作是阮籍對於戰爭態度的改變，開始後悔之前對戰爭太過嚮往的偏頗，代表著阮籍前後不同的心境，藉著結尾的悲愴鬱憤，更能與前面之激昂慷慨形成強烈對比，造成極大的落差，深刻刻劃出詩人對戰爭的認知情況，這樣的理解或許是更為妥貼的。

阮籍在晚期詩作中已經不再積極於功名，並表現出因為身逢亂世，過多憂慮與孤寂之感，所以期望能過太平無憂的生活，因而在詩中寫出「適彼沅湘」（第一首、第二首）、「願耕東皋陽」（第三十四首）、「逍遙區外」（第十三首）、「願登太華山」（第三十二首）、「竟知憂無益，豈若歸太清？」（第四十五首）……等等，表達出對於戰爭與人事紛擾的厭棄，希望躬耕守真，逍遙自適，以及對仙境的嚮往。

第二節　記敘戰爭後之景況

首先看王粲〈七哀詩〉三首中的第一首：

西京亂無象，豺虎方遘患，復棄中國去，遠身適荊蠻，
親戚對我悲，朋友相追攀，出門無所見，白骨蔽平原，
路有飢婦人，抱子棄草間，顧聞號泣聲，揮涕獨不還，
未知身死處，何能兩相完？驅馬棄之去，不忍聽此言，
南登霸陵岸，回首望長安，悟彼下泉人，喟然傷心肝。

　　這是王粲〈七哀詩〉三首中的第一首，寫於初平三年，當
時董卓部將李傕、郭汜在長安作亂，大肆燒殺劫掠，王粲逃往
荊州，準備投靠劉表以避難。「西京亂無象，豺虎方遘患」，
寫長安受到董卓部將的摧殘，交代詩人離開長安之原因。「復
棄中國去，遠身適荊蠻」，寫自己將要再次離開北方中原地
區，投奔曾就學於王粲祖父的荊州刺史劉表。一個「復」字，
表達出在初平元年董卓脅迫獻帝遷都長安，於是詩人被迫遷移
到長安，而如今又要因為戰亂而離開長安，蘊含著無限的感慨
與哀傷。

　　「親戚對我悲，朋友相追攀」，此句為互文，描述初送別時
親戚與朋友的表情與動作，表現出詩人與他們的深厚感情，也
營造出生離死別的悲慘氣氛。「出門無所見，白骨蔽平原」，
描寫離開長安後，一路上只見到白骨累累，堆滿了無垠的平
原，與曹操〈蒿里行〉：「白骨露於野，千里無雞鳴」，所寫
情況一樣，可見得當時戰爭之慘烈與帶給人民之災難。更可看
出詩人將董卓部將比作「豺虎」之深意。「路有飢婦人，抱子
棄草間，顧聞號泣聲，揮涕獨不還，未知身死處，何能兩相
完？」同樣是詩人出門所見。母親親愛自己的孩子，是人類天
性，而此處王粲卻見到婦人棄子，可知戰爭造成民不聊生，身
為母親迫不得已只好背離人性拋棄自己的親生骨肉，詩人記錄

了這種慘絕人寰的事例，強烈控訴無情戰火所帶來的災禍。吳淇《六朝選詩定論》卷六：「兵亂之後，其可哀之事，寫不勝寫，……復於中單舉婦人棄子而言之者，蓋人當亂離之際，一切皆輕，最難割捨者骨肉，而慈母於幼子尤甚，寫其重者，他可知矣。」已經寫出王粲不去累述饑荒之景，而獨寫婦人棄子一事，寫出最可悲最無奈之事，其他因戰爭而起的人倫慘劇，就不言而喻了。

因這樣的慘景，自然的逼出下文：「驅馬棄之去，不忍聽此言，南登霸陵岸，回首望長安，悟彼下泉人，喟然傷心肝。」王粲疾驅馬兒前進，登上賢君漢文帝的陵墓，回首望長安，憶及漢文帝，若其在世，社會怎會如此殘破混亂？百姓又何至顛沛流離？自己也不會一再流亡他鄉！詩人這時才領悟到《詩經・曹風・下泉》的作者思念賢明君王的急切心情，因而發出沈痛的哀嘆。

王粲是三國時代創作戰爭詩數量相當豐富的作家，他的戰爭詩以主戰者居多，對戰爭態度不明顯的作品也不少，非戰的僅有四首，然而這三首〈七哀詩〉卻受到歷來評論家的重視，如方東樹《昭昧詹言》卷二：「冠古獨步。」受到極大的推崇。王夫之《船山古詩評選》：「落筆刻，發音促，入手緊，後來杜陵有作，全以此為禰祖。」認為王粲此類詩作對於杜甫有影響。何焯《義門讀書記》卷四十六：「路有飢婦人六句，杜詩宗祖。」可見王粲非戰類詩作數量雖少，但對杜甫及後世的影響深遠。

筆者以為王粲此詩不只在內容上反映出當時戰爭造成生民塗炭、人倫失序、遷徙頻繁的社會現實，因而意涵豐富，影響後世的戰爭詩，在敘事筆法上也不同於已往。《講故事：對敘

事虛構作品的理論分析》：「聚焦focalization是由敘述的施動者narrating agent（誰在敘述）、聚焦者focalizer（誰在看）和被聚焦者focalized（誰在被看從而也就被敘述：就精神活動而言，是情感、認識或感覺）形成的三位一體的關係組成。」[6]像曹操〈薤露〉、〈蒿里行〉，繆襲與韋昭的鼓吹曲辭，這些作品的聚焦都只有被聚焦者，也就是呈現的史實是顯明的，敘述的施動者大多數時間是隱性的，偶爾出現作者對於史實的評論，類似於司馬遷「太史公曰」筆法。而曹丕的〈雜詩〉兩首與阮籍〈詠懷詩〉的第六十一與六十三首，敘述的施動者即是被聚焦者，都是作者本身，也都是顯性存在，是一般抒情敘事詩採用的筆調。但是王粲〈七哀詩〉的第一首卻是兩者分離，敘述的施動者是王粲自己，而被聚焦者是棄子之婦人，兩者在詩中都是明顯存在的，當另一個人物形象的聚焦（此一人物不是敘述的施動者）在介入故事的講述時，也介入了敘述的施動者之言語活動，由此而來的雙重仲介作用阻止了敘述單純地被當作敘述者的言語活動去閱讀，所以其中「未知身死處，何能兩相完？」一句是婦人之自述，若不慎則易誤解為王粲之言，這種手法近似於說書人出現在戲劇中加以評述與表演，也就是現代文學中的「後設小說」架構，所以王粲此詩所採用的筆法，可以說是十分先進而有突破性的。

再看應瑒〈侍五官中郎將建章台集詩〉：

朝雁鳴雲中，音響一何哀，問子遊何鄉，戢翼正徘徊，
言我塞門來，將就衡陽棲，往春翔北土，今冬客南淮，
遠行蒙霜雪，毛羽日摧頹，常恐傷肌骨，身隕沈黃泥，
簡珠墮沙石，何能中自諧，欲因雲雨會，濯羽陵高梯，

良遇不可值，伸眉路何階，公子敬愛客，樂飲不知疲，

和顏既以暢，乃肯顧細微，贈詩見存慰，小子非所宜，

為且極謹情，不醉其無歸，凡百敬爾位，以副饑渴懷。

　　這是應瑒在建章台公宴時給曹丕的獻詩，曹丕於建安十六年（西元二一一年）拜五官中郎將，當時應瑒為五官中郎將文學，是曹丕的僚屬。

　　此詩上半篇以鳴雁自喻，暗示自己過去窮困憂愁的生活。應瑒早年流離南北，約於建安初年入為曹操幕僚，曾經參與建安五年的官渡之戰，後又隨曹操平定冀州，建安十年，從征烏丸，建安十三年，從征劉表、孫權，南征還鄴，參與曹丕兄弟宴集。建安十六年，從曹操西征馬超，至洛陽因事北行，曹植有〈送應氏〉詩。可見應瑒與曹操、曹丕、曹植關係之交好。「朝雁鳴雲中，音響一何哀」開頭二句用清晨哀鳴之飛雁比喻自己過去飄零無依的形象。此二句化用《詩經·小雅·鴻雁》：「鴻雁于飛，哀鳴嗷嗷。」「問子遊何鄉，戢翼正徘徊」，設問鴻雁打算飛向何方，為何在空中躊躇徘徊？

　　「言我塞門來，將就衡陽棲，往春翔北土，今冬客南淮。」這是雁兒的回答：每年秋天鴻雁都要從寒冷的北方飛到溫暖的南方避寒。藉此比喻自己為逃避戰亂，流竄到南方避禍。「遠行蒙霜雪，毛羽日摧頹，常恐傷肌骨，身隕沈黃泥」，然而這種生活並不安全，寫鴻雁在長期遠行中蒙受霜雪，羽毛日漸摧折，恐怕就要喪失生命，表達反映了當時人民在連年戰爭中憂懼恐慌的心理。

　　「簡珠墮沙石，何能中自諧」用大珠落於砂石，怎能自安？比喻自己懷有才華，卻因災禍而埋沒。「欲因雲雨會，濯

羽陵高梯」暗示希望能趁著雲雨會合之際，洗滌羽毛凌越高梯。「良遇不可值，伸眉路何階」又以設問表達這種良機不容易得到，想使自己揚眉吐氣卻又不知進路在何處？

「公子敬愛客，樂飲不知疲，和顏既以暢，乃肯顧細微，贈詩見存慰，小子非所宜，為且極讙情，不醉其無歸，凡百敬爾位，以副饑渴懷。」轉入眼前公宴之事，寫出飲宴時公子好客，而自己也受到主人顧憐，還受到贈詩，所以詩人要大醉而歸以助雅興，並表示報答主人求賢若渴之心懷。正如《詩經·小雅·雨無正》：「凡百君子，各敬爾身。」鄭玄箋：「凡百君子，謂眾在位者；各敬慎女之身，正君臣之禮。」之意。

此詩主題為希冀得到曹丕之恩遇，前半借雁顯露出人民因戰爭輾轉遷徙之苦，具有含蓄婉轉的藝術手法，後半從正面敘述卻也不著一字，顯得不卑不亢，在公宴詩大多庸俗頌揚的應酬作品中，獨樹一格，風格清麗，實為佳作，所以此詩多為論者所稱讚，如沈德潛《古詩源》：「魏人〈公宴〉俱極平庸，後人應酬詩從此開出。篇中代雁為詞，音調悲切，異於眾作。」

此詩以雁比喻自己，意象十分鮮明，刻劃出哀鴻遍野、干戈不息下的人民心情，劉履《選詩補注》：「比也，……德璉既遭亂離，有志弗遂，……乃借旅雁以自喻，言哀鳴雲中，欲翼而徘徊。」已經說明了應瑒在詩中前半的心境。此詩後半則點出希望得到重用，一展抱負之期盼，所以應瑒得到任用之後，作品由非戰的情緒轉而為請纓報國的主戰態度，也就不足為奇了，例如他的〈撰征賦〉：「奮皇佐之豐烈，將親戎乎幽鄰。飛龍旗以雲曜，披廣路而北巡。……烈烈征師，尋遐庭兮。……嘉想前哲，遺風聲兮。」就以歌誦戰爭場景，描述攻

城掠地的情況為主。

接下來看繆襲〈舊邦〉：

> 舊邦蕭條心傷悲，孤魂翩翩當何依？遊士戀故涕如摧，
> 兵起事大令願違。傳求親戚在者誰？立廟置後魂來歸。

此詩為繆襲〈魏鼓吹曲辭〉十二曲中的一首，此十二曲之來源與作用在前已述，現在不重複說明。《晉書・樂志》：「改〈雍離〉為〈舊邦〉，言曹公勝官渡，還譙，收藏死亡士卒也。」已經解釋繆襲此詩為改漢代舊曲〈雍離〉而成，是從曹操的口吻述寫他在官渡之戰大破袁紹之後，返回故鄉譙縣追輓陣亡將士的心懷。

「舊邦蕭條心傷悲，孤魂翩翩當何依？」當時兵荒馬亂、禍亂相踵，故鄉一片蕭條之景象，因此感到悲涼悽愴，回想起跟自己一同起兵的鄉里子弟多戰亡，怎能不哀憐其孤魂漂泊，哀傷其殞命他鄉？「遊士戀故涕如摧，兵起事大令願違。」剖白自己與一起征討天下的戰士之心聲，說明出外征戰求事業發展，仍然留戀故土，每一念及故鄉與親人便潸然淚下，但誓師出征無法按自己意願行事，不得不輾轉飄零。「傳求親戚在者誰？立廟置後魂來歸。」要訪求死者的親戚，為其建廟祭祀，選立後嗣，以延續香火，使遊魂有所歸。據《三國志・武帝紀》記載：「其舉義兵以來，將士絕無後者，求其親戚從後之，授土田，官給耕牛，置學師以教之。」記錄了曹操除了前文所提用高壓政策防止士兵逃跑外，也用給予田地與耕牛（即屯田制），以及建廟祭祀，選立後嗣等方法安撫民心。

此詩七言句法以及對死去之國家戰士的悼念之意與屈原

〈國殤〉極為近似，但〈國殤〉主要在歌頌戰士之英勇殺敵，
呈現出悲壯的氣氛，而此詩卻悲而不壯，不敘述戰士氣吞萬里
之場面，全詩充滿哀傷憐憫之情，令人感嘆戰爭之無情。如此
的作品在〈鼓吹曲辭〉中是很獨特的，因為前面在談韋昭之
〈鼓吹曲辭〉時已經提過前人研究認為鼓吹曲辭多半講述戰陣
殺伐之事，從魏以後，鼓吹曲辭，開始專門述說功德，變為純
粹貴族樂府，並可作為其國小型簡史與戰爭史，從而以此補充
歷史記載之不足。此首內容仍是講述戰陣殺伐之事，感覺上因
為非戰及哀憐的情緒強烈，讓人認為不是以述說其功德為主，
但其實是用此方式使人同情這些浴血苦戰的介冑之士，從而敬
佩感念他們的功業。班納迪克·安德森《想像的共同體：民族
主義的起源與散布》：「*沒有什麼比無名戰士的紀念碑和墓
園，更能鮮明地表徵現代民族主義文化了。*」[7]其實無名戰士
的紀念碑與墓園，不僅在現代表徵民族主義，在古代也同樣標
舉出國家或民族之意涵。而曹操建立紀念與祭祀這些陣亡戰士
的廟宇，正賦予了公開與儀式性的敬意，儘管墓園、紀念碑或
祭祀牌位中沒有可以指名道姓的凡人遺骨或英雄人物，但他們
卻充滿著幽靈般的民族的想像。筆者以為這種紀念物或儀式具
有濃厚而清楚的文化意義，除了紀念死亡者與標示其不朽的精
神與貢獻外，也凝聚了民眾對於國家或所隸屬之團體的向心
力，而這些正是曹操之所以安置戰士之亡魂的用意之一。

　　另外一方面，中國人在面對親人或有情誼的人的死亡時，
對於喪禮與招魂儀式是相當重視的。因為感情深厚，所以難以
接受對方死亡的事實，這是人之常情，所以中國人在喪禮中第
一道儀式，便是「復」禮，希望喚回死者的魂魄，起死回生。
林素英〈從古代的生命禮儀透視其生死觀：以《禮記》為主的

現代詮釋〉：

> 行使「復」禮，是親人對死者表現愛慕不捨的方式，所
> 以執行「復」禮的人必須是死者親近的人，使得漂浮的
> 靈魂容易辨認而歸來。而且身穿朝服，表示對「復」禮
> 的敬慎，並且仍然以生者看待死者，希望經由如祈禱般
> 虔敬的呼喚，靈魂能從天上、地下或天地之間回來，使
> 死者復甦。[8]

　　已經說明此儀式的意義與中國人恭敬慎重的態度。此外中
國人也有落葉歸根的觀念，認為即使客死異鄉也要歸鄉安葬，
所以曹操〈卻東西門行〉以「狐死歸首丘」作為比喻，因此，
〈舊邦〉在此寫出招戰死他鄉之烈士的魂魄，並且加以祭祀的
情況。但無論用意為何，筆者以為讀者仍可從哀戚與悲慘的氛
圍中，感到戰爭造成戰士魂魄無依的遺憾，表達出對偃武修文
的期盼之心。

第三節　記敘戰爭人物

　　非戰類之作品，也如主戰類作品一般，有描寫人物的詩作
（此處所謂的人物不包含描寫作者自己）。
　　首先看陳琳〈飲馬長城窟行〉：

> 飲馬長城窟，水寒傷馬骨。往謂長城吏，慎莫稽留太原
> 卒。官作自有程，舉築諧汝聲。男兒寧當格鬥死，何能
> 怫鬱築長城？長城何連連，連連三千里。邊城多健少，

內舍多寡婦。作書與內舍，便嫁莫留住。善侍新姑嫜，時時念我故夫子。報書往邊地，君今出語一何鄙。身在禍難中，何為稽留他家子。生男慎莫舉，生女哺用脯。君獨不見長城，死人骸骨相撐拄。結髮行事君，慊慊心意關。明知邊地苦，賤妾何能久自全。

　　陳琳字孔璋，廣陵人，為建安七子之一。生年不詳，卒於建安二十二年（西元二一七年）。初為何進大將君主簿，後因董卓之亂避難冀州，依袁紹，掌書記。曾替袁紹寫檄文聲討曹操，歷數曹操野心，袁紹失敗後歸附曹操，曹操愛其才，既往不咎，任命陳琳與阮瑀並為司空軍謀祭酒，軍國書檄多出二人之手。建安十二年，曾同曹操征烏丸，作〈神武賦〉，十三年從操南征，其後屢次從操出征。可見其一生與戰爭關係之密切。

　　他因為職務之關係，所作之軍國文書多為主戰之作品，如〈為袁紹檄豫州書〉：「其得操首者封五千戶侯，賞錢五千萬，部曲偏裨將校、諸吏降者，勿有所問。」以及〈神武賦〉：「威凌天地，勢括十衝。戰鼓未伐，虜已潰崩。」等。然而其詩作沒有留下主戰之作品，僅留下〈飲馬長城窟行〉一首非戰的間接戰爭詩。因為怕外寇入侵而大興長城，陳琳此詩用客觀的筆觸寫出人民受戰爭波及的另一種勞役之苦。

　　「飲馬長城窟，水寒傷馬骨」，寫長城附近嚴冬凜洌、水寒透骨，象徵人也寒冷刺骨。「往謂長城吏，慎莫稽留太原卒。官作自有程，舉築諧汝聲。男兒寧當格鬥死，何能怫鬱築長城？」是築城民伕與督導官吏之對話，第一二句是民伕懇求官吏不要延誤他歸家之日期，第三四句是官吏回答說，官家工程

有他的期限，你們還是努力築城吧。最後兩句是民伕認為身為男子，寧可與敵人短兵相接搏鬥而死，怎麼能整天憂鬱地築長城？

「長城何連連，連連三千里。邊城多健少，內舍多寡婦。」形容長城之長，連綿不斷，竣工遙遙無期，而當時因此長城附近集中了許多身強體壯的年輕男子，內地則多是守活寡的婦人。「作書與內舍，便嫁莫留住。善侍新姑嫜，時時念我故夫子。」是男子寄信回家之內容，勸妻子改嫁，好好侍奉新的公婆，同時不要忘記原來的丈夫。「報書往邊地，君今出語一何鄙。」則是妻子回信責備丈夫出語淺陋，拒絕改嫁。「身在禍難中，何為稽留他家子。生男慎莫舉，生女哺用脯。君獨不見長城，死人骸骨相撐拄。」寫築城男子再次寫信給妻子，進一步申明要她改嫁之理由，因為自己正在蒙受禍難，怎能連累妻子呢？假如妳生下男孩，千萬不要養育他，假如生下女孩，倒是可以用肉乾餵養。妳難道沒看見在那長城下，為築城而死亡的骸骨互相支拄，堆積枕藉之貌嗎？《太平御覽》五百七十引晉楊泉《物理論》：「民歌曰：『生男慎勿舉，生女哺用脯。不見長城下，屍骸相支拄。』」此處化用民歌。而且影響了杜甫〈兵車行〉：「信知生男惡，反是生女好。生女猶得嫁比鄰，生男埋沒隨百草。」「結髮行事君，慊慊心意關。明知邊地苦，賤妾何能久自全。」此四句是妻子再度回答丈夫之言，表示自己對丈夫堅貞不移，成年之後與丈夫結婚，不久別離但心裡仍牽掛著丈夫，如今你在邊地受苦，我又怎能久活呢？

〈飲馬長城窟行〉是樂府古題，屬於〈相和歌‧瑟調曲〉。吳兢《樂府古題要解》：「古辭『青青河邊草，綿綿思遠道。』傷良人流宕不歸。或云蔡邕之詞。若陳琳『水寒傷馬骨』，則

言秦人苦長城之役也。」已經說明了古詞內容與陳琳此詩內容
之概要。陳琳此詩向來受到評論者關注，另如朱乾《樂府正
義》：「『報書』以下，其妻以死自誓之詞。……身在禍難，
一身生死不保，子於何有！本己子而云『他家』，怨毒之至。」
則明白指出陳琳此詩表達出人民在勞役中的怨恨與未來生死不
明的無奈。吳佩珠則評論：「由於運用了對話形式，人物的身
分、處境、音容面貌與內心情緒莫不刻劃得唯妙唯肖，感人至
深。」9則道出了此詩透過築城人民與官吏、妻子的對話，揭
露出人民受苦的客觀現實。

再看左延年〈從軍行〉：

> 苦哉邊地人，一歲三從軍，三子到燉煌，二子詣隴西，
> 五子遠鬥去，五婦皆懷身。

左延年是三國魏音樂家，生卒年、字號及籍貫均不詳，僅
從《魏志·杜夔傳》、《晉書·樂志》知其生活於文帝黃初、
明帝太和中。當時河南杜夔善雅樂，左延年、柴玉等則以新聲
被寵。明帝太和中，左延年改易杜夔所傳〈騶虞〉、〈伐檀〉、
〈文王〉等樂曲，以為廟堂之樂，可見其擅長製作音樂。

此詩一開始就感嘆「苦哉邊地人」，下面則描述從軍戰士
在變亂迭起的時代中的辛苦，一年要三次從軍征戰，其實未必
真是三次，是以三次代表多數。一家五個兒子，其中三個到遙
遠的敦煌去打仗，另外兩個則被分配到隴西去摧堅陷陣，五個
兒子都去遠方戰鬥，但他們的五個媳婦皆懷有身孕。甲骨文中
「身」字字義即是描繪婦女懷有身孕之貌，此詩仍然使用此古
義，也可作為文字學之證據。全詩除開頭之感嘆外，幾乎全為

描述人物之情況，沒有其他評論之語，然而不難引起讀者想像這五位婦人在懷有身孕而丈夫又不在身邊的這段日子裡，尤其是古代婦女地位低下，無謀生能力之狀況下，即將遭遇的艱苦與困難。而且未來呢？丈夫是會凱旋而歸？還是如「可憐無定河邊骨，猶是春閨夢裡人」呢？這都是未知數，此間心情的忐忑不安，自是不言而喻。

左氏目前存詩三首，兩首〈從軍行〉內容大異其趣，一首描寫戰爭英雄之威風八面，此首則描寫戰士們的可悲與無奈。至於左延年歷來為人所重視的〈秦女休行〉，描寫燕王婦女休，為報仇殺人於都市，雖被囚而終遇赦之故事，是難得的女性英雄形象，與〈木蘭詩〉可以相提並論。此三首都是描寫人物之詩作，而且皆為戰鬥人物，可見左延年擅長描寫人物，而且對於戰鬥型人物內容之偏好。陳昌明〈從形體觀論六朝美學〉認為六朝有「以形寫神」的人物描寫特性[10]。像此詩正是以人物的描寫作為讓讀者審美思考的對象與媒介，以巧構形似之方式，描繪出當時戰爭造成的社會人民生活情況，雖然不多加評論，但其中隱藏的涵義與精神卻可讓讀者自行體會。筆者以為如此一來可以使抽象的情思透過人物形象具體化，令人印象深刻，並且使讀者化身為詩中主角，認同揣摩其心情，而且能夠以少斂多，用幾個人物代表出大多數人民之形象，啟發讀者對當時社會情勢的聯想。

第四節 抒發自己對戰爭之感受

首先看王粲〈七哀詩〉三首中的第三首：

邊城使心悲，昔吾親更之，冰雪截肌膚，風飄無止期，
　　　　百里不見人，草木誰當遲，登城望亭燧，翩翩飛戍旗，
　　　　行者不顧反，出門與家辭，子弟多俘虜，哭泣無已時，
　　　　天下盡樂土，何為久留茲，蓼蟲不知辛，去來勿與諮。

　　關於此詩之創作時間，余冠英《樂府詩選》謂：「建安二
十年，曹操西平金城，這詩所謂『邊城』或指此。」此或可作
為一說。此詩開端直抒悽愴之情，「邊城使心悲，昔吾親更之」
過去詩人親自經過邊城，想起邊城使人心悲。「冰雪截肌膚，
風飄無止期，百里不見人，草木誰當遲，登城望亭燧，翩翩飛
戍旗。」敘寫邊地之景觀，冰雪落在肌膚上，宛若刀割，天寒
風大，無休無止，百里無人影，草木無人修剪，登上城樓遠望
施放烽火以報告有敵人來犯之烽火亭，只見隨風翻飛之軍旗。
由冰雪、寒風、空闊空間、凌亂草木、亭燧、戍旗編織而成的
邊塞圖，栩栩如生地展現在讀者面前。

　　「行者不顧反，出門與家辭，子弟多俘虜，哭泣無已時，
天下盡樂土，何為久留茲，蓼蟲不知辛，去來勿與諮。」轉到
抒發自己對戰爭的感受與情緒之上，先寫征人為了討伐敵人必
須來到此地，離開家之後大多無法再回返，許多青壯年士兵被
敵人俘虜去，這是多麼令人悲傷的事啊！所以哭泣彷彿是無止
境的。於是詩人發出深沈的疑問，普天之下皆為樂土，為何要
留在邊地？而生長在水蓼上的水蟲，喜歡吃帶有苦味的食物，
又怎麼能理解人的辛苦，是無法與其討論的！此詩將邊地悽涼
苦寒，戰士多在戰場上喪失生命，種種戰爭的殘酷與人民所受
之苦，深刻地反映出來。與另外兩首〈七哀詩〉一樣，表現了
憂傷悲愴之情，但卻多加了描寫邊塞風光的部分，邊塞詩之創

作在唐朝時大量湧現，然而在建安時期並不多見，此詩則慧眼獨具。

　　鍾嶸《詩品》曰：「……仲宣〈七哀〉……斯五言之警策者也，所以謂篇章之珠澤，文采之鄧林。」此首〈七哀詩〉描繪出戰爭的慘狀，強烈表達非戰的意念，的確為五言之警策，警醒世人對於戰爭的幻想，篇章中生動的形象性描寫，散發出珍珠般的光澤。高柏園〈墨子與孟子對戰爭之態度〉：「我相信，一般人都會主張戰爭應該避免。只是我們更可將此問題轉化為『戰爭何以應該避免』的討論上。因為這樣的討論才會切實發現應避免戰爭的理由，從而建立人類的了解與共識，進而消彌世間的戰爭。」[11] 像墨子是認為，雖然主戰者以為攻戰是為義為德，然而以戰爭為手段，卻直接悖於求義求德之目的，真正地求義求德之方法，乃是止戰。墨子是用說理的方式進行勸說，而從這首詩可以看出，王粲則是訴諸於情感，透過對戰爭無情的描述，更貼近於「戰爭何以應該避免」的討論，使人們經由他所仔細刻劃之戰爭過程與後果，達成了解戰爭的毀滅性，進而建立共識，敦促人們愛好和平。

　　黃文吉《中國詩文中的情感》將中國詩文中的情感，分為親情、愛情、友情、鄉國情、蒼生情、萬物情，認為這幾類往往有真實情感，能夠感人至深，發人深省。而王粲〈七哀詩〉內容不僅是鄉國情，也是蒼生情[12]，既是大愛，也兼具個人之情感，從親身經歷、親眼所見之事出發，因而真切感人，情感飽滿。〈毛詩序〉：「情動於中，而形於言；言之不足，故嗟嘆之；嗟嘆之不足，故詠歌之；詠歌之不足，不如手之舞之，足之蹈之也。」人的感情得到觸發之後，就想要宣洩出來，於是產生了文學與藝術，王粲在飽嘗戰爭之苦後，內心熾熱，對

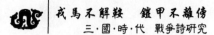

國家鄉土與人民充滿憐憫，表現在詩中，情感如此強烈，故能打動人心。鍾嶸〈詩品序〉說：「……或骨橫朔野，或魂逐飛蓬，……凡斯種種，感蕩心靈，非陳詩何以展其義？非長歌何以騁其情？」可見得戰爭對社會國家造成強大的衝擊，詩人的心靈受到猛烈的撞擊之後，往往自然流露出情感，不得不創作詩文，以寄託其情，而偉大之文學作品，亦由此產生。

再來看曹丕〈陌上桑〉：

> 棄故鄉，離室宅，遠從軍旅萬里客，披荊棘，求阡陌，側足獨窘步，路局苲，虎豹噑動，雞驚禽失，雞鳴相索，登南山，奈何蹈盤石，樹木叢生鬱差錯，寢蒿草，蔭松柏，涕泣雨面霑枕席，伴旅單，稍稍日零落，惆悵竊自憐，相痛惜。

〈陌上桑〉是漢樂府〈相和曲〉名，原是漢代民間敘事詩，曹丕此詩是沿用樂府舊題，歌詠新事。曹丕年輕時正值天下大亂，兵馬倥傯，軍閥混戰，曹操轉戰四方，他也隨之到處遷徙，居無定所，而此詩主要就在寫征戰生活之苦。

「棄故鄉，離室宅，遠從軍旅萬里客」先寫離家遠去，從軍萬里，哀怨之情已生。「披荊棘，求阡陌，側足獨窘步，路局苲，虎豹噑動，雞驚禽失，雞鳴相索，登南山，奈何蹈盤石，樹木叢生鬱差錯，寢蒿草，蔭松柏」，描寫戰爭中行軍之景況，道路狹窄曲折，披荊斬棘，寸步難行，荒涼無人，只有豺狼虎豹出沒，怒吼哀嚎，野雞禽鳥，飛相索群，登上南山，腳踩盤石，身處於叢密樹林，露宿於蒿草松柏之中，行軍之艱難辛苦，歷歷在目。「涕泣雨面霑枕席，伴旅單，稍稍日零

落，惆悵竊自憐，相痛惜。」直抒其情，寫其涕泣如雨，淚流滿面，浸漬枕席，想到同伴逐個死去，內心惆悵哀慟。

另外一首〈黎陽作詩〉：「奉辭討罪遐征，晨過黎山嶷峥，東濟黃河金營，北觀故宅頓傾，中有高樓亭亭，荊棘繞蕃叢生，南望果園青青，霜露慘悽宵零，彼桑梓兮傷情。」也是同樣寫出因為戰火而家園殘破，曹丕心中悲涼之意。陳昌明〈六朝「緣情」觀念研究〉說：

> 「言志」與「緣情」是中國文學的二大主要思潮，「緣情」觀念在魏晉形成之後，文學才脫離政治與思想的束縛而成為獨立的藝術，文學的本質、作用與表現，乃有自覺性的理論發展，而新的文體，新的表現方式大量出現，造成沈剛伯先生所謂『中國歷史上的第一次文藝復興』，影響巨大而深遠。13

六朝文論對於文學構成的本質，專主情性說，一反兩漢的政教實用觀，倡言文學的功用在於抒發情性，文學不再是儒學的附屬品，因為對情感的肯定，文學開始從傳統的約束下解脫出來，文學作品內容則各適其志，表現個性，甚至標新立異。如此一來，文學不只是傳道講理的工具，而能肯定其精神上的地位，拓展出屬於文學藝術美的境界，獨立成為自由的一門學問。筆者以為三國時代雖然還沒有像晉朝之後那樣完全對過去的理念發生懷疑，形成士人之群體自覺，尋求個體之自由與消遙，但也已經開始有對自我之情的肯定，開始展開對生命態度的反省。就如同曹丕與王粲這幾首詩，另外如曹植與曹操的作品中，這些非戰類抒情的作品，已經以表達個人情感為基調，

並不顧及他們是君王、或重要王裔、或朝廷重臣，脫離了政治與思想的束縛，這些詩作只是表現他們對戰爭的自覺，是由於外物的變化與人世的興衰所激發而成，是透過感物興情的方式寫成。曹丕此首〈陌上桑〉通過遠征戀鄉、征途艱辛惡劣、與戰友陣亡的敘寫，以及珠淚縱橫、孤苦無依的情感抒發，事中有景，景中含情，情景交融地表達了他的強烈非戰情緒。

賴麗蓉〈魏晉「人物品鑑」研究——創造性審美活動的完成〉：「敢於理直氣壯，毫不保留的流露真情應是魏晉風流的重大特色。」[14]「深情」在魏晉之前是一種任誕的行為，因為不符合溫柔敦厚的詩教，在以往而言，外在的行為舉止與內在的情感好惡都要接受禮樂的節制，然而魏晉人物開發了生命的真相，開始體會自然與深情。曹丕在這首詩中就毫不保留的流露真情，並不因為他的特殊身分而有所矜持，而許多曹丕的作品以寫情為主，雖被評論為柔靡，但筆者以為這反映出他重視自身的真情，而在詩中顯露的深情，也表現出他對於自身存在意義的重視，對於生命本身的愛戀，較能稍微超脫於禮法之外。（雖然他也大量創作飛張揚厲的主戰類詩作，以符合他身為將領的身分）鍾鳳鳴《心戰戰法研究》就將情激法列為說服的方法，重要的第一種。已經指出：「人類是感情的動物，而從感情方面著手，是最容易激動的。」[15]人們可以抵抗他人的屈辱，對於嘲諷或怒罵往往產生反效果，然而卻不能防禦他人的同情或憐憫，所以許多領袖會採取懇求的戰術，煽動群眾對於敵方的仇恨，利用強烈的情感刺激，擴張願意為國犧牲的公共意志。從主戰類詩作的分析中，可以得知曹氏一族，大多半生戎馬，作戰經驗豐富，熟諳兵法，怎會不知以情感訴求是最易打動人心之法？然而曹操、曹丕、曹植等人都有強烈非戰之

作，與勸戒鼓舞軍心之做法背道而馳，更可看出其真情與深情，也更令人佩服他們能突破自身身分之勇氣。

再來看曹植〈送應氏詩〉二首中的第一首：

> 步登北邙阪，遙望洛陽山，洛陽何寂寞，宮室盡燒焚，
> 垣牆皆頓擗，荊棘上參天，不見舊耆老，但睹新少年，
> 側足無行徑，荒疇不復田，遊子久不歸，不識陌與阡，
> 中野何蕭條，千里無人煙，念我平常居，氣結不能言。

〈送應氏詩〉一共兩首，作於建安十六年（西元二一一年），當時曹植二十歲，被封為平原侯，應瑒被任為平原侯庶子。七月曹植隨父親西征馬超，途經洛陽，應氏兄弟行將北上，曹植設宴送別，並寫下此二首詩作。

「步登北邙阪，遙望洛陽山」寫登高遠望，提供了詩人綜覽洛陽的立足點與觀察角度。「洛陽何寂寞，宮室盡燒焚，垣牆皆頓擗，荊棘上參天」寫洛陽舊都故址及其周圍之景況，描繪宮室被毀、垣牆頹敗、荊棘叢生之景象，表達了對二十多年前因關東州郡結成聯盟，起兵討伐董卓，董卓遂挾持天子遷都長安，火焚洛陽，迫使人民遷徙，以及連年混戰的極度憤懣，與對人民之深切同情。「不見舊耆老，但睹新少年，側足無行徑，荒疇不復田，遊子久不歸，不識陌與阡，中野何蕭條，千里無人煙」，耆老多被遷走，壯年遊子外出謀生，久別不歸，只剩下不能勞動的新生少年，田園荒蕪，生產遭受破壞，廣大地區蕭條無人煙，描寫出戰爭對人民生活與經濟生產帶來的嚴重危害。「念我平常居，氣結不能言」，最後直抒心中無限的感慨，對於戰爭造成的禍害顯然抱著憎惡的心情。

這是曹植前期的作品，前期的作品由於生活經驗的關係，反映人民生活的題材很少，此篇可說是前期作品中思想性較高的佳作。同樣是前期作品的〈愁霖賦〉，也流露出同樣的心情：「迎朔風而爰邁兮，雨微微而逮行。悼朝陽之隱曜兮，怨北辰之潛精。車結轍以盤桓兮，馬踟躕以悲鳴。……哀吾願之不將。」寫建安十七年東，隨曹操東征孫權，次年返回鄴都，途遇霖雨，表達出揮師遠伐、鞍馬勞頓的征戰生活。從這些作品都可觀察出，曹植以形象描畫委婉寫出對戰爭厭倦之沈鬱深情。

不過，筆者認為曹植對於戰爭所帶來的破壞，並不是一味地消極反對，他是將對軍閥連年禍亂的反對，化為想要經世濟民的力量，所以他大多數的詩作仍是以主戰為主軸，表現出想要建功立業的志向，也就是他對於戰爭的態度，仍是「以戰止戰」的，此種情況與曹丕是一致的，而與嵇康以及晚年的阮籍，對於無論何種戰爭都應消弭的主張，是不同的。廖美玉〈文心曹植說〉：「這種自覺的超乎流俗的心志，表現在曹植的作品中，是對現實人、事、物的廣泛而深入的關注，對季節、流光的敏感，對親情友誼的迷戀，對酣宴豫樂的追求，而尤其亟亟於榮聲勳業的建立。」[16] 已經說明了曹植對於榮聲勳業的建立特別重視，在他的詩文中可以一再發現這樣的心跡，一再強調自己對奮節顯義、烈士捐軀成仁的崇尚，是一種曹植對自我的期許，希望改善時代的離亂悲苦與危殆。

王世德《影視審美學》：「既然要創造影視藝術美，當然，首先就必須按照影視思維方式，運用影視語言，去感受和反映生活，表現審美感情。」[17] 事實上不只是電影或戲劇會按照影視思維方式，運用影視語言，去創造影視藝術美，去感受

與反映生活，文學作品也常常借助於影視語言，去表達生活，表現審美感情，像曹植此詩便是用形象的描繪去圖解當時戰爭後的洛陽，在他體驗了當時的情況與積累了素材後，就從看到的畫面，揀擇後呈現為詩中的畫面、構圖與線條等，雖然文字是抽象的，需要經過讀者的加工，才能轉換為具體的形象，但所得的效果與影視戲劇所放映的連續活動畫面與長短鏡頭的場面調度是相近的，甚至可以經由想像而得到更廣闊的思考視野。

第五節　代替人民抒發對戰爭之感受

首先看曹植〈雜詩〉中的第二首：

> 轉蓬離本根，飄颻隨長風。何意迴飆舉，吹我入雲中。
> 高高上無極，天路安可窮？類此遊客子，捐軀遠從戎。
> 毛褐不掩形，薇藿常不充。去去莫復道，沈憂令人老。

「轉蓬離本根，飄颻隨長風。何意迴飆舉，吹我入雲中。高高上無極，天路安可窮？」描寫轉蓬隨風飄蕩，又被捲入高空。〈吁嗟篇〉也寫道：「吁嗟此轉蓬，居世何獨然！……卒遇回風起，吹我入雲間。自謂終天路，忽然下沈泉。」都運用了轉蓬的形象來說明詩中主角之遭遇。「類此遊客子，捐軀遠從戎。毛褐不掩形，薇藿常不充。」以「類」字連接起喻體（轉蓬）與本體（遊客子），之後著墨於描繪一個衣不遮體、食不充飢、捐軀從戎的「遊客子」形象。「去去莫復道，沈憂令人老」，最後兩句是詩人針對前面描述情況的感慨，而「去去

莫復道」直接運用樂府詩的套語。曹植會有這樣的描寫與感慨，一方面起因於當時軍人的生活與地位相當貧困與低落。建安元年（西元一九六年），曹操開始在許下屯田。屯田分為民屯與兵屯，兵屯自然是軍事建制，而民屯之掌管農官稱為典農中郎將、典農都尉、屯司馬，也充滿著濃厚的軍事色彩。由於官府對於屯田者過度剝削，而且受到農官的管轄與支配，身分低落與失去自由，因此屯田者（包括士兵）就發生不是逃亡便是起義的現象。曹操只好改強制政策為自願應募，同時允許應募而來者只要種田，不必作戰。但在此同時，曹操對於士兵的逃亡，採取了更高壓的政策，凡是士兵逃亡者，罪及妻子。到此，士兵在性質上，不但是個戰士，而且是國家軍屯下的隸屬農民，如此一來，制止逃亡不但依靠有形的軍法，而且還有束縛於土地的經濟關係與家族的血緣親情關係。從此以後，士兵多是父子相承，地位日益低下。關於戰士地位卑下的問題，在阮籍〈詠懷詩〉中的第三十一首的討論中已經提過。屯田制度的施行，使得農村經濟逐漸恢復，但生產提高後，剝削也加重了，魏末晉初，租稅提高到「持官牛者，官得八分，士得二分，持私牛及無牛者，官得七分，士得三分」（《晉書·傅玄傳》），人民生活苦不堪言，生產情緒也開始低落，造成「天下千城，人多遊食」（《晉書·束晳傳》），又開始有逃亡的現象。此時為了增加稅收，政府只好補充勞動人手進入兵屯之中，於是用「鄴奚官奴婢，著新城代田兵種稻」（《晉書·食貨志》），這時奴婢身分的一部分人成為戰士，兼具農民身分，戰士的地位也就更加大不如前。在此同時，世家大族有時還想霸占屯田的土地，如曹爽專政之時，與何晏等人「共分割洛陽野王典農部桑田數百頃……以為產業」（《三國志·魏志·曹真傳子爽附

傳》），這也加速了屯田制度的毀壞。屯田制度發展到這個地步，已經不能藉此束縛流民與增加稅收，完全無利可圖，等到司馬炎滅吳，連軍事目的都已經消逝，便改用占田法了。

曹植在此詩中便簡明扼要地，將這種屯田戰士們的窮苦生活情景描述出來。另一方面也反映了淪為政治囚犯的自己的生活，曹植〈遷都賦序〉：「連遇瘠土，衣食不繼。」〈轉封東阿王謝表〉也說：「桑田無葉，左右貧窮，食裁糊口，形有裸露。」都可看出他不僅像詩中的「遊客子」一般輾轉遷徙，而且生活困難，常常衣不蔽體，食不充飢。

陳晉卿〈六朝行旅詩之研究〉：「如同《詩經》中『征戰戍邊』類型行役詩所反映出的，戰爭仍是人民百姓流離失所，棄鄉背井的主要因素。」[18] 可見戰爭造成人民流離失所，是許多文學家早已採用的題材之一，也是用來表現戰爭面向的重要內容，這種情況也被許多研究者所注意與觀察到了。筆者認為曹植在這首詩中不僅標舉出這種情況，他還留意到戰爭造成屯田制度，而屯田制度與戰爭又同時影響了戰士生活的這種情形，更可看出曹植觀察之細微，與其又能切合時事，又能雙關自己生活之巧心。

謝思煒〈文人形象的歷史演變〉：「由於動亂時代的刺激，建安詩人開始將文人詩賦中的抒情成分與民歌中的民生成分結合在一起，由泛泛的人生抒情轉變為圍繞個人經歷的政治抒情、社會抒情。」[19] 前面提過建安時代是文人抒情文學發展的一個高潮，在曹植此詩中可以看到濃厚的抒情成分，他表現了人民的形象與自己的形象，正如謝氏所說，是經由時代動亂的刺激造成，將抒情成分與民生成分結合起來，而且是圍繞個人經歷的政治抒情與社會抒情。但筆者以為這種情形不僅僅是

受時代影響，也和前面提過的曹操出身民間，熱愛民歌，倡導樂府有密切之關係。但無論如何，曹植此詩都是有著廣泛的社會觀察，並與自身形象與遭遇作緊密結合的作品。

又如前面提過的陳琳〈飲馬長城窟行〉，也是描寫因為戰爭而導致的勞役生活。藉著築城民伕自述，深刻地描述出長期離鄉背井、漂泊異地之苦難。詩人對於百姓之苦難往往多加關懷，不僅是戰爭所帶給人民的傷痛，會加以關切，其他的災禍他也會同情。如曹植〈述行賦〉言：「尋曲路之南隅，觀秦政之驪墳。哀黔首之罹毒，酷始皇之為君。濯余身於秦井，傳湯液之若焚。」則是哀憐人民遭受秦之暴政，痛恨始皇之兇殘。這一方面是由於詩人對於國事的憂慮，以及以國家為己任之態度，這一點從前面許多論述中都可得知。另一方面也是由於自身也往往受到戰爭的荼毒，因而也有飄落之感，對於人民因戰爭萍蹤不定的感受，更能體會，且如有切身之痛。俞汝捷《人心可測：小說人物心理探索》：「移情（empathy），或譯感情移入，指的是個體對他人的情感產生的情緒性反應。它說明人類情緒不但可以被識別，而且通過社會交往，在一定的氣氛渲染下，可以彼此相通。」[20] 此詩就如同〈琵琶行〉的情況一樣：「我聞琵琶已嘆息，又聞此語重唧唧。同是天涯淪落人，相逢何必曾相識。」白居易由於聽了商人婦所演奏的琵琶曲中含有憂愁暗恨，復聽其坎坷身世，聯想到自身之被貶，不禁淚濕青衫。兩首詩都是經由對於他人遭遇的感通，產生心靈的共振，聯想起自己的同病相憐，彷彿與眼前可憐之人為同一角色，於是同聲相應地產生移情，塑造出感人的場面。

第六節　議論戰爭之錯誤與建功思想之荒謬

焦先〈祝衄歌〉：

> 祝衄祝衄，非魚非肉，更相追逐，本為殺牂羊，更殺羖羝。

焦先，字孝然，河東人，或有稱說為弘農人，魏國封禪之後，獨自結菴於湄河之濱，太守董經前去探視，不肯言語，有時則忽老忽少之貌，後不知其蹤。其傳世作品僅此一首。

「衄」意思是失敗挫折，在此祝衄，意思是預祝戰爭失敗。詩人在此預祝戰爭失利，不是拿魚，也不是拿肉來祭祀。而是兩方軍隊互相征討，本來是想挫敗吳國，結果卻挫敗了魏國的軍隊，就像兩羊相爭，本來要殺對方，結果自己也被對方殺死。牂羊是壯大之羊，羖羝是指雄的黑羊。《高士傳》曰：「魏伐吳，有竊問隱士焦先，先不應，謬歌，後魏軍敗，人推其意，牂羊指吳，羖羝指魏。」《魏志注》則言：「本心為當殺牂羊，更殺其羖羝耶。」說明了此詩產生的背景。焦先以此歌，用類疊筆法彷彿戲謔的方式，並用象徵來暗示出戰爭終將兩敗俱傷之情況，非戰意味甚濃。

《戰爭之道》言：「一個沒有軍事傳統的國家，或者具有最顯著失敗徵候的國家，從一開始便會發生若干問題。部隊之中將產生卑劣的情緒，就參與戰鬥而言，這不是一種吉兆。」[21] 中國人重視占卜與祭祀，尤其是這種兵戎大事，更是往往要

占卜與祭祀，左傳中就常常可見到為了出兵戰爭之占卜紀錄。
既然自己國家要出兵征討敵人，應該要祭祀祈禱我方之勝利，
使軍隊產生高昂之鬥志，怎麼會祝己方失敗，還預言兩方軍隊
都將成為祭品！不難發現詩人諷刺之意，以及其對戰爭的抗
議，也表現出詩人高超的智慧，已經體會到戰爭中沒有勝利
者，無論何方獲勝，終究是兩敗俱傷的道理。

　　李元洛《詩美學》曰：「就詩人的創作過程來看，意象，
是詩歌創作構思的核心，是詩的思維過程中的主要符號元素，
對意象的融鑄貫串詩的思維形象的始終，具有關係到一首詩的
高下成敗的價值。」[22]焦先在接收到魏國要出兵吳國的訊息之
後，便開始一連串的思維過程，當創作這首詩時，他並不是採
取直接的議論方式，而是經由象徵的意象，來作為代表涵義的
符號，讀者無法直接獲取他想要表達的意義，但透過兩羊相
爭，兩敗俱傷，皆成貢品的情形，便可聯想到他要表達的涵
義。焦先在創作與構思的過程中，對於意象加以尋覓、鎔鑄、
定型與深化，合理化地與自己想要表達的意義聯繫起來，相當
費心。在這樣的情況下，讀者容易感到美感，一方面有思考的
空間，二方面具有形象的美感，將抽象的說理訴諸於形象事
物，很自然、很有生活感，讀者並不是被動的接受與欣賞，而
是主動的參與與創造。任何抽象的概念、判斷與推理，儘管他
們符合客觀事物的發展規律，具有科學的邏輯性與嚴謹性，讀
者願意接受他們在理念上的正確，能引導人們認知，卻無法刺
激人的美感想像，這是因為缺乏具體可感的形象，美感是訴諸
於感情而非理智，訴之於感性而非理性，無法被動的接受而要
主動的觸發，所以人們透過藝術化的形象往往能產生審美的愉
快與喜悅，焦先在詩中所運用的象徵，便帶給讀者這樣的美

感。

再來看嵇康〈代秋胡歌詩〉中的第三首：

> 勞謙寡悔，忠信可久安，勞謙寡悔，忠信可久安，天道害盈，好勝者殘，彊梁致災，多事招患，欲得安樂，獨有無怨，歌以言之，忠信可久安。

嵇康創作的戰爭詩，比例極少，即使是這一首，也只是間接戰爭詩，討論人生與政治的道理，而可以引申為戰爭的道理，不只是純粹為戰爭而作。關於他創作戰爭詩比例低且數量少的問題，以及與生平的關聯，前面已經討論過，現不贅述。

此詩不斷強調「勞謙寡悔，忠信可久安」，《尚書・大禹謨》：「滿招損，謙受益。」孔子則說：「言忠信，行篤敬，雖蠻貊之邦行矣；言不忠信，行不篤敬，雖州里行乎哉？」（《論語・衛靈公第十五》）儒家重視謙虛與忠信，認為謙虛有益，忠信之人可以行於世界，此處亦然，強調謙虛者可以少悔恨，忠信者可以久處於安。《老子・三十八章》：「夫禮者，忠信之薄，而亂之首。」認為禮是人性由忠信誠厚趨於澆薄的表現，是社會由平靜趨於混亂的開始。可見得老子也肯定忠信是人性中的美德。《老子・十五章》：「保此道者，不欲盈。夫唯不盈，故能蔽而新成。」已經指出人不可「盈」，不自滿的人才能去舊更新，保持心靈清明。而此詩承接此意，認為「天道害盈」。

《老子・三十章》：「大軍之後，必有凶年。善者果而已，不敢以取強。果而勿矜，果而勿伐，果而勿驕。果而不得已，果而勿強。物壯則老，是謂不道。不道早已。」提到大戰

之後，一定產生荒年。所以善戰者，只求達到成果，不敢逞強黷武。只求達到目的，就不會自負誇耀以及驕傲。只求達目的，就知道出兵是出於不得已，不會逞強。萬事萬物一旦壯盛，便趨於老化衰敗，所以窮兵黷武，不合於道，不合於道之事，就會很快消逝。《老子·四十六章》：「天下有道，卻走馬以糞；天下無道，戎馬生於郊。禍莫大於不知足，咎莫大於欲得。故知足之足，常足矣。」講到天下有道之時，沒有戰爭，善走之馬用來耕田；天下無道，所有的馬都拿來作戰。天下的災禍，沒有比不知足更大的，天下的罪過，沒有比貪得更大的。所以只有知足的這種滿足，才是永久的滿足。《老子·六十八章》：「善為士者不武，善戰者不怒，善勝敵者不與，善用人者為之下。是謂不爭之德，是以用人之力，是謂配天之極。」善於作將帥的不表現勇武，善於作戰的不輕易發怒，善於克敵的不和敵人交鋒，善於用人的謙卑下人。這些稱之為不與人爭之德，就是利用別人的能力，也是合於道的極致。以上各章都可看出道家不爭與處下的處世智慧，而嵇康則是反面立說，「好勝者殘，彊梁致災，多事招患」，同樣認為喜好逞強勝利者將造成殘損，強蠻橫行者將導致災禍，多事者會招來慮患。最後則言「欲得安樂，獨有無愆」，表明想要得到安樂，唯有沒有罪過，並再次強調「忠信可久安」。

　　阮侃〈答嵇康詩〉二首中的第二首：「恬和為道基，老氏惡強梁。患至有身災，榮子知所康。」從此可知嵇康對於老子思想的繼承，從上也可發現不僅是道家，他也重視儒家哲學。除了從這一首詩可以理解嵇康對戰爭所抱持的態度外，〈贈兄秀才入軍〉十八首，也可了解嵇康對於戰爭，甚或是整個人事的想法，這些在前面也已經討論過，此處便就此打住。

　　從人類歷史觀察中可以發現，人們對於群體間的武力衝突，驅力十分強烈。一些有遠見的哲人企圖長久遏阻戰爭的努力，屢見不鮮，但卻往往徒勞無功。中古世紀的天主教會以規定天數與禁止使用石弓兩種方式，防範戰事，但都無法奏效。《光明篇》（*Zohar*）就認為當人們陷入戰爭時，就算上帝大發雷霆也嚇不了他們。《戰爭心理學》言：

> 從歷史的觀點看，還有一種方法可以解決人企圖「追求自我」和「歸屬群體」的內在衝突。這種方法幾乎在每種文化裡都看得見；它不但能讓人覺得自己是獨立的個體，同時，還能讓人強烈感受到自己是群體的一份子。這種方法就是戰爭。[23]

　　像托爾斯泰《戰爭與和平》與雷馬克《西線無戰事》中，都曾經描寫到戰爭使將領與士兵感到自己的重要性，了解自己是屬於團體的一份子，彼此相屬，感覺一體而無須言語，以一種單純而艱辛的方式，共同分享生命。他們寫這些文句並不是頌揚戰爭，只是忠實地陳述戰爭所帶來的感受。一旦發生戰爭，整個社會間的壓力變得異常強烈，如果任何人對戰爭提出質疑，就會被視為賣國賊，因為對發動戰爭的主事者而言，戰爭具有掃除邪惡的使命，主戰一類的詩作中，常常可以發現這樣的語言文句，宣示著這樣神聖的使命。這或許便是非戰類詩作數量如此之少的原因。而嵇康此處便提出強烈非戰，好戰者終將滅亡的真知灼見，直接指出戰爭將導致的「殘」、「災」、「患」，揭示人類對戰爭好奇的下場，不啻於是一記暮鼓晨鐘。

　　李師清筠《魏晉名士人格研究》：「在人生態度上，阮

籍、嵇康承繼著莊子精神，以無為無欲、適性足意為人生理想。」[24] 此詩中也表現出嵇康無為無欲的人生理想。「名教與自然」是玄學各個論題發展的核心，代表著魏晉人士對人生價值的檢討，充滿著強烈的現實關懷，透過檢討，大致有回歸自然的傾向，但不表示全然否定名教，像嵇康在此詩中，結合儒家與道家哲學，呼籲人們忠信可久安，希望人們謙虛、不盈、不好勝、不強梁、不多事，蘊含著對動亂戰爭頻繁的深沈時代憂慮，期冀為處於這種環境的人們，探尋一種能幫助自己安身立命之道，甚至從改變人們的想法而改善這樣的環境。

　　此詩涵義深厚，但歷來不為評論家所注目。此詩又名〈秋胡行〉，以此為名的作品最早為曹操所作，嵇康顯然在形式上借鑑了曹作，雖然曹丕、傅玄、陸機等人也有同樣題名之作，但嵇康之作在形制上最近似曹作，都用疊句起始，疊句收尾，中間皆為四言。從嵇康詩作整體風格而言，徐公持《阮籍與嵇康》曾有下列評論：「嵇康詩有時確實存在過於直露的毛病，而且有時要橫發玄論，多少染上一些『正始明道，詩雜仙心』（《文心雕龍・明詩》）的時代流弊。」[25] 嵇康詩作多半內容崇尚神仙隱士，確有「詩雜仙心」之感，雖然此詩內容並無關神仙，但也有「過於直露」之毛病，平鋪直敘地說明謙虛有益，自滿好勝與強蠻多事都將招致災患，以近似教條與格言的方式，直接表露他非戰的堅決立場，讀者不難想像他大聲疾呼的苦心。

　　最後看阮籍〈采薪者歌〉：

　　　日沒不周西，月出丹淵中。陽精蔽不見，陰光代為雄。
　　　亭亭在須臾，厭厭將復隆。離合雲霧兮，往來如飄風。

富貴俯仰間，貧賤何必終。留侯起亡虜，威武赫荒夷。
邵平封東陵，一旦為布衣。枝葉托根柢，死生同盛衰。
得志從命升，失勢與時隤。寒暑代征邁，變化更相推。
禍福無常主，何憂身無歸。推茲由斯理，負薪又何哀。

　　阮籍與嵇康在思想上是同一派人物，想法相近，阮籍會寫作非戰類之詩作，自然不難想像，只是他在年輕時仍有建功立業、馳騁沙場之豪情壯志，關於他的生平與戰爭詩之概況，前面已提過，此處不再重複。

　　〈采薪者歌〉一詩，和嵇康〈代秋胡歌詩〉一樣，很少受到後人關注。「日沒不周西，月出丹淵中。陽精蔽不見，陰光代為雄。亭亭在須臾，厭厭將復隆。」主要在描述日與月之交替情況。「離合雲霧分，往來如飄風。富貴俯仰間，貧賤何必終。」述說人生之聚散離合就如同雲霧飄風一般，而富貴貧賤則轉如一瞬。「留侯起亡虜，威武赫荒夷。」想像過去的戰爭，說明張良當時身為亡國之虜，憤而幫助漢高祖興兵滅秦，威勢震赫了全國。「復仇」與統治權的糾紛往往是戰爭的起因，而文學家也往往運用人類的復仇心理製造詩文的高潮與張力。趙鑫珊、李毅強《戰爭與男性荷爾蒙》：「正是這種『復仇模式之戰』在人類戰爭史上寫下了許多血與火的章節。」[26]雖然單純的復仇模式之戰已經不多見，僅僅成為發動戰爭的動機之一，但仍然根深蒂固，無法徹底消除。而領土、種族、統治權、信仰、甚至於女人，也常常是人類糾紛的起源，糾紛有時也導致戰爭，尤其是重大糾紛，國與國之間就憑藉戰爭處理。一九四五年四月二十九日，希特勒自殺，死前最後的目標仍是為德國人民占領東方的領土。張良想要消滅秦朝之決心，

正是背負著燕國被秦國擊敗之仇恨，以及領土被占領的糾紛而產生的使命感。

「邵平封東陵，一旦為布衣。」用得是邵平從東陵侯淪為平民的典故。阮籍喜歡用此典故，如〈詠懷詩〉中有一首：「昔聞東陵瓜，近在青門外。……布衣可終身，寵祿豈足賴？」戰爭往往是造成階級產生大變動的主因，如此處所言，邵平在秦朝時，曾被封作東陵侯，後因秦朝滅亡，於是淪為平民，種瓜於長安城東，瓜美，世稱「東陵瓜」。而阮籍使用此典故，藉以說明的意義是指天下之富貴貧賤不可掌握，循環起伏，正如歷朝歷代之盛衰興亡。「枝葉托根柢，死生同盛衰。得志從命升，失勢與時隤。寒暑代征邁，變化更相推。」闡述死生盛衰是一樣的，得志與失勢每每與時變化，正如寒暑變化之相推移。莊子也有將生死齊觀之見解：「至人神矣！……而遊乎四海之外，死生無變於己，而況利害之端乎！」（《莊子卷一下第二・齊物論》）提出神妙的至人，是遊於四海之外，生與死的變化都與他沒有關係，何況是利害等末節。《莊子卷二下第五・德充符》則說：「老聃曰：『胡不直使彼以死生為一條，以可不可為一貫者，解其桎梏，其可乎？』」認為要懂得死生一樣，可不可相同的道理，人才可解除身上的桎梏。又說：「死生，命也，其有夜旦之常，天也。人之有所不得與，皆物之情也。」（《莊子卷三上第六・大宗師》）講述死生是命，如同白天與黑夜的經常變化一樣，是自然的道理，人不能干預，無法改變，這都是萬物固有的情形。阮籍在此也表達了同樣的理念。「禍福無常主，何憂身無歸。推茲由斯理，負薪又何哀。」則提出禍福無常，何必憂慮將無處可歸，而工作是擔負柴薪又有什麼悲哀呢？《老子・五十八章》：「禍兮福之所

倚，福兮禍之所伏。熟知其極？其無正。正復為奇，善復為妖。」就已經指出災禍裡面隱藏著幸福，幸福下面潛伏著災禍。誰能知道他們的究竟呢？正可能變邪，善可能變成惡。

阮籍有一首〈詠懷詩〉言：「春秋非有托，富貴焉常保？」春去秋來，互相更迭，互相替代，沒有停止，而人世的富貴繁華又如何能長久保持？接下來又言：「朝為媚少年，夕暮成醜老。自非王子晉，誰能常美好？」雖然有些人主張這首詩是阮籍在諷諫曹魏君主不知警惕，不知戒備，導致司馬氏之坐大，才由盛而衰，走向敗亡[27]，但從字句上仍可見阮籍常常藉著詩作來表達這種美好事物不能長久保全，天下很多事情不是人類所能掌握之慨嘆。

《歲寒堂詩話》言：「阮嗣宗詩，專以意勝。」阮籍之詩作，涵義深邃，而此詩用日月、雲霧、飄風、枝葉等形象，寓託其意，又徵引張良、邵平之事，更顯說理之高明。《情感與形式》：「在詩歌的描述中，不涉及意識的事實，其成分是虛幻的；語言的印記創造了事情的全部，即創造了『事實』。」[28]阮籍在詩中描述這些自然景象，看似是事實，然而卻是虛幻的，是由阮籍創造出來的，雖然要表達的哲理是一樣的，裡面蘊含的事實與他對人生的信念也是一樣的，但他經由不同的講述方式，也就是不同的語言外觀來陳述，更可以使讀者具像地聯想與反應出阮籍所要表現的看法與識見，這也就更可看出阮籍在詩中議論事理的高妙。

三國時代非戰類之詩作，內容有些在描寫戰爭中之場景，如曹操之作品，將自身抽離現場，描述觀察到的景象，有些如曹丕、阮籍，則以自身為主角，寫出所見所聞，而描述之情況都是為符合表達非戰之態度所塑造之氛圍，寫實地描繪出戰爭

帶給人民的災難，以及作者憂悶感傷，乃致於後悔的情緒。

非戰類描述戰後情況之作品，內容中多半是為表達悲哀怨恨的思想感情，記敘當時軍閥混戰、社會動盪、人民流離失所的情況，都寫出離鄉背井的憂慮不安。並抒發對政局的不滿與對百姓的同情，反映出當時因為戰爭激烈，人命微賤，隨時可能消逝的艱難與險惡。正如屈原〈離騷〉：「長太息以掩涕兮，哀民生之多艱。」或以主觀者及身歷其境者的語氣寫出人民飄零無依，中原板蕩，伏屍百萬、死傷枕藉之景象，表達出當時戰爭使得人民多死於橫禍，詩人對於百齡高壽之不敢奢望，更顯得人們對於生命長短之疑惑與惶恐。或用旁觀者角度述說一幕幕因戰爭所引起的人倫慘劇，感嘆這一生就像是遭遇凶禍，終生漂流零落、受苦煎熬，寫出當時的社會局勢與亂離處境，帶給人終生的悲哀怨恨。或因職務描述政府安置國殤與招魂儀式，皆因記敘細膩而令人怵目驚心、不忍卒讀，帶給人強烈的震撼與警示。此類詩作善用譬喻使形象鮮明，是值得稱道的。

童慶炳《中國古代心理詩學與美學》：「這種按一定的主旨、具有定向選擇、沈入整體情境的聯想就是審美聯想。」[29]此類作品形容百姓漂泊無依，並有詩人欲表達的主旨，讓人固定聯想到性質型態相似的：人民的飄泊無依，生命載浮載沈，隨時可能煙消雲散的危險之景，於是給人帶來審美聯想，讓人朝固定情境聯想，出現聯想的意象，使人得到一種悲傷的審美愉悅，所引起的情感與審美對象本身的情感相融合，不致於隔離孤立，人們在理解了詩作所要表達的涵義後，便可同時得到審美的快感與理智的快感，進入藝術的世界。

英國瓦納·西·布茲〈距離與視角：類別研究〉將敘事作

品之敘事者分為：隱含作者、不參與情節的敘事者、參與情節的敘事者三種視角[30]。例如前述曹操〈薤露〉、〈蒿里行〉與繆襲〈舊邦〉就是用「隱含作者」的視角，王粲〈七哀詩〉、以及曹丕〈雜詩〉則是「參與情節的敘事者」視角，至於像此類記敘戰爭中人物的陳琳〈飲馬長城窟行〉與左延年〈從軍行〉則都是用「不參與情節的敘事者」視角來寫作，可見非戰類運用不同之視角描繪出戰爭不同的情況，雖然情況不一，但變亂紛呈、赤地千里的情形則一。此類描寫出人民受到戰火影響下所過的生活與勞役情況，從似乎是相當客觀、忠實呈現的角度，表現出作者對於戰爭的痛斥與無可奈何。事實上無論閱讀任何作品，都蘊含著作者、敘事者、人物與讀者之間進行的交流及對話，所以即使如此類作者採取客觀的純粹記事方式，仍然涉及作者主觀價值觀與判斷，而讓人可以獲知此類作者在詩中流露出厭戰的情緒。但這些栩栩如生的人物、時間、地點、場景、對話，都提供讀者審美的感受，並且維持著作者致力保持之虛幻的真實平衡，而且因為詩人們以人物的內心視角提供深刻的內心歷程，如陳琳〈飲馬長城窟行〉對築城役伕內心世界的細膩刻劃，則讀者愈容易心甘情願地信賴敘事者，愈會對詩中人物與敘事者具有情感，所以詩作也就越發成功。

　　從以上的分析可以發現，戰爭的殘酷給詩人帶來強大的刺激，而非戰類抒發自己對戰爭感受的作品多是由描寫戰爭中的辛苦以及戰爭後的滿目瘡痍仔細描繪入手，用意在於借景抒情，造成寓情於景，情景交融的藝術境界。而且因為情真、情深，所以能突破身分的限制，表露非戰之意願。

　　非戰類戰爭詩的內容中，有一些是代替人民抒發對戰爭之感受，一方面說明了詩人對於人民與社會的關懷，另一方面也

代表著三國時代詩人沿襲著漢魏樂府的民歌特色，而這些詩作也往往雙關著自己的遭遇與生活。曾守正〈先秦兩漢文學言志思想的轉變及其文化意義：兼論與六朝文化的對照〉：「『詩言志』中『志』的意義，除了有藏之於內而昇騰於外的樣貌外，它更有著深刻哀傷的色彩。」[31] 三國時代的非戰類詩作裡，充斥著恐懼、哀傷、怨懟、悔恨等等強烈的情感，是在時代動盪、災禍橫行之下，種種無可奈何與傷己之痛的集合。曾氏認為經過屈原的轉折，「詩言志」有了加深與擴展，使得「志」除了「記憶」、「記錄」與「懷抱」的意義外，個人強烈情感的自覺與安頓更為明朗。筆者則進一步發現，「詩言志」傳統在經由屈原轉折之後，更落實於三國時代之非戰類詩作上，三國時代的詩人們，將個人強烈情感對於時代戰爭的自覺與所尋求之安頓方式，反映在非戰類詩作中，但是此類作品雖然與屈原之作品同樣是以抒情來言志，卻不是從神話取材，而是與民生成分進行結合。

　　三國時代非戰類議論說理的詩作較少，嵇康之作以直接說理之方式，而阮籍則運用意象與例證輔助說理，使說理較為抒情化且具體化，至於焦先之作，則僅僅是運用象徵，使得詩意隱微，引人猜測。其中嵇康與阮籍都融合了儒家與道家之人生哲學，詩中或有以格言警惕世人之處。

　　總之，非戰類作品內容呈現出詩人對戰爭的深刻反省。

註　釋

1　大衛・鮑得威爾（David Bordwell）著，李顯立、吳佳琪、游惠貞譯《電影敘事：劇情片中的敘述活動》（*Narration in the Fiction Film*），台北：遠流出版事業股份有限公司，1999年6月初版，頁129。

2　趙海軍、毛笑冰《中國古代的軍事》，台北：文津出版社，2001年4月初版，頁111。

3　高辛勇《形名學與敘事理論：結構主義的小說分析法》，台北：聯經出版事業公司，1987年11月初版，頁33。此段是作者分析影響俄國結構主義敘事分析影響甚鉅的溥剌（Mofologija skazki）《俄國童話型態學》（*Morphology of the Folktale*）所得，此書出版於1928，1958年出現英譯本，六○年代引起廣泛注意與討論，1970、1972年法、德譯本相繼出現。

4　李師清筠〈時空情境中的自我影像：以阮籍、陸機、陶淵明詩為例〉，國立台灣師範大學國文研究所博士論文，1999年5月，頁119-120。所謂志業空間是指人在追求建功立業的實踐活動中，所經歷的空間，因而可能展現為他所任職所在的地點，或是行役所經的地方，也可以是征伐所施的戰場。

5　林家驪《新譯阮籍詩文集》，台北：三民書局，2001年2月出版，頁369。

6　史蒂文・科恩（Steven Cohan）、琳達・夏爾斯（Linda M. Shires），張方譯《講故事：對敘事虛構作品的理論分析》（*Telling Stories: A Theoretical Analysis of Narrative Fiction*），板橋：駱駝出版社，1997年9月第一版，頁104。

7　班納迪克・安德森（Benedick Anderson），吳叡人譯《想像的共同體：民族主義的起源與散布》（*Imagined Communities: Reflection on the Origin and Spread of Nationalism*），台北：時報文化出版企業股份有限公司，1999年4月初版，頁17。

8　林素英〈從古代的生命禮儀透視其生死觀：以《禮記》為主的現代詮釋〉，國立台灣師範大學國文研究所碩士論文，1993年5月，頁92。

9　袁行霈主編《歷代名篇鑑賞集成》上冊，台北：五南圖書出版有限公司，1993年7月初版，頁350。

10　陳昌明〈從形體觀論六朝美學〉，國立台灣大學中國文學研究所博士論文，1992年6月，頁200-217。

11　高柏園〈墨子與孟子對戰爭之態度〉，載於《戰爭與中國社會之變動》，淡江大學中文系主編，台北：台灣學生書局，1991年11月初版，頁246。

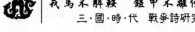

12　黃文吉《中國詩文中的情感》，台北：台灣書局，1998年3月初版，頁7。他將鄉國情細分為熱愛鄉土、懷念家鄉、感時憂國、忠貞報國。蒼生情則分為全民百姓、士人農民、工匠商賈、征夫婦女。

13　陳昌明〈六朝「緣情」觀念研究〉，提要部分，國立台灣大學中國文學研究所碩士論文，1987年。

14　賴麗蓉〈魏晉「人物品鑑」研究——創造性審美活動的完成〉，國立台灣師範大學國文研究所博士論文，1996年5月，頁170。

15　鍾鳳鳴《心戰戰法研究》，台北：正中書局，1962年8月台初版。將說服的方法分為：情激法、理喻法、利誘法、恫嚇法，頁155。

16　廖美玉〈文心曹植說〉，載於《魏晉南北朝文學與思想學術研討會論文集》，國立成功大學中文系編輯，台北：文史哲出版社，1991年8月初版，頁290-291。

17　王世德《影視審美學》，北京：北京廣播學院出版社，1999年9月第一版，頁118。

18　陳晉卿〈六朝行旅詩之研究〉，私立淡江大學中國文學研究所碩士論文，1996年6月，頁31。其文將戰爭詩中的直接戰爭詩與邊塞詩合為「征戰戍邊」一類，是「行旅詩」中的一種類型，意義上雖無不妥，但「行旅詩」範圍委實太大，且此一類型涵括兩種內容之作品，如純粹邊塞風光的內容與描述戰爭場景的內容，兩者相提並論，所要比較研究之重點為何，令人費解。

19　謝思煒〈文人形象的歷史演變〉，聶石樵主編，《古代文學中人物形象論稿》，北京：北京師範大學出版社，2000年3月第一版，頁113-114。

20　俞汝捷《人心可測：小說人物心理探索》，台北：淑馨出版社，1995年8月初版，頁105-106。

21　James F. Dunnigan著，劉正侃譯《戰爭之道》，台北：黎明文化事業股份有限公司，1985年4月出版，頁276。

22　李元洛《詩美學》，台北：東大圖書股份有限公司，1990年2月初版，頁169。

23　Lawrence Leshan著，劉麗真譯《戰爭心理學》，台北：麥田，1995年出版，頁43。

24　李師清筠《魏晉名士人格研究》，國立台灣師範大學國文研究所碩士論文，1996年5月，頁51。

25　徐公持《阮籍與嵇康》，台北：國文天地雜誌社，1991年7月初版，頁116。原出版者為上海：上海古籍出版社，1986年5月第一版。

26　趙鑫珊、李毅強《戰爭與男性荷爾蒙》，台北：台灣學生書局，1997年10月初版，頁240。

27　陳沆的《詩比興箋》對此詩作如此解，近人葉嘉瑩《阮籍詠懷詩講錄》，台北市：桂冠圖書股份有限公司，2000年2月初版，頁83-86。也主張此詩可以作如此解釋。

28　蘇珊・郎格（Susanne. K. Langer），劉大基、傅志強、周發祥譯《情感與

形式》（*Feeling and Form*），台北：商鼎文化出版社，1991年10月5日台灣初版，頁251。

29 童慶炳《中國古代心理詩學與美學》，台北：萬卷樓圖書有限公司，1994年8月初版，頁139。

30 （英國）瓦納‧西‧布茲，張祖建譯，〈距離與視角：類別研究〉，王泰來等編譯《敘事美學》，重慶：重慶出版社，1987年12月第一版，頁130-133。

31 曾守正〈先秦兩漢文學言志思想的轉變及其文化意義：兼論與六朝文化的對照〉，國立台灣師範大學國文研究所博士論文，1998年12月，頁225。

第八章　非戰類作品之修辭技巧

　　以三國時代非戰類戰爭詩整體來看，值得注意的是，在表意方法的修辭運用上，與主戰類以誇飾法為使用較多之手法略有不同。多數使用了摹寫法，而設問與譬喻法也是喜用之修辭法，至於主戰類詩作三分之二以上使用的誇飾法（三十八首中有二十七首），則與轉化法同列這些修辭法之後。而主戰類的作品，使用摹寫的寥寥可數，遠遠落後於誇飾、借代、引用、譬喻法之後，至於設問則更落於摹寫之後。可見詩人在寫作非戰類詩作與主戰類筆法上之不同。而在優美形式的修辭運用上，使用到類疊的有十二首，排比有十首，對偶有一首，頂真有四首。雖然與主戰類一樣，排比的使用仍多，但在比例上而言，明顯地降低許多，而且對偶的使用也下降，改採以類疊為多使用之手法。可見得詩人會因所要呈現之主戰與非戰不同角度與情緒之不同，而採用不同的表現筆法，這不同修辭筆法的運用，也交互地使所呈現的情況與使讀者感受的情意有所差異。以下來觀察非戰類使用較多的修辭格（關於三國時代非戰類戰爭詩修辭之運用情形，請參見筆者於後所列，【附表四】三國時代非戰類戰爭詩修辭表）

第一節　摹寫

　　寫作時，把對宇宙自然和人生各種事物的感覺，包括視

覺、聽覺、嗅覺、味覺、觸覺等，具體地摹擬描寫，使讀者感同身受，就稱為摹寫。

如曹操〈蒿里行〉：「白骨露於野，千里無雞鳴。」我們可想見戰爭時血流成渠、殺人盈野的慘況，屍體的白骨漫山遍野、橫七豎八凌亂地散落著，而耳中聽到的聲音是悄然無聲，萬里之中連雞鳴也沒有，也就是幾乎沒又什麼生物倖存下來。此詩將作者主觀所聽到的客觀聲音與景象重新運用摹寫呈現出來，觀察細微，再加上誇飾的使用，貼切地讓讀者引起聯想，「白」、「露」、「野」、「無雞鳴」都使得畫面動了起來，而且有聲音有色彩，視覺和聽覺都有表現，讀者的感官彷彿也有同感，產生信服，讓人感到戰爭之殘酷與恐怖。

再如王粲〈七哀詩〉三首中的第一首：「顧聞號泣聲，揮涕獨不還。」形容王粲與婦人聽到被丟棄的嬰孩啼哭聲，母親卻一面哭泣一面離開。嬰孩的號啕大哭，陣陣傳來，母親的哭聲呼應著，母親頻頻回首，卻因為身處戰爭頻繁的時代，仍然只能丟棄孩子離去。從此處具體的描述，可以鮮明的想像出嬰孩啼哭與母親哭泣著離開的景象，加上哭泣的聲音，深刻地印在讀者的心中。純粹場景的描繪，卻使其更加令讀者心碎。兩句話我們見到了人物，見到了動作，聽到了聲音，彷彿在觀看一齣現實的倫理悲劇，令人也不禁揮涕。

詩人使用摹寫，綜合地訴諸各種感官，描繪聲音、形狀、色彩、香氣、味道、觸感，使得詩作多采多姿，豐富地刺激讀者感受，猶如是自己親耳所聞，親眼所見，親鼻所嗅，親口所嘗，親身所感一般，一同享受作者所感受的情境。此外如應瑒〈侍五官中郎將建章台集詩〉：「朝雁鳴雲中，音響一何哀」描寫雁鳥在清晨的雲中鳴叫，並用轉化使他具有人性，鳴聲有

哀傷之感，不只摹寫聽到之聲音，也雙關自己的心情與遭遇。

又如陳琳〈飲馬長城窟行〉：「飲馬長城窟，水寒傷馬骨」是觸覺的摹寫，描寫長城附近嚴寒，冰冷的水傷透馬之肌骨，也表示出對築城民伕的侵襲。「君獨不見長城，死人骸骨相撐拄。」寫到長城附近的景況，城牆附近堆滿了為築城勞役而死的民伕，甚至說長城是由這些民伕之骸骨血淚堆砌出來的也不為過。有摹寫視覺之處，也有摹寫觸覺之處。運用摹寫將對於事物情狀的感受栩栩如生的表達出來，從詩句中讀者可以想像出一幅辛苦勞役圖，而且不僅僅是圖像而已，還感受到觸覺上的冰冷等等知覺，已經超越了動畫和電影的功能。摹寫格的使用，給予讀者感官上的感受，增強語言的形象性和生動性，留下深刻的印象。

奧斯古（Osgood, 1954）對於大眾傳播的模式，曾下了以下的定義：「任何適當的模式至少包括兩個傳播單位，一個來源單位（說話者）和一個目的地單位（接收者）。在任何像這樣兩個單位之間，連接兩個單位成為單一的系統，就是我們所稱的訊息。」[1] 像文學作品一類，奧斯古認為是書面傳播的「訊息」。陳琳的詩作即是訊息，而摹寫格可以說是陳琳（來源單位）傳達自己對於戰爭帶來的勞役與人生現象感受的直接方法，透過描摹觸覺、視覺，他把主觀關照下的客觀世界重現出來，直接刺激了讀者（目的地單位）的耳目鼻舌身等感官，使文學作品富於「感覺性」，就達成良好的傳播效果，使讀者產生鮮明的印象。

《中國古代美學範疇》言：

　　顧愷之認為畫家必須充分發揮自己的想像，這就是所謂

「遷想妙得」。他要求畫家不為描寫對象的表面印象所拘，而要以自己的主觀情思去認識和選擇客觀對象，強化畫家的主觀感受，達到主客觀統一，情景交融，而賦予對象以神趣。這種經過畫家的聯想和想像所塑造的形象，是典型化了的，也是理想化了的，因而具有更加感人的藝術魅力。[2]

　　顧愷之「以形寫神」的繪畫理論，不僅影響了中國的藝術界，也可以運用在詩文美學上。例如曹丕〈陌上桑〉：「披荊棘，求阡陌，側足獨窘步」、「樹木叢生鬱差錯，寢蒿草，蔭松柏，涕泣雨面露枕席」，使用了摹寫來刻劃戰爭行軍中所見之自然景色，山川、日月、動植物……等等事物，或寫其形，或描其聲，或狀其帶給人們的膚觸，與造成行軍的困難之狀，讓詩作氣韻生動。然而此中的自然景觀，是經由曹丕的再塑造，透過他的選擇取抉之後，創造出符合他所需的詩文情境，雖然不是完全的想像，但可以說是建構在現實基礎上的想像情境，他的摹寫不拘泥在自然的表面印象，並不會刻意去揣摩自然的一舉一動，而以他自己的主觀情意和思考方式去重新詮釋和選擇客觀的自然事物，如此一來傳達給讀者的訊息中，便富含了曹丕的主觀感受，讀者從詩中想像的情境就隱藏著曹丕所欲呈現的情思，詩中摹寫的情景就達到主客觀統一，情景交融，所以〈陌上桑〉所寫的自然，經過摹寫法便賦予了神妙的奇趣。

　　再譬如曹丕〈黎陽作詩〉：「北觀故宅頓傾，中有高樓亭亭，荊棘繞蕃叢生，南望果園青青，霜露慘悽宵零」，藉著故宅的傾倒與果園只剩青草來描繪出戰爭所帶來的黑暗。詩中的

景物摹寫的栩栩如生，然而透過此一圖像，讀者可感受到曹丕所欲表徵的傷情之意，詩中的自然景物顯然是經由曹丕取抉的。

又如曹丕〈雜詩〉二首中的第一首：「漫漫秋夜長，烈烈北風涼」，用形式整齊的排比，寫出秋夜漫長、北風強烈的情況。「白露沾我裳，俯視清水波，仰看明月光，天漢回西流，三五正縱橫，草蟲鳴何悲，孤鴈獨南翔」，此句描寫露水沾濕衣裳，俯瞰清水波，仰看明月繁星、孤鴈獨翔，聽見草蟲哀鳴。將自我的情緒映射在鴈鳥與草蟲之上。詩中兼有視覺、觸覺和聽覺的摹寫。排比的使用使得形式優美工整，而摹寫的使用則使得形象深刻。透過感官上的摹寫，輔以結構上的對偶，文辭整齊而有次序。吟詠此詩，彷彿和曹丕一同在外枕戈待旦，途中一片蕭瑟，之後見到月光與孤鴈的情節動作鮮明，正如同一部3D立體、身歷其境的電影。運用了摹寫可說是人類開始接觸文學作品中「感覺性」的媒介，藉著摹寫，開始感受這個世界對於自身感官的刺激，並了解文學中對此的描繪方式，分享眾人共通之慣用描述型式。

張少康曾言：「善於寫詩的人應當創造一個『境生於象外』的藝術意境，以便起到『言有盡而意無窮』的藝術效果。」[3] 也就是說，一首詩的意境不是在象內，而是在象外，使用摹寫的意境正有如此「言有盡而意無窮」的藝術效果，可以創造一個「境升於象外」的藝術意境，譬如曹植〈門有萬里客行〉：「挽裳對我泣，太息前自陳」，一詩摹寫的是客人對詩人的哭泣與太息之狀況，然而卻令人聯想到詩人自己坎坷的遭遇與道殣相望的生民流離情況，呈現出一種蒼涼之境，這是因為一首有深刻藝術意境的作品，可以使得讀者感受到，除了在詩中有一

本身具體的有形描寫之外，還有另一部分存在於讀者想像中的無形隱微境地，這個部分已經遠遠超過作品所表現的範圍。司空圖也曾提到「象外之象，景外之景」，正是同樣的意義。曹植詩所表現的第一個象和景，即是詩中具體描寫的景物，是實的部分；除了第一個象之外，還有第二個「象」，這個「象」是存在於第一個「象」之外的，然而它是依附在第一個「象」之上，藉著第一個「象」呈現，但不是直接描寫的景象，是虛的部分，而運用的手法有譬喻、轉化、象徵……等等，曹植善於使用的藝術語言便是在摹寫上加入象徵，此一虛的部分，需要經由讀者自己想像揣摩而得，但並非憑空妄想，而是在作者已經描述的指引下產生的，如〈門有萬里客行〉一詩中可知的景是主客相對哭泣嘆息，而時代動亂、戰爭導致的潦倒悲涼之景，則是讀者在作者暗示下所產生的，而讀者可藉此感受到他心中的悲哀失意，「言有盡而意無窮」的部分，可以感受到、體悟到，但是又極難全部確實的陳述出來，正是其玄妙之趣。

又如曹植〈送應氏詩〉二首中的第一首：「步登北邙阪，遙望洛陽山，洛陽何寂寞，宮室盡燒焚，垣牆皆頓擗，荊棘上參天，不見舊耆老，但睹新少年，側足無行徑，荒疇不復田」。可想見殘破的洛陽，宮室都被焚燒，牆壁皆頹毀。從「不見舊耆老，但睹新少年」，一句可想見當時故舊之人都已消失不見，只能看到新的少年。「荒疇不復田」，描寫眼中所見雜草長滿田園之景，「荒」字不僅形容草，也形容出荒涼之感。由此，讀者可想見其景，亦可感受到洛陽銅駝荊棘的變化，而曹植心中的無奈哀傷就透過種種摹寫，使讀者可以感受到周遭荒煙漫草的環境給予曹植感官上悲戚荒蕪的愁悶，視覺上破蔽雜亂，行動上側足無路，一種「寂寞」的態度隱然可

現。幾乎句型兩兩近似，形式齊整，產生規律劃一的美感，呈現一致的感受。這四句所表達的情境是一種戰爭帶來的斷垣殘壁對詩人產生的負面情況，由此可知曹植所描寫的戰爭場景，未必皆是橫掃千軍的意氣風發，曹植筆下的戰爭面向是多樣的，是因時而異，如實的呈現。而他的摹寫正是這種思維的產物，故寫實地表現出不同面貌的戰爭景況。其詩中運用摹寫，也可見曹植細緻的觀察力，了解他對於感受的表達能力。

　　亞里斯多德曾經提出模仿的原則為：藝術模仿自然。而且他認為是延長自然，補足自然的缺失[4]。詩人們使用摹寫法時，便是合乎此原則。詩中的摹寫戰爭後景色，不僅將戰爭後景色描繪得歷歷在目，甚至將自然的生命力延展開來，融入了自己的主觀情感與感受，使得自然和人文結合，補足了自然的不足。這是因為詩人有領悟力，有創作力，他將自己的情感加諸於自然之上，將情感變為有圖像的彩色世界，或者說是把自然的圖像經過剪裁成為有情緒性的。像阮籍〈詠懷詩〉第六十一首：「揮劍臨沙漠。飲馬九野坰，旗幟何翩翩，但聞金鼓鳴」，摹寫的景色呈現出豪邁奔騰之感，表示此詩能實現一些自然本身所不能實現的效果，造成一種藝術的境界，然而並非脫離自然，卻是與自然合作而成，也就是說，詩人利用自然或其他景象作為基礎材料，來完成他的創作。詩作的藝術是由詩人而生的，也因詩作而存在，如果沒有詩人的創作，自然只是一般的自然，景象也只是獨立存在，而其詩作的藝術是屬於人的行為，或者說是他個人行為特色的延長。摹寫的自然是有意識有寄託的，是為了成就一種藝術而生，詩人描寫自然不單純是一種純粹的模仿，不僅為拷貝，也不是材料的再現，他寫的自然是他所再創造的，是一種自由獨立的藝術創造，絕非奴隸

與機械性的模仿。

第二節　轉化

在描寫一樣事物時，將原來的性質轉變成另一種截然不同的性質，再加以形容的稱「轉化」。蔡謀芳用文法的概念說得很明白：「用人性的謂語來述說物性的主語，……就是『轉化』的例子。……用物性的謂語去述說人性的主語，道理亦同。」[5]這裡用主謂結構來說明此格，所謂謂語就是用來形容主語的部分，此一說法要比單純定義清晰易懂。

使用轉化格的如王粲〈七哀詩〉三首中的第三首：「冰雪截肌膚，風飄無止期」、「蓼蟲不知辛，去來勿與諮」，詩中一方面摹寫天氣在觸覺上寒冷的情況，另一方面也使用了「轉化」中的擬人法，讓冰雪好像鋒利的刀刃一樣，可以截斷人的肌膚，描寫出冰冷刺骨與無情的程度。以物擬物，加以並列而互相對照，使沒有體會或見識過冰雪的人們，也能理解。其後將蓼蟲給予了人的生命，但他們不知辛苦，無法和人們討論。做出人一般的行為。正因為轉化的運用，給人一種有生命力，活潑生動的感覺。句子用得很巧，將動態的活動展現出來，也賦予了人的行動，把冰雪的特徵靈妙而傳神地展現了。

又如應瑒〈侍五官中郎將建章台集詩〉：「朝雁鳴雲中，音響一何哀，問子遊何鄉，戢翼正徘徊，言我塞門來，將就衡陽棲，往春翔北土，今冬客南淮，遠行蒙霜雪，毛羽日摧頹，常恐傷肌骨，身隕沈黃泥，簡珠墮沙石，何能中自諧，欲因雲雨會，濯羽陵高梯，良遇不可值，伸眉路何階。」將雁鳥擬人化，發出哀怨的聲音，可以向他詢問遊歷何鄉，而雁鳥會回答

問題，說明自己春天飛往北方，冬天作客南淮，並說明自己遠行蒙受霜雪，害怕毛羽毀損，期待能洗滌羽毛等等情況。而其中巧妙之處，便是藉由轉化格的使用，將雁鳥的行為連結到人的行為上，再從這樣的機轉，雙關到作者就像雁鳥一樣，早年流離失所，作客異鄉，而現在期望受到知遇之恩。

再如曹丕〈陌上桑〉：「虎豹噪動，雞驚禽失，雞鳴相索」都是描寫動物，看似在描述戰爭行軍途中所見之動物，其實是在描寫敵方軍隊如虎豹般直撲而來，我方軍隊如雞禽般驚慌奔走，用所見之景委婉描述我方之挫敗。都是四字的型構，節奏分明而急速連貫，顯示出危殆的情況。文意上透過「層遞」法的使用，記敘經過順序明確，從一開始虎豹噪叫行動，接著雞禽驚慌奔走、鳴叫。此詩中最生動活潑的筆法，就在於「轉化」格的使用，將敵軍與我軍仿擬做虎豹與雞禽，便是擬物的表現，藉由如此讓人物與景色合一，去感受作為其他物品，並且不致於直接暴露我軍棄甲曳兵的慘況。當人「物性化」之後，人就可以體會萬物的生活和情緒，或者是將世界中的萬物，變成了有人的行為、個性，此詩作者經由「轉化」的筆法，就使得人們容易產生共鳴，容易用人的心情去理解，也可以轉移自身的感情，產生民胞物與、悲天憫人的體會，藉由悲憫雞禽，來體會轍亂旗靡的我軍心情，這當然也要歸功於詩人的想像力。

自然界的萬事萬物雖然只是一種自然現象，但由於和人類緊密相連，人們吃的是自然界的動植物，穿的用的也和大自然息息相關，文學家在看待自然事物時，多半就以人類情感出發，如杜甫的名句：「感時花濺淚，恨別鳥驚心。」便是轉化格使用獨到的千古佳句，因此人們可藉由轉化格來觀照自然，

將自身的情感投射到自然界的萬物上，使自身充滿感情，對萬物加以愛憐，並且由此體會文學語言中轉化格的靈動，文學家想像力和情感的充沛，文字技巧的張力。或許人們在小時候會以自己的認知基模去理解各種事物，但這個認知的基本架構，日後會隨著年齡、知識、經驗的增加而改變，將來便能清楚地區隔人和物的不同，也能認知到文學語言中的轉化和現實現象的大相逕庭，正如〈雜詩〉二首中的第一首：「草蟲鳴何悲，孤鴈獨南翔」，曹丕在使用轉化格時，其實心中是明白萬物的真實情況，草蟲並不一定是為了悲傷鳴叫，或許是為了求偶而叫，鴈鳥南翔未必感到孤單，也許相當自在舒適，但卻故意使萬物與己同悲，一體同喜；甚至於可以說這樣的「赤子之心」正是文學和藝術中的美妙之處，而人們越長越大，成年之後，由於過分理智和科學化後，反而失去了體會這種美感的愉悅。

此外如曹丕〈雜詩〉二首中的第二首：「西北有浮雲，亭亭如車蓋，惜哉時不遇，適與飄風會，吹我東南行，行行至吳會，吳會非我鄉，安得久留滯」，詩中由模仿浮雲遇風飄離故鄉的摹寫格，諧義「雙關」的推到自己，表現出好像浮雲會行走一般，和人一樣離開故鄉會想家，會在心中發出慨嘆。會遇到風（或指時機）、會離開原地，這些是人和雲相同之處，然而會用腳行走、會想家、會思考，則是人類才有的現象，詞人此處同時運用摹寫、雙關、轉化的修辭技巧，非常巧妙。

另外如曹植〈雜詩〉中的第二首：「轉蓬離本根，飄颻隨長風。何意迴飆舉，吹我入雲中。高高上無極，天路安可窮？」這裡的轉蓬會感嘆自己的飄盪與對飄盪何時停止的疑問，都是轉化中的擬人法。經由轉蓬的擬人來成為生民與自己在烽火連天、戰鼓頻仍時代中輾轉遷徙的示範。這些轉化格的

使用，是作者「托物言志」的寫法，藉此抒發感情，增強內容的感染力，使事物有人的靈性和情感，並且突出所要描摹的特徵，引發讀者的聯想和共鳴。

還有如阮籍〈詠懷詩〉第六十一首：「英風截雲霓」這裡寫著風兒英姿煥發如銳利的刀鋒切斷雲霓。這種種寫法自然是轉化的用法，將風都給予了人的生命，所以他們可以和人一樣，做出人一般的行為，英姿煥發，並且也用物化的方式寫出風的銳利。

阮籍〈采薪者歌〉：「陽精蔽不見，陰光代為雄。」描寫太陽下山，月亮代替他稱霸世界。兩聯排比工整，也因為轉化的運用，給人一種有生命力，活潑生動的感覺。「蔽不見」、「代為雄」等辭用得很巧，將動態的活動展現出來，也賦予了人的行動，把日夜的轉變靈妙而傳神地展現了。

而〈舊邦〉：「孤魂翩翩當何依？」則將中國人歷來將死後之靈魂視為會翩翩飛翔的觀念寫出。事實上生前都不會飛，死後又如何得知呢？而死後之魂真會孤單感到無所依靠嗎？這首詩便是用轉化的方式，將亡魂轉化做活人，一樣會孤獨無依，而且比作為會飛翔之物，可以自由穿梭於時空之中。詩人們將亡魂，變成了有人的行為、個性，就使得讀者容易產生共鳴，容易用人的心情去理解，也可以轉移自身的感情，去同情那些為國捐軀的戰士。

第三節　譬喻

藉由兩者之間的相似點，經過譬喻使得抽象的情感和道理變得生動。如焦先〈祝尨歌〉：「本為殺牂羊，更殺羖羺」將

孫吳比喻作羔羊，魏國比喻作殺豬，將戰爭的兩方都是為祭祀
上天的供品，比喻終將兩敗俱傷。以禽獸作祭品來形容戰爭中
雙方的犧牲，十分生動。使作者對戰爭激烈的反感、情感的豐
富悠長藉由譬喻手法展現。形容出作者的感慨，有利於讀者去
體會其情緒。使得抽象難懂的情緒，因此具體易懂的事物得到
理解。《傳播理論》：「宣傳就廣義而言是藉由控制人們心中
的具象以達影響人類行為目的的技術。這些具象可以語言的、
文字的、圖畫的或音樂的形式呈現。」[6] 譬喻法的使用，正可
以使文字更具象，更容易讓人們明白，使文章或詩歌宣傳自身
理念的效果更理想。這裡的比喻正說明了人類趨向戰爭的無知
與愚蠢。

　　譬喻是指兩種或以上不同的事物，因其中共同的特點或類
似的性質，通常是由其中一個具體易懂的說明另一個抽象難解
事物的修辭技巧。關紹箕說得很妙：「『比喻』是一位媒人，
把長成夫妻臉的兩個人『送作堆』。」[7] 如阮籍〈采薪者歌〉：
「離合雲霧分，往來如飄風。」雖為誇張的說法，人生的聚散
離合並不像雲霧與風一般每天都有，但一經此譬喻，說明人生
聚散離合的無常，這個抽象的感情意義，便以具體的事物來比
方，而且由於其意象是日常生活中常見之事物，便使讀者易
懂。《實驗審美心理學》曾對於許多人做過實驗，發現人們對
一首詩歌的喜愛大多依賴於詩歌的表面性質，包括：語言的音
樂性韻律、意象等，而較少涉及其他方面[8]。可見具有生動活
潑的意象會讓人有較為愉悅喜歡的感覺，意象對於詩歌有重要
的功能，是不可欠缺的，意象可以帶動人們的想像，成為心靈
的眼睛。而藉由精緻的譬喻，可讓詩歌的意象更具體，促使人
們在欣賞詩歌時感到愉快。

《實驗審美心理學》也提到有研究指出，「清晰性」是愛好的普遍基礎，一些胡謅的詩句，因為人們無法理解，而導致不受喜愛[9]。所以要作一首受人們喜愛並信服的詩歌，首要的工作便是要使人們能夠理解其內容，藉由靈活高雅的譬喻，可以用他們已知的來解釋未知的，達到更清晰的目的，再透過意象加強和情感的聯繫，增強詩歌的魅力，使人們的心靈對具有豐富意象的詩歌之美產生強烈的審美

第四節　頂真

　　三國時代記敘筆法的非戰類戰爭詩，在優美形式的修辭運用上，其中以類疊使用較多，與主戰類詩作，相差不多，都是以排比法與類疊法居前兩位，但主戰類使用排比法的首數幾乎是類疊的兩倍，而非戰類則是相距不遠，這大抵與類疊法較排比法更能表達委婉纏綿、回返輾轉的情意有關。而運用的情況與功能大致上與主戰類也是相近的，所以此處就不再多提了。以下則來觀察此類中排於類疊與排比法之後，竟然比對偶使用還多的頂真法（主戰類則是對偶法明顯比頂真法使用較多）。

　　頂真格是指前一句的結尾用作下一句的起頭。如陳琳〈飲馬長城窟行〉：「長城何連連，連連三千里。」利用「連連」作為句子的中心，用這個共通點來統帥三千里的長城，作為溝通文具的橋樑，使詩句貫穿起來，造成文句和諧緊湊。由這樣的句子，也可以聯想起長城不斷連接的形式，非常巧妙，具有趣味。而與後面「君獨不見長城，死人骸骨相撐拄。」相參照時，令人想像到三千里長城下都是白骨的駭人畫面，就更加具有震撼力。

再如曹丕〈雜詩〉二首中的第一首:「披衣起彷徨,彷徨忽已久。」用「徬徨」連貫銜接上下句,「徬徨」一辭承上啟下,可以想見詩人晚上無法入眠,披衣起身,徬徨徘徊,而這徬徨徘徊過了許久,詩人才回過神來。經過「徬徨」在句中的轉折,更加感受到詩人心中的猶豫不安,以及「徬徨」時間持續之久,使人知道詩人動作之連續情況,並且進一步補充詩人的行動情況。

又如曹丕〈雜詩〉二首中的第二首:「吹我東南行,行行至吳會,吳會非我鄉。」此處描寫雲被風吹往東南行,一直行走到吳會,而吳會不是他的家鄉,一方面寫雲,一方面也雙關自己身不由己的情況。前二句以「行」字連接,可見行走之急促,後二句用「吳會」作銜接,藉以補充說明行走到的吳會不是自己的家鄉。接連使用兩個頂真使得文句十分緊湊,感覺到神旺氣足,語氣不斷地銜接,不加間斷,可以感受到作者行動的飄忽迅速,而行動愈快,離家愈遠,愈感受到詩人身不由己的痛苦。

再如曹植〈送應氏詩〉二首中的第一首:「遙望洛陽山,洛陽何寂寞。」用「洛陽」遞接,寫出詩人遙望洛陽,而進一步補充洛陽的情況非常寂寞,作為下文描寫洛陽寂寞的開展。讓人重複注意到詩人所寫的地點是「洛陽」,也讓讀者感受到作者對「洛陽」纏綿感嘆的情意,彷彿詩人之意在寫「洛陽啊洛陽」。

龔鵬程曾說:「中國美學在『天人合一』的思想引導之下,產生了許多以人工美的創造力量,企圖臻於神祕、自然之美的最高理想之應用。」[10] 詩人運用摹寫的手法,將戰爭中或戰爭後的荒榛蔓草與流血浮屍的情況,經過其主觀的剪裁之

後,重新安排於詩作中,呈現出他所觀照的戰爭各種面向,呈現出哀傷凝重的氣氛;《周易‧繫辭》:「仰則觀象於天,俯則觀法於地。」師法自然景象是中國古人創造文化的法則,同樣也是藝術創造的法則,非戰類詩作的摹寫筆法也是基於這個法則,對戰爭中華屋山丘的事實進行描寫。亞里斯多德認為,模仿不是忠實地複製現實,而是自由地處理現實,藝術家可以用自己的方式顯示現實。此類詩作的「摹寫」正是如此,並非完完全全複製自然,而是根據他的意志,經由藝術的心靈重新摹寫戰爭,創造出具有美感與非戰的意念,其摹寫的戰爭,不僅僅是形式上的自然環境,還在形式之上,加諸屬於非戰的精神性境界,如此,就具有更深邃豐富的形象。也就是說,非戰類詩作的「摹寫」,已經超脫了依照自己眼睛所見一五一十描繪的手法,而是進一步掌握精神涵養,表現人文反省之精神,其「摹寫」已非全然是實體與形式的,所以才會與主戰類以誇張鋪敘手法來描寫戰爭功業與壯烈犧牲,所呈現的景況大相逕庭。

非戰類詩人多半對於戰爭具有反省與反向思考的態度,因此對於戰爭中或後期產生對人們生活的改變,具有細膩的描寫,這時便將觀察自然界萬事萬物所得巧妙地運用轉化與人們的情況結合在一起,作為生動的意象。正因為這樣的特徵,非戰詩歌中便善加利用轉化法,吸引讀者的注意,讓人們藉著同理心來觀察自然,從而使用轉化法使人們對於萬物產生豐富的感情。也可藉著萬物表達作者所想要傳達的情意。

非戰類作品彷彿在寫景,其實是藉著外在的景和內在的情互相譬喻,傳達所要闡述的道理。詩人藉著熟悉具體的事物,使讀者對於抽象的情緒,產生正確的聯想,使之認識,並且利

用兩者維妙維肖的相近點，選擇適合情境，符合詩意又雅致不
俗的譬喻，生動合理地給人意外新穎的驚喜。譬喻法的使用，
可以使文字更具象，更容易讓人們明白。可以將平淡的事理增
添了靈動的色彩，把單調變為鮮活，重新建立人們的認知體
會。

　　至於非戰類筆法的詩作，頂真格使用較多的原因，大抵與
類疊格使用原因相同，一方面使顯得情意纏綿婉約，另一方面
是作為補充描寫時間、地點、人物行動與景象情況。

【附表四】 三國時代非戰類戰爭詩修辭表

題名	設問	引用	誇飾	借代	映襯	象徵	類疊	排比	摹寫	譬喻	轉化	雙關	示現	對偶	頂真
曹操〈薤露行〉		「瞻彼洛城郭，微子為哀傷」「惟漢二十世，所任誠不良」			知小而謀強	白虹為貫日				沐猴而冠帶			宗廟以燔喪。播越西遷移，號泣而且行。賊臣持國柄，殺主滅宇京。蕩覆帝基業，		
曹操〈蒿里行〉			生民百遺一，念之斷人腸	鎧甲生蟣虱，萬姓以死亡		鎧甲生蟣虱			白骨露於野，千里無雞鳴		躊躇而鴈行		全詩（除末句）		
王粲〈七哀詩〉第一首	未知身死處，何能兩相完？	「南登霸陵岸」「悟彼下泉人」	白骨蔽平原						顧聞號泣聲，揮涕獨不還	豺虎方遘患			全詩（除末二句）		

題名	設問	引用	誇飾	借代	映襯	象徵	類疊	排比	摹寫	譬喻	轉化	雙關	示現	對偶	頂真
王粲〈七哀詩〉第三首	「草木誰當遲」「天下盡樂土，何為」	久留茲	哭泣無已時	子弟多俘虜		蓼蟲不知辛，去來勿與諮	翩翩		「不見人，草木誰當遲」「冰雪截肌膚，風飄無止期」「翩翩飛戍旗」「百里」		「不知辛，去來勿與諮」「蓼蟲」		全詩（除首二與末二句）		
陳琳〈飲馬長城窟行〉	「君今出語一何鄙」「何為稽留他家子」「男兒寧當格鬥死，何能怫鬱築長城」				「善侍新姑嫜，時時念我故夫子」「男兒寧當格鬥死，何能怫鬱築長城」「邊城多健少，內舍多寡婦」「生男慎莫舉，生女哺用脯」	飲馬長城窟，水寒傷馬骨	「連連」「時時」「慊慊」	「邊城多健少，內舍多寡婦」「生男慎莫舉，生女哺用脯」		「飲馬長城窟，水寒傷馬骨」「君獨不見長城，死人骸骨相撐拄」			全詩		長城何連連，連連三千里
阮瑀〈怨詩〉		孰能應此身，雖稱百齡壽，								漂若河中塵，民生受天命，					

頂真	對偶	示現	雙關	轉化	譬喻	摹寫	排比	類疊	象徵	映襯	借代	誇飾	引用	設問	題名
		毛羽日摧頹，常恐傷肌骨，身隕沈黃泥，簡珠墮沙石，何能中自諧，欲因雲雨會，濯羽陵高梯，今冬客南淮，良遇不可值，伸眉路何階，遠行蒙霜雪，	毛羽日摧頹，常恐傷肌骨，身隕沈黃泥，問子遊何鄉，簡珠墮沙石，何能中自諧，戢翼正徘徊，言我塞門來，將就衡陽棲，濯羽陵高梯，今冬客南淮，良遇不可值，伸眉路何階，遠行蒙霜雪，	毛羽日摧頹，常恐傷肌骨，身隕沈黃泥，問子遊何鄉，簡珠墮沙石，何能中自諧，戢翼正徘徊，言我塞門來，將就衡陽棲，濯羽陵高梯，今冬客南淮，良遇不可值，伸眉路何階，遠行蒙霜雪，	朝雁鳴雲中，音響一何哀，問子遊何鄉，簡珠墮沙石，何能中自諧，戢翼正徘徊，言我塞門來，欲因雲雨會，濯羽陵高梯，良遇不可值，伸眉路何階，遠行蒙霜雪，	朝雁鳴雲中，音響一何哀						「樂飲不知疲」「不醉其無歸」	凡百敬爾位	「問子遊何鄉」「簡珠墮沙石，何能中自諧」「良遇不可值，伸眉路何階」	應瑒〈侍五官中郎將建章台集詩〉

辭格	曹丕〈陌上桑〉	曹丕〈雜詩〉第一首
頂真		披衣起彷徨，彷徨忽已久
對偶	「棄故鄉，離室宅」「寢蒿草，蔭松柏」「披荊棘，求阡陌」	
示現		
雙關		
轉化	虎豹嗥動，雞驚禽失，雞鳴相索	草蟲鳴何悲，孤鴈獨南翔
譬喻	涕泣雨面	欲濟河無梁
摹寫	「寢蒿草，蔭松柏，涕泣雨面霑枕席」「披荊棘，求阡陌，側足獨窘步」「樹木叢生鬱差錯」	「光，天漢回西流，三五正縱橫」「漫漫秋夜長，草蟲鳴何悲，烈烈北風涼」「白露沾我裳，俯視清水波，仰看明月」
排比		「漫漫秋夜長，列烈北風涼」「俯視清水波，仰看明月光」
類疊	稍稍	「漫漫」「烈烈」「鬱鬱」「綿綿」
象徵		
映襯		
借代		
誇飾	遠從軍旅萬裏客	
引用		斷絕我中腸
設問		願飛安得翼
題名	曹丕〈陌上桑〉	曹丕〈雜詩〉第一首

題名	設問	引用	誇飾	借代	映襯	象徵	類疊	排比	摹寫	譬喻	轉化	雙關	示現	對偶	頂真
曹丕〈雜詩〉第二首	安得久留滯								西北有浮雲，亭亭如車蓋，惜哉時不遇，適與飄風會，	吹我東南行，行行至吳會，吳會非我鄉，安得久留滯／西北有浮雲，亭亭如車蓋，惜哉時不遇，適與飄風會，	西北有浮雲，亭亭如車蓋，惜哉時不遇，適與飄風會，				吹我東南行，行行至吳會，吳會非我鄉
曹丕〈黎陽作詩〉							「亭亭」「青青」	晨過黎山巉崢，東濟黃河金營，北觀故宅頓傾	北望果園青青，霜露慘悽宵零，北觀故宅頓傾，中有高樓亭亭，荊棘繞蕃叢生，	南望果園青青，霜露慘悽宵零，中有高樓亭亭，荊棘繞蕃叢生，北觀故宅頓傾					

題名	設問	引用	誇飾	借代	映襯	象徵	類疊	排比	摹寫	譬喻	轉化	雙關	示現	對偶	頂真
左延年〈從軍行〉								「五子遠鬥去，五婦皆懷身」「三子到燉煌，二子詣隴西」							
焦先〈祝衄歌〉						本為殺牂羊，更殺殺豝	「祝衄祝衄，非魚非肉」	「本為殺牂羊，更殺殺豝」		本為殺牂羊，更殺殺豝					
曹植〈門有萬里客行〉	問君何鄉人？	行行將復行，去去適西秦			本是朔方士，今為吳越民		「行行將復行」「去去」	本是朔方士，今為吳越民	挽裳對我泣，太息前自陳					行行將復行，去去適西秦 本是朔方士，今為吳越民，	

302

題名	曹植〈送應氏詩〉第一首	曹植〈雜詩〉第二首
頂真	遙望洛陽山，洛陽何寂寞	
對偶		
示現		
雙關		吹我入雲中。高高上無極，天路安可窮？何意迴飆舉，飄颻隨長風。
轉化		吹我入雲中。高高上無極，天路安可窮？何意迴飆舉，飄颻隨長風。轉蓬離本根，
譬喻		轉蓬離本根，飄颻隨長風。高高上無極，天路安可窮？何意迴飆舉，
摹寫	步登北邙阪，遙望洛陽山，洛陽何寂寞，宮室盡燒焚，垣牆皆頓擗，荊棘上參天，不見舊耆老，側足無行徑，荒疇不復田	轉蓬離本根，飄颻隨長風。何意迴飆舉，
排比	「步登北邙阪，遙望洛陽山」「不見舊耆老，但睹新少年」	
類疊		「高高」「去去」
象徵		
映襯	不見舊耆老，但睹新少年	
借代		毛褐不掩形，薇藿常不充
誇飾	千里無人煙	高高上無極
引用		
設問		「何意迴飆舉」「天路安可窮」

題名	設問	引用	誇飾	借代	映襯	象徵	類疊	排比	摹寫	譬喻	轉化	雙關	示現	對偶	頂真
嵇康〈代秋胡歌詩〉第三首		勞謙寡悔，忠信可久安	欲得安樂，獨有無愆				勞謙寡悔，忠信可久安，忠信可久安	彊梁致災，多事招患　勞謙寡悔，忠信可久安，							
阮籍〈詠懷詩〉第六十一首		妙伎過曲城	英風截雲霓。超世發奇聲	金鼓			「翩翩」「烈烈」	「揮劍臨沙漠。飲馬九野坰」「英風截雲霓。超世發奇聲」	旗幟何翩翩，但聞金鼓鳴　揮劍臨沙漠。飲馬九野坰，	英風截雲霓					
阮籍〈詠懷詩〉第六十二首								「翱翔觀陂澤，撫劍登輕舟」「多慮令志散，寂寞使心憂」							

修辭技巧	阮籍〈采薪者歌〉	繆襲〈舊邦〉
頂真		
對偶		
示現		
雙關		
轉化	陽精蔽不見，陰光代為雄	孤魂翩翩當何依？
譬喻	離合雲霧兮，往來如飄風	
摹寫		
排比	得志從命升，失勢與時隤	
類疊	「亭亭」「厭厭」	翩翩
象徵	一旦為布衣	
映襯	一旦為布衣「得志從命升，失勢與時隤」「留侯起亡虜，威武赫荒夷。邵平封東陵，」	遊士戀故涕如摧，兵起事大令願違
借代	陽精蔽不見，陰光代為雄	
誇飾		
引用	「留侯起亡虜，威武赫荒夷。邵平封東陵，」	
設問	「何憂身無歸」「負薪又何哀」	「孤魂翩翩當何依」「傳求親戚在者誰」
題名	阮籍〈采薪者歌〉	繆襲〈舊邦〉

註　釋

1　Werner J. Severin, James W. Tankard, Jr.著，孟淑華譯，《傳播理論》
（*Communication Theories*），台北：五南圖書出版有限公司，1995年初
版，頁78-79。

2　不著作者《中國古代美學範疇》，台北：木鐸出版社，1987年7月初版，
頁81。

3　張少康《古典文藝美學論稿》，台北：淑馨出版社，1989年11月初版，
頁26。

4　〈政治論〉、〈物理學〉。

5　蔡謀芳《表達的藝術》，台北：三民書局，1990年12月初版，頁11-18。

6　Werner J. Severin, James W. Tankard ，Jr.著，孟淑華譯《傳播理論》
（*Communication Theories*），台北：五南圖書出版有限公司，1995年初
版，頁160-164。

7　關紹箕《實用修辭學》，台北：遠流出版事業有限公司，1993年2月16日
初版，頁8。

8　瓦倫汀著，潘智彪譯《實驗審美心理學》，商鼎文化出版社，1991年台初
版，頁185-187。文中並作了另一實驗，發現詩歌中的意象可使閱讀者感
到愉快。

9　瓦倫汀著，潘智彪譯《實驗審美心理學》，商鼎文化出版社，1991年台初
版，頁161-163。此研究由威廉斯、溫特斯和伍茲等人所作，像《愛麗絲
夢遊仙境》中的詩句，受到喜愛的排名很低，主因是「無法理解他們」。

10　龔鵬程《美學在台灣的發展》，嘉義：南華管理學院，1998年8月初版，
頁278。

第九章 對戰爭態度不明顯的作品內容

在一百零四首的戰爭詩中，對戰爭態度不明顯的作品三十七首，占百分之三十五點六。

第一節 記敘戰爭中之景況

首先看曹叡〈清調歌〉：

> 飛舟沈洪波，旌旗蔽白日精。
> 楫人荷輕櫂，騰飛造波庭。

這是一首描寫水師作戰的詩歌。蜀漢在諸葛亮死後，減弱了對魏國的攻勢，而東吳仍然是魏國的勁敵。曹叡曾經率兵親征東吳，因東吳位於江南，所以必須運用水軍，「飛舟沈洪波」與「騰飛造波庭」正是描寫水軍作戰時舟行之神速，從「旌旗蔽白日精」則可以看出水師出征時旗幟掩蓋天際之情況。整首詩寫出水師出征時，廣闊蒼茫、水天浩渺與軍容壯盛的景色。曹叡另有一詩〈堂上行〉：「武夫懷勇毅，勒馬於中原。干戈森若林，長劍奮無前。」也是描寫戰爭中介冑之士勇武地斬將搴旗，奮力殺敵之情況。而〈櫂歌行〉：

> 王者布大化，配乾稽後祗。陽育則陰殺，晷景應度移。
> 文德以時振，武功伐不隨。重華舞干戚，有苗服從媧。
> 蠢爾吳中虜，憑江棲山阻。哀哉王士民，瞻仰靡依怙。
> 皇上悼潛斯，宿昔奮天怒。發我許昌宮，列舟於長浦。
> 翌日乘波揚，棹歌悲且涼。太常拂白日，旗幟紛設張。
> 將抗旌與鉞，耀威於彼方。伐罪以弔民，清我東南疆。

也是描寫水師出征東吳的情況。以「蠢爾吳中虜，憑江棲山阻」直斥東吳，「發我許昌宮，列舟於長浦」寫水軍出發，「太常拂白日，旗幟紛設張。將抗旌與鉞，耀威於彼方。伐罪以弔民，清我東南疆。」則渲染出水軍之雄壯威武，將可直搗黃龍，並認為此戰是伐罪弔民的正義之戰。此詩在前面主戰類中已經提過，從〈櫂歌行〉與〈清調歌〉、〈堂上行〉的比較可以得知，主戰類與非戰類、主戰類與對戰爭態度不明顯的作品、非戰類與對戰爭態度不明顯的作品，三類之間的區隔僅是一線之隔，有時只是成分上的比例不同，例如〈櫂歌行〉極力鋪陳誇飾水軍之雄壯，並已經明確表達主張此正義之戰的態度，故列為主戰類，但其中仍有「翌日乘波揚，棹歌悲且涼」，描寫征人悲戚心情，近於非戰或對戰爭態度不明顯的句子。而〈清調歌〉與〈堂上行〉其中也用誇飾法描寫軍隊投鞭斷流之盛況，但以描寫為主，只能說即使有主戰態度，也是隱含在其中，仍以歸為對戰爭態度不明顯的作品較適當。其他如王粲〈從軍行〉五首中的第三首，是在前半部表達對戰爭憂傷之情，但結尾強調保家為國是男子之責任，所以仍以歸為對戰爭態度不明顯的作品為宜。至於有些閨中婦人想念在外征戰之丈夫的詩作，雖隱含有對戰爭埋怨與不滿之情緒，但有時也會想像丈夫不可一

世之狀貌，故也不宜遽下斷語，歸為非戰類。所以一首戰爭詩對於戰爭態度，是由其中內容與成分所組成，其中的成分往往是游移的，主戰類詩作中有時也摻雜一部分非戰或厭戰的成分，非戰類有時也會描寫摧陷廓清的激烈場面，而對戰爭態度不明顯的作品更是每每隱含著對於戰爭的褒貶，所以必須衡量其中各個成分的比例多寡，或端賴於作者直接表明之態度而做定奪。

再來看曹髦〈四言詩〉：

> 蕭蕭東伐，悠悠遠征，泛舟萬艘，屯衛千營。

曹髦，字彥士，三國魏高貴鄉公，為曹丕之孫。嘉平六年（西元二五四年）司馬師廢齊王芳，迎立曹髦。曹髦好學愛文，在位六年，因為司馬昭篡位的心機日益明顯，所以頗為思慕夏朝少康中興之事。司馬師死後，司馬昭繼為大將軍錄尚書事，討平諸葛誕之叛後，逼迫曹髦加封自己為相國，稱晉公。景元元年，曹髦率領殿中宿衛數百往攻司馬昭，被司馬昭部下賈充刺殺，時年二十。《隋書・經籍志》收錄其《春秋左氏傳音》三卷、集四卷，今亡佚。今存文〈傷魂賦〉、〈顏子論〉等十四篇，見於《全上古三代秦漢三國六朝文》。《文心雕龍・諧隱》：「高貴鄉公博舉品物，雖有小巧，用乖遠大。」但今日其諧隱之文皆已不存。鍾會評其：「才同陳思，武類太祖。」逯欽立輯本只存兩首曹髦詩作，實在難以看出其是否「才同陳思」，而由其兵敗被殺一事觀之，說其「武類太祖」，實有愧於曹操。

「蕭蕭東伐，悠悠遠征」形容率軍遙遙地往東討伐。「泛舟

艘，屯衛千營」用誇飾法描述船艦之多，步兵也有千營之眾。四句話交代出討伐之方向，以及軸艫千里之壯大軍容。很有可能是描寫討伐司馬昭之事。而另一首存詩，僅有兩句：「干戈隨風靡，武騎齊雁行。」應是殘句而已，也是描寫出軍隊出征時，干戈隨風飄颺，而武士騎兵整齊劃一的隊伍如同雁行一般。曹髦僅存的兩首詩作皆是描寫戰爭中帶甲十萬之景。

再看繆襲〈克官渡〉：

> 克紹官渡由白馬，僵屍流血被原野，賊眾如犬羊。王師尚寡沙塠傍。風飛揚，轉戰不利士卒傷。今日不勝後何望？土山地道不可當。卒勝大捷震冀方，屠城破邑，神武遂章。

這首詩描寫的是赫赫有名的官渡之戰。曹操與袁紹的官渡之戰前，若從兩方所占有的地理環境與軍隊實力來看，袁紹處於明顯的優勢地位。然而由於曹操積極地部署與正確的策略，使得曹軍大獲全勝。他在官渡之戰前所做的準備包括：擊殺呂布占領徐州、東撫孫策與其聯姻、拜漁陽太守鮮于輔為建忠將軍、攻破張楊奪取戰略要地射犬、進據黎陽、官渡、北海、東安等地、拉攏張繡、韋端、劉表等人……等等措施。

東漢建安五年，袁紹派顏良前往白馬（今河南省滑縣東黃河南岸），攻打東郡太守劉延，曹操由官渡用聲東擊西之計北上援救，取下顏良首級，解除了白馬之圍後，遷徙百姓沿黃河向西南撤退。所以繆襲一開頭言：「克紹官渡由白馬」。袁紹後派文醜與劉備追擊曹軍，曹操將輜重丟在袁軍通過道路上，乘其爭搶輜重時，發起反擊，殺死文醜，殲滅袁軍數千人，至此，

曹操已經連斬袁紹兩員大將，這就是詩中所說：「僵屍流血被原野，賊眾如犬羊」。

　　然而曹操此時兵少糧缺，情勢不利，此時袁紹企圖以劉備進擊許昌，當劉備兵臨濦強（今河南省臨潁縣東）時，各縣起兵叛曹，曹操派曹仁進攻劉備，將其擊破，平定了叛曹各縣。八月，袁紹主力接近官渡，依託沙堆立營，東西達數十李，並在曹軍軍營外堆土成山，從上面用箭射曹營。曹操也在營中堆土山，並製作拋石車。袁紹又下令挖地道進攻曹軍，曹操也在營內挖長溝以拒，就這樣僵持了百餘日，仍未決勝負。這便是詩中記載：「王師尚寡沙堆傍。風飛揚，轉戰不利士卒傷。今日不勝後何望？土山地道不可當。」

　　後因曹軍俘虜了一名袁軍的「倉儲吏」，得知袁軍有運糧車隊要到，於是截擊袁紹的運糧車隊。再加上許攸背叛袁紹投奔曹操，獻計讓曹操燒盡袁紹積於烏巢的糧屯，在此之後，張郃與高覽也率軍叛袁投曹，至此袁軍已完全喪失戰鬥力，曹操率軍發動攻擊，袁紹北逃。故詩末以簡短之言寫著：「辛勝大捷震冀方，屠城破邑，神武遂章。」

　　袁曹官渡之戰從建安五年二月開始一直到十月結束，繆襲將這一場奠定魏國統一北方基礎的戰役，用生動而詳細的筆觸記錄下來，雙方的勢力消長，甚至連在沙堆中用土山地道的戰術作戰情形都描寫出來了，可見繆襲寫作之精細，就彷彿是在觀賞一部戰爭紀錄片一樣。事實上，「戰爭」這個題材不僅僅是史學家記錄在史書上的重要事件，也是文學家感興趣而且取材為作品內容的重要材料，如繆襲此處就是將官渡之戰的經過，詳實地寫為〈魏鼓吹曲〉這一組建國史詩中的一首。此外如〈楚之平〉、〈戰滎陽〉、〈獲呂布〉、〈克官渡〉、〈定武

功〉、〈屠柳城〉、〈平南荊〉、〈平關中〉，以及韋昭的〈炎精
缺〉、〈漢之季〉、〈據武師〉、〈伐烏林〉、〈克皖城〉、〈關背
德〉、〈通荊門〉、〈章洪德〉……等等，都是以描寫重要戰役
之經過為內容。

接下來看應璩〈百一詩〉第十八首：「檟車在道路，征夫
不得休。」

應璩的詩在當時流傳的有一百三十篇之多，統稱為〈百一
詩〉。從唐代開始漸漸散失，現在僅存寥寥數篇，此詩應該也只
是殘句而已。關於〈百一詩〉是在諷刺曹爽一事，前面已經談
過。

此二句描寫出載著小棺材的車輛奔馳在道路上，出征的戰
士整日不得休息。因為是殘句，而且僅為客觀的描寫當時中州
杌隉，殺人盈城，戰士無休之景象，無法斷定其態度，故歸於
不非戰也不主戰一類。雖然如此，可以從所描述的景象中，了
解作者對戰爭的疲倦與隱藏的諷刺。所以《韻語陽秋》言：
「觀《楚國先賢傳》，言汝南應璩作〈百一詩〉，譏切時事，遍示
在事者，皆怪愕以為應焚棄之。」此詩也是應璩譏諷當時戰爭
之作，所以對戰爭的態度是隱而不露的，是藉由景象引導讀者
去體會的。

從當時環境而言，也可以看出此類詩作出現之背景。應璩
（西元一九〇到二五二年）在弱冠時即受到曹丕賞識，明帝中期
仕途不利，遲未升遷，到齊王芳正始年間，曹爽與司馬懿各樹
黨羽，應璩入曹爽府為長史，〈百一詩〉大抵作於此時。嘉平
元年（西元二四九年），高平陵之變，曹爽被殺。所以〈百一詩〉
作於應璩晚期，當時魏國國勢衰象已生，文學上也漸漸露出非
戰的傾向，正始之後，詩人已經不注重建功立業，所以對戰爭

產生反感，遊仙詩與玄言詩逐漸形成風氣，如從前面所提阮籍與嵇康等人之詩作就已經可以看到這樣的徵兆，阮籍還有志氣昂揚，希望折衝禦侮之戰爭詩內容，而嵇康之戰爭詩就已經呈現談玄論理之傾向。在應璩此詩中，也以描寫戰爭中路上皆是運送棺材的車，征夫疲於奔命，諷刺戰爭的荒謬。何寄澎《總是玉關情：唐代邊塞詩初探》：「豪氣的火焰漸趨熄滅，完全是時勢使然。」[1] 當強盛的國勢或戰鬥力減弱時，人民與詩人的心態也往往由自尊自大，以及對戰爭橫掃千軍的嚮往，轉而為怯懦懊悔以及諷刺，所以盛唐時壯美的邊塞詩，到了晚唐成為「但有東歸日，甘從筋力枯。」（貫休〈古塞上曲〉七首之一）的怯懦。三國時代也是如此，由建安時期遒健有力的戰爭詩，到正始之後成為多數是諷刺非戰的詩作。

第二節　記敘戰爭後之景況

首先看曹植〈離友詩〉二首中的第一首：

> 王旅旋兮背故鄉，彼君子兮篤人綱，媵余行兮歸朔方，
> 馳原隰兮尋舊疆，車載奔兮馬繁驤，涉浮濟兮泛輕航，
> 迄魏都兮息蘭房，展宴好兮惟樂康。

建安十七年冬，曹操調兵遣將東征孫權，曹丕曹植隨軍，第二年春天回師北歸，途經譙縣，歸鄉祭奠掃墓，曹植在此時與夏侯威結為好友，此詩敘寫與夏氏之友誼。「王旅旋兮背故鄉，彼君子兮篤人綱，媵余行兮歸朔方」，說明自己與軍隊凱旋回師離開譙返回鄴，夏侯威珍視他們的友情，於是與之同行。

「馳原隰兮尋舊疆，車載奔兮馬繁驤，涉浮濟兮泛輕航」，接下來寫軍隊凱旋返鄉的情景：大隊人馬沿著歸鄴的道路疾走，車輪飛轉，眾馬奔騰，在廣平的原野上馳騁，在低窪的潮濕地裡跋涉，又乘著輕快的小舟渡過濟水。寫景暢快，並感到行路之輕快，沒有行軍之勞頓，也沒有征戰後的困乏。從此可以了解詩人此時的心情也是愉悅歡暢的，這一方面是由於戰爭上的勝利，另一方面也因為友情的滋潤。而能夠結交到好友，自然也是因為戰勝的緣故所造成的。「迄魏都兮息蘭房，展宴好兮惟樂康」敘述自己讓夏侯威居住在美好芳潔的宮室中，表達熱情的款待，以及一起宴樂與慶功。

　　反觀他的〈離友詩〉第二首：「涼風肅兮白露滋，木感氣兮條葉辭，臨澡水兮登崇基，折秋華兮采靈芝，尋永歸兮贈所思，感離隔兮會無期，伊鬱悒兮情不怡。」則描述了與好友分別的眷戀之情，所以景物亦呈現悲哀之情調。宗白華《美從何處尋》：「中國傳統的藝術很早就突破自然主義和形式主義的片面性，創造了民族的獨特的現實主義的表達形式，使真和美、內容和形式高度地統一起來。」[2] 像曹植這兩首詩就很明顯的表達了這種藝術美。他所記敘的景色真嗎？看起來記敘的景色似乎逼真，但實際上卻是「情景」，用景色的描寫「逼真地」表達出他的內心情感與行動，使讀者透過描述的景色與行動，就可以獲知作者對於戰爭勝利以及結交到好友的愉悅，以及要與朋友分離的悲哀，也就是將內容與形式統一起來，創造出高度的藝術境界。

　　又如劉楨〈贈五官中郎將詩〉四首中的第一首：

　　　　昔我從元後，整駕至南鄉。過彼豐沛都，與君共翱翔。

四節相推斥，季冬風且涼。眾賓會廣坐。明鐙熹炎光，
清歌製妙聲。萬舞在中堂，金罍含甘醴。羽觴行無方，
長夜忘歸來。聊且為太康，四牡向路馳，歡悅誠未央。

此詩追憶建安十四年冬，曹軍南征劉表之後，曹丕夜宴眾
賓慶祝戰爭成功的情景，寫出戰爭勝利後歡宴的氣氛。

第三節　抒發自己之情感

首先看曹操〈苦寒行〉：

北上太行山，艱哉何巍巍！羊腸坂詰屈，車輪為之摧。
樹木何蕭瑟，北風聲正悲！熊羆對我蹲，虎豹夾路啼。
溪谷少人民，雪落何霏霏！延頸長嘆息，遠行多所懷。
我心何怫鬱？思欲一東歸。水深橋梁絕，中路正徘徊。
迷惑失故路，薄暮無宿棲。行行日已遠，人馬同時飢。
擔囊行取薪，斧冰持作糜。悲彼〈東山〉詩，悠悠使我
哀。

〈苦寒行〉屬於〈相和歌·清調曲〉，此曲調始於曹操，因
首句為「北上太行山」，故也稱〈北上行〉。吳兢《樂府古題要
解》：「備言冰雪溪谷之苦，或謂〈北上行〉，蓋因魏武帝作此
詞，今人效之。」建安九年（西元二〇四年）十月，並州刺史
高幹，也就是袁紹的外甥，投降曹操。建安十年（西元二〇五
年）秋，高幹乘曹操征討烏桓之際叛變，捉拿上黨太守，拒守
壺關口。建安十一年春，曹操親征高幹，三月攻入壺關，高幹

逃往荊州，途中為上洛都尉所殺。曹操在問罪高幹途經太行山，時值正月，冰雪紛飛，行軍異常艱難。「北上太行山，艱哉何巍巍！羊腸坂詰屈，車輪為之摧。樹木何蕭瑟，北風聲正悲！熊羆對我蹲，虎豹夾路啼。溪谷少人民，雪落何霏霏！延頸長嘆息，遠行多所懷。」描寫軍隊攀登巍峨的太行山，依次記述山路崎嶇、車輪毀損、蕭條的樹木、怒吼的北風、猛獸夾路、人煙稀少、雪落紛紛等景色，全為「苦景」，造成詩人嘆息，心事重重。

「我心何怫鬱？思欲一東歸。水深橋梁絕，中路正徘徊。迷惑失故路，薄暮無宿棲。行行日已遠，人馬同時飢。擔囊行取薪，斧冰持作糜。悲彼〈東山〉詩，悠悠使我哀。」全以抒情為主，表達詩人希望儘早東歸，然而水深橋斷，徘徊於中路，而且無棲處，人馬飢渴，邊走邊砍柴，鑿冰作粥，句句突出作者與軍隊遭受的困苦，所以詩人聯想到《詩經·東山詩》，感到悲從中來，也有以周公自況之意。

此詩借景抒情，所描寫之景全為悽涼蕭瑟之景，而且形象鮮明，行軍中所見之景，如實地勾畫，構成完整形象，從身邊景物到行軍動作，都形象性的描寫了艱辛困難的內容，使讀者得到真實的感受，也讓人感到作者雖未大力非戰，但卻隱約含有悲涼厭戰的感情。

陳祚明《采菽堂詩集》：「寫征人之苦，淋漓盡情，筆調高古，正非子桓兄弟所能及。」可見曹操將行軍之辛苦與己身的感情，刻劃入微，所以得到很高的評價。朱乾《樂府正義》：「魏武〈北上〉，擬〈東山〉詩也。魏武善用兵，今觀其言，與士卒同甘苦如此，魏安得而不昌乎？」曹操善於用兵，能夠身先士卒，與部下同甘共苦，從此詩看得十分清楚，也難

怪當時魏國軍隊的戰爭力會強盛。

　　曹操此詩對後世影響不小，除建立了〈苦寒行〉一樂府題與體制外，如曹叡也沿用此題創作，內容中也對曹操無限追念。而此詩內容也對後世產生影響，像杜甫〈石龕〉：「熊羆咆我東，虎豹號我西。我後鬼長嘯，我前猿又啼。天寒昏無日，山遠道路迷。」明顯受到曹操〈苦寒行〉的影響。

　　此外如將此詩與〈步出夏門行〉作一比較，可以看出曹操在戰勝後與戰爭前對於景物的描述情調截然兩分，戰爭前與戰爭中憂心忡忡，馬到成功後，雄圖大略，一掃陰霾。曹操另有〈卻東西門行〉：

> 鴻雁出塞北，乃在無人鄉。舉翅萬餘里，行止自成行。
> 冬節食南稻，春日復北翔。田中有轉蓬，隨風遠飄揚。
> 長與故根絕，萬歲不相當。奈何此征夫，安得去四方！
> 戎馬不解鞍，鎧甲不離傍。冉冉老將至，何時返故鄉？
> 神龍藏深泉，猛獸步高岡。狐死歸首丘，故鄉安可忘！

　　也是描寫戰爭中戰士出征遠行的飄盪與家鄉想念的心情。其中以鴻雁擬人的手法影響了應瑒〈侍五官中郎將建章台集詩〉，而用轉蓬比喻飄盪的手法則影響了曹植〈雜詩〉七首中的第二首。

　　再來看王粲〈贈士孫文始〉：

> 天降喪亂，靡國不夷，我暨我友，自彼京師，宗守盪失，越用遁違，遷于荊楚，在漳之湄，在漳之湄，亦克晏處，和通篋壎，比德車輔，既度禮義，卒獲笑語，庶

茲永日，無響厥緒，雖曰無響，時不我已，同心離事，
乃有逝止，橫此大江，淹彼南氾，我思弗及，載坐載
起，惟彼南氾，君子居之，悠悠我心，薄言慕之，人亦
有言，靡日不思，矧伊嬿婉，胡不悽而，晨風夕逝，託
與之期，瞻仰王室，慨其永慨，良人在外，誰佐天官，
四國方阻，俾爾歸藩，作式下國，無曰蠻裔，不虔汝
德，慎爾所主，率由嘉則，龍雖勿用，志亦靡忒，悠悠
澹澧，鬱彼唐林，雖則同域，邈爾迥深，白駒遠志，古
人所箴，允矣君子，不遐厥心，既往既來，無密爾音。

「天降喪亂，靡國不夷，我暨我友，自彼京師，宗守盪
失，越用遁違，遷于荊楚，在漳之湄。」寫天下戰亂，流血浮
丘，漢室飄搖，作者與士孫文始早年相交於長安，但為避難，
到荊州投奔劉表。「在漳之湄，亦克晏處，和通篪塤，比德車
輔，既度禮義，卒獲笑語，庶茲永日，無響厥緒，雖曰無響，
時不我已，同心離事，乃有逝止，橫此大江，淹彼南氾，我思
弗及，載坐載起。」寫兩人相處的歡樂與分別後的思念。前面
用《詩經・小雅・何人斯》：「伯氏吹塤，仲氏吹篪」的典
故，說明自己與友人的相處融洽。「既度禮義，卒獲笑語」再
度用典，《詩經・小雅・楚茨》：「禮儀卒度，笑語卒獲」，意
為朋友間各種禮儀合乎法度，整天都在笑語中度過。而後寫快
樂的時光結束，沒有過錯卻只能相思而不能見面，不由得坐立
難安。尤其「我思弗及，載坐載起」，最能表現出思念人的情態
狀貌，所以范晞文《對床夜語》卷一評論道：「懷人之意，盡
於此矣。」「惟彼南氾，君子居之，悠悠我心，薄言慕之，人亦
有言，靡日不思，矧伊嬿婉，胡不悽而，晨風夕逝，託與之期」

繼續描述思念之情，其中化用《詩經・鄭風・子衿》：「青青子衿，悠悠我心。」，不斷訴說自己每日思念對方的心情。

　　「瞻仰王室，慨其永慨，良人在外，誰佐天官，四國方阻，俾爾歸藩。」嘆息友人為東漢名門之後，又少有才學，卻因為流血千里的戰亂，所以只能就認為藩國之侯，並嘆像這樣的人才不用在朝廷，又有誰能佐助王室呢？「作式下國，無日蠻裔，不虔汝德，慎爾所主，率由嘉則，龍雖勿用，志亦靡忒。」接下來勉勵友人要盡力報國，前去蕃國正好可以為小國作出榜樣，不要以為在蠻野之地就無人敬重你的德義了。只要謹慎地履行職責，遵循美好的制度，就能治理好。雖然你的大才未必能發揮，但崇高志向卻不能消磨殆盡。「悠悠澹澧，鬱彼唐林，雖則同域，邈爾迴深，白駒遠志，古人所箴，允矣君子，不遏厥心，既往既來，無密爾音。」雖然我們之間相距不遠，但其中卻多阻隔，就讓我借用古人的箴言勸勉你，願你像白駒一樣，奔向能發揮長才的地方。「白駒遠志，古人所箴，允矣君子，不遏厥心，既往既來，無密爾音。」用了《詩經・小雅・白駒》與《詩經・小雅・車攻》的句子。並點出題目「贈」之意。

　　在血雨腥風的戰爭裡，能尋覓到知交好友，實為難得之事，曹植〈離友詩〉也是在讚頌這樣的情感。而朋友、夫妻、父子、親人間的分別對於人們來說，就像是家常便飯，然而迫於時代的生離死別，又如何能不教人心傷，所以詩人化為溫厚典雅的詩作來抒發情感。與〈七哀詩〉比較之下，可以看出當時由於生離死別頻繁，所以此種送別之詩，不似其描寫戰爭中死別情況時，那樣激動強烈，而流露出互相安慰、彼此勸勉、彼此扶持的真摯情感，所以陳祚明《采菽堂古詩選》說：「婉

轉入情，風度亦雋。」

　　此外，王粲的〈七哀詩〉三首中的第二首：「荊蠻非我鄉，何為久滯淫？方舟泝大江，日暮愁我心，山岡有餘映，巖阿增重陰，狐狸馳赴穴，飛鳥翔故林，流波激清響，猴猿臨岸吟，迅風拂裳袂，白露沾衣襟，獨夜不能寐，攝衣起撫琴，絲桐感人情，為我發悲音，羈旅無終極，憂思壯難任。」也是抒發戰爭後顛沛流離情感的佳作。

　　接下來看王粲〈從軍詩〉五首中的第三首：

> 從軍征遐路，討彼東南夷，方舟順廣川，薄暮未安坻，
> 白日半西山，桑梓有餘暉，蟋蟀夾岸鳴，孤鳥翩翩飛，
> 征夫心多懷，悽悽令吾悲，下船登高防，草露霑我衣，
> 迴身赴床寢，此愁當告誰，身服干戈事，豈得念所私，
> 即戎有授命，茲理不可違。

　　「從軍征遐路，討彼東南夷。方舟順廣川，薄暮未安坻。白日半西山，桑梓有餘暉。蟋蟀夾岸鳴，孤鳥翩翩飛。征夫心多懷，惻愴令吾悲。下船登高防，草露沾我衣。迴身赴床寢，此愁當告誰？」描寫跟隨著大軍，征途遙遠為的是討伐東吳。戰艦順著廣闊的江流而下，將近黃昏還未靠岸。太陽已半落西山，桑梓樹上仍留有餘暉。蟋蟀在兩岸邊鳴叫著，孤鳥在天空翩翩盤旋。征夫心中思緒紛雜，悲涼悽愴。走下船艦登上堤防，草上的露水沾濕了我的衣裳。轉身就寢，這樣的哀愁能夠向誰訴說？此詩幾乎全為抒發感情之作，「心多懷」、「惻愴」、「悲」、「愁」等詞語皆直述出其內心的哀傷。「身服干戈事，豈得念所私？即戎有授命，茲理不可違。」主人翁在此

提醒自己：肩負軍戎職責，哪裡能夠繫念個人私事？在戰爭中隨時準備獻出生命，這個道理不可違背。又於此處展現了從軍男兒為國家奉獻，不顧兒女私情的精神。

以及〈從軍詩〉五首中的第五首：

> 悠悠涉荒路，靡靡我心愁，四望無煙火，但見林與丘，
> 城郭生榛棘，蹊徑無所由，雚蒲竟廣澤，葭葦夾長流，
> 日夕涼風發，翩翩漂吾舟，寒蟬在樹鳴，鸛鵠摩天遊，
> 客子多悲傷，淚下不可收，朝入譙郡界，曠然消人憂，
> 雞鳴達四境，黍稷盈原疇，館宅充廛裏，士女滿莊馗，
> 自非賢聖國，誰能享斯休？詩人美樂土，雖客猶願留。

「悠悠涉荒路，靡靡我心愁。四望無煙火，但見林與丘。城郭生榛棘，蹊徑無所由。雚蒲竟廣澤，葭葦夾長流。日夕涼風發，翩翩飄吾舟。寒蟬在樹鳴，鸛鵠摩天遊。客子多悲傷，淚下不可收。」一開始就直接點出作者心愁。下面描述向四方望去沒有人煙，只見樹林和山丘。城鎮都長滿了榛木荊棘，連小路都已經無法通行。雚蒲等野草遍及浩渺水澤，蒹葭蘆葦在長形水流兩岸生長。夕陽西下之時，颳起微涼寒風，飄動了我的船舟。秋蟬在樹上鳴叫，鸛鵠大鳥在天空翱翔。仔細的述說著軍隊移動途中所見到蕭然蒼涼的景色，以及只有與自然景物相伴的情況，營造出孤寂悲涼的氛圍。結尾以悲傷的落淚收場，更使人感受到征途中的哀傷情緒。「朝入譙郡界，曠然消人憂。雞鳴達四境，黍稷盈原疇。館宅充廛里，女士蒲莊馗。自非聖賢國，誰能享斯休。詩人美樂土，雖客猶願留。」此為五首詩之末，總結〈從軍行〉五首。描述早晨進入譙郡地界，

寬闊的空間讓人消除了煩憂。四方有雞鳴，原野上充滿了黍稷穀物。城市裡建滿了房舍，四通八達的大道上走著紅男綠女。如果不是聖賢統治的家國，誰能享受這樣的安和樂利。我是多麼稱美這片樂土，雖然是作客仍希望常留此地。一方面敘述此地和平繁榮的情景，也就是間接讚揚了軍功的偉大，說明了軍人捍衛家園的重要，另一方面又再次稱揚國家是聖賢統治之國，也就是領袖領導有方，是賢明的領袖。

　　第三首流露出戰士在外征戰時思鄉的悲傷，然而終以勉勵自己為國盡忠作結。第五首前半也同樣描述出征戰時哀傷的情緒，後半則歌頌魏國之繁榮，表達自己期望留在此地。非戰與主戰的成分飄來盪去。

　　劉勰《文心雕龍·才略》曰：「仲宣溢才，捷而能密，文多兼善，辭少瑕累，摘其詩賦，則七子之冠乎！」劉勰認為王粲才華洋溢，寫作快速而且思想綿密，文章多能兼善，文辭少有瑕疵，是建安七子中最為突出的一位。從以上探析來看，〈從軍詩〉五首在精神內涵和形式筆法上，王粲都有很好的表現，自然可以印證劉勰之言。

　　鍾嶸《詩品·卷上》曾評王粲：「其源出於李陵。發愀愴之詞，文秀而質羸。」從〈從軍詩〉來看這段評語，說其「發愀愴之詞」，在第三首、第五首中是可以看到有濃厚的悲愴色彩。說其「文秀」，的確是文辭秀麗。然而說其「質羸」，則是不能成立的，試看其中如：「一舉滅獯虜，再舉服羌夷。西收邊地賊，忽若俯拾遺。」「將秉先登羽，豈敢聽金聲？」「身服干戈事，豈得念所私？」「連舫踰萬艘，帶甲千萬人。」……等等句子，氣象開闊，精神奮發，說「質羸」則有待商榷。

　　鍾嶸《詩品·總論》又曾評：「陳思為建安之傑，公幹、

仲宣為輔，……斯皆五言之冠冕，文詞之命世。」此處亦給王粲很高的評價，認為其是建安七子中出類拔萃的人物。而言其為「五言之冠冕，文詞之命世」，就〈從軍詩〉五首整體而言，全為整齊五言，押韻規律，文辭技巧運用豐富，也許未為冠冕，但實在值得注意並給予讚美。

再看劉楨〈贈五官中郎將詩〉四首中的第三首：

> 秋日多悲懷，感慨以長歎，終夜不遑寐，敘意於濡翰。
> 明燈曜閨中，清風淒已寒，白露塗前庭，應門重其關，
> 四節相推斥，歲月忽已殫，壯士遠出征，戎事將獨難，
> 涕泣灑衣裳，能不懷所歡。

劉楨，字公幹，建安七子之一。建安十三年，操大軍南征，楨隨行。後入平原侯曹植府為庶子。後又轉入曹丕府，為五官中郎將文學。「秋日多悲懷，感慨以長歎，終夜不遑寐，敘意於濡翰」，寫秋日諸多感慨，整夜無法入眠，於是起身將意念訴諸文字。「明燈曜閨中，清風淒已寒，白露塗前庭，應門重其關」，眼睛先看到明燈照耀閨中，再感到陣陣寒風，並看到庭院中有白露，最後看到正門重重。「四節相推斥，歲月忽已殫，壯士遠出征，戎事將獨難，涕泣灑衣裳，能不懷所歡。」感嘆歲月流逝，並點出作者所思所想的原因，是因為曹丕遠征，而劉楨不能跟隨，於是感傷淚流，追憶起往事。此首詩是在戰場後方想念對方，並遺憾自己未能一同克復神州，是很典型的間接戰爭詩。

吳淇《六朝選詩定論》：「前既要以陽春，此又雲秋日多悲，見兵事難期，文帝尚在行間未還。」已經從內容推測出此

詩與文帝出外戰爭有關。又評第四首：「緊承上章『懷所歡』來。首二句是遙寫子桓出征軍中之秋景，次二句遙寫軍中之夜景，末六句遙寫軍中極夜賦詩。」將第四首：

> 涼風吹沙礫，霜氣何皚皚，明月照緹幕，華燈散炎輝，
> 賦詩連篇章，極夜不知歸，君侯多壯思，文雅縱橫飛，
> 小臣信頑鹵，僶俛安能追。

內容解釋得很清楚，從此解釋可知劉楨在此詩中，是用想像的筆法，描寫曹丕在戰爭中的形象。也是一首很典型的間接戰爭詩。

接下來看曹植〈贈丁儀王粲詩〉：

> 從軍度函谷，驅馬過西京，山岑高無極，涇渭揚濁清，
> 壯哉帝王居，佳麗殊百城，員闕出浮雲，承露概泰清，
> 皇佐揚天惠，四海無交兵，權家雖愛勝，全國為令名，
> 君子在末位，不能歌德聲，丁生怨在朝，王子歡自營，
> 歡怨非貞則，中和誠可經。

建安十六年七月，曹操西征馬超。曹植與文士王粲、阮瑀、徐幹等隨行，九月平定關中，十月引軍自長安北征楊秋，此詩便是寫於這樣的戰爭環境之中。李善《文選注》以為丁儀是丁翼之誤，黃節《曹子建詩注》加以駁斥，認為是丁儀無誤。

「從軍度函谷，驅馬過西京」點明事件經過，建安十六年七月曹操西征馬超，經過函谷關，同年十月從長安北征楊秋，

經過西京長安。「山岑高無極，涇渭揚濁清，壯哉帝王居，佳麗殊百城，員闕出浮雲，承露概泰清」，描寫看到的景色：山高望不到頂峰，涇水渭水清濁分明，帝王所居京城壯觀，壯麗超過百座都城，圓闕高聳入雲，承露盤與天相接。「皇佐揚天惠，四海無交兵，權家雖愛勝，全國為令名」，歌誦曹操能廣布天恩，使四海沒有戰爭，戰爭家雖然喜愛戰爭勝利，但能使對方不戰而降則更有好的名聲。《三國志·武帝紀》：「冬天十月，軍自長安北征楊秋，圍安定。秋降，復其爵位，使留撫其民人。」曹植此處就是在歌誦曹操接受楊秋投降之事。「君子在末位，不能歌德聲，丁生怨在朝，王子歡自營」，進入正題，詩人指出由於王粲與丁儀官位低微，不能歌頌丞相的功德，有關歌頌與記載王室之事，以及某些體制為曹氏一門才能創作，或是被任命才能創作，不能踰越妄作的事情，在前面已經詳加討論過，此詩更可作為輔證。其下指陳丁儀身在朝廷而有所抱怨，王粲則喜歡自得其樂。丁儀曾作〈勵志賦〉：「恨騾驢之進庭，屏騏驥於溝壑。」王粲的〈七釋〉：「深藏其身，高棲其志，外無所營，內無所事。」都流露出曹植所說的兩人個性上的傾向。對於兩人的態度，曹植深表憂慮，因此在最後兩句：「歡怨非貞則，中和誠可經」，規勸兩人的態度都是不正確的，而不偏不倚、態度執中，才是可取之道。從此詩可以看出曹植與朋友間的感情極深，除了像〈離友詩〉一般有思念朋友之情、一同遊樂之情，也有如此處的勸勉切磋之誼，並非酒肉朋友而已。丁金域《承先啟後的曹子建詩》就認為曹子建的詩作之所以能承先啟後，其中一個原因便是「得建安七子之切磋襯托，更增華美」[3]，事實上不只是與建安七子之間的交遊使他的詩作更加豐富，他與許多人的友誼都使得作品內容充實而情

韻動人，不論是在內容上或形式上都受到朋友的影響，此種現象從他許多的贈答唱和之作中，即可明白。

而以他與朋友間的交流與勸勉來看，內容仍脫離不了對國家社會的關懷，對曹操功業的輔助，對百姓生活的憐憫，對選才用人的意見……等等經世治國的理念，這些理念幾乎在他所有的戰爭詩中，都清晰地呈現出來。翁淑媛〈曹植散文研究〉將「輔主祐民的見解」列為曹植散文中第一項的重要內容，認為「曹植畢生以『戮力上國，流惠下民』為其政治理想，具有統一安民的偉大胸懷。」[4]事實上，不只曹植的散文呈現出這樣的內容與意見，曹植在戰爭詩中也表現出他同樣的見解，像此詩歌頌曹操能保全國家安定，並希望王粲與丁儀能執中道輔助國君，也是基於同樣的精神。

再看毌丘儉〈之遼東詩〉：「憂責重山嶽，誰能為我擔？」以及〈在幽州詩〉：「芒山邈悠悠，但見胡地埃。」

毌丘儉，字仲恭。襲父爵高陽鄉侯，初為平原王曹叡文學，曹叡即位，遷為荊州刺史、幽州刺史。景初二年，與司馬懿討公孫淵，平定遼東，封安邑侯。齊王芳正始五年、七年，率軍侵高句麗。遷左將軍、豫州刺史，轉鎮東將軍。高貴鄉公正元二年，起兵反司馬師，兵敗被殺。可見其半生戎馬，然而現今存詩，僅〈答杜摯詩〉全，此二首都只是殘句。此二詩的背景皆為戰爭，〈之遼東詩〉是他整軍圖治前往討伐公孫淵時所作，說明自己的憂慮重如山岳，而發出深沈的疑問：誰能為他負擔？〈在幽州詩〉則是他在鎮守幽州，抵抗外侮時，所見之胡地景觀，先寫芒山大而廣闊，然後將鏡頭縮小至只見胡地之塵埃。充滿邊塞詩的風味。

陳昌明《緣情文學觀》：「漢代『言志』與六朝『情志』

最顯著的一個差異，即在於內心感應過程的重視與否。」[5]此詩便描繪出作者對戰爭的內心感應，包括惶恐憂慮，以及疑問。讀者透過如此的感應過程，便會去猜想作者後是勢如破竹，還是一敗塗地？於是作者將自己的知覺傳達給讀者，而此種經驗過程，經由讀者持續、再現，可以擴展孳生，也產生了無窮發展與變化的可能性。

第四節　代替別人抒發情感

首先看王粲〈為潘文則作思親詩〉：

> 穆穆顯妣，德音徽止，思齊先姑，志侔姜姒，躬此勞瘁，鞠予小子，小子之生，遭世罔寧，烈考勤時，從之于征，奄遘不造，殷憂是嬰，咨于靡及，退守祧祊，五服荒離，四國分爭，禍難斯逼，救死於頸，嗟我懷歸，弗克弗逞，聖善獨勞，莫慰其情，春秋代逝，于茲九齡，緬彼行路，焉託予誠，予誠既否，委之于天，庶我顯妣，克保遐年，煢煢惟懼，心乎如懸，如何不弔，早世徂顛，於存弗養，於後弗臨，遺衍在體，慘痛切心，形影尸立，魂爽飛沈，在昔蓼莪，哀有餘音，我之此譬，憂其獨深，胡寧視息，以濟于今，巖巖叢險，則不可摧，仰瞻歸雲，俯聆飄回，飛焉靡翼，超焉靡階，思若流波，情似坻頹，詩之作矣，情以告哀。

潘文則的身分與生平不詳，根據《三國志・魏志・公孫瓚傳》裴松之的注推測，潘文則可能在建安四年前後作過公孫瓚的

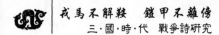

僚屬，至於他何時喪母，王粲何時代他作這首詩則無從考據。

「穆穆顯妣，德音徽止，思齊先姑，志侔姜姒，躬此勞瘁，鞠予小子，小子之生，遭世罔寧，烈考勤時，從之于征，奄邁不造，殷憂是嬰，咨于靡及，退守祧祊。」前四句寫母親的美德：行為端莊，品德聲譽遠揚，能與古代賢婦比美。後十句寫出戰爭動亂給家庭帶來的不幸，父親在戰爭中身亡，母親悲痛憂傷，然而仍把兒子撫育成人，並在宗廟中為其父設祭守喪。將母親盡責養子與面對戰爭的勇氣，立體化與現實化了。「五服荒離，四國分爭，禍難斯逼，救死於頸，嗟我懷歸，弗克弗逞，聖善獨勞，莫慰其情，春秋代逝，于茲九齡，緬彼行路，焉託予誠，予誠既否，委之于天，庶我顯妣，克保遐年，矗矗惟懼，心乎如懸。」寫母親在世時身在外只九年，卻時時記掛母親，當時國家情勢危急，禍難遍及全國，潘文則也走上服役從征之路，而後描寫潘文則思念母親之情，並為不能在母親身邊盡孝感到內疚，只能寄託上蒼，希望保佑母親安康長壽。「如何不弔，早世徂顛，於存弗養，於後弗臨，遺衍在體，慘痛切心，形影尸立，魂爽飛沈，在昔蓼莪，哀有餘音，我之此譬，憂其獨深，胡寧視息，以濟于今，巖巖叢險，則不可摧，仰瞻歸雲，俯聆飄回，飛焉靡翼，超焉靡階，思若流波，情似坻頹，詩之作矣，情以告哀。」寫對於母親離開人世的哀悼，讀者在此應可想像潘文則在母親有生之年未能好好侍奉，在逝世時又未能奔喪哭弔的悲愴與自責。一聯想到《詩經·小雅·蓼莪》，更加強了感慨，整日無精打采、身體如殭屍一般。最後感嘆與家鄉遠隔千山萬水，不如雲與風，可以任意回鄉，而自己卻是欲飛無翼，欲超無階。從此隱藏著對戰爭的不滿與厭惡，渴望早日結束。

張耀翔《情緒心理》：「無數的母親的全部精力和時間都耗在撫育其子女身上，甘心為其子女受盡折磨、痛苦乃至死亡。母愛在人類生活中尤其重要，因為人類的嬰兒時期較任何動物的為長，需要其母的撫育和保護最多。」[6]對幼年子女的照顧與保護，不只在人類身上出現，在生物界也是普遍的現象，而人類的母愛偉大處，正如張耀翔的說法。在〈為潘文則作思親詩〉中，可以想見潘文則母親的慈愛與堅強，正是這樣的慈愛與堅強，才促使潘文則對於母親有強烈的感情，如此一來，母親的去世便造成潘文則極大的創傷。從此詩中，讀者也可以看到在喋血山河、干戈不息的年代裡，有多少因丈夫戰亡而含辛茹苦地獨自撫養兒女的偉大母親，但好不容易等到兒子長大後，兒子卻又步上父親後塵從軍征戰去了，此間的心酸痛苦，不言自明。而王粲描寫的不只是一個單一的母親，也是當時干戈擾攘之際許多母親的共同形象。

　　再看曹植〈雜詩〉中的第三首：

> 西北有織婦，綺縞何繽紛。明晨秉機杼，日昃不成文。
> 太息終長夜，悲嘯入青雲。妾身守空閨，良人行從軍。
> 自期三年歸，今已歷九春。飛鳥繞樹翔，噭噭鳴索群。
> 願為南流景，馳光見我君。

　　「西北有織婦，綺縞何繽紛。明晨秉機杼，日昃不成文。太息終長夜，悲嘯入青雲。」點出地點與人物，用「何繽紛」、「不成文」來表現女子的煩亂心情，而終於爆發出整個晚上的太息與上達青雲的長嘯。內容近似於《詩經‧大東》：「跂彼織女，終日七襄；雖則七襄，不成報章。」〈古詩〉：「皎皎河漢

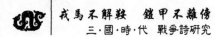

女，……扎扎弄機杼，……終日不成章。」「妾身守空閨，良人
行從軍。自期三年歸，今已歷九春。」改以第一人稱說明悲嘆
的原因是「守空閨」，而守空閨的原因則是因為丈夫「良人行從
軍。自期三年歸，今已歷九春」[7]。李新達主編《中國軍事制度
史：武官制度卷》：「魏晉南北朝時期，一般官吏是十日一休
沐。入直台省的官吏是五日一休沐。急假是指病假與探親假。
……各種假期的長短，根據當時各文武官吏的具體情況而定。」
[8] 看起來似乎假期還算多，然而這些是軍官的假期，一般的兵
卒福利並不如此。再加上十天放一天假，僅僅一天的假期，不
大可能從離家很遠的戰場回家。何況當時兵荒馬亂，往往不可
能正常休假，即使是現在，如果在整軍經武的備戰狀態，或正
處於槍林彈雨，軍隊多半是禁假狀態的。依此判斷，婦人的丈
夫正處於備戰或戰爭中，才會導致織婦長久的等待。從此更可
知織婦內心的惶恐忐忑，深怕這長久的等待，換來的竟是丈夫
的枯骨。「飛鳥繞樹翔，嗷嗷鳴索群。願為南流景，馳光見我
君。」最後以歸鳥索群來比喻與襯托出自己與丈夫不能團聚的
痛苦，而希望變成向南流瀉的日光，飛馳去見丈夫。

　　建安時期，兵馬倥傯，於是許多青壯年男子告別親人，長
年在外砲煙彈雨，致使婦女哀傷，於是產生相關的間接戰爭詩
[9]，如前面提過的陳琳〈飲馬長城窟行〉也是這一類的作品。這
一類的閨怨詩產生的背景與李白〈長干行〉描寫丈夫出外從商
的情況相較，述說婦女獨守空閨的哀怨是一致的，但與戰爭有
關的閨怨詩，情緒上更悲痛無奈，因為戰爭對自己與丈夫生命
的威脅更大，能否相見更難預知。這一類閨怨主題夾雜征人因
久戰而無法回家的內容而產生，是一種獨特的現象，王子彥
《南朝遊俠詩研究》就已經注意到了[10]，然而他將這樣的現象歸

入「閨怨與邊塞交融」一類，筆者以為改為「閨怨與戰爭交融一類」較為妥貼。

從中國詩作整體觀之，筆者以為閨怨詩從詩經時代就已經出現，如〈綠衣〉、〈終風〉、〈雄雉〉……等等，到了三國時代，閨怨詩仍然存在，如曹丕〈寡婦詩〉、曹丕〈燕歌行〉二首、曹植〈浮萍篇〉、徐幹〈室思詩〉、〈塘上行〉……等等，然而加上戰爭成分者並不多見，也較不明顯，到南北朝後日益增加，如：梁・何遜〈學古贈丘永嘉征還詩〉、梁・費昶〈發白馬〉、梁・王褒〈從軍行〉二首中的第一首……等等，直到唐代，則大為興盛。

對戰爭態度不明顯的作品，有些記敘戰爭中軍隊氣勢恢弘之貌，如：曹叡〈清調歌〉、〈櫂歌行〉、曹髦〈四言詩〉，有些則描寫浴血奮戰的艱辛與得勝之不易，如：繆襲〈克官渡〉，有些則寫人民所受之苦難，如：應璩〈百一詩〉第十八首，無論是苦景或樂景都道出戰爭的情況。

此類如非戰類作品一樣，較少描寫戰爭前期與想像的戰爭。也沒有單純以描寫人物為主軸的詩作，當然在其中仍少不了對人物的描寫，只是以人物為主要內容的較少。這是因為如果描寫的是戰爭英雄，自然就被歸為主戰類，而描寫難民的在情調上就呈現出非戰類的特質。而此類描寫的內容，多是純粹記述戰爭中與戰後的景象，較少加入作者主觀性的評語，然而在描寫時，仍然多半在取景上有不同的情調，有些以描寫戰爭中所向無敵之恢弘場面為主，有些則描寫析骸以爨的生靈塗炭畫面，隱隱含有詩人的價值判斷意味。而且中國詩作往往有著寓情於景的高度藝術手法，所以情節的輕快歡欣與悲傷沈鬱，也大多與作者的遭遇與戰爭的成敗有關。

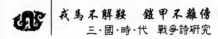

　　對戰爭態度不明顯的詩作中，詩人在抒發自我對戰爭的感受時，多數是呈現哀傷的氣氛，如：曹操〈苦寒行〉、〈卻東西門行〉、王粲〈七哀詩〉三首中的第二首、〈從軍詩〉五首中的第三首、〈從軍詩〉五首中的第五首、毋丘儉〈之遼東詩〉以及〈在幽州詩〉，但不是強烈主張非戰，例如曹操雖內心傷悲但最後終究繼續前進，王粲雖寫出戰爭時想家的情感，但最後仍勉勵自己要顧念國事，並在回到都城後感到歡欣鼓舞，毋丘儉只是說明自己的疑問與憂慮。而王粲〈贈士孫文始〉則抒發出因戰爭而與朋友被迫分離之憂愁。劉楨〈贈五官中郎將詩〉四首中的第三首描寫自己對戰場上的對方的思念之情，而曹植〈贈丁儀王粲詩〉則對朋友在戰場上輔佐君王的方式有所批判。這些作品忠實地抒發出詩人對戰爭感受的多面性。對戰爭態度不明顯的三國戰爭詩，也如非戰類的詩作一樣，可以分為以自己的角度或從別人的角度去抒發對戰爭的感受，此類較客觀地描述出戰爭的場面，與描繪出在戰爭中的生活面貌，多半採取以景寓情的手法，情景交融，使讀者更形象化地了解其情感，然而透過傳達情意的喜怒哀樂，隱隱約約可以獲知作者對戰爭的想法，完全公正或持平者，較為少見。

註　釋

1　何寄澎《總是玉關情：唐代邊塞詩初探》，台北：聯經出版事業公司，1978年6月初版，頁100。

2　宗白華《美從何處尋》，板橋：駱駝出版社，1987年6月第一版，頁254。

3　丁金域《承先啓後的曹子建詩》，台中：永吉出版社，1981年3月第一版，頁113。他在文中談到：「建安時期的文人，除曹氏父子三人外，值得稱述的尚有孔融、王粲、陳琳、徐幹、阮瑀、應瑒、劉楨等所謂建安七子是也。……其中以劉楨、王粲之詩，最負盛名，影響於子建者也多，二人有作，子建亦必效之，唱和之作甚多，且高於原玉也。」已經注意到朋友對曹植詩的影響甚巨。

4　翁淑媛〈曹植散文研究〉，國立台灣師範大學國文研究所碩士論文，1995年6月，頁59-65。認為「曹植輔主祐民的見解主要包括有：一、提出用人授任問題。二、指陳將略。三、關懷民生。」綜觀曹植的戰爭詩，也如其散文一樣，有此三種意見。

5　陳昌明《緣情文學觀》，台北：台灣書店，1999年11月初版，頁99。

6　張耀翔《情緒心理》，台北：台灣商務印書館股份有限公司，1947年第一版，頁129。

7　關於「九春」的時間長度，有兩種說法，一種是李善《文選注》認為「一歲三春，故以三年為九春。」另一種如邱英生、高爽編著《三曹詩譯釋》，哈爾濱市：黑龍江人民出版社，頁129，認為是九個春天，也就是九年。筆者以為從詩意看來，如果約定三年，而只是等了三年，應當還不至於如此悲苦，所以經過九年才如此愁悶，似乎較合理。但是否一定是實際數字上的九年，倒也未必，中國人習慣用三、六、九等數字表示數量眾多，是故解為「極言等待之久」，也就可以了。

8　李新達主編《中國軍事制度史：武官制度卷》，鄭州：大象出版社，1997年8月第一版，頁117。

9　魏雯：「建安時期，戰爭頻仍，許多青壯年男子要告別妻室，遠離故土，長年征戰在外，致使家室怨曠，婦女哀傷。這一社會現象引起了詩人的極大關注。」王巍、李文祿主編《建安詩文鑑賞辭典》，長春：東北師範大學出版社，1994年4月第一版，頁241。

10　王子彥〈南朝遊俠詩研究〉，台北：私立淡江大學中國文學研究所碩士論文，1995年1月，頁97。

第十章 對戰爭態度不明顯的
作品之修辭技巧

　　從後面附表五、三國時代對戰爭態度不明顯的戰爭詩修辭表中，可以發現對戰爭態度不明顯的三國時代戰爭詩，在表意的修辭技巧使用上，仍然以誇飾法與摹寫法居多，而譬喻法與轉化法，也是常用的修辭法，這種情形與主戰類、非戰類是一致的，一般說來，描寫苦景或戰爭負面形象者，如：曹操〈苦寒行〉：「羊腸坂詰屈，車輪為之摧。樹木何蕭瑟，北風聲正悲！熊羆對我蹲，虎豹夾路啼。谿谷少人民，雪落何霏霏。」曹操〈卻東西門行〉：「鴻雁出塞北，乃在無人鄉。舉翅萬餘里，行止自成行。」王粲〈從軍詩〉五首中的第三首：「蟋蟀夾岸鳴，孤鳥翩翩飛。」王粲〈七哀詩〉三首中的第二首：「巖阿增重陰，狐狸馳赴穴，飛鳥翔故林，流波激清響，猴猿臨岸吟，迅風拂裳袂，白露沾衣襟。」劉楨〈贈五官中郎將詩〉第四首：「涼風吹沙礫，霜氣何皚皚，明月照緹幕。」曹植詩：「櫛風而沐雨，萬里蒙露霜。」……等等，多半在使用修辭技巧時，接近於非戰類作品所使用的修辭技巧，使用較多的摹寫，所以將戰爭帶來的荒涼與苦難呈現出來。而描寫軍威壯盛或凱旋而歸的景色時，如：劉楨詩：「旦發鄴城東，莫次溟水旁。」曹丕〈飲馬長城窟行〉：「發機若雷電」、「長戟十萬隊，幽冀百石弩。」曹丕〈董逃行〉：「師徒百萬譁讙，戈

矛若林成山，旌旗拂日蔽天。」曹丕〈黎陽作詩〉三首中的第
三首：「千騎隨風靡，萬騎正龍驤。」曹叡〈堂上行〉：「千
戈森若林」、曹叡〈清調歌〉：「飛舟沈洪波，旌旗蔽白日
精。」「騰飛造波庭」、繆襲〈戰滎陽〉：「賴我武皇萬國寧」
……等等，則多半與主戰類作品的筆法近似，較多使用誇飾
法，鋪敘出戰爭時壯闊的軍容。正由於這樣的情形，此類才會
產生讓讀者隱隱約約感覺出作者對戰爭所抱持的態度，也因
此，此類在使用誇飾法、摹寫法、譬喻法與轉化法時，與前述
之主戰類與非戰類的使用情形與功能大致相同，是故不再贅
述。此處就來觀察使用情況也頗為豐富的其他修辭法。

第一節　映襯

　　使用相反的對立，可反映出事物的真相，烘托出事物的真
理，如：王粲〈從軍詩〉五首中的第五首中：「**客子多悲傷，
淚下不可收，朝入譙郡界，曠然消人憂**」寫戰士們在戰場上思
家而淚流，然而封狼居胥之後，回到故鄉憂愁一掃而空。對比
出戰鬥與行軍時和打勝仗之後的不同，反映出不能安居和長治
久安的天壤之別，更深刻地突顯出渴望平安之情。藉著相對的
情況對比，矛盾地說明「和平」與「戰勝」的重要，對立而統
一的逼近所欲表達的真理。

　　《大眾傳播學理》中指出使群眾著迷的因素有三點：制
約、萬能、安全感[1]。這裡就是用不打仗和打仗後，心情的差
異來制約讀者，使讀者著迷於作戰。而且王粲〈從軍詩〉五首
的內容中大量鋪敘戰勝的益處：陳設的獎品、犒賞的酒肉、財
物的富裕、歌舞的娛樂，甚至最後提出可以心想事成，都運用

了「萬能」此一迷人的心心理因素。並使用了「安全感」此一令人著迷的因素，利用人們對於長久的安和樂利生活的企盼，強化作戰的必要和勝利的重要。此外也藉由一再的說明，來彰顯軍人為國犧牲的崇高意義，形成一種制約，彷彿是一種不須懷疑的道理。《軍事心理》在第七章「軍事管理之心理原則」中言：「軍人的理想便包含許多難能可貴的品質，如勇氣、毅力、忠心與自我犧牲等等，此種高尚理想常有文字予以歌頌，……凡一切有害於軍人之生活現象，如殘酷、艱苦、焦慮等等皆不加以討論，而其冒險及其他一切優美因素則予以儘量加以描寫。因此軍人的生活遂與一切聖潔和美麗的事物發生聯絡，而形成一組可貴的價值。」[2]可見王粲深諳此原則，懂得如何利用詩作達成軍事管理的目標，使軍隊中的士兵在心理上得到神聖美好的感受。是故，雖然王粲在〈從軍詩〉的第三首與第五首中，雖然表現出不明顯的戰爭態度，但從五首整體看來，仍是以鼓勵軍人效命沙場為基調。

　　把兩種不同的，特別是相反的觀念、事實或現象放在一起，對立比較之下，可使意義突顯出來的做法，稱為映襯法。如：曹操〈步出夏門行〉：「驥老伏櫪，志在千里。烈士暮年，壯心不已。」敘述自己的志向，前面形容衰老的身軀，後面卻陳述凌雲的壯志，表現出問鼎中原的決心，前後情景差異懸殊，對比強烈，映襯用得鮮明，讓人留下深刻的印象。透過如此比較，便將曹操個人即使年老仍然懷抱壯志的英雄形象，生動地描繪出來。透過運用映襯，可以彰顯出曹操在形體下的能征慣戰與胸中甲兵的豪傑之氣，強調出形體的衰老並不能挫折其銳氣，從而幫助確立曹操躍馬橫戈的英勇姿態。

　　又如：劉楨〈贈五官中郎將詩〉四首中的第四首：「君侯

多壯思，文雅縱橫飛，小臣信頑鹵，儷俛安能追」寫出對方壯
思凌厲，文章氣勢磅礡，而自己愚昧駑鈍，一文雅一頑鹵的映
襯，形成強烈的對比，引人注意而發人思考，既衝突又和諧地
形成文字張力，表達出推崇對方的寓意。《修辭析論》言：
「單獨說一件事物，固然也能造成印象；但總不如兩件相反的
事物，互相對照，更加深刻而明顯[3]。」世上萬事萬物多半相
對，只有「美」，沒有「醜」，便不知美的好；只有「善」，沒
有「惡」，又怎麼能知是「善」？難易、有無、長短、是非、
黑白……都是由比較得知，所以在詩歌中運用映襯，可在比較
之下，產生強烈的反應，得知其中的差異。

　　其他如劉楨詩：「旦發鄴城東，莫次溳水旁」以早晨出發
地點映襯出後面傍晚的紮營地點，中間距離的遙遠，表示出戰
爭中兵驍將勇、銜枚疾走的快速。

　　曹植〈贈丁儀王粲詩〉：「丁生怨在朝，王子歡自營。」
將丁儀與王粲在朝中為官表現的態度作一對比，將兩種截然不
同的處世態度對立起來，一個抱怨一個自得其樂，大小輕重懸
殊，這便是映襯，就特別顯現了他們的過與不及都不是好現
象，對比之下，更加突顯出他們的荒唐，使此句語氣增強，給
讀者深刻的印象。

　　曹植〈雜詩〉的第三首：「妾身守空閨，良人行從軍」、
「自期三年歸，今已歷九春。」對比出妻子與丈夫分離兩地的
情況，以及約定三年歸家，卻久候落空的失望。這一守一行、
一有約一無回之間，對比差異大，而更突顯了妻子心情的失
落，作者就用了映襯的筆法，寫出形體隔離且期盼湮滅，這種
既矛盾又堪憐的情形。

　　詩人們運用映襯將情境對比，形成強烈的對比，景象鮮明

而意蘊豐富，特別引人注意而發人深思，既衝突又和諧地形成文字張力。其他尚有〈百姓諺〉：「死諸葛走生仲達」、〈孫亮初白鼉鳴童謠〉：「守死不去義無成」……等。

第二節　設問

在行文時改變敘述的方式，成為詢問的口氣，這就稱為「設問」。在詩歌中，設問的使用俯拾皆是。如：曹操〈步出夏門行〉：「不知當復何從？」依據黃師慶萱對設問的分類，分為兩種：一種是心中確有疑問，另一種是心中早有定見[4]。此處便是心中確有疑問，也就是筆者以為的「有疑而問」。然而這疑問是無解的，藉著這設問，作者製造出謎樣的效果，吸引讀者進入他多思多慮，徬徨憂鬱的內心，並刺激讀者隨著他一同對於未來將何去何從的好奇。作者透過設問，也把疑惑的氣勢加強，將心中的困惑、思家、對繼續兵刃相接的猶豫之情，表現得絲絲入扣。

而曹操〈卻東西門行〉：「安得去四方？」、「何時返故鄉？」「故鄉安可忘？」則發出一連串對出外戰鬥的惶恐，以及對於回家時間不確定的疑問。詞中的主人翁在羽檄交馳時開始產生困擾，不知該不該繼續打仗？還是該為自己感到憂愁？並對與家鄉即將發生的差距，憂心忡忡。這些設問將曹操的矛盾與「一心執兩端」的形象生動地塑造出來。藉由設問筆法，刻劃出曹操對於思鄉與帶礪山河間矛盾的心態，與對歸期不確定的疑問。最後則以「故鄉安可忘？」強調出即使出外征戰也不會忘記家鄉。對事業與戰功的重視可以說是建安時期在藝術創作的秩序中，超脫的幕後黑手。藝術在創作之時，有一先決

的心理因素，那便是各式各樣的陶醉，是一種強力的驅動機制，而對功業的迷戀常常是很容易令創作者沈醉的形式之一。從此詩的設問可見其由於對戰功的質疑，啟發了作者的靈感，故在詩中描寫事業與對家之間對立的情感，而詞中男主角的憂慮和掙扎，經由設問的使用，變得栩栩如生，令讀者感動。

　　從設問筆法使用的頻繁情況看來，多為無解的無奈之問，而答案往往繫於戰爭的成敗身上，也就是問者無法掌握解決疑問之能力，這種將自己所重視之生命的生殺大權交託於戰爭此一重大而無法控制的因素之情況，無力之感油然而生，可見設問之強烈與哀傷，也可見戰爭詩所呈現出戰爭面貌之不可預測與令詩人多疑。由於戰爭對政治勢力的擴張具有決定性影響，透過戰爭活動的成功，人們從中獲得成就感，因此人們在禾獲得成功時，對於包舉宇內產生強烈的渴望，然而在枕戈待旦時，又因非一己之力所能控制，故產生不安與恐懼失去之情緒，其中又會產生對家鄉、親戚、朋友、妻子思念的感情，並且由於戰爭中有時有勢窮力竭的情況，便又產生怨懟與責怪自己自尋苦頭的想法。此間種種情況，都使人們落入猶疑徬徨的境地，詩人便以設問筆法，貼切地表現出眾人對戰爭的疑問。如：王粲〈從軍詩〉五首中的第三首：「此愁當告誰？」、「豈得念所私？」出現兩種矛盾的疑問，便是如此。

　　另外一類的設問，如：王粲〈贈士孫文始〉：「誰佐天官？」，則是在心中早有定見，卻故意設問，也就是筆者以為的「無疑而問」。這是為提起下文而問的「提問」，表達出作者認為除了士孫文始外，沒有誰適合輔佐國君？藉此鋪敘出士孫文始的家世背景與才華學養。

　　另一類是答案在問題反面的「激問」，如阮籍〈詠懷詩〉

第四十二首：「榮耀焉足崇？」、「人誰不善始？」這些設問的答案，就在問題的反面，聽者一聽便知道作者的本意為何，第一個問題說明了榮耀事實上不夠偉大，所以作者認為不用冒著一死去獲得，語中頗有嘲弄戰爭的意味。第二個問題，答案也是否定的，表示作者自認為每個人剛開始都重視生命，保全養生，到最後卻少人能夠善終。明顯地暗示人生的無常，以及對戰爭與建功的嚮往對人的殺傷力。詩中就因善用了設問法而表現出詩人從早年對寄身鋒刃的期望，一直到對事實真相了解後的失望，所以問題中含有憤懣不滿。透過自己認知的轉變而體認「戰爭」，因此，沒有認同，就沒有反對，而不透過早年的期盼，也無法確定「戰爭」的醜陋，所以當一個人受到自己所期盼的馳騁戰場無情的對待或傷害時，將會更加落寞與痛苦，此時，便會出現前述的設問描述。

另如：王粲〈為潘文則作思親詩〉：「如何不弔？」此詩中所設問的問題，不僅是為提起下文而已，也同時承接了上文。此句上文承襲對母親辛苦撫養自己的感念，下文開啟了對自己出外打仗追逐功績而無法盡孝的後悔。是提起往的既有經驗，來使讀者對自己悔恨的原因獲得了解，也就是說，詩人利用上文對潘文則母親在丈夫戰死後撫養子女的形象，來喚起讀者對於母親甜美的回憶，進而對照出成人之後，為戰功奮不顧身卻導致無法照顧母親甚至母親過世也無法奔喪的殘酷，中間以一設問「如何不弔？」提出下文對於成人世界戰爭的判讀，說明面對此情此景，情何以堪？正如〈天黑黑〉：「我以為這就是我所追求的世界。然而橫衝直撞，被誤解被騙。是否成人的世界背後，總有殘缺？我走在每天必須面對的分岔路，我懷念過去單純美好的小幸福。」所言，戰爭與成人世界間的

血腥殺戮與勾心鬥角都使人悲傷與徬徨，而懷念在襁褓中的純真與幸福。由於這樣的筆法，使得這個設問便醞積了足夠的能量，使其成為爆炸性的問題經過此一設問，提出對成年追求事業成就不完美、不幸福的質疑，只要是曾經奮不顧身、沈醉在事業奮鬥之中，然後又發現戰爭與政治、事業有時只是欺騙傷害的人，都將被此一疑問炸得粉身碎骨，肝腸寸斷，可見其威力。設問的修辭手法，在此不僅獲得良好的落實，也因前面母親形象化的描寫，與後面潘文則未能侍奉母親的對比，而獲得有力的釋放。瓦西列夫言：「悲劇的結局雖然是不幸的，但不一定引起壓抑的情緒。」[5] 此首詩雖然將失去母親「悲」的味道淋漓盡致地寫出，但也不是完全悲涼，使人抑鬱，反而讓人重新檢視自己對戰績執著的迷思，從悲哀中獲得今後生活的力量。

此類「無疑而問」，一種是答案就在題目之中，一種是在下文中提供解答，藉著設問來布局引出主旨，有自問自答的巧妙。這些都可看出作者在設問前，都已經尋求到解答，而這種種設問和前述「有疑而問」不同，此類的問題與解答並非繫之於其他人，而是傳達作者對於戰爭的價值觀與理念，從這些設問，可以發現此類表達出對戰爭態度不明顯的戰爭詩的作者，對於戰爭造成人民顛沛流離的強烈質疑，以及對建立彪炳戰功與離鄉背井之間，產生複雜的矛盾感。另如王粲〈七哀詩〉三首中的第二首：「何為久滯淫？」也是為了戰爭僵持不下，一直滯留異鄉，感到痛苦煩惱。

對於故鄉與親人之眷戀，本乎自然的天性，然而受到戰爭與自己想要經世濟民的抱負……等等外力與後天教化的干擾，詩人基於自然的情性，發出喃喃的設問，一點不牽強造作，表

現出個性，情感達到極致時，讀者受其感動，也易痛哭流涕，故王維〈雜詩〉：「君自故鄉來，應知故鄉事，來日綺窗前，寒梅著花未？」也用設問來詢問從故鄉來的人，沒有一字言情，卻表現出思鄉的情緒。三國時代戰爭詩，也用設問法來表現詩人對戰爭的情緒，而不落得濫情。如毌丘儉〈之遼東詩〉：「誰能為我擔？」呈現出作者對戰爭成敗此一重責大任的憂慮。正因這樣的設問「情真語直」，具有強烈的藝術感染力之故。雖然有時文字太顯明太露骨，或如以上設問之例，出現顛倒反覆的情況，與中國「溫柔敦厚」的詩歌傳統相悖，卻表達出真情實感，詩人在詩中怨而哀，哀而疑，疑而問，肆無忌憚，是至情的自然流露，使情感成為文藝創作的動力與素材，使情感的力量超越生與死、醒與夢、問與不問的界線，表現出對戰爭的無奈。

　　王粲在心中早有定見，卻故意設問，如〈從軍詩〉中的第五首：「自非聖賢國，誰能享斯休？」問如果不是聖賢的家國，誰能享受這樣的安和樂利？這問題明顯的可以知道作者所肯定的答案，讓讀者了解領袖的英明和軍功的偉大，說明了軍人捍衛家園的重要，另一方面又再次稱揚國家是聖賢統治之國，也就是領袖領導有方，是賢明的領袖。第五首就此部分而言，是接近於主戰的成分。這類歌頌領袖英明和軍功偉大的內容，可說是五首詩中經常出現的，在第一、二、四、五首中都反覆述說，而透過重複的設問，刺激讀者好奇，並且直接明示答案。《深層說服術》中「除去成見的攻心說服術」之四即是：「藉重複的述說，來加強對方的印象」，對此說明為：「根據心理學原理，人類如果不斷接受某種刺激，潛意識裡就會留存下一道深刻的痕跡。」[6]此處正是用設問引起讀者的注

意，啟發思考，並且重複歌頌領袖和軍功，使對方接受暗示[7]，把讀者引入特定的意境，形成良好的宣傳，在眾人心裡留下深刻的印象，達到說服的目的，產生對於君王和軍隊的嚮往之情。

在詩歌中使用設問，可讓意義產生波瀾，引發讀者的好奇，激起他們的興趣。如：繆襲〈定武功〉：「誰能復顧室家？」此處是用設問引起讀者的注意，啟發思考，讓人們去想當戰爭發生時，誰還能夠顧全自己的家庭呢？因為這樣的問題，便使得讀者感同身受，思考到戰火無情，根本不是個人力量所能控制。這個設問突顯出發動戰爭的危險性，藉此讓讀者注意到這項事實。黃師慶萱就已經提到設問和人們的關係：「就發展心理學和學習心理學的觀點而言，疑問是好奇心的表現，心智趨向成熟的象徵，以及獲取知識的重要手段。」[8]可見詩人希望運用設問，促使讀者對於戰爭有更深刻的了解，並藉著設問使讀者對戰爭產生成熟的觀念。

三國時代對戰爭態度不明顯的戰爭詩作，在形式運用的技巧上，仍是以類疊與排比格使用較多，此情況與主戰類、非戰類的作品是一致的，此處就略而不談了。

由於戰爭對政治勢力的擴張具有決定性影響，透過戰爭活動的成功，人們從中獲得成就感，因此人們在未獲得成功時，對於包舉宇內產生強烈的渴望，然而在枕戈待旦時，又因非一己之力所能控制，故產生不安與恐懼失去之情緒，而其中又會產生對家鄉、親戚、朋友、妻子思念的感情，並且由於戰爭中有時有勢窮力竭的情況，便又產生怨懟與責怪自己自尋苦頭的想法。此間種種情況，都使人們落入猶疑徬徨的境地。從這些映襯法與設問法的運用，可以發現此類對戰爭態度不明顯的戰

爭詩的作者，對於戰爭造成人民顛沛流離的強烈質疑，以及對建立彪炳戰功與離鄉背井之間，產生複雜的矛盾感。詩人在詩中怨而哀，哀而疑，將兩種對立的情況並列或發出疑問，是至情的自然流露，使情感成為文藝創作的動力與素材，使情感的力量超越生與死、醒與夢、是與非、問與不問的界線，表現出對戰爭的無奈。此類作者希望經由這樣的對照與問題，使得讀者感同身受，思考到戰火無情，根本不是個人力量所能控制，也希望促使讀者對於戰爭有更深刻的了解，並藉著設問使讀者對戰爭產生成熟的觀念。

【附表五】　三國時代對戰爭態度不明顯的戰爭詩修辭表

題名	設問	引用	誇飾	借代	映襯	象徵	類疊	排比	摹寫	譬喻	轉化	雙關	示現	對偶	頂真
曹操〈苦寒行〉		悲彼〈東山〉詩	虎豹夾路啼				「霏霏」「行行」「悠悠」		羊腸坂詰屈，車輪為之摧。樹木何蕭瑟，北風聲正悲！熊羆對我蹲，虎豹夾路啼。溪谷少人民，雪落何霏霏		北風聲正悲！熊羆對我蹲，虎豹夾路啼		全首		

頂真	對偶	示現	雙關	轉化	譬喻	摹寫	排比	類疊	象徵	映襯	借代	誇飾	引用	設問	題名
		全詩除最後一章外		北風徘徊	驥老伏櫪，志在千里	鶗雞晨鳴，鴻雁南飛，鷙鳥潛藏，熊羆窟棲。錢鎛停置，農收積場。「流澌浮漂，舟船行難，錐不入地，蘴籟深奧。水竭不流，冰堅可蹈」「水何淡淡，山島竦峙。樹木叢生，百草豐茂。秋風蕭瑟，洪波湧起。日月之行，若出其中；星漢燦爛，若出其裡」「天氣爾清，繁霜霏霏。	「樹木叢生，百草豐茂。秋風蕭瑟，洪波湧起」「日月之行，若出其中；星漢燦爛，若出其裡」	「淡淡」「霏霏」「戚戚」	驥老伏櫪，志在千里	驥老伏櫪，志在千里。烈士暮年，壯心不已				不知當復何從？	曹操〈步出夏門行〉

題名	曹操〈卻東西門行〉	王粲〈贈士孫文始〉
設問	「安得去四方」「何時返故鄉」「故鄉安可忘」	
引用		「古人所箴，允矣君子，不遐厥心，既往既來，無密爾音」「和通苀墳，比德車輔，既度禮義，卒獲笑語，」「白駒遠志，」
誇飾		
借代		誰佐天官
映襯		天降喪亂，靡國不夷
象徵	「春日復北翔」「田中有轉蓬，隨風遠飄揚。長與故根絕，萬歲不相當」「鴻雁出塞北，乃在無人鄉。舉翅萬餘里，行止自成行。冬節食南稻，」	
類疊	「戎馬不解鞍，鎧甲不離傍」「冉冉」	
排比	「神龍藏深泉，猛獸步高岡。」「冬節食南稻，春日復北翔。」「狐死歸首丘」「戎馬不解鞍，鎧甲不離傍」	「我暨我友」「載坐載起」「悠悠」「在漳之湄，在漳之湄」
摹寫	「春日復北翔」「田中有轉蓬，隨風遠飄揚。長與故根絕，萬歲不相當」「鴻雁出塞北，乃在無人鄉。舉翅萬餘里，行止自成行。冬節食南稻，」	我思弗及，載坐載起
譬喻	「鴻雁出塞北，乃在無人鄉。舉翅萬餘里，行止自成行。冬節食南稻，」	「龍雖勿用，志亦靡忒」「白駒遠志」
轉化	狐死歸首丘	「龍雖勿用，志亦靡忒」「白駒遠志」
雙關		
示現		
對偶		
頂真		在漳之湄，在漳之湄

修辭技巧	王粲〈為潘文則作思親詩〉	王粲〈從軍詩〉五首中的第三首
頂真	鞠予小子，小子之生	
對偶		白日半西山，桑梓有餘暉
示現		方舟順廣川，薄暮未安坻
雙關		孤鳥翩翩飛
轉化		
譬喻	「心乎如懸」「飛焉靡翼，超焉靡階，思若流波，情似坻頹」	「蟋蟀夾岸鳴，孤鳥翩翩飛」「草露沾我衣」「方舟順廣川」「白日半西山，桑梓有餘暉」
摹寫		
排比	「飛焉靡翼，超焉靡階，思若流波」「五服荒離，四國分爭」「仰瞻歸雲，情似坻頹」	
類疊	「穆穆」「亹亹」「巖巖」	翩翩
象徵	仰瞻歸雲，俯聆飄回	
映襯		身服干戈事，豈得念所私？即戎有授命，茲理不可違
借代		干戈
誇飾		即戎有授命
引用	在昔蓼莪	
設問	如何不弔	「此愁當告誰」「豈得念所私」
題名	王粲〈為潘文則作思親詩〉	王粲〈從軍詩〉五首中的第三首

題名	王粲〈從軍詩〉五首中的第五首	王粲〈從軍詩〉
設問	誰能享斯休	
引用		
誇飾	「淚下不可收」「雞鳴達四境，黍稷盈原疇」「館宅充塵里，女士蒲莊馗」	
借代	「煙火」「客子」「黍稷」「詩人」	
映襯	客子多悲傷，淚下不可收，朝入譙郡界，曠然消人憂	
象徵		
類疊	「悠悠」「靡靡」「翩翩」	
排比		
摹寫	「寒蟬在樹鳴，鶴鵠摩天遊」「城郭生榛棘，蹊徑無所由」「雚蒲竟廣澤，葭葦夾長流」「雞鳴達四境，黍稷盈原疇」	樓船凌洪波，尋戈刺群虜
譬喻		
轉化	鶴鵠摩天遊	
雙關	「城郭生榛棘，蹊徑無所由」「雚蒲竟廣澤，葭葦夾長流」「鶴鵠摩天遊」	
示現		
對偶	「雚蒲竟廣澤，葭葦夾長流」「寒蟬在樹鳴，鶴鵠摩天遊」「雞鳴達四境，黍稷盈原疇」	
頂真		

題名	設問	引用	誇飾	借代	映襯	象徵	類疊	排比	摹寫	譬喻	轉化	雙關	示現	對偶	頂真
王粲〈七哀詩〉三首中的第二首	何為久滯淫					狐狸馳赴穴，飛鳥翔故林			白露沾衣襟，獨夜不能寐，攝衣起撫琴，絲桐感人情，為我發悲音，羈阿增重陰，狐狸馳赴穴，飛鳥翔故林，流波激清響，猴猿臨岸吟，迅風拂裳袂，	狐狸馳赴穴，飛鳥翔故林	絲桐感人情，為我發悲音	狐狸馳赴穴，飛鳥翔故林			
劉楨〈贈五官中郎將詩〉第一首			萬舞在中堂	「元后」「翱翔」					明鐙熺炎光，清歌製妙聲。			萬舞在中堂，金罍含甘醴。羽觴行無方」「季冬風且涼」「明鐙熺炎光，清歌製妙聲。	「與君共翱翔」「四節相推斥」		

題名	設問	引用	誇飾	借代	映襯	象徵	類疊	排比	摹寫	譬喻	轉化	雙關	示現	對偶	頂真
劉楨〈贈五官中郎將詩〉第三首									白露塗前庭，應門重其關，明燈曜閨中，清風凄已寒，		四節相推斥				
劉楨〈贈五官中郎將詩〉第四首					小臣信頑鹵，僶俛安能追君侯多壯思，文雅縱橫飛，		皚皚	明月照緹幕，華燈散炎輝	涼風吹沙礫，霜氣何皚皚，明月照緹幕，華燈散炎輝						
劉楨詩			旦發鄴城東，莫次溟水旁		旦發鄴城東，莫次溟水旁			「三軍如鄧林，武士攻蕭莊」「旦發鄴城東，莫次溟水旁」		三軍如鄧林					

題名	設問	引用	誇飾	借代	映襯	象徵	類疊	排比	摹寫	譬喻	轉化	雙關	示現	對偶	頂真
曹丕〈飲馬長城窟行〉			「發機若雷電」「長載十萬隊，幽冀百石弩」						全詩	發機若雷電					
曹丕〈董逃行〉			林成山，旌旗拂日蔽天 師徒百萬譁誼，戈矛若				漫漫		全詩	戈矛若林成山					
曹丕〈黎陽作詩〉三首中的第二首							「載低載昂」「嗷嗷」「載仆載僵」「殷殷」「濛濛」「我徒我車」「轔轔」	載低載昂，嗷嗷僕夫，載仆載僵 殷殷其雷，濛濛其雨，轔轔大車，	全詩				全詩		

題名	設問	引用	誇飾	借代	映襯	象徵	類疊	排比	摹寫	譬喻	轉化	雙關	示現	對偶	頂真
曹丕〈黎陽作詩〉三首中的第三首			千騎隨風靡，萬騎正龍驤				行行	「千戚紛縱橫」「白旐若素霓，丹旐發朱光」「千騎隨風靡，萬騎正龍驤」「金鼓震上下，	全詩	白旐若素霓	丹旐發朱光		全詩		
曹叡〈堂上行〉			干戈森若林	長劍						干戈森若林					
曹叡〈清調歌〉			「騰飛造波庭」「飛舟沈洪波，旌旗蔽		「白日精」「飛舟沈洪波」					「騰飛造波庭」「飛舟沈洪波」					

題名	設問	引用	誇飾	借代	映襯	象徵	類疊	排比	摹寫	譬喻	轉化	雙關	示現	對偶	頂真
曹植〈贈丁儀王粲詩〉			山岑高無極		丁生怨在朝，王子歡自營			「從軍度函谷，驅馬過西京」「丁生怨在朝，王子歡自營」	佳麗殊百城，員闕出浮雲，承露概泰清，山岑高無極，涇渭揚濁清，壯哉帝王居，						
曹植〈雜詩〉第三首			太息終長夜，悲嘯入青雲	「自期三年歸，今已歷九春」「妾身守空閨，良人行從軍」		飛鳥繞樹翔，嗷嗷鳴索群	嗷嗷		「妾身守空閨，良人行從軍」「太息終長夜，悲嘯入青雲」	願為南流景，馳光見我君					
曹植〈離友詩〉第一首									涉浮濟兮泛輕航，迄魏都兮息蘭房，馳原隰兮尋舊彊，車載奔兮馬繁驤，					「涉浮濟兮泛輕航」「迄魏都兮息蘭房」「馳原隰兮尋舊彊」「車載奔兮馬繁驤」	

題名	設問	引用	誇飾	借代	映襯	象徵	類疊	排比	摹寫	譬喻	轉化	雙關	示現	對偶	頂真
曹植〈離友詩〉第二首								臨淥水兮登崇基，折秋華兮采靈芝	臨淥水兮登崇基，涼風肅兮白露滋，木感氣兮條葉辭，	木感氣兮條葉辭				「臨淥水兮登崇基」「折秋華兮采靈芝」「涼風肅兮白露滋」「木感氣兮條葉辭」	
曹植詩			鎧甲為衣裳，萬里蒙露霜。劍戟不離手，					皇考建世業，余從征四方	劍戟不離手，櫛風而沐雨，鎧甲為衣裳，萬里蒙露霜。	鎧甲為衣裳				櫛風而沐雨	
曹髦〈四言詩〉			泛舟萬艘，屯衛千營				「莽莽」「悠悠」		「泛舟萬艘，屯衛千營」「莽莽東伐，悠悠遠征」						
曹髦詩								武騎齊雁行，干戈隨風靡，	武騎齊雁行，干戈隨風靡，					武騎齊雁行	

題名	設問	引用	誇飾	借代	映襯	象徵	類疊	排比	摹寫	譬喻	轉化	雙關	示現	對偶	頂真
應瑒〈百一詩〉第十八首			征夫不得休												
毋丘儉〈之遼東詩〉	誰能為我擔		憂責重山岳							憂責重山岳					
毋丘儉〈在幽州詩〉			但見胡地埃芒山邈悠悠，				悠悠								
阮籍〈詠懷詩〉第四十二首	「榮耀焉足崇」「人誰不善始」	園綺遯南嶽，伯陽隱西戎						園綺遯南嶽，伯陽隱西戎		園綺遯南嶽，伯陽隱西戎					日月不常融」「天時有否泰，人事多盈沖」「王業須良輔，建功俟英雄」「陰陽有舛錯，

357

題名	繆襲〈戰滎陽〉	繆襲〈克官渡〉	繆襲〈定武功〉
設問			誰能復顧室家
引用			
誇飾	賴我武皇萬國寧	僵屍流血被原野	
借代	貫甲	土山地道	「干戈」「城中」
映襯			
象徵	白日沒，時晦冥		
類疊			湯湯
排比	戎馬傷，六軍驚		
摹寫	退徐榮。二萬騎輊壘平。戎馬傷，六軍驚，汴水陂。戎士憤怒貫甲馳。陳未成，		「濟黃河，河水湯湯，旦暮有橫流波」「決漳水，水流旁沱」
譬喻		賊眾如犬羊	城中如流魚
轉化			
雙關			
示現			
對偶			
頂真			「計窮慮盡求來連和，和不時心中憂戚」「濟黃河，河水湯湯」「決漳水，水流旁沱」

題名	設問	引用	誇飾	借代	映襯	象徵	類疊	排比	摹寫	譬喻	轉化	雙關	示現	對偶	頂真
繆襲〈屠柳城〉			永無北顧患				漫漫		岡平，但聞悲風正酸越度隴塞路漫漫，北踰	悲風正酸					
繆襲〈平關中〉			級萬億					離群凶，選驍騎，縱兩翼，平關中，路向潼，虜崩潰，濟濁水，立高墉，級萬億，鬥韓馬，							
百姓諺					死諸葛走生仲達				死諸葛走生仲達						
孫亮初白鼉鳴童謠			南郡城中可長生		守死不去義無成										

註　釋

1　鄭貞銘《大眾傳播學理》，台北：華欣出版社，1974年8月初版，頁110-
　114。

2　蕭孝嶸《軍事心理》，台北：正中書局，1941年四月初版，頁85-115。

3　董季棠《修辭析論》，台北：益智出版社，大中國經銷，1981年出版，
　頁53

4　黃師慶萱《修辭學》，台北市：三民書局，1975年1月初版，頁35。

5　瓦西列夫著，趙永穆譯《情愛論》，台北：人間出版社，1988年9月初
　版，頁188。

6　日本多湖輝著，陸明譯《深層說服術》，台北：大展出版社有限公司，
　1995年初版，頁80-84。

7　言語上的重複（repetition）在佛洛伊德的研究中為一外顯的心理症狀。
　個體經由語言的重複可對自己加強某一觀念的合理性，儘管此一觀念對
　他而言很可能是外界所強加的意識型態，自我在盲目接受並反覆行使的
　狀態下其實不明所以。詳見Evans, Dylan. *An Introduction of Lacanian
　Psychoanalysis.* New York: Routledge, 1996. 頁164，文中除對於佛氏對
　repetition的原有解釋外，亦說明法國心理分析家拉崗（Jacques Lacan）
　對佛氏理論之補充與修正。拉崗的心理分析側重語言於個體的心智上所
　產生的影響，在他的理論中，重複的言語可視為個體對自己社會關係的
　堅持（the insistence）。

8　黃師慶萱《修辭學》，台北：三民，1975年出版，頁36。文中更進一步
　提到：「當兒童長到兩三歲時，會表現出對一切新奇事物的興趣。……
　就這樣，兒童求得了知識，並且補充了豐富了自己的經驗。何林華女士
　甚至在其《發展心理學概論》中把兒童三歲至六歲的階段定名為好問
　期。」黃師雖已注意到設問和兒童之間密切的關係，然而書中舉例未見
　兒童相關作品，仍以成人為中心。

第十一章　結　論

第一節　三國時代戰爭詩之特色

　　要討論三國時代戰爭詩三類之特色前，首先要釐清何謂特色，這裡所謂的特色是指三類在內容與形式上的優先性而言，易言之，三國時代戰爭詩三類之特色乃是指三類三國時代戰爭詩決定言論方向與成為該類之基本特性，或是此類之特出現象，這些特色不一定是該類的專利，但卻是決定性的部分。同樣的，非戰類詩作中也可能觸及主戰類的某些特性，或描述某些類似的場景，但並沒有視為優先而特別加以發揮。舉例來說，當我們說主戰類詩作多半歌功頌德、描述戰爭時鯨吞虎踞之氣勢時，並不表示非戰類作品沒有歌功頌德及描寫一鼓殲滅的部分，但是非戰類作品並沒有以此作為中心展開他的寫作方向。反之，在主戰類作品裡，乃是以歌功頌德為基調，試圖透過描述戰爭時衝鋒陷陣的描寫而對戰爭的意義進行創造與自我完成。以下就將前文所分三類之戰爭詩，分別說明其內容與修辭上的特色：

一、三國時代主戰類戰爭詩之特色

（一）三國時代主戰類戰爭詩內容上之特色

　　在一百零四首的戰爭詩中，主戰類有四十六首，是數量最

多的一類。此類主戰類記敘戰爭前的內容，主要在描繪戰爭前
一觸即發之緊張情勢，如曹丕〈至廣陵於馬上作詩〉寫黃初六
年八月東征，十月，行幸廣陵，在長江邊舉行閱兵，向東吳孫
權展現武力，詩中記載了當時閱兵之雄壯與充滿自信的豪情，
藉此威嚇敵軍；其他如曹植〈孟冬篇〉：「孟冬十月，陰氣屬
清，武官誡田，講旅統兵。」曹叡〈善哉行〉：「我徂我征，
伐彼蠻虜，練師簡卒，爰正其旅。」應璩〈詩〉第五首（魏詩
卷八）：「郡國貪慕將，馳騁習弓戟，雖妙未更事，難用應卒
迫。」王粲〈弩俞新福歌〉（魏詩卷十一）：「材官選士。劍
弩錯陳，應桴蹈節·俯仰若神，綏我武烈，篤我淳仁，自東自
西，莫不來賓。」都是描寫備戰的情況。

　　描述戰爭中之作品，內容多半記錄己方軍隊勝利或預期勝
利的戰爭過程。除如王粲〈從軍詩〉五首中的第二首、曹叡
〈善哉行〉外，另如韋昭〈伐烏林〉：「曹操北伐拔柳城，乘
勝席捲遂南征。劉氏不睦，八郡震驚。眾既降，操屠荊。舟車
十萬揚風聲。」繆襲〈獲呂布〉：「獲呂布，戮陳宮。艾夷鯨
鯢，驅騁群雄。囊括天下運掌中。」曹叡〈善哉行〉四解：
「赫赫大魏，王師徂征。冒暑討亂，振耀威靈。」等等皆是。
記敘戰爭後期之戰爭詩，內容多為敘述戰後所得之豐富成果，
以及闡明施政之理想與未來之願景，除如繆襲的〈平南荊〉與
王粲之〈安台新福歌〉外，另如：韋昭〈章洪德〉：「章洪
德，邁威神。……扶南臣。珍貨充庭，所見日新。」韋昭〈擾
武師〉：「……攘夷凶族，革平西夏。炎炎大烈震天下。」繆
襲〈楚之平〉：「楚之平，義兵征。……天下平。濟九州，九
州寧。創武功，武功成。越五帝，邈三王。興禮樂，定紀綱。
普日月，齊輝光。」等等皆是如此。

記敘想像中的戰爭之戰爭詩，內容多寫過去之戰役，作為現在之借鏡，或歌頌過去戰爭之英勇，或諷喻過去不知戰鬥的愚昧，除如曹植〈丹霞蔽日行〉、王粲〈矛俞新福歌〉外，另如阮籍〈詠懷詩〉第三十一首諷刺魏安釐王不知養兵，終遭白起兵臨華陽、曹植〈責躬詩〉：「……伊予小子，恃寵驕盈，舉掛時網，動亂國經，作藩作屏，先軌是墮，傲我皇使，犯我朝儀，國有典刑，我削我絀……」王粲〈太廟頌歌〉三章：「思皇烈祖。時邁其德。肇啟洪源。貽燕我則。……綏庶邦。和四宇。九功備。彝樂序。建崇牙。……念武功，收純怙。於穆清廟。翼翼休徵。……」等等皆是。這些詩作的筆法，有時是具體的描述，有時則是概括的敘事。

主戰類另外有些以描述戰爭英雄為主軸，筆法或是鋪敘，以具體而詳細的文字刻劃戰爭英雄之形象，有些則是用簡明扼要的文字勾畫出人物面貌，除如曹植〈白馬篇〉、〈襄陽民為胡烈歌〉、〈軍中為夏侯淵語〉外，另如左延年〈從軍行〉：「……一驅乘雙駁，鞍馬照人目，龍驤自動作。」應璩詩中的第三首：「放戈釋甲冑，成軒入紫微，從容侍帷幄，光輔日月輝。」韋昭〈秋風〉：「秋風揚沙塵，寒露沾衣裳，角弓持弦急，鳩鳥化為鷹。邊垂飛羽檄，寇賊侵界疆。跨馬披介冑，慷慨懷悲傷。辭親向長路，安知存與亡。窮達固有分，志士思立功。思立功，邀之戰場。身逸獲高賞，身沒有遺封。」或是寫單獨而史上有名之英雄，寫徐榮的如：繆襲〈戰榮陽〉（魏詩卷十一）、寫呂布陳宮的：繆襲〈獲呂布〉（魏詩卷十一）、寫黃祖的：韋昭〈攄武師〉（魏詩卷十二）、寫關羽的：韋昭〈關背德〉（魏詩卷十二）皆是如此。此外，值得一提的是，有些則是描寫當時三國君主的篇章，記敘曹操的如：繆襲〈楚之平〉

（魏詩卷十一）、繆襲〈獲呂布〉（魏詩卷十一）、繆襲〈平南荊〉（魏詩卷十一）；描寫孫權的如：曹植〈雜詩〉第五首（魏詩卷七）、韋昭〈據武師〉（魏詩卷十二）、韋昭〈克皖城〉（魏詩卷十二）、韋昭〈通荊門〉（魏詩卷十二）、韋昭〈章洪德〉（魏詩卷十二）、韋昭〈關背德〉（魏詩卷十二）；描寫曹操與孫權的如：韋昭〈伐烏林〉（魏詩卷十二）；劉備則付之闕如。但這些詩作大多以歌功頌德為主要內容，或以記敘史事為主，內容制式化。

另外有些以歌頌我方軍隊與將領為主，描繪整體之軍隊，抒發詩人對戰士與將領的感念之情，流露對他們的敬佩之意與對戰爭勝利的讚揚。除如王粲〈從軍詩〉、曹叡〈苦寒行〉、韋昭〈關背德〉外，另如：繆襲〈楚之平〉：「楚之平，義兵征。神武奮，金鼓鳴。邁武德，揚洪名。……」曹丕〈至廣陵於馬上作詩〉：「……猛將懷暴怒，膽氣正縱橫，誰云江水廣，一葦可以航，不戰屈敵虜，戢兵稱賢良，……量宜運權略，六軍咸悅康，豈如東山詩，悠悠多憂傷。」曹叡〈櫂歌行〉：「……文德以時振，武功伐不隨。重華舞干戚。有苗服從嬀。蠢爾吳中虜。憑江棲山阻。哀哉王士民。瞻仰靡依怙。皇上悼湣斯。……」皆是如此。

有些作品內容是在抒發個人的志向，有的如曹丕，因身為君王，所以內容抒發自己對時政的感慨，希望藉戰爭一統天下，以安撫百姓，有的如王粲或阮籍，身為臣子或平民，則表達希望投效戰場的抱負。另如：王粲〈從軍詩〉：「被羽在先登，甘心除國疾。」曹植〈雜詩〉第六首：「……烈士多悲心，小人偷自閒。國讎亮不塞，甘心思喪元。拊劍西南望，思欲赴太山。絃急悲聲發，聆我慷慨言。」應璩詩第四首：「丈

夫要雄戟，更來宿紫庭，今者宅四海，誰復有不並。」皆以參與戰事來表達了詩人的志向。

　　三國時代戰爭詩主戰類有時也藉過去戰爭來議論時政，多半是藉著詠史而寄託現實意義，從歷史紀錄中得出教訓，或作為立論之根據。有些藉著議論與歌頌過去之戰，表明自己之志，遂行其所欲之目的，如曹操〈短歌行〉（魏詩卷一）用議論周文王、齊桓公、晉文公之事，說明自己不欲廢漢自立，而達到取得政治與戰爭的主控權；曹植〈丹霞蔽日行〉：「紂為昏亂，……牧野致功，天亦革命，漢祚之興，階秦之衰，……」以周代商之牧野之戰、漢代秦之戰，議論正義之戰必為上天應允的道理。有些則以議論與歌頌祖先之功德，建立己方政權之正統性，如曹植〈責躬〉（魏詩卷七）：「於穆顯考，時惟武皇，受命於天，寧濟四方，朱旗所拂……傲我皇使，犯我朝儀，國有典刑，我削我絀……」論述曹操之戰功，且說明這場戰役是得到天命之戰，其他人反抗之無理；有些則以過去之戰爭佐證今日之時政，議論養兵與備戰對於安邦定國之重要性，如王粲〈矛俞新福歌〉（魏詩卷十一）：「漢初建國家。匡九州。……五刃三革休。安不忘備武樂脩。……永樂無憂。子孫受百福。……」以漢初之戰功，議論即使安樂也不忘戰，才能長治久安；阮籍〈詠懷詩〉第三十一首（魏詩卷十）以戰國時魏安釐王因不知養兵而招致敗亡的故事議論時政。以上內容可看出詩作中以過去戰爭之史事，不論是過去賢良國君之戰，或各朝開國之戰，乃致於己方祖先之戰役，都是為了配合說明或議論詩人當時的心志或政治情況。

　　主戰類也有純粹論述戰爭之道的詩作內容，偏向純粹說理的性質，缺乏詩歌慣有的柔和浪漫情調，所謂「溫柔敦厚，詩

教也」，在此類是少見的，反而充滿了濃厚的兵法家色彩，彷彿是軍事學與兵法之簡短宣言，與對戰爭人物與事件犀利的評論，筆者認為這或許是此類詩作，流傳下來數量較少的原因之一。這些內容一方面與作者之生平與職務有關，也與當時時政與發生之社會事件有關，另一方面也顯示出詩人企圖透過詩歌這種美化的文辭形式，喚醒人們對於當時常常發生的戰爭，提起更多學理性與議論性的兵法討論，以其激發人們的愛國心，以及對戰爭技術上與理論上的改革，並促使政府對於將領的抉擇更加慎重。

總而言之，三國時代主戰類戰爭詩在內容上多半歌功頌德，描寫整軍經武、席捲天下、攻城掠地之景象，以表現志在統一的決心為訴求，切合於詩人當時的身分地位，並重視宣傳威武的精神。

（二）三國時代主戰類戰爭詩修辭運用上之特色

主戰類戰爭詩大量使用誇飾法、引用法、借代法。對於時間空間，詩人常用誇飾加以形容，在誇飾的描述下，時間可以加快加長，也可以縮短變慢；空間可以高度增高，面積加廣，體積變大，也可以縮短變窄減小，於是詩歌作品便擁有一把萬能鑰匙，可以穿越時空，馳騁其縱橫變化，達到文學豐富的想像和驚人的藝術技巧。如〈短歌行〉：「天威在顏咫尺。」王粲〈從軍詩〉的第一首：「相公征關右，赫怒震天威。」「一舉滅獯虜，再舉服羌夷。」「西收邊地賊，忽若俯拾遺。」第二首：「昔人從公旦，一徂輒三齡。今我神武師，暫往必速平。」第四首：「率彼東南路，將定一舉勳。」以及〈至廣陵於馬上作詩〉：「戈矛成山林」；「一葦可以航」。詩中運用誇飾將客觀的人事物，透過主觀情意的誇張渲染、鋪飾形容之

後，便會達到成為強烈意象的藝術效果，會使得平淡無奇的人事物成為新奇而扣人心弦，增強其感人力量，讓這些事物的特點格外鮮明突出，讓讀者有強烈的感受和深刻的印象。繆襲〈楚之平〉：「普日月，齊輝光。」也是用誇飾製造強烈的意象，經營所欲達成的氣氛。

在詩文中徵引別人的言語，或俗諺、典故等等，藉以使自己言論有分量，為人信服，或是委婉表達己見和情意的方式，稱作「引用」。〈短歌行〉：「周西伯昌，懷此聖德……，得使征伐。」「為仲尼所稱」、「齊桓之功……」、「晉文亦霸……」

接下來再看〈遠戍勸戒詩〉中的一句：「務在和光。同塵共垢。」如〈丹霞蔽日行〉：「紂為昏亂，虐殘忠正」、「周室何隆，一門三聖」、「牧野致功，天亦革命」、「漢祚之興，階秦之衰。」用紂王與秦王昏庸暴亂，而周室與漢朝順天應人，革命推翻他們的功績。由批評商、秦的暴政，來樹立周、漢發動戰爭的合理性。借助用典可以增加說服力，從此使國內大眾確信作戰目標的正確，並保持戰鬥精神，建立強烈的對自己方面的向心力，提高我方士氣，增加內部的團結感。

將原本常用的名稱放棄不用，而改用其他名稱，這就是借代。如〈從軍詩〉五首中的第二首，則用「陳卒」來代替所有的三軍將士，描述軍隊遍布山野的情形，在此便是以部分代替全體的用法。曹植〈雜詩〉第六首：「拊劍西南望」，以「劍」來代替所有戰爭中的武器。另如〈通荊門〉：「觀兵揚炎耀，屬鋒整封疆」以閱兵、磨利刀鋒等部分活動來借指所有戰爭的壯闊場面。詩人透過借代可以使讀者對詩人所要呈現的詞的本質特徵的理解，不會從抽象的定義出發，而是設法關聯於生活

的實際事例，依靠過去累積的之事表徵來理解，並且了解可以互換的名稱和特徵之間的關聯，促使讀者掌握詩人所要表達的詞義和詞性。在正確的借代使用之下，讀者就不需要以想像來體會和理解詞語所表達的意境。讓讀者能將抽象的概念落實於具體的事物上，可使抽象難解的變為具體易懂，讓讀者喜愛豐富的詩歌意象。

透過以上之分析整理，可以發現三國時代主戰類的戰爭詩作者，在表意時多使用誇飾法、引用法、借代法。在形式設計上則偏好排比與類疊法，對偶也是喜歡使用的手法之一。喜歡用誇飾法、引用法、借代法，一方面是因為適合歌功頌德、主張戰鬥內容的陳述，並且使常用的字詞有所變化，另一方面筆者以為則明顯受到漢賦殘留的痕跡，內容上喜歡鋪張揚厲，炫耀才學。其中如曹丕、曹植、王粲、阮瑀、應瑒、劉楨、繁欽等人，都有賦作傳世。

總而言之，三國時代主戰類戰爭詩，在修辭之運用上，顯得神采飛揚，氣勢磅礴，並以引證加強，種種情況綜合起來，更加後勁十足，充滿陽剛之霸氣。

二、三國時代非戰類戰爭詩之特色

(一) 三國時代非戰類戰爭詩內容上之特色

共二十一首，是三類中最少的一類，然而每一首都含有對於戰爭深刻的省思。三國時代非戰類記敘筆法之詩作，內容有些在描寫戰爭中之場景，有些如曹操之作品〈薤露行〉：「……賊臣持國柄，殺主滅宇京。蕩覆帝基業，宗廟以燔喪。播越西遷移，號泣而且行。瞻彼洛城郭，微子為哀傷。」〈蒿里行〉：「關東有義士，興兵討群凶。初期會孟津，乃心在咸

陽。軍合力不齊，躊躇而鴈行。勢利使人爭，嗣還自相戕。淮南弟稱號，刻璽於北方。鎧甲生蟣蝨，萬姓以死亡。白骨露於野，千里無雞鳴。生民百遺一，念之斷人腸。」將自身抽離現場，描述觀察到的景象，有些如曹丕〈雜詩〉二首中的第二首：「西北有浮雲，亭亭如車蓋，惜哉時不遇，適與飄風會，吹我東南行，行行至吳會，吳會非我鄉，安得久留滯，棄置勿復陳，客子常畏人。」阮籍〈詠懷詩〉第六十一首：「少年學擊刺，妙伎過曲城。英風截雲霓，超世發奇聲。揮劍臨沙漠，飲馬九野坰，旗幟何翩翩，但聞金鼓鳴。軍旅令人悲，烈烈有哀情。念我平常時，悔恨從此生。」則以自身為主角，寫出所見所聞，而描述之情況都是為符合表達非戰之態度所塑造之氛圍，寫實地描繪出戰爭帶給人民的災難，以及作者憂悶感傷，乃致於後悔的情緒。

而繆襲〈舊邦〉：「舊邦蕭條心傷悲，孤魂翩翩當何依？遊士戀故涕如摧，兵起事大令願違。傳求親戚在者誰？立廟置後魂來歸。」就是用「隱含作者」的視角，王粲〈七哀詩〉三首中的第一首：「西京亂無象，豺虎方遘患，復棄中國去，遠身適荊蠻，親戚對我悲，朋友相追攀，出門無所見，白骨蔽平原，路有飢婦人，抱子棄草間，顧聞號泣聲，揮涕獨不還，未知身死處，何能兩相完？驅馬棄之去，不忍聽此言，南登霸陵岸，回首望長安，悟彼下泉人，喟然傷心肝。」以及曹丕〈雜詩〉則是「參與情節的敘事者」視角，至於像此類記敘戰爭中人物的陳琳〈飲馬長城窟行〉：「飲馬長城窟，水寒傷馬骨。往謂長城吏，慎莫稽留太原卒。官作自有程，舉築諸汝聲。男兒寧當格鬥死，何能怫鬱築長城？長城何連連，連連三千里。邊城多健少，內舍多寡婦。作書與內舍，便嫁莫留住。善侍新

姑嫜，時時念我故夫子。報書往邊地，君今出語一何鄙。身在
禍難中，何為稽留他家子。生男慎莫舉，生女哺用脯。君獨不
見長城，死人骸骨相撐拄。結髮行事君，慊慊心意關。明知邊
地苦，賤妾何能久自全。」與左延年〈從軍行〉：「苦哉邊地
人，一歲三從軍，三子到燉煌，二子詣隴西，五子遠鬥去，五
婦皆懷身。」則都是用「不參與情節的敘事者」視角來寫作，
可見非戰類運用不同之視角描繪出戰爭不同的情況，雖然情況
不一，但變亂紛呈、赤地千里的情形則一。此類描寫出人民受
到戰火影響下所過的生活與勞役情況，從似乎是相當客觀、忠
實呈現的角度，表現出作者對於戰爭的痛斥與無可奈何。事實
上無論閱讀任何作品，都蘊含著作者、敘事者、人物與讀者之
間進行的交流及對話，所以即使如此類作者採取客觀的純粹記
事方式，仍然涉及作者主觀價值觀與判斷，而讓人可以獲知此
類作者在詩中流露出厭戰的情緒。但這些栩栩如生的人物、時
間、地點、場景、對話，都提供讀者審美的感受，並且維持著
作者致力保持之虛幻的真實平衡，而且因為詩人們以人物的內
心視角提供深刻的內心歷程，如陳琳〈飲馬長城窟行〉對築城
役伕內心世界的細膩刻劃，則讀者愈容易心甘情願地信賴敘事
者，愈會對詩中人物與敘事者具有情感，所以詩作也就越發成
功。

　　有些作品則是在抒發詩人對戰爭的強烈感受，如王粲〈七
哀詩〉三首中的第三首：「行者不顧反，出門與家辭，子弟多
俘虜，哭泣無已時，天下盡樂土，何為久留茲，蓼蟲不知辛，
去來勿與諮。」

　　此詩將邊地悽涼苦寒，戰士多在戰場上喪失生命，種種戰
爭的殘酷與人民所受之苦，深刻地反映出來。曹丕〈陌上

桑〉：「棄故鄉，離室宅，遠從軍旅萬里客……寢蒿草，蔭松柏，涕泣雨面霑枕席，伴旅單，稍稍日零落，惆悵竊自憐，相痛惜。」曹丕年輕時正值天下大亂，兵馬倥傯，軍閥混戰，曹操轉戰四方，他也隨之到處遷徙，居無定所，而此詩主要就在寫征戰生活之苦。另如曹植〈送應氏詩〉二首中第二首：「洛陽何寂寞，宮室盡燒焚，垣牆皆頓擗，荊棘上參天。」寫洛陽舊都故址及其周圍之景況，描繪宮室被毀、垣牆頹敗、荊棘叢生之景象，表達了對二十多年前因關東州郡結成聯盟，起兵討伐董卓，董卓遂挾持天子遷都長安，火焚洛陽，迫使人民遷徙，以及連年混戰的極度憤懣，與對人民之深切同情。從此可知，戰爭的殘酷給詩人帶來強大的刺激，而非戰類的作品多是由描寫戰爭中的辛苦以及戰爭後的滿目瘡痍仔細描繪入手，用意在於借景抒情，達到了寓情於景，情景交融的藝術境界。而且因為情真、情深，所以能突破身分的限制，表露非戰之意願。用意在於借景抒情，達到了寓情於景，情景交融的藝術境界。

　　除了表達自己的感受，也會為生民立命，如曹植〈門有萬里客行〉：「本是朔方士，今為吳越民，行行將復行，去去適西秦。」解釋出前面萬里客之所以「泣」與「太息」的原因，是因為戰爭而導致的流宕不定生活。曹植〈雜詩〉的第二首：「類此遊客子，捐軀遠從戎。毛褐不掩形，薇藿常不充。」以「類」字連接起喻體（轉蓬）與本體（遊客子），之後著墨於描繪一個衣不遮體、食不充飢、捐軀從戎的「遊客子」形象。非戰類戰爭詩的內容中，有一些是代替人民抒發對戰爭之感受，一方面說明了詩人對於人民與社會的關懷，另一方面也代表著三國時代詩人沿襲著漢魏樂府的民歌特色，而這些詩作也往往

雙關著自己的遭遇與生活。

　　也有一些詩人用議論的方式表達非戰的意念，如焦先〈祝
蚯歌〉：「祝蚯祝蚯，非魚非肉，更相追逐，本為殺群羊，更
殺殺豬。」焦先以此歌，用類疊筆法彷彿戲謔的方式，並用
象徵來暗示出戰爭終將兩敗俱傷之情況，非戰意味甚濃。嵇康
〈代秋胡歌詩〉中的第三首：「好勝者殘，彊梁致災，多事招
患。」同樣認為喜好逞強勝利者將造成殘損，強彎橫行者將導
致災禍，多事者會招來慮患。阮籍〈采薪者歌〉：「留侯起亡
虜，威武赫荒夷。」想像過去的戰爭，說明張良當時身為亡國
之虜，憤而幫助漢高祖興兵滅秦，威勢震赫了全國。「復仇」
與統治權的糾紛往往是戰爭的起因，所以阮籍希望消除人們這
種想法。而以「離合雲霧兮，往來如飄風。富貴俯仰間，貧賤
何必終。」述說人生之聚散離合就如同雲霧飄風一般，而富貴
貧賤則轉如一瞬，何必去復仇呢？嵇康之作以直接說理之方
式，而阮籍則運用意象與例證輔助說理，使說理較為抒情化且
具體化，至於焦先之作，則僅僅是運用象徵，使得詩意隱微，
引人猜測。其中嵇康與阮籍都融合了儒家與道家之人生哲學，
詩中有以格言警惕世人之處。

　　綜合上述，三國時代非戰類戰爭詩內容上之特色是抒情意
味增強，以描寫戰爭所帶來的災難亂離現象為主，以表現生民
的苦難為訴求，切合於當時的社會實況，並重視對戰爭反省與
關懷平民的精神。

（二）三國時代非戰類戰爭詩修辭運用上之特色

　　以三國時代非戰類戰爭詩整體來看，在表意方法的修辭運
用上，與主戰類以誇飾法為使用較多之手法不同。多數使用了
摹寫法，而設問與譬喻法也是喜用之修辭法。而主戰類的作

品，使用摹寫的寥寥可數，遠遠落後於誇飾、借代、引用、譬喻法之後，至於設問則更落於摹寫之後。可見得詩人會因所要呈現之主戰與非戰不同角度與情緒之不同，而採用不同的表現筆法，這不同修辭筆法的運用，也交互地使所呈現的情況與使讀者感受的情意有所差異。

　　非戰類作品在寫作時，把對宇宙自然和人生各種事物的感覺，包括視覺、聽覺、嗅覺、味覺、觸覺等，具體地摹擬描寫，使讀者感同身受，就稱為摹寫。如〈蒿里行〉：「白骨露於野，千里無雞鳴。」再如〈七哀詩〉三首中的第一首：「顧聞號泣聲，揮涕獨不還。」形容王粲與婦人聽到被丟棄的嬰孩啼哭聲，母親卻一面哭泣一面離開。又如〈送應氏詩〉二首中的第一首：「步登北邙阪，遙望洛陽山，洛陽何寂寞，宮室盡燒焚，垣牆皆頓擗，荊棘上參天，不見舊者老，但睹新少年，側足無行徑，荒疇不復田。」詩人運用摹寫的手法，將戰爭中或戰爭後的荒榛蔓草與流血浮屍的情況，經過其主觀的剪裁之後，重新安排於詩作中，呈現出他所觀照的戰爭各種面向，呈現出哀傷凝重的氣氛；《周易‧繫辭》：「仰則觀象於天，俯則觀法於地。」師法自然景象是中國古人創造文化的法則，同樣也是藝術創造的法則，非戰類詩作的摹寫筆法也是基於這個法則，對戰爭中華屋山丘的事實進行描寫。亞里斯多德認為，模仿不是忠實地複製現實，而是自由地處理現實，藝術家可以用自己的方式顯示現實。此類詩作的「摹寫」正是如此，並非完完全全複製自然，而是根據他的意志，經由藝術的心靈重新摹寫戰爭，創造出具有美感與非戰的意念，其摹寫的戰爭，不僅僅是形式上的自然環境，還在形式之上，加諸屬於非戰的精神性境界，如此，就具有更深邃豐富的形象。也就是說，非戰

類詩作的「摹寫」，已經超脫了依照自己眼睛所見一五一十描繪的手法，而是進一步掌握精神涵養，表現人文反省之精神，其「摹寫」已非全然是實體與形式的，所以才會與主戰類以誇張鋪敘手法來描寫戰爭功業與壯烈犧牲，所呈現的景況大相逕庭。

　　在描寫一樣事物時，將原來的性質轉變成另一種截然不同的性質，再加以形容的稱「轉化」。如曹植〈雜詩〉的第二首：「轉蓬離本根，飄颻隨長風。何意迴飆舉，吹我入雲中。高高上無極，天路安可窮？」這裡的轉蓬會感嘆自己的飄盪與對飄盪何時停止的疑問，都是轉化中的擬人法。曹丕〈雜詩〉二首中的第二首：「西北有浮雲，亭亭如車蓋，惜哉時不遇，適與飄風會，吹我東南行，行行至吳會，吳會非我鄉，安得久留滯。」詩中由模仿浮雲遇風飄離故鄉的摹寫格，諧義「雙關」的推到自己，表現出好像浮雲會行走一般，和人一樣離開故鄉會想家，會在心中發出慨嘆。〈舊邦〉：「孤魂翩翩當何依？」將死後之靈魂視為會翩翩飛翔。非戰類詩人多半對於戰爭具有反省與反向思考的態度，因此對於戰爭中或後期產生對人們生活的改變，具有細膩的描寫，這時便將觀察自然界萬事萬物所得巧妙地運用轉化與人們的情況結合在一起，作為生動的意象。

　　此類作品也常藉由兩者之間的相似點，經過譬喻使得抽象的情感和道理變得生動。如〈祝蚓歌〉：「本為殺羊羊，更殺殺羅。」將孫吳比喻作羊羊，魏國比喻作殺羅，將戰爭的兩方都是為祭祀上天的供品，比喻終將兩敗俱傷。〈采薪者歌〉：「離合雲霧兮，往來如飄風。」雖為誇張的說法，人生的聚散離合並不像雲霧與風一般每天都有，但一經此譬喻，說明人生

聚散離合的無常。要作一首受人們喜愛並信服的詩歌，首要的
工作便是要使人們能夠理解其內容，藉由靈活高雅的譬喻，可
以用他們已知的來解釋未知的，達到更清晰的目的，再透過意
象加強和情感的聯繫，增強詩歌的魅力，使人們的心靈對具有
豐富意象的詩歌之美產生強烈的審美。非戰類作品彷彿在寫
景，其實是藉著外在的景和內在的情互相譬喻，傳達所要闡述
的道理。詩人藉著熟悉具體的事物，使讀者對於抽象的情緒，
產生正確的聯想，使之認識，並且利用兩者維妙維肖的相近
點，選擇適合情境，符合詩意又雅致不俗的譬喻，生動合理的
給人意外新穎的驚喜。譬喻法的使用，可以使文字更具象，更
容易讓人們明白。可以將平淡的事理增添了靈動的色彩，把單
調變為鮮活，重新建立人們的認知體會。

　　合而觀之，三國時代非戰類戰爭詩採用大量的摹寫法描寫
戰爭帶來的一夕九徙與殘軍廢壘的災情，透過感官上的描寫觸
動人心，並採用轉化與譬喻，使讀者感同身受，得到具體的形
象，顯得忧目驚心，情意纏綿，更加覺醒到戰爭的不祥，充滿
同情悲憫之心。

三、三國時代對戰爭態度不明顯的戰爭詩之特色

（一）三國時代對戰爭態度不明顯的戰爭詩內容上之特色

　　此類有時純粹記敘戰爭之景況，如曹叡〈清調歌〉：「飛
舟沈洪波」與「騰飛造波庭」正是描寫水軍作戰時舟行之神
速，從「旌旗蔽白日精」則可以看出水師出征時旗幟掩蓋天際
之情況。曹叡另有一詩〈堂上行〉：「武夫懷勇毅，勒馬於中
原。干戈森若林，長劍奮無前。」也是描寫戰爭中介胄之士勇
武地斬將搴旗，奮力殺敵之情況。而曹髦〈四言詩〉：「蕭蕭

東伐，悠悠遠征。」形容率軍遙遠地往東討伐。「泛舟萬艘，屯衛千營。」用誇飾法描述船艦之多，步兵也有千營之眾。應璩〈百一詩〉第十八首：「櫬車在道路，征夫不得休。」此二句描寫出載著小棺材的車輛奔馳在道路上，征夫不得休息。繆襲〈克官渡〉：「克紹官渡由白馬，僵屍流血被原野，賊眾如犬羊。王師尚寡沙埵傍。風飛揚，轉戰不利士卒傷。今日不濟後何望？土山地道不可當。卒勝大捷震冀方，屠城破邑，神武遂章。」前半寫戰爭之慘烈，後半則寫獲勝之迅速。曹操〈步出夏門行〉：「士隱者貧，勇俠輕非。」反映出戰後士人所痛心的是貧窮，而有力氣又有膽量者卻輕易做非法的事。另如曹植〈離友詩〉二首中的第一首：「王旅旋兮背故鄉，彼君子兮篤人綱，媵餘行兮歸朔方」，只是說明自己與軍隊凱旋回師離開譙返回鄴，夏侯威珍視他們的友情，於是與之同行。此類如非戰類記敘筆法一般，較少描寫戰爭前期與想像的戰爭。也沒有單純以描寫人物為主軸的詩作，當然在其中仍少不了對人物的描寫，只是以人物為主要內容的較少。這是因為如果描寫的是戰爭英雄，自然就被歸為主戰類，而描寫難民的在情調上就呈現出非戰類的特質。而此類描寫的內容，多是純粹記述戰爭中與戰後的景象，較少加入作者主觀性的評語，然而在描寫時，仍然多半在取景上有不同的情調，有些以描寫戰爭中所向無敵之恢弘場面為主，有些則描寫析骸以爨的生靈塗炭畫面，隱隱含有詩人的價值判斷意味。而且中國詩作往往有著寓情於景的高度藝術手法，所以情節的輕快歡欣與悲傷沈鬱，也大多與作者的遭遇與戰爭的成敗有關。

　　此類也有些抒發自己情感的作品，如曹操〈苦寒行〉：「我心何怫鬱？思欲一東歸。水深橋梁絕，中路正徘徊。迷惑

失故路，薄暮無宿棲。」表達詩人希望儘早東歸，然而水深橋斷，徘徊於中路，而且無棲處。另有〈卻東西門行〉：「戎馬不解鞍，鎧甲不離傍。冉冉老將至，何時返故鄉？」也是描寫戰爭中戰士出征遠行的飄盪與想念家鄉的心情。王粲〈贈士孫文始〉：「天降喪亂，靡國不夷，我暨我友，自彼京師，宗守盪失，越用遁邁，遷于荊楚，在漳之湄。」寫天下戰亂，漢室飄搖，作者與士孫文始早年相交於長安，但為避難，到荊州投奔劉表。其下「我思弗及，載坐載起」最能表現出思念人的情態狀貌。王粲的〈七哀詩〉三首中的第二首：「荊蠻非我鄉，何為久滯淫？方舟泝大江，日暮愁我心。」也是抒發戰爭後顛沛流離情感的佳作。王粲〈從軍詩〉五首中的第三首：「從軍征遐路，討彼東南夷。……征夫心多懷，惻愴令吾悲。下船登高防，草露沾我衣。迴身赴床寢，此愁當告誰？」描寫跟隨著大軍，征途遙遠為的是討伐東吳。征夫心中思緒紛雜，悲涼悽愴。走下船艦登上堤防，草上的露水沾濕了我的衣裳。轉身就寢，這樣的哀愁能夠向誰訴說？「心多懷」、「惻愴」、「悲」、「愁」等詞語皆直逃出其內心的哀傷。然而後面「身服干戈事，豈得念所私？即戎有授命，茲理不可違。」主人翁在此提醒自己：肩負軍戎職責，哪裡能夠繫念個人私事？在戰爭中隨時準備獻出生命，這個道理不可違背。又於此處展現了從軍男兒為國家奉獻，不顧兒女私情的精神。〈從軍詩〉五首中的第五首：「悠悠涉荒路，靡靡我心愁。四望無煙火，但見林與丘。……客子多悲傷，淚下不可收。」一開始就直接點出作者心愁。下面描述向四方望去沒有人煙，結尾以悲傷的落淚收場，更使人感受到征途中的哀傷情緒。但「朝入譙郡界，曠然消人憂。雞鳴達四境，黍稷盈原疇。……詩人美樂土，雖客猶

願留。」描述早晨進入譙郡地界，寬闊的空間讓人消除了煩憂。四方有雞鳴，原野上充滿了黍稷穀物。一方面敘述此地和平繁榮的情景，也就是間接讚揚了軍功的偉大，說明了軍人捍衛家園的重要，另一方面又再次稱揚國家是聖賢統治之國，也就是領袖領導有方，是賢明的君主。毋丘儉〈之遼東詩〉：「憂責重山岳，誰能為我擔？」以及〈在幽州詩〉：「芒山邈悠悠，但見胡地埃。」〈之遼東詩〉是他秣馬厲兵前往討伐公孫淵時所作，說明自己的憂慮重如山岳，而發出深沈的疑問：誰能為他負擔？〈在幽州詩〉則是他在鎮守幽州，抵抗外侮時，所見之胡地景觀，

先寫芒山大而廣闊，然後將鏡頭縮小至只見胡地之塵埃。劉楨〈贈五官中郎將詩〉四首中的第三首：「四節相推斥，歲月忽已殫，壯士遠出征，戎事將獨難，涕泣灑衣裳，能不懷所歡。」感嘆歲月流逝，並點出作者所思所想的原因，是因為曹丕遠征，而劉楨不能跟隨，於是感傷淚流，追憶起往事。此首詩是在戰場後方想念對方，並遺憾自己未能一同克復神州，是很典型的間接戰爭詩。曹植〈贈丁儀王粲詩〉：「從軍度函谷，驅馬過西京，……丁生怨在朝，王子歡自營，歡怨非貞則，中和誠可經。」說明事件經過，建安十六年七月曹操西征馬超，經過函谷關，同年十月從長安北征楊秋，經過西京長安。並藉此規勸兩人的態度都是不正確的。

除了抒發自己的情感外，也有代替別人抒情的，如王粲〈為潘文則作思親詩〉：「五服荒離，四國分爭，……如何不弔，早世徂顛，於存弗養，於後弗臨，……」寫母親在世時，雖然身在外只九年，卻時時記掛母親，當時國家情勢危急，禍難遍及全國，潘文則也走上服役從征之路，而後描寫潘文則思

念母親之情，並表達母親離開人世的哀悼，讀者在此應可想像
潘文則在母親有生之年未能好好侍奉，在逝世時又未能奔喪哭
弔的悲愴與自責。曹植〈雜詩〉的第三首：「妾身守空閨，良
人行從軍。自期三年歸，今已歷九春。」以第一人稱說明悲嘆
的原因是「守空閨」，而守空閨的原因則是因為丈夫「良人行
從軍。自期三年歸，今已歷九春。」婦人的丈夫正處於備戰或
戰爭中，才會導致織婦長久的等待。從此更可知織婦內心的惶
恐忐忑，深怕這長久的等待，換來的竟是丈夫的枯骨。對戰爭
態度不明顯的三國戰爭詩，也如非戰類抒情筆法的詩作一樣，
可以分為以自己的角度或從別人的角度去抒發對戰爭的感受。

　　概括說來，此類較客觀地描述出戰爭的場面，與描繪出在
戰爭中的生活面貌，多半採取以景寓情的手法，情景交融，使
讀者更形象化地了解其情感，然而透過傳達情意的喜怒哀樂，
隱隱約約可以獲知作者對戰爭的想法，甚或表達出對戰爭矛盾
的有時主戰、有時非戰的態度，完全公正或持平者，較為少
見。

（二）三國時代對戰爭態度不明顯的戰爭詩修辭運用上之特色

　　對戰爭態度不明顯的三國戰爭詩，在表意的修辭技巧使用
上，仍然以誇飾法與摹寫法居多，而譬喻法與轉化法，也是常
用的修辭法，這種情形與主戰類、非戰類是一致的，一般說
來，描寫苦景或戰爭負面形象者，如：曹操〈苦寒行〉、王粲
〈為潘文則作思親詩〉、劉楨〈贈五官中郎將詩〉中的第四首與
第三首、……等等，多半在使用修辭技巧時，接近於非戰類作
品所使用的修辭技巧。而描寫軍威壯盛或凱旋而歸的景色時，
如：曹丕〈飲馬長城窟行〉、曹叡〈堂上行〉、曹植〈贈丁儀王
粲詩〉、……等等，則多半與主戰類作品的筆法近似。正由於

這樣的情形，此類才會產生讓讀者隱隱約約感覺出作者對戰爭所抱持的態度，也因此，此類在使用誇飾法、摹寫法、譬喻法與轉化法時，與前述之主戰類與非戰類的使用情形與功能大致相同。

但是此類常用映襯法與設問法，此現象則突出了此類的特色。使用相反的對立，可反映出事物的真相，烘托出事物的真理，如：〈從軍詩〉五首中的第五首中：「客子多悲傷，淚下不可收，朝入譙郡界，曠然消人憂。」寫戰士們在戰場上思家而淚流，然而封狼居胥之後，回到故鄉憂愁一掃而空。劉楨詩：「旦發鄴城東，莫次溟水旁。」以早晨出發地點映襯出後面傍晚的紮營地點，中間距離的遙遠，表示出戰爭中兵驍將勇、銜枚疾走的快速。〈贈丁儀王粲詩〉：「丁生怨在朝，王子歡自營。」將丁儀與王粲在朝中為官表現的態度作一對比，將兩種截然不同的處世態度對立起來。另如曹植〈雜詩〉的第三首：「妾身守空閨，良人行從軍」、「自期三年歸，今已歷九春」，對比出妻子與丈夫分離兩地的情況，以及約定三年歸家，卻久候落空的失望。詩人們運用映襯將情境對比，形成強烈的對比，景象鮮明而意蘊豐富，特別引人注意而發人深思，既衝突又和諧地形成文字張力。

在行文時改變敘述的方式，成為詢問的口氣，這就稱為「設問」。在此類詩歌中，設問的使用俯拾皆是。如：〈步出夏門行〉：「不知當復何從？」藉著這設問，作者製造出謎樣的效果，吸引讀者進入他多思多慮，徬徨憂鬱的內心，並刺激讀者隨著他一同好奇於未來將何去何從。〈卻東西門行〉：「安得去四方？」、「何時返故鄉？」、「故鄉安可忘？」則發出一連串對出外戰鬥的惶恐，以及對於回家時間不確定的疑問。詞

中的主人翁在羽檄交馳時開始產生困擾，不知該不該繼續打仗？還是該為自己感到憂愁？並對與家鄉即將發生的差距，憂心忡忡，詩人便以設問筆法，貼切地表現出眾人對戰爭的疑問。其他如王粲〈從軍詩〉五首中的第三首：「此愁當告誰？」「豈得念所私？」也出現兩種矛盾的疑問，便是如此。至於〈贈士孫文始〉：「誰佐天官？」則是在心中早有定見，卻故意設問。這是為提起下文而問的「提問」，表達出作者認為除了士孫文始外，沒有誰適合輔佐國君？阮籍〈詠懷詩〉第四十二首：「榮耀焉足崇？」「人誰不善始？」這些設問的答案，就在問題的反面，聽者一聽便知道作者的本意為何，第一個問題說明了榮耀事實上不夠偉大，所以作者認為不用冒著一死去獲得，語中頗有嘲弄戰爭的意味。〈為潘文則作思親詩〉：「如何不弔？」此詩中所設問的問題，不僅是為提起下文而已，也同時承接了上文。此句上文承襲對母親辛苦撫養自己的感念，下文開啟了對自己出外打仗追逐功績而無法盡孝的後悔。另如王粲〈七哀詩〉三首中的第二首：「何為久滯淫？」也是為了戰爭僵持不下，一直滯留異鄉，感到痛苦煩惱。毌丘儉〈之遼東詩〉：「誰能為我擔？」呈現出作者對戰爭成敗此一重責大任的憂慮。像王粲在心中早有定見，卻故意設問，如〈從軍詩〉中的第五首：「自非聖賢國，誰能享斯休？」問如果不是聖賢統治的家國，誰能享受這樣的安和樂利？這問題明顯的可以知道作者所肯定的答案，讓讀者了解領袖的英明和軍功的偉大，說明了軍人捍衛家園的重要。繆襲〈定武功〉：「誰能復顧室家？」此處也是用設問引起讀者的注意，啟發思考，讓人們去想當戰爭發生時，誰還能夠顧全自己的家庭呢？

　　由於戰爭對政治勢力的擴張具有決定性影響，透過戰爭活

動的成功，人們從中獲得成就感，因此人們在未獲得成功時，
對於包舉宇內產生強烈的渴望，然而在枕戈待旦時，又因非一
己之力所能控制，故產生不安與恐懼失去之情緒，而其中又會
產生對家鄉、親戚、朋友、妻子思念的感情，並且由於戰爭中
有時有勢窮力竭的情況，便又產生怨懟與責怪自己自尋苦頭的
想法。此間種種情況，都使人們落入猶疑徬徨的境地。從這些
映襯法與設問法的運用，可以發現此類對戰爭態度不明顯的戰
爭詩的作者，對於戰爭造成人民顛沛流離的強烈質疑，以及對
建立彪炳戰功與離鄉背井之間，產生複雜的矛盾感。詩人在詩
中怨而哀，哀而疑，將兩種對立的情況並列或發出疑問，是至
情的自然流露，使情感成為文藝創作的動力與素材，使情感的
力量超越生與死、醒與夢、是與非、問與不問的界線，表現出
對戰爭的無奈。此類作者希望經由這樣的對照與問題，使得讀
者感同身受，思考到戰火無情，根本不是個人力量所能控制，
也希望促使讀者對於戰爭有更深刻的了解，並藉著設問使讀者
對戰爭產生成熟的觀念。

　　除了以上各種分屬於三類個別的特色外，三類在修辭運用
上有一共同的特色，就是在形式上都大量使用排比與類疊。詩
歌中常可看到用結構相似的句法，表現出有秩序有規律的意
象，展現平衡和勻稱的和諧美感。如：曹植〈孟冬篇〉：「鐘
鼓鏗鏘，簫管嘈喝」、「萬騎齊鑣，千乘等蓋」、「夷山填谷，
平林滌藪」、「獵以青骹，掩以脩竿」、「頓熊扼虎，蹴豹搏
貙」、「走馬行酒醴，驅車布肉魚」。韋昭〈通荊門〉：「大皇
赫斯怒，虎臣勇氣震」、「觀兵揚炎耀，屬鋒整封疆」；曹植
〈白馬篇〉：「仰手接飛猱，俯身散馬蹄」、「狡捷過猴猿，勇
剽若豹螭」、「長驅蹈匈奴，左顧陵鮮卑」。也是用相似的句型

敘述，使語文的外觀呈現出統一性的藝術。

　　將同一個字詞語句反覆接連地使用，稱為類疊。如繁欽〈遠戍勸戒詩〉：「既文既武」、「郁郁桓桓」、「有規有矩」、「闇闇行行」。曹植〈責躬〉：「武則肅列，文則時雍」、「濟濟」、「我弼我輔」、「作藩作屏」、「傲我皇使，犯我朝儀」、「我削我絀」、「明明」、「熒熒」、「赫赫」、「冠我玄冕，要我朱紱」、「我榮我華」。內容中大量將同一字詞語句反覆接連使用，除了造成統一對稱，單純的規則變化之美。如：「我削我絀」因類疊的緣故，也形成形式上的排比，結構相當整齊。讀者感受到反覆的聲音，音韻非常有節奏，易記易唱。

　　由於排比與類疊之使用不勝枚舉，此處不一一羅列，然而從三國時代戰爭詩如此大量運用排比與類疊的情況觀之，可了解此期戰爭詩仍受到漢賦重視形式之美、工整華麗的特色影響。

第二節　三國時代戰爭詩的繼承與影響

一、戰爭主題的繼承

　　廖國棟《建安辭賦之傳承與拓新》：

> 《詩經》已有以征戰為主題的詩篇，〈出車〉、〈六月〉是典型的代表作。……《楚辭》未見征戰主題之作。……漢代的武功是強盛的，尤其是北伐匈奴更是獲得空前的勝利，然而以征戰為主題的辭賦卻寥寥可數。……建安時期，帝國崩潰，群雄蜂起，戰火燎原。在現實中，武

力是自保的憑藉，直接以征戰為題的即有十八篇。……1

　　可見從《詩經》就已經有以戰爭為主題的詩作。試看《詩
經‧小雅‧出車》「……王室多難，維其棘矣！……憂心悄
悄，僕夫況瘁。……赫赫南仲，薄伐西戎。……」以及《詩
經‧小雅‧六月》：「六月棲棲，戎車既飭。……王于出征，
以匡王國。……王于出征，以佐天子。……薄伐玁狁，以奏膚
公。有嚴有翼，共武之服。……」除了這兩首之外，《詩經》
以戰爭為主題的作品，不勝枚舉，另如《詩經‧豳風‧破
斧》：「……既破我斧，又缺我錡。周公東征，四國是吪。哀
我人斯，亦孔之嘉。……」……等等。然而廖國棟言「《楚辭》
未見征戰主題之作」，此語則有待商榷？古遠清《詩歌分類學》
就曾說過：「《楚辭》中的〈國殤〉用『直賦其事』的手法寫
一場激烈的車戰，沈痛地悼念了為國捐驅的將士，是我國首次
出現的表現戰爭場景的詩作。」2 觀察〈國殤〉：「操吳戈兮
被犀甲，車錯轂兮短兵接。旌蔽日兮敵若雲，矢交墜兮士爭
先。凌余陣兮躐余行，左驂殪兮右刃傷。……」實為描寫戰爭
的優秀樂歌，不能說《楚辭》未見戰爭主題之作。雖然漢賦中
戰爭主題的作品較少，但仍有鋪寫戰爭場景之作，如崔駰〈大
將軍西征賦〉：「於是襲孟秋而西征，跨雍梁而遠蹤。陟隴阻
之峻城，升天梯以高翔。……金光皓以奪日，武鼓鏗而雷震。
……」、司馬相如〈上林賦〉：「……於是乘輿弭節徘徊，翱
翔往來，睨部曲之進退，覽將帥之變態。……不被創刃而死
者，它它籍籍，填阬滿谷，掩平彌澤。」班固〈東都賦〉：
「……千乘雷起，萬騎紛紜。元戎竟野，戈鋌彗雲。羽旄掃
霓，旌旗拂天。……遂集乎中圃，陳師案屯，駢部曲，列校

隊，勒三軍，誓將帥。然後舉烽伐鼓，以命三驅。……」[3]……等等以戰爭為內容的作品。雖然漢賦較少戰爭主題的作品，兩漢樂府民歌倒是有為數不少的戰爭詩篇，如〈十五從軍征〉：「十五從軍征，八十始來歸。道逢鄉里人：家中有阿誰？遙望是君家，松柏塚累累。……」、〈戰城南〉：「戰城南，死廓北，戰死不葬烏可食。……」都反映了戰爭破壞人民生活的殘酷性。

到了三國時代，不只是辭賦中因為金戈鐵馬而延續了戰爭主題，詩人也以生動的詩篇表現了人民因戰爭所受的苦難與詩人對以戰爭統一天下的嚮往，從以上種種，也可知道三國時代戰爭詩的主題是前有所承的。除了三國時代戰爭詩的主題是前有所承外，三國時代戰爭詩中也常常引用到以前的戰爭詩、戰爭記載或戰爭英雄與非戰人物的事蹟，如：曹丕〈至廣陵於馬上作詩〉：「豈如東山詩，悠悠多憂傷」，引用《詩經·東山》；王粲〈從軍詩五首中的第二首〉：「哀彼東山人，喟然感鸛鳴」，引用《詩經·東山》；曹叡〈善哉行〉：「百馬齊轡，御由造父」，引用《史記·趙世家》中善騎戰馬者，「造父」、王粲〈從軍行〉五首中的第一首駁斥孔子與長沮桀溺非戰的思想；王粲〈從軍詩五首〉第四首：「我有素餐責，誠愧伐檀人」，引用《詩經·伐檀》；曹丕〈黎陽作詩〉三首中的第一首：「在昔周武，爰暨公旦，載主而征，救民塗炭」，引用《尚書》對西伯戡黎的記載；曹操〈薤露行〉：「瞻彼洛城郭，微子為哀傷」，引用《尚書·大傳》中微子見商朝首都遭戰火蹂躪後哀傷之事；阮籍〈詠懷詩〉第六十一首：「少年學擊刺，妙伎過曲城」，引用《史記·日者列傳》善戰英雄曲城侯之事……等等。

二、戰爭觀念的繼承

　　從本文可以知道三國時代戰爭詩對戰爭的觀念，也不是一朝一夕形成的，往往是承接以前的經典而來，如曹叡〈善哉行〉認為應當練師簡卒，對軍隊施以良好之戰技訓練，在《管子‧兵法》中早已提出「三官五教九章」的訓練方式。韋昭〈關背德〉說明了當時三國鼎立，聯盟的重要性，承繼了《孫子‧謀攻》認為外交比使用武力還要重要的觀念。曹操〈短歌行〉則與古兵法家講求正義之戰，希望不戰而屈人之兵的理想不謀而合。曹丕〈至廣陵於馬上作詩〉：「不戰屈敵虜，戢兵稱賢良」直接化用了《孫子兵法‧謀攻》：「不戰而屈人之兵，善之善者」的觀念。曹植〈孟冬篇〉則認為要在平時就要訓練人民戰爭殺伐之事，符合了《論語‧子路第十三》：「以不教民戰，是謂棄之」的觀念。曹植〈丹霞蔽日行〉認為當一朝的君王虐殘忠正、昏庸無道時，就可以使用戰爭革命，正如同古代兵法家將戰爭視為最大的刑罰一般。王粲〈矛俞新福歌〉：「安不忘備武樂脩」以及阮籍〈詠懷詩〉中的第三十一首：「簫管有遺音，梁王安在哉？戰士食糟糠，賢者處蒿萊。歌舞曲未終，秦兵已復來。」如同《管子‧參患》：「故兵者，尊主安國之經也，不可廢也」。與許多以前的兵法家與哲學家認為忘戰必危，必須居安思危，常備不懈一樣的態度。曹丕〈黎陽作詩〉三首中的第一首：「救民塗炭，彼此一時，唯天所讚，我獨何人，能不靖亂。」以及〈令詩〉：「哀哀下民靡恃，吾將以時整理，復子明辟致仕。」認為戰爭是為了救民於水火，合於《逸周書‧王佩》：「勝大患，在合民心。」承襲著決定戰爭勝負的根本原因在於得到民眾的支援與擁護，而戰爭的出發點

應是以人民為考量的觀念。阮籍〈詠懷詩〉中的第三十九首：
「豈為全軀士，效命爭戰場，忠為百世榮，義使令名彰，垂身
謝後世，氣節故有常。」則暗合於《荀子・第十卷・議兵篇第
十五》：「兵者，所以禁暴除害也。」與中國人認為戰爭是出
於忠孝節義的觀念一致。馬宗霍《中國經學史》認為孟子一書
「征伐必稱湯武」[4]，這個觀念也在曹操、曹丕、曹植等人的戰
爭詩中一再出現。諸如此類的作品不計其數，將三國時代戰爭
詩對照前文所言古代兵法家與哲學家對戰爭的觀念，幾乎都有
相合之處，徐兆仁《三國韜略》：「發源於先秦的韜略之學，
在秦漢時期得到廣泛的運用，到三國時代，更是發展迅速，碩
果累累。」[5]可見三國時代戰爭詩對戰爭的觀念亦前有所承，
在前文說解作品時已經詳細闡述，此不再一一羅列。

三、筆法的繼承

　　《詩經》的賦比與三種筆法，對三國時代戰爭詩的影響，
自然是無庸置疑。而三國時代戰爭詩對於詩經筆法的模仿與沿
用，更是隨處可見。如曹丕〈至廣陵於馬上作詩〉：「誰云江
水廣，一葦可以航」變化《詩經・衛風・河廣》：「誰謂河
廣，一葦可航之」；「古公宅岐邑，實始剪殷商」化用《詩
經・魯頌・閟宮》：「居岐之陽，實始剪商」。應瑒〈侍五官
中郎將建章台集詩〉：「朝雁鳴雲中，音響一何哀」沿用《詩
經・小雅・鴻雁》：「鴻雁于飛，哀鳴嗷嗷」……等等。而楚
辭筆法對三國時代戰爭詩也有一定的影響，如曹植〈離友詩〉
三首中的第一首：「王旅旋兮背故鄉，彼君子兮篤人綱，騰餘
行兮歸朔方，馳原隰兮尋舊疆，車載奔兮馬繁驤，涉浮濟兮泛
輕航，迄魏都兮息蘭房，展宴好兮惟樂康。」以及〈離友詩〉

三首中的第二首：「涼風肅兮白露滋，木感氣兮條葉辭，臨淥水兮登崇基，折秋華兮采靈芝，尋永歸兮贈所思，感離隔兮會無期，伊鬱悒兮情不怡。」除了用《楚辭》中蘭花、秋華與靈芝等意象外，句型筆法也很近似。而繆襲〈舊邦〉：「舊邦蕭條心傷悲，孤魂翩翩當何依？遊士戀故涕如摧，兵起事大令願違。傳求親戚在者誰？立廟置後魂來歸。」除了與〈國殤〉同為歌頌戰死亡魂的樂歌外，情調筆法也很近似。從本論文也可知道，三國時代戰爭詩大量使用排比法與誇飾法，尤其是主戰類詩作情況特別明顯，則是來自於漢賦的筆法，如曹叡〈善哉行〉：「我徂我征，伐彼蠻虜，練師簡卒，爰正其旅，輕舟竟川，初鴻依浦，桓桓猛毅，如羆如虎，發砲若雷，吐氣如雨，旌旗指麾，進退應矩，百馬齊轡，御由造父，休休六軍，咸同斯武，兼塗星邁，亮茲行阻，行行日遠，西背京許。遊弗淹旬，遂屆揚土。奔寇震懼。莫敢當御。權實豎子。備則亡虜。假氣遊魂。魚鳥為伍。虎臣列將。怫鬱充怒。淮泗肅清。奮揚微所，運德耀威，惟鎮惟撫。反斾言歸。斾入皇祖。」曹叡〈櫂歌行〉：「王者布大化。配乾稽後祇。陽育則陰殺。晷景應度移。文德以時振，武功伐不隨。重華舞干戚。有苗服從媯。蠢爾吳中虜。憑江棲山阻。哀哉王士民。瞻仰靡依怙。皇上悼湣斯。宿昔奮天怒。發我許昌宮。列舟於長浦。翌日乘波揚。棹歌悲且涼。太常拂白日。旗幟紛設張，將抗旌與鉞。耀威於彼方。伐罪以弔民。清我東南疆。」曹植〈孟冬篇〉：「孟冬十月，陰氣屬清，武官誡田，講旅統兵，元龜襲吉，元光著明，蚩尤蹕路，風弭雨停，乘輿啟行，鸞鳴幽軋，虎賁采騎，飛象珥鶡，鐘鼓鏗鏘，簫管嘈喝，萬騎齊鑣，千乘等蓋，夷山填谷，平林滌藪，張羅萬里，盡其飛走，趯趯狡兔，揚白

跳翰，獵以青骹，掩以脩竿，韓盧宋鵲，呈才騁足，噬不盡
緤，牽麋掎鹿，魏氏發機，養基撫弦，都盧尋高，搜索猴猿，
慶忌孟賁，蹈谷超巒，張目決眥，髮怒穿冠，頓熊扼虎，蹴豹
搏貙，氣有餘勢，負象而趨，獲車既盈，日側樂終，罷役解
徒，大饗離宮，亂曰：聖皇臨飛軒，論功校獵徒，死禽積如
京，流血成溝渠，明詔大勞賜，大官供有無，走馬行酒醴，驅
車布肉魚，鳴鼓舉觴爵，擊鐘醼無餘，絕綱縱麟麑，弛罩出鳳
雛，收功在羽校，威靈振鬼區，陛下長歡樂，永世合天符。」
曹植〈白馬篇〉：「白馬飾金羈，連翩西北馳，借問誰家子，
幽并遊俠兒，少小去鄉邑，揚聲沙漠垂，宿昔秉良弓，楛矢何
參差，控弦破左的，右發摧月支，仰手接飛猱，俯身散馬蹄，
狡捷過猴猿，勇剽若豹螭，邊城多警急，胡虜數遷移，羽檄從
北來，厲馬登高隄，長驅蹈匈奴，左顧陵鮮卑，棄身鋒刃端，
性命安可懷，父母且不顧，何言子與妻，名編壯士籍，不得中
顧私，捐軀赴國難，視死忽如歸。」韋昭〈通荊門〉：「荊門
限巫山。高竣與雲連。蠻夷阻其險。歷世懷不賓。漢王據蜀
郡。崇好結和親。乖微中情疑。讒夫亂其間，大皇赫斯怒，虎
臣勇氣震，蕩滌幽藪討不恭，觀兵揚炎耀，屬鋒整封疆，整封
疆。闓揚威武容，功赫戲。洪烈炳章，邈矣帝皇世，聖吳同厥
風，荒裔望清化，化恢弘，煌煌大吳，延祚永未央。」……等
等作品都近似於漢賦誇張揚厲的筆法。除此之外，三國時代戰
爭詩也有承襲《尚書》、《史記》、古詩以及民歌之處，如曹叡
〈善哉行〉：「桓桓猛毅，如羆如虎」沿用《尚書·牧誓》：
「尚桓桓，如虎如貔，如熊如羆。」阮籍〈詠懷詩〉中的第三
十八首：「泰山成砥礪，黃河為裳帶。」出自《史記·高祖功
臣年表》：「使河為帶，泰山若礪。」曹操〈苦寒行〉：「行

行日已遠，人馬同時飢。」曹植〈門有萬里客行〉：「行行將
復行，去去適西秦」。都是化用古詩「行行重行行，與君生別
離」……等等。至於對於樂府民歌筆法的繼承與創新，更是明
顯，如陳琳〈飲馬長城窟行〉：「生男慎莫舉，生女哺用脯。
君獨不見長城，死人骸骨相撐拄。」化用民歌：「生男慎勿
舉，生女哺用脯。不見長城下，屍骸相支拄。」，曹操〈薤露
行〉、曹操〈蒿里行〉、曹操〈短歌行〉、曹操〈苦寒行〉、曹操
〈步出夏門行〉、曹操〈卻東西門行〉、曹丕〈陌上桑〉、曹丕
〈飲馬長城窟行〉、曹丕〈董逃行〉、左延年〈從軍行〉、王粲
〈從軍行〉、曹叡〈善哉行〉、曹叡〈苦寒行〉、曹叡〈櫂歌
行〉、曹叡〈堂上行〉、曹叡〈清調歌〉、曹植〈丹霞蔽日行〉、
曹植〈門有萬里客行〉、王粲〈矛俞新福歌〉、繆襲與韋昭的
〈鼓吹曲辭〉……等等，或沿襲舊題與筆法，或自創新題與格
式，對於樂府的提倡、繼承與創新，都有相當大的貢獻。胡國
瑞《魏晉南北朝文學史》：「建安時期詩人所以取得巨大的藝
術成就，與他們學習民歌分不開的。」[6]也說明了三國時代詩
人在筆法上與內容上取法了民歌與樂府，所以能造成偉大的成
就。從以上種種，都可了解三國時代戰爭詩在筆法上向《詩
經》、《楚辭》、《尚書》、《史記》、古詩與樂府民歌……等等
學習，所以能變化多端、生動活潑。

四、對後世的影響

（一）兩晉

　　三國末年政治鬥爭轉趨激烈，司馬氏上台之後，消滅吳
國，三國時代結束，戰爭漸少，加以晉代用名教箝制士人，文
人對政治失望，並藉由談玄避禍，於是玄言詩、遊仙詩、山水

詩興盛，以上種種因素都造成詩人對戰爭詩的創作減少。此情況從阮籍、嵇康等人已啟其端。然而仍有一些建安時期建功思想的殘留以及對戰爭關注的作品，如阮籍早期的部分詩作。另如張華〈壯士篇〉歌頌戰爭英雄、陸機〈飲馬長城窟行〉寫遠征匈奴不得歸家之苦、左思〈詠史詩〉寫自己希望建立功業的懷抱、劉琨〈扶風歌〉表現國難中的英雄氣概與愛國思想、……等等。這些戰爭詩與三國時代的戰爭詩，在主題上與手法上都極為近似，其中如陸機〈從軍行〉無論是題目、體制、手法或內容上，都受到王粲〈從軍詩〉很大的影響。

（二）南北朝

　　南朝與北朝政治情況不同，人民風俗不同，文學創作的走向也不同。南朝政治處於偏安狀態，詩風較為柔靡，喜歡創作愛情主題或以描寫女子情態的宮體詩為主，對於戰爭詩題材較少關注，然而仍然有些詩人注意到戰爭對人民生活帶來的痛苦或期盼能包舉宇內，如鮑照〈代出自薊北門行〉歌頌戰爭英雄、鮑照〈擬行路難〉第十四首寫戰士流離之苦、鮑照〈代東武吟〉寫戰士征戰多年窮老才回家、蕭綱〈度關山〉寫戰士立功凱旋、蕭綱〈隴西行〉與蕭繹〈隴頭水〉都寫戰爭中戰士的心情。而王訓〈度關山〉、何遜〈見征人分別〉、吳均〈入關〉、劉孝威〈驄馬驅〉與〈隴頭水〉、汪洪〈胡笳曲〉、江淹〈劉太尉琨傷亂〉與〈詠史〉、范雲〈效古〉、沈約〈賢首山〉、劉峻〈出塞〉、顧野王〈隴頭水〉、蕭紀〈紫騮馬〉、陳叔寶〈隴頭〉與〈關山月〉、徐陵〈關山月〉兩首、江總〈關山月〉與〈隴頭水〉第二首、江暉〈雨雪曲〉、陳暄〈紫騮馬〉……等等作品都述說詩人豪放的報國壯志以及反映了戰爭現實，在輕豔柔靡的詩壇上，成為一股清流。其餘如何承天與吳均、張

正見等人的〈戰城南〉受到樂府詩〈戰城南〉的影響；顏延之、蕭綱等人的〈從軍行〉受到王粲〈從軍詩〉的影響；袁淑〈效曹子建白馬篇〉、孔稚珪、王僧孺、徐悱、沈約等人的〈白馬篇〉受到曹植〈白馬篇〉的影響；張正見、沈約、陳叔寶等人的〈飲馬長城窟行〉受到陳琳〈飲馬長城窟行〉的影響……等等，都可發現三國時代戰爭詩對南朝戰爭詩的影響，從此也可發現有些固定詩題內容多與戰爭相關。

　　至於北朝，由於處於混戰狀態，沒有南渡偏安的習氣，對戰爭詩較多注意力，然而作品遺佚甚多，此中如庾信〈擬詠懷〉與〈同盧記室從軍〉、王褒〈關山篇〉與〈從軍行〉二首……等等，都是戰爭詩佳作。其中王褒的〈從軍行〉也是繼承王粲〈從軍詩〉而來。北朝作品對於戰爭詩創作尤多的，並不是上述文人創作，而是存於北朝的民歌之中，金銀雅〈南北朝民間樂府之研究〉：「現存北朝樂府民歌梁鼓角橫吹曲本為軍中之樂，這已顯示其內容包含著不少敘述戰爭的歌謠。」[7]北朝民歌中有些是表現北方民族剛健尚武之精神，如：〈企喻歌辭〉第一與二、三首、〈瑯琊王歌辭〉第一與八首、〈折楊柳歌辭〉第五首……等等，也有寫戰士在戰爭中缺乏糧食與受挫之苦，如：〈瑯琊王歌辭〉第四首、〈紫騮馬歌辭〉四首、〈隴頭流水歌辭〉第一首、〈隴頭歌辭〉第二與三首、〈隔谷歌〉、〈慕容垂歌辭〉三首、〈企喻歌辭〉第四首……等等。而其中最受人矚目，最家喻戶曉的當屬描寫女性戰爭英雄的〈木蘭詩〉，其中「旦辭黃河去，暮至黑山頭。……萬里赴戎機，關山度若飛。朔氣傳金柝，寒光照鐵衣。」與王粲〈從軍詩〉五首中第三首：「朝發鄴都橋，暮濟白馬津」、劉楨詩：「旦發鄴城東，莫次溟水旁」、曹丕〈黎陽作詩〉三首中第一首：

「朝發鄴城，夕宿韓陵」、王粲〈從軍詩〉五首中第一首：「拓地三千里，往返速若飛」、曹植〈雜詩〉第五首：「吳國為我仇，將騁萬里途」、曹植詩：「櫛風而沐雨，萬里蒙露霜。劍戟不離手，鎧甲為衣裳。」筆法極為近似。

　　以上可見南北朝之戰爭詩，在戰爭詩主題、內容、與筆法仍受到三國戰爭詩之影響。

（三）唐代

　　將洪讚《唐代戰爭詩之研究》與本論文作一比較，便可一窺唐代戰爭詩與三國時代戰爭詩之異同。相同處如洪讚所言唐代戰爭詩的一項特色是「戰爭詩和唐代國勢的起伏與戰爭的性質的傾向一致。」[8]初唐國力正強，詩人都想請纓報國，有主戰的文學傾向，盛唐積極向外拓展疆域，造成邊塞戰爭詩的黃金時代，安史之亂後，國勢由盛轉衰，內憂外患接踵而至，於是非戰的戰爭詩與愛國精神的戰爭詩夾雜出現，到了晚唐則對戰爭麻木不仁，詩人貪於享樂，呈現頹廢墮落之暮氣，或者說對現實產生厭倦，便開始寄託於山水，轉變成釋道思想。而三國時代戰爭詩也與三國時代國勢的起伏有關，當三國鼎立，三國國勢正強，不論是以曹氏父子為首的鄴下集團詩人，或是吳國詩人如韋昭等人，都暢言戰功，渴望戰果彪炳，以主戰詩居多，間雜記敘狼煙遍野下的顛沛生民之作，等到三國為晉國統一，政治鬥爭日劇，詩人們也將創作重心從戰爭詩身上移開，產生消極失望的心理，轉而寄託山水與玄言思想，逐漸與現實脫離關係。

　　唐代戰爭詩與三國時代戰爭詩相異之處則呈現在以下幾個方面。第一、三國時代戰爭詩數量比唐代戰爭詩少。洪讚言：「唐代是我國歷史上戰爭最頻繁的時代，……在《全唐詩》所

錄的二千二百多詩人中，存有戰爭詩的詩人即達三百六十餘人之多，戰爭詩更多達二千九百餘首，這是任何其他朝代所望塵莫及的。」唐代戰爭詩數量之多，創作者之多，自然是三國時代無法比擬的，不過唐代國祚長，詩人多，戰爭詩自然為多，何況唐代戰爭詩在內容、筆法、體制上則是站在先秦兩漢與魏晉南北朝戰爭詩的基礎上累積而成的。至於他所說的「唐代是我國歷史上戰爭最頻繁的時代」則是有待商榷的，根據趙海軍、毛笑冰《中國古代的軍事》以戰爭史角度，統計各朝代的戰爭次數，曾說：「三國兩晉南北朝戰事之頻繁是其他時期所不能比擬的，僅史料記載的就達約六百零五次。」[9] 就以三國兩晉南北朝為我國歷史上戰爭最頻繁的時代。第二項差異在於筆法與修辭運用上的差異。洪讚言：

> 就唐代戰爭詩的語言風格來說，作家在描繪社會現實時，似乎是無暇做過細的思考，常常是用樸實的語言，白描的手法，直接敘寫所見所聞。一般詩句和通篇立意構思，比興手法用得較少。詩人在表現愁愴悲傷的情感時，常常是直抒胸臆。

從前文的研究中可以發現唐代戰爭詩與三國時代戰爭詩在此方面可以說是大相逕庭。三國時代戰爭詩使用了大量的修辭筆法，誇飾、引用、借代、摹寫、轉化、譬喻、映襯、設問、排比、類疊、頂真……等等手法都是三國時代慣用的手法，不只表情達意上態勢多變，形式上也華麗工整。這一方面與兩朝文風差異有關，三國時代仍承襲漢賦瑰奇之風格，並為六朝重詞藻洪流中一員，而唐朝反對六朝綺麗之文風，主張樸實自然

有關。另一方面則是因為三國時代戰爭詩作者多抱有宣傳之政治目的，故重視詩歌的藻飾。此外，唐代大量用近體詩形式創作，與三國時代詩作明顯不同，也呈現在戰爭詩的創作上。

第三項差異表現在內容方面。洪讚言：「唐朝前期為開疆拓土，國力上升的時代，很多詩人到過邊疆前線，對塞外生活留下深刻的印象。而唐朝後期為內部動盪不安的時代，長期的安史之亂，……多思以詩歌救國家，濟蒼生。」所以唐朝前期的戰爭詩多與邊塞詩重疊，然而三國時代對外族與邊疆的戰爭不多，雖然也有如曹操〈步出夏門行〉之類以與外族戰爭為背景的戰爭詩，但畢竟是少數，大多數仍是以三國之間戰爭為內容，展現出中原大戰之色彩，以敘寫擴張領土併吞敵方的志向為主。此點差異可以說是來自於戰爭型態的不同。

從以上比較可知，唐代戰爭詩與三國時代戰爭詩已有許多不同之處，也就是說戰爭詩在內容、筆法形式、體制上，到了唐朝都因為唐朝文學觀念與潮流的改變，而產生了新的變化。然而在唐代並不能說戰爭詩已經完全不受三國時代戰爭詩的影響，仍可看到一些作品承接了三國戰爭詩的題目、筆法或內容，如：盧思道、明余慶、王宏、駱賓王、楊炯、李昂、崔國輔、李頎、王昌齡、李白、顧況、皎然、陳羽、李約……等人的〈從軍行〉，以及虞世南〈行軍行〉、駱賓王〈從軍中行路難〉、李益〈從軍有苦樂行〉與〈從軍北征〉都可說受到王粲〈從軍詩〉或多或少的影響。而李世民、王翰……等人的〈飲馬長城窟行〉、喬知之〈苦寒行〉、盧象〈雜詩〉二首……等等，也都受到三國時代戰爭詩的影響。

其中又以杜甫最被歷來評論家公認受到三國時代戰爭詩重大的影響。沈師秋雄曾云：「杜甫詩中的詩教意義，我以為至

少包含四項：第一是倫理精神，第二是人道精神，第三是愛國精神，第四是非戰精神。」又認為杜甫詩歌的時代意義包含「一是杜詩的鎔鑄古今、鬱作詩聖；一是反映亂離，蔚為詩史」[10]。杜甫詩作中能反映愛國精神與非戰精神，以及能反映亂離，蔚為詩史的，往往屬於戰爭詩的範疇，也就是說杜甫的戰爭詩常常是具有詩教意義與時代意義的。近人陳菁瑩更有《杜詩戰爭思想研究》[11]，從以上可知，杜甫是唐代很重要的戰爭詩人。歷來評論家都則每每認為杜甫戰爭詩得力於三國時代戰爭詩，如《潛溪詩眼》：「老杜〈崆峒〉、〈小麥熟〉、〈人生不相見〉、〈新安吏〉、〈石壕吏〉、〈潼關吏〉、〈新婚別〉、〈垂老別〉……皆全體作建安語。」而王夫之《船山古詩評選》、何焯《義門讀書記》、沈德潛《古詩源》、方東樹《昭昧詹言》都認為王粲〈七哀詩〉為杜甫所宗，杜甫的〈無家別〉、〈垂老別〉……等等作品源自於〈七哀〉。另如〈兵車行〉與陳琳〈飲馬長城窟行〉相仿，鍾惺、譚元春《古詩歸》也已經提出此情形。像杜甫〈石龕〉：「熊羆咆我東，虎豹號我西。我後鬼長嘯，我前猿又啼。天寒昏無日，山遠道路迷。」明顯受到曹操〈苦寒行〉的影響，與其相近，所以方東樹認為杜甫學習曹操〈苦寒行〉之處甚多。以上種種杜甫承自三國時代戰爭詩的討論，已在前文中詳述，此不重述。

　　是故，戰爭詩到了唐代雖然有了新風貌，但是在詩題、內容與筆法形式上仍有延續三國時代戰爭詩之處，而作品被美稱為詩史的詩聖杜甫，更是從三國時代戰爭詩抽取其中精華，作為創作的養分。

（四）宋朝

　　宋代詩作有好議論、散文化的傾向。北宋初年，仍然繼承

晚唐五代的遺風，有白體、西崑體、晚唐體等類型的詩派，其中以西崑體影響最大，此派重視詞采、喜用典故，對於戰爭詩的創作很少。北宋中期之後，梅堯臣、蘇舜欽、歐陽修等人提倡矯正晚唐以來講求對偶、浮靡的詩風，等到王安石、蘇軾、黃庭堅等人出現，宋代詩歌正式走上議論化散文化的道路。總歸說來，北宋詩壇較少創作戰爭詩。到了南宋前期，尤袤、楊萬里、范成大、陸游這中興四大詩人，因遭受時代的劇變，在遭受重大的戰爭，被迫南遷後，書寫以抗戰愛國為基調的詩篇，於是出現了大量的戰爭詩。之後如李清照、李綱、趙鼎、胡銓、岳飛……等等，也從事戰爭詩的創作。南宋後期，有永嘉四靈：徐璣、徐照、翁卷、趙師秀的出現，此四人情調幽咽，戰爭詩創作較少。至於江湖詩人，如：戴復、劉克莊、劉過……等人，關心時事，體察民間疾苦，對於戰爭詩的創作不少。宋亡前夕，民族憂患意識促使一批愛國詩人崛起，文天祥、汪元量、謝翱、林景熙、鄭思肖……等愛國志士，悲歌慷慨，以戰爭詩為宋代留下光彩奪目之最後一頁，為歷代詩壇罕見現象。綜觀宋朝戰爭詩創作情形，北宋對此題材較少著力，等到金朝入侵，則又大量復甦，而南宋末年則化為政權敗亡前的一聲巨響，仔細觀察其內容與筆法，已經與三國時代戰爭詩相去甚遠，宋代戰爭詩內容以愛國精神與喪權割地的恥辱為主幹，筆法則以白描為主，除了少數仍然繼承三國時代戰爭詩之題目與筆調，如：劉克莊〈軍中樂〉與〈苦寒行〉，多數宋朝戰爭詩已經與三國時代戰爭詩不大相同。值得一提的是，此時由於詞的興起與興盛，也出現了大量戰爭詞作，如辛棄疾與陸游，就是個中翹楚。

（五）元明清

　　元代因為外族入主中原，外族音樂輸入，加上詞調轉變、諸宮調興起，以及高壓統治政策的施行，造成文壇劇烈改變，文人較少創作詩作，而元曲興盛，知識份子大量寫作戲曲、唱詞，淺白俚俗，更貼近於市井小民，這樣的情況自然較少戰爭詩的誕生。到了明代前期，台閣體興盛，楊士奇、楊榮、楊溥等人創作內容多為歌功頌德，戰爭詩創作甚少。前後七子如李夢陽、何景明、李攀龍、王世貞……等人，主張文必秦漢、詩必盛唐、以模擬為創作的復古運動，才又出現一些戰爭詩的作品。明代後期則有所謂公安派與竟陵派的出現，前者主要人物是袁宏道兄弟三人，主張獨抒性靈、不拘格套，重視真實情感，此派創作戰爭詩甚少。後者代表人物是鍾惺與譚元春，文風幽深孤峭，喜用奇字怪句，也對戰爭詩創作不多。明代值得一提的是，自從晚唐開始大量流傳的三國戰爭故事，李商隱〈驕兒詩〉：「或謔張飛胡，或笑鄧艾吃」，在元末明初的羅貫中手上完成了《三國志通俗演義》，雖然與三國時代戰爭詩無甚密切關係，但可見三國時代戰爭故事對中國人影響甚多，影響小說、戲曲尤深，尤其此小說誕生後，更使得三國時代戰爭在中國文壇上綻放出異樣璀璨的光芒。清朝之後，戰爭詩的創作日少，直到晚清末年，列強環伺，受到外國軍隊大舉入侵，戰爭爆發，才又出現大量戰爭詩的創作，如：林則徐、龔自珍、康有為、丘逢甲、譚嗣同、孫文、梁啟超、秋瑾、于右任……等等，都有戰爭詩的創作[12]，而且此時西學東漸，也開始有以白話文創作的新詩出現，民國初年，則有大量現代戰爭詩出現，如臧克家仍沿用三國時代〈從軍行〉一名，作為其詩集之名稱，而內容以挽救民族危亡的戰爭詩為主。

從以上戰爭詩在中國詩壇大致的發展情況可知，戰爭詩中昂揚的鬥志、悲天憫人的非戰思潮往往可以提振一朝的詩風，造成威武有力或同情眾生的情調，如三國時代、初唐、盛唐及南宋時期的戰爭詩，成為文學批評者讚賞的對象。然而如果缺乏真情實意，只以模擬為功的戰爭詩，則會適得其反，如前後七子的戰爭詩。另外可以發現的是，戰爭詩的創作風氣與數量通常與當朝戰爭頻率與戰爭型態有關，戰爭愈多愈頻繁的朝代，戰爭詩創作愈多，所以戰爭詩實為夾雜血淚的作品。而戰爭型態則往往影響詩作之內容與情致，如三國時代為中原內鬥之戰，所以戰爭詩描述人物與內容多為當朝之人物與戰爭，近似於戰爭英雄詩或史詩，而國力強盛者，戰爭多發生於邊疆地區，於是戰爭詩充滿邊塞情調，如初唐與盛唐戰爭詩多為邊塞詩，如是危及全中國之民族生存的外族入侵之戰，則內容多強調愛國情操，如南宋、清末的戰爭詩多為愛國詩。所以戰爭型態的不同，將會造成戰爭詩內容的差異與型態的轉變。

第三節　尚待開展之部分

本文是繼洪讚先生《唐代戰爭詩研究》後再度對我國戰爭詩作一反視與討論的論文，由於之前對戰爭詩研究者不多，在理論與實際歸類上，仍存在著一些難題，而且也有許多值得未來開展的部分。

假如日後有學者願意朝此方向進展，或許可從下列幾個方面繼續研究：

一、斷代戰爭文學的研究

　　如今除唐代與三國時代戰爭詩外，其他各朝的戰爭詩與其他文體的戰爭文學研究，尚付之闕如，這方面如能補全將可建構出中國歷代對戰爭的觀念與價值判斷，以及各代戰爭文學之貢獻與其優美之處，也可將其合併起來，建立中國戰爭文學通史，以了解中國戰爭文學之特色與價值。

二、可與他國戰爭作品做比較

　　如有機會將我國戰爭詩作或戰爭文學作品，與其他國家諸如：美國、英國、法國、日本……等等國家之戰爭文學作品做比較研究，可以從中了解我國與其他國家戰爭文學的異同處，確知我國戰爭文學在筆法與意涵上的特色，並達到文化交流、觀摩的作用。

三、各朝代三國故事及人物形象之比較研究

　　從各個朝代對三國故事以及人物形象比較的研究，可以從中了解其中故事演變情況、背後所蘊含的價值判斷與對民情風俗以及對文學題材、手法的影響。譬如民間的諺語與童謠：

　　〈百姓諺〉：死諸葛走生仲達。
　　〈孫亮初白鼉鳴童謠〉：白鼉鳴，龜背平，南郡城中可長生，守死不去義無成。

　　第一則在《漢晉春秋》曰：「楊儀等整軍而出，百姓奔告宣王，宣王追焉，姜維令儀反旗鳴鼓，若將向宣王者，宣王乃

退，未敢偪。於是儀結陣而去，入股而後發喪。宣王之退也，百姓為之諺曰，或以告宣王，宣王曰：「吾能料生，不便料死也」。」記載出諸葛亮死，卻讓司馬懿退兵之事。

　　有關第二則的記載在《宋書・五行志》曰：「孫亮初，公安有白鼉鳴，童謠曰云云，南郡城可長生者，有急易以逃也，明年，諸葛恪敗，弟融鎮公安，亦見襲，融刮金印龜服之而死。鼉有鱗介，甲兵之象。」是關於諸葛恪戰敗，弟亦被襲擊，而被認為與白鼉鳴有關，因鼉為甲兵之象的諺語。童謠中有關於戰爭與傳說的歌謠並不稀奇，如現代的〈只要我長大〉：「哥哥爸爸真偉大，名譽照我家，為國去打仗，當兵笑哈哈，走吧走吧，哥哥爸爸，家事不用你牽掛，只要我長大，只要我長大。」以及〈娃娃國〉：「娃娃國，娃娃兵，金髮藍眼睛，娃娃國王鬍鬚長，騎馬出王宮；娃娃兵在演習，提防敵人攻，機關槍達達達，原子砲轟轟轟。」都是相當明顯的戰爭兒歌，相較之下，三國時代的童謠描寫戰爭還算委婉的，而現代的則是連武器戰陣都上場了，尤其放眼於現代的卡通，描寫戰爭與戰鬥的更是不計其數，如：〈鐵金剛〉、〈科學小飛俠〉、〈皮卡丘〉、〈銀河英雄傳說〉……等等，如果再將電玩遊戲列入，如：「重返德軍總部」、「紅色警戒」、「CS」、「文明帝國」、「1943」……等等，那就更可觀了，其中三國戰爭也是許多兒童與成人喜歡的遊戲之一，如：「三國志」、「三國群雄傳」……等等，也有許多三國戰爭的卡通與連續劇、漫畫，如：「三國志」、「三國演義」……等等。可見兒童文學中描述戰爭是古今中外皆然的現象。

四、各朝代寫三國戰爭之文學作品比較研究

　　各朝代大多有以描寫三國戰爭為內容之文學作品，如：蘇
東坡〈念奴嬌〉、《三國演義》……等等，可以將各代此類作
品集合起來作一研究，以了解不同時代環境下之中國文人，對
三國戰爭之不同觀點，以及文學表達形式之不同。除了詩人之
外，以戰爭為題材的賦也不少，黃水雲〈六朝駢賦研究〉在分
類時就列有「征戍類」[13]，而元明雜劇的劇作家也對三國的戰
爭很有興趣，以此創作的戲曲也不少，如：《劉關張桃園三結
義》、《張翼德大破杏林莊》、《虎牢關三戰呂布》、《張翼德
三出小沛》、《關雲長千里獨行》、《關雲長單刀劈四寇》、
《曹操夜走陳倉路、陽平關五馬破曹》、《諸葛亮博望燒屯》、
《走鳳雛龐統掠四郡》、《關雲長大破蚩尤》……等等[14]。

　　一九八三年陳鵬翔提出「主題學研究」的範疇：

> 主題學研究是比較文學的一部門，它集中在對個別主
> 題、母題，尤其是神話（廣義）人物主題作追溯探原的
> 工作，並對不同時代作家（包括無名氏作者）如何利用
> 同一個主題或母題來抒發積懷以及反映時代，做深入的
> 探討。[15]

　　這是一個中國文學研究可以邁進的新領域。而且現今不僅
侷限在神話故事與民間傳說等課題演變的探討上，已經擴大到
諸如友誼、時間、離別、自然、世外桃源等主題上。例如顧頡
剛〈孟姜女故事的轉變〉[16]與鄭師明娳的《西遊記探原》[17]已
經做了很好的示範。而此處「三國戰爭」這個主題也是未來可

以研究的主題，諸如此類可以探討三國戰爭的故事情節與人物
形象在各個朝代中演變情形如何？就不僅僅是如梁美意所研究
的只是侷限在元明雜劇而已，而是可以透過整個演變的情況，
來觀察每個朝代對三國戰爭的處理以了解其手法之不同，也可
以經由這些不斷滋長的故事來管窺那個時代面對戰爭的態度。
其實不只是可以做演變情況的研究，將關於三國戰爭在各個體
裁所呈現的情況加以比較研究，也是值得探討的，如繆襲的
〈獲呂布〉與《虎勞關三戰呂布》、《張翼德單戰呂布》的比
較、韋昭〈關背德〉與《關雲長千里獨行》、《關雲長義勇辭
金》、《關大王獨赴單刀會》、《關雲長單刀劈四寇》的比較…
…等等，都可以藉比較看出在不同體裁所使用手法之不同，以
及三國戰爭故事與人物在詩人、散文家、史學家、劇作家心中
形象之不同。

五、戰爭詩常用題目之系列研究

從本文可知，其實有些題目往往與戰爭內容相涉，例如
〈從軍行〉、〈戰城南〉、〈苦寒行〉、〈飲馬長城窟行〉、〈鼓
吹曲辭〉……等等，如可將這些題目的詩作依照時代做一縱向
連結，將可得知其歷史發展與其文學形式與內容的脈絡。

六、戰爭詩範疇的釐清工作

戰爭詩之定義尚有值得探討與劃分釐清之處，如第一、戰
爭哲理詩是否應歸入戰爭詩當中？這是一個見仁見智的問題，
筆者傾向於將戰爭哲理師納入戰爭詩的範疇中，所持理由如
下，如果愛情哲理詩可以歸入愛情詩，愛情哲理散文可以歸入
愛情散文，政治哲理詩可以歸入政治詩，政治哲理散文可以歸

入政治散文，何以戰爭哲理詩不可以歸入戰爭詩？詩人或作家在寫某一類題材之時，可以用抒情、議論、記敘三種方式去書寫，但其實仍是針對同一題材而為。就文本而言，戰爭哲理詩比間接戰爭詩，如描寫戰爭所帶來的勞役、描寫戰爭後方人民的生活……等等，更切進戰爭這個主題，然而間接戰爭詩其實很多作品沒有一字一句描述到戰爭的場景，卻仍被人歸入戰爭詩，何以戰爭哲理詩更貼近「戰爭」此一核心，直接代表了詩人或作家對戰爭之想法，卻不被歸入戰爭詩呢？第二、如果是簡略描述戰爭的作品是否為戰爭詩？就文本而言，時間空間落於戰爭的就是戰爭詩，不論是簡略描述或詳細描述，正如引用法分為明引與暗用兩種，又各分為全引與略引，明引與全用的部分容易辨別，而暗用與略引的往往被人誤認為不是引用法，簡略描述之戰爭正如略引一般，容易被誤判，然而仍是屬於戰爭詩的範圍。第三、描述男子對戰爭志向的作品，是否為戰爭詩？從文本角度而言，表達男子參戰志向或拒絕參戰的作品，在內容中多半描述戰爭場景，所以理應歸入戰爭詩中，如無描述，但直接表達出對戰爭的態度，也以歸入為宜。此點在洪讚先生的研究中也是承認的，如他將張華〈壯士篇〉：「天地相震盪，回薄不知窮。……」陸機〈詠史〉：「弱冠弄柔翰，卓犖觀群書。……」等等通篇描述男子參戰之志的作品歸為戰爭詩便可得知。以上種種問題，當然還可以加以討論，也期待來日有更好的解答。

　　未來可以開展研究的子題仍多，今日未足之部分，有待來茲。在西方，牛津大學早有戰爭文學課程的開設，現在美國也有凱特連女士講授戰爭文學課程，近來更獲得聖地牙哥教育司（San Diego County Office of Education）的支援成為「加州線上

教育資源計畫」（Schools of California on Line Resources for Educators）下的其中一項子計畫（Poetry of the Great War）。從洪讚先生的研究與此文可知，我國也擁有大量戰爭文學的瑰寶，我們應當好好珍視這些財富，不要否定他們，認為不談戰爭，戰爭便不會發生，事實上從人類存在以來幾乎沒有一天不發生戰爭，重要的是，如何從這些戰爭文學中獲取智慧，使我們能正視戰爭帶來的巨大毀滅，並從戰爭文學中獲取反省的力量，從體會詩人所感受到的悲痛獲得制止戰爭的勇氣，並了解主戰詩人背後所代表的政治企圖與其他意圖，以及了解發動戰爭的愚蠢與無知，相信這才是研究戰爭文學的真正目的，也才是推動人類幸福的動力。

註　釋

1　廖國棟《建安辭賦之傳承與拓新》，台北：文津出版社，2000年9月第一版，頁244-247。

2　古遠清《詩歌分類學》，高雄：復文圖書出版社，1991年9月初版，頁281。

3　費振剛、胡雙寶、宗明華輯校《全漢賦》，北京：北京大學出版社，1993年第一版。

4　馬宗霍《中國經學史》，台北：台灣商務印書館，1972年12月第四版，頁23。

5　徐兆仁《三國韜略》，北京：中國人民大學出版社，1995年1月第一版，序頁5。

6　胡國瑞《魏晉南北朝文學史》，上海：上海文藝出版社，1980年10月第一版，頁5。

7　金銀雅〈南北朝民間樂府之研究〉，國立政治大學中國文學研究所碩士論文，1984年5月，頁194。

8　洪讚《唐代戰爭詩之研究》，台北：文史哲出版社，1987年10月初版，頁403-408。以下所引皆同。

9　趙海軍、毛笑冰《中國古代的軍事》，台北：文津出版社，2001年4月初版，頁111。

10　沈師秋雄〈杜詩管窺〉，《詩學十論》，台北：文史哲出版社，1993年3

月初版，頁37-70。

11　陳菁瑩《杜詩戰爭思想研究》，東吳大學中國文學研究所碩士論文，1985
　　　年4月。

12　如何瑜、夏明方譯注《兩次鴉片戰爭詩文選譯》，四川：巴蜀書社，1997
　　　年6月第一版。其中收有許多與鴉片戰爭相關之詩文。

13　黃水雲〈六朝駢賦研究〉，私立中國文化大學中國文學研究所博士論文，
　　　1997年11月，頁144。其下說明為：所謂征戍類乃是以戰事為題材，此
　　　類賦作尤以曹魏時期為多。作者多透過對某些具體戰事的發生時間、地
　　　點、征戰者之武力狀況、師旅進退之英武、艱辛、勝利之歡欣等加以記
　　　敘、鋪陳，如曹丕〈浮淮賦並序〉、〈述征賦〉，曹植〈東征賦並序〉、
　　　〈述征賦〉，王粲〈浮淮賦〉、〈征思賦〉……等十五篇。

14　梁美意〈三國故事戲曲之研究〉，國立台灣師範大學國文研究所碩士論
　　　文，1980年5月。

15　陳鵬翔〈主題學研究與中國文學〉，陳鵬翔主編《主題學研究論文集》，
　　　台北：東大圖書有限公司，1983年11月初版，頁5。

16　原刊於1924年11月23日出版的《歌謠週刊》（北京大學），後收入《孟姜
　　　女故事研究集》第一冊，廣東：中山大學，1928年。

17　鄭師明娳《西遊記探原》，台北：文開文化事業公司，1982年出版。原為
　　　博士論文。

附錄一　三國時代戰爭詩篇目

　　曹操〈薤露〉（魏詩卷一）、曹操〈蒿里行〉（魏詩卷一）、曹操〈短歌行〉（魏詩卷一）、曹操〈苦寒行〉（魏詩卷一）、曹操〈步出夏門行〉（魏詩卷一）、曹操〈卻東西門行〉（魏詩卷一）、王粲〈贈士孫文始〉（魏詩卷二）、王粲〈為潘文則作思親詩〉（魏詩卷二）、王粲〈從軍詩〉五首中的第一首（魏詩卷二）、王粲〈從軍詩〉五首中的第二首（魏詩卷二）、王粲〈從軍詩〉五首中的第三首（魏詩卷二）、王粲〈從軍詩〉五首中的第四首（魏詩卷二）、王粲〈從軍詩〉五首中的第五首（魏詩卷二）、王粲〈從軍詩〉（魏詩卷二）、王粲〈從軍詩〉（魏詩卷二）、王粲〈七哀詩〉中的第一首（魏詩卷二）、王粲〈七哀詩〉中的第二首（魏詩卷二）、王粲〈七哀詩〉中的第三首（魏詩卷二）、陳琳〈飲馬長城窟行〉（魏詩卷三）、劉楨〈贈五官中郎將詩〉四首中的第一首（魏詩卷三）、劉楨〈贈五官中郎將詩〉四首中的第三首（魏詩卷三）、劉楨〈贈五官中郎將詩〉四首中的第四首（魏詩卷三）、劉楨〈詩〉（魏詩卷三）、阮瑀〈怨詩〉（魏詩卷三）、應瑒〈侍五官中郎將建章台集詩〉（魏詩卷三）、繁欽〈遠戍勸戒詩〉（魏詩卷三）、曹丕〈陌上桑〉（魏詩卷四）、曹丕〈飲馬長城窟行〉（魏詩卷四）、曹丕〈董逃行〉（魏詩卷四）、曹丕〈黎陽作詩〉三首中的第一首（魏詩卷四）、曹丕〈黎陽作詩〉三首中的第二首（魏詩卷四）、曹丕〈黎陽作詩〉三首中的第三首（魏詩卷四）、曹丕〈至廣陵於馬

上作詩〉（魏詩卷四）、曹丕〈雜詩〉二首中的第一首（魏詩卷四）、曹丕〈雜詩〉二首中的第二首（魏詩卷四）、曹丕〈黎陽作詩〉（魏詩卷四）、曹丕〈令詩〉（魏詩卷四）、左延年〈從軍行〉（魏詩卷五）、左延年〈從軍行〉（魏詩卷五）、焦先〈祝衄歌〉（魏詩卷五）、曹叡〈善哉行〉（魏詩卷五）、曹叡〈善哉行〉四解（魏詩卷五）、曹叡〈苦寒行〉（魏詩卷五）、曹叡〈櫂歌行〉（魏詩卷五）、曹叡〈堂上行〉（魏詩卷五）、曹叡〈清調歌〉（魏詩卷五）、曹植〈丹霞蔽日行〉（魏詩卷六）、曹植〈門有萬里客〉（魏詩卷六）、曹植〈孟冬篇〉（魏詩卷六）、曹植〈白馬篇〉（魏詩卷六）、曹植〈責躬〉（魏詩卷七）、曹植〈矯志詩〉（魏詩卷七）、曹植〈贈丁儀王粲詩〉（魏詩卷七）、曹植〈送應氏詩〉二首中的第一首（魏詩卷七）、曹植〈雜詩〉七首中的第二首（魏詩卷七）、曹植〈雜詩〉七首中的第三首（魏詩卷七）、曹植〈雜詩〉七首中的第五首（魏詩卷七）、曹植〈雜詩〉七首中的第六首（魏詩卷七）、曹植〈離友詩〉三首中的第一首（魏詩卷七）、曹植〈離友詩〉三首中的第二首（魏詩卷七）、曹植〈詩〉（魏詩卷七）、曹髦〈四言詩〉（魏詩卷八）、曹髦〈詩〉（魏詩卷八）、應璩〈百一詩〉中的第十八首（魏詩卷八）、應璩〈詩〉中的第三首（魏詩卷八）、應璩〈詩〉中的第四首（魏詩卷八）、應璩〈詩〉中的第五首（魏詩卷八）、毋丘儉〈之遼東詩〉（魏詩卷八）、毋丘儉〈在幽州詩〉（魏詩卷八）、嵇康〈代秋胡歌詩〉中的第三首（魏詩卷九）、阮籍〈詠懷詩〉中的第三十一首（魏詩卷十）、阮籍〈詠懷詩〉中的第三十八首（魏詩卷十）、阮籍〈詠懷詩〉中的第三十九首（魏詩卷十）、阮籍〈詠懷詩〉中的第四十二首（魏詩卷十）、阮籍〈詠懷詩〉中的第六十一首（魏詩卷十）、阮籍〈詠懷詩〉中的

第六十三首（魏詩卷十）、阮籍〈采薪者歌〉（魏詩卷十）、
〈襄陽民為胡烈歌〉（魏詩卷十一）、〈軍中為夏侯淵語〉（魏詩
卷十一）、王粲〈太廟頌歌〉三章（魏詩卷十一）、王粲〈矛俞
新福歌〉（魏詩卷十一）、王粲〈　　新福歌〉（魏詩卷十一）、
王粲〈安台新福歌〉（魏詩卷十一）、王粲〈行辭新福歌〉（魏
詩卷十一）、繆襲〈楚之平〉（魏詩卷十一）、繆襲〈戰滎陽〉
（魏詩卷十一）、繆襲〈獲呂布〉（魏詩卷十一）、繆襲〈克官渡〉
（魏詩卷十一）、繆襲〈舊邦〉（魏詩卷十一）、繆襲〈定武功〉
（魏詩卷十一）、繆襲〈屠柳城〉（魏詩卷十一）、繆襲〈平南荊〉
（魏詩卷十一）、繆襲〈平關中〉（魏詩卷十一）、〈百姓諺〉
（魏詩卷十二）、〈孫亮初白鼉鳴童謠〉（魏詩卷十二）、韋昭
〈炎精缺〉（魏詩卷十二）、韋昭〈漢之季〉（魏詩卷十二）、韋
昭〈攄武師〉（魏詩卷十二）、韋昭〈伐烏林〉（魏詩卷十二）、
韋昭〈秋風〉（魏詩卷十二）、韋昭〈克皖城〉（魏詩卷十二）、
韋昭〈關背德〉（魏詩卷十二）、韋昭〈通荊門〉（魏詩卷十
二）、韋昭〈章洪德〉（魏詩卷十二）。

附錄二　三國時代戰爭詩

1. 曹操〈薤露行〉：惟漢二十世，所任誠不良。沐猴而冠帶，知小而謀強。猶豫不敢斷，因狩執君王。白虹為貫日，己亦先受殃。賊臣持國柄，殺主滅宇京。蕩覆帝基業，宗廟以燔喪。播越西遷移，號泣而且行。瞻彼洛城郭，微子為哀傷。

2. 曹操〈蒿里行〉：關東有義士，興兵討群凶。初期會孟津，乃心在咸陽。軍合力不齊，躊躇而鴈行。勢利使人爭，嗣還自相戕。淮南弟稱號，刻璽於北方。鎧甲生蟣虱，萬姓以死亡。白骨露於野，千里無難鳴。生民百遺一，念之斷人腸。

3. 曹操〈短歌行〉：周西伯昌，懷此聖德。三分天下，而有其二。修奉貢獻，臣節不墜。崇侯讒之，是以拘繫。後見赦原，賜之斧鉞，得使征伐。為仲尼所稱，達及德行，猶奉事殷，論敘其美。齊桓之功，為霸之首。九合諸侯，一匡天下。一匡天下，不以兵車。正而不譎，其德傳稱。孔子所嘆，並稱夷吾，民受其恩。賜與廟胙，命無下拜。小白不敢爾，天威在顏咫尺。晉文亦霸，躬奉天王。受賜珪瓚，秬鬯彤弓，盧弓矢千，虎賁三百人。威服諸侯，師之者尊。八方聞之，名亞齊桓。河陽之會，詐稱周王，是以其名紛葩。

4. 曹操〈苦寒行〉：北上太行山，艱哉何巍巍！羊腸坂詰屈，車輪為之摧。樹木何蕭瑟，北風聲正悲！熊羆對我蹲，虎豹夾路啼。溪谷少人民，雪落何霏霏！延頸長嘆息，遠行多所懷。我心何怫鬱？思欲一東歸。水深橋梁絕，中路正徘徊。迷

410

惑失故路,薄暮無宿棲。行行日已遠,人馬同時飢。擔囊行取薪,斧冰持作糜。悲彼〈東山〉詩,悠悠使我哀。(作於建安十一年)

5. 曹操〈步出夏門行〉(五章)艷:雲行雨步,超越九江之臯。臨觀異同,心意懷遊豫,不知當復何從?經過至我碣石,心惆悵我東海。(作於建安十二年春)

觀滄海:東臨碣石,以觀滄海。水何淡淡,山島竦峙。樹木叢生,百草豐茂。秋風蕭瑟,洪波湧起。日月之行,若出其中;星漢燦爛,若出其裡。幸甚至哉!歌以言志。(作於建安十二年秋)

冬十月:孟冬十月,北風徘徊,天氣肅清,繁霜霏霏。鵾雞晨鳴,鴻雁南飛,鷙鳥潛藏,熊羆窟棲。錢鎛停置,農收積場。逆旅整設,以通賈商。幸甚至哉!歌以詠志。(作於建安十二年至十三年冬)

土不同:鄉土不同,河朔隆冬。流澌浮漂,舟船行難。錐不入地,蘴藾深奧。水竭不流,冰堅可蹈。士隱者貧,勇俠輕非。心常歎怨,戚戚多悲。幸甚至哉!歌以詠志。

龜雖壽:神龜雖壽,猶有竟時。騰蛇乘霧,終為土灰。驥老伏櫪,志在千里;烈士暮年,壯心不已。盈縮之期,不但在天;養怡之福,可得永年。幸甚至哉!歌以詠志。

6. 曹操〈卻東西門行〉:鴻雁出塞北,乃在無人鄉。舉翅萬餘里,行止自成行。冬節食南稻,春日復北翔。田中有轉蓬,隨風遠飄揚。長與故根絕,萬歲不相當。奈何此征夫,安得去四方?戎馬不解鞍,鎧甲不離傍。冉冉老將至,何時返故鄉?神龍藏深泉,猛獸步高岡。狐死歸首丘,故鄉安可忘?

7. 王粲〈贈士孫文始〉:天降喪亂,靡國不夷,我暨我

友，自彼京師，宗守盪失，越用遁違，遷于荊楚，在漳之湄，
在漳之湄，亦克晏處，和通篤塤，比德車輔，既度禮義，卒獲
笑語，庶茲永日，無譽厥緒，雖曰無譽，時不我已，同心離
事，乃有逝止，橫此大江，淹彼南氾，我思弗及，載坐載起，
惟彼南氾，君子居之，悠悠我心，薄言慕之，人亦有言，靡日
不思，矧伊嬿婉，胡不悽而，晨風夕逝，託與之期，瞻仰王
室，慨其永慨，良人在外，誰佐天官，四國方阻，俾爾歸藩，
作式下國，無曰蠻裔，不虔汝德，慎爾所主，率由嘉則，龍雖
勿用，志亦靡忒，悠悠澹澧，鬱彼唐林，雖則同域，邈爾迴
深，白駒遠志，古人所箴，允矣君子，不遏厥心，既往既來，
無密爾音。

8.王粲〈為潘文則作思親詩〉：穆穆顯妣，德音徽止，思
齊先姑，志伴姜姒，躬此勞瘁，鞠予小子，小子之生，遭世罔
寧，烈考勤時，從之于征，奄遘不造，殷憂是嬰，咨于靡及，
退守桃杭，五服荒離，四國分爭，禍難斯逼，救死於頸，嗟我
懷歸，弗克弗逞，聖善獨勞，莫慰其情，春秋代逝，於茲九
齡，緬彼行路，焉託予誠，予誠既否，委之於天，庶我顯妣，
克保遐年，亹亹惟懼，心乎如懸，如何不弔，早世徂顛，於存
弗養，於後弗臨，遺衍在體，慘痛切心，形影尸立，魂爽飛
沈，在昔蓼莪，哀有餘音，我之此譬，憂其獨深，胡寧視息，
以濟于今，巖巖叢險，則不可摧，仰瞻歸雲，俯聆飄回，飛焉
靡翼，超焉靡階，思若流波，情似坻頹，詩之作矣，情以告
哀。

9. 王粲〈從軍詩〉五首中的第一首：從軍有苦樂，但問
所從誰，所從神且武，焉得久勞師，相公征關右，赫怒震天
威，一舉滅獯虜，再舉服羌夷，西收邊地賊，忽若俯拾遺，陳

賞越丘山，酒肉踰川坻，軍中多飫饒，人馬皆溢肥，徒行兼乘還，空出有餘資，拓地三千里，往返速若飛，歌舞入鄴城，所願獲無違，晝日處大朝，日暮薄言歸，外參時明政，內不廢家私，禽獸憚為犧，良苗實已揮，竊慕負鼎翁，願厲朽鈍姿，不能效沮溺，相隨把鋤犁，熟覽夫子詩，信知所言非。

10. 王粲〈從軍詩〉五首中的第二首：涼風厲秋節，司典告詳刑，我君順時發，桓桓東南征，汎舟蓋長川，陳卒被隰坰，征夫懷親戚，誰能無戀情，拊衿倚舟檣，眷眷思鄴城，哀彼東山人，喟然感鸛鳴，日月不安處，人誰獲恒寧，昔人從公旦，一徂輒三齡，今我神武師，暫往必速平，棄余親睦恩，輸力竭忠貞，懼無一夫用，報我素餐誠，夙夜自恲性，思逝若抽縈，將秉先登羽，豈敢聽金聲。

11. 王粲〈從軍詩〉五首中的第三首：從軍征遐路，討彼東南夷，方舟順廣川，薄暮未安坻，白日半西山，桑梓有餘暉，蟋蟀夾岸鳴，孤鳥翩翩飛，征夫心多懷，惻惻令吾悲，下船登高防，草露霑我衣，迴身赴床寢，此愁當告誰，身服干戈事，豈得念所私，即戎有授命，茲理不可違。

12. 王粲〈從軍詩〉五首中的第四首：朝發鄴都橋，暮濟白馬津，逍遙河隄上，左右望我軍，連舫踰萬艘，帶甲千萬人，率彼東南路，將定一舉勳，籌策運帷幄，一由我聖君，恨我無時謀，譬諸具官臣，鞠躬中堅內，微畫無所陳，許歷為完士，一言猶敗秦，我有素餐責，誠愧伐檀人，雖無鉛刀用，庶幾奮薄身。

13. 王粲〈從軍詩〉五首中的第五首：悠悠涉荒路，靡靡我心愁，四望無煙火，但見林與丘，城郭生榛棘，蹊徑無所由，雚蒲竟廣澤，葭葦夾長流，日夕涼風發，翩翩漂吾舟，寒

蟬在樹鳴，鵾鵠摩天遊，客子多悲傷，淚下不可收，朝入譙郡
界，曠然消人憂，雞鳴達四境，黍稷盈原疇，館宅充廛里，士
女滿莊馗，自非賢聖國，誰能享斯休？詩人美樂土，雖客猶願
留。

　　14. 王粲〈從軍詩〉：被羽在先登，甘心除國疾。

　　15. 王粲〈從軍詩〉：樓船凌洪波，尋戈刺群虜。

　　16. 王粲〈七哀詩〉三首中的第一首：西京亂無象，豺虎
方遘患，復棄中國去，遠身適荊蠻，親戚對我悲，朋友相追
攀，出門無所見，白骨蔽平原，路有飢婦人，抱子棄草間，顧
聞號泣聲，揮涕獨不還，未知身死處，何能兩相完？驅馬棄之
去，不忍聽此言，南登霸陵岸，回首望長安，悟彼下泉人，喟
然傷心肝。

　　17. 王粲〈七哀詩〉三首中的第二首：荊蠻非我鄉，何為
久滯淫？方舟泝大江，日暮愁我心，山岡有餘映，巖阿增重
陰，狐狸馳赴穴，飛鳥翔故林，流波激清響，猴猿臨岸吟，迅
風拂裳袂，白露沾衣襟，獨夜不能寐，攝衣起撫琴，絲桐感人
情，為我發悲音，羈旅無終極，憂思壯難任。

　　18. 王粲〈七哀詩〉三首中的第三首：邊城使心悲，昔吾
親更之，冰雪截肌膚，風飄無止期，百里不見人，草木誰當
遲，登城望亭燧，翩翩飛戍旗，行者不顧反，出門與家辭，子
弟多俘虜，哭泣無已時，天下盡樂土，何為久留茲，蓼蟲不知
辛，去來勿與諮。

　　19. 陳琳〈飲馬長城窟行〉：飲馬長城窟，水寒傷馬骨。
往謂長城吏，慎莫稽留太原卒。官作自有程，舉築諧汝聲。男
兒寧當格鬥死，何能怫鬱築長城。長城何連連，連連三千里。
邊城多健少，內舍多寡婦。作書與內舍，便嫁莫留住。善侍新

姑嫜，時時念我故夫子。報書往邊地，君今出語一何鄙。身在禍難中，何為稽留他家子。生男慎莫舉，生女哺用脯。君獨不見長城，死人骸骨相撐拄。結髮行事君，慊慊心意關。明知邊地苦，賤妾何能久自全。

20. 劉楨〈贈五官中郎將詩〉四首中的第一首：昔我從元后，整駕至南鄉。過彼豐沛都，與君共翱翔。四節相推斥，季冬風且涼。眾賓會廣坐。明鐙熹炎光，清歌製妙聲。萬舞在中堂，金罍含甘醴。羽觴行無方，長夜忘歸來。聊且為太康，四牡向路馳，歡悅誠未央。

21. 劉楨〈贈五官中郎將詩〉四首中的第三首：秋日多悲懷，感慨以長歎，終夜不遑寐，敘意於濡翰，明燈曜閨中，清風淒已寒，白露塗前庭，應門重其關，四節相推斥，歲月忽已殫，壯士遠出征，戍事將獨難，涕泣灑衣裳，能不懷所歡。

22. 劉楨〈贈五官中郎將詩〉四首中的第四首：涼風吹沙礫，霜氣何皚皚，明月照緹幕，華燈散炎輝，賦詩連篇章，極夜不知歸，君侯多壯思，文雅縱橫飛，小臣信頑鹵，僶俛安能追。

23. 劉楨〈詩〉：旦發鄴城東，莫次溟水旁，三軍如鄧林，武士攻蕭莊。

24. 阮瑀〈怨詩〉：民生受天命，漂若河中塵，雖稱百齡壽，孰能應此身，猶獲嬰凶禍，流落恒苦辛。

25. 應瑒〈侍五官中郎將建章臺集詩〉：朝雁鳴雲中，音響一何哀，問子遊何鄉，戢翼正徘徊，言我塞門來，將就衡陽棲，往春翔北土，今冬客南淮，遠行蒙霜雪，毛羽日摧頹，常恐傷肌骨，身隕沈黃泥，簡珠墮沙石，何能中自諧，欲因雲雨會，濯羽陵高梯，良遇不可值，伸眉路何階，公子敬愛客，樂

飲不知疲，和顏既以暢，乃肯顧細微，贈詩見存慰，小子非所
宜，為且極讜情，不醉其無歸，凡百敬爾位，以副饑渴懷。

26. 繁欽〈遠戍勸戒詩〉：肅將王事。集此揚土。凡我同
盟。既文既武。郁郁桓桓。有規有矩。務在和光。同塵共垢。
各竟其心。為國蕃輔。誾誾行行。非法不語。可否相濟。闕則
云補。

27. 曹丕〈陌上桑〉：棄故鄉，離室宅，遠從軍旅萬里
客，披荊棘，求阡陌，側足獨窘步，路局笮，虎豹嗥動，雞驚
禽失，雞鳴相索，登南山，奈何蹈盤石，樹木叢生鬱差錯，寢
蒿草，蔭松柏，涕泣雨面霑枕席，伴旅單，稍稍日零落，惆悵
竊自憐，相痛惜。

28. 曹丕〈飲馬長城窟行〉：浮舟橫大江，討彼犯荊虜，
武將齊貫錍，征人伐金鼓，長戟十萬隊，幽冀百石弩，發機若
雷電，一發連四五。

29. 曹丕〈董逃行〉：晨背大河南轅，跋涉遐路漫漫。師
徒百萬譁諠，戈矛若林成山，旌旗拂日蔽天。

30. 曹丕〈黎陽作詩〉三首中的第一首：朝發鄴城，夕宿
韓陵，霖雨載塗，輿人困窮，載馳載驅，沐雨櫛風，舍我高
殿，何為泥中，在昔周武，爰暨公旦，載主而征，救民塗炭，
彼此一時，唯天所讚，我獨何人，能不靖亂。

31. 曹丕〈黎陽作詩〉三首中的第二首：殷殷其雷，濛濛
其雨，我徒我車，涉此艱阻，遵彼洹湄，言刈其楚，班之中
路，塗潦是禦，轔轔大車，載低載昂，噭噭僕夫，載仆載僵，
蒙塗冒雨，沾衣濡裳。

32. 曹丕〈黎陽作詩〉三首中的第三首：千騎隨風靡，萬
騎正龍驤，金鼓震上下，干戚紛縱橫，白旄若素霓，丹旗發朱

光，追思太王德，胥宇識足臧，經歷萬歲林，行行到黎陽。

33. 曹丕〈至廣陵於馬上作詩〉：觀兵臨江水，水流何湯湯，戈矛成山林，玄甲耀日光，猛將懷暴怒，膽氣正縱橫，誰云江水廣，一葦可以航，不戰屈敵虜，戢兵稱賢良，古公宅岐邑，實始剪殷商，孟獻營虎牢，鄭人懼稽顙，充國務耕殖，先零自破亡，興農淮泗間，築室都徐方，量宜運權略，六軍咸悅康，豈如東山詩，悠悠多憂傷。

34. 曹丕〈雜詩〉二首中的第一首：漫漫秋夜長，烈烈北風涼，展轉不能寐，披衣起彷徨，彷徨忽已久，白露沾我裳，俯視清水波，仰看明月光，天漢回西流，三五正縱橫，草蟲鳴何悲，孤鴈獨南翔，鬱鬱多悲思，綿綿思故鄉，願飛安得翼，欲濟河無梁，向風長歎息，斷絕我中腸。

35. 曹丕〈雜詩〉二首中的第二首：西北有浮雲，亭亭如車蓋，惜哉時不遇，適與飄風會，吹我東南行，行行至吳會，吳會非我鄉，安得久留滯，棄置勿復陳，客子常畏人。

36. 曹丕〈黎陽作詩〉：奉辭討罪遐征，晨過黎山巉崢，東濟黃河金營，北觀故宅頓傾，中有高樓亭亭，荊棘繞蕃叢生，南望果園青青，霜露慘悽宵零，彼桑梓兮傷情。

37. 曹丕〈令詩〉：喪亂悠悠過紀，白骨從橫萬里，哀哀下民靡恃，吾將以時整理，復子明辟致仕。

38. 左延年〈從軍行〉：苦哉邊地人，一歲三從軍，三子到燉煌，二子詣隴西，五子遠鬥去，五婦皆懷身。

39. 左延年〈從軍行〉：從軍何等樂，一驅乘雙駁，鞍馬照人目，龍驤自動作。

40. 焦先〈祝衄歌〉：祝衄祝衄，非魚非肉，更相追逐，本為殺牂羊，更殺殺牂。

41. 曹叡〈善哉行〉：我徂我征，伐彼蠻虜，練師簡卒，爰正其旅，輕舟竟川，初鴻依浦，桓桓猛毅，如羆如虎，發砲若雷，吐氣如雨，旌旌指麾，進退應矩，百馬齊轡，御由造父，休休六軍，咸同斯武，兼塗星邁，亮茲行阻，行行日遠，西背京許。遊弗淹旬，遂屆揚土。奔寇震懼。莫敢當御。權實豎子。備則亡虜。假氣遊魂。魚鳥為伍。虎臣列將。怫鬱充怒。淮泗肅清。奮揚微所，運德耀威，惟鎮惟撫。反旆言歸。旆入皇祖。

42. 曹叡〈善哉行〉四解：赫赫大魏。王師徂征。冒暑討亂。振耀威靈。汎舟黃河。隨波潺湲。通渠回越。行路綿綿。綵旄蔽日。旗旒曀天。淫魚瀺灂。遊戲深淵。唯塘泊。從如流。不為單。握揚楚。心惆悵。歌採薇。心綿綿：在淮淝。願君速節。早旋歸。

43. 曹叡〈苦寒行〉：悠悠發洛都。㠃我征東行。征行彌二旬。屯吹龍陂城。顧觀故壘處。皇祖之所營。屋室若平昔。棟宇無邪傾。奈何我皇祖，潛德隱聖形。雖沒而不朽。書貴垂伐名。光光我皇祖：軒耀同其榮。遺化布四海：八表以肅清。雖有吳蜀寇。春秋足耀兵，徒悲我皇祖。不永享百齡。賦詩以寫懷。伏軾淚沾纓。

44. 曹叡〈櫂歌行〉：王者布大化。配乾稽后祇。陽育則陰殺。晷景應度移。文德以時振，武功伐不隨。重華舞干戚。有苗服從媯。蠢爾吳中虜。憑江棲山阻。哀哉王士民。瞻仰靡依怙。皇上悼湣斯。宿昔奮天怒。發我許昌宮。列舟於長浦。翌日乘波揚。棹歌悲且涼。太常拂白日。旗幟紛設張，將抗旌與鉞。耀威於彼方。伐罪以弔民。清我東南疆。

45. 曹叡〈堂上行〉：武夫懷勇毅，勒馬於中原。干戈森

若林，長劍奮無前。

46. **曹叡〈清調歌〉**：飛舟沈洪波，旌旗蔽白日精。棹人荷輕權，騰飛造波庭。

47. **曹植〈丹霞蔽日行〉**：紂為昏亂，虐殘忠正，周室何隆，一門三聖，牧野致功，天亦革命，漢祚之興，階秦之衰，雖有南面，王道陵夷，炎光再幽，珍滅無遺。

48. **曹植〈門有萬里客行〉**：門有萬里客，問君何鄉人？褰裳起從之，果得心所親，挽裳對我泣，太息前自陳，本是朔方士，今為吳越民，行行將復行，去去適西秦。

49. **曹植〈孟冬篇〉**：孟冬十月，陰氣屬清，武官誡田，講旅統兵，元龜襲吉，元光著明，蚩尤蹕路，風弭雨停，乘輿啟行，鸞鳴幽軋，虎賁采騎，飛象珥鶡，鐘鼓鏗鏘，簫管嘈喝，萬騎齊鑣，千乘等蓋，夷山填谷，平林滌藪，張羅萬里，盡其飛走，趯趯狡兔，揚白跳翰，獵以青骹，掩以脩竿，韓盧宋鵲，呈才騁足，噬不盡綠，牽麋掎鹿，魏氏發機，養基撫弦，都盧尋高，搜索猴猿，慶忌孟賁，蹈谷超巒，張目決眥，髮怒穿冠，頓熊拕虎，蹴豹搏貙，氣有餘勢，負象而趨，獲車既盈，日側樂終，罷役解徒，大饗離宮，亂曰：聖皇臨飛軒，論功校獵徒，死禽積如京，流血成溝渠，明詔大勞賜，大官供有無，走馬行酒醴，驅車布肉魚，鳴鼓舉觴爵，擊鐘醳無餘，絕綱縱麟麑，弛罩出鳳雛，收功在羽校，威靈振鬼區，陛下長歡樂，永世合天符。

50. **曹植〈白馬篇〉**：白馬飾金羈，連翩西北馳，借問誰家子，幽并遊俠兒，少小去鄉邑，揚聲沙漠垂，宿昔秉良弓，楛矢何參差，控弦破左的，右發摧月支，仰手接飛猱，俯身散馬蹄，狡捷過猴猿，勇剽若豹螭，邊城多警急，胡虜數遷移，

羽檄從北來，厲馬登高隄，長驅蹈匈奴，左顧陵鮮卑，棄身鋒
刃端，性命安可懷，父母且不顧，何言子與妻，名編壯士籍，
不得中顧私，捐軀赴國難，視死忽如歸。

51. 曹植〈責躬詩〉：於穆顯考，時惟武皇，受命於天，
寧濟四方，朱旗所拂，九土披攘，玄化滂流，荒服來王，超商
越周，與唐比蹤，篤生我皇，奕世載聰，武則肅列，文則時
雍，受禪於漢，君臨萬邦，萬邦既化，率由舊則，廣命懿親，
以藩王國，帝曰爾侯，君茲青土，奄有海濱，方周於魯，車服
有輝，旗章有敘，濟濟雋乂，我弼我輔，伊予小子，恃寵驕
盈，舉掛時網，動亂國經，作藩作屏，先軌是墮，傲我皇使，
犯我朝儀，國有典刑，我削我絀，將寘於理，元兇是率，明明
天子，時惟篤類，不忍我刑，暴之朝肆，違彼執憲，哀予小
臣，改封兗邑，于河之濱，股肱弗置，有君無臣，荒淫之闕，
誰弼予身，煢煢僕夫，于彼冀方，嗟予小子，乃罹斯殃，赫赫
天子，恩不遺物，冠我玄冕，要我朱紱，光光大使，我榮我
華，剖符授玉，王爵是加，仰齒金璽，俯執聖策，皇恩過隆，
祗承怵惕，咨我小子，頑兇是嬰，逝慚陵墓，存愧闕庭，匪敢
傲德，寔恩是恃，威靈改加，足以沒齒，昊天罔極，生命不
圖，常懼顛沛，抱罪黃壚，願蒙矢石，建旗東嶽，庶立毫氂，
微功自贖，危軀授命，知足免戾，甘赴江湘，奮戈吳越，天啟
其衷，得會京畿，遲奉聖顏，如渴如饑，心之云慕，愴矣其
悲，天高聽卑，皇肯照微。

52. 曹植〈矯志詩〉：芝桂雖芳，難以餌魚，尸位素餐，
難以成居，磁石引鐵，於金不連，大朝舉士，愚不聞焉，抱璧
塗乞，無為貴寶，履仁遘禍，無為貴道，鵷雛遠害，不羞卑
棲，靈虬避難，不恥污泥，都蔗雖甘，杖之必折，巧言雖美，

用之必滅，濟濟唐朝，萬邦作孚，逢蒙雖巧，必得良弓，聖主雖知，必得英雄，螳螂見歡，齊士輕戰，越王軾蛙，國以死獻，道遠知驥，世偽知賢，覆之幬之，順天之矩，澤如凱風，惠如時雨，口為禁闥，舌為發機，門機之間，楛矢不追。

53. **曹植〈贈丁儀王粲詩〉**：從軍度函谷，驅馬過西京，山岑高無極，涇渭揚濁清，壯哉帝王居，佳麗殊百城，員闕出浮雲，承露概泰清，皇佐揚天惠，四海無交兵，權家雖愛勝，全國為令名，君子在末位，不能歌德聲，丁生怨在朝，王子歡自營，歡怨非貞則，中和誠可經。

54. **曹植〈送應氏詩〉**二首中的第一首：步登北邙阪，遙望洛陽山，洛陽何寂寞，宮室盡燒焚，垣牆皆頓擗，荊棘上參天，不見舊耆老，但睹新少年，側足無行徑，荒疇不復田，遊子久不歸，不識陌與阡，中野何蕭條，千里無人煙，念我平常居，氣結不能言。

55. **曹植〈雜詩〉**中的第二首：轉蓬離本根，飄颻隨長風。何意迴飆舉，吹我入雲中。高高上無極，天路安可窮？類此遊客子，捐軀遠從戎。毛褐不掩形，薇藿常不充。去去莫復道，沈憂令人老。

56. **曹植〈雜詩〉**中的第三首：西北有織婦，綺縞何繽紛。明晨秉機杼，日昃不成文。太息終長夜，悲嘯入青雲。妾身守空閨，良人行從軍。自期三年歸，今已歷九春。飛鳥繞樹翔，嗷嗷鳴索群。願為南流景，馳光見我君。

57. **曹植〈雜詩〉**其五：僕夫早嚴駕，吾將遠行遊。遠遊欲何之？吳國為我仇。將騁萬里途，東路安足由？江介多悲風，淮泗馳急流。願欲一輕濟，惜哉無方舟。閑居非吾志，甘心赴國憂。

58. 曹植〈雜詩〉中的第六首：飛觀百餘尺，臨牖御櫺軒。遠望周千里，朝夕見平原。烈士多悲心，小人偷自閒。國讎亮不塞，甘心思喪元。拊劍西南望，思欲赴太山。絃急悲聲發，聆我慷慨言。

59. 曹植〈離友詩〉三首中的第一首：王旅旋兮背故鄉，彼君子兮篤人綱，媵餘行兮歸朔方，馳原隰兮尋舊疆，車載奔兮馬繁驤，涉浮濟兮泛輕航，迄魏都兮息蘭房，展宴好兮惟樂康。

60. 曹植〈離友詩〉三首中的第二首：涼風肅兮白露滋，木感氣兮條葉辭，臨淥水兮登崇基，折秋華兮采靈芝，尋永歸兮贈所思，感離隔兮會無期，伊鬱悒兮情不怡。

61. 曹植〈詩〉：皇考建世業，余從征四方。櫛風而沐雨，萬里蒙露霜。劍戟不離手，鎧甲為衣裳。

62. 曹髦〈四言詩〉：荾荾東伐，悠悠遠征，泛舟萬艘，屯衛千營。

63. 曹髦〈詩〉：干戈隨風靡，武騎齊雁行。

64. 應璩〈百一詩〉中的第十八首：檻車在道路，征夫不得休。

65. 應璩〈詩〉中的第三首：放戈釋甲胄，乘軒入紫微，從容侍帷幄，光輔日月輝。

66. 應璩〈詩〉中的第四首：丈夫要雄戟，更來宿紫庭，今者宅四海，誰復有不并。

67. 應璩〈詩〉中的第五首：郡國貪慕將，馳騁習弓戟，雖妙未更事，難用應卒迫。

68. 毌丘儉〈之遼東詩〉：憂責重山岳，誰能為我擔？

69. 毌丘儉〈在幽州詩〉：芒山邈悠悠，但見胡地埃。

70. 嵇康〈代秋胡歌詩〉中的第三首：勞謙寡悔，忠信可久安，勞謙寡悔，忠信可久安，天道害盈，好勝者殘，彊梁致災，多事招患，欲得安樂，獨有無愆，歌以言之，忠信可久安。

71. 阮籍〈詠懷詩〉中的第三十一首：駕言發魏都，南向望吹台。蕭管有遺音，梁王安在哉？戰士食糟糠，賢者處蒿萊。歌舞曲未終，秦兵已復來。夾林非吾有，朱宮生塵埃。軍敗華陽下，身竟為土灰。

72. 阮籍〈詠懷詩〉中的第三十八首：炎光延萬里。洪川蕩湍瀨。彎弓掛扶桑。長劍倚天外。泰山成砥礪。黃河為裳帶。視彼莊周子。榮枯何足賴。捐身棄中野。烏鳶作患害。豈若雄傑士。功名從此大。

73. 阮籍〈詠懷詩〉中的第三十九首：壯士何慷慨，志欲威八方，驅車遠行役，受命念自忘，良弓挾烏號，明甲有精光，臨難不顧生，身死魂飛揚，豈為全軀士，效命爭戰場，忠為百世榮，義使令名彰，垂身謝後世，氣節故有常。

74. 阮籍〈詠懷詩〉中的第四十二首：王業須良輔，建功俟英雄。元凱康哉美，多士頌聲隆。陰陽有舛錯，日月不常融。天時有否泰，人事多盈沖。園綺遁南嶽，伯陽隱西戎。保身念道真，榮耀焉足崇。人誰不善始，尟能克厥終。休哉上世士，萬載垂清風。

75. 阮籍〈詠懷詩〉中的第六十一首：少年學擊刺。妙伎過曲城。英風截雲霓。超世發奇聲。揮劍臨沙漠。飲馬九野坰，旗幟何翩翩，但聞金鼓鳴。軍旅令人悲。烈烈有哀情。念我平常時。悔恨從此生。

76. 阮籍〈詠懷詩〉中的第六十三首：多慮令志散，寂寞

使心憂。翱翔觀陂澤，撫劍登輕舟。但願長閒暇，後歲復來遊。

77. 阮籍〈采薪者歌〉：日沒不周西，月出丹淵中。陽精蔽不見，陰光代為雄。亭亭在須臾，厭厭將復隆。離合雲霧兮，往來如飄風。富貴俯仰間，貧賤何必終。留侯起亡虜，威武赫荒夷。邵平封東陵，一旦為布衣。枝葉托根柢，死生同盛衰。得志從命升，失勢與時隤。寒暑代征邁，變化更相推。禍福無常主，何憂身無歸。推茲由斯理，負薪又何哀。

78. 〈襄陽民為胡烈歌〉：美哉明後。儁哲惟嶷。陶廣乾坤。周孔是則。文武播暢。威振遐域。

79. 〈軍中為夏侯淵語〉：典軍校尉夏侯淵。三日五百。六日一千。

80. 王粲〈太廟頌歌〉三章：思皇烈祖。時邁其德。肇啟洪源。貽燕我則。我休厥成。聿先厥道。丕顯丕欽。允時祖考。綏庶邦。和四宇。九功備。彝樂序。建崇牙。設璧羽。六佾奏。八音舉。昭大孝。衍妣祖。念武功，收純怙。於穆清廟。翼翼休徵。祁祁髦士。厥德允升。懷想成位。咸奔在宮。無思不若。允觀厥崇。

81. 王粲〈矛俞新福歌〉：漢初建國家。匡九州。蠻荊震服。五刃三革休。安不忘備武樂脩。宴我賓師。敬用御天。永樂無憂。子孫受百福。常與松喬遊。烝庶德。莫不咸歡柔。

82. 王粲〈弩俞新福歌〉：材官選士。劍弩錯陳，應桴蹈節，俯仰若神，綏我武烈，篤我淳仁，自東自西，莫不來賓。

83. 王粲〈安台新福歌〉：武功既定，庶士咸綏，樂陳我廣庭，式宴賓與師，昭文德，宣武威，平九有，撫民黎，荷天寵，延壽尸，千載莫我違。

84. 王粲〈行辭新福歌〉：神武用師士素厲。仁恩廣覆。猛節橫逝。自古立功。莫我弘大。桓桓征四國。爰及海裔。漢國保長慶。垂祚延萬世。

85. 繆襲〈楚之平〉：楚之平。義兵征。神武奮。金鼓鳴。邁武德。揚洪名。漢室微。杜稷傾。皇道失。桓與靈。閹宦熾。群雄爭。邊韓起。亂金城。中國擾。無紀經。赫武皇。起旗旌。麾天下。天下平。濟九州。九州寧。創武功。武功成。越五帝。邈三王。興禮樂。定紀綱。普日月。齊輝光。

86. 繆襲〈戰滎陽〉：戰滎陽，汴水陂。戎士憤怒貫甲馳。陳未成，退徐榮。二萬騎塹壘平。戎馬傷，六軍驚。勢不集，眾幾傾。白日沒，時晦冥。顧中牟，心屏營。同盟疑，計無成。賴我武皇萬國寧。

87. 繆襲〈獲呂布〉：獲呂布。戮陳宮。芟夷鯨鯢。驅騁群雄。囊括天下運掌中。

88. 繆襲〈克官渡〉：克紹官渡由白馬，僵屍流血被原野。賊眾如犬羊，王師尚寡沙塿傍。風飛揚，轉戰不利士卒傷。今日不勝後何望？土山地道不可當。卒勝大捷震冀方，屠城破邑，神武遂章。

89. 繆襲〈舊邦〉：舊邦蕭條心傷悲，孤魂翩翩當何依？遊士戀故涕如摧，兵起事大令願違。傳求親戚在者誰？立廟置後魂來歸。

90. 繆襲〈定武功〉：定武功，濟黃河，河水湯湯，旦暮有橫流波。袁氏欲衰，兄弟尋干戈。決漳水，水流滂沱。嗟城中如流魚，誰能復顧室家？計窮慮盡求來連和，和不時心中憂戚。賊眾內潰，君臣奔北。拔鄴城奄有魏國。王業艱難，覽觀古今，可為長歎。

91. 繆襲〈屠柳城〉：屠柳城，功誠難。越度攏塞路漫漫。北踰岡平，但聞悲風正酸。蹋頓授首，遂登白狼山，神武慹海外，永無北顧患。

92. 繆襲〈平南荊〉：南荊何遼遼。江漢濁不清，菁茅久不貢。王師赫南征，劉琮據襄陽。賊備屯樊城。六軍盧新野。金鼓震天庭。劉子面縛至。武皇許其成。許與其成撫其民。陶陶江漢間。普為大魏臣。大魏臣。向風思自新。思自新。齊功古人。在昔虞與唐。大魏得與均。多選忠義士。為喉脣。天下一定。萬世無風塵。

93. 繆襲〈平關中〉：平關中，路向潼，濟濁水，立高墉，鬥韓馬，離群凶，選驍騎，縱兩翼，虜崩潰，級萬億。

94. 〈百姓諺〉：死諸葛走生仲達。

95. 〈孫亮初白鼉鳴童謠〉：白鼉鳴，龜背平，南郡城中可長生，守死不去義無成。

96. 韋昭〈炎精缺〉：炎精缺，漢道微，皇綱弛，政德違，眾姦熾，民罔依，赫武烈，越龍飛，陟天衢，耀靈威，鳴雷鼓，抗電麾，撫乾衡，鎮地機，屬虎旅，騁熊羆，發神聰，吐英奇，張角破，邊韓羈，宛潁平，南土綏，神武章，渥澤施，金聲震，仁風馳，顯高門，啟皇基，統罔極，垂將來。

97. 韋昭〈漢之季〉：漢之季，董卓亂，桓桓武烈應時運。義兵興，雲旗建，屬六師，羅八陣，飛鳴鏑，接白刃，輕騎發，介士奮，醜虜震，使眾散，劫漢主，遷西館，雄豪怒，元惡僨，赫赫皇祖功名聞。

98. 韋昭〈攄武師〉：攄武師。斬黃祖。攘夷凶族。革平西夏。炎炎大烈震天下。

99. 韋昭〈伐烏林〉：曹操北伐拔柳城。乘勝席捲遂南

征。劉氏不睦。八郡震驚。眾既降。操屠荊。舟車十萬揚風聲。議者狐疑慮無成，賴我大皇發聖明，虎臣雄烈周與程，破操烏林。顯章功名。

100. 韋昭〈秋風〉：秋風揚沙塵。寒露沾衣裳，角弓持弦急。鳩鳥化為鷹。邊垂飛羽檄。寇賊侵界疆。跨馬披介冑。慷慨懷悲傷。辭親向長路，安知存與亡。窮達固有分。志士思立功。思立功。邀之戰場。身逸獲高賞。身沒有遺封。

101. 韋昭〈克皖城〉：克滅皖城遏寇賊。惡此凶尊阻姦慝。王師赫征眾傾覆。除穢去暴戢兵革。民得就農邊境息。誅君弔民昭至德。

102. 韋昭〈關背德〉：關背德。作鴟張，割我邑城圖不祥。稱兵北伐圍樊襄陽。嗟臂大於股。將受其殃。巍巍夫聖主。睿德與玄通。與玄通。親任呂蒙。泛舟洪氾池。溯涉長江。神武一何桓桓。聲烈正與風翔。歷撫江安城。大據郢邦。虜羽授首。百蠻咸來同。盛哉三比隆。

103. 韋昭〈通荊門〉：荊門限巫山。高竣與雲連。蠻夷阻其險。歷世懷不賓。漢王據蜀郡。崇好結和親。乖微中情疑。讒夫亂其間，大皇赫斯怒，虎臣勇氣震，蕩滌幽藪討不恭，觀兵揚炎耀，屬鋒整封疆，整封疆。闡揚威武容，功赫戲。洪烈炳章，邈矣帝皇世，聖吳同厥風，荒裔望清化，化恢弘，煌煌大吳，延祚永未央。

104. 韋昭〈章洪德〉：章洪德，邁威神。感殊風。懷遠鄰。平南裔。齊海濱。越棠貢。扶南臣。珍貨充庭。所見日新。

參考書目（按照作者姓名筆畫排列）

一、書籍類

（一）文學類

丁仲祜，《全漢三國晉南北朝詩》，台北：藝文，1983。

丁金域，《承先啟後的曹子建詩》，台中：永吉，1981。

中華文化復興運動推行委員會，《中國文學講話：（五）魏晉南北朝文學》，台北：巨流，1985。

孔安國注，孔穎達正義，《重刊宋本尚書註疏附校勘記》，台北：藍燈，嘉慶二十年江西南昌府學開雕。

毛亨傳，鄭玄箋，孔穎達正義，《重刊宋本詩經註疏附校勘記》，台北：藍燈，嘉慶二十年江西南昌府學開雕。

王幼安，《蕙風詞話人間詞話》，台北：河洛，1975。

王先謙，《漢鐃歌釋文箋正》，台北：藝文，1974。

王志健，《文學論》，台北：正中，1987。

王初慶等著，《兩漢文學學術研討論文集》，台北：華嚴，1995。

王國維，《人間詞話》，台北：天龍，1981。

王弼（晉），《老子帛書老子》，台北：學海，1994。

王弼、韓康伯注，孔穎達正義，《重刊宋本易經註疏附校勘

記》，台北：藍燈，嘉慶二十年江西南昌府學開雕。

王景霓、湯擎民、鄭孟彤編著，《漢魏六朝詩譯釋》，哈爾濱：黑龍江人民，1983。

王雲路，《六朝詩歌語詞研究》，哈爾濱，黑龍江教育，1999。

王雲路，《漢魏六朝詩歌語言論稿》，陝西：陝西人民教育，1997。

王運熙、王國安，《漢魏六朝樂府詩評注》，濟南：齊魯，2000。

王夢鷗，《文心雕龍》，台北：時報文化，1994。

王夢鷗，《禮記選注》，台北：正中，1993。

王維輝，《東漢至隋常用詞演變研究》，南京：南京大學，2000。

王謨，《增訂漢魏叢書》，台北：大化，1791年金谿王氏刻本。

王巍，《建安文學概論》，瀋陽：遼寧教育，2000。

王巍，李文祿主編，《建安詩文鑑賞辭典》，長春：東北師範大學，1994。

古遠清，《詩歌分類學》，高雄：復文，1991。

史蒂文‧科恩（Steven Cohan），琳達‧夏爾斯（Linda M. Shires），張方譯，《講故事：對敘事虛構作品的理論分析》（Telling Stories： A Theoretical Analysis of Narrative Fiction），板橋：駱駝，1997。

左丘明著，竹添光鴻會箋，《左傳會箋》，台北，天工，1993。

皮錫瑞，《增註經學歷史》，台北：藝文，2000。

伍蠡甫，林驤華編著，《現代西方文論選》，台北：書林，
　　1994。

安井小太郎等著，連清吉、林慶彰譯，《經學史》，台北：萬
　　卷樓，1996。

朱自清，《經典常談》，台北：漢京，1983。

衣殿臣、黃益庸，《歷代愛國詩》，北京：大眾文藝，1998。

何休注、徐彥疏，《重刊宋本春秋公羊傳註疏附校勘記》，台
　　北：藍燈，嘉慶二十年江西南昌府學開雕。

何晏集解，邢昺疏，《重刊宋本論語註疏附校勘記》，台北：
　　藍燈，嘉慶二十年江西南昌府學開雕。

何寄澎，《總是玉關情：唐代邊塞詩初探》，台北：聯經，
　　1978。

余冠英選注，《漢魏六潮詩選》，北京：人民文學，1997。

余培林，《新譯老子讀本》，台北：三民，1997。

余培林，《詩經正詁》，台北：三民，1993。

余培林注譯，《新譯老子讀本》，台北：三民，1973。

吳承恩（明），《西遊記》，台南：利大，1985。

吳景旭著，《歷代詩話》，北京：京華，1998。

呂慧鵑、劉波、盧達編，《中國歷代名著文學家評傳》，山
　　東：山東教育，1997。

更生選注，《歷代邊塞軍旅詩》，北京：華夏，2000。

李元洛，《詩美學》，台北：東大，1990。

李文初，《漢魏六朝文學研究》，廣東：廣東人民，2000。

李曰剛，《中國文學史》，台北：白雲書屋，1978。

李曰剛，《中國文學流變史：詩歌編》，台北：連貫，1983。

李石曾，《世界文學大系》，台北：各大，1961。

李俊清譯註，《艾略特的荒原》，書林，1992。

李建中，《魏晉文學與魏晉人格》，湖北：湖北教育，1998。

李暉、于非，《歷代賦譯釋》，哈爾濱：黑龍江人民，1997。

李學勤，《古文字學初階》，北京：中華，1997。

李鍙、邱燮友、陳滿銘、劉正浩等編譯，《新譯四書讀本》，
　　台北：三民，1981。

李寶均，《曹氏父子與建安文學》，台北：萬卷樓，1991。

杜預注，孔穎達正義，《重刊宋本春秋左氏傳註疏附校勘
　　記》，台北：藍燈，嘉慶二十年江西南昌府學開雕。

沈德潛選註，《唐詩別裁》，台北：商務印書館，1956。

汪中，《樂府詩選注》，台北：學海，1979。

汪超宏，《六朝詩歌》，北京：文化藝術，1998。

周振甫，《文章例話》，卷三，台北：五南，1994。

季旭昇，《詩經古義新證》，台北：文史哲，1994。

林尹，《文字學概說》，台北：正中，1996。

林尹，《訓詁學概要》，台北：正中，1994。

林尹著，林炯陽注釋，《中國聲韻學通論》，台北：黎明，
　　1995。

林家驪，《新譯阮籍詩文集》，台北：三民，2001。

林慶彰編，《中國經學史論文選集》，台北：文史哲，1992。

武秀成譯注，《嵇康詩文》，台北：錦繡，1993。

邱英生、高爽編著，《三曹詩譯釋》，哈爾濱：黑龍江人民，
　　1982。

邱燮友註譯，《新譯唐詩三百首》，台北：三民，1990。

邱鎮京，《阮籍詩研究》，台北：文津，1979。

施正康編著，《漢魏詩選》，上海：上海書店，1994。

洪順隆，《抒情與敘事》，台北：黎明，1998。

洪讚，《唐代戰爭詩研究》，台北：文史哲，1987。

胡國瑞，《魏晉南北朝文學史》，上海：上海文藝，1980。

胡樸安，《中國文字學史》，台北：商務印書館，1992。

范寧注，楊士勛疏，《重刊宋本春秋穀梁傳註疏附校勘記》，
　　台北：藍燈，嘉慶二十年江西南昌府學開雕。

韋勒克等著，王夢鷗、許國衡著，《文學論：文學研究方法
　　論》，台北：志文，1976。

倪其心譯注，《阮籍詩文》，台北：錦繡，1993。

唐玄宗注，邢昺疏，《重刊宋本孝經註疏附校勘記》，台北：
　　藍燈，嘉慶二十年江西南昌府學開雕。

唐蘭，《古文字學導論》，台北：學海，1986。

孫明君，《三曹與中國詩史》，台北：商鼎，1996。

孫善甫校訂，《中國文化基本教材論語孟子》，台北：東華，
　　1987。

孫鐵剛編撰，《諸侯爭盟記：左傳》，台北：時報文化，
　　1983。

徐公持，《阮籍與嵇康》，台北：國文天地，1991。

徐公持編著，《魏晉文學史》，北京：人民文學，1999。

柴棲鷲，《中國歷代文學思想家生卒年代一覽表》，台北：北
　　方，1993。

殷義祥譯注，《三曹詩》，台北：錦繡，1993。

袁行霈主編，《歷代名篇鑑賞集成》上冊，台北：五南，
　　1993。

馬宗霍，《中國經學史》，台北：商務印書館，1972。

高辛勇，《形名學與敘事理論：結構主義的小說分析法》，台

北：聯經，1987。

高海夫、金性堯主編，《古詩漢魏六朝新賞：阮籍》，台北：地球，1993。

高海夫、金性堯主編，《古詩漢魏六朝新賞：曹丕等九人》，台北：地球，1993。

張世祿，《中國音韻學史》，台北：商務印書館，2000。

張松如主編，《中國詩歌美學史》，吉林：吉林大學，1994。

張春榮，《一把文學的梯子》，台北：爾雅，1993。

張榮芳，《通典》，台北：時報文化，1987。

張爾岐，《儀禮鄭注句讀》，台北：學海，1981。

張澍輯，方家常譯注，《諸葛亮文集全譯》，貴州：貴州人民，1997。

三國·魏曹丕著，譯健賢議注，《魏文帝集全譯》，貴陽：貴州人民，1998。

曹道衡、沈玉成編撰，《中國文學家大辭典》，北京：中華，1996。

曹鴻昭譯，《伊尼亞斯逃亡記》，台北：聯經，1986。

梁啟超，《中國之美文及其歷史》，台北：台灣中華，1980。

梁啟超，《中國韻文裡頭所表現的感情》，台北：台灣中華，1983。

清聖祖敕撰，《佩文韻府》，台北：商務印書館，1966。

許敏申，《《說文解字》與中國古文字學》，上海：復旦大學，1999。

漢許慎撰，清段玉裁注，魯實先正補，《說文解字注》，台北：黎明，1993。

許德楠、李鼎霞選注，《漢魏六朝詩詩文卷》，北京：京華，

1998。

許錟輝，《文字學簡編》，台北：萬卷樓，2001。

宋郭茂倩，《樂府詩集》，台北：里仁，1999。

郭振鐸，《插圖本中國文學史》，台北：莊嚴，1991。

郭璞注，邢丙疏，《重刊宋本爾雅註疏附校勘記》，台北：藍
　　燈，嘉慶二十年江西南昌府學開雕。

陳大齊，《論語臆解》，台北：商務印書館，1968。

陳友冰，《漢魏六朝樂府賞析》，安徽：文藝，1999。

陳昌明，《緣情文學觀》，台北：台灣，1999。

陳桂珠，《才高八斗曹子建》，台北：莊嚴，1984。

宋陳彭年等重修，林尹校訂，《新校正切宋本廣韻》，台北：
　　黎明，1995。

陳新雄，《重校增訂音略證補》，台北：文史哲，1994。

陳新雄，《訓詁學》，台北：台灣學生，1996。

陳新雄，《等韻述要》，台北：藝文，1995。

陳新雄，《聲類新編》，台北：台灣學生，1992。

陳濤，《文字學淺談》，河南：大象，1997。

陳濬，《論語話解》，台北：商務印書館，1969。

陳鵬翔，〈主題學研究與中國文學〉，陳鵬翔主編，《主題學
　　研究論文集》，台北：東大，1983。

喬衍琯，《文史通義》，台北：時報文化，1998。

斯波六郎主編，《文選索引》，台北：正中，1988。

植村清二著，李君奭，《諸葛亮》，彰化：專心，1973。

程章燦，《世族與六朝文字》，哈爾濱：黑龍江教育，1998。

程湘清，《魏晉南北朝漢語研究》，山東：山東教育，1994。

程發軔，《春秋要領》，台北：三民，1991。

程毅中，《中國詩體流變》，北京：中華書局，1998。

華立，《近代邊塞詩文選譯》，四川：巴蜀書社，1997。

費振剛、胡雙寶、宗明華輯校，《全漢賦》，北京：北京大學出版社，1993。

黃文吉，《中國詩文中的情感》，台北：台灣書局，1998。

黃振民，《古籍導讀》，台北：天工，1989。

黃振民，《歷代詩評解》，台北：新文齋，1969。

黃益庸，《歷代民生詩》，北京：大眾文藝，2000。

黃毓秀、曾珍珍合譯，《希臘悲劇》，台北：書林，1984。

黃節，《阮步兵詠懷詩注》，台北：藝文，2000。

黃節，《魏文武明帝詩註》，台北：藝文，1977。

黃節箋釋，《漢魏樂府風箋》，台北：學海，1990。

黃錦鋐，《新譯莊子讀本》，台北：三民，1997。

逯欽立，《先秦漢魏晉南北朝詩》，台北：學海，1991。

楊昌年，《現代小說》，台北：三民，1997。

楊昌年，《現代詩的創作與欣賞》，台北：文史哲，1991。

楊家駱主編，《文史通義等三種》，台北：世界書局，1989。

楊家駱教授九十冥誕紀念論文集編委會，《楊家駱教授九十冥誕紀念論文集》，台北：萬卷樓，2001。

楊振良，《有趣的中國字》，台北：萬卷樓，1992。

葉慶炳，《中國文學史》上冊，台北：台灣學生，1987。

葛賢寧，《中國詩歌史》，台北：中華，1951。

廖美玉，〈文心曹植說〉，國立成功大學中文系編輯，《魏晉南北朝文學與思想學術研討會論文集》，台北：文史哲，1991。

廖國棟，《建安辭賦之傳承與拓新》，台北：文津，2000。

趙岐注，孫奭疏，《重刊宋本孟子註疏附校勘記》，台北：藍
　　燈，嘉慶二十年江西南昌府學開雕。

趙昌平、李夢生主編，倉陽卿選譯，《先秦漢魏六朝詩三百首
　　新譯》，台北：建安，1999。

齊滬揚，《傳播語言學》，鄭州：河南人民，2000。

劉大傑，《中國文學發展史》，台北：華正，1994。

劉玉耀，《雅的俗情：樂府詩與民歌》，瀋陽：遼海，1998。

劉洪澤、劉韜等著，《中國戰書：歷代戰爭文書賞析》，北
　　京：解放軍，1997。

宋劉義慶，吳紹志註譯，《世說新語》，台南，西北，1994。

梁劉勰著，陸侃如、牟世金譯注，《文心雕龍譯注》，台北：
　　建安，1997。

蔣伯潛編著，《校讎目錄學纂要》，台北：正中，1982。

鄭玄注，孔穎達正義，《重刊宋本禮記註疏附校勘記》，台
　　北：藍燈，嘉慶二十年江西南昌府學開雕。

鄭明娳，《西遊記探原》，台北：文開，1982。

鄭康成，《禮記鄭注》，台北：學海，1992。

鄭騫校訂，顏崑陽選註，《平林新月》，台北：時報文化，
　　1996。

澤田總清著，王鶴儀編譯，《中國韻文史》，台北：台灣商
　　務，1984。

蕭統，《文選》，台北：藝文，1991。

蕭滌非，《漢魏六朝樂府文學史》，台北：長安，1980。

錢志熙，《漢魏樂府的音樂與詩》，鄭州：大象，2000。

錢基博，《讀莊子天下篇舒記》，台北：商務印書館，1967。

駱鴻凱，《文選學》，台北：華正，1989。

龍宇純，《韻鏡校注》，台北：藝文，1994。

龍沐勛，《唐宋詞格律》，台北：里仁，1995。

龍沐勛，《中國韻文史》，台北：洪氏，1974。

繆天華，《離騷九歌九章淺釋》，台北：東大，1992。

鍾優民，《中國詩歌史：魏晉南北朝》，高雄：麗文，1994。

鍾嶸著，徐達譯注，《詩品》，台北：地球，1994。

豐華瞻，《中西詩歌比較》，台北：新學識，1993。

顏元叔著，《英國文學：中古時期》，台北：書林，1993。

顏元叔譯，《莎士比亞通論：歷史劇》，台北：書林，1995。

顏元叔譯，《莎士比亞通論：悲劇》，台北：書林，1997。

顏邦逸、王連生、劉玉耀，《詩淵歌海：中國歷代詩》，瀋陽：遼海，1998。

羅青著，《荷馬史詩研究：詩魂貫古今》，台北：台灣學生，1994。

羅曼‧英加登著，陳燕谷等譯，《對文學的藝術作品的認識》，台北：商鼎，1991。

羅貫中，《三國演義》，高雄：大眾，1973。

Abrams, M. H., *The Norton Anthology of English Literature*, London: W. W. Norton & Company, 1993, 6th ed.

G‧桑迪拉納，《冒險的時代》，北京：光明日報，1989。

Mack et al ed., *The Norton Anthology of World Masterpieces*, London: W. W, Norton & Company, 1992, 6th ed.

R. F. Johnston, *Lion and Dragon in Northern China*, N. Y: Dutton, 1910.

（二）修辭學類

中國修辭學會，《修辭論叢》，台北：洪葉文化，1999。

仇小屏，《篇章結構類型論》，台北：萬卷樓，2000。

文史哲編輯，《修辭類說》，台北：文史哲，1980。

王協，《中國文法學初探》，台北：商務印書館，1968。

古遠清、孫光萱，《詩歌修辭學》，台北：五南，1997。

成偉鈞、唐仲揚、向宏業，《修辭通鑒》，大陸：中國青年，
　　1991。

何淑貞，《古漢語語法與修辭研究》，台北：福記，1987。

吳正吉，《活用修辭》，高雄：復文，1984。

吳燈山，《修辭常見的毛病》，台北：光復，1997。

吳禮權，《中國現代修辭學通論》，台北：台灣商務，1998。

杜淑貞，《兒童文學與現代修辭學》，台北：富春，1991。

沈謙，《文心雕龍與現代修辭學》，台北：益智，1990。

沈謙，《修辭方法析論》，台北：宏翰，1992。

沈謙編，《修辭學》，台北：空中大學，1991。

林月仙，《實用修辭學》，台北：偉文，1978。

徐芹庭，《修辭學發微》，台北：台灣中華，1971。

張文治，《古書修辭例》，台北：台灣中華，1962。

張志公，《修辭概要》，大陸：上海教育，1982。

張志公，《修辭概要》，台北：書林，1997。

張志公、劉蘭英、孫全洲，《語法與修辭》，台北：新學識，
　　1990。

張春榮，《修辭行旅》，台北：東大，1996。

張春榮，《修辭散步》，台北：東大，1991。

張春榮，《修辭萬花筒》，台北：駱駝，1996。

張春榮、顏藹珠，《英語修辭學》，台北：文鶴，1997。

張煉強，《修辭》，北京：首都師範大學，1995。

陳介白，《修辭學講話》，台北：啟明，1958。

陳介白等撰，《修辭學研究》，台北：信誼，1978。

陳望道，《修辭學發凡》，台北：文史哲，1989。

陸松齡，《日本語修辭學》，台北：亞太，1994。

傅隸樸，《修辭學》，台北：正中，1969。

復旦大學中國語言文學系，《修辭學習》，大陸：復旦大學，
　　1982。

黃永武，《字句鍛鍊法》，台北：洪範，1986。

黃漢生，《修辭漫議》，大陸：書目文獻1983。

黃慶萱，《修辭學》，台北：三民，1975。

楊子嬰、孫方銘、王宜早，《文學和語文裡的修辭》，香港：
　　麥克米倫，1987。

董季棠，《重校增訂修辭析論》，台北：文史哲，1994。

董季棠，《修辭析論》，台北：益智，1981。

蔡謀芳，《表達的藝術》，台北：三民，1990。

黎運漢、章維耿，《現代漢語修辭》，台北：書林，1991。

顏藹珠、張春榮編，《英語修辭學》，台北：文鶴，1993。

譚全基，《修辭新天地》，台北：書林，1993。

譚全基，《修辭精華百例》，台北：書林，1993。

關紹箕，《實用修辭學》，台北：遠流，1993。

（三）歷史類

不著作者，木鐸出版社，《南北朝史話》，台北：木鐸，

1987。

王仲犖，《魏晉南北朝史》，上海：上海人民，1979。

王兆春，《中國歷代名將傳》，台北：建宏，1993。

王恢，《中國歷史地理：歷代疆域形勢》，台北：台灣學生，
　　1984。

王齊，《中國古代的遊俠》，北京：商務印書館，1997。

白話史記編輯委員會，《白話史記》，台北：聯經，1993。

安作璋主編，《山東通史：魏晉南北朝卷》，山東：山東人
　　民，1994。

江灝、錢宗武譯，《尚書》，台北：地球，1994。

吳小如、莊銘權編著，《中國文史工具資料書舉要》，台北：
　　天工，1993。

呂思勉，《三國史話》，台北：台灣開明，1960。

李小樹，《秦漢魏晉南北朝監察史綱》，北京：社會科學文
　　獻，2000。

李永熾編撰，《歷史的長城》，台北：時報文化，1981。

李宗侗，《中國史學史》，台北：中國文化大學，1991。

杜維運，《中國史學史》，台北：時報文化，2000。

林惠祥，《中國民族史》，北京：商務印書館，1998。

金靜庵編著，《中國史學史》，台北：大華，1998。

段芝，《中國神話》，台北：地球，1994。

孫長來，《宮廷劍影：中國歷代帝位之爭》，瀋陽：遼海，
　　1998。

祝秀俠，《三國人物論》，台北：正中，1971。

荀悅，《漢紀》，台北：商務印書館，1971。

袁宏，《後漢記》，台北：台灣商務，1971。

高似孫，《史略》，台北：商務印書館，1971。

張開沅、張正明、羅福惠主編，《湖北通史：魏晉南北朝卷》，湖北：華中師範大學，1999。

梁啟超，《中國歷史研究法補編》，台北：台灣商務，1973。

郭琦、史念海等著，《陝西通史：魏晉南北朝卷》，陝西：陝西師範大學，1997。

陳寅恪，《魏晉南北朝史講演錄》，合肥：黃山書社，1987。

陶傑，《愛國英豪：中華愛國人物》，瀋陽：遼海，1998。

傅振倫，《中國方志學通論》，台北：商務印書館，1970。

傅樂成，《中國通史》，上冊，台北：大中國，1992。

馮寶志，《文明曙光──上古、秦代卷》，香港：中華，1992。

楊侃，《兩漢博聞》，台北：台灣商務，1971。

詹冠群、詹冠津，《古代名將傳奇》，台北：可築，1994。

黎東方，《先秦史》，台北：商務印書館，1974。

黎虎，《魏晉南北朝史論》，北京：學苑，1999。

瀧川龜太郎，《史記會注考證》，台北：宏業，1992。

（四）軍事政治類

三軍大學中國歷代戰爭史編纂委員會編著，《中國歷代戰爭史》，台北：黎明，1963。

上海辭書出版社主編，《中國軍事史大世記》，上海：上海辭書，1996。

毛振發、田玄、彭訓厚，《中國謀略大師》，台北：風雲，1995。

王子令，《中國古代行旅生活》，北京：商務印書館，1996。

王建東，《孫子兵法》，台北：鐘文，2000。

王貴元、葉桂剛、曾胡主編，《中國古兵書名著精華》，北
　　京：警官教育，1992。

王輝強，《歷代軍事文物奇觀：華夏瑰寶》，北京：解放軍，
　　1998。

史美珩，《古典兵略》，遼寧：遼寧教育，1993。

朱向前，《軍旅文化史論》，北京，東方，1998。

何曉明，《兵家韜略》，武漢：湖北教育，1996。

余華青，《權術論》，台北：稻田，1997。

李新達主編，《中國軍事制度史：武官制度卷》，鄭州：大
　　象，1997。

李零主編，《中國兵書名著今譯》，北京：軍事譯文，1992。

周碧松、余巧華，《話說中國歷代軍事技術：璀璨的名珠》，
　　北京：解放軍，1998。

林鬱主編，《西方謀略家格言集》，台北：吳氏圖書，1995。

金基洞，《中國歷代兵法家軍事思想》，台北：幼獅，1987。

約米尼著，紐先鍾譯，《戰爭藝術》，台北：麥田，1996。

胡果文，《軍事藝術》，上海：上海古籍，1996。

孫光大、李萬壽、黃滌明、袁華忠譯，《白話真觀政要》，台
　　北：地球，1994。

孫武著，周亨祥譯注，《孫子》，台北：地球，1994。

徐兆仁，《三國韜略》，北京：中國人民大學，1995。

高柏園，〈墨子與孟子對戰爭之態度〉，淡江大學中文系主
　　編，《戰爭與中國社會之變動》，台北：台灣學生書局，
　　1991。

高銳主編，《中國軍事史略》，上冊，北京：軍事科學，
　　1992。

尉繚著，劉春生譯注，《尉繚子全譯》，貴州：貴州人民，
　　1990。

張文強，《中國魏晉南北朝軍事史》，北京：人民，1994。

張守軍，《中國古代的賦稅與勞役》，北京：商務印書館，
　　1998。

張秦洞，《軍服文化漫談：鐵甲征衣》，北京：解放軍，
　　1998。

張習孔、林岷，《中國古代著名戰役》，北京：商務印書館，
　　1996。

張曉生、劉文彥，《中國古代戰爭通覽》（共三冊），台北：雲
　　龍，1998。

郭紹宗，《現代國防》，台北：正中，1983。

陳明光，《中國古代的納稅與應役》，北京：商務印書館，
　　1996。

陳琳國，《魏晉南北朝政治制度研究》，台北：文津，1994。

曾國垣，《先秦戰爭哲學》，台北：台灣商務印書館，1972。

黃水華，《中國古代兵制》，北京：商務印書館，1998。

黃崇岳主編，《中國歷朝行政管理》，北京：中國人民大學，
　　1998。

赫治清、王曉衛，《中國兵制史》，台北：文津，1997。

趙冬梅，《歷史上的武舉和武學：武道彷徨》，北京：解放
　　軍，1999。

趙海軍、毛笑冰，《中國古代的軍事》，台北：文津，2001。

趙運仕，《古代邊塞詩精選點評》，廣西：廣西師範大學，
　　1995。

趙鑫珊、李毅強，《戰爭與男性荷爾蒙》，台北：台灣學生，

1997。

劉志義主編，《中國叛亂實錄》，濟南：齊魯書社，1999。

劉昭祥主編，《中國軍事制度史：軍事組織體制編制卷》，鄭
　　州：大象，1997。

劉洪濤，《中國古代士兵生活與爭戰》，北京：商務印書館，
　　1997。

黎聖倫，《心理作戰政策論》，台北：正中，1956。

黎聖倫，《戰爭心理學》，台北：幼獅，1964。

蕭孝嶸，《軍事心理》，台北：正中，1941。

鍾鳳鳴，《心戰戰法研究》，台北：正中，1962。

Baron De Joinini原作，鈕先鍾譯，《戰爭藝術》（*The Art of
　　War*），台北：武學，1954。

James F. Dunnigan著，劉正侃譯，《戰爭之道》，台北：黎明，
　　1985。

Lawrence Leshan著，劉麗真譯，《戰爭心理學》，台北：麥
　　田，1995。

（五）其他

于占濤，《一統下的爭鳴：魏晉南北朝哲學》，瀋陽：遼海，
　　1998。

大衛·鮑得威爾（David Bordwell）著，李顯立，吳佳琪，遊
　　惠貞譯，《電影敘事：劇情片中的敘述活動》（*Narration
　　in the Fiction Film*），台北：遠流，1999。

木鐸出版社，《中國哲學小史》，台北：木鐸，1986。

王力，《中國語言學史》，台北：谷風，1987。

王世德，《影視審美學》，北京：北京廣播學院，1999。

王邦雄、岑溢成、楊祖漢、高柏園編著,《中國哲學史》,台北:國立空中大學,

王金標,《社會安全制度》,台北:正中,1983。

王處輝,《中國社會思想史》,天津:南開大學,2001。

王繼如、楊墨秋,《古代士人處世之道》,北京:華文,1997。

古旻生、詩小玲,《藝術概論》,台北:古今文化,1998。

左紀國,《國際社會之分子》,台北:正中,1978。

瓦西列夫著,趙永穆譯,《情愛論》,台北:人間,1988。

瓦倫汀著,潘智彪譯,《實驗審美心理學》,台北:商鼎,1994。

(英國)瓦納・西・布茲,張祖建譯,〈距離與視角:類別研究〉,王泰來等編譯《敘事美學》,重慶:重慶,1987。

多湖輝著,陸明譯,《深層說服術》,台北:大展,1995。

牟宗三,《中國哲學十九講》,台北:台灣學生,1997。

西爾格德等著,鄭伯壎、張東峰編譯,《心理學》,台北:桂冠,1988。

宋明順,《現代社會與社會心理》,台北:正中,1984。

李春青,《魏晉清玄》,台北:雲龍,1995。

李致忠,《古書版本學概論》,北京:北京圖書館,1998。

李德哈特 (B.H. Liddell Hart),鈕先鍾譯,《殷鑑不遠》(*Why don't We Learn from History*),台北:國防部編譯局,1973。

李澤厚,《美的歷程》,台北:谷風,1987。

李澤厚、劉綱紀主編,《中國美學史》,台北:谷風,1987。

周緯,《中國兵器史稿》,台北:明文1981。

宗白華，《美從何處尋》，板橋：駱駝，1987。

松本一男，《中國亂世人際學》，台北：新潮社，1995。

金公亮編著，《中國哲學史》，台北：正中，1981。

金文傑，《大易探微》，台北：千華，1989。

金開誠，《文藝心理學概論》，北京：北京大學，1999。

阿倫森原著，詹克明編譯，《社會心理學》，台北：五洲，
　　1986。

俞汝捷，《人心可測：小說人物心理探索》，台北：淑馨，
　　1995。

姚名達，《中國目錄學史》，北京，商務，1998。

班納迪克‧安德森（Benedick Anderson），吳叡人譯，《想像的
　　共同體：民族主義的起源與散布》（*Imagined Communities:
　　Reflection on the Origin and Spread of Nationalism*），台北：
　　時報文化，1999。

馬成源，《中國青銅器》，上海：古籍，1997。

張少康，《古典文藝美學論稿》，台北：淑馨，1989。

張慈涵，《大眾傳播心理學》，台北：鳴華，1975。

張耀翔，《情緒心理》，台北：台灣商務印書館，1947。

梁啟超，《中國學術思想變遷之大勢》，台北：台灣中華，
　　1974。

郭大傅，《怎樣寫議論文》，台北：華國，1953。

陳小芬譯，《幼兒發展與輔導》，台北：五南，1994。

陳榮灼，《「現代」與「後現代」之間》，台北：時報文化，
　　1992。

章啟群，《論魏晉自然觀》，北京：北京大學，2000。

傅剛，《魏晉風度》，上海：古籍，1997。

勞思光，《新編中國哲學史》，台北：三民，1995。

勞倫茲著（Konrad Lorenz），王守珍、吳月嬌譯，《攻擊與人性》（*ON AGGRESSION*），台北：遠景，1975。

童慶炳，《中國古代心理詩學與美學》，台北：萬卷樓，1994。

賀昌群，《魏晉清談思想初論》，北京：商務印書館，2000。

黃葳威，《文化傳播》，台北：正中，1999。

楊泓，《中國古兵器論叢》，台北：明文，1983。

管錫華，《校勘學》，安徽，安徽教育，1998。

蓋瑞忠，《藝術概論》，台北：文京，1999。

劉正，《周易通說講義》，台北：千華，1996。

劉鴻模，《愛情美學》，大陸：黑龍江人民，1991。

歐賓斯坦著，萬德群譯，《當代各種主義之比較研究》，台北市：國防部總政治作戰部，1980。

蔡謀芳，《表達的藝術》，台北：三民，1990。

鄭貞銘，《大眾傳播學理》，台北：華欣，1974。

謝思煒，〈文人形象的歷史演變〉，聶石樵主編，《古代文學中人物形象論稿》，北京：北京師範大學，2000。

韓逋仙，《中國中古哲學史要》，台北：正中，1980。

蘇珊‧郎格（Susanne. K. Langer），劉大基、傅志強、周發祥譯，《情感與形式》（*Feeling and Form*），台北：商鼎，1991。

龔鵬程，《美學在台灣的發展》，嘉義：南華管理學院，1998。

Dr. Eric Berne著，謝玉麗、王引子合譯，《語意與心理分析》，台北：國際文化，1974。

Evans, Dylan., *An Introduction of Lacanian Psychoanalysis.*, New York: Routledge, 1996.

J. A. C. Brown著，周恃天譯，《說服技術》，台北：黎明，1971。

Werner J. Severin, James W. Tankard , Jr.著，孟淑華譯，《傳播理論》(*Communication Theories*)，台北：五南，1995。

二、學位論文類

王子彥，〈南朝遊俠詩研究〉，私立淡江大學中國文學研究所，碩士論文，1995。

王銘惠，〈魏晉詩歌悲怨意識之研究〉，華梵大學東方人文思想研究所，碩士論文，1999。

包美珍，〈魏晉南北朝詩及作者的地理分布〉，香港：能仁書院中國文學研究所，碩士論文，1984.8。

朴美玲，〈世說新語中所反映的思想研究〉，中國文化大學文學研究所，碩士論文，1989。

朴貞玉，《三曹詩賦考》，國立台灣師範大學國文研究所，碩士論文，1984。

吳惠玲，〈《世說新語》之人物美學研究〉，國立台灣師範大學國文研究所，碩士論文，1998。

吳順令，《先秦軍事謀略思想研究》，國立台灣師範大學國文研究所，博士論文，1992。

呂立德，〈文心雕龍時序篇研究〉，國立高雄師範大學國文研究所，碩士論文，1990。

李正治，〈六朝詠懷組詩研究〉，國立台灣師範大學國文研究

所，碩士論文，1980。

李清筠，〈時空情境中的自我影像：以阮籍、陸機、陶淵明詩為例〉，國立台灣師範大學國文研究所，博士論文，1999。

李清筠，〈魏晉名士人格研究〉，國立台灣師範大學國文研究所，碩士論文，1996。

林宴寬，〈阮籍「自然與名教」思想析論〉，國立台灣師範大學國文研究所，碩士論文，1998。

林素英，〈從古代的生命禮儀透視其生死觀：以《禮記》為主的現代詮釋〉，國立台灣師範大學國文研究所，碩士論文，1993。

徐麗霞，《阮籍研究》，國立台灣師範大學國文研究所，碩士論文，1979。

翁淑媛，〈曹植散文研究〉，國立台灣師範大學國文研究所，碩士論文，1995。

袁美敏，《人品與文品相關性研究》，國立台灣師範大學國文研究所，碩士論文，1992。

張芳鈴，《建安文學之探述》，國立台灣師範大學國文研究所，碩士論文，1976。

梁美意，〈三國故事戲曲之研究〉，國立台灣師範大學國文研究所，碩士論文，1980。

陳昌明，〈六朝「緣情」觀念研究〉，國立台灣大學中國文學研究所，碩士論文，1987。

陳昌明，〈從形體觀論六朝美學〉，國立台灣大學中國文學研究所，博士論文，1992。

陳晉卿，〈六朝行旅詩之研究〉，私立淡江大學中國文學研究

所，碩士論文，1996。

陳義成，〈漢魏六朝樂府研究〉，輔仁大學中國文學研究所，
　　　碩士論文，1973。

曾守正，〈先秦兩漢文學言志思想的轉變及其文化意義：兼論
　　　與六朝文化的對照〉，國立台灣師範大學國文研究所，博
　　　士論文，1998。

黃水雲，〈六朝駢賦研究〉，私立中國文化大學中國文學研究
　　　所，博士論文，1997。

楊國娟，〈漢魏樂府詩美學研究〉，香港珠海大學中文研究
　　　所，博士論文，1997。

楊淑華，〈《文選》選詩研究〉，國立台灣師範大學國文研究
　　　所，碩士論文，1993。

賈元圓，〈六朝人物品鑑與文學批評〉，私立東吳大學中國文
　　　學研究所，碩士論文，1985。

劉瑞箏，〈春秋軍制研究〉，國立台灣師範大學國文研究所，
　　　碩士論文，1988。

賴麗蓉，〈魏晉「人物品鑑」研究——創造性審美活動的完
　　　成〉，國立台灣師範大學國文研究所，博士論文，1996。

錢國盈，〈魏晉人性論研究〉，國立台灣師範大學國文研究
　　　所，碩士論文，1991。

三 、 期 刊 類

王玫珍，〈元初詩人伯顏及其戰爭詩研究〉，《嘉義技術學院
　　　學報》，1997.12，卷期55。

朱西甯，〈朱西甯談戰爭文學〉，《戰太平：戰爭文學專輯》，

1981.8。

吳盈幸，〈魏晉南北朝馬術與射藝〉，《體育與運動》，
1993.06，卷期85。

吳彩娥，〈追尋、回歸與超越——論魏晉南北朝詩夢意象的象
徵意涵〉，《國立政治大學學報》，1998.05，卷期76。

瘂弦，〈戰火紋身——尹玲的戰爭詩〉，《現代詩》，1992.9，
卷期18。

林登順，〈魏晉南北朝胡人漢化之探析〉，《嘉南學報》，
1994，卷期20。

林韻梅，〈悲情與反省——談戰爭詩歌中的含義〉，《中國語
文》，1994.3，第74卷3期。

張娣明，〈《唐詩三百首》中修辭析論〉，《第二屆中國修辭學
國際學術研討會》，2000。

張娣明，〈《唐詩三百首》中誇飾修辭藝術〉，《師大碩士論文
發表會》，2001。

張娣明，〈王粲從軍詩五首賞析〉，《中國語文》，2001，第
88卷第2期。

張娣明，〈王粲從軍詩修辭藝術〉，《第三屆中國修辭學國際
學術研討會》，2001。

張娣明，〈說弟〉，《朝霞集》，1996，第三集。

莫渝，〈熱血在我胸中沸騰：試析覃子豪的戰爭詩歌〉，《文
訊雜誌》，1993.1月革新第58期。

詩名索引（按照作者姓名筆畫排列）

國家圖書館出版品預行編目資料

戎馬不解鞍 鎧甲不離傍：三國時代戰爭詩研究
／張娣明著，-- 初版 -- 臺北市：萬卷樓，
2004[民 93]
　面；　　　公分
　參考書目：面
　ISBN 957－739－485－X (平裝)
　1.　中國詩－歷史－三國(220-280)　2.中國
　詩－評論
820.91023　　　　　　　　　　93006980

戎馬不解鞍 鎧甲不離傍
——三國時代戰爭詩研究

著　　　者：張娣明
發　行　人：許素真
出　版　者：萬卷樓圖書股份有限公司
　　　　　　臺北市羅斯福路二段 41 號 6 樓之 3
　　　　　　電話(02)23216565．23952992
　　　　　　傳真(02)23944113
　　　　　　劃撥帳號 15624015
出版登記證：新聞局局版臺業字第 5655 號
網　　　址：http://www.wanjuan.com.tw
Ｅ－mail　：wanjuan@tpts5.seed.net.tw
經銷代理：紅螞蟻圖書有限公司
　　　　　　臺北市內湖區舊宗路二段 121 巷 28 號 4F
　　　　　　電話(02)27953656(代表號)　傳真(02)27954100
Ｅ－mail　：red0511@ms51.hinet.net
承印廠商：晟齊實業有限公司
定　　　價：420 元
出版日期：2004 年 6 月初版
　　　　　　2013 年 12 月再刷